Linda Nichols
WIE DER DUFT VON WASSER

Linda Nichols

Wie der Duft von Wasser

francke

Über die Autorin:
Linda Nichols berührt die Herzen ihrer Leser mit ihren Romanen auf einzigartige Weise. Bereits ihr christliches Romandebüt war für den Christy-Award nominiert. Zusammen mit ihrem Mann und ihren Kindern lebt sie in Tacoma, Washington.

Bibliografische Information Der Deutschen Bibliothek
Die Deutsche Bibliothek verzeichnet diese Publikation in der
Deutschen Nationalbibliografie; detaillierte bibliografische Daten sind im
Internet über http://dnb.ddb.de abrufbar.

ISBN 978-3-86827-427-1

Originally published in English under the title
At the Scent of Water
by Bethany House, a division of Baker Publishing Group,
Grand Rapids, Michigan, 49516, USA

Deutsch von Silvia Lutz
Umschlagbilder: © shutterstock.com / Ivory27s; MJTH
Johnnydevil; Pyvovarpavlo / © dreamstime.com
Umschlaggestaltung: Verlag der Francke-Buchhandlung GmbH /
Christian Heinritz
Satz: Verlag der Francke-Buchhandlung GmbH
Printed in Czech Republic

www.francke-buch.de

Wenn ein Baum gefällt wird, dann besteht Hoffnung, dass er wieder ausschlägt und neue Zweige treibt.
Seine Wurzeln mögen im Boden altern und der Stumpf absterben, trotzdem wird er schon allein vom Geruch des Wassers neues Grün treiben und ausschlagen wie ein junger Sämling.
Hiob 14,7-9 (Neues Leben)

Prolog

Die Geburtstagsgäste trafen sich mittlerweile schon seit fünf Jahren im Restaurant *The Inn* in Smoky Hollow. Normalerweise hätten sie woanders gefeiert – in früheren Jahren fand die Feier der Junigeburtstage in jedem Jahr woanders statt. Aber Ginnys Geburtstag war der einzige Junigeburtstag, der noch geblieben war, seit Evelyn gestorben war. Und sie beschloss seit fünf Jahren, hier zu feiern, obwohl sie sich nicht besonders viel aus gebackener Forelle machte und das Essen hier ein wenig teuer war. Das Restaurant war eleganter, als sie es gewohnt war, aber trotzdem entschied sie sich dafür. Und das alles nur wegen des Mannes am Ecktisch.

Der Mann war noch nicht gekommen. Sie sah, wie die Kellnerin das Besteck aufdeckte und die Servietten faltete, wie sie die Wassergläser genau auf ihren Platz stellte und die Flasche im Eiskübel drapierte. Jedes Jahr das gleiche Bild. Ginny warf einen Blick zur Tür. Er kam immer noch nicht. Sie konzentrierte ihre Aufmerksamkeit wieder auf Cora, die darauf wartete, dass Ginny sich begeistert über das Abonnement der Fernsehzeitschrift freute, das sie ihr geschenkt hatte. Ginny schaltete den Fernseher kaum noch ein und sah inzwischen so schlecht, dass sie ihre Großdruckbibel fast nicht mehr lesen konnte, aber Cora war ein Gewohnheitsmensch. Ginny tat ihr deshalb den Gefallen und kaufte ihr in jedem Dezember, wenn sich Coras Geburtstag nahte, ebenfalls ein solches Abonnement. Cora würde sich so etwas selbst nie leisten, aber ohne ihr Kreuzworträtsel würde ihr etwas fehlen. Sie schleppte es in ihrer Handtasche überall mit sich herum und hatte die verrückte Angewohnheit, es in den unmöglichsten Momenten herauszuziehen und eine oder zwei Zeilen auszufüllen. Ginny verstand nicht, wie jemand länger als ungefähr fünf Minuten brauchen konnte, um das ganze Rätsel zu bearbeiten, aber bei Cora war das anders: Sie sagte auf Anhieb die richtige Antwort, überlegte aber eine ganze Stunde hin und her, bevor sie das Wort eintrug. „Bist du wirklich absolut sicher, dass Little Joe der jüngste Sohn bei *Bonanza* war?

Ich dachte, es wäre der andere gewesen. Der Dicke." Und so ging es weiter.

Ginny setzte ein geduldiges Lächeln auf und tätschelte Coras alte, faltige Hand, an der die Venen hervortraten. Sie betrachtete das Gesicht ihrer Freundin – die Haut war faltig und dünn wie Pergament – und eine tiefe Zuneigung erfüllte sie. Cora war schon fast die ganzen neunundsiebzig Jahre ihres Lebens ihre Freundin, genauso wie die anderen. Sie waren schon miteinander zur Sonntagsschule gegangen. Fast achtzig Jahre Kummer und Glück, Liebe und Hochzeiten, Geburten und Todesfälle, Trauer und Freude. Und Geburtstage.

„Danke, Cora", sagte Ginny.

Cora, die zweifellos glaubte, Ginny sei wegen ihres lieben Geschenks zu Tränen gerührt, strahlte.

„Sehr gern geschehen", antwortete sie und klopfte mit ihrem knorrigen Finger auf die Zeitschrift. „Ich wusste, dass du damit rechnest."

Ginny lächelte. Dieses Mal war ihr Lächeln echt, als sie ihre Freundinnen liebevoll beobachtete, die um sie herumsaßen und sich gemütlich unterhielten. Die Jahre hatten sie aus der Kleinstadt, in der sie aufgewachsen waren, in alle Himmelsrichtungen verstreut. Diese Geburtstagsfeiern waren eine willkommene Gelegenheit, sich zu erzählen, was sich in ihrem Leben Neues zugetragen hatte. Marie erzählte Laura gerade von ihrem Urenkel. Er war an irgendeiner besonderen Hochschule angenommen worden, worüber sie fast platzte vor Stolz. Cora, die sich nicht übertrumpfen lassen wollte, warf ein, dass ihre Enkelin im dritten Semester in Folge als beste Studentin ihres Jahrgangs ausgezeichnet worden war. Ginnys Blick wanderte wieder zur Tür. Die Glasabtrennung, die seit dem letzten Jahr eingesetzt worden war – drei Viertel der Wand bestanden jetzt aus eingravierten Eisblumen – erschwerte ihr die Sicht. Sie konnte nur Beine und Haare sehen. Jetzt kamen gleich mehrere Beine, Frauensandalen, große Männerfüße und mehrere kleine Kinderbeine. Sie schaute hoffnungsvoll hinüber. Vielleicht hatte er sich mit der Frau versöhnt, für die der leere Stuhl bestimmt war, und sie kamen dieses Jahr mit der ganzen Familie, um zu feiern. Die Beine und Haare kamen um die Ecke. Ginny ließ den Blick schnell nach oben wandern. Keines der Gesichter kam ihr bekannt vor. Mehrere Menschen betraten nacheinander den Raum und nahmen am großen, runden Tisch in der Mitte Platz. Der Ecktisch war immer noch leer.

Die Kellnerin kam, um ihre Tassen nachzufüllen. „Noch mehr koffeinfreien Kaffee?", fragte sie und hob die Kanne mit dem orangefarbenen Rand hoch.

„Für mich lieber nicht", lehnte Cora ab. „Sonst bringe ich heute Nacht kein Auge zu."

Ginny wechselte einen vielsagenden Blick mit Marie, aber beide verkniffen sich einen Kommentar. Das war typisch Cora. Sie hatte immer etwas zu jammern. Marie warf einen Blick auf ihre Armbanduhr, und Ginny wurde ein wenig unruhig. Dem dunkelhaarigen Mann über den Weg zu laufen wurde immer schwerer, je älter sie wurde. Wieder zerbrach sie sich den Kopf, wo er wohl blieb, tröstete sich aber damit, dass er bis jetzt jedes Mal gekommen war. Jedes Jahr kam er um neunzehn Uhr fünfzehn, setzte sich mit Blick zur Tür an den Ecktisch, nippte an einem Glas Eistee und wartete.

Im ersten Jahr hatte er einen furchtbaren Anblick geboten. Das war das Jahr gewesen, in dem er die kleine Schachtel und die Rosen mitgebracht hatte. Dunkelrote Rosen, ein ganzes Dutzend, langstielig. Er hatte sie vor dem leeren Stuhl auf den Tisch gelegt und auf dem Stuhl gegenüber Platz genommen.

Das Eis in seinem Tee war geschmolzen, seine Augen hatten verletzt und traurig ausgesehen. Oh, sie hatte mit ihm gelitten, während sie hilflos mit angesehen hatte, wie die Minuten langsam verstrichen. Nach ungefähr zwanzig Minuten hatte er die kleine Schachtel herausgenommen, sie aufgeklappt und hineingeschaut, dann hatte er sie wieder geschlossen und zurück in seine Jackentasche gesteckt. Sie hatte so sehr mit ihm gelitten. Und sein Gesicht! Es hatte alles gezeigt, dieses Gesicht: die Hoffnung in seinen Augen, Schuldgefühle und Verzweiflung in den Linien von seiner Nase zum Mund, ein Anflug von Wut in der Art, wie er das Kinn und den Mund hielt. Damals hatte sie angefangen, für den dunkelhaarigen Mann zu beten.

„Himmlischer Vater", hatte sie geflüstert. „Du weißt alles. Vor dir ist nichts verborgen. Egal, wie die Situation ist, egal, wie groß der Schmerz ist, du kannst heilen. Bitte greif ein, Vater. Zeige diesem Mann deine große Liebe."

Er hatte abrupt aufgeblickt, als sie dieses Gebet geflüstert hatte, fast als hätte er sie gehört, obwohl das nicht möglich sein konnte. Ihre Blicke waren sich einen kurzen Moment begegnet. Ginny hatte ihm leicht zugenickt. Er hatte zurückgenickt, sich zu einem Lächeln gezwungen und dann wieder zur Tür geschaut. Er kam seit Jahren. Und wartete. Wenn auch nicht mehr mit dem unübersehbaren Schmerz des ersten Jahres. Letztes Jahr hatte er pessimistischer gewirkt, weniger hoffnungsvoll. Sie fragte sich, wie oft er noch kommen würde, wie lange er noch hoffen würde. Sie spürte plötzlich den starken Wunsch, für ihn zu beten.

„Lieber Gott, du kennst unser Herz und unsere Gedanken", murmelte sie leise. „Du kennst die Herzen eines jeden Menschen auf dieser Erde. Du weißt auch, was das Herz dieses Mannes bewegt und auf wen er so verzweifelt wartet. Führe diese beiden Menschen wieder zueinander, Herr. Bring sie irgendwie zusammen. Ich muss es nicht erfahren, wie du das tust. Aber ich bitte dich, dass du eingreifst und ihre verletzten Herzen tröstest und heilst."

Susan räusperte sich. Eine Kellnerin stand an Ginnys Tisch und lächelte nachsichtig über die senile, alte Frau, die leise vor sich hin murmelte.

„Möchten Sie eine Nachspeise?", fragte sie freundlich. Ginny sah eine Gelegenheit, weitere zwanzig Minuten zu gewinnen.

„Ich habe meinen Geburtstagskuchen noch nicht bekommen", sagte sie so fröhlich, wie sie konnte. Den Kuchen konnten die anderen ihr nicht verwehren. Sie lehnten sich seufzend auf ihren Stühlen zurück und ergaben sich ihrem Schicksal. Ginny warf einen Blick auf ihre Armbanduhr. Er müsste jetzt jede Minute kommen. Jedes Jahr um neunzehn Uhr fünfzehn. Noch fünf Minuten, dann würde er auftauchen.

„Möchte sonst noch jemand einen Nachtisch?", fragte sie.

Alle schüttelten den Kopf. „Ich schaffe keinen Bissen mehr", protestierte Susan.

Ginny ignorierte die nicht gerade feinfühlige Aufforderung, die Feier endlich zu beenden. Um ihre Freundinnen zufriedenzustellen, begann sie, ihre Geschenke zusammenzupacken. Ihr Blick war auf die Tür gerichtet. Sie ignorierte alles andere um sich herum und sprach weiter mit Gott. Dieses Mal in ihrem Herzen. Sie betete weiter und hielt die Augen offen. Im selben Moment, in dem die Kellnerin mit dem winzig kleinen Kuchen und dem albernen Geburtstagshut um die Ecke kam, trat er ein. Vor Erleichterung hätte sie fast ihr eigenes Geburtstagsständchen angestimmt.

Er war ein sehr großer Mann. Zwischen einen Meter fünfundachtzig und einen Meter neunzig groß, schätzte sie, und attraktiv. Er sah sehr gut aus. Ginny schnalzte mit der Zunge und schüttelte bei diesem Gedanken leicht den Kopf. Attraktive, gut aussehende Männer konnten Schwierigkeiten machen. Sie waren es gewohnt, ihren Willen durchzusetzen. Obwohl der junge Mann nett aussah, war sie fest davon überzeugt, dass mehr in ihm steckte als nur ein gutes Aussehen. Seine Haare waren dunkel, seine Gesichtszüge mutig. Aber er strahlte noch etwas anderes aus, aus dem sie schloss, dass er Charakter besaß, obwohl sie nicht genau sagen konnte, was es war. Sie fand, dass er Vertrauenswürdigkeit und Kompetenz ausstrahlte. Und obwohl sie nicht sagen konnte, warum, wusste Ginny, dass ihr Leben bei ihm in guten Händen wäre, falls sie je in eine Situation geriete, in der sie Hilfe brauchte.

Er hatte ein ruhiges, beherrschtes Gesicht. Gute, ehrliche Augen. Der Anzug stand ihm gut, aber Ginny konnte sich ihn genauso gut in einer Arbeitshose beim Heuaufladen vorstellen. Bei diesem Gedanken schüttelte sie den Kopf. Er war schwere Arbeit und Opfer gewohnt, das sah man seinem Gesicht an. Aber es gab eindeutige Anzeichen, dass in seinem Beruf keine anstrengende körperliche Arbeit von ihm verlangt wurde. Zum Beispiel wusste Ginny, ohne hinzusehen, dass sein Hemd weiß und gestärkt war, obwohl sein marineblaues Jackett sich um seine breiten Schultern spannte. Und sie hätte gewettet, dass seine geschickten Hände keine Schwielen aufwiesen. Er setzte sich jetzt mit einer selbstverständlichen Ungezwungenheit, schüttelte den Kopf, als ihm die Speisekarte angeboten wurde, und wandte den Blick nicht von der Tür ab.

Die Kellner und Kellnerinnen bauten sich um Ginnys Tisch herum auf, um das obligatorische Geburtstagsständchen zu singen. Er schaute herüber und erwiderte ihren Blick. Er warf ihr ein schnelles Lächeln zu. Ihr Herz wurde plötzlich schwer, als sein Gesicht wieder ernst wurde, denn dieses Jahr war etwas anders. Die wütende Traurigkeit und Hoffnungslosigkeit hatten sich in seinem Gesicht verankert und waren ein Teil davon geworden. Er würde bald aufgeben, falls er es nicht schon getan hatte. Das wusste sie mit einer plötzlichen Gewissheit, genauso wie sie sich sicher war, dass sie nicht aufhören würde für ihn zu beten. Er durfte nicht aufgeben, auch wenn sie nicht erklären konnte, warum sie das mit einer solchen Gewissheit wusste.

„Lieber Herr Jesus", begann sie, wurde aber im nächsten Moment von dem albernen Geburtstagsständchen unterbrochen. Sie schüttelte ungeduldig den Kopf, als ihr jemand den Strohhut mit den rosa Blümchen auf den Kopf setzte und alle zu singen begannen. Sie ließ es über sich ergehen und lächelte freundlich, während das voll besetzte Restaurant nachsichtige Blicke auf die schrulligen, alten Damen warf, die immer noch ihre Geburtstage feierten. So bald wie möglich nahm Ginny den Hut ab, und zum Glück verschwanden die Sänger alle wieder. Sie nahm einen kleinen Bissen von ihrem Kuchen. Ihre Freundinnen hatten jede ein winziges Stück davon bekommen, sogar Susan. Die Kellnerin füllte noch einmal die Kaffeetassen. Ginny betete, während sie langsam in winzigen Häppchen ihren Kuchen aß und zusah, wie der Mann die Füße und Köpfe beobachtete, die vor ihm vorüberzogen.

Die Zeit verging. Marie rief ihren Sohn an, dass er sie abholen sollte, und die anderen begannen, die Rechnung untereinander aufzuteilen. Der Mann zog sein Jackett aus. Genau wie sie erwartet hatte, war sein weißes Hemd steif gestärkt und glatt gebügelt. Er krempelte die Ärmel bis zu den Ellbogen hoch und lockerte seine Krawatte. Dann nippte er an seinem Tee. Die Kellnerin beugte sich über seinen Tisch und sagte etwas zu ihm. Er schüttelte erneut den Kopf. Sie zog die Rechnung aus der Schürzentasche und legte sie vor ihm auf den Tisch. Als Ginny gerade anfing, ihre Sachen zu packen und zu gehen, beugte sich der Mann wie elektrisiert nach vorne. Ginny folgte seinem Blick.

Eine Frau hatte seine Aufmerksamkeit erregt. Besser gesagt, die Haare einer Frau, denn mehr konnte man über der Glasabtrennung nicht sehen. Die Haare dieser Frau waren ein Meer aus rotbraunen Locken, die zu einem unordentlichen Knoten hochgesteckt waren.

Ginny warf wieder einen Blick auf den Mann. Er hatte sich halb von seinem Stuhl erhoben. Aus seinem Gesicht sprach zu gleichen Teilen Angst und Hoffnung. Die Frau kam um die Ecke, blieb stehen und ließ den Blick durch den Raum schweifen. Ihre Augen wanderten über den Mann und zeigten nicht das geringste Anzeichen, dass sie ihn kennen würde. Schließlich entdeckte sie die Gruppe, die um den runden Tisch in der Mitte saß. Sie winkte und ging auf die Leute zu. Ginny schaute den Mann wieder an. Die Enttäuschung stand ihm deutlich ins Gesicht geschrieben. Er ließ sich auf seinen Stuhl fallen, wandte den Blick von der Frau ab und starrte einen Moment die Wand an. Sie konnte sehen, dass er große Mühe hatte, sich wieder zu fangen. Er atmete tief ein und wieder aus und zog dann die Brieftasche aus seinem Jackett.

Ginny stand auf.

„Gehst du schon?“, fragte Cora.

„Nein“, antwortete sie schnell.

„Gehst du zur Toilette?“, mischte sich Marie ein. „Warte auf mich. Ich komme mit.“ Aber Ginny trat vom Tisch weg, bevor Marie ihren Rollator zurechtrücken konnte. Sie ging zum Tisch in der Ecke und blieb vor dem Mann mit den traurigen Augen stehen. Sie waren blau, wie sie jetzt sehen konnte. Ein helles, klares Blau. Sie hatte keine Ahnung, was sie sagen sollte, aber das hatte sie früher auch nie aufhalten können.

„Hilf mir, Herr Jesus“, flüsterte sie.

Er blickte von der Rechnung auf. Ginny fiel unwillkürlich auf, dass er viel Trinkgeld gab. Er zog die Brauen in die Höhe. Sein Gesicht war höflich, verriet aber, dass er keine Ahnung hatte, warum sie zu ihm kam. Ihr schossen verschiedene Dinge durch den Kopf, die sie sagen könnte. Aber das war nicht besonders wichtig, erkannte sie. Mit neunundsiebzig Jahren konnte man sich vieles erlauben.

„Junger Mann, stört es Sie, wenn ich mich kurz zu Ihnen setze?“

„Nein, Madam“, antwortete er und stand sofort auf. Er kam um den Tisch herum und zog den Stuhl für sie zurück. Er war gut erzogen. Er hatte keine Ahnung, wer diese verrückte, alte Frau war, trotzdem war er sofort bereit, ihr wie ein Gentleman zu helfen.

„Ich will mit Ihnen sprechen“, sagte sie, als er auf seine Seite des Tisches zurückgekehrt war.

„Ja, Madam?" Sein Gesicht wurde noch fragender, aber er nickte, setzte sich wieder und wartete höflich.

„Ich habe Sie beobachtet." Sie beschloss, ohne Umschweife zur Sache zu kommen.

Ihre unverblümte Direktheit schien ihn zu überraschen, aber dann nickte er. „Wie war Ihr Geburtstag dieses Jahr?", fragte er mit einem leichten Lächeln. „Haben Sie wieder ein Abonnement von *TV aktuell* bekommen?"

Ginny nickte lachend. „Ohne dieses Abo würde bei meinem Geburtstag etwas fehlen."

Er schüttelte den Kopf. „Wenn ich das sagen darf: Der Hut, den man Ihnen aufgesetzt hat, steht Ihnen nicht. Er erinnert mich an Minnie Pearl. Ich habe fast damit gerechnet, dass Sie gleich das Lasso schwingen und erzählen, wie schön es sei, auf der Welt zu sein. Er ist nicht elegant genug für eine Frau wie Sie."

Was für ein Unsinn! Trotzdem erwiderte sie sein Lächeln. Er war ein sehr netter Mann. In ihr regten sich missbilligende Gefühle gegenüber der rothaarigen Frau, die auf dem Stuhl sitzen sollte, auf dem sie jetzt saß, aber sie bereute diese Gedanken schnell. Wer wusste schon, was zwischen den beiden vorgefallen war? Jede Geschichte hatte immer zwei Seiten. Das wusste sie nur zu gut.

„Hören Sie mir bitte zu", begann sie und beschloss, ohne Umschweife zur Sache zu kommen. „Ich habe eine Nachricht für Sie."

Überraschung trat in sein Gesicht, verwandelte sich aber schnell in Verwirrung, gemischt mit Hoffnung.

Ginny hätte sich ohrfeigen können. „Von Gott, sozusagen", fügte sie hinzu und sah, wie die Hoffnung aus seiner Miene verschwand und einem resignierten Interesse wich.

„Ja, Madam?"

Kein Widerspruch. Kein Unglaube. Das gefiel ihr. Das verriet, dass er einiges über Gottes Wege gelernt hatte, auch wenn die beiden im Moment vielleicht nicht miteinander sprachen. „Jetzt ist kein guter Zeitpunkt, um das Beten aufzugeben", wiederholte sie den Gedanken, der ihr auf der Seele brannte.

Er starrte sie verwirrt an. „Das war alles?", fragte er. „Das ist die Nachricht von Gott?"

Sie nickte. „Das ist alles."

Er atmete wieder tief ein. Sie hatte ihn lang genug beobachtet, um zu wissen, dass er das machte, wenn er entmutigt war. Sie spürte, dass Gott sie drängte, noch etwas anderes zu tun, und wehrte sich nicht dagegen. Sie hatte endlich gelernt, dass es sich nicht auszahlte, ihm nicht zu gehorchen. Sie sparte sich viel Zeit und Kummer, wenn sie gleich tat, wozu er sie aufforderte. Ginny legte ihre knöchrige, alte Hand auf seine Hand, die vor ihr auf dem Tisch lag. Er schaute überrascht auf, aber er zuckte nicht zusammen und zog die Hand nicht zurück. Sie ergriff seine Hand. Er öffnete die Handfläche und erwiderte ihren Händedruck. Sein Griff war fest und warm. Es waren geschickte, kräftige Hände, aber wie sie geahnt hatte, wiesen sie keine Schwielen auf. Sie hielt seine Hand sanft fest und beugte mitten in dem voll besetzten Restaurant den Kopf.

„Lieber Herr Jesus", betete sie. „Rühre sein Herz an. Rühre ihr Herz an. Fang jetzt in dieser Minute an, sie mit einem unsichtbaren Band wieder zusammenzuführen. Lieber Gott, ich bitte dich, dass du alles tust, was dazu nötig ist, bis sie wieder zusammen sind." Sie schwieg einen Moment und wartete, aber ihr kamen keine anderen Worte in den Sinn. Wenn man fertig war, war man fertig. Er hörte diese Worte vielleicht zum ersten Mal. „Amen", sagte sie.

„Amen", antwortete er leise.

Ginny öffnete die Augen und schaute ihn an. Seine Augen waren ein wenig feucht. Sie wandte den Blick ab, um ihm Gelegenheit zu geben, sie unauffällig abzuwischen. Sie schaute zu ihrem eigenen Tisch hinüber. Cora starrte sie mit offenem Mund an, und Marie stand mit ihrem Rollator da und sah aus, als würde sie gleich zu ihnen herüberhumpeln und ihnen Gesellschaft leisten. Ginny drückte die Hand des Mannes ein letztes Mal. Dann stand sie auf und bedeutete ihm, sitzen zu bleiben, als er aufstehen und ihr helfen wollte.

„Ich werde für Sie beten", versprach sie. Dann kehrte sie zu ihren Freundinnen zurück.

„Was in aller Welt hatte das jetzt zu bedeuten?", rief Cora neugierig.

„Hast du dort drüben gebetet?", fragte Marie verblüfft.

„Was ist denn passiert?", wollte Laura wissen. „Ich habe nichts gesehen."

„Gehen wir“, forderte Ginny ihre Freundinnen auf. „Ich erzähle es euch später.“ Sie brauchten noch ein paar Minuten, um ihre Sachen einzupacken und das Trinkgeld aufzuteilen. Als Ginny ihre neun Dollar und siebenundzwanzig Cents auf den Tisch gelegt hatte, war der Mann in dem gestärkten weißen Hemd und mit den traurigen blauen Augen verschwunden.

Teil 1

Kommt heim, kommt heim,
ihr, die ihr müde seid,
kommt heim.

1

Sam verließ das Restaurant *The Inn* und trat in die Abenddämmerung hinaus. Obwohl es heute sonnig und warm gewesen war, lag eine kühle Feuchtigkeit in der Bergluft, als die Sonne langsam unterging. Alles wirkte sauber und belebend, obwohl Sam genau wusste, dass das eine Täuschung war, ein Taschenspielertrick Gottes. Darin lag irgendwie eine bittere Ironie, denn gleichzeitig hielt Gottes Hand das zurück, was sie hier alle so dringend benötigten. Regen. Feuchtigkeit. Den Duft von kühlem Wasser. Denn diese Berge und auch der Rest des Bundesstaates, genauer gesagt, der gesamte Südosten der Vereinigten Staaten litt unter einer grausamen Dürre.

In den letzten drei Jahren hatte es nicht geregnet. Natürlich hatten sie hin und wieder ein Gewitter und einen kurzen Schauer erlebt, gerade genug, dass die Pflanzen sich aufrichteten und ihre Wurzeln hoffnungsvoll ausstreckten, nur um dann zu verwelken, sich zusammenzuziehen und abzusterben, weil sie keine ausreichende Feuchtigkeit fanden. Allein im letzten Jahr war die Regenmenge fünfzig Zentimeter unter Normal gewesen. Die Bäche waren ausgetrocknet, die Quellen nur noch eine matschige Brühe. Bauern hatten ihre Ernten verloren und mussten ihr Vieh verkaufen. Wenn es noch ein Jahr so weiterginge, würden einige ihre Häuser und Farmen verlieren. Sam fragte sich, ob sich an der angespannten Situation bald etwas ändern würde. Er ließ seinen Blick jetzt über den Himmel schweifen und hoffte, Wolken zu sehen. Er sah nichts als das weite Blau, das über den mit Bäumen bewachsenen Gipfeln der Smoky Mountains, die sich in der Ferne erstreckten, in das Grau der Nacht überging.

Sein Magen rumorte bei den widersprüchlichen Gefühlen, die sich immer in ihm regten, wenn er hierherkam. Er warf sich das Jackett über die Schulter und schlenderte zum Aussichtspunkt ein Stück hinter dem Restaurant. Im Osten lag North Carolina, die Gegend, die früher sein Zuhause gewesen war. Er konnte den Lake

Junaluska und dahinter Maggie Valley, Gilead Springs, Waynesville und Silver Falls sehen. Hinter diesen Orten funkelten die Lichter von Asheville in der Dämmerung. In seinem Rücken, gleich über dem Höhenzug, lag Tennessee, das Bundesland, aus dem er erst vor wenigen Stunden gekommen war.

The Inn stand gleichzeitig in zwei verschiedenen Welten, genauso wie er. Sam atmete tief ein und schaute sich um. Die Wälder waren dicht und schön, unter den schattenspendenden Dächern der Kiefern und Eichen war es angenehm kühl, der Waldboden war ein würzig duftender Teppich aus Nadeln und Blättern. Hier und da sah er einen rosa Rhododendron scheu durch die grünen Blätter lugen.

Die unvergleichliche Schönheit dieser Berge raubte ihm den Atem. Er fragte sich, wie sie es schaffte, von hier wegzubleiben, ohne das alles zu vermissen. Andererseits könnte sie ihm dieselbe Frage stellen, falls sie je lang genug an ihn dachte, um auf diesen Gedanken zu kommen. Er lebte seit fünf Jahren im Exil, verbannt nach Knoxville mit seinem hektischen Straßenverkehr, den überfüllten Schnellstraßen, dem glänzenden Chrom und der glühenden Hitze. Er hatte das Gefühl, als würde irgendetwas ihm den Weg versperren, falls er versuchen sollte, nach Hause zurückzukehren. Aber egal, ob er es sich eingestand oder nicht – diese Berge übten immer noch eine starke Anziehungskraft auf ihn aus.

Er betrachtete das Panorama, das sich um ihn herum ausbreitete. Die mit Bäumen überwachsenen Hügel der Smoky Mountains bildeten dunkelgrüne Wellen, gingen in ein intensives Blaugrün über und wurden in der Ferne verschwommen blau. Die Bäume gaben Kohlenwasserstoff ab, der für den typischen blauen Dunst verantwortlich war. Ihm wäre es lieber, wenn er diese wissenschaftliche Erklärung nicht wüsste. Ihm gefiel viel besser, was er als Junge geglaubt hatte. Damals waren die Berge irgendwie magisch gewesen, ein übernatürliches Land aus einer anderen Welt. Aber das stimmte nicht. Das wusste er jetzt mit Gewissheit.

Er ging ein Stück spazieren, schob sich durch ein tief wachsendes Gebüsch und schaute auf die Felslandschaft hinab, die früher ein rauschender Wasserfall gewesen waren. Hier hatten sich früher gewaltige Wassermassen tosend über die Granitstufen ergossen und einen gewundenen, schäumenden Fluss gebildet, der über ein Felsenbett gesprudelt war. Jetzt gab es nur noch ein schwaches Rinnsal, und vom Fluss war fast nichts mehr zu sehen. Nur ein träges kleines Bächlein war geblieben. Es wäre besser, wenn der Fluss ganz verschwunden wäre. Dann gäbe es nichts, das ihn daran erinnerte, wie es früher gewesen war. Jetzt erinnerte er sich an die weiße Flut, die kühlen, blauen Bäche, den spritzenden Schaum, als das Wasser über die Felswand herabgestürzt war, die sprudelnden Wirbel, wenn es sich zwischen den Felsen seinen Weg gebahnt hatte.

Er überlegte, wie es wäre, wenn es wieder zu regnen begänne, wenn die Himmel sich wieder öffneten und ihr Leben spendendes Wasser schenkten. Er gab sich der Vorstellung hin, wie ein kleiner Bach größer wurde und immer breiter, bis er sich sprudelnd über das trockene Flussbett ergoss. Er stellte sich vor, was für ein Gefühl es wäre, wenn dieser Regen tatsächlich einsetzen würde. Er konnte die ersten zögernden Tropfen fast fühlen, aus denen sich dann Rinnsale bildeten, die sein Gesicht nässten und seinem müden Körper Linderung verschafften, ein erfrischender, kühlender Fluss.

Er knöpfte seinen Kragen auf und atmete einige Male tief durch. Fast hatte er das Gefühl zu ersticken. In letzter Zeit befielen ihn manchmal seltsame Gefühle, und das in den ungünstigsten Augenblicken. Es wurde immer schwerer, ohne die innere Kraft weiterzumachen, die ihn früher angetrieben hatte. Letzte Woche hatte er zweimal, als er gerade das Skalpell in ein winziges Herz drücken wollte, plötzlich sich selbst gesehen, als wäre er Zuschauer bei seiner eigenen Operation. *Was machst du da?*, hatte er sich gefragt. *Wofür hältst du dich?* Und seine Hand hatte gezögert. Niemand hatte etwas bemerkt außer seiner Operationsschwester, Florence, die ihn und viele seiner Geheimnisse schon lange kannte. Sie hatte einen schnellen Blick auf ihn geworfen, und ihre hellgrauen Augen hatten ihn über ihrer Atemschutzmaske scharf angesehen. Vielleicht hatte sie sich gefragt, ob jetzt der Tag gekommen sei, an dem seine Hand ausrutschte oder sich nicht schnell genug bewegte. „Passiert so etwas wieder?", schien sie ihn zu fragen. Das fragten sich alle.

Diese ganzen Operationen waren fehlerfrei verlaufen, aber die Vorfälle hatten ihn sehr beunruhigt. Er wusste, dass er die Operationen schon seit Jahren nur noch fast automatisch herunterspulte.

Seit fünf Jahren, um genau zu sein. Natürlich, er war immer noch technisch perfekt, wenn auch nicht mehr so brillant und kreativ. Aber in letzter Zeit hatte er Angst bekommen. Vor sich selbst, vermutete er, obwohl er nicht genau wusste, was das bedeutete. Er wusste lediglich, dass er sich genauso trocken und rissig fühlte wie das Flussbett, das unter ihm lag. Und er wusste, dass sich leicht etwas entzünden könnte, falls etwas sein verwundetes Herz traf, egal, wie ruhig er äußerlich wirkte oder wie kompetent er operierte. Etwas Lebenswichtiges, das ihn geschützt hatte, war verschwunden, und die Willenskraft, die er an seiner Stelle eingesetzt hatte, nutzte sich immer mehr ab.

Sam verdrängte diese beunruhigenden Gedanken und konzentrierte sich lieber auf etwas anderes. Er dachte an die Begegnung, die er gerade gehabt hatte, und schüttelte den Kopf. Er war nicht sicher, ob sie eine verwirrte alte Frau oder eine Prophetin Gottes gewesen war. Er tendierte zu verwirrter alter Frau. Bei diesem Gedanken zog sich sein Herz unerwartet traurig zusammen.

Er schaute zum immer dunkler werdenden Himmel hinauf. Hier konnte man die Sterne sehen. Er war weit genug weg von den Lichtern der Großstadt, um sie klar erkennen zu können. Er betrachtete einen Moment den Himmel. Die Sterne sahen aus, als stünden sie fest und bewegten sich nicht, aber er wusste die Wahrheit. Sie bewegten sich. Die Dinge veränderten sich. Nichts war gewiss. Nichts blieb dort, wohin man es gelegt hatte. Er wandte den Blick von den Sternen ab und richtete ihn auf den Schotterweg unter seinen Füßen.

Er kam seit fünf Jahren hierher. Er betete seit fünf Jahren. Seit fünf Jahren rief er sie an, hinterließ Nachrichten auf ihrem Anrufbeantworter und bat sie, an den Ort zurückzukommen, an dem er sie gefragt hatte, ob sie mit ihm zusammenleben wolle, bis dass der Tod sie scheiden würde. Und seit fünf Jahren wartete er.

Er erinnerte sich an die törichte Hoffnung, die ihn durch das erste Jahr getragen hatten. Sie war traumatisiert, hatte er sich gesagt. Sie brauchte einfach Zeit, um sich von den Ereignissen zu erholen, die sowohl ihr Herz als auch sein Herz in einen Scherbenhaufen verwandelt hatten. Er hatte sich gezwungen, ihr diese Zeit zu geben. Er hatte sich große Mühe gegeben, sich zu beherrschen, obwohl er alles getan hatte, um herauszufinden, wo sie war. Er konnte es nicht ertragen, das nicht zu wissen. Er hatte nicht geschlafen oder gegessen, solange er nicht mit eigenen Ohren gehört hatte, dass sie in Sicherheit war. Denn war das nicht seine Aufgabe? Sich um sie zu kümmern? Dafür zu sorgen, dass alles, was sie betraf, so lief, wie es sollte? Er schüttelte frustriert den Kopf, da er wusste, wie kläglich er versagt hatte.

Er hatte einen Privatdetektiv engagiert. Es war lächerlich leicht gewesen, Annie zu finden. Der Detektiv hatte sie innerhalb weniger Stunden ausfindig gemacht. Lange bevor sie angerufen und ihre knappe Nachricht auf dem Anrufbeantworter hinterlassen hatte, hatte Sam gewusst, dass sie jetzt in Seattle wohnte. 201 Brady Way, Apartment C. Er hatte gewusst, dass sie eine Stelle bei der *Seattle Times* angenommen hatte. Und dass sie immer noch seinen Ford Pick-up fuhr.

Danach hatte er nichts weiter unternommen. Er hatte sich gezwungen, sich mit dem Wissen zufriedenzugeben, dass sie in Sicherheit war, dass sie alles hatte, was sie zum Leben brauchte. Mehr konnte er nicht für sie tun. Er ließ die Bankkonten weiterhin auf ihre beiden Namen laufen und sorgte dafür, dass sie gut gefüllt waren, aber nach den ersten tausend Dollar hatte sie nichts mehr abgehoben.

Sam hatte gewartet, die Tage und Wochen gezählt, während er sich sicher gewesen war, dass sie zurückkommen würde. Als fast ein Jahr vergangen war, an ihrem Hochzeitstag, hatte er dieses Datum als Vorwand benutzt, um Kontakt zu ihr aufzunehmen. Er hatte sich seine Worte genau überlegt, er hatte seine kleine Rede eingeübt, bis sie perfekt gewesen war. Er verstand sie. Sie war traurig gewesen. Sie war aufgeregt gewesen. Aber jetzt war sie sicher bereit, mit ihm zu sprechen und ihn wieder in ihr Leben zu lassen. Er hatte viermal angerufen und schließlich seine Rede auf ihrem Anrufbeantworter hinterlassen.

„Komm nach Hause“, hatte er gesagt. „Bitte, ich möchte mich um dich kümmern. Bleib nicht fort, Annie. Komm zu mir zurück.“

Sie hatte auf ähnliche Weise geantwortet und ihm eine Nachricht hinterlassen. Sie hatte mittags angerufen, als sie genau gewusst hatte, dass er bei der Arbeit war.

„Einverstanden“, hatte sie gesagt. „Ich treffe mich mit dir.“

Diese Worte hatten die Tür zwischen ihnen geöffnet, obwohl ihr angespannter, ängstlicher Tonfall sich gleichzeitig dagegen gewehrt hatte. Sein hoffnungsvolles Herz hatte sich damals natürlich geweigert, die Wahrheit anzuerkennen. Aber nach den ersten paar Minuten im Restaurant in Smoky Hollow hatte er gewusst, dass sie nicht kommen würde. Er erinnerte sich, wie sein Mut gesunken war, als er dort gesessen und gewartet hatte. Schließlich war ihm bewusst geworden, wie sehr er ihre Trauer und ihren Schmerz unterschätzt hatte. Ihre Bitterkeit.

Er fragte sich jetzt, warum er weiterhin Jahr für Jahr gekommen war. Er wusste die Antwort. Es war das einzige Verbindungsglied zwischen ihnen, das noch geblieben war. Es aufzugeben hieße zuzugeben, dass alle Hoffnung gestorben war.

Er starrte in das leere Flussbett und dachte an ein Theaterstück, das er einmal über eine Frau gesehen hatte. Sie hatte jeden Abend an der Tür gestanden und ihren Hund gerufen, bis sie schließlich die Realität akzeptiert hatte: Sheba würde nicht zurückkommen.

Genauso wenig wie die Frau, auf die Sam wartete. Die Endgültigkeit dieser Erkenntnis traf ihn wie ein Schlag. In ihm regte sich plötzlich ein Anflug von Ärger und nicht die dumpfe Resignation, die er erwartet hätte. Die Worte der alten Frau gingen ihm wieder durch den Kopf. „Jetzt ist kein guter Zeitpunkt, um das Beten aufzugeben.“

Er verwarf diese Worte mit einem energischen Kopfschütteln. Sie war kein Bote Gottes, nur eine einsame alte Frau, die sein trauriges kleines Schauspiel beobachtet hatte und dachte, sie hätte Gottes Stimme gehört. Aber offenbar hatte sie nur ihre eigenen Wünsche in Worte gefasst. Außerdem war es zu spät. Er hatte das Beten bereits aufgegeben. Er konnte sich nicht erinnern, wann genau, aber irgendwann, seit er vor einem Jahr an diesem Tag hier gestanden hatte, hatte er aufgegeben, Gott um etwas zu bitten, das er nie bekommen würde.

Es war vorbei. Es war Zeit, die Vergangenheit hinter sich zu lassen und in die Zukunft zu blicken. Es war dumm von ihm gewesen, so lange zu warten. In dieser Erkenntnis lag eine leere, bittere Endgültigkeit, aber wenigstens waren die Dinge jetzt geklärt. Es war vorbei. Er würde nicht mehr hierherkommen. Er starrte in die Dunkelheit hinein und dachte über die Fehler nach, die er gemacht hatte. Schließlich nahm er den Ring ab, den er immer noch am Ringfinger seiner linken Hand trug. Er griff in die Brusttasche seines Jacketts, holte das kleine Samtkästchen heraus, in dem sich der Ehering seiner Frau befand, legte seinen eigenen dazu und klappte es zu. Dann zog er die Schlüssel aus der Tasche und ging zu seinem Auto.

Sam fuhr los und bemühte sich, möglichst an nichts zu denken. Er überquerte die Grenze zwischen North Carolina und Tennessee. Als er sich der Abzweigung zu seiner Wohnung in Knoxville näherte, fuhr er weiter. Er passierte die Stadtgrenze und durchquerte Varner's Grove, wobei er einer bekannten Strecke folgte. Er war anfangs jeden Tag hierhergekommen, hatte geschaut, gehofft, für die geringste Veränderung gebetet, eine Veränderung des Zustands – eine Veränderung, die ein Zeichen dafür wäre, dass das Unheil abgewendet werden könnte, dass die Mauer, die sich von allen Seiten um ihn herum aufgebaut hatte, eingerissen werden könnte. Aber ohne den geringsten Erfolg. Nach einer Weile hatte er angefangen, nur noch einmal in der Woche zu kommen. Dann einmal im Monat. Ein Teil von ihm wollte es hinter sich bringen. Es vergessen. Aber das konnte er nicht, denn es verfolgte ihn wie ein kalter Schatten, wohin er auch ging. Es war eine schreckliche Erinnerung daran, dass ein Fehler nicht immer rückgängig gemacht werden konnte.

Sam fuhr auf den stillen Parkplatz, der bis auf ein paar Reihen alter Autos, die den Angestellten des Pflegeheims gehörten, leer war. Er stellte sein Auto ab und schämte sich plötzlich, weil es neu und mit dem modernsten Komfort ausgestattet war. Er versperrte den Wagen mit einem Druck auf die Fernbedienung, hörte das Surren der Elektronik und ging den geschotterten Weg hinauf, vorbei an einem Betontopf mit braunen Buntnesseln und Zigarettenkippen. *Rosewood Manor* war ein staatliches Pflegeheim. Von außen sah man Ziegelsteine und Beton, von innen abgenutzte Linoleumböden und abblätternde Farbe. Es roch unangenehm. Hier fristete Kelly Bright seit fünf Jahren ihr Leben.

Er ging durch die sich automatisch öffnenden Türen und an der leeren Empfangstheke vorbei zum Stationszimmer. Er erkannte die diensthabende Altenpflegerin. Sie gehörte zu den netten Pflegerinnen hier, war ungefähr fünfzig und stämmig, und ihre Haare hatten die gleiche fahle Farbe angenommen wie ihre Haut. *Helen* stand auf ihrem Namensschild. Er begrüßte sie und stellte sich vor.

„Ich erinnere mich an Sie", sagte sie.

Sofort spürte er, wie sich sein Körper anspannte, aber die Augen, mit denen sie ihn anschaute, waren mitfühlend.

„Wie geht es Ihnen, Dr. Truelove?" Sie legte ihre Brille auf den Berg Patientenakten, der sich vor ihr auftürmte.

„Es geht schon", antwortete er und war nicht bereit, ihr die Wahrheit zu sagen. „Wie geht es Kelly?"

Sie legte den Kopf schief und dachte über die Antwort nach, zu der sie nicht verpflichtet war. „Möchten Sie ihre Akte sehen?"

„Nein." Seine Antwort kam abrupt. Er fühlte sich bei diesem Gedanken schrecklich.

„Es geht ihr sehr schlecht", sagte Helen mit ernster Miene. „Sie hat wieder eine Lungenentzündung. Und sie hat eine Harnwegsinfektion. Dr. Evers hat Antibiotika angeordnet, aber bis jetzt spricht sie nicht darauf an. Und sie hat immer noch einen Dekubitus am Gesäß und an den Fersen, aber das sind die geringsten Probleme."

Sam nahm die Informationen auf, die niederdrückend und entmutigend waren. Alle drei Probleme – Lungenentzündung, Harnwegsinfekt und Dekubitus – waren traurige Folgeerscheinungen von Kellys Koma. Kellys Körper nahm weiterhin Luft auf und stieß sie wieder aus, nahm Nahrung auf und schied sie aus, und ihr Herz und ihre Gefäße funktionierten bestens. Dass seine Operation letztendlich erfolgreich gewesen war, war ein Beweis für Gottes Grausamkeit. Aber ihr Gehirn hatte sich ausgeschaltet und funktionierte nicht mehr, weil ihm lebenswichtiger Sauerstoff gefehlt hatte, als er zu spät reagiert hatte. In diesem Zustand befand es sich jetzt seit fünf Jahren.

Sam ging über den abgenutzten Flur zu ihrem Zimmer. Seine

Beine waren schwer wie Blei. Eine alte Frau in einem Rollstuhl versperrte ihm den Weg.

„Wo ist Donald?“, fauchte sie ihn an. „Haben Sie ihn gesehen? Ich habe ihm gesagt, dass er sofort nach Hause kommen soll. Aber er ist noch nicht zurück.“

„Nein, Madam. Ich habe ihn nicht gesehen“, antwortete er wahrheitsgemäß und ging um sie herum. Er schritt an ein paar anderen Heimbewohnern vorbei und grüßte sie mit einem Kopfnicken. Einige grüßten ihn ebenfalls. Mit diesen Patienten hatte er das größte Mitleid.

Kellys Tür stand halb offen. Er klopfte. Niemand antwortete. Langsam trat er ein. Das bekannte Grauen regte sich in ihm. Das Licht war gedämpft, die Jalousien waren zugezogen. Die Pflegerin, mit der er bei seinem letzten Besuch gesprochen hatte, hatte gesagt, dass sie versuchten, das Zimmer tagsüber hell zu halten und nachts dunkel. Irgendwie hatte ihn diese Erklärung schockiert. Dass ein Teil von Kellys Gehirn vielleicht immer noch wusste oder sich dafür interessierte, ob die Jalousien offen oder zugezogen waren, war eine Möglichkeit, die ihn quälte und gleichzeitig einen Funken irrationaler Hoffnung in ihm weckte.

Kelly hatte ein Einzelzimmer. Er trat an ihr Bett. Sie lag still und mit geschlossenen Augen da. Dafür war er dankbar. Wenn sie vor sich hin murmelte und sich bewegte, als lebe noch jemand in diesem Körper und versuche, einen Weg aus seinem Gefängnis zu finden, war es schlimmer, obwohl Sam wusste, dass das keine bewussten Reaktionen waren.

Auf dem Tisch in der Ecke stand ein Strauß Luftballons. „Alles Gute zum Geburtstag“, stand darauf. Er schluckte schwer. Auf dem Tisch neben ihrem Bett stand eine Geburtstagskarte. *Alles Gute zum 16. Geburtstag.* Er fühlte sich, als hätte ihm jemand einen Schlag verpasst. Sechzehn. Sie sollte sich ein Kleid für den Abschlussball kaufen und eine Ausbildung beginnen, für den Führerschein sparen. Nicht Tag für Tag, Woche für Woche, Jahr für Jahr in *Rosewood Manor* liegen. Aber sie lag hier, und daran würde sich nichts ändern. Sam konnte nichts dagegen tun. Jetzt nicht mehr.

Er schaute auf sie hinab. Ihre Haare waren kurz geschnitten, nicht lang und dick wie an dem Tag, an dem er sie das erste Mal gesehen hatte. Ihr Gesicht war an einigen Stellen erwachsener geworden. Auch das versetzte ihm einen Stich: dass ihr Körper sich weiterentwickelte, obwohl das überhaupt keinen Sinn hatte. Sie hatte abgenommen, stellte er fest, auch ohne ihre Krankenakte zu lesen. Er fragte sich, ob der verantwortliche Arzt die Kalorienanzahl der künstlichen Ernährung erhöhen würde. Ihr Atem war rasselnd. Das konnte er auch ohne Stethoskop hören. Ihr Gesicht war blass und hager.

Er kam näher und zwang sich, die Hand zu ergreifen, die zusammengezogen auf dem Bettlaken lag. Er hielt sie leicht in seiner Hand.

„Guten Abend, Kelly. Hier ist Sam", sagte er und spürte genauso wenig eine Reaktion wie auf seine Gebete. Er stellte sich nie als „Dr. Truelove" vor – wahrscheinlich, weil er sich schämte. „Ich weiß, dass es eine Weile her ist, aber ich wollte einfach sehen, wie es dir geht", fuhr er fort. „Ich hoffe, du fühlst dich nicht zu unwohl."

Seine Worte trafen ihn, sobald er sie ausgesprochen hatte. Wie konnte er etwas so Grausames, etwas so Feiges sagen? *Ich hoffe, du fühlst dich nicht zu unwohl.* Er sollte die Wahrheit sagen. *Kelly, es tut mir leid. Kelly, wenn ich mit dir tauschen könnte, würde ich das gern tun. Kelly, vergib mir. Es tut mir leid. Es tut mir so leid.*

Natürlich sagte er nichts dergleichen. Wer hätte etwas davon, wenn er es sagte? Bestimmt nicht Kelly. Bestimmt nicht ihre Familie, die bereit war, ihn am Hals zu packen und ihm den Garaus zu machen, sobald Kellys kurzes Leben zu Ende wäre. „Sie warten", hatte sein Anwalt gesagt. „Sie sind arm, aber offensichtlich nicht dumm. Sie wissen, dass ihr Tod ihnen mehr bringt als ihre Behinderung."

Er würde ihnen gern alles geben, was er hatte, aber das war nicht einmal erlaubt. Seine Berufshaftpflichtversicherung würde ihnen einen Scheck schicken.

„Heute ist Montag, Kelly", sprach er weiter. „Montag, der zweite Juni. Heute Morgen war es warm und sonnig. Wie man es um diese Jahreszeit in Tennessee erwartet. Heute Nachmittag zogen ein paar Wolken auf, aber es hat nicht geregnet. Jetzt ist es draußen wieder klar und kühl. Die Walderdbeeren blühen in den Bergen."

Bei diesen Worten kam er sich plötzlich grausam vor. Warum

hatte er sie an Freuden erinnert, die sie nie wieder erleben würde? Er bekam Schuldgefühle, weil es ihm guttat, auch nur daran zu denken.

Von der Tür kam ein Geräusch. Sam erstarrte. Er war nur ein einziges Mal jemandem aus der Familie begegnet, und das war ganz am Anfang gewesen. Es war die Großmutter gewesen, die ihn nicht erkannt hatte, wofür er sehr dankbar gewesen war. Sie hatte gedacht, er gehöre zu Kellys Ärzten, was in gewisser Weise auch stimmte. Dieses Mal war es die Physiotherapeutin, wie ihr Namensschild verriet.

„Ich kann später wiederkommen", bot sie an.

„Nein, das ist nicht nötig", antwortete er und war froh, dass er einen Grund hatte zu gehen. „Leb wohl, Kelly." Er richtete die Worte an das stille, blasse Gesicht. Er konnte die dünnen blauen Adern auf ihren Augenlidern sehen. Sie atmete ein. Aus. Keine Bewegung. Nicht das geringste Anzeichen, dass sie ihn gehört hatte. Er drehte sich um und ging. Das Gefühl, das alle anderen Gefühle überschattete, war Müdigkeit.

Sam ging auf den Parkplatz hinaus und war froh, dass er die schwere, beißende Luft hinter sich lassen konnte. Die kühle Nachtluft fühlte sich auf seinem heißen Gesicht gut an. Die Grillen und Laubfrösche von den Wiesen neben dem Gebäude meldeten sich laut und durchdringend zu Wort. Neben einer dürren Esche blieb er stehen, legte die Hand auf die Rinde und war froh, dass er etwas Echtes, Lebendes berühren konnte. Er hatte das Gefühl, dass die beiden Situationen, die sein Leben schon so lange überschatteten, sich dem Ende zuneigten. Diese Erkenntnis war von einer leeren, bitteren Endgültigkeit begleitet.

Kelly Bright hatte länger durchgehalten, als irgendjemand gedacht hatte. Und obwohl es möglich war, dass jemand in einem tiefen Koma viele Jahre leben konnte, glaubte er das in Kellys Fall nicht. Es würde nicht mehr lang dauern. Vielleicht Tage. Wochen. Höchstens Monate. Das wusste er, nachdem er sie gesehen hatte, nachdem er ihren rasselnden Atem gehört, die feuchte Blässe ihrer Haut gesehen hatte. Und das andere?

Er hatte das Gefühl, dass es schon lange gestorben war und er nur die Beerdigung nicht zugelassen hatte. Er wusste sogar genau, an welchem Tag seine Ehe den Todesstoß bekommen hatte. Er konnte diesen Tag mit demselben Datum auf Kelly Brights Krankenakte dokumentieren, denn sowohl Kelly als auch seine Ehe hatten durch einen anderen Schicksalsschlag, der ihm immer noch das Blut in den Adern gefrieren ließ und ihm vor Schmerz die Sprache verschlug, einen Kollateralschaden erlitten.

☙

In dieser Nacht war der Traum wieder da.

„Nicht, Sam. Sie sind nicht in der Verfassung dazu."

Er schaute nach unten und sah Kelly Brights Herz und Aorta, die bereits freigelegt waren. Die Vorbereitung hatten sein Assistenzarzt und der Oberarzt vorgenommen. Es war eine einfache Operation, wenigstens für ihn. Er würde den Riss nähen, der bei dem Verkehrsunfall entstanden war. Es war eine schwere Verletzung, aber er konnte sie operieren. Im Vergleich zu den komplexen Defekten, die er an viel kleineren Herzen operierte, war diese Operation fast ein Kinderspiel. Alle warteten auf ihn. Er hatte gerade anfangen wollen, als der Telefonanruf kam. Die OP-Schwester ging ans Telefon und kam dann mit Tränen in den Augen und einem Kopfschütteln zu ihm.

„Sie müssen dringend ans Telefon, Dr. Truelove", sagte sie.

Er runzelte verwirrt die Stirn, ging ans Telefon, meldete sich und erkannte die Stimme seiner Mutter fast nicht, die ihm mitteilte, dass sein Kind gestorben sei. Er hörte sich ihre wirre Schilderung noch einmal an.

„Sie hat geschlafen. Das Telefon klingelte und ich ging dran. Ich habe sie gesucht, aber sie war fort."

Dann die schrecklichen Details. Der Bach und die Rettungssanitäter, die Wiederbelebungsversuche und der Hubschrauber. Er hörte die Hysterie in ihrer Stimme. Vor seinem geistigen Auge sah er, wie sie allein dort stand und verzweifelt auf Annie wartete. Und auf ihn.

Er fühlte, wie sein pulsierendes Blut durch etwas Kaltes ersetzt wurde, und stellte noch einige Fragen. Als seine Mutter sie nicht beantworten konnte, verlangte er, den verantwortlichen Arzt zu sprechen. Während er wartete, bis er ans Telefon kam, befiel ihn eine tiefe Ruhe. Oh, diese grausame Ruhe! Er fühlte, wie sie in sein Herz einsickerte und sich dann durch seine Arme und Beine und zu seinem Hirn ausbreitete. Und er wusste mit grenzenloser Gewissheit, dass er entweder gleich das Bewusstsein verlieren oder kristallklar und perfekt werden würde, denn eine Gegenwart, kalt und leblos wie ein hoher weißer Eisberg, erfüllte ihn, beruhigend und kühlend. Sein Verstand betrat diesen unnahbaren weißen Ort, den er für ungetrübte Konzentration hielt.

Sie murmelten miteinander, als Sam an den Operationstisch zurückkehrte. Alle, der Oberarzt, die Operationsschwestern und der Anästhesist. Er zog die Handschuhe aus. Der Oberarzt sagte, dass er Dr. Hendricks anrufen und bitten werde, die Operation zu übernehmen. Aber Sam zog ein frisches Paar Handschuhe an, sperrte alles aus bis auf das Problem, das vor ihm lag, und war fest entschlossen, keine anderen Gedanken zuzulassen, weil er sie nicht ertragen würde.

„Für Margaret kann ich nichts mehr tun", sagte er, immer noch gefangen in dieser vollkommenen Kälte. „Aber Kelly Bright kann ich retten."

Sie schauten ihn an, schockiert, entsetzt, kopfschüttelnd. Nur seine Operationsschwester Florence verstand, was mit ihm los war. Sie legte die Hand auf seinen Arm.

„Fahren Sie nach Hause, Sam", sagte sie bestimmt. „Sie stehen unter Schock. Sie sind nicht in der Verfassung …"

„Jetzt ist mein Kittel nicht mehr steril!", fuhr er sie scharf an.

Trotzdem zog sie die Hand nicht zurück, sondern packte ihn nur noch kräftiger. „Fahren Sie nach Hause! Diese Operation kann jemand anders …"

Jetzt war sein Ärger entfacht, ein kalter, grimmiger Ärger. Er schrie sie an: „Gehen Sie mir aus dem Weg. Hier ist niemand anders!" Selbst jetzt in seinem Traum brannten diese Worte wie Säure, ihre zerstörerische Selbstüberschätzung zerfraß ihn fast bei lebendigem Leib.

„Niemand kann das besser als ich", bellte er.

Er zog einen neuen Operationskittel an, streifte sich frische Handschuhe über, nahm seinen Platz am Operationstisch ein und schaute allen scharf und herausfordernd in die Augen, die ihn über ihrem Mundschutz mit Staunen oder Mitgefühl, Missbilligung oder Schock anstarrten.

Er wandte den Blick von ihnen ab und verdrängte alles bis auf das Problem, das vor ihm lag: die abgerissene Aorta, die er reparieren musste.

„Pinzette", sagte er mit einem Kopfnicken zu Florence, und es ging los.

Der Rest des Traums war unverändert. Vorhersehbar, eine grausame, graue Wiederholung, ein Horrorfilm, dessen Ausgang er kannte, und trotzdem war er gezwungen, ihn immer und immer wieder anzusehen. Er sah sich, wie er die großen Arterien abklemmte.

„Von der Herz-Lungen-Maschine nehmen", sagte er.

Dann sah er wieder, wie die Naht riss, der Blutdruck sank, er sah sich selbst, wie er versuchte, die Sache in Ordnung zu bringen, fühlte erneut die Panik seines OP-Teams, seine eigene Panik, sah seine zitternden Hände, die blutbedeckten Handschuhe, sah, wie sie den Riss nähten. Aber der Schaden war nicht mehr rückgängig zu machen. Und er sah sich selbst, wie er schließlich den blutgetränkten Kittel und die Handschuhe auf einen Haufen auf dem Linoleumboden mit der Blutlache warf, er sah, wie er sich schließlich von Barney nach Gilead Springs nach Hause fahren ließ. Er erinnerte sich an diese Fahrt, sein Verstand eine offene, blutende Wunde, hin- und hergerissen zwischen den zwei Horrorszenarien wie ein sterbendes Tier, das zwischen seinen Peinigern zerfleischt wurde.

Er sah, wie er in das kleine Krankenhaus ging und seine Tochter erblickte, die regungslos, marmoriert und mit immer noch feuchten Haaren auf dem Tisch lag. Er sah, wie er die zitternden Schultern seiner Mutter berührte, er sah, wie sie den gebeugten Kopf schüttelte, sah, wie er zu seiner Frau ging und wusste, dass er sie trösten sollte. Aber er konnte ihr nur seine Arme hinhalten – sonst nichts. Er gab ihr sonst nichts, weil er nichts hatte, das er ihr geben konnte. Er hatte alles andere fest weggeschlossen, denn was würde passieren, wenn er dieses Schleusentor öffnete? Was würde herausströmen?

Noch im Traum konnte er Annies Haare an seinen trockenen Lippen fühlen, er konnte ihre Stimme hören, erstickt und heiser, als sie ihn genauso gefragt hatte wie Maria, Lazarus' Schwester, Jesus gefragt hatte: „Wo warst du? Wo warst du? Wenn du nur hier gewesen wärst, wäre mein Kind nicht gestorben.“

Und dann lagen die beiden nebeneinander, Margaret und Kelly Bright. Er wachte auf. Kalter Schweiß lag auf seiner Haut, pures Entsetzen erfüllte ihn, beides war nichts Neues für ihn. Er lag regungslos in der Dunkelheit und lauschte auf die Geräusche in seiner Wohnung, auf das Summen des Kühlschranks, das Dröhnen des Verkehrs vor seinem Fenster. Sein Herz und Atem nahmen wieder ein langsameres Tempo an, sein Schweiß trocknete allmählich. Und er wünschte sich – oh, wie sehr er es sich wünschte, er könnte sich einreden, dass das nur ein Traum gewesen sei.

2

Genau zu dem Zeitpunkt, zu dem sie durch die Tür des Restaurants *The Inn* in Smoky Hollow hätte treten sollen, war Annie Ruth Dalton Truelove dabei, eine Herde Romney-Schafe zu scheren. Sie hatte sich die ganze Woche von ihrer Arbeit bei der *Times* Urlaub genommen – etwas, das bisher noch nie vorgekommen war. Deshalb hatte sie ihre Schere einpacken und vor Sonnenaufgang aufbrechen können, als Jossie Delorme angerufen und sie um Hilfe gebeten hatte. Sie hatte den ganzen Tag gearbeitet. Genau zu der Uhrzeit, die Sam genannt hatte – neunzehn Uhr dreißig Ostküstenzeit, sechzehn Uhr dreißig Westküstenzeit – schaute sie auf die etwas trübe Digitalanzeige ihrer schwarzen Plastikarmbanduhr. Sie wollte ihre Arbeit gerade beenden, doch noch kämpfte sie mit einem besonders eigensinnigen Bock, der den unglaublichen Namen Hoochy Kooch trug. Sie war mit Schlamm bedeckt, eine unausweichliche Begleiterscheinung, wenn man, egal zu welcher Jahreszeit, bei dem launischen Wetter des amerikanischen Nordwestens im Freien arbeitete, und ihre Stiefel waren mit zweifelhaften Substanzen beklebt. Beim Gedanken an ihn regte sich eine starke Sehnsucht, bei der ihr Herz schneller schlug. Genauso wie jedes Jahr an diesem Tag und auch an einigen Tagen zwischendurch, wenn sie ehrlich war. Aber es war schwer, sich vor Sehnsucht zu verzehren, während man einen zweihundert Pfund schweren Bock mit einer Schere bearbeitete. Deshalb konzentrierte sie sich lieber auf ihre Arbeit, und die Sehnsucht verging. Sie verging immer irgendwann.

Jetzt, am Morgen danach, wurde ihr bewusst, wie dumm sie gewesen war. Sie war in ihrem echten Leben zurück, gewaschen und ordentlich gekleidet und wieder bei klarem Verstand. Die Schafe waren geschoren und die Wolle war unterwegs, um versponnen zu werden. Sie hörte sich seine Nachricht noch einmal an, wobei ihr schmerzhaft bewusst wurde, dass die Gelegenheit wieder da gewesen war. Und wieder hatte sie sie ungenutzt verstreichen lassen.

Annie hatte die Absicht gehabt, hinzufahren. Wieder einmal. Sie hatte Vorbereitungen getroffen. Wie immer. Sie hatte sich Urlaub genommen, sogar ein Kleid gekauft, ein hübsches grünblaues Kleid, dazu ein Paar Opalohrringe und eine passende Halskette. Sie hatte ihre Tasche gepackt und einen Flug gebucht. Wie immer. Aber genau wie immer hatte sie vor dem letzten Schritt gezögert, und exakt in dem Moment hatte Jossie Delorme angerufen und sie um Hilfe gebeten. Deshalb war sie gestern, als sie bei ihm hätte sein sollen, in Marysville gewesen und hatte Schafe geschoren. Ein Gefühl wie Panik erfasste sie jetzt, und für einen kurzen Moment dachte sie an überstürzte, leidenschaftliche Maßnahmen.

Sie könnte ihn anrufen. Sie könnte sogar jetzt hinfliegen, statt in das Flugzeug nach Los Angeles zu steigen. Aber heute würde er keine Zeit haben. Heute wäre er wütend, weil sie nicht gekommen war. Heute wäre er Dr. Truelove, den sie nur stören würde. Ihre Chance war gestern gewesen.

Die panische Verzweiflung regte sich erneut. Es war nicht zu spät. Sie könnte … Annie brach ab. Was hatte es schon für einen Sinn? Jede neue Idee und jeder Plan endeten immer in derselben Sackgasse. Sie könnten beide im selben Raum sitzen, ja sogar miteinander reden – aber was nützte das, solange sich in ihren Herzen nichts veränderte?

Besonders in seinem Herzen. Ihres war unverändert, redete sie sich ein. Sie war dieselbe Frau, die er geheiratet hatte, einschließlich ihrer Sommersprossen. Aber er hatte sich in einen anderen Menschen verwandelt. In einen wütenden und besessenen Mann. Jemand, den sie nicht kannte. Jemand, den sie auch nicht kennen wollte. Sie erinnerte sich an das, was ihn verändert hatte, und ihr Selbstvertrauen geriet ins Wanken. Etwas wollte sie einholen, aber sie ließ es nicht an sich herankommen.

Sie verdrängte die ganze Angelegenheit. *Das musst du machen,* sagte sie sich. *Konzentriere dich auf deine Arbeit und denk an etwas anderes. Denk an heute.*

Sie zog ihr helles Kostüm an, ein Zugeständnis an die Geschäftswelt, schlang aber ein Tuch um den Kragen, ein goldfarbenes Tuch, korall- und rostfarben durchzogen. Ein weiterer kniffliger Moment war es, als sie ihre Bernsteinkette umlegte und die Ohrringe ansteckte. Sam hatte ihr diesen Schmuck am Morgen nach der Hochzeit geschenkt. Als sie aufgewacht war, hatte sie das kleine Päckchen neben sich auf dem Kissen gefunden. Es war eine alte Tradition, hatte er gesagt, das Morgengeschenk, das Geschenk des frisch vermählten Mannes an seine Frau zum Beginn ihres ersten Tages als Ehepaar. Sie legte den Schmuck jetzt an und weigerte sich, daran zu denken, wofür er stand und wer ihn ihr geschenkt hatte. Es war ein schöner Schmuck, nichts weiter. Er passte gut zu ihren Haaren.

Sie beugte sich vor, drehte ihre Haare fachmännisch zu einem Knoten zusammen und suchte auf der Kommode nach Haarnadeln. Sie konnte keine finden und steckte die Haare in der Not mit zwei Bleistiften fest, die sie aus einem Glas auf dem Nachttisch nahm. Sie würde die Haarnadeln später suchen. Sie versackten wahrscheinlich irgendwo auf dem Boden ihrer Tasche, einer voluminösen, schwarzen Ledertasche, zusammen mit ihrem Laptop, Bleistiften, Notizblock, Brieftasche, Adressbuch, Handy, der Bestätigung für ihr elektronisches Flugticket, einer Flasche Wasser, einem kleinen Kassettenrekorder, einem zerdrückten Schokoriegel, einem Kamm und ihrer gesamten Kosmetikkollektion – Wimperntusche und einem Lippenstift, den sie nie finden konnte.

Annie packte schnell fertig. Sie hatte so oft gepackt, dass sie es im Schlaf konnte, und manchmal sah es auch so aus, als hätte sie im Schlaf gepackt. Sie rollte das Nachthemd eng zusammen und stopfte es zu ihren Schuhen. Dann stand sie einen Moment still und lauschte, wie ihr Apartmentgebäude zum Leben erwachte. Sie bezeichnete es als Apartmentgebäude, aber in Wirklichkeit war es ein altes, heruntergekommenes Haus, in dem sie in der Mitte des ersten Stockwerks eine Wohnung hatte. Über sich konnte sie Mrs Larsens Fernseher hören, aus dem der Wetterbericht in voller Lautstärke dröhnte. Annie warf einen Blick auf ihre Armbanduhr. Sie sollte noch einmal nach ihr sehen und sie erinnern, wohin sie fuhr und wann sie zurück wäre, damit sie sich keine Sorgen machte.

Sie warf einen letzten prüfenden Blick in ihren Koffer. Man hatte ihr gesagt, dass sie zum Abendessen eingeladen würde, und der Gedanke daran ließ sie unruhig werden. Sie schaute nach. Ja, das Kleid, das sie dafür ausgewählt hatte, war da. Hatte sie die passenden Schuhe eingepackt? Ja. Jacke? Sie würde keine brauchen. Schließlich flog sie nach Los Angeles. Und es war Juni. Der einzige

Ort, an dem es das ganze Jahr hindurch regnete, war Seattle. Sie zog den Reißverschluss ihres Koffers zu. Ihr Magen zog sich zusammen und versuchte immer noch, die spontane Entscheidung zu verdauen, die sie gestern Morgen getroffen hatte. Auf dem Weg zu Jossies Farm hatte sie Max Kroll angerufen und seine Einladung zu einem Vorstellungsgespräch bei der *Los Angeles Times* angenommen. In einem zweiten Telefonat hatte sie das Flugticket nach Asheville in ein Ticket nach Los Angeles umgebucht. *Es ist Zeit*, sagte sie sich, verdrängte aber den Gedanken, dass das, was sie vorhatte, der Schritt, den zu gehen sie beabsichtigte, ihr Leben für immer verändern würde. Er würde sie noch weiter von zu Hause wegbringen, wurde ihr schmerzhaft bewusst.

Bei dem Wort *Zuhause* stockte ihr Herz, denn sie war nicht sicher, ob dieses Wort für die drei möblierten Zimmer in ihrer Mietswohnung in Seattle galt oder für das Haus, das sie seit Jahren nicht mehr gesehen hatte – das Haus, in das sie in Gedanken von einer Sekunde auf die andere zurückkehren konnte, indem sie einfach die Augen schloss. Sie spürte starke Sehnsucht und einen stechenden, durchbohrenden Schmerz, sie hörte das Rascheln des Windes in den Bäumen, fühlte die Hitze auf ihren Armen und im Gesicht, sah die dichten Wälder, die Wolken aus blauem Dunst, roch den herrlichen Duft der Apfelgärten, schmeckte den süßen Geschmack von Eistee.

Aber das Leben bestand daraus, ständig neue Entscheidungen zu treffen, nicht wahr? Das redete sie sich entschlossen ein und hoffte, Max Kroll würde ihr die Stelle als Feuilletonistin bei der *Los Angeles Times* geben. Dann könnte sie ihr Übergangsleben hier in Seattle beenden. Es war Zeit, sesshaft zu werden und ein neues Leben zu beginnen. Es war Zeit, das alte Leben ein für alle Mal zu vergessen. Sie war dazu bereit. Sie schaltete das Licht aus, warf einen letzten prüfenden Blick durch die Wohnung, um sicherzugehen, dass alles an seinem Platz war. Dann zog sie die Tür ins Schloss und drehte den Schlüssel herum.

Sie trat in den Flur, ließ aber den Koffer neben ihrer Tür stehen und ging die Treppe hinauf. Sie klopfte. Nach einer langen Minute schaute Mrs Larsens runzeliges Gesicht zu ihr heraus. Annie verspürte eine starke Zuneigung zu der Frau. Sie liebte alte Menschen.

Sie hatten etwas so Friedliches an sich, und Annie vermutete, dass es damit zu tun hatte, dass sie ihr Leben zum größten Teil gelebt hatten. Alle Aufregung, Kummer und Not lagen hinter ihnen. Sie beneidete sie darum.

„Oh, hallo, meine Liebe." Mrs Larsen löste die Kette an der Tür und öffnete sie ganz.

„Wie geht es Ihnen heute?", rief Annie. Mrs Larsen war ein wenig schwerhörig.

„Mir geht es gut. Kommen Sie doch herein und trinken Sie eine Tasse Kaffee mit mir."

„Das würde ich gern", antwortete sie. „Aber ich muss zum Flughafen. Erinnern Sie sich?"

„Oh ja." Ein freundliches Lächeln, ein verständnisloser Blick.

„Haben Sie daran gedacht, Ihre Medikamente zu nehmen?"

Die Augen verdunkelten sich verwirrt.

„Schauen wir einfach nach." Annie lächelte ermutigend.

Mrs Larsen trat zurück und freute sich, noch ein paar Minuten ihre Gesellschaft genießen zu können. Annie ging in die Küche und fand die Tablettenschachtel, die sie am Tag zuvor gefüllt hatte. Die Morgendosis fehlte.

„Ich habe sie genommen. Jetzt fällt es mir ein."

„Ja, es sieht ganz so aus. Die Tabletten sind weg."

„Ja. Ja, ich habe sie genommen. Ich habe sie zu meinem Tee und Toast genommen."

„Sind Sie sicher?"

„Ja. Ich bin sicher."

„Gut. Vergessen Sie auch nicht, die Tabletten zum Mittagessen zu nehmen."

„Nein, das vergesse ich nicht."

Der freundliche, süße Blick kehrte zurück, und Annie wurde schwer ums Herz. Mrs Larsen sollte bei jemandem sein, der sich um sie kümmern konnte, und nicht ganz allein hier wohnen. Sie hatte eine Tochter, die in der Nähe wohnte und sie selten besuchte. Annie war einen Moment lang verärgert, doch dann ermahnte sie sich, nicht vorschnell ihr Urteil über das Verhalten der anderen zu fällen. Außerdem würden ihr wahrscheinlich die Ohren klingen, wenn sie hören könnte, was man zu Hause über sie sagte.

Die Predigerin, die Mrs Larsen liebte, mischte sich aus dem Fernseher in ihr Gespräch ein. „Der Gott dieser Zeit blendet viele Menschen, aber ich sage Ihnen etwas: Ein Blinder kann die Dinge nicht so sehen, wie sie wirklich sind. Sie glauben vielleicht, Sie würden die Dinge richtig sehen, aber das stimmt nicht unbedingt. Solange Jesus Ihnen nicht hilft, die Dinge so zu sehen, wie sie sind, steuern Sie vielleicht geradewegs auf einen Abgrund zu."

In Annies Brust regte sich etwas. Es war kein gutes Gefühl. „Also gut", sagte sie zu Mrs Larsen. „Ich sollte jetzt lieber gehen."

„Ach, müssen Sie schon weiter?"

„Ja, leider." Sie umarmte Mrs Larsen schnell, gab ihr einen Kuss und winkte dann zum Abschied. Sie warf noch einen letzten Blick auf die Fernsehpredigerin, die immer noch sprach. „Lassen Sie nicht zu, dass der Gott dieser Zeit Ihnen den Blick trübt. Beten Sie darum, dass Sie die Wahrheit erkennen."

Sie ging die Treppe hinab, und die Stimme der Predigerin verstummte. Die arme Mrs Larsen. In fünf Minuten würde sie vergessen haben, dass Annie überhaupt hier gewesen war. Sie fragte sich, wie es wäre, eine Weile in Mrs Larsens Haut zu stecken. Als sie fünf Jahre alt gewesen war, waren ihre Eltern aus Norwegen nach Ballard gekommen.

„Waren Sie jemals in Norwegen?", hatte Annie ihre Nachbarin einmal gefragt.

„Nein", hatte Mrs Larsen geantwortet und sie verwirrt angesehen, während sie versucht hatte, sich an ihre Heimat zu erinnern.

Annie war betroffen gewesen. Es musste traurig sein, sich an die eigene Heimat nicht mehr erinnern zu können. Trotz ihrer Entschlossenheit hörte sie die Stimme der Fernsehpredigerin in ihrem Kopf widerhallen.

Sie ging nach unten und klopfte an die Tür neben ihrer eigenen Wohnung, die sofort aufgerissen wurde.

„Annie!" Adrienne lächelte sie herzlich an, und Annie wurde wie immer leichter ums Herz.

„Bitte sehr, Schatz", sagte sie und drückte Adrienne ihren Wohnungsschlüssel in die Hand.

„Oh, danke! Danke, danke!" Adrienne sprang aufgeregt auf und ab. „Ich war nicht sicher, ob du es nicht vergessen würdest."

Annie schüttelte tadelnd den Kopf. „Adrienne! Ich dachte, du hättest mehr Vertrauen zu mir."

Adrienne grinste. Ihre Zahnspange war diese Woche rot. „Bist du sicher, dass es dir nichts ausmacht?", fragte sie und schaute sie unsicher, aber gleichzeitig hoffnungsvoll an. „Meine Mutter hat gesagt, dass ich zu aufdringlich bin."

Annie schüttelte lächelnd den Kopf. „Soll das ein Witz sein? Es ist mir eine Ehre, dass in meiner bescheidenen Behausung die Party zu deinem dreizehnten Geburtstag stattfindet. Ich habe nur die Bitte, dass du die Wohnung nicht völlig ramponierst."

„Du bist die Beste, Annie." Adrienne schlang die Arme um Annie, und Annie drückte sie herzlich. Ihr Herz zog sich zusammen. Sie würde Adrienne vermissen, und einen kurzen Moment lang hatte sie das Gefühl, das sei Grund genug, hierzubleiben.

Sie streichelte die sommersprossige Wange, die so viel Ähnlichkeit mit ihrem eigenen Gesicht hatte. Wieder fiel ihr auf, dass Adrienne fast als ihre Tochter durchgehen könnte. Sie hatten die gleichen roten Haare, die gleiche Stupsnase und ähnlich schräg stehende Augen. Allerdings waren Annies Augen grün und golden gesprenkelt und Adriennes Augen braun. „Katzenaugen", hatte Ricky Truelove sie immer aufgezogen. Annie nahm ihren Koffer, stieg die Treppe hinab und verdrängte alle Gedanken an Sams jüngeren Bruder.

„Dein Geschenk liegt auf dem Küchentisch", rief sie Adrienne noch zu. „Aber du darfst es erst morgen auspacken."

„Versprochen", brüllte Adrienne ihr hinterher.

„Ich glaube dir nicht! Du bist in meiner Küche, noch bevor ich zur Haustür hinaus bin", gab Annie zurück.

Die drei Päckchen auf ihrem Küchentisch enthielten ein Set aus zwölf Lippenstiften in Rosa- und Orangeschattierungen, ein silbernes Armband, an dem ein zierliches *A* baumelte, und einen verrückt gestreiften Schal, den Annie selbst gestrickt hatte. Zugegeben, sie hatte sich ein wenig hinreißen lassen. Es tat ihr einfach leid, dass sie zu der Geburtstagsfeier nicht hier wäre. Sie hätte eine Torte backen und die Wohnung dekorieren können. Sie dachte eine Minute an Luftballons und Luftschlangen, bevor sie sich streng ermahnte. Adrienne war das Kind einer anderen Frau. Nicht ihr Kind.

Sie dachte über Adriennes Leben nach, hin- und hergerissen

zwischen zwei Wohnungen, zwei Eltern, zwei Leben. Das war bestimmt nicht leicht, aber kein Leben war leicht. Jeder trug seine Last, manche äußerlich, für jeden sichtbar, andere eher im Stillen.

Sie fuhr zum Flughafen, stellte ihr Auto im Parkhaus ab und stieg in das Flugzeug nach Kalifornien. Sie nippte an ihrem Kaffee und grub den Schokoriegel aus den Tiefen ihrer Tasche. Sie hatte Mühe, ihn auszupacken, da die Verpackung mit dem Karamell und der Schokolade eine feste Verbindung eingegangen war. Dann holte sie ihren Laptop heraus und schrieb ein paar Fragen für das nächste Interview auf, das sie mit der Mutter von zwei autistischen Söhnen führen wollte. Sie versuchte sich vorzustellen, wie es sein musste, in die verschlossenen Gesichter der eigenen Kinder zu blicken und zu wissen, dass man nie ein Teil ihres Lebens sein würde. Annie verharmloste den Schmerz dieser Mutter nicht so sehr, dass sie geglaubt hätte, sie könnte ihn mitfühlen. Aber sie hatte eine tiefe Ahnung, wie das sein musste. Sie erinnerte sich an das Gefühl, ausgesperrt zu sein, an die Hoffnungslosigkeit, weil man nichts daran ändern konnte.

Sie dachte über ihre Arbeit nach und fragte sich, warum sie das tat, was sie machte. Nicht nur wegen der Nächte, die sie in irgendwelchen billigen Motels durcharbeitete, wegen der vielen Liter Kaffee, die sie trank, wegen der vielen Kilometer, die sie in Flugzeugen und Mietautos zurücklegte. Sondern wegen der Arbeit an sich. Wegen der dunklen Tunnel, durch die sie sich kämpfte, die düsteren, verzweifelten Orte, die sie aufsuchte, und die einsamen Seelen, die sie dort antraf, deren Geschichten sie mit Würde und Mitgefühl zu erzählen versuchte. So hatte sie sich ihre Arbeit nicht ausgemalt. Sie hatte immer gedacht, dass sie nette Geschichten schreiben würde. Saubere, schöne Artikel, voll Anmut und Charme. Stattdessen hatte sie darüber berichtet, wie sie einige Zeit in einem Flüchtlingslager verbracht hatte; über die Fahrt auf der Ladefläche eines vollgepferchten Lastwagens mit illegalen mexikanischen Einwanderern; über die Woche, in der sie eine Polizeibeamtin in Seattle bei der Arbeit begleitet hatte. Sie hatte erzählt, wie teuer diese Arbeit das Denken, die Gesundheit, die Familie dieser Frau zu stehen kam; und sie hatte über den ersten Mord in einer Stadt auf einer vergessenen kleinen Insel im Bundesstaat Washington geschrieben und wie viel Not dieser Mord ausgelöst hatte.

Diese Geschichten waren vielleicht nicht schön, aber sie waren wahr, und Annie webte sie genauso, wie sie früher Teppiche gewebt hatte. Sie zog den Faden der Wahrheit fest an, damit das Muster darauf sichtbar werden konnte. Sie hatte nicht einmal gewusst, dass es solche Geschichten gab, als sie ihre Träume gesponnen hatte, geschweige denn, dass sie darin leben würde, in einer dämmrigen Halbwelt, die ihr Zuhause werden würde. Aber in dieser Welt lebten Menschen, und ihre Geschichten verdienten es, erzählt zu werden, ihr Schmerz verdiente es, respektiert zu werden. Sie verdienten einen Zeugen, aber Annie hatte nie gedacht, dass sie selbst die Stimme dieser Menschen sein würde. Sie hatte sich ausgemalt, dass sie im Reich des Lichts leben würde, nicht im Schatten. Meine Güte, war sie naiv und idealistisch gewesen!

Sie lächelte darüber, was das Leben aus Idealen machte, wie die Realität sich auf Träume auswirkte. Sie schüttelte den Kopf und ignorierte den Knoten in ihrem Magen, den sie seit dem Vortag nicht mehr vertreiben konnte. Seit fünf Jahren, um genau zu sein. Sie versuchte, nicht an den Schmerz zu denken, der ihr signalisierte, dass sie mit sich nicht im Einklang war. Fehl am Platz. Dass sie etwas Wichtiges versäumte. Dass sie trotzdem nicht zu Hause war, auch wenn ihr diese Umgebung so vertraut vorkommen mochte.

Das Flugzeug landete. Sie verließ das Flugzeug, wartete auf ihr Gepäck und verließ dann das Flughafengebäude. Die Luft war angenehm warm. Palmen säumten die Zufahrt zum Flughafen. Sie hob den Arm, und ein Taxi blieb neben ihr stehen. Sie nannte dem Fahrer die Adresse, zu der er sie fahren sollte, und ließ sich auf den Rücksitz fallen.

Los Angeles war voller Leben und strahlend hell, ganz anders als die feuchte Weltuntergangsstimmung, die sie in Seattle zurückgelassen hatte. Annie ließ das Fenster hinab, um sich den warmen Wind ins Gesicht wehen zu lassen, aber der Verkehrslärm war unangenehm laut und die Luft roch nach Abgasen. Deshalb machte sie das Fenster bald wieder zu. Das Auto schlängelte sich durch ein Labyrinth aus mehrspurigen Straßen. Sie fuhren ein Stück, mussten stehen bleiben, fuhren wieder ein paar Meter weiter. Annie warf einen Blick auf ihre Armbanduhr. Die Zeit wurde knapp, aber sie würde es schaffen. Sie verdrängte ihre Besorgnis und schaute aus dem Fenster.

Südkalifornien war trocken und staubig. Und nicht schön, wenigstens nicht hier. Maschendrahtzäune mit Stacheldraht säumten die Straße. Die Betonwände der Stützpfeiler waren mit Graffiti und eigenwilligen Kunstwerken bedeckt. Hier gab es Geschichten zu erzählen. So viel stand fest. Vielleicht keine schönen Geschichten, aber wessen Geschichte war das schließlich?

Das Taxi bog von der Schnellstraße ab. Nachdem sie noch einige Male abgebogen waren, befanden sie sich in den Tiefen eines Labyrinths aus hohen Betongebäuden in der Innenstadt. Die Gehwege waren verstopft mit Geschäftsleuten und Scharen von Touristen, die Kameras um den Hals hängen hatten, überall standen Palmen, die fehl am Platz und ungepflegt wirkten. Und überall, wohin man schaute, sah man Autos und Dunst.

Das Taxi fuhr an den Straßenrand und hielt an. Annie zahlte und bat um eine Quittung. Der Taxifahrer kritzelte murrend etwas auf einen Zettel und fuhr mit dröhnendem Auspuff davon, sobald sie ausgestiegen war und die Tür zugemacht hatte. Sie stand einen Moment da und schaute sich um. Hier kam ihr nichts vertraut vor. Nichts rührte sie an oder ließ ihr Herz höher schlagen. Hier könnte sie leben.

Sie betrat die Eingangshalle des Gebäudes der *Times,* dankbar, dass sie den Smog und die Hitze hinter sich lassen konnte. Wieder warf sie einen Blick auf ihre Uhr. Genug Zeit, um sich frisch zu machen.

Sie fand die Toilette und auch ihren Lippenstift und ihre Haarnadeln, aber nicht, ohne vorher den gesamten Inhalt ihrer Handtasche auf den Tisch geleert zu haben. Sie bestrich ihre Lippen mit dem zimtfarbenen Lippenstift, rieb einen winzigen Tupfer auf ihre Wangen und tupfte ein wenig Mascara auf ihre Wimpern. Schließlich kämmte sie sich die Haare und steckte sie hoch, wobei sie feststellte, dass sie ohne die gelben Bleistifte deutlich besser aussah. Sie konnte Ricky Trueloves Stimme hören, die sie in ihrer Kindheit, die ewig weit zurücklag, geneckt hatte. *Lieber tot als rot!* Sie lächelte beim Gedanken an ihren Schwager, der einem lästigen, kleinen Bruder näher kam als jeder andere Mensch in ihrem Leben. Listig wie eine Schlange und wild wie ein Löwe. Sie würde ihn lieben, solange sie lebte. Warum sagte sie ihm das nicht? Annie schüttelte den Kopf, packte ihre Sachen wieder in die Tasche und betrat fünf Minuten vor ihrem verabredeten Termin das Vorzimmer zu Max Krolls Büro.

Sie meldete sich bei der Sekretärin an, nahm ihr Angebot, den Koffer für sie zu verwahren, dankend an und setzte sich dann, um zu warten. Sie lenkte sich mit ein paar Ideen für Artikel ab, die sie beschäftigten. Es zahlte sich nie aus, die Gedanken zu lang im Leerlauf zu lassen. Sie kramte in ihrer Handtasche nach dem Notizbuch und einem Bleistift, überblätterte einige andere Notizen, fand ein leeres Blatt und schrieb schnell, bevor sie ihren Gedankengang verlor.

Ein Räuspern riss sie aus ihren Gedanken.

„Annie?"

Sie blickte auf. Der Chefredakteur war persönlich gekommen, um sie zu begrüßen. Er war ungefähr fünfzig Jahre alt, korpulent mit einer tiefen Stimme, scharfen Augen und Brauen, die aussahen wie alte Zahnbürsten, drahtig und weiß. Annie und Max waren einander bisher nur ein einziges Mal begegnet, bei einem Dinner des Washingtoner Presseclubs vor den alljährlichen Preisverleihungen. Eine dieser Auszeichnungen war an sie gegangen. Das verblüffte sie bis heute noch. Sie hatte ungläubig zugehört, als bei der Preisverleihung ihr Name verkündet worden war.

„Der Preis für das beste Feuilleton geht an Annie Ruth Dalton von der *Seattle Times* für ihre persönlich geschriebenen Artikel über das Leben in Amerika."

Bei diesem Dinner hatte sich Max Kroll ihr vorgestellt und sich ein paar Monate später mit einem Brief bei ihr gemeldet, in dem er seine Bewunderung für ihre Arbeit zum Ausdruck gebracht und sie zu einem Besuch bei der *Times* eingeladen hatte.

Kroll beobachtete sie mit amüsierter Miene. Sie fragte sich, wie lange er schon hier stand und darauf wartete, dass sie den Kopf hob.

„Es freut mich, Sie wiederzusehen", sagte sie und spulte mit Leichtigkeit eine Begrüßung aus der Sammlung an Gesprächsfloskeln herunter, die sie zusammen mit ihren leeren CDs und Bleistiften immer parat hatte.

„Die Freude ist ganz meinerseits", erwiderte er. „Sie nehmen sich nie einen Tag frei, wie ich sehe." Er warf einen Blick auf ihr Notizbuch.

„Wenn es nicht unbedingt sein muss, nicht." Sie steckte das Notizbuch in die Tasche.

„Das ist schade. Eines Tages werden Sie einfach tot umfallen."

Seine Worte berührten sie unangenehm, obwohl sie vor langer Zeit gelernt hatte, einen Schutzschild gegenüber so achtlos dahingesagten grausamen Worten um sich herum aufzubauen. Die Leute wussten es nicht. Sie verstanden es nicht. Wie konnten sie auch?

„Das werden wir alle", sagte sie leise und folgte ihm in sein Büro.

„Das ist die Feuilletonredaktion", erklärte Max Kroll.

Es war der letzte Raum ihrer Besichtigungstour. Annie stand im Türrahmen und schaute sich fast andächtig um, als betrete sie heiligen Boden. Aber als sie genauer hinschaute, stellte sie fest, dass es nur eine Zeitungsredaktion wie jede andere war. Größer vielleicht, aber trotzdem nur ein vollgestellter, chaotischer Raum mit Schreibtischen und Computern, Kabeln und hektischen Journalisten. Man hörte das unaufhörliche Surren der Telefone, den gleichbleibenden Geräuschpegel, das Knistern der Energie, das für jede Zeitungsredaktion typisch war. Aber das hier war nicht irgendeine Zeitung. Es war die *Los Angeles Times,* eine der größten Zeitungen des Landes. Und sie wollten sie. Das war bei dem Gespräch, das sie und Max Kroll soeben geführt hatten, deutlich geworden.

„Das hier ist Ihr Schreibtisch", sagte Kroll und führte sie zu einem unaufgeräumten Tisch, an dem niemand saß.

Annie lächelte. Sie hatte noch nicht zugesagt, aber es war ein angenehmes Gefühl, so entschlossen umworben zu werden.

„Die Frau, deren Platz Sie einnehmen werden, macht gerade eine Reportage in Mexiko, und sie verlässt uns erst in ungefähr einem Monat oder so. Aber wir können für Sie in der Zwischenzeit auch etwas anderes finden, wenn Sie früher anfangen wollen."

Annie setzte sich an den Schreibtisch und berührte die Tastatur des Computers. Sie versuchte sich vorzustellen, wie es wäre, fest an einem Ort verankert zu sein. Wurzeln zu schlagen, Blätter und vielleicht sogar Früchte zu tragen.

„Ist das die berühmte Annie Dalton?“ Die Stimme drang an ihre Ohren, bevor sie den Mann sah. Ein wenig misstrauisch drehte sie sich um.

„Jason Niles“, sagte der Mann und hielt ihr lächelnd die Hand hin. Sein Gesicht zeigte keine Spur von Spott, nur freundliches Interesse.

Ah. Ihr künftiger Chef, der keinen Anlass hatte, jemand wie sie zu verspotten. Er hatte sich selbst einen großen Namen gemacht und über alles von harten Tatsachenberichten bis zu Kulturartikeln geschrieben. Er hatte für die *Associated Press* gearbeitet und vor ein paar Jahren für einen Bericht über den 11. September 2001 sogar den Pulitzerpreis gewonnen. Sie hatte viele seiner Artikel selbst gelesen. Sie waren treffend, eloquent und ansprechend, ohne rührselig zu sein. Er hatte also anscheinend beschlossen, auch sesshaft zu werden. Annie musterte ihn prüfend, da sie gern diesen Namen mit einem Menschen in Verbindung bringen wollte. Jason war groß, mindestens einen Meter fünfundachtzig, schlank und braun gebrannt. Annie schätzte ihn auf Anfang vierzig, und seine blonden Haare wurden an den Seiten schon ein wenig dünner.

„Annie Dalton“, sagte sie und reichte ihm die Hand. „Aber das wissen Sie ja schon.“

„Ich überlasse Sie Jasons fähigen Händen“, sagte Max Kroll. „Er wird Ihnen Genaueres zum Essen heute Abend sagen.“ Max Kroll reichte ihr zum Abschied die Hand und ließ sie mit Jason Niles allein.

Jason führte sie durch die Feuilletonredaktion. Sie lernte eine Schar Menschen kennen, deren Namen sie sich sicher irgendwann merken könnte.

Er lud sie zum Mittagessen in ein japanisches Restaurant nicht weit von der Zeitung ein. Sie hatte keinen Hunger, aber sie tat, als esse sie, obwohl sie fast nur in ihrem Essen stocherte, während sie sich seine Geschichten aufmerksam anhörte und von Zeit zu Zeit eine Bemerkung dazu machte. Sie lenkte das Gespräch auf ihre Artikel, ihre Ausbildung, achtete aber streng darauf, kein gefährliches, persönliches Terrain zu betreten. Nur einmal kam er bedrohlich nahe.

„Mir gefällt Ihr Akzent“, sagte Jason. „Darf ich fragen, woher Sie kommen?“

„Aus North Carolina“, antwortete Annie. „Aus dem westlichen Teil, in der Nähe der Grenze nach Tennessee, wo die Blue Ridge auf die Great Smoky Mountains treffen.“

„In der Nähe von Asheville?“

„Ja, genau“, lächelte sie.

„Ich war ein- oder zweimal dort. Eine schöne Gegend.“

„Die atemberaubendste Gegend der Welt“, erwiderte sie, wurde dann aber verlegen. „Wie ist es mit Ihnen?“, fragte sie schnell. „Woher kommen Sie?“

„Aus dem San Fernando Valley. Dort bin ich geboren und aufgewachsen. Nichts Atemberaubendes.“

Sie lächelte. „Haben Sie hier auch studiert?“, erkundigte sie sich. Und schon befanden sie sich wieder auf sicherem Boden und sprachen über Studium und Berufschancen.

Schließlich begleitete er sie zu Max Krolls Büro zurück, damit sie ihren Koffer holen und mit einem Taxi ins Hotel fahren konnte. Sie freute sich auf eine heiße Dusche. Und darauf, aus ihren eleganten Schuhen herauszukommen.

„Ich erwarte sehr viel von Ihnen“, sagte Jason Niles. „Aber ich bin sicher, dass Sie mich nicht enttäuschen werden. Ihre Arbeit ist ausgezeichnet.“

Bei seinem Lob errötete sie erfreut. „Danke. Es ist eine großartige Chance für mich.“

„Ja. Das stimmt.“ Er schaute sie wieder aufmerksam an, und sie fragte sich, ob mehr hinter diesem Mann steckte. Es konnte eigentlich gar nicht anders sein. „Ich hole Sie dann um sieben Uhr in Ihrem Hotel zum Essen ab“, sagte er.

„Ich warte in der Lobby.“

Er nickte, hob zum Gruß die Hand, und die Aufzugtüren gingen zu.

Sie nahm ihren Koffer und kramte nach ihrem Handy, um ein Taxi zu bestellen. Dann wartete sie draußen, bis es kam. Um sie herum tobte der Straßenverkehr, erhoben sich die Gebäude wie große Steinsäulen mit Kästen für Menschen. Sie überlegte, wie viele Menschen durch jedes Glasquadrat repräsentiert wurden. Sie versuchte, hinter die vielen Gebäude auf die Berge zu schauen, von denen sie wusste, dass sie die Stadt umgaben, aber sie konnte sie nicht sehen. Sie versuchte sich vorzustellen, hier zu leben. Das könnte sie, sagte sie sich. Sie könnte es.

ɞ

Das Hotel war ein Wolkenkratzer mitten in der Innenstadt. Von ihrem Fenster aus konnte Annie das Verwaltungszentrum, das berühmte Sportstadion, mehrere andere Hotels und unzählige Bürotürme sehen. Sie sah Autos hin und her rasen, viele Menschen, die wie Ameisen über den Gehweg strömten. Annie wandte sich um und betrachtete das Zimmer. Es war nett. Nein, das wurde dem Zimmer nicht annähernd gerecht. Die Wände waren mit goldenen, hübsch glänzenden Tapeten verkleidet, die Bilder geschmackvoll, und die braunen Sessel sahen aus, als seien sie mit echtem Leder bezogen. Auf dem Tisch standen frische Blumen und eine Schale mit Obst. Sie dachte an die Zimmer, die die *Seattle Times* für sie buchte, wenn sie unterwegs war, um für eine Story zu recherchieren. Meistens logierte sie in *Motel 6* oder *Super 8.* Und jetzt war sie in diesem vornehmen Zimmer, dachte sie lächelnd. Plötzlich dachte sie daran, wie Sam sie umworben hatte. So galant und ritterlich. Sie erinnerte sich daran, wie er sie an dem Abend, an dem er ihr einen Heiratsantrag gemacht hatte, hinter dem Restaurant *The Inn* in Smoky Hollow zum Aussichtspunkt über der Felswand geführt und ihre Hand genommen hatte.

„Ich möchte dir ein schönes Leben schenken", hatte er gesagt. „Ich will dafür sorgen, dass dich nie etwas verletzt." Er hatte ihre Hand geküsst und ihr den Diamantring seiner Großmutter an den Finger gesteckt. Sie waren beide dumm gewesen, weil sie das für möglich gehalten hatten, nicht wahr?

Sie dachte daran, was er gesagt hatte, als er sie im ersten Jahr gebeten hatte, nach Smoky Hollow zu kommen. Noch immer hallten seine Worte in ihren Ohren wider. *Komm heim,* hatte er gesagt. *Ich will mich um dich kümmern.* Genauso gut hätte er sagen können: *Ich will alles wieder in Ordnung bringen.*

Ihr Mund war plötzlich trocken. Hastig trat sie an die Minibar und nahm sich eine Limonade. Dann packte sie ihren Koffer aus. Das Kleid, das sie mitgebracht hatte, war aus goldfarbener Seide. Es musste gebügelt werden. Sie zog ihr Kostüm aus und hängte es auf, schlüpfte in den dicken Frotteebademantel, den das Hotel ihr in den Schrank gehängt hatte, und legte sich dann ein paar Minuten hin. Sie schloss die Augen und war fest entschlossen, sich auszuruhen, aber nach einer Weile wurde ihr bewusst, dass sie die Augen verkrampft zusammenkniff und dadurch nur Kopfschmerzen bekäme. Sie setzte sich auf. Sie war zwar müde, aber sie erkannte, dass sie sich nicht so weit entspannen konnte, dass sie einschlafen würde.

Sie zögerte einen Moment, bevor sie ihr Adressbuch herausholte und die Telefonnummer ihrer Schwester heraussuchte. Sie wählte schnell, ohne lange darüber nachzudenken. Die tiefe Stimme ihres Schwagers ertönte auf dem Anrufbeantworter. Eine spürbare Erleichterung regte sich in ihr, weil sie nicht persönlich mit ihm sprechen musste. Wenigstens nicht sofort. Sie hinterließ eine Nachricht, die Telefonnummer des Hotels und ihre Zimmernummer.

„Ich hoffe, ich kann euch morgen besuchen", sagte sie, „bevor ich nach Seattle zurückfliege."

Sie stand auf und schritt im Zimmer auf und ab. Sie fühlte sich seltsam. Aufgeregt, aber gelangweilt. Angespannt, aber müde. Sie dachte daran, ein heißes Bad zu nehmen, beschloss aber, stattdessen lieber spazieren zu gehen. Die Stille im Zimmer tat ihren Nerven nicht gut. Das Hotel hatte schalldichte Wände, und obwohl Hunderte Menschen um sie herum waren, konnte sie außer dem gedämpften Öffnen und Schließen einer Tür hier und da nichts hören.

Sie schlüpfte in ihre Jeans, ein T-Shirt und bequeme Schuhe, dann steckte sie die Schlüsselkarte in die Hosentasche, griff nach ihrer Handtasche und ging.

Sie spazierte zum Busbahnhof und sah einige Minuten lang zu, wie die Busse ankamen und losfuhren, war aber nicht sicher, wohin sie fahren sollte. Sie betrachtete die Liste mit den verschiedenen Möglichkeiten. *North Hollywood.* Nein. Sie wollte nicht die Namen irgendwelcher Leute auf einem Bürgersteig lesen. *Beverly Hills.* Nein. Keine Filmstars oder exklusiven Geschäfte. *Chinatown.* Nein. *Santa Monica,* las sie und dachte an Strand, Sand und

Salzwasser. Sie fand den richtigen Bus, stieg ein und bezahlte das Fahrgeld.

Sie setzte sich und wechselte kurze Blicke und hin und wieder ein Lächeln mit der Frau, die sich neben sie setzte. Sie war Asiatin, hatte warme, dunkle Augen und braune Haut und schöne goldene Armbänder und Ringe. Annie fragte sich, was sie wohl nach Los Angeles geführt hatte. Welches Leben hatte sie hier vorgefunden und welches Leben hatte sie hinter sich gelassen?

Der Bus hielt an einer Promenade, und Annie stieg aus. Sie stopfte einen Busfahrplan in ihre Tasche, dann schaute sie sich um, um sicherzugehen, dass sie den Weg zurück finden würde.

Es war warm, auch jetzt am späten Nachmittag waren es vielleicht noch achtundzwanzig Grad. Die Sonne schien, aber der Himmel war dunstig, und das erinnerte sie an zu Hause. Sie ging über die Promenade, schaute sich in den Boutiquen und Souvenirläden um und ging schließlich ein Stück am Wasser entlang spazieren. Es wehte eine kräftige Brise, aber der kühle Wind fühlte sich nach der Anspannung dieses Tages gut an. Sie ließ ihn sich ins Gesicht peitschen, atmete die salzige Luft ein und entspannte sich ein wenig. Sie schlenderte am Pier vorbei und warf wieder einen Blick auf die Uhr. Sie machte kehrt, um zur Bushaltestelle zurückzukehren, wählte dafür aber eine andere Strecke, durch ein Wohngebiet ein paar Straßen vom Meer entfernt.

Hier gab es Apartmenthäuser und kleine Strandhäuser. Vor einem blieb sie stehen, einem winzigen Haus mit weißem Stuck und einem kleinen Rasen mit leuchtend blühenden Pflanzen. Rosafarbene Blüten rankten um das Verandageländer. Kletterrosen schlangen sich um die Laube und das Tor. Massenweise rosa, lila, rote und orangefarbene Blüten säumten das Haus. Irgendjemand hatte am Tisch in der Mitte des Rasens gesessen. Der Tisch wurde von einem lila und rosa gestreiften Sonnenschirm beschattet. Eine Tasse Kaffee stand darauf, ein aufgeschlagenes Rätselbuch lag daneben. Annie blieb stehen, ließ diesen Anblick eine Minute auf sich wirken. Sie malte sich aus, wie sie selbst diesen Gehweg hinaufging, den Schlüssel in dieser Tür umdrehte, wieder herauskam, sich auf diesen Stuhl setzte und zuschaute, wie die Sonne über dem Strand unterging, wobei sie an einem Getränk nippte und sich entspannte. Sie malte sich aus, dass sie hier mit einem anderen Menschen lebte, jemand, der golden und hell war, nicht dunkel und ernst. Jemand, mit dem sie alles und jeden, den sie vorher gekannt hatte, vergessen könnte.

Sie drehte sich um und ging schnell zurück. Die Wohnhäuser wichen bald wieder Geschäften, und ein paar Minuten später stieß sie auf einen Markt. Vor ihr hängte eine Frau handgefärbte Stoffe auf: magentarot, indigoblau, safrangelb und smaragdgrün. Daneben standen Tische mit Glasperlen in leuchtenden Pastellfarben, grell bemalte Masken, Figuren, die aus glänzendem braunem Mahagoniholz geschnitzt waren. Sie lächelte und ging weiter, vorbei an den duftenden Kräutern und am Gemüsestand mit den hoch gestapelten Kisten mit Äpfeln, Orangen, Bananen und Kohl. Annie roch, dass irgendwo Fleisch gegrillt wurde, und stellte überrascht fest, dass sie Hunger hatte.

Als sie sich der Promenade näherte, veränderten sich die Passanten. Frauen und Männer in Geschäftskleidung schoben sich mit dem konzentrierten Blick von Menschen, die auf dem Nachhauseweg von der Arbeit waren, an ihr vorbei. Jeder steuerte auf sein Zuhause zu, wo das Abendessen wartete, wo die Ärmel hochgekrempelt wurden, wo etwas Kühles getrunken wurde, wo man Kinder badete oder mit ihnen spielte oder ihnen etwas vorlas, bevor sie ins Bett gebracht wurden. Annie kam sich fast vor, als stünde sie vor ihren Häusern und schaute zu, wie das Licht aus den Fenstern auf den dunklen Gehweg fiel. Eine bekannte Sehnsucht nagte an ihr, und sie ging schneller, um dieses Gefühl zu verdrängen.

Sie nickte einem kleinen Mann zu, der im Schatten einer Pappschachtel saß, warf ein paar Dollar in seinen Hut, ging an den Kunstgalerien, Modeboutiquen, Juweliergeschäften, an den kleinen Bars und Bistros und an den Leuten vorbei, die auf den Gehweg strömten und zu Restaurants unterwegs waren.

Vor der nächsten Tür blieb sie stehen. *O'Haras Antiquitäten und Sammlerstücke* war in goldenen Buchstaben in die Tür graviert. Annie warf einen Blick auf ihre Armbanduhr. Es war fast fünf, aber sie wurde erst um sieben Uhr abgeholt. Sie hatte also noch genug Zeit, und an einem Antiquitätengeschäft hatte sie noch nie vorbeigehen können. Antiquitätenläden strahlten etwas aus, das sie faszinierte, und dieses Geschäft bildete davon keine Ausnahme. Sie schob die

Tür auf und trat ein, dann schloss sie die Augen und schnupperte, denn der typische Geruch war immer das Erste, das ihr auffiel. Er versetzte sie in die Vergangenheit, der Duft von etwas Vertrautem und Liebgewonnenem an diesem fremden, unbekannten Ort. Es war eine Mischung aus altem Papier und Staub und Holzrauch, der vielleicht in einem Tuch, einer Tischdecke oder einer Wolldecke steckte. Ein bittersüßes Gefühl legte sich um ihr Herz. Sie schlenderte durch den ersten Gang. Die Klimaanlage erzeugte eine Gänsehaut auf ihren Armen, oder kam das Frösteln von etwas anderem?

Die ersten Räume, an denen Annie vorbeiging, waren eine Enttäuschung. Sie waren gefüllt mit kalifornischem Kitsch: Toaster, Stühle, Möbel aus den Fünfzigerjahren, alles in Rosa und Babyblau, viel Chrom und spitze Kanten.

Aber weiter hinten war ein Raum mit Kleidung. Der altmodische Pullover aus den Vierzigerjahren wäre ihr aufgefallen, auch wenn sie keine Gänsehaut gehabt hätte. Er war aus Kaschmir, in einem rötlichen Orange, das Persimone genannt wurde, ihre Lieblingsfarbe. *Das ist deine Farbe,* konnte sie seine Stimme hören. *Sie passt genau zu deinen Haaren und zu deinen Augen.* Annie nahm den Pullover vom Bügel und berührte das schöne Perlenmuster auf der Vorderseite. Der Pullover würde zu ihrem Kleid heute Abend passen. Sie schlüpfte hinein. Er fühlte sich weich und warm auf ihrer Haut an, wie eine tröstende Hand. Das Preisschild baumelte an einem Faden vom Ärmel.

Sie ging an weiteren Räumen vorbei, die für Männer gedacht waren, was leicht zu erkennen war. Dunkle Ansammlungen von Telefonen, Werkzeug, Kriegsorden und Golfschlägern.

Als sie zur Kasse trat, die natürlich antik war, begrüßte sie eine kleine, rundliche Frau.

„Guten Tag“, sagte die Frau lächelnd. Annie war von ihren schönen Augen verblüfft. Sie hatten ein hübsches, klares Wasserblau und wiesen in den Winkeln freundliche Falten auf.

„Guten Tag“, antwortete sie und stellte verlegen fest, dass sie den Pullover anhatte. „Dieser Pullover gehört Ihnen“, gestand sie.

„Kein Problem“, sagte die Frau. „Strecken Sie den Arm aus.“

Annie hielt ihr den Arm hin.

Die Frau nahm eine Schere und schnitt das Preisschild ab.

„Das kommt in Ihren Warenkorb", sagte sie.

Annie nickte lächelnd. Sie verließ solche Geschäfte nie, ohne ein Souvenir zu kaufen. Ein Taschentuch, Spitzen, ein Buch, einen Papierfächer. Aber sie würde gewiss keinen Toaster aus den Fünfzigerjahren kaufen, auch wenn sie wirklich gern ein Souvenir mitnehmen würde.

„Ich wollte gerade eine neue Kanne Kaffee aufsetzen", sagte die Frau. „Möchten Sie eine Tasse, wenn er fertig ist?"

„Sehr gern", antwortete Annie. *Wie großzügig. Wie unerwartet,* dachte sie und war ungewöhnlich dankbar.

Sie schlenderte durch die Räume und schaute sich um. Ganz hinten fand sie das Besondere, nach dem sie suchte. Es waren mehrere kleine Räume mit Fenstern, die wie ein eigenes Haus mitten in dem Geschäft wirkten. Es waren wahrscheinlich früher Büros gewesen, aber der Besitzer hatte darin ein viktorianisches Wohnhaus nachgestellt. Er hatte sogar die Außenseiten der Wände im Zuckerbäckerstil verziert. Annie trat über die Schwelle in den Salon und schaute sich verwundert um. Sie kam sich vor, als wäre sie aus diesem Jahrhundert in ein längst vergangenes getreten.

Zwei dunkelrote Sessel standen vor einem Ofen. Orientteppiche lagen auf dem Boden. Warmes Licht ergoss sich aus viktorianischen Lampenschirmen auf polierte Mahagonitische. Ausgeblichene Kunstdrucke zierten die Wände. Sie blinzelte, blieb stehen und schaute die Bilder einen Moment an, bevor sie ins Schlafzimmer trat. Eine Wiege war neben ein Himmelbett geschoben. Sie war leer.

Sie ging rasch in die Küche weiter. Darin sah es aus, als wäre jemand gerade dabei, einen Kuchen zu backen. Die Teigrolle und das Kuchenblech lagen auf der Vitrine. Um diesen Eindruck zu verstärken, waren sogar ein wenig Teig und Mehl auf der Platte verteilt. Sie stieß mit dem Finger daran und erwartete fast, dass er weich und geschmeidig wäre. Auf dem Tisch lag eine rot-weiß karierte Tischdecke und blau geblümtes Geschirr war darauf aufgedeckt. Eine Ansammlung gusseiserner Pfannen stand auf dem alten Küchenofen. Annie schlenderte in den Salon zurück und ließ ihren Blick noch einmal durch den Raum schweifen.

Dieses Mal wurde ihr Blick auf etwas gelenkt, das ihr vorher nicht aufgefallen war: ein kleines, rotes Quadrat an der Wand. Darauf war ein Bild von Jesus eingraviert. Sein Gesicht war sanft. Er hielt auf dem rechten Arm ein Lamm und in der linken Hand einen Hirtenstab. Die Ränder waren abgestoßen, aber die geschwungenen Buchstaben, die eingraviert waren, waren unbeschädigt. Sie las die Worte. *Meine Schafe hören meine Stimme.* Ihr Herz hämmerte, als hätten diese Worte eine besondere Bedeutung für sie.

Annie ging auf das Bild zu und hob die Hand, um es zu berühren. Sobald sie das tat, wusste sie, dass sie dieses Bild kaufen musste. Sie nahm es von der Wand, hielt es vorsichtig in den Händen, dann drehte sie es um und warf einen Blick auf die Rückseite. Jemand hatte in einer schönen alten Handschrift etwas darauf geschrieben. *Auf der Erde gibt es keinen Schmerz, den der Himmel nicht heilen könnte.*

Die Worte bohrten sich in ihr Herz. Sie erzeugten eher eine Wunde, als dass sie sie getröstet hätten. Sie warf einen Blick auf den Namen, der unter diesem Satz stand. *Annie Wright Johnson. Silver Falls, North Carolina, 1920.*

Sie blinzelte und musste die Worte noch einmal lesen, da sie nicht sicher war, ob sie richtig gesehen hatte. Ihr Herz überschlug sich fast, und ihr Mund war wie ausgetrocknet. Wie konnte das sein? Das war so unwahrscheinlich, dass sie das Gefühl hatte, als hätte ihr jemand kaltes Wasser ins Gesicht gegossen. Silver Falls war nur einen Steinwurf von ihrem Zuhause entfernt, nur wenige Kilometer von ihrer Heimatstadt Gilead Springs. Und der Name der Frau! War das ein seltsamer Zufall? Diese Frau, die den gleichen Vornamen wie sie hatte, eine Frau, die offenbar wusste, was Schmerz war, war aus einer anderen Welt und einer anderen Zeit gekommen, hatte sie leicht auf die Schulter getippt und mit ihr gesprochen. Annie fühlte sich, als stünde sie mit jedem Fuß auf einem anderen, sich bewegenden Stück Erde und müsse sich schnell entscheiden. Ob sie glauben wollte, dass es ein ungewöhnlicher Zufall war, der nichts zu bedeuten hatte. Oder mehr. Ob sie glauben wollte. Oder nicht.

Sie nahm das Bild und setzte sich damit in den Schaukelstuhl. Was hatte diese Botschaft zu bedeuten? Und was bedeutete es, dass sie sie hier gefunden hatte, an diesem Ort, an den sie gekommen war, um sich zu verstecken? Sie berührte den weichen Samt und las die Worte wieder. *Meine Schafe hören meine Stimme.*

Annie hatte Gottes Stimme schon so lange nicht mehr gehört, dass sie sich nicht erinnern konnte, wie sie klang. Bedeutete das, dass sie nicht sein Schaf war? Früher hatte sie gedacht, dass sie das wäre. Sie hatte es *gewusst*. Aber jetzt wusste sie überhaupt nichts mehr mit Bestimmtheit. Sie schaute auf das Lamm hinab. Auf das freundliche Gesicht des Hirten. Sie atmete tief ein und aus. Wo war er? Dieser Jesus von Golgatha, der Herzen heilte und Menschenleben veränderte? Sie sah ihn nicht mehr.

„Da sind Sie ja."

Annie zuckte zusammen. Es war die Frau von der Kasse mit einer Tasse Kaffee.

„Entschuldigung", sagte die Frau. „Ich wollte Sie nicht erschrecken."

„Das macht nichts. Danke."

„Das ist nett, nicht wahr?" Die Frau deutete auf das Bild in Annies Hand.

Annie nickte. Sie schaute auf zu der Frau und hoffte, sie sehe nicht aus, als hätte sie gerade ein Gespenst gesehen. „Woher haben Sie es?"

„Das ist Lottie Andersons Laden", antwortete sie. „Sie reist viel herum. New York, North Carolina, manchmal sogar nach Europa. Sie kann es überall gefunden haben. Ich könnte sie anrufen und sie fragen, wenn Sie das wirklich wissen wollen."

Annie schüttelte den Kopf. „Das ist nicht nötig."

„Soll ich das Bild mit zur Kasse nehmen?"

„Ich bringe es selbst mit, wenn ich zur Kasse gehe, wenn Sie nichts dagegen haben."

„Natürlich nicht", nickte sie freundlich und verschwand wieder.

Annie lehnte sich in dem Schaukelstuhl zurück und war nicht mehr in Los Angeles, sondern wieder dort: in der Küche mit der hohen Decke. Sie saß am Eichentisch und fühlte das glatte Öltuch unter ihrer Hand, nippte an ihrem süßen Tee, hörte das Klappern des Geschirrs, das Murmeln der vertrauten Stimmen. Sie schloss die Augen, und der Friede, nach dem sie sich sehnte, machte sich schwach bemerkbar wie der leichte Duft von etwas Schönem, der im Wind vorüberzog.

3

Annie duschte und zog sich für das Abendessen um. Dabei war sie so nervös, als ginge sie zu ihrem Abschlussball. Sie trug wieder die Bernsteinkette und die passenden Ohrringe, den schönen neu gekauften Pullover und das goldfarbene Seidenkleid. Sie war ganze zehn Minuten zu früh in der Hotelhalle, stellte sich neben die Drehtüren und hielt nach Jason Niles Ausschau. Eine unerklärliche Nervosität hatte sie erfasst.

„Annie", rief eine Stimme hinter ihr.

Sie drehte sich um und entdeckte ihn. Er war aus der anderen Richtung gekommen.

„Ich muss noch kurz bei mir zu Hause vorbeifahren", entschuldigte er sich, während er sie zum Auto führte. „Ich war noch nicht zu Hause."

„Natürlich. Das ist kein Problem", sagte sie.

„Ich muss sehen, ob bei meiner Tochter alles in Ordnung ist. Es ist kein großer Umweg."

„Kein Problem."

Jason schlängelte sich durch den Verkehr und fuhr von einer Schnellstraße auf die andere. Endlich verließ er die Schnellstraße, fuhr ein Stück durch einen sauberen, grünen Vorort und bog dann ab in ein Neubaugebiet in El Segundo, wo er vor einem kleinen Haus anhielt. Der Rasen war grün. Eine kleine Palme war der einzige Schmuck vor dem Haus.

„Kommen Sie doch mit hinein. Dann lernen Sie Delia auch gleich kennen", lud er sie ein.

„Was für ein schöner Name."

„Den Namen hat meine Frau ausgesucht. Sie starb vor zwei Jahren an Krebs."

„Das tut mir leid." Annie sagte diese Worte leise und mit aufrichtigem Mitgefühl, aber mehr sagte sie nicht. Was konnte man sonst in einer solchen Situation sagen? Sie fühlte eine Vertrautheit mit ihm, die vorher nicht da gewesen war. Während sie ihm ins Haus folgte, rief er laut nach seiner Tochter.

„Delia! Delia!"

Keine Antwort. Nach einer Minute tauchte ein ungefähr fünfzehnjähriges Mädchen mit rundlichem Gesicht aus der Küche auf.

„Hallo, Mr Niles", begrüßte sie ihn. „Delia ist hinten im Garten."

Annie entdeckte einen Basketballkorb, als sie auf eine Glastür zugingen. Jason öffnete die Tür und rief wieder nach seiner Tochter.

„Delia, komm. Ich will dir jemanden vorstellen."

Ein kleines Mädchen kam angelaufen. Sie war verschwitzt, ihre langen, braunen Haare zerzaust. Sie trug Shorts und ein T-Shirt und war barfuß. Als sie ihren Vater sah, warf sie den Basketball auf die kleine Veranda, schlang ihre dünnen Arme um seinen Bauch und umarmte ihn. Annie schätzte sie auf neun, vielleicht zehn Jahre. Jason beugte sich hinab und gab ihr einen Kuss auf die Wange. Etwas in Annies Brust begann zu schmerzen.

Delia ließ ihren Vater los und drehte sich mit unverhohlener Neugier zu Annie um.

„Delia, das ist Annie Dalton. Sie arbeitet vielleicht bald für uns bei der Zeitung. Wir gehen heute Abend zu Mr Kroll zum Essen."

„Hallo", sagte sie.

Als Delia lächelte, sah Annie, dass sie große, neue Schneidezähne hatte und dass ihr ein Backenzahn fehlte.

„Hallo", antwortete Annie und erwiderte das Lächeln.

„Ich ziehe mich schnell um", erklärte Jason und verschwand im Haus. „Delia, führe Annie doch ein bisschen herum."

Delia zuckte die Achseln und lächelte sie an. *„Also"*, sagte sie. „Was möchten Sie sehen?"

Annie lachte. *„Also,* was willst du mir zeigen?"

Delia zuckte wieder die Achseln, lächelte aber immer noch. „Ich könnte Ihnen mein Kaninchen zeigen."

„Das würde ich gern sehen", antwortete Annie und folgte Delia.

„Geh nicht zu weit, Delia", mahnte die Babysitterin. „Die Pizza müsste in zehn Minuten hier sein."

„Okay", antwortete Delia. „Das Kaninchen ist hier drüben", sagte sie zu Annie und führte sie zu einem Stall in der Ecke des Gartens. „Er heißt Thumper."

Annie lugte in den Drahtkäfig und sah zwei rosa Augen, die sie neugierig anschauten. Thumper war ein ausgesprochen gut genährtes Riesenangora-Kaninchen mit roten Augen und weißem Fell. Sie fühlte sich sofort in ihre Kindheit zurückversetzt.

„Wow. Das ist ein sehr schönes Kaninchen", lobte sie. „Versorgst du es ganz allein?"

„Meistens." Delia öffnete den Käfig und holte das Kaninchen heraus. Thumper war fast zu groß für das Mädchen und wand sich, weil er auf den Boden gelassen werden wollte.

„Hast du ihm schon einmal die Krallen geschnitten?", erkundigte sich Annie.

„Ich habe ihn erst seit zwei Monaten", antwortete Delia. „Aber die Frau, von der ich ihn habe, wohnt in unserer Straße. Sie hat mir gesagt, dass sie mir zeigt, wie das geht."

„Ich hatte früher ganz viele Kaninchen", erzählte Annie. „Aber ich wohnte auf dem Land."

„Auf einem Bauernhof?"

„Ja."

„Welche Tiere gab es dort sonst noch?"

„Eine große Schafherde. Kühe. Hühner. Einen Hund. Ein paar wirklich gemeine Gänse. Und zwei Lamas."

„Wahnsinn." Delia lächelte und zeigte dabei ihre Zahnlücke. „Wo war das? Du sprichst anders als die Leute hier."

„Das war in den Bergen von North Carolina. Aber das ist lange her. Jetzt wohne ich in einer Wohnung in Seattle."

„Wirst du hierherziehen und bei meinem Papa arbeiten?"

„Ich glaube schon", antwortete Annie. „Ich bin mir ziemlich sicher."

Delia nickte und setzte Thumper ins Gras. „Ich muss auf ihn aufpassen", erklärte sie mit ernster Miene. „Wenn er aus dem Garten läuft, packen ihn die Hunde."

Thumper wollte zum Gartentor laufen, doch Delia versperrte ihm den Weg. Er versuchte es wieder, und nach einigen Sekunden wurde daraus ein Spiel. Delia und das Kaninchen spielten, während Annie zuschaute. Das Mädchen war ein schönes Kind, so ungezwungen und frei.

„So, da bin ich wieder." Es war Jason, frisch gekämmt und umgezogen.

„Das ging aber schnell“, bemerkte Annie.

„Ich bin ziemlich pflegeleicht.“ Er wandte sich an seine Tochter. „Bekomme ich noch einen Kuss?“, fragte er und beugte sich herab. „Es kann spät werden, bis ich nach Hause komme. Sei also schön brav, wenn Gina dir sagt, dass du deine Hausaufgaben machen und ins Bett gehen sollst.“

„Ich bin brav“, versprach sie.

„Tschüss, Delia“, sagte Annie. „Es war nett, dich kennenzulernen.“ Sie schaute sie genau an und merkte sich das kleine, lebhafte Gesicht, die warmen, braunen Augen und die glänzenden Haare.

„Tschüss“, antwortete Delia. Sie spielte schon wieder mit dem Kaninchen, bevor Annie und Jason sich zum Gehen wandten.

Max Kroll wohnte mit seiner Frau Rachel in einem schönen Haus in Hermosa Beach. Genauer gesagt *am* Hermosa Beach, und *kleiner Palast* war eine treffendere Beschreibung als *Haus*. Das Grundstück war mindestens doppelt so groß wie die anderen und bestand aus einem weitläufigen Garten mit Redwoodbäumen und Lauben, goldenem, warmem Holz und hohen Decken, Bonsai und Koi-Teichen – all das zweifellos finanziert durch die Einnahmen seiner Frau als Immobilienmaklerin. Annie wusste, dass keine Zeitung so gut zahlte, egal, ob man ein gefragter Journalist war oder nicht. Es war schön, sauber, offen, erfrischend. Nichts hier erinnerte sie an zu Hause, und das gefiel ihr am meisten.

Ihr gefielen auch die Menschen. Sie mochte den bärbeißigen alten Max Kroll trotz seiner Schroffheit und seines Polterns. Sie mochte Rachel, die sehr warmherzig und aufmerksam war. Sie mochte Jason mit seiner ruhigen Art. Sie aßen auf der Terrasse und hörten die Meeresbrandung im Hintergrund. Es gab als ersten Gang frische Pazifikaustern mit Chablis, dann ein Curry-Kokosnuss-Hähnchen-Gericht und mit Thymian gegrillten Spargel und mehr Wein. Schließlich kam ein traumhafter Schokoladenhimbeerkuchen mit einem starken, bitteren Espresso. Annie nahm an, dass sie, wenn sie hier erst einmal arbeitete, nicht mehr beim Chef zu Hause eingeladen werden würde, aber der heutige Abend war großartig. Sie fühlte sich entspannt und geborgen.

Als sie sich von den Krolls verabschiedet hatte, fuhr Jason sie zu ihrem Hotel zurück.

„Das ist für Sie ein Umweg", sagte Annie. Es war eher eine Feststellung als eine Frage. Da sie gesehen hatte, wo er wohnte, wusste sie ganz genau, wie groß der Umweg war.

„Das macht nichts", sagte er.

„Sie haben eine kostbare Tochter." Sie sagte das mit ruhiger Stimme und benutzte genau das Wort, das sie meinte.

„Ich weiß. Seit ihre Mutter tot ist, ist mir das noch viel deutlicher bewusst."

Sie fuhren eine Weile schweigend weiter, bevor er weitersprach. „Als Libby starb, war das für Delia sehr schwer. Das war eine harte Zeit. Ich habe mir damals eine Weile freigenommen."

„Das ist gut", sagte Annie entschieden und schnell. „Das war richtig." Auch das wusste sie mit Bestimmtheit.

Als sie vor dem Hotel ankamen, tat ihr das leid.

Er stellte den Motor ab, hielt ihr die Tür auf und begleitete sie in die Hotelhalle. „Ich freue mich darauf, Sie besser kennenzulernen", sagte er und schaute sie direkt an. „Ich hoffe, Sie entscheiden sich für uns."

„Danke." Sie wandte den Blick ab und hatte Schuldgefühle, als hätte sie etwas Verbotenes getan.

Sie verabschiedeten sich. Annie kehrte in ihr Zimmer zurück, wo sie eine Weile dasaß und überlegte, was sie tun sollte. Sie musste einige Schritte gehen, und zwar in einer bestimmten Reihenfolge. Und obwohl sie beschlossen hatte, dass sie diesen Weg jetzt gehen würde, regten sich unerwartete, aufwühlende Gefühle in ihr, sie war plötzlich hin- und hergerissen. Eine leise Stimme, wie ihre Großmutter Mamie sagen würde, warnte sie mit einem flüsternden *Nein.* Sie schüttelte den Kopf. Die Stimme kam nur aus ihr selbst, egal, was Mamie sagen würde.

4

Annie wachte früh auf, packte ihre Sachen und checkte im Hotel aus. Sie rief ein Taxi und gab dem Fahrer die Wegbeschreibung, die ihre Schwester ihr am Morgen am Telefon erklärt hatte. Als sie Theresas Stimme gehört hatte, hatten sich gemischte Gefühle in ihr geregt. Zum Teil war es Enttäuschung, aber auch echte Freude. Sie hatten sich zu einem kurzen Besuch verabredet, bevor Annie am Abend zum Flughafen musste, um nach Seattle zurückzufliegen. Ihre Schwester und ihr Schwager waren erst vor Kurzem nach Los Angeles gezogen. Sie hatten die letzten Jahre in San Francisco gewohnt, wo sich die Zentrale von Dovs christlicher Organisation befand.

Sie schaute zu, wie der Fahrer sich durch den dichten Verkehr in der Innenstadt von Los Angeles schlängelte. Dabei stellte sie fest, dass ihre Beziehung zu Theresa genauso wie viele andere Dinge beschädigt worden war durch die Ereignisse, die ihr Leben vor fünf Jahren zerstört hatten.

Als sie Sam verlassen hatte, war Annie direkt zu ihnen gegangen. Damals hatten sie in New Jersey gewohnt, und sie erinnerte sich, dass sie ihre Schwester und ihren Schwager am Morgen, nachdem sie gekommen war, streiten gehört hatte. Die Wände ihrer Wohnung waren dünn gewesen, und Dov hatte die Stimme erhoben. Theresa hatte ihn gebeten, leiser zu sein. Erfolglos. Er war ein Israeli und er war in einer lauten, leidenschaftlichen Familie aufgewachsen.

„Sie muss zurückgehen“, hatte Annie ihn sagen hören. „Sie müssen das miteinander klären.“

Wieder versuchte Theresa, ihn dazu zu bewegen, leiser zu sprechen, doch Dovs Stimme polterte erneut los. „Wie können sie diese Sache klären, wenn sie in Newark ist und er in North Carolina?“

Theresa erwiderte etwas in einem leisen Murmeln. Annie wandte den Kopf ab und drückte die Augen fest zu, obwohl sie wusste, dass sie aus dieser Situation auch der Schlaf nicht retten könnte. Ihre Traurigkeit lag in den langen Stunden dieser Nacht schwer auf ihr. Es gab kein Entrinnen. So war sie schließlich aufgestanden und hatte sich angezogen. Die gleichen Sachen, die sie am Tag zuvor getragen hatte, als sie versucht hatte, wieder zur Arbeit zu gehen. Sie konnte nicht arbeiten. Was hatte sie sich nur gedacht? Dass sie wieder über Sitzungen des Schulausschusses und die Budgetplanungen für den Park schreiben könnte?

Sie war in die schwarze Hose geschlüpft, die weiße Bluse. Sie hatte sich die Haare gebürstet und zusammengebunden. Sie hatte das Bett gemacht, bevor sie das geliehene Nachthemd zusammengefaltet und es neben das Kissen gelegt hatte. Dann hatte sie die Schuhe angezogen und war ins Badezimmer gegangen, wobei sie absichtlich Lärm machte, damit Theresa und Dov bemerkten, dass sie auf war, und aufhörten, ihretwegen zu streiten.

Als sie in die Küche getreten war, warteten die beiden schon auf sie. Dov, ein großer, kräftiger Mann, hatte versucht, sich hinter den winzigen Tisch in der Essnische zu quetschen. An einem anderen Tag hätte Annie vielleicht darüber gelächelt. Sein Name bedeutete auf Hebräisch *Bär*, und mit seinem kräftigen Körper, seinen zotteligen Haaren, dem Bart und seiner tiefen Bassstimme erinnerte er sie tatsächlich an einen Bären. Seine Stimme war tief und schien in seiner Brust widerzuhallen, bevor sie den Raum erfüllte.

„Guten Morgen, Annie“, sagte er. Seine Worte schwangen in musikalischen Wellen durch den Raum.

„Guten Morgen“, antwortete sie, ohne ihm in die Augen zu schauen. Dafür fehlte ihr die Energie. Außerdem hatte sie bereits gewusst, dass sie sie heute verlassen würde. Sie hatte nie vorgehabt, hierzubleiben. Na ja, vielleicht hatte sie gehofft, dass sie eine Weile bleiben könnte, aber das spielte jetzt keine Rolle mehr. Annie war den beiden nicht böse gewesen. Ihr hatte ganz einfach die Kraft für noch mehr Gefühle gefehlt. Sie verspürte keine Enttäuschung und keinen Schmerz wegen ihrer Reaktion.

Ihre Schwester hatte an der Spüle ungewöhnlich viel zu tun. Sie bedachte Annie mit einem mitfühlenden Lächeln. „Hier“, sagte sie und reichte ihr eine Tasse Kaffee mit Zucker und Sahne, wie Annie ihren Kaffee mochte.

„Setz dich“, forderte Dov sie auf. „Frühstücke etwas.“

Annie setzte sich neben den Hochstuhl. Das Baby ihrer Schwester hatte eine Banane auf sich und seinem Stuhl verteilt. Aus dem Wohnzimmer, in dem ihr Neffe fernsah, hörte sie die Geräusche eines Zeichentrickfilms. Annie hatte einen Bissen Eier von dem Teller genommen, den Theresa ihr hinstellte. Ihr war schlecht und sie trank stattdessen lieber einen Schluck Kaffee.

Es war Sonntagmorgen und in dem Leben, das sie verlassen hatte, würden sie heute zur Kirche gehen. Sie und Sam würden sich schön anziehen und sich zwischen diese guten Menschen setzen. Sie würden ihre Kirchengesichter aufsetzen und aufmerksam zuhören und Loblieder zu Gott singen, der alles gut macht.

„Eine wunderbare Predigt“, würden sie an der Tür murmeln und Hände schütteln. Und alles wäre eine Lüge.

Annie hatte sich an jenem Morgen gefragt, ob Theresas und Dovs Gemeinde genauso war: voll mit Lügnern, nur auf ihre fremde messianische Weise. Theresa und Dov gingen samstags zum Gottesdienst, und Dov eröffnete den Gottesdienst damit, dass er in ein Widderhorn blies. Ihr Schwager war Rabbi.

„Annie“, ergriff Dov in diesem Moment wieder das Wort. „Möchtest du sprechen?“

Annie schaute ihn an. Seine Augen waren freundlich und sanft, und Annie wusste, dass er es nur gut mit ihr meinte. In einer gewöhnlichen Situation hätte er sie für unbegrenzte Zeit in ihrer kleinen Wohnung und in ihrem ausgefüllten Leben aufgenommen. Aber jetzt war keine gewöhnliche Zeit.

„Was ist zwischen dir und Samuel vorgefallen?“, drängte er weiter. Er hatte Sams Namen hebräisch ausgesprochen, *Schmuel,* und sie hätte beinahe gelächelt, als sie darüber nachgedacht hatte, wie schwer es für Südstaatenohren sein musste, ihn zu verstehen und einen Zusammenhang zwischen Dovs Aussprache des Namens und dem mindestens zweisilbigen Wort, das sie aus *Sam* machten, herzustellen. Es sah Dov ähnlich, sofort zur Sache zu kommen, aber wahrscheinlich war das einfach seine Art. Er war Prediger und wollte Juden von seinem Glauben an Jesus Christus erzählen. Jemand, der Tag für Tag Fremde im Flughafen ansprach, hatte natürlich keine Hemmungen, die Eheprobleme seiner Schwägerin und seines Schwagers unverblümt beim Namen zu nennen. Annie versuchte, sich vorzustellen, wie es sein musste, auf einen Fremden zuzugehen, der bei der Gepäckaufgabe in der Schlange stand, und ihn zu fragen, ob er den Messias kenne. Früher war Annie bei solchen Einsätzen auch dabei gewesen. Sie war von ganzem Herzen in dieser Aufgabe aufgegangen, aber sie bezweifelte, dass sie so einen Eifer jemals wieder fühlen würde. Für irgendetwas. Für irgendjemanden.

„Nichts ist vorgefallen", sagte sie ihrem Schwager. Und das war die volle Wahrheit. Nichts war vorgefallen. Der Therapeut hatte ihnen geraten, wegzufahren und „über ihren Schmerz zu sprechen". Sie waren also gehorsam gefahren, Sam hatte sich sogar, was noch nie vorgekommen war, freigenommen, um zu zeigen, dass er es versuchte. Sie hatten ein Zimmer in irgendeinem Gasthof gemietet und dort zwei schmerzliche schweigende Tage verbracht. Sam hatte auf den Boden gestarrt, und Annie hatte sein stoisches Gesicht angesehen und sich gefragt, wann der Vulkan ausbrechen würde. Als sie nach Hause zurückgekehrt waren, war er sofort ins Krankenhaus gerufen worden. Ein Kind hatte ihn gebraucht, worüber er vor Erleichterung fast gejubelt hätte. Annie hatte ihm nachgesehen, als er wegfuhr, sie hatte die Staubwolke betrachtet, die noch eine Weile zu sehen gewesen war, als er schon lange weg war. Es hatte gedauert, bis der Staub sich wieder gelegt hatte. In diesem Augenblick hatte sie gewusst, dass sie nicht länger bleiben konnte. Sie hatte einen kurzen Abstecher zu ihrem Arbeitsplatz gemacht, aber nur, um alles zu klären und ihren Schreibtisch auszuräumen. Dann war sie nach Hause gekommen und hatte gewartet, um es Sam zu sagen. Aber er war nicht heimgekommen. Er hatte gegen zehn Uhr angerufen, um ihr zu sagen, dass er im Krankenhaus schlafen würde. Für den nächsten Morgen war sehr früh eine Operation angesetzt, und er war müde. Sie hatte seine Worte stumm hingenommen und dann aufgelegt.

Annie war in ihr gemeinsames Bett gegangen, hatte eine oder zwei Stunden dort gelegen und in die Dunkelheit des Schlafzimmers gestarrt, aber die Erinnerungen im Haus waren zu laut gewesen, um sie einschlafen zu lassen. Deshalb hatte sie nach einer Weile ihre Schuhe und ihre Handtasche gesucht, ihm eine kurze Nachricht geschrieben. Dann war sie gegangen.

Sie war in Sams Pick-up vom Hof gefahren, war über die Fahrrille auf der Straße geruckelt und einfach weitergefahren. Auf der festgefahrenen, harten roten Lehmstraße bis zum Schotterweg, dann weiter auf die zweispurige Asphaltstraße, auf die vierspurige Straße und schließlich weiter auf die Schnellstraße. Durch Asheville, dann hinauf nach Virginia, nach Maryland, Pennsylvania, New Jersey. Sie war gefahren, bis sie müde wurde. Dann hatte sie angehalten und im Auto geschlafen. Nach dem Aufwachen war sie weitergefahren. Sie hatte kein einziges Mal richtig durchgeatmet, bis sie in Newark mit seinen verwirrenden, hektischen Straßen und vielen hohen Gebäuden angekommen war. Im Schatten dieser Gebäude hatte sie gefroren, hatte gespürt, dass ein Teil des durchbohrenden Schmerzes nachließ wie eine Brandwunde, die man unter fließendes, kaltes Wasser hält.

Ihre Schwester hatte sie mit offenen Armen und ohne Worte aufgenommen. Dov kam offensichtlich nicht ohne Worte aus.

„Ich fahre wieder“, sagte sie in einem Tonfall zu ihm, der ihm hoffentlich klarmachte, dass sie nicht bereit war, mit ihm über ihre Probleme zu sprechen. „Ihr müsst euch keine Sorgen machen. Danke für das Nachtquartier, aber ich hatte nie vor, hierzubleiben.“ Der Schmerz im Gesicht ihrer Schwester wurde tiefer.

„Wohin willst du?“, fragte Theresa, den Tränen nahe.

„Das weiß ich nicht genau. Aber mach dir keine Sorgen. Ich habe alles, was ich brauche“, erwiderte sie. Dann trug sie ihre Tasse zur Spüle und griff nach Jacke und Handtasche.

Inzwischen weinte Theresa. „Geh nicht so!“

„Du weißt, dass du bei uns immer willkommen bist“, sagte Dov. „Darum geht es nicht.“

„Ich weiß“, erwiderte sie nur, als sie ihn auf die Wange küsste. „Aber so ist es besser.“ Sie gab auch ihrer Schwester einen Kuss und umarmte sie. Als Annie ging, schloss sie die Tür hinter sich und hörte, dass sie wieder zu streiten anfingen. Dieses Mal hatte sich Theresas Stimme schrill und wütend über Dovs leises Murmeln und das Weinen des Kindes erhoben.

Annie war in den Pick-up gestiegen und hatte einen Moment dagesessen. Es war ein grauer Oktobertag gewesen. Die Blätter waren abgestorben. Die Luft war feucht und der Himmel war mit Regenwolken verhangen. Sie hatte sich gewünscht, sie könnte irgendwo sein, wo alles wuchs, wo alles grün und lebendig war.

Seine Blätter verwelken nicht.

Sie hatte gewusst, dass sie das schon einmal irgendwo gehört hatte, wahrscheinlich hatte sie es in der Bibel gelesen. Ohne diesem Vers auf den Grund zu gehen, hatte sie die Straßenkarte genommen und nach einer Route nach Seattle gesucht. Sie hatte an immergrüne Pflanzen gedacht und über Seattle nicht mehr gewusst, als dass dort die Pflanzen das ganze Jahr grün waren, auch mitten im Winter. Sie hatte insgesamt so wenig gewusst, wurde ihr jetzt bewusst, nur dass sie keinen grauen Winter mit seinen kahlen Bäumen mehr ertragen würde.

Das Taxi verließ jetzt die Schnellstraße in Richtung Compton und bog einmal ab. Zweimal. Dann bog es noch einmal ab und fuhr schließlich an den Straßenrand. Annie warf einen Blick auf die Hausnummer auf dem Zettel in ihrer Hand. Das war die Adresse. Ein armselig aussehender Bungalow in einem heruntergekommenen Teil der Stadt. Dov vertrat den Standpunkt, dass er sich von den Leuten, denen er predigte, nicht abschotten durfte. Der Vorgarten war zugepflastert mit Dreirädern, Fahrrädern und Basketbällen, dem unübersehbaren Beiwerk einer großen, glücklichen Familie. Annie war nicht neidisch auf ihre Schwester, ermahnte sie sich wieder. Sie hatte diese Entscheidung bewusst getroffen, als jedes von Theresas und Dovs vier Kindern geboren worden war. Auf die ersten zwei Babys hatte sie mit echter Freude reagiert, denn das war vor ihrem eigenen Kummer gewesen. Sie hatte ihre neugeborene Nichte und ihren kleinen Neffen auf den Armen gehalten. Beim dritten Mal hatte sie das Gleiche gemacht und alle glauben lassen, ihre Tränen wären Freudentränen. Beim vierten Mal hatte sie angerufen und Geschenke geschickt und keine Tränen mehr vergossen. Jetzt sah sie ihre Nichten und ihren Neffen nur selten, schickte ihnen aber Geburtstagskarten und Weihnachtskarten, in die sie Geldscheine steckte. Als Antwort bekam sie Dankeskarten in verschiedenen Schreibphasen und Fotos, die ihre Entwicklung von pausbackigen Babys zu Kindern mit Zahnlücken dokumentierten. Sie hatte nicht das Gefühl, die Kinder ihrer Schwester wirklich zu kennen.

Sie zahlte das Taxi und nahm ihre Sachen.

„Könnten Sie mich in zwei Stunden wieder abholen?“, fragte Annie. „Sie brauchen nur zu hupen. Dann komme ich.“

Der Besuch war irgendwie verkrampft, und Annie war froh, dass sie nicht zum Abendessen bleiben konnte. Es war nicht das Wiedersehen mit ihrer Schwester, das wie immer liebevoll war und ihr Herz höher schlagen ließ. Obwohl Theresa sieben Jahre älter war als Annie, war sie ihr immer eine Mentorin und eine Freundin gewesen. Aber Annies und Sams Trennung und Dovs unerbittliche Meinung zu diesem Thema belasteten ihre Beziehung sehr.

Die Zeit hatte an seiner Einstellung nichts geändert. Er war nicht bei der Arbeit, wie sie gehofft hatte, sondern zu Hause und erwartete sie. Er umarmte sie und sie begutachteten einander.

„Du bist dünner geworden“, stellte er stirnrunzelnd fest.

„Du nicht.“ Sie lächelte ihn an.

„Schade, dass du nicht zum Abendessen bleiben kannst“, sagte Theresa. „Die Kinder kommen bald von der Schule.“

Ein leichtes Bedauern regte sich in Annie und sie fragte sich, warum sie ihren Flug nicht anders gebucht hatte. Sie hatte keine Pläne. Sie hatte die ganze Woche Zeit. Sie hätte bestimmt noch einen Tag länger bleiben können. Dieser Gedanke schoss ihr durch den Kopf, wurde aber von dem dahinplätschernden Gespräch erstickt. Sie folgte Theresa durch das Haus und konnte es nicht erwarten, Dov im Wohnzimmer zurückzulassen. Sie lobte Theresas Renovierungs- und Dekorationsbemühungen. Sie inspizierte die Nähmaschine, die Dov ihr zu Weihnachten gekauft hatte, und betrachtete die Quiltdecke, an der Theresa nähte. Das war der beste Teil des Besuchs. Das waren die Minuten, in denen ihre Schwester nicht mehr eine fremde, unbekannte Person war, sondern wieder ihre Schwester. Plötzlich waren sie wieder Kinder bei Großmutter Mamie, saßen an ihrem alten Eichentisch und schnitten Stoffstücke aus den Beuteln, die ihre Großmutter aus dem Schrank im Gästezimmer holte. Baumwoll- und Wollstoffe, gestreift und gepunktet, Stücke und Reste von jedem Kleidungsstück, das die Mutter ihres Vater in den letzten fünfzig Jahren genäht hatte. Annie grinste jetzt allein bei dem Gedanken an die Quiltdecken, die sie und ihre Schwester genäht hatten: seltsame Kreationen, farblich nicht gut aufeinander abgestimmt, schreiende Muster und krumme Nähte.

„Du hast dich weiterentwickelt", sagte sie mit einem Lächeln zu Theresa. „Das hat nicht mehr viel Ähnlichkeit mit deinen Anfängen, Schwesterherz."

Theresa lächelte zurück, und Annie sah ihre Schwester, wie sie früher gewesen war: lange, dürre Beine, braune Haare, die zu einem Zopf zusammengebunden waren, wie sie konzentriert nähte und stickte. Das Nähen gehörte zu den wenigen Erinnerungen an ihre gemeinsame Kindheit und Jugend, weil der Altersunterschied zwischen ihnen so groß gewesen war. Als Annie dreizehn gewesen war, war Theresa ausgezogen. Annie war noch einsamer gewesen. Aber Sams Mutter Mary war immer eine Ersatzmutter für sie gewesen, und auch Großmutter Mamie war den größten Teil ihrer Kindheit immer für sie da gewesen. Papa hätte das Problem nicht lösen müssen, indem er *heiratete*.

Erst jetzt kam Annie der Gedanke, dass Papa Diane vielleicht deshalb geheiratet hatte, weil er das gewollt hatte, und nicht, weil seine Tochter eine Mutter brauchte. Sie schämte sich ein wenig, als sie sich erinnerte, wie abweisend sie ihre Stiefmutter meistens behandelt hatte. Aber Diane hatte nicht so ausgesehen, als hätte ihr diese Situation schlaflose Nächte bereitet. Annie konnte sie immer noch vor sich sehen, wie sie vollkommen beim Spinnen und Weben aufging. Bei der Erinnerung daran, dass Diane diejenige gewesen war, die sie mit diesen Leidenschaften vertraut gemacht hatte, zehrten die bekannten widersprüchlichen Gefühle an Annie. Sie hatte Diane mürrisch erlaubt, ihre Hand über das weiche Wollstück zu führen, das sich immer mehr streckte und sich in Wolle verwandelte, die man weiterverarbeiten konnte. Damals hatten sie und ihre Stiefmutter eine Art Waffenstillstand geschlossen.

Theresa hatte mit Diane nie die Probleme gehabt, die Annie gehabt hatte. Im Gegenteil – Diane hatte Theresa leidenschaftlich den Rücken gestärkt, als sie Dov kennengelernt und die ganze Familie in Aufruhr gebracht hatte, weil sie mit ihm durchgebrannt war und ihn geheiratet hatte. Dov hatte damals noch nicht an den Messias Jesus geglaubt. Mit seinem überzeugten jüdischen Glauben hatte er den ganzen Clan der Familie Dalton, alles überzeugte Baptisten, vor eine schwere Herausforderung gestellt. Theresa und Dov hatten beide erst später zum Glauben an Jesus gefunden. Seitdem lebten sie mit unerbittlicher Leidenschaft für ihren Glauben. Annie graute erneut vor der Konfrontation mit ihrem Schwager, die sie heute bestimmt noch erwartete. Eine solche Konfrontation gab es jedes Mal, wenn sie ihn sah, selbst wenn es nur ein durchdringender Blick und die Ermahnung war, ihre Bitterkeit abzulegen und zu ihrem Mann zurückzukehren. Wie konnte er verstehen, dass nicht nur Bitterkeit, sondern Hoffnungslosigkeit sie daran hinderte, zu Sam zurückzugehen? Es war das Wissen, dass der Mann, den sie früher geliebt hatte, in weiter Ferne verschwunden war, dass er irgendwo war, wo sie ihn nie erreichen konnte.

Sie schaute ihre Schwester an, die ihr gerade erzählte, wie sie die Farben für diese spezielle Quiltdecke ausgesucht hatte, einen Missouri-Stern in verschiedenen Grün- und Rottönen. Annie dachte wieder, wie sonderbar die Ehe war, wie unerklärlich und geradezu seltsam, dass Worte, die man vor einem Altar murmelte, in der unsichtbaren Welt irgendwie zwei so unterschiedliche Menschen wie ihre Schwester und Dov miteinander verbinden und zwei Menschen wie Sam und sie so untrennbar zusammenhalten konnte, auch wenn ihr Leben sie gewaltsam auseinanderriss. Dagegen allerdings konnte man etwas tun.

„Wenn ich nach Seattle zurückkomme, reiche ich die Scheidung ein“, sagte sie leise, als Theresa mit ihrer Erklärung fertig war.

Ihre Schwester schien von dem abrupten Themenwechsel nicht überrascht zu sein. Tränen traten ihr in die Augen, das einzige Anzeichen, dass sie sie gehört hatte. Eine Minute herrschte Schweigen. Dann noch eine.

„Willst du nichts dazu sagen?“, fragte Annie.

Theresa schüttelte den Kopf. Annie fragte sich, was sie dachte, aber nicht sagte. Vielleicht Worte wie *Du hast dich verändert. Geh zurück. Werde wieder der Mensch, der du früher warst.* Oberflächliche, grausame Worte. Sie verstand, warum ihre Schwester lieber schwieg, als diese Worte auszusprechen.

Sie gingen wieder nach unten. Sie unterhielten sich. Sie tranken Tee, und ausnahmsweise verschonte Dov sie mit seinen Ermahnungen. Als sie sagte, dass sie gehen müsse, umarmte er sie sanft, schaute sie mit traurigen braunen Augen an und sagte Lebewohl.

Annie war tief unglücklich, als sie wegfuhr. Unerklärlich und unerwartet fühlte sie sich furchtbar elend.

5

Alle waren fort, als Annie nach Seattle zurückkam. Als sie am Donnerstagmorgen erwachte, war ihre Wohnung unheimlich still. Weder der Wetterbericht noch eine Fernsehpredigt oder eine Talkshow dröhnte aus dem Stockwerk über ihr. Mrs Larsen hatte ihr erzählt, dass ihre Tochter sie mit nach Vancouver nehmen wollte, damit sie ihren Sohn sehen könne. Auch aus der Wohnung auf der anderen Seite des Flurs drang kein Rufen oder laute Musik. Adrienne war in der Schule und würde danach bis Montag bei ihrem Vater bleiben. Von der Geburtstagsfeier waren bis auf ein paar Pappteller in ihrem Abfalleimer keine Spuren mehr zu sehen.

Annie stand auf, wusch sich das Gesicht und schlüpfte in ihren Bademantel. Er war aus hellblauem Baumwollpolyester mit einem Reißverschluss vorne, und sie hatte ihn für vier Dollar in einem Secondhandladen gekauft. Ihr gefiel die Vorstellung, dass er früher einer netten, alten Dame gehört hatte. Vielleicht hatte sie ihn jeden Morgen getragen, während sie ihren Tee getrunken und ihr Kreuzworträtsel gelöst hatte. Annie wollte sich nicht vorstellen, wie er im Secondhandladen gelandet war. Aber er passte ihr, fühlte sich an den kalten Wintertagen gut an und wärmte sie nachts, wenn ihr das schmale Bett viel zu breit erschien und sie nicht einschlafen konnte.

Sie trat ans Fenster und verglich die Aussicht mit dem Blick, den sie gestern aus dem Hotelfenster in Los Angeles gehabt hatte. Dieser Blick bot nicht so viel. Statt Wolkenkratzer und heller Lichter konnte sie die nicht besonders spannende Landschaft eines Industriegebiets erkennen. Sie sah das Schild von Bardahl Oil, die Parkgarage, die Autoschlosserei, die Bäckerei. Und sie sah Shirley unten in ihrem kleinen Vorgarten, wo sie trotz des Nebels, der heute über der Stadt hing, ihre Morgengymnastik machte. Auch Anfang Juni hatte man in Seattle manchmal eher das Gefühl, an einem verregneten Frühlingsmorgen als mitten im Sommer aufgewacht zu sein. Annie ließ den Vorhang fallen und öffnete die Schiebetür zu ihrem Balkon. Sie trat auf den kleinen Balkon hinaus, eine wackelige Konstruktion aus schmalen Brettern, die an die Ziegelfassade geschraubt waren.

„Hallo, Shirley", rief sie.

„Hallo, Annie!", antwortete Shirley, ohne ihren Bewegungsrhythmus zu unterbrechen.

Shirley ließ sich von nichts und niemandem in ihren täglichen Übungen beirren, egal, ob es regnete oder die Sonne schien. Aber hier regnete es meistens. Von September bis Juni nichts als Regen. Annie hatte sich immer noch nicht daran gewöhnt. Sie dachte an zu Hause, wo die Erde seit Jahren ausgetrocknet war und auf Leben spendende Feuchtigkeit wartete. Trotzdem würden die Blumen blühen, auch die Bienen würden auf der Suche nach Nektar ausschwirren, aber die Blüten wären weniger, die Erträge geringer. Spätestens Mitte des Sommers wären die wenigen Blumen, die es gab, verdorrt. Bis September wäre die Erde rissig und hart, das Gras braun und verbrannt. Sie schaute sich in dem feuchten Grün um und hatte Mühe zu glauben, dass es diese andere Welt überhaupt gab. Aber es gab sie. Die anderen waren dort, selbst wenn Annie nicht bei ihnen war, und einen Moment lang sehnte sie sich danach, ihre schmerzenden Glieder in der Sonne zu Hause zu wärmen. Sie schüttelte den Kopf. Los Angeles war sonnig und warm. Dort würde sie vielleicht finden, was sie suchte.

Wenigstens regnete es heute nicht, tröstete sie sich. Aber sie hatte gewusst, dass es feucht war, auch ohne hinauszuschauen. Heute Morgen hatte sie unten am Wasser ein Nebelhorn gehört, einen tiefen, traurigen Ton. Es hatte sie an das Pfeifen der Züge erinnert, die sie als Mädchen jede Nacht gehört hatte. Der Zug war jeden Abend durch den Bahnhof gefahren. Annie hatte gehört, wie der einsame Ton an den Hängen emporgestiegen war, bevor er in ihr Zimmer drang. Das Nebelhorn ertönte jetzt wieder, lang, tief, unheilverkündend, und ihr wurde plötzlich etwas bewusst: Beide Geräusche waren Warnungen. Der Zug pfiff nicht, um den Bahnhofvorsteher zu grüßen. Es war eine Warnung. *Vorsicht,* warnte der Pfiff. *Geh von den Schienen. Etwas kommt, das größer ist als du.* Und die Schiffe warnten mit dem tiefen, durchdringenden Nebelhorn die anderen Boote. *Vorsicht. Komm mir nicht in den Weg. Sonst versinkst du bald im kalten Ozean.*

Sie erschauerte. Das Gefühl, dass diese Warnung ihr galt, durchfuhr sie, aber sie sagte sich, dass sie keine Angst zu haben brauchte. Sie sagte sich, dass sie einen Punkt erreicht habe, an dem es nichts mehr gab, das man ihr wegnehmen konnte. Und obwohl das vermutlich eine Furchtlosigkeit in ihr hätte auslösen sollen, zögerte sie einen Moment und fragte sich, ob es noch Fehler gab, die sie machen konnte, und Dinge, die sie verlieren konnte.

Sie warf einen letzten Blick auf Shirley und ging wieder hinein. Plötzlich war ihr kalt. Sie wünschte, Kirby hätte nicht darauf bestanden, dass sie sich an den vereinbarten Zeitplan hielt und sich den Rest der Woche freinahm.

„Ruh dich aus", hatte ihr Redakteur gesagt, als sie ihn gestern Abend angerufen hatte, um ihm ihre Rückkehr mitzuteilen. „Außerdem", hatte er ergänzt, „weiß ich, was du mir sagen willst. Ich will mir nicht das Wochenende verderben lassen. Wir sehen uns am Montag."

Annie fühlte sich ruhelos und leer, eine furchtbare Kombination. Sie hasste freie Tage genauso sehr wie Wochenenden. Es gab so viel leere Zeit und so wenig, mit dem sie diese Zeit füllen konnte. *Es ist Zeit, das alles zu ändern,* sagte sie sich. *Es ist Zeit, den nächsten Schritt zu gehen.* Als sie sich umblickte, wurde ihr bewusst, wie lang sie das Unvermeidliche vor sich hergeschoben hatte. Hier wohnte sie, dachte sie nüchtern, als sie die Schiebetür schloss. Das war ihr Leben, dieser kahle Raum mit Möbeln vom Sperrmüll. Sie betrachtete dieses Leben vor dem reichen, erfüllten Hintergrund ihrer Vergangenheit und schüttelte ungläubig den Kopf. Aber es war alles, was sie gebraucht hatte, und jahrelang – fünf Jahre lang, um genau zu sein – war es alles gewesen, was sie gewollt hatte.

Das Packen würde ihr leichtfallen. Ihr gehörten die Kleider im Schrank und ein Ford F10 – allein aus dem Grund, dass an dem Tag, an dem sie Sam verlassen hatte, der Ford mit dem Schlüssel in der Zündung in der Einfahrt gestanden hatte. Um mit dem anderen Auto zu fahren, hätte sie noch einmal ins Haus gehen und die Schlüssel suchen müssen, und das hätte sie nicht gekonnt. Nicht weil sie einen eindrucksvollen Abgang hatte hinlegen wollen – niemand war da gewesen, der das gesehen hätte – sondern einfach, weil sie auf der Stelle hatte gehen müssen. Sie hatte von dort weggehen müssen, so viel Abstand zwischen sich und diese riesige, einstürzende Schmerzenswand bringen müssen, wie sie konnte.

Als sie in Seattle angekommen war, hatte Annie sich ein Zimmer in einem billigen Motel gemietet und drei Tage durchgeschlafen. Als sie schließlich aufgewacht war, hatte sie sich in einem Supermarkt an der Ecke etwas zu essen gekauft und danach ihre Kleidung in einer Münzwaschmaschine gewaschen. Sie hatte tausend Dollar vom Geldautomaten geholt und die Kaution und die erste Monatsmiete für dieses kleine Apartment an ihre Vermieterin, die freundliche, redselige Shirley, gezahlt. Nach einer oder zwei Wochen hatte sie durch Shirley eine Arbeit gefunden. Shirley tat alles dafür, um Annie in ihrer Not zu helfen. Wie groß war schon die Wahrscheinlichkeit, dass eine Frau mit einem Masterabschluss in Journalismus in ihrer Wohnung landete? Shirley war für die Kleinanzeigen bei der *Seattle Times* zuständig und verhalf Annie zu einer Stelle. Annies erste Aufgabe bei der *Times,* die sie, ohne zu überlegen, angenommen hatte, war es gewesen, Nachrufe zu schreiben. Irgendwie war ihr das richtig erschienen, da der Tod ihr Begleiter war und seinen silbernen, kalten Arm um ihre Schultern gelegt hatte. Wenn sie und der Tod auch keine Freunde waren, so waren sie wenigstens Bekannte.

Jeden Tag hatte sie die mageren Fakten, die man ihr mit dem zerknitterten, abgegriffenen Bild eines Verstorbenen brachte, genommen und ihrer Fantasie freien Lauf gelassen. *Wer war sie wirklich?,* fragte sie die überraschte Familie. Wie hatte er ausgesehen, als er jung war? Wie waren ihre Träume und Ziele gewesen? Was hat er Außergewöhnliches getan? Was hatte sie in diese Welt gebracht, das jetzt für immer fehlte? Die Angehörigen hatten sich gern mit ihr unterhalten, obwohl die Gespräche fast immer tränenreich verliefen. Sie schluchzten und waren dankbar, dass jemand ihnen Gelegenheit gab, den Namen des geliebten Menschen noch einmal laut auszusprechen, das Kostbare an ihm zu erzählen. „Er war ein wunderbarer Lehrer." – „Er hat schöne Rosen gezüchtet." – „Ich habe ihn nie ein schlechtes Wort über jemanden sagen hören."

Sie sammelte die Fakten, dann setzte sie sich an ihren Schreibtisch und schrieb über Menschen, die tot waren. In jenem ersten Monat hielt sie kein einziges Mal inne, um etwas zu denken oder zu empfinden außer vielleicht dem dumpfen Pochen, das immer da war. Sie arbeitete und sie aß und sie schlief. Und wenn das nicht mehr zu reichen schien, ging sie in die Bibliothek und lieh sich haufenweise Bücher aus. Es waren immer ähnliche Bücher. Bücher mit Geschichten, die vor langer Zeit in einer anderen Welt passiert waren. Sie stellte sich vor, wie sie in diesen längst vergangenen Welten einschlief und aufwachte, und dachte, dass ihr Schmerz in der Stille jener Tage irgendwie leichter zu ertragen gewesen wäre, dass die Trauer im weichen Schein einer Gaslampe leichter auszuhalten gewesen wäre.

Alte Dinge trösteten sie. Einmal in der Woche ging Annie in den Antiquitätenladen, an dem ihr Heimweg vorbeiführte. Sie ging durch die modrig riechenden Gänge und stellte sich vor, sie würde in einer anderen Zeit leben, an einem Ort, wo ihr Schmerz sie nicht verfolgen konnte. Sie malte sich aus, wie sie Butter machte, Wasser aus dem Brunnen trug, kahle Holzböden mit einem selbst gebundenen Besen kehrte, in hohen, geknöpften Schuhen über steinige Wege ging. Sie wusste, dass ihr dorthin keine Trauer folgen würde, und sie wünschte sich so sehr, sie würde ein Tor finden, durch das sie verschwinden könnte.

Nach ungefähr einem Monat hatte sie zu Hause angerufen, um ihnen zu sagen, dass sie am Leben war, aber sie hatte ihre Anrufe bewusst so geplant, dass niemand zu Hause wäre, um ans Telefon zu gehen. Sam hatte sie zuerst angerufen. Bei ihm hatte sie nicht besonders auf die Zeit geachtet, da sie wusste, dass er nicht da sein würde, egal, wann sie anriefe.

„Mir geht es gut", hatte sie dem Anrufbeantworter gesagt, obwohl ihr Herz beim Klang seiner Stimme auf dem Band immer noch gepocht hatte. Bei Sams Mutter, Mary, hatte sie am Sonntagmorgen angerufen, als sie sicher war, dass sie in die Kirche gegangen war. Auch ihr hatte sie eine Nachricht hinterlassen. Papa anzurufen war das Schwerste gewesen. Sie hatte in seiner Praxis mit ihm gesprochen, da sie keine Gardinenpredigt von Diane riskieren wollte. Er war freundlich gewesen, was viel schwerer gewesen war als Wut und Ärger. „Du weißt, dass ich dich liebe, Kleines. Komm nach Hause zurück, wenn du so weit bist."

Sonst hatte sie mit niemandem gesprochen. Dazu hatte sie nicht den Mut aufgebracht. Es hätte zu sehr wehgetan, und sie konnte nicht noch mehr Schmerz verkraften.

Also ging Annie den täglichen Pflichten, die sie sich selbst auferlegt hatte, wie einem Ritual nach, ohne davon abzuweichen. Sie stand jeden Morgen auf, zog sich an, kämmte und flocht sich die Haare und ging an ihre Arbeit, den Pullover um den Bauch gebunden, die Lunchtüte in der Hand – Erdnussbutterbrot, Apfel, eine Dose Limonade – und mit irgendeinem Buch aus längst vergangener Zeit unter dem Arm. Sie stieg in den Keller des Zeitungsgebäudes hinab und setzte sich an ihren kleinen Eckschreibtisch zu den Informationen über das Leben anderer Leute. Niemanden interessierte, was sie anhatte oder was sie dachte oder wer sie war oder wer sie gewesen war oder was mit ihr passiert war, und in dieser Anonymität lag ein gewisser Trost.

Papa war nach ungefähr einem halben Jahr zu Besuch gekommen. Sie erinnerte sich immer noch an den ungewohnten, traurigen Ernst in seinen Augen, als er sie und ihre armselige Wohnung gesehen hatte. Er hatte sie ein wenig aufgemuntert und ihr sorgfältig ausgewählte Neuigkeiten von zu Hause erzählt. Er war vier Tage geblieben. Länger konnte er von seiner Praxis nicht fortbleiben. Er hatte sie überredet, für ihn zu kochen. Für einen kurzen Moment hatte sie einen Blick auf die Frau werfen können, die sie früher gewesen war, aber dann war er wieder abgereist und das Bild war verschwunden.

Sie hatte weitergemacht. Jahre waren vergangen. Schließlich hatte sie angefangen, wieder etwas zu fühlen. Es war ihr mit einer gewissen Besorgnis aufgefallen, als wäre ein Raubtier aufgewacht und liefe in seinem Käfig auf und ab. Das erste Mal, als sie es gemerkt hatte, war sie auf der Straße unterwegs gewesen, hatte in ein Schaufenster geschaut und ein schönes blaues Kleid gesehen. Es hatte sie an das Kleid erinnert, das sie zu Sams Abschlussfeier getragen hatte. Einen kurzen Moment lang hatte sie in das Geschäft gehen und es anprobieren wollen. Sie war mit einem Stirnrunzeln schnell weitergegangen und hatte ihr Buch und ihr Mittagessen an sich gedrückt, als könnten diese Sachen sie irgendwie vor diesen Gefühlsregungen schützen.

Zur selben Zeit waren den Verantwortlichen bei der *Times* Annies Geschichten aufgefallen. Sie bekam anerkennende Bemerkungen und Lob, und man bot ihr eine Beförderung an. Obwohl sie sich irgendwie immer noch unten im kühlen, dunklen Keller vergraben und ignoriert werden wollte, hatte sie dieses Angebot angenommen. Sie war in ihrem Beruf gut. Überall, wohin sie sah, fand sie Geschichten, denn sie sah hinter die Ereignisse und erkannte die wahren Menschen dahinter. Es war nicht nur ein Autounfall, eine Firmenpleite, ein Börseneinbruch, eine Entlassung. Das waren alles Teile der Trennwand, die die Menschen von der Wirklichkeit trennte. Annie hatte das Gefühl, als lebten die Menschen den größten Teil ihres Lebens in einer hauchdünnen, transparenten Welt, nur durch einen verschwommenen Vorhang getrennt vom brutalen Schmerz des Todes und des Lebens. Aber hin und wieder zerriss der Vorhang. Und dort lag der Schmerz. Dort lag die Story. Sie war gut darin, durch den Riss zu schauen und über das zu schreiben, was sie sah. Sie hatte es selber erlebt.

Ihre Feuilletons waren regelmäßig in der *Times* erschienen. Irgendwann hatte die Presseagentur ihre Geschichte aufgegriffen und sie hatte den Preis gewonnen. Jetzt fühlte Annie, dass sich eine neue Veränderung anbahnte. Plötzlich erschien ihr die Wohnung zu klein, zu bekannt, und sie fühlte etwas, das sie seit Jahren nicht mehr gekannt hatte: Einsamkeit. Sie wollte etwas Dauerhaftes. Etwas Echtes. Etwas, das ihr gehörte, denn sie hatte nie wirklich das Gefühl gehabt, dass das hier ihr Zuhause war. Irgendwie hatte sie sich verpflichtet gefühlt, mit halb gepackten Taschen zu leben, fast wie ein Gast oder eine Fremde mit befristeter Aufenthaltsgenehmigung. Aber jetzt war es Zeit, weiterzugehen. Sie war bereit. Max Kroll hatte ihr versichert, dass ihr die Stelle bei der *Los Angeles Times* gehörte, wenn sie wollte. Sie wollte diesen Job. Sie war endlich so weit, dass sie kein Nomade mehr sein wollte. Sie wollte sich auf dieses neue Leben einlassen, das man ihr anbot.

Sie kochte eine Kanne Kaffee, schenkte sich eine Tasse ein und nippte langsam daran. Sie betrachtete das Telefon, ging schließlich hinüber, nahm es aus der Ladestation und drückte die Taste, um ihre gespeicherten Nachrichten abzuhören. Dabei kam sie sich vor wie eine Betrunkene, die eine Flasche entkorkt. Sie wusste nicht, warum sie es wieder machte. Es war gewiss nicht tröstlich, aber auch wenn seine Worte hart waren, wurden sie von seiner Stimme ausgesprochen. Ein Teil von ihm, der vertraut war, der kontrollierbar war, den sie hervorholen konnte, wann immer sie wollte.

„Annie, hier ist Sam." Seine Stimme, tief und wohlklingend, traf ihre angespannten Nerven. Ihr Adrenalin schoss in die Höhe, und sie wusste nicht, was sie veranlasste, sich wieder zu quälen, sich selbst zu bestrafen.

„Ich werde dieses Jahr wieder da sein", sagte er. „Noch dieses eine Mal." Wieder hörte sie diese Mischung aus Müdigkeit und hoffnungsloser Endgültigkeit.

Sie schloss die Augen und konnte seine dunklen Haare sehen, die aus seiner hohen, glatten Stirn zurückgekämmt waren, seine gleichmäßigen Gesichtszüge, seine gebräunte Haut und seine faszinierend blauen Augen. Sie sah das schnelle Aufflackern seines Lächelns, das Aufblitzen seiner Zähne. Sie konnte das glatte Leinen der Tischdecke unter ihrer Hand fühlen, sie konnte das leise Stimmengemurmel der anderen Gäste hören, sie konnte das Besteck auf dem Porzellan klirren hören.

Sie dachte daran, was Kirby gesagt hatte, als sie von ihrer Absicht erzählt hatte, von Seattle wegzugehen. Kirby war ihr Redakteur und der Mensch, der einem Freund am nächsten kam. Er lud sie zu Weihnachts- und Thanksgivingfeiern ein, zu denen er allerdings die halbe Zeitungsbelegschaft einlud. Shirley war auch eine Freundin. Mrs Larsen, Adrienne. Sie waren Freunde. In gewisser Weise. Aber diese Verbindungen waren locker, lose geknüpft und ließen sich leicht wieder lösen. Annie hatte hier nichts, das sie hielt. Kirby verstand das natürlich.

„Ich habe nie geglaubt, dass wir dich auf Dauer halten könnten", hatte er gesagt. „Ich hoffe nur, dass du weißt, was du willst. Steuerst du in die richtige Richtung?"

Sie hatte etwas gemurmelt und den Blick schnell abgewandt, aber die Gefühle, die seine Frage bei ihr aufgewühlt hatte, ließen ihr keine Ruhe. *Steuerst du in die richtige Richtung?* Die Frage hallte in ihrem Kopf wider, immer noch unbeantwortet.

Sie legte das Telefon zurück, ging zur Wohnungstür und holte die Zeitung herein. Ihr Artikel über die Schule im Obdachlosenheim stand auf der ersten Seite des Lokalteils. Sie nippte an ihrem Kaffee und las ihn. Ihr kritisches Auge sah, wo sie etwas hätte besser machen können. Sie sah wieder die schmuddelige Kleidung der Kinder, die verfilzten Haare, aber hin und wieder auch einen Funken Humor, ein Aufkeimen von Witz, ein kurzer Blick auf die eiserne Ausdauer, die sie am Leben erhielt.

Sie legte die Zeitung weg und spülte ihre Kaffeetasse. Sie duschte und kleidete sich an, schlüpfte in eine Jeans und einen Baumwollpullover, und da sie nichts anderes zu tun hatte, holte sie ihr Strickzeug heraus. Sie setzte sich und begann, aber die einsame Kälte kehrte zurück, und sie dachte an die Wärme in Essies Laden. Deshalb steckte sie ihr Strickzeug in die Tasche, verließ die Wohnung und schloss die Tür sorgfältig hinter sich ab.

Annie saß gern in der Ecke des Wollgeschäfts und unterhielt sich mit den anderen Frauen, besonders im Winter. Sie mochte ihre Gesellschaft, den tröstlichen Klang ihrer Stimmen. Ihr gefiel das Trommeln des Regens auf der Fensterscheibe und der aromatische Geruch des Orangengewürztees, den Essie ihren Frauen servierte, eine heiße, ölige Mischung, die auf der Zunge brannte und die Nebenhöhlen reinigte.

Sie fuhr zu Essies Laden und fand eine leere Parklücke in der engen Straße. Sie stieg aus und ging auf den Laden zu. Sie drehte den Griff der Glastür und hörte die Glocke läuten. Es roch nach Nelken und Zimt, und ein angenehmes Stimmengemurmel war zu hören.

„Hallo, Liebes!“, begrüßte Essie sie wie immer.

„Hallo, Essie“, antwortete sie lächelnd. Es fiel ihr nicht schwer. Essie war eine freundliche Frau, sie war schön mit ihren ruhigen, braunen Augen, ihrem rundlichen Gesicht und den Grübchen, mit den dunklen, von grauen Strähnen durchzogenen Haaren, die zu einem Knoten hochgesteckt waren. Annie hatte sie einmal gefragt, wie ihr ganzer Name lautete.

„Estella“, hatte sie geantwortet. „Das bedeutet Stern.“ Annie fand, dass das ein guter und richtiger Name für sie war.

Sie nahm sich einen Moment Zeit und blickte sich um. Die Wände waren mit Regalen und Fächern zugestellt, jedes mit farbigen Knäulen und Strängen, Bündeln mit gedrehter Wolle, Baumwolle, Leinen und Seide gefüllt. Sie sah handgefärbte, leuchtende Knäuel, die aussahen wie ein Regenbogen, der auf die Erde geholt worden war. Und es gab genoppte Haufen grober Wolle, die aussah, als wäre sie gerade erst von den Schafen geschoren, rasch gesponnen und gewickelt und ins Geschäft gebracht worden. Die unzähligen Knäuel waren rau und grob, glatt und funkelnd und leuchteten in allen Farben. Pflaume mit einem Hauch von Dunkelblau, Türkis mit einem geheimnisvollen Hauch von Grün, tiefe Rottöne mit einem Schein aus schattigen Korallen, tiefblaue Mitternachtsfarben mit Amethyst durchsetzt. Annie sog den Anblick wie Wein in sich auf, und ihr Verstand überschlug die grenzenlosen Kombinationsmöglichkeiten.

Sie konnten überraschen oder trösten, ein Schmunzeln oder ein ehrfurchtsvolles Flüstern entlocken. Sie konnten gehäkelt oder gestrickt oder gewebt werden, Farben vermischt und eingeflochten, um ein Muster zu erzeugen. Annies Stiefmutter hatte sie weben, stricken und spinnen gelehrt. Sie erinnerte sich immer noch daran, wie sie im riesigen Wohnzimmer im Haus ihres Vaters gesessen hatte, das Spinnrad größer als sie selbst, und die Tretkurbel in einem sanften Rhythmus auf und ab bewegt hatte. Ihr Spinnrad und ihr Webstuhl standen an dem Ort, den Annie vor so langer Zeit verlassen hatte. Diese Geräte hatte sie jetzt nicht mehr, aber sie hatte ihre Stricknadeln, und sie konnte immer noch etwas erschaffen, das es vorher nicht gegeben hatte. Es tröstete sie, wenn sie das machte. Es fühlte sich an wie in alten Zeiten und stellte eine Verbindung zu Dingen her, zu denen sie sonst keinen Zugang hatte.

„Komm und setz dich", lud Essie sie ein und deutete zu den Frauen, die um den niedrigen Tisch saßen, an ihrem Tee nippten und strickten und plauderten. Ein paar blickten auf und begrüßten Annie. Sie grüßte ebenfalls und lächelte sie kurz an. Frauen jeden Alters saßen hier zusammen. Zwei waren Studentinnen, zwei waren schon sehr alt und zwei ungefähr in Annies Alter. Ihre Finger bewegten sich schnell. Annie setzte sich in die Ecke und holte ihre Arbeit heraus, ein Paar dicke Socken für Shirley, die sie im nächsten Herbst unter ihren Birkenstocksandalen tragen konnte.

Sie blieb fast den ganzen Tag. Eine nach der anderen packten die Frauen irgendwann ihre Sachen ein und gingen. Gegen zwei Uhr setzte der Regen ein, ein leises Trommeln an die Fensterscheibe. Annie strickte die Socken fertig und suchte eine weiche, pflaumenfarbige Merinowolle für einen Schal für Mrs Larsen aus. Sie legte sie auf die Theke und wartete, während Essie ihren Einkauf in die Kasse eingab.

Annie fiel Essies Halskette auf. Sie trug ein Senfkorn um den Hals, und Annie erinnerte sich, dass sie selbst auch einmal eine solche Kette besessen hatte. Papa hatte sie ihr zu ihrem dreizehnten Geburtstag geschenkt. Sie starrte das Samenkorn an, dieses winzige Glaubensfragment, in Glas gefasst. Das unnahbare Glas kam Annie wie ein kaltes Abbild ihres eigenen Herzens vor, und einen Moment lang erfüllte sie eine starke Sehnsucht. Sie war nicht immer so gewesen.

„Wie hältst du an deinem Glauben fest, Essie? Wenn der Vorhang zerreißt?“ Der Klang ihrer eigenen Stimme, mit der sie diese Frage aussprach, erschreckte Annie. Sie fühlte, wie ihr Gesicht vor Verlegenheit ganz warm wurde, aber Essie sah nicht im Geringsten so aus, als störe sie diese Frage. Sie steckte die Quittung gelassen in die Tüte, reichte sie Annie und überlegte dann einen Moment.

„Der Vorhang …?“

Annie zuckte die Achseln und versuchte, es ihr zu erklären. „Früher habe ich nie Böses und Schmerz gesehen. Das war vor mir verborgen.“

„Aber dann ist der Vorhang zerrissen“, murmelte Essie leise, und Annie nickte, da ihre Kehle wie zugeschnürt war.

„Deine Frage berührt zwei Bereiche, die nicht zusammenpassen“, sagte Essie. Annie runzelte fragend die Stirn.

„Du hast gefragt, wie man den Glauben behält, wenn der Vorhang reißt. Wenn der Vorhang reißt, bedeutet das, dass man sieht, nicht wahr? Dass man den Schmerz und die Hässlichkeit des Lebens in dieser gefallenen Welt sieht.“

„Ja. Das bedeutet es“, antwortete Annie leise.

„Aber Sehen und Glauben passen nie zusammen. Nicht auf dieser Welt.“

Essie tischte die bekannten, abgegriffenen Standardsprüche auf, und Annie hätte ihr das am liebsten gesagt. Aber sie war selbst schuld, weil sie gefragt hatte. Warum hatte sie gedacht, ihre Frage würde ihr irgendwelche neuen Erkenntnisse bringen? Sie hielt den Mund, sie zwang sich, nichts zu sagen, und ihre Lippen fühlten sich bei dem angestrengten Versuch, ihren Widerspruch für sich zu behalten, ganz verkrampft an.

Essie schaute sie mit Zärtlichkeit in den Augen an und schwieg einen Moment, bevor sie weitersprach. „Vor langer Zeit habe ich beschlossen, dass er genug ist." Annie wusste genau, wen sie mit *er* meinte. „Du bekommst auf deine Fragen in diesem Leben vielleicht nie eine Antwort", fügte sie leise hinzu, „aber wenn er dir Frieden schenkt, sind deine Fragen nicht mehr so drängend."

Annie schüttelte den Kopf. Sie bereute, dass sie diese Frage gestellt hatte. Irgendwie hatte sie gewusst, dass sie nur eine unbefriedigende Antwort bekäme.

„Ich kenne dich nicht gut, Annie", sagte Essie.

Etwas an diesem Geständnis traf Annie, riss sie aus ihrem stummen Protest. *Oh doch, du kennst mich,* wollte sie widersprechen. *Du kennst mich.* Sie sagte nichts, nickte nur leicht und wartete, dass Essie weitersprach.

„Aber ich bete hin und wieder für dich. Ehrlich gesagt, habe ich heute für dich gebetet. Als du in den Laden kamst, konnte ich deine Traurigkeit spüren."

Annie war nicht überrascht. Hatte sie nicht gewusst, dass dies ein sicherer Ort wäre? Ein Ort des Trostes und Mitgefühls?

„Du kennst ihn, nicht wahr?", fragte Essie und schaute sie mit ihren braunen Augen forschend und durchdringend an.

Annie nickte. Wie konnte sie das leugnen?

„Dann vertraue ihm. Nur bei ihm sind Frieden und Freiheit zu finden."

Sie starrte Essie an und fragte sich, wie wenig die Menschen wirklich voneinander wussten und wie leicht die Antworten erschienen, solange man die Wirklichkeit nicht kannte. Wie einfach das klang! Wie frei und leicht. Aber das war es nicht. Sie schüttelte fast unmerklich den Kopf. Die Glocke über der Tür klingelte, als zwei Frauen plaudernd und lachend eintraten. Der Moment war vorbei.

„Danke", sagte sie zu Essie und nahm die Tüte von der Theke.

Essie berührte ihre Hand. „Ich werde weiter für dich beten", versprach sie. „Komm wieder."

Annie nickte, dann wandte sie sich ab und trat wieder in den Nebel hinaus.

Ihre Wohnung war still, kalt und dunkel. Annie schaltete einige Lampen an, machte sich ein belegtes Brot, aber sie aß wenig. Sie war nervös, denn sie hatte sich vorgenommen, dass sie es heute tun würde, und inzwischen war der Tag fast vorbei. Ihr Magen zog sich zusammen. Es war Zeit. Ein Anflug von Angst regte sich in ihr, und sie erinnerte sich an ein Zitat, das sie einmal in einem Buch gelesen hatte. *Bei jedem großen Fehler gibt es einen kurzen Moment, den Bruchteil einer Sekunde, in dem er verhindert und vielleicht wiedergutgemacht werden kann.* Sie fühlte sich hin- und hergerissen, als nähere sie sich einem Abgrund, als bewege sie sich in einem dieser kurzen Momente.

Sie schüttelte den Kopf und verdrängte diese Gedanken. Dann nahm sie schnell, bevor sie nachdenken oder es sich anders überlegen konnte, das Telefon. Sie rief Max Kroll an, und nach ein paar Höflichkeitsfloskeln nahm sie sein Stellenangebot bei der *Los Angeles Times* an.

„Wir freuen uns, dass wir Sie gewinnen können", sagte er herzlich. „Ich sage Jason, dass er Sie am Montag anrufen soll, um mit Ihnen zu vereinbaren, zu welchem Termin Sie bei uns anfangen." Jason, der Helle, der Goldene.

Sie bedankte sich, legte auf und wählte dann wieder, ohne zu zögern. Dieses Mal war es die Nummer des Anwalts, dessen Visitenkarte sie seit einem Jahr in der Tasche trug.

Sie wartete angespannt, wobei ihr Herz hämmerte und ihr Mund ganz trocken war.

„Hier ist Annie Dalton, Mr Carson", sagte sie, nachdem er sich gemeldet hatte. „Ich habe beschlossen, dass es so weit ist."

Sie sprachen weiter. Details wurden festgelegt; Pläne wurden in Gang gesetzt, um ihre Ehe zu beenden. Annie würde nächste Woche in seine Kanzlei kommen, um die Papiere zu unterschreiben. Er würde für sie die Scheidung einreichen. Es gäbe eine Wartefrist von neunzig Tagen. Sie würde nach Seattle zurückkommen und an dem Tag, an dem die Scheidung verkündet wurde, vor Gericht erscheinen müssen. Sie dankte ihm, verabschiedete sich und drückte die Taste, um das Gespräch zu beenden.

Sie trat ans Fenster und schaute wieder hinaus. Das Telefon lag immer noch in ihrer Hand. Sie ließ die gespeicherte Nachricht ein letztes Mal ablaufen und hörte Sams tiefe, samtige Stimme. Sie stellte sich vor, statt der Schlosserei und der Bäckerei und der Hecke am Rand des Parkplatzes eine große Reihe Kiefern, Schwarzkirschen und Bergakazien und dahinter im Dunst die blauen Berge zu sehen. Sie blinzelte, dann waren sie verschwunden. Schnell, bevor sie es sich anders überlegen konnte, drückte sie auf die Taste und löschte seine Nachricht. Sie ließ den Vorhang fallen und drehte sich zu dem leeren Zimmer herum. Ihr Herz fühlte sich an wie eine endlose, windige Wüste.

6

Elijah Walker saß in der Küche im Reihenhaus seiner Schwester und hatte Sorge, vor Langeweile bald den Verstand zu verlieren. Die Uhr tickte. Die Katze leckte sich die Pfote. Seine Schwester schürzte die Lippen und blätterte eine Seite in dem Katalog um, den sie gerade anschaute. Sie strich etwas an, dann blätterte sie weiter. Er schaute aus dem Fenster, aber auch draußen schien die Welt seltsam still zu sein. In dieser alten Wohngegend von Pittsburgh wohnten nur alte Leute, uralte Autos säumten beide Seiten der engen Straße. Hier gab es keine Kinder, die in Schulbusse stiegen und heraussprangen, keine Jungs, die lautstark miteinander Basketball spielten, keine kichernden Mädchen, die die Köpfe zusammensteckten und Geheimnisse austauschten.

Elijah schaute seit fast drei Monaten jeden Tag aus diesem Fenster, und er wusste genau, was wann passierte. Gegen zehn Uhr ging Mrs Pettibone von der anderen Straßenseite mit ihrem kleinen Hund spazieren. Peppy. In Elijahs Augen handelte es sich um eine armselige, dürre Kreatur, aber er behielt seine Meinung für sich. Die beiden gingen langsam die Straße hinab, blieben stehen, damit Peppy sein Geschäft verrichten konnte, dann machten sie kehrt und bewegten sich langsam zurück. Gegen Mittag brach der alte Mr Swanson von nebenan zu seinem täglichen Spaziergang auf. Er schleppte sich bis zum anderen Ende der Straße, machte an der Straßenlaterne kehrt und kam zurück. Der Höhepunkt des Tages waren etwa zwei Minuten, so gegen vierzehn Uhr, wenn die Nachbarschaft in hektische Betriebsamkeit ausbrach. Denn dann kam der Postbote. Beim Klang seiner Schritte ging jede Tür auf, die Bewohner traten auf die Stufen heraus, und manchmal, wenn es nicht regnete, wechselte man sogar einen Gruß.

„Wie geht es Ihnen heute?“

„Meine Arthritis plagt mich wieder.“ – „Meine Darmprobleme werden schlimmer.“ – „Mein grauer Star wird nächste Woche operiert.“

Er schloss einen Moment die Augen. Was würde er für eine saubere, ehrliche Arbeit geben! Ein Baum, der gefällt werden musste. Ein Zimmer, das gestrichen werden musste. Ein Zaunpfosten, der eingegraben werden musste. Irgendetwas anderes als dieses ständige Herumsitzen und Zuschauen. Das Wasser im Teekessel kochte und stieß ein schrilles Pfeifen aus. Elijah empfand spürbare Erleichterung, als das Geräusch die dichte Decke aus Schweigen durchdrang.

Seine Schwester stand auf und ging zum Herd. Er schaute ihr zu, wie sie zwei Tassen aus dem Schrank holte.

„Für mich nicht, danke, Frances. Ich gehe spazieren."

Sie drehte sich mit besorgter Miene zu ihm herum. „Darfst du dich schon so anstrengen?", fragte sie. „Es ist erst zweieinhalb Monate her."

Seit sie ihn aufgeschnitten, ihm einen Bypass eingesetzt und ihn wieder zugenäht hatten.

„Mir passiert nichts", sagte er und lächelte sie kurz an. „Ich soll mich bewegen. Das tut mir gut."

Sie sah immer noch zweifelnd aus, aber er stand auf, ohne weiter mit ihr zu diskutieren. Sie war seine große Schwester und hatte ihn immer bemuttert. Auch wenn er schon ein alter Mann war, würde er immer ihr kleiner Bruder bleiben.

Er ging in sein Zimmer, schlüpfte in seine Trainingshose und ein T-Shirt und hängte sich die Stoppuhr um den Hals. Er brach in einem flotten Tempo auf, bis er am Haus vorbei war, und begann erst zu joggen, als er den Park erreichte. Er drehte eine Runde und ruhte sich dann ein wenig aus. Er hatte keine Schmerzen. Deshalb nahm er eine zweite Runde in Angriff. Als er acht Kilometer gelaufen war, zwischendurch immer wieder Pausen eingelegt und seinen Puls gemessen hatte, waren fast fünfundvierzig Minuten vergangen.

Er ging eine weitere Runde, um sich abzukühlen. Außerdem genoss er das Leben hier. Eine Gruppe junger Frauen schob vor ihm ihre Kinderwagen. Ein paar Jugendliche in Sporthosen und Trikots joggten an ihm vorbei. Vier Kinder warfen Bälle auf dem Basketballplatz, und ein Mann und eine Frau spielten Tennis. Er beendete seine Runde und ging nach Hause, aber eine Sekunde lang fragte er sich, was er mit diesem Wort meinte. Das Reihenhaus in Pittsburgh war nicht sein Zuhause. Das wusste er mit Bestimmtheit, aber die anderen beiden Bilder, die bei diesem Wort vor seinem geistigen Auge auftauchten, passten auch nicht besser. Nicht der weite Himmel und die Gluthitze in dem Land, in dem er den größten Teil seines Lebens verbracht hatte, und auch nicht das andere Zuhause, die sanften Hügel und Täler seiner Kindheit und Jugend, die er für immer in Erinnerung behalten würde.

Die Welt seiner Schwester war eigentlich nicht schlecht, musste er zugeben. Sie war kurz nach ihrer Hochzeit vor fünfundfünfzig Jahren mit ihrem Mann hierhergezogen, hatte in diesem hohen, schmalen Haus ihren Sohn aufgezogen und war hier geblieben, als ihr Mann starb und ihr Sohn Roger erwachsen geworden und fortgezogen war. Pittsburgh war eine ganz passable Stadt, fand Elijah, soweit man das von einer Stadt sagen konnte, und Frances nahm ihn großzügig bei sich auf und kümmerte sich liebevoll um ihn. Es gab nichts, worüber er sich beklagen könnte, wurde ihm bewusst, und er dachte daran, wie sie ihn pflegte und umhegte. Wahrscheinlich hatte er diese Hilfe gebraucht, als er krank und allein hier angekommen war. Aber jetzt ging es ihm besser. Er war von der Operation vollständig genesen, und es war für ihn Zeit, etwas zu *tun*, bevor er den Verstand verlor.

Er würde hier bestimmt etwas finden, das er tun konnte. Bei seinen Busfahrten zum Krankenhaus hatte er ein Obdachlosenheim gesehen. Und die Kirchengemeinde, in die seine Schwester ging, betrieb eine Essensausgabe und Kleiderkammer, auch wenn ihm die Kirche etwas kalt und steril erschien. Er könnte sicherlich an einem dieser Orte eine Beschäftigung finden, aber diese Aussicht rief bei ihm Langeweile und wenig Begeisterung hervor.

Wenn er ehrlich war, erfüllte ihn bei dem Gedanken, überhaupt hierzubleiben, eine unerklärliche Unzufriedenheit. Irgendwie erschien es ihm nicht richtig. Elijah dachte an die hohen Berge, die grünen Wälder und die sprudelnden Flüsse zu Hause. Er erinnerte sich an Menschen – an einen Menschen ganz besonders – und er versuchte, sich dieses liebe Gesicht vorstellen, sich auszumalen, wie es jetzt aussah, nachdem so viele Jahre verstrichen waren. Er zwang sich, sich auf seinen Weg zu konzentrieren, und beschleunigte sein Tempo. Jetzt, da er wieder fast in Form war, konnte er zu der Arbeit zurückkehren, die er verlassen hatte. In den letzten zwanzig seiner fünfundvierzig Jahre in Afrika war er im Sudan gewesen, und seine Arbeit in dem vom Krieg erschütterten Land hatte ihn körperlich und geistig sehr gefordert. Als er es verlassen hatte, war sein Gesundheitszustand so schlecht gewesen, dass man ihn in Rente geschickt hatte. Aber jetzt ging es ihm besser. Es war Zeit, an seine Missionsorganisation zu schreiben und ihnen zu erklären, dass man ihn wieder aussenden könne. Er verdrängte den leichten Schatten, der sich auf sein Gemüt legte. Es lag bestimmt an seiner Krankheit und an diesem fremden Ort, dass sich solche seltsamen Gefühle in ihm regten. Wenn er an die Arbeit zurückkehrte, ginge es ihm gut.

Elijah hatte natürlich dafür gebetet, was er tun sollte, aber das war verwirrend. Er konnte die Antwort Gottes, die ihm früher so vertraut gewesen war, irgendwie nicht deutlich hören. Der ständige Lärm durch den Verkehr und den Fernseher schienen sie zu übertönen. Er sehnte sich nach offenen Flächen und … was? Er sehnte sich nach Menschen, stellte er fest. Menschen, die mitten im Leben steckten. Die jemanden brauchten. Die *ihn* brauchten.

Seine Schwester legte Wäsche zusammen, als Elijah zurückkam. Sie betrachtete ihn besorgt, wie jedes Mal, wenn er nach einem Spaziergang zurückkam. Er lächelte sie beruhigend an und warf einen Blick auf den Fernseher. Frances schaute sich eine Talkshow an, in der ein Psychologe die Leute anschrie und herunterputzte, damit sie sich richtig benahmen.

„Wie läuft das für Sie?“, wollte er gerade wissen, und der Mann, den er ansprach, zuckte die Achseln, errötete und warf einen fragenden Blick auf die Frau neben sich. Frances schaute viel fern. Sie las viele Bücher und Zeitschriften. Sie füllte jedes Preisausschreiben und jeden Müll aus, der in ihrem Briefkasten landete. Wahrscheinlich war sie einsam. Ihr Mann war vor vier Jahren gestorben, und ihr einziger Sohn lebte in New York. Sie sähe es gern, wenn er hierbliebe, das wusste Elijah.

„Das Essen ist bald fertig“, sagte sie. „Schmorbraten und Gemüse.“

„Klingt gut.“ Er lächelte freundlich, aber er dachte mit Grauen an den langen, leeren Abend, der vor ihm lag.

Nach dem Abendessen traf er die Entscheidung. Frances schaute irgendeine Polizeishow an, und Elijah ging in sein Zimmer, da er die Sendung nicht länger ertragen konnte. Er hatte genug Gewalt und Tod erlebt und war in Bezug auf Blut bestimmt nicht zimperlich. Aber die Vorstellung, dass blutige Verbrechen als Unterhaltung dargestellt wurden, störte ihn. Er setzte sich, schlug seine Bibel auf, betete und begann zu lesen. Zweites Buch Samuel. Die letzten Worte von David:

Ja, mein Haus gehört fest zu Gott! Als er diesen Vers auf sich übertrug, versetzte es ihm einen Stich, denn er hatte kein Haus. Kein Vermächtnis, kein Erbe, das er weitergeben konnte.

Er hat einen ewigen Bund mit mir geschlossen. Sein Bund ist endgültig und besiegelt. Ja, das traf auch für ihn zu, stellte Elijah fest. Der Herr hatte ihm versprochen, dass ihm nichts Gutes mangeln würde, und er klammerte sich jetzt an dieses Versprechen trotz seiner Zweifel und der Leere, die in sein Leben eingekehrt war.

All mein Heil und all mein Begehren wird er gedeihen lassen … Natürlich schenkte Gott ihm Heil. Aber was bedeutete das wirklich? Für ihn? Heute?

Und all mein Begehren wird er mir gedeihen lassen? Die letzten Worte durchbohrten ihn wie ein spitzer Pfeil, denn er hatte sein Begehren vor vielen Jahren abgelegt. Dieses Thema war erledigt, sagte er sich und verdrängte die Trauer, die sich bei dieser Erkenntnis einschleichen wollte.

Er legte seine Bibel weg, dachte nach und betete. Er wusste nicht, wie lang er so dasaß, aber nach einer Weile holte er den Schreibblock heraus, den er in seiner Kommodenschublade aufbewahrte, und suchte einen Umschlag und eine Briefmarke. Er verfasste einen Brief an das Missionswerk, in dem er darum bat, wieder ausgesandt zu werden, und nahm ihn mit nach unten.

„Ich gehe zur Post", verkündete er und legte die Hand auf den Türgriff.

„Es ist dunkel", entgegnete Frances, die von dem Fernseher aufblickte. „Kann das nicht bis morgen warten?"

„Mir passiert schon nichts", erwiderte er und wappnete sich für ihren Widerspruch.

Er war überrascht, als keiner kam.

Elijah legte den kurzen Spaziergang zur Post zurück, aber ohne die Befriedigung, die er erwartet hatte. Vielleicht wollten sie ihn nicht zurückhaben. Doch beim Gedanken, dass sie ihn wieder aussenden würden, erfüllte ihn ein leichtes Unbehagen. Er schüttelte den Kopf. Er hatte doch Gottes Antwort vernommen, nicht wahr? Gott hatte ihn durch den Bibeltext aufgefordert, sein Begehren, seine Wünsche zu verfolgen. Die Arbeit in der Mission war sein Begehren, denn ihm fiel kein anderer Wunsch ein, aber als der Umschlag aus seinen Fingern glitt, wurden seine Zweifel so stark, dass er ihn am liebsten zurückgezogen hätte. Doch es war zu spät. Der Brief war fort, in dem dunklen Loch verschwunden. Unterwegs, so gut wie zugestellt, obwohl er noch im Briefkasten lag. Elijah schüttelte den Kopf, um diese seltsamen Gefühle abzuschütteln. Seit seiner Operation war er unruhig und eigenartig. Wenn er wieder an seiner Arbeit wäre, ginge es ihm gut. Bei diesem Gedanken wurde sein Herz leichter.

Als er wieder zu Hause war, machte er für sich und Frances Tee und nahm die Tassen mit ins Wohnzimmer. Sie lächelte erfreut, aber als sie sein Gesicht sah, wusste sie es anscheinend.

„Du gehst weg, nicht wahr?“, fragte sie.

Er nickte und lächelte leicht.

„Wann?“

„Sobald sie mich aussenden“, sagte er. „Aber ich glaube, ich möchte vorher eine Weile nach Hause fahren.“

Über ihr Gesicht zog eine Mischung aus Zuneigung und Wehmut.

„Du könntest mitkommen“, schlug er vor.

Sie schüttelte den Kopf, und er wusste warum.

„Wahrscheinlich wird dort nichts mehr für mich da sein“, sagte er und wusste, dass er etwas Wahres angesprochen hatte, als er ihre mitfühlenden Augen sah. „Aber ich schätze, ich muss einfach hinfahren und die alte Heimat noch ein letztes Mal sehen.“

Sie nickte, und für einen kurzen Moment war sie wieder die Schwester, die er in Erinnerung hatte. Das starke, unabhängige Mädchen, nicht diese träge, alte Frau, die sie geworden war.

„Ich habe mich schon gefragt, wann du davon sprechen würdest“, sagte sie, und er lächelte über ihre Weisheit.

Sie plauderten noch eine Weile und tranken ihren Tee. Die Katze stand auf, streckte sich und rollte sich dann wieder zu einer Kugel zusammen. Die Nachrichtensendung war zu Ende. Die Uhr schlug, und plötzlich konnte Elijah es nicht erwarten aufzubrechen.

7

Sam erwachte um vier Uhr dreißig. Sobald seine Füße den Boden berührten, war er hellwach; eine Gewohnheit, die er während seines Medizinstudiums perfektioniert hatte. Die Sonne war noch nicht aufgegangen, stellte er fest, als er die Vorhänge vor dem Schlafzimmerfenster hochhob. Er ließ sie wieder fallen und ging in seine kleine Küche, maß Kaffeepulver ab, goss Wasser in die Maschine und schaltete sie ein. Wie jeden Morgen fragte er sich, wo sie war. Er fragte sich, was sie gerade machte. Er fragte sich, ob er je aufhören würde, sich diese Fragen zu stellen. Sie gehörten genauso wie das Rasieren und das Duschen zu seinem gewohnten Tagesablauf. Damit würde er jetzt aufhören, nahm er sich vor. Außerdem lag sie aufgrund der Zeitverschiebung bestimmt im Bett und schlief. Ihr Tag würde erst in mehreren Stunden beginnen.

Er ging ins Badezimmer, duschte und zog sich an. Er schenkte sich eine Tasse Kaffee ein, der inzwischen fertig war, schaltete die Kaffeemaschine und die Lichter aus und nippte an seinem Kaffee, während er mit dem Aufzug in die Parkgarage hinabfuhr. Manchmal sah er tagelang nichts anderes als das Innere seiner Wohnung, seines Autos und des Krankenhauses.

Er fuhr aus der Tiefgarage und bog auf die Straße. Er wohnte in einem gewöhnlichen Hochhaus, bei Weitem keine Luxusadresse.

„Zieh in etwas Luxuriöseres", drängte Barney ihn immer. „Kauf dir ein Haus. Spiele Golf. Kauf dir ein tolles Auto. Genieße dein Leben."

Sam wollte kein teures Auto. Er wollte keine Eigentumswohnung. Er hätte nichts gegen eine Jacht, aber wann würde er damit fahren? Allerdings hätte er wirklich gern seinen Pick-up zurück.

Und er musste nach Hause fahren. Er wollte nach Hause fahren. Er wusste nicht, warum er nicht heimfuhr. Wenigstens sagte er sich das, aber tief in seinem Herzen wusste er es wahrscheinlich doch. Zu Hause war eine völlig andere Welt. Eine Welt, in der es gute Dinge gab, die tief in der Vergangenheit vergraben waren. Er wusste nicht genau, was er damit meinte, außer dass eine Fahrt nach Hause ihm wie ein letzter Hoffnungsfunke erschien, wenn er wieder einmal an die düstere Mauer der Verzweiflung stieß. Er fürchtete sich davor, was passieren würde, wenn er nach Hause fuhr und feststellen müsste, dass diese Hoffnung falsch gewesen war.

Sam war im letzten Juli nicht einmal zur jährlichen Familienfeier der Trueloves gefahren. Unwillkürlich entlockte ihm dieser Gedanke ein leises Lächeln. Er wusste, wie es abgelaufen war. Die ganze Verwandtschaft und die halbe Stadt – Freunde, die in ihrem Herzen zur Verwandtschaft gehörten, wenn auch vielleicht nicht im wörtlichen Sinn, und die man von einer guten Feier nicht ausschließen konnte – kamen zu dem Fest. Jeder brachte seine Musikinstrumente mit, und der Garten war erfüllt von Gospel- und Country-Musik. Die Kinder tobten auf der Wiese neben dem mit Sträuchern bewachsenen Hang herum, auf der großen Wiese seiner Eltern. Die Erwachsenen ermahnten sie, vorsichtig zu sein, was die Kinder aber nicht mehr beeindruckte als das Bellen des Hundes in der Ferne. Man hörte das Klappern von Hufeisen beim Hufeisenweitwurf, die dumpfen Schläge, wenn der Baseballschläger den Ball traf, und aus der Ferne drang das Kreischen der Kinder, die sich im Bach bespritzten. Jeder freie Quadratzentimeter Tisch war so schwer mit Essen beladen, dass die Platten sich darunter bogen. Etwas regte sich in seiner Brust. Oh ja. Er hatte heimfahren wollen, aber er hatte Angst, dass irgendwie alles verschwinden würde, wenn er käme und es suchte. Es war besser, viel besser, es sich liebevoll vorzustellen, als es zu suchen und feststellen zu müssen, dass es nicht mehr da war. Deshalb war er fast erleichtert gewesen, als ein paar Minuten, nachdem er losgefahren war, ein Funkspruch gekommen war, dass er ins Krankenhaus kommen müsse.

Es hatte einen Notfall gegeben. Ein Neugeborenes war mit einem multiplen Defekt eingeliefert worden. Das war der medizinische Fachbegriff für ein Herz, das nur wenig Ähnlichkeit mit einer normal funktionierenden Pumpe hatte – genauer gesagt, wenig Ähnlichkeit mit einem erkennbaren und reparablen Herzfehler. Dieser Defekt hatte eine Notoperation erforderlich gemacht, und Sam hatte Rufbereitschaft gehabt. Er war von der Autobahn zu einer Tankstelle gefahren, um im Krankenhaus anzurufen, hatte sich die Sachlage angehört, Anweisungen erteilt, dann hatte er gewendet und war zum Krankenhaus zurückgefahren. Er war während des ganzen Rückwegs in Gedanken bei dem defekten Herzen gewesen und hatte darüber sogar vergessen, seine Mutter anzurufen und ihr zu sagen, dass er nicht nach Hause käme.

Das Kind hatte überlebt, lag aber jetzt, ein Jahr später, wieder im Krankenhaus. Es würde sein kurzes Leben wahrscheinlich immer wieder auf der Intensivstation verbringen und eine endlose Palette von Untersuchungen und Behandlungen über sich ergehen lassen müssen. Daran konnte er nichts ändern. Dieser Teil lag nicht in seiner Macht. Er hatte seinen Teil erfüllt, so gut ein Mensch es konnte. Niemand hätte es besser machen können. Der Druck ließ einen Moment nach.

Er war der Beste. Wenigstens hier in der Gegend, sagte man. Wahrscheinlich stimmte das, obwohl er das mit einer schweren Last der Verantwortung zur Kenntnis nahm und nicht mit dem Stolz, der ihn früher erfüllt hatte. Die Cleveland-Klinik hatte Roger Mee. Michigan hatte Ed Bove und Frank Hanley. Boston hatte Richard Jonas. Und die Kinderklinik in Knoxville hatte Sam Truelove.

Er dachte an seine Fähigkeiten und wusste, dass sein Erfolg damit nicht zu erklären war. Er konnte schnelle, saubere Stiche nähen, und er besaß die geniale Gabe, sich Dinge räumlich vorstellen und bearbeiten zu können. Aber keine dieser Fähigkeiten war der Grund für das, was er früher gewesen war. Vorher. Er hatte nicht planen oder denken müssen. Er hatte fast instinktiv gewusst, wie man etwas Kaputtes in Ordnung bringt. Es war eine mühelose Sache gewesen, voll Anmut und Energie.

An diese Zeit konnte Sam sich jetzt kaum noch erinnern. Er schaltete den CD-Spieler ein, und das Gospelquartett seiner Onkel ertönte. Er hörte es sich während der Fahrt an, die Melodien und Harmonien, die ineinander übergingen. *„Ja, ich will wieder heim und zu meinem Vater gehen"*, verkündeten ihre Stimmen. Er sah ihre Gesichter vor sich, wie sie sangen, voll Zuversicht und mit einem Strahlen in den Augen. Und er fragte sich, wann er aufgehört hatte zu glauben.

Das nächste Lied begann. *„Ich liebe Jesus, und Jesus liebt mich"*, sangen sie. Sam drückte auf die Taste, sodass die Stimmen seiner

Onkel verstummten. Er brauchte die Stille. Er musste nachdenken. Mit einer Hand öffnete er seine Aktentasche, während er sich durch den Verkehr schlängelte, trank ab und zu einen Schluck von seinem Kaffee und überflog die Krankenakten zu den Operationen, die er heute durchführen sollte.

Als Erstes war die Behebung einer TGA geplant, einer Transposition der großen Arterien. Er hatte eine neue Technik für die Operation dieses Defekts entwickelt. Bei dieser Fehlbildung sind die großen Gefäße falsch verbunden, sodass die Aorta sauerstoffarmes Blut in den Körper befördert und die Lungenarterie sauerstoffreiches Blut zu den Lungen zurückbringt. Seine Erfolgsrate war so hoch, dass andere glaubten, dieses riskante Verfahren wäre für ihn Routine. Er ging die Operation in Gedanken durch, stellte sich die winzigen Gefäße vor, verlegte sie im Geiste und sah das Herz und seine Umgebung dreidimensional vor sich.

Sein zweiter Fall war die zweite Operation der dreistufigen Korrektur eines Hypoplastischen Linksherz-Syndroms. Vor wenigen Jahren oder auch heute noch in einer nicht so gut ausgerüsteten Klinik wäre dieses Kind gestorben. Es war mit einem Herzen zur Welt gekommen, bei dem die wichtige Pumpkammer nichts weiter als die entstellte Masse eines nicht funktionierenden Muskels war. Sam hatte die erste Operation selbst durchgeführt, die den Druck auf das Herz verringert hatte. Bei der heutigen Operation würden sie aus dem Herzen eine Pumpe mit zwei Kammern machen. Mit der dritten Operation würden sie dafür sorgen, dass es so gut wie möglich funktionierte. Es war trotzdem noch ein schrecklicher Defekt, und es blieb abzuwarten, wie die langfristigen Prognosen für das Kind aussahen. Aber es war nicht seine Aufgabe, das zu wissen oder sich auch nur darüber Gedanken zu machen. Seine Aufgabe war es, jetzt sein Bestes für das Kind zu geben.

Als dritte Operation stand die Korrektur einer Fallot-Tetralogie an. Er plante, zwei Defekte dieses Syndroms zu korrigieren: das Loch zwischen den Kammern und die Verengung der Lungenarterie. Als er sich bewusst machte, dass er diese Operationen erfolgreich durchführen konnte, ließ der Druck ein wenig nach. Er konnte das. Trotzdem ging er die einzelnen Schritte, die er vornehmen würde, langsam im Geiste durch.

Vor dem morgigen Operationstag graute ihm. Der erste Fall war wieder ein multipler Defekt. Das Herz dieses Kindes war ein grausamer Witz, eine groteske Ansammlung von Fehlbildungen. Die wenigen Wochen seines bisherigen Lebens waren qualvoll gewesen. Zwei andere Kinderkardiochirurgen hatten sich geweigert, es zu operieren. Deshalb waren die Eltern zu ihm gekommen – zu dem Kardiochirurgen, der im Ruf stand, alles zu operieren. Der besser war als alle anderen. Er biss die Zähne zusammen, als sich sein eigenes Herz zusammenzog.

Das waren Kinder. Sie hatten ihr Leben noch vor sich, und er würde nicht tatenlos danebenstehen und zulassen, dass ihnen ihr Leben geraubt wurde, wenn er etwas dagegen tun konnte. Für dieses Kind konnte er wahrscheinlich nicht viel machen, aber die Eltern hatten ihn angefleht. Unter Tränen hatten sie ihn angefleht, bis er versprochen hatte, den Brustkorb zu öffnen und sich das Herz anzuschauen.

Wut keimte in ihm auf, dass ein so kleines Kind so sehr leiden musste. Sam wusste, egal ob man das durfte oder nicht, wem seine Wut galt. Er und Gott lagen schon seit vielen Jahren im Streit. Seit fünf Jahren, um genau zu sein, und keine Feindschaft war so erbittert wie die zwischen zwei Personen, die früher enge Freunde gewesen waren.

Sam schob entschlossen das Kinn vor und warf die letzte Akte auf den Beifahrersitz. Er konnte diese Operationen schaffen. Er hatte sie früher schon gemacht. Er konnte sie wieder schaffen, obwohl er die Wahrheit wusste: Was er jetzt machte, war mechanisch und Routine im Vergleich zu seinen früheren Operationen. Früher hatte er fast Zauberhände gehabt. Nein, das stimmte nicht. Er schaute auf den Verkehr und wusste, was es gewesen war. Es waren begnadete Hände gewesen. Er hatte das Gefühl gehabt, als wären seine Hände nur das Instrument, das Gott selbst benutzt hatte, um diese kaputten Herzen zu reparieren. Und er hatte geglaubt, dass Gott ihn auserwählt hatte. Schwere Bitterkeit erfüllte seine Brust. Als Gott ihn verlassen hatte, hatte er ihm auch die Gabe weggenommen.

Er war immer noch besser als jeder andere. Ob mit oder ohne Gottes Eingreifen. Sam hob trotzig den Kopf, aber er konnte die Müdigkeit fühlen, die wie ein tiefes, kaltes Elend einsetzte, die ihn ergriffen hatte und ihn nicht wieder loslassen wollte. Was früher mühelos und belebend gewesen war, ließ ihn jetzt vor Erschöpfung erzittern und grub tief in sein Inneres einen unstillbaren, nagenden Hunger nach Stille und Frieden und Ruhe. Er schüttelte leicht den Kopf und trank einen Schluck von seinem Kaffee.

Sein Handy klingelte. Er nahm ab.

„Truelove", sagte er knapp.

„Hey, Bruderherz." Es war Ricky, nicht das Krankenhaus. Sam entspannte sich ein wenig.

„Was hast du angestellt?", fragte Sam seinen Bruder. Das war seine übliche Begrüßung und den größten Teil seines Lebens eine berechtigte Frage. *Aus welcher Klemme muss ich dich jetzt wieder herausholen? Was hast du jetzt wieder angestellt?* Aber der letzte Anruf, in dem der kleine Bruder den großen um Hilfe gebeten hatte, lag inzwischen viele Jahre zurück.

Sie unterhielten sich über Belanglosigkeiten, aber Sam wusste, warum sein Bruder anrief. Er wollte hören, wie es ihm ging. Nur nachfragen. In letzter Zeit wollten sie immer hören, wie es ihm ging. Alle machten sich Sorgen. Selbst seine Mutter, die überhaupt nichts von Scheidung und Wiederheirat hielt, hatte ihn gedrängt, mehr auszugehen, Leute kennenzulernen. Etwas anderes zu tun, als nur zu arbeiten und zu schlafen.

Er beruhigte seinen Bruder und beendete das Gespräch. Dann holte er sein Aufnahmegerät heraus und diktierte ein paar Briefe. Einen an eine Versicherungsgesellschaft, vier an Ärzte, deren Patienten er operiert hatte. Als er im Krankenhaus ankam, war es erst sechs Uhr morgens. Seine erste Operation war für neun Uhr angesetzt. Er würde den ganzen Tag bis in den Abend im Operationssaal verbringen. Er würde die Sonne heute überhaupt nicht sehen, und er fragte sich wieder, warum er nicht ganz im Krankenhaus wohnte. Sam stellte sein Auto ab und fuhr mit dem Aufzug zur Kinderintensivstation hinauf. Die Station lag auf einer Seite, sein Büro auf der anderen. Er ging in seine Praxis, und wie immer war Isabella bereits da.

Isabella, seine rechte Hand, eine Kombination aus Mutter, Sekretärin und Schutzengel. Seine Praxismanagerin. Sie war eine rundliche, schöne Frau mit weiß durchzogenen Haaren, Grübchen und freundlichen Augen, ungefähr sechzig. Ihm graute vor dem Tag, an dem sie in Rente ginge. Daran wollte er noch nicht denken. Er sprach sie nie darauf an und hoffte, dass sie das Thema nicht erwähnen würde, wenn er es nicht ansprach.

„Guten Morgen, Izzy."

„Guten Morgen, Sam." Sie musterte ihn mit einem prüfenden Blick, als wolle sie sich vergewissern, dass es ihm gut ging. Das tat sie um diese Jahreszeit immer.

„Sie ist nicht gekommen", hatte er ihr letzte Woche knapp mitgeteilt.

Izzy hatte nichts gesagt, ihn nur mit traurigen Augen angesehen, dann genickt und ihm seine Medizin gegeben: einen Stapel rosa Zettel mit Telefonnotizen. Das tat sie auch heute Morgen wieder mit der gewohnten Bemerkung.

„Ihr Frühstück ist unterwegs", sagte sie knapp. „Hier sind Ihre Anrufe, die dringendsten oben. Dr. Winkler hat zweimal angerufen. Er will wissen, wann Sie seinen Patienten einplanen." Sie warf wieder einen forschenden Blick auf ihn.

Er nickte und begab sich in sein Büro. Er ging an Karen vorbei, der Assistenzärztin. Sie telefonierte bereits. Einige Büros seiner anderen Kollegen waren ebenfalls schon besetzt. Barneys Büro war noch dunkel und leer. Nachdem er die ersten paar Jahre ein hektisches Tempo in der Klinik mitgemacht hatte, hatte Barney eine andere Lebensphilosophie übernommen. Er war vor mehreren Jahren mit Sam zum Essen gegangen und hatte ihn davon in Kenntnis gesetzt.

„Meine Arbeit ist wichtig", hatte er ihm erklärt. „Aber mein Leben ist auch wichtig. Ich will beides nicht aufgeben. Und das solltest du auch nicht machen."

Sam nahm an, dass Barney sich dieses Recht verdient hatte. Er war ein guter Freund und ein äußerst begabter Arzt. Er war ungefähr zehn Jahre älter als Sam und der Aushängeschild-Chirurg des Krankenhauses gewesen, bevor Sam gekommen war. Er hatte nicht besonders eifersüchtig oder schlecht gelaunt reagiert, als Sam aufgetaucht war und diese Rolle übernommen hatte. Im Gegenteil, er war einer von Sams stärksten Unterstützern geworden. Bei jenem Essen hatte er sich sogar bei Sam bedankt.

„Ich will leben“, hatte er gesagt. „Ich bin dankbar, dass du gekommen bist.“

Sam setzte sich an seinen Schreibtisch. Er verdrängte alles bis auf die Krankheitsfälle, die vor ihm lagen, aus seinen Gedanken. Er las die Krankenakten und betrachtete die Ultraschallbilder auf seinem Computer. Er schaute zu, wie der Blutfluss anstieg und abfiel, und ging im Geiste durch, was er tun würde, um Gottes Fehler zu korrigieren. Er schaute eine Ultraschallaufnahme an, die ein Kollege ihm geschickt hatte, der ihn um seine Meinung bat. *Vielleicht können Sie das übernehmen, Sam. Lassen Sie mich wissen, was Sie davon halten,* stand auf der Nachricht. Sam starrte auf den Bildschirm. Manchmal schickten ihm Kollegen ihre hoffnungslosen Fälle, und manchmal konnte er ihnen helfen. Früher hatte er diese Fälle als Herausforderung betrachtet. Aber heute empfand er es als grausam, wenn ihm wieder ein solcher Fall geschickt wurde. Er starrte auf den Bildschirm, auf die Aufnahmen, die der andere Arzt ihm geschickt hatte. Es war die Aufnahme eines Hypoplastischen Linksherz-Syndroms, das durch eine erfolglose Operation noch verschlimmert worden war. Wütender Hass regte sich in Sam, Hass auf den Arzt, der die Operation vermasselt hatte, statt das Kind an jemanden zu verweisen, der eine kompetente Arbeit geleistet hätte. Und Hass auf den Arzt, der ihm diese abstoßenden Bilder geschickt hatte. Und für einen kurzen Moment Hass auf den Gott, der das alles zuließ.

Er starrte die Wand an, aber seltsamerweise musste er an etwas denken, das Ricky gesagt hatte. Sam hatte ihn damit aufgezogen, dass er seinen Lebensunterhalt damit verdiente, jungen Frauen bei der Entbindung zu helfen und älteren Frauen Hormone zu verschreiben.

„Das passt schon so, Bruderherz“, hatte Ricky gesagt und sein typisches ungezwungenes Lächeln aufgesetzt. „Ich weiß, dass das nicht die ganz große Karriere ist, aber das, was du tust, würde ich nie schaffen. Ich kann es nicht ertragen, kranke Kinder zu sehen.“

„Ich kann es auch nicht ertragen, sie zu sehen“, hatte Sam scharf erwidert. „Deshalb operiere ich sie.“

Er dachte an Ricky, der so voller Leben und Lebensfreude war, und an das Schild in seinem Büro. *Ein Baby ist Gottes Zeichen, dass die Welt weitergeht,* stand darauf. Eine nette Idee, aber er hatte wahrscheinlich zu viel von der anderen Seite gesehen. Er starrte immer noch die Wand an und zuckte zusammen, als Izzy seinen Namen rief.

„Alle sind zur Visite bereit. Sie können kommen“, sagte sie und steckte den Kopf ins Büro.

Sam nickte und stand auf. Dabei schrieb er noch eine kurze Nachricht auf die Unterlagen des Kindes mit der misslungenen Operation. *Ja. Ich schaue mir das Kind an,* schrieb er. Vielleicht war es hoffnungslos, aber er würde es sich anschauen.

Er ging zielstrebig auf die Kinderintensivstation zu, um Visite zu machen.

Es war erst sieben, aber auf der Station herrschte bereits Hochbetrieb. Die Telefone klingelten, Patienten kamen. Sam ging durch den Flur und sah die Ärzte und Studenten, die wie eine Traube um ein winziges Bett herumstanden. Sie würden bei jedem Patienten auf der Intensivstation Visite machen. Sam trat zu ihnen und kontrollierte mit einem schnellen Blick die Werte. Er hörte sich die Bemerkungen der anderen an und äußerte dann seine Meinung. Er kontrollierte sorgfältig seine Gedanken und weigerte sich, diese winzigen Patienten als Säuglinge wahrzunehmen, als Kinder, die an Schläuche und Monitore angeschlossen waren. Er zwang sich, nur ihren Zustand zu sehen und seine Empfehlungen für das weitere Vorgehen zu formulieren.

Am Bett von Evan Ridgeway, einem drei Monate alten Jungen, der sein ganzes bisheriges Leben nur auf der Kinderintensivstation dieses Krankenhauses verbracht hatte, blieben sie lange stehen. Sein Herz hatte schon angefangen zu versagen, bevor er überhaupt geboren war. Eine weitere multiple Fehlbildung. Sein Herz war ein unbrauchbarer Schwamm, Gefäße und Kammern waren abartig und willkürlich angeordnet. Evans einzige Hoffnung war eine Transplantation, und die schien jetzt in weite Ferne gerückt zu sein, da er sich eine Blutvergiftung zugezogen hatte. Er würde von der Transplantationsliste genommen werden, bis sein Zustand sich verbesserte, was unwahrscheinlich war. Der Assistenzarzt zählte alle betroffenen Organe auf.

„Ich spreche mit den Eltern und erkläre ihnen die Sachlage“, sagte der Assistenzarzt.

Die anderen nickten. Sam biss die Zähne zusammen. Barney warf ihm einen schnellen Blick zu und schaute dann sofort wieder auf die Akte vor sich.

Schließlich waren sie mit der Visite fertig. Sam begab sich in den Operationssaal. Er hängte seine Jacke ordentlich in den Spind, schlüpfte in seinen OP-Kittel, nahm seine Armbanduhr ab und legte sie ins Regal. Einen Moment betrachtete er seinen nackten Ringfinger, dann schloss er die Tür und sperrte den Spind zu. Er ging in den OP-Vorbereitungsraum, setzte seine Haube auf, seinen Mundschutz, seine Überschuhe, die Lupenbrille, sein Glasfaser-Headset, dann ging er in den Waschraum, um seine Hände steril zu machen. Er ging methodisch vor. Jeder Finger, alle vier Seiten, drei Minuten. Nach oben, nach unten. Die Zwischenräume. Jetzt die Unterarme. Er schrubbte ohne Eile, mit methodischer Gründlichkeit. Sein Verstand konzentrierte sich auf diese eine Sache und schaltete alles andere aus, die Welt draußen, den Tag draußen, den Krankenhausflur draußen, selbst alles an ihm selbst, das in den nächsten Stunden nicht benötigt wurde. Sam sagte nichts, und niemand sprach ihn an. Man wusste, dass er das nicht ertragen konnte. Wenn er zu einer Operation ging, betrat er eine eigene Welt, in der nur für zwei Menschen Platz war: für ihn und das Kind auf dem Operationstisch.

Er konzentrierte sich darauf, was er tun würde, um die TGA zu korrigieren. Er ging es im Geiste noch einmal durch. In einem normalen Herzen arbeiten die beiden Seiten in einer schönen Symbiose. Die rechte Seite nimmt das Blut, das vom Körper zurückkam, kohlendioxidreich und sauerstoffarm auf und pumpt es über die Lungenarterien in die Lunge. Dort gibt das Blut das Kohlendioxid ab und wird mit Sauerstoff angereichert. Dann kehrt es über die Lungenvenen in die linke Herzseite zurück, wo es in die Aorta und durch den Körper gepumpt wird.

Bei dem Kind, das auf dem Operationstisch auf ihn wartete – ein dreijähriges Mädchen namens Elise Sanders – waren die Pumpen verkehrt herum angeschlossen. Die Aorta kam aus der rechten Herzseite, wodurch das sauerstoffarme Blut in den Körper statt in die Lunge gepumpt wurde. Die Lungenarterien beförderten das sauerstoffreiche Blut in die Lunge zurück statt in den Körper. Elise war ein schönes Kind und hatte bei der Geburt normal und gesund ausgesehen. Nichts hatte auf diese Fehlbildung hingedeutet, bis sich die bei Neugeborenen normale Öffnung zwischen den Herzkammern geschlossen hatte und selbst die minimale Vermischung von sauerstoffarmem und sauerstoffreichem Blut verhindert wurde. In Elises Fall hatten die Kardiologen mit einem Herzkatheter ein neues Loch geschaffen. Dabei hatten sie mit einem winzigen Ballon ein Loch in die Herzscheidewand gestoßen. Dieses Loch würde Sam heute auch zunähen.

Mit hoch erhobenen, tropfenden Händen betrat er den Operationssaal. Der Chirurg und sein Assistenzarzt hatten den Brustkorb bereits geöffnet und das Herz freigelegt. Er kontrollierte mit einem prüfenden Blick die Situation. Das Kind war beatmet, Schläuche führten in seine Halsvene, den Fuß, den Arm. Blutkonserven hingen bereit. Der Kardiotechniker stand mit der Herz-Lungen-Maschine bereit, der Wundermaschine, die zuließ, dass das Herz aufhören konnte zu pumpen, damit Sam seine Arbeit machen konnte. Alle sahen seltsam aus. Man sah nur die Augen. Alles andere war mit steriler Kleidung und Mundschutz bedeckt. Alles, was auf Individualität schließen ließe, war verschwunden. In den nächsten Stunden würden seine Kollegen wie ein Teil von Sam sein, wie seine zusätzlichen Hände und Augen. Der OP-Pfleger reichte ihm ein steriles Handtuch, half ihm in einen Kittel und hielt ihm die Handschuhe hin. Sam trat an den Tisch. Sofort schaltete sein Verstand auf eine andere Welt um. Der Operationssaal war still. Keine Musik. Keine Gespräche. Er ging den Operationsplan durch, den er im Kopf ausgearbeitet hatte. Er begrüßte sein Team mit einem Kopfnicken. Mehr erwarteten sie nicht.

Dann ging er an die Arbeit. Er markierte die Stelle, an der er die Koronararterien an die Lungenarterie annähen würde, dann führte er die Kanüle für die Herz-Lungen-Maschine ein. Die Maschine setzte ein, ihr leises Surren übernahm das hektische Schlagen des Kinderherzens. Der Anästhesist gab dem Herz eine Dosis Kaliumlösung, und es hörte auf zu schlagen. Einen kurzen Moment stockte auch Sams Herz.

Da war es wieder. Dieses Zögern. *Was mache ich hier?,* schrie etwas in ihm, während er das winzige, stille Organ ansah, das auf sein Skalpell wartete. Er atmete tief ein und ging an die Arbeit.

Er schnitt die Aorta mit einem sauberen Schnitt durch. Er trennte die Koronararterien ab. Er trennte die Lungenarterien ab und begann zu nähen. Dabei musste er absurderweise an die Küche seiner Mutter denken und an die Mädchen, die dort Quiltdecken nähten. Er nähte die Koronararterien an die Lungenarterien, die Lungenarterien an die Aorta. Er flickte das Loch, das sie in die Scheidewand gemacht hatten, mit sauberen Stichen und hörte im Geiste, was seine Mutter zu Annie und seiner Schwester gesagt hatte: „Macht saubere, gerade Stiche, Mädchen. Wenn eure Stiche zu locker sind, rutscht es in alle Richtungen. Wenn sie zu fest sind, verzieht sich alles."

Hier war es nicht anders. Er arbeitete leise, schnell. Schließlich war er fertig.

„Herz-Lungen-Maschine ausgeschaltet", sagte der Kardiotechniker in die Stille hinein. Sam hielt den Atem an. Der Moment der Entscheidung. Das Herz zitterte kurz, dann begann es zu schlagen. Er atmete langsam aus. *Alles in Ordnung,* beruhigte er sich und ließ den Blick prüfend über die operierte Stelle wandern. Alles war dort, wo es sein sollte. Die rechte Herzkammer pumpte jetzt Blut in die Lunge, die linke Herzkammer in die Aorta und in den Körper. Er betrachtete einen Moment stumm das Herz, als wartete er, um sich zu vergewissern, dass es kein grausamer Scherz war, dass nicht alles plötzlich aufreißen würde. Aber nichts Schlimmes passierte.

„Danke euch allen", sagte er schließlich und signalisierte damit, dass er fertig war.

Als Antwort kam ein zustimmendes Murmeln.

Sam zog seinen Kittel aus und verließ den Operationssaal. Erst als er draußen auf dem Flur war, atmete er tief durch. Das Adrenalin ließ nach und machte einer tiefen Müdigkeit Platz. An diesem Punkt hatte er früher immer Gott gedankt. Jetzt tat er das nicht, aber trotzdem erfüllte ihn eine große Dankbarkeit, dass heute kein Unheil passiert war.

Er dachte an die vielen Hundert Operationen, die er durchgeführt hatte, an die relativ wenigen Komplikationen, die er erlebt hatte. Trotzdem hatte er das Gefühl, dass ihn das Glück vor Jahren verlassen hatte und dass er nur aus reiner Willenskraft weitermachte. Er erinnerte sich, dass er früher einmal geglaubt hatte, er hätte Wunderhände. Er sei gesegnet. Er hatte geglaubt, dass er heilende Hände hätte und dass alles, was er anrührte, wieder gut werden würde. Jetzt wusste er es besser. Er bog um die Ecke ins Wartezimmer, um mit den Eltern des Kindes zu sprechen, und seine Erschöpfung wurde noch stärker. Sie standen auf, als sie ihn sahen, und richteten ihre hungrigen Augen und ihre sehnsüchtigen Blicke auf ihn.

„Die Operation ist gut verlaufen“, teilte er ihnen mit.

„Geht es ihr gut?“, fragte die Mutter besorgt, deren Augen vom Weinen gerötet waren. Sie umklammerte Sams Hand, und er erinnerte sich, wie er früher seine Patienten und ihre Familien berührt hatte. Wie er ihnen tief in die Augen geschaut und ihnen dadurch Zuversicht vermittelt hatte.

„Wir stehen das gemeinsam durch“, hatte er früher gesagt. „Sie sind nicht allein.“

Er erinnerte sich, dass er verzweifelten Eltern seine Privatnummer gegeben hatte und zu jeder Tages- und Nachtzeit ans Telefon gegangen war. Er erinnerte sich, dass er mit ihnen auf Beerdigungen gegangen war und mit schwerem Herzen auf dem Friedhof gestanden hatte und sich seiner eigenen Grenzen schmerzlich bewusst gewesen war. Aber trotzdem hatte er an den Gott geglaubt, der alles gut machte. Er spürte die Hand dieser Mutter jetzt deutlich, aber er hatte den überwältigenden Wunsch, dass sie ihn loslassen würde.

„Es geht ihr gut“, versicherte er ihr. „Wir haben alles geschafft, was wir uns erhofft hatten.“

Sie hatten mehr Fragen, wollten ihn wieder festhalten, doch plötzlich erinnerten ihre offenen Münder ihn an Fische am Ufer, die am Haken hingen und keuchten. Er beantwortete ihre Fragen, tätschelte die feuchte Hand der Mutter und befreite sich sanft davon.

Er ging in die Umkleide zurück und zog einen neuen Kittel und neue Handschuhe an. Auf ihn warteten heute noch zwei weitere Operationen.

8

„Back bitte wieder diesen Süßkartoffelkuchen“, sagte Kirby, dessen lange, struppige Haare über seine Drahtbrille fielen. „Und diese Riesenkekse. Wie nennst du sie doch gleich?“, fragte er, obwohl er es ganz genau wusste.

„Katzenköpfe“, antwortete Annie trocken.

„Genau“, grinste Kirby. Der Yankee amüsierte sich wieder einmal auf Kosten der Südstaatlerin aus den Bergen. „Sie waren wirklich gut.“

„Du bist ja so witzig“, knurrte Annie.

„Bis heute Abend.“ Er grinste wieder und konzentrierte sich dann auf seine Arbeit.

Sie ging zu ihrem Schreibtisch und nahm den Karton mit ihren Sachen. Ihr Bereich sah leer und kahl aus. Sie schaute sich nach jemandem um, von dem sie sich verabschieden könnte, aber alle waren beschäftigt. Entweder sie telefonierten oder sie unterhielten sich oder gaben etwas am Computer ein. Sie würde sie alle heute Abend sehen, tröstete sie sich.

Es überraschte sie nicht, dass Kirby ihr aufgetragen hatte, den größten Teil des Essens für ihre Abschiedsfeier selbst zu machen. Das war typisch für ihn. An Weihnachten und Thanksgiving machte er es genauso: Er lud die halbe Belegschaft der *Times* zu sich nach Hause ein, und dann drückte er ihnen die Essensliste in die Hand. Annie versuchte, es philosophisch zu sehen. Wahrscheinlich profitierten beide Seiten davon, da es ihr wirklich nichts ausmachte zu backen und zu kochen. Im Gegenteil, sie konnte in dieser Arbeit aufgehen und darin eine Befriedigung finden, die sie sonst nicht erlebte. Aber gleichzeitig weckte die Arbeit in der Küche andere Gefühle in ihr. Jedes Mal, wenn sie am Abend vor einem Festtag in ihrer warmen Küche fertig war, erfüllte sie ein Schmerz, eine Leere gleich hinter ihren Rippen, die auch das Naschen an den frisch gebackenen Leckereien nicht vertreiben konnte. Es weckte Gefühle und Erinnerungen an dieses andere Leben. Annie hatte den Verdacht, dass genau das der Grund war, warum Kirby immer darauf bestand, dass sie das Kochen und Backen übernahm. Er ließ nie locker und hakte immer nach. Er wollte sie zum Reden bewegen. Diesen berühmten entscheidenden Schritt in die richtige Richtung tun.

Sie fuhr nach Hause, trug die Schachtel in ihre Wohnung und stellte sie zu den anderen. Ihr ganzes Leben passte in sieben Pappkartons, die sie morgen früh auf die Ladefläche ihres Pick-ups laden würde. Sie hatte sich von Adrienne verabschiedet, die wieder für dreieinhalb Tage bei ihrem Vater war. Morgen würde sie Mrs Larsen den Inhalt ihres Kühlschranks geben, sie umarmen und ihr einen Kuss auf die Wange drücken. Sie hatte die Stadtwerke und die Telefongesellschaft informiert, dass sie morgen ausziehen würde. Dann wollte sie nach Los Angeles fahren. In den ersten Wochen würde sie in einem Motel wohnen, bis sie eine Wohnung oder vielleicht sogar ein Haus fand und es neu einrichtete. Sie würde nur noch einmal kurz hierher zurückkehren, um ihre Scheidung rechtskräftig zu machen. Dieses Mal würde sie es richtig machen. Sie würde sich dauerhaft einrichten und Konsequenzen ziehen.

„Du kannst deine Sachen doch hierlassen, bis du eine Wohnung findest“, hatte Kirby vorgeschlagen. „Flieg hinunter und schau dich um, miete dir etwas, und dann kommst du zurück und holst deine Sachen. So würde es ein normaler Mensch machen.“

Sie hatte mit einer spöttischen Bemerkung geantwortet. Sie würde es so machen, wie sie geplant hatte, denn sie fühlte, dass sie sich beeilen musste. Deshalb wagte sie es nicht, innezuhalten. Außerdem hatte sie ein bisschen Zeit und wollte sie nutzen, um sich Los Angeles anzuschauen. Kirby hatte ihre Stelle aus dem eigenen Haus neu besetzt, und Jason Niles erwartete sie erst Ende Juli bei der *Los Angeles Times.*

Annie holte ihre Schüsseln und Messbecher heraus. Sie stellte die Zutaten zusammen und war froh, dass sie die Rezepte auswendig kannte, denn sie hatte ihre Rezeptkartei zusammen mit dem Rest ihres Lebens zurückgelassen.

Sie wusste genau, wo sie sie gelassen hatte: in der alten Metallkiste, die gefüllt war mit Zetteln und Karteikarten und im obersten Fach der alten Küchenvitrine in ihrer Küche stand. Sie hatte die

Notizen damals schon nicht gebraucht, aber sie hatte sie geliebt, da viele in Großmutter Mamies dünner Handschrift verfasst gewesen waren. Die Rezepte ihrer Großmutter waren historische Kunstwerke, obwohl sie im Grunde unbrauchbar waren, wenn man nicht bereits wusste, wie man ein Gericht zubereiten musste. Mamie hatte sich nicht mit Kleinigkeiten wie Maßangaben aufgehalten. Solche Anweisungen waren für Anfänger.

Tante Lulas Süßkartoffelkuchen, stand auf einer Karte. *Backe zuerst den Teig,* lautete die Anweisung, die zu Recht voraussetzte, dass Annie das gelernt hatte, sobald sie über die Tischplatte hatte schauen können. *Mische dann gekochten Süßkartoffelbrei, weißen und braunen Zucker, etwas Nelkenpfeffer, zwei große Eier, Ingwer und etwas Dosenmilch zusammen, gib ein Stück geschmolzene Butter dazu und lass es gut aufkochen.*

Sie lächelte und ging an die Arbeit. Sie wollte ihren Süßkartoffelkuchen und Bratäpfel machen. Kirbys Frau Suzanne sorgte für den Hauptgang. Art, einer der Fotografen, brachte einen Schinken mit. Rita, die Kolumnistin, würde sie alle wie immer mit etwas Extravagantem in Staunen versetzen – letztes Weihnachten hatte sie Hummerauflauf gemacht und zu Ostern einen Kotelettbraten. Shirley, ihre Vermieterin, stand wahrscheinlich im Stockwerk unter ihr in der Küche und schnitt ihre Zutaten klein. Sie hatte ihr verraten, dass sie dieses Jahr, wie immer, selbst gemachtes Sushi und eine Gemüsepfanne mit Tofu beisteuerte. Und Annie, die gebürtige Südstaatlerin, würde typische Gerichte aus ihrer Heimat mitbringen, die das Essen mit einer köstlichen Nachspeise abrundeten. Sie hatte bereits einen Kokosnusskuchen gebacken. Jetzt mischte sie den Teig für ein paar Katzenköpfe zusammen, die leckeren Kekse, die so hießen, weil sie so groß waren wie Katzenköpfe. Sie hatte ein Honigglas, das sie gekauft hatte, als sie im letzten Sommer beruflich auf einer Lavendelfarm in Sequim gewesen war. Sie hatte den Honig für eine besondere Gelegenheit aufgespart und sagte sich, dass diese Abschiedsfeier eine solche besondere Gelegenheit sei.

Sie maß die Zutaten ab. Sosehr sie es auch vermeiden wollte, erinnerte sie sich an ihr anderes Leben. Sie erinnerte sich an ihn und wie sie ihn damals gesehen hatte. Vorher. Als guten Mann. Als Helden. Überlebensgroß und ihr Beschützer. Das Leben, das sie miteinander geführt hatten, war idyllisch und gemütlich gewesen. Wahrscheinlich hatte sie damals schon gewusst, dass alles, was man auf einen Altar erhob, nicht von Dauer sein konnte, sondern irgendwann zusammen mit allen anderen Götzen auf dem Boden zerschellen musste.

Ihre Tage hatten damals anders begonnen als jetzt. Bei dieser Untertreibung lächelte Annie schwach. Sie war jeden Tag früh aufgestanden und hatte die Eier und den Maisbrei zubereitet, die er so gern zum Frühstück aß. Er leistete die wichtige Arbeit. Sie musste ihn versorgen.

Sie hatte versprechen müssen, es niemandem zu verraten.

„Ich sollte eigentlich ein Vorbild für gesunde Ernährung sein. Meine Patienten dürfen nicht wissen, dass ich jeden Morgen beim Frühstück einen Herzinfarkt vorprogrammiere."

Sie hatte gelächelt und sich im Spaß die Hand aufs Herz gelegt, aber trotzdem hatte sie ein leichtes Grauen beschlichen. Was würde passieren, falls seine Gesundheit eines Tages wirklich versagte? Sie konnte den Gedanken nicht ertragen, was passieren würde, falls er ... Sie beendete diesen Satz nicht. Sie hatte sich das Leben ohne ihn nicht vorstellen können.

An einen bestimmten Morgen erinnerte Annie sich besonders. Es war einer jener perfekten, strahlenden Momente im Leben gewesen. Sam hatte noch ganz am Anfang seiner Arztkarriere gestanden. Damals hatte sie nicht gearbeitet. Sie war früh aufgestanden, um für ihn zu kochen, bevor er zur Arbeit fuhr. Es war ein schöner Herbstmorgen gewesen. Die Bergluft zu Hause war nach der feuchten Hitze des Sommers trocken und kühl gewesen. Die rote Erde der Felder hinter ihrer Wiese hatte im Herbstlicht geleuchtet, die Berge waren golden, rostfarben und feuerrot gefärbt gewesen. An diesem Herbstlicht war etwas anders gewesen als sonst. Die Schatten, die die Dinge warfen, hatten alles klar umrissen und vom Hintergrund abgezeichnet. Sie erinnerte sich an ihre tiefe Zufriedenheit, an ihre Befriedigung mit ihrem Leben. „Gott, was du mir gibst, ist gut. Was du mir zuteilst, gefällt mir", hatte sie aus einem Psalm zitiert.

Sie hatte an jenem Morgen Fleisch angebraten und es dann in den Ofen geschoben. Während sie den Braten zubereitete, dachte sie über ihr Leben nach. Einige Freundinnen aus ihrer Studentenzeit fanden, dass sie ihr Leben vergeudete. Sie sprachen es natürlich nie laut aus, aber die Andeutungen fielen, und Annie hatte in ihrer Gegenwart immer ein wenig das Gefühl, sich entschuldigen und ihre Entscheidung erklären zu müssen. Sie dachte darüber nach, dass sie im Frauengesprächskreis vor einiger Zeit darüber gesprochen hatten.

„Egal, was wir tun, wir sollten es mit ganzem Herzen tun, um Gott zu dienen“, hatte die Gesprächsleiterin gesagt. „Das kann für die eine von uns bedeuten, dass sie ihren Beruf sorgfältig und treu ausfüllt. Für eine andere kann das heißen, dass sie zu Hause bleibt und den Haushalt übernimmt, um dadurch ihren Mann zu unterstützen. Das Wichtige ist, dass wir das, was wir tun, zu Gottes Ehre tun.“

Annie hatte darüber nachgedacht, als sie das Geschirr gespült und abgetrocknet hatte, als sie das Frühstück ihres Mannes zubereitet und das Abendessen gekocht hatte. Sie war sich sicher, dass sie genau das tat, was Gott von ihr erwartete. Eine angenehme Freude erfüllte sie, als sie ihrer Arbeit nachging.

Sie hörte seine Schritte auf der Treppe. Sie holte den Teller heraus, einen alten Porzellanteller ihrer Großmutter, und löffelte den Maisbrei darauf. Dann schob sie die Eier aus der Pfanne, bestrich den Toast und schenkte den Kaffee ein. Sie deckte alles auf den Tisch und stellte Salz und Pfeffer und das Glas mit der Blaubeermarmelade daneben.

„Guten Morgen“, sagte er. Er kam in die Küche und strahlte Zielstrebigkeit und Sicherheit aus. Er hielt sie fest und küsste sie. Sie erwiderte seinen Kuss und streichelte sein Gesicht, das noch nicht von Sorgen und Stress zerfurcht gewesen war.

„Dein Frühstück wird kalt“, murmelte sie schließlich.

Er küsste sie wieder, dann gingen sie zum Tisch. Sie aß eine Scheibe Toastbrot, trank ihren Kaffee und hörte ihm zu, während er ihr von dem Tag erzählte, der ihn erwartete. Er hatte heute Morgen im Krankenhaus und nachmittags in seiner Praxis Patienten. Und natürlich, das wusste sie, ohne dass er es ihr sagen musste, würde es am späten Nachmittag ein oder zwei Beratungsgespräche geben. Eltern, die Ermutigung brauchten. Ein krankes Kind, das sich auf einen Besuch von Doktor Sam freute. Er bekam dafür kein Geld, aber er würde spät zum Abendessen nach Hause kommen, und morgen würde es noch schlimmer werden. Morgen operierte er, und niemand konnte sagen, wann er an einem Operationstag nach Hause kam. Morgen würde sie das Essen zubereiten und es ihm bringen. Falls sie Glück hatte und es sein Terminplan zuließ, würden sie in der kleinen Küche neben dem Arztzimmer essen.

Sam, sein Bruder, sein Vater, sein Großonkel, sein Urgroßvater, bis zurück zum ersten Truelove, der mit dem Schiff aus England gekommen war – sie alle waren Ärzte. Sie schaute ihrem Mann beim Essen zu und dachte darüber nach, dass er Teil eines Erbes war, einer langen Reihe von Männern mit einer herausragenden Berufung. Sie spürte keinen Neid, nur Respekt, und es störte sie nie, dass seine Arbeit so viel Zeit und Energie von ihm verlangte. Sie sah es nicht so, dass ihr damit etwas gestohlen wurde. Seine Arbeit war Teil seines Lebens, seines Wesens, das sie liebte. Und sie wusste auch, wer sie war. Egal, was andere vielleicht sagten, wusste sie, welche Rolle sie dabei spielte, ihm seine Arbeit zu ermöglichen. Es war die Rolle, die ihre Schwiegermutter und alle Frauen der Trueloves vor Annie ausgefüllt hatten. Sie verschrieb zwar keine Medikamente und arbeitete nicht mit einem Skalpell, aber sie trug ihren Teil dazu bei, dass er der Arzt sein konnte, der er war. Sie kannte ihren Mann gut, und sie kannte sich selbst.

„Was hast du heute vor?“, fragte er sie.

„Ich schiebe einen Braten in den Ofen“, sagte sie. „Und dann werde ich im Garten arbeiten. Ich fahre Tante Bessie zum Einkaufen und helfe ihr beim Apfelpflücken.“

Er lehnte sich zurück, schaute sie an und lächelte, als gefielen ihm ihre Pläne, als bereite es ihm Freude, sie darüber sprechen zu hören. Er hielt ihr die Hand hin, die sie ergriff. Sie betrachtete die zuverlässigen, starken Finger und versuchte, sich ihr Geschick und ihre Fertigkeit vorzustellen, wenn sie die Kinder operierten, die bei ihm Hilfe suchten. Sams Hände legten sich um ihre Finger, und sie begannen diesen Tag genauso wie alle anderen.

„Herr Jesus, danke für diesen Tag“, sagte Sam mit seiner festen, wohlklingenden Stimme. „Danke für die Arbeit, die du uns gibst. Danke für deine Versorgung, für deinen Reichtum. Danke, dass du gekommen und für uns gestorben bist, damit wir leben können. Hilf uns, Herr, so zu leben, dass wir dich mit unserem Leben ehren."

„Amen", sagte sie leise, und alles in ihrem Herzen bildete eine einzige, angenehme harmonische Melodie, als sie dieses Wort flüsterte.

„Amen."

Annie starrte jetzt auf ihre Hände hinab, als sie das Essen für ihre Abschiedsfeier vorbereitete, und versuchte, sich an diese andere, goldene Zeit zu erinnern. An die leuchtende Illusion, die ihr Leben gewesen war. Dort in dieser Kleinstadt mitten in den Bergen. Es war ein schöner Traum gewesen. Nicht dauerhaft. Nicht real. Sie hatte nicht gewusst, dass der Vorhang zerreißen würde.

Sam und Annie waren zur Kirche gegangen. In dieselbe Kirche, die ihre Schwiegermutter und ihr Schwiegervater, ihr Schwager und ihre Schwägerin und viele Cousins und Cousinen und Tanten und Onkel besuchten. Sie ging mittwochmorgens zum Frauengesprächskreis. Sie nahm an Babypartys und Gemeindeveranstaltungen teil und nähte jedes Jahr eine Quiltdecke, die auf dem Weihnachtsbasar verkauft wurde. Und sie erinnerte sich, wie Sam ihr dort auf dem weiten Rasen, auf dem sie in der Sonne saßen und ihr Essen genossen, den Hof gemacht hatte, genauso wie es vor ihnen wahrscheinlich ihre Vorfahren getan hatten. Es war eine kleine Gemeinschaft gewesen, freundlich und hilfsbereit. Annie hatte jedes Jahr einen großen Garten angelegt und gepflegt. Sie hatte sich eine große Familie gewünscht. Sieben Kinder, vielleicht acht. Sie hatte sich vorgestellt, wie sie im Garten spielten, schaukelten und sich im Bach gegenseitig nass spritzten, wie sie es getan hatte. Hier brach sie ihre Erinnerungen abrupt ab. Sie hatte das Gefühl, dass etwas sie sonst gleich verschlingen würde.

Annie starrte an ihre leere Küchenwand, dann schüttelte sie kräftig den Kopf, um sich davon loszureißen. Sie erinnerte sich an die Frage, die Kirby ihr gestellt hatte. „Steuerst du in die richtige Richtung?" Und sie erinnerte sich an diese kurzen Momente, bevor man große Fehler machte. Sie konnte fast fühlen, wie sie taumelte und zwischen der Vergangenheit und der Zukunft balancierte.

Die Ungewissheit ärgerte sie, es störte sie, dass diese Frage sie immer noch quälte und ihr keine Ruhe ließ. Sie nahm einen Apfel und begann, ihn wütend zu schälen. Die Schalen fielen nach unten und blieben in der weißen Porzellanspüle kleben.

Gegen siebzehn Uhr war sie mit dem Kochen und Backen fertig. Dann lud sie das ganze Essen, das sie gemacht hatte, und die Abschiedsgeschenke, die sie für Kirby und seine Familie gekauft hatte, in die Fahrerkabine des Pick-ups. Shirley hatte ihr Geschenk schon bekommen, ein Buch über Heilpflanzen, das Shirley sofort benutzt hatte, um einen furchtbaren Tee aus seltsamen Zutaten zu brauen, den Annie trinken sollte. Er hatte sie an den Geruch der Schafställe zu Hause erinnert.

Sie fuhr zu Kirby. Er wohnte im Norden der Stadt in einer alten Wohngegend in der Nähe einer kleinen Universität. Viele Häuser hier waren Fertighäuser. Annie hatte gelesen, dass in den Zwanzigerjahren Sears Roebuck das Zubehör für siebenhundert Dollar verkauft hatte, mit dem man die Häuser selbst bauen konnte. Die Einzelteile wurden dann mit der Eisenbahn geliefert. Annie versuchte sich vorzustellen, wie es gewesen sein musste, zwischen den Einzelteilen eines Hauses zu sitzen und keine Ahnung zu haben, wo man anfangen sollte, sie zusammenzubauen.

Sie betrachtete die sauberen, eckigen Häuser und grünen Vorgärten, die Rhododendronsträucher und Douglastannen und Zedern.

Plötzlich sah sie nicht mehr die Autoreihen, die am Rand der engen Straßen parkten, die Telefon- und Stromleitungen, die schmalen Gehwege und den verhangenen grauen Himmel. Stattdessen sah sie eine faszinierende Bergkette, die sich im rauchblauen Dunst ausbreitete. Sie schloss die Augen, um diese Bilder zu verdrängen.

Kirbys Haus war weiß, und die Veranda war mit neu erwachten Glyzinien überzogen. Ein Dreirad und ein paar Spielsachen lagen auf dem Rasen verteilt, wahrscheinlich seit dem letzten Sommer. Der Briefkasten an dem ausgebleichten Holzzaun hatte die Form eines Orka-Wals. *Johansen* war mit schiefen Buchstaben darauf geschrieben.

Annie musste zweimal gehen, um das ganze Essen ins Haus zu bringen. Sie war ein wenig früher gekommen, wie Kirby gebeten hatte. Das Haus war ein Chaos aus Spielsachen und Kindern, und Annie war begeistert. Sie setzte sich und ließ sich von Andrew, Kirbys sechsjährigem Sohn, ein Videospiel zeigen. Sie probierte es auch einmal, aber ihre Figur starb sofort. Joni, vier Jahre, zog ihre geduldige Puppe an und aus. Das Baby kaute glücklich auf einem feuchten Stofftier.

„Bitte hilf mir kurz", sagte Suzanne einfach und reichte Annie das rundliche, sabbernde Baby.

Annie murmelte eine Antwort, küsste die dicke Wange und ging daran, die Reste der letzten Mahlzeit mit einem warmen Waschlappen zu beseitigen und das Kind zu wickeln und anzuziehen. Ihr Herz fühlte sich an, als hätte es geschlafen und erwache schmerzlich zum Leben.

Sie beschloss, ihre Geschenke zu überreichen, bevor die übrigen Gäste eintrafen. Der richtige Moment ergab sich, als sie mit der Arbeit fertig waren und die Kinder vorübergehend beschäftigt waren.

„Ich sehe dich nur ungern weggehen", sagte Suzanne. Annie schaute sie an und wurde plötzlich traurig. Suzanne hätte eine Freundin werden können, wenn sie es zugelassen hätte.

„Ich habe etwas für euch", sagte Annie. Die drei gingen ins Wohnzimmer, und sie nahm die Tasche mit den Geschenken.

„Das ist für die Kinder", sagte sie und reichte Kirby die Spielsachen, die sie für seine Kinder ausgesucht hatte.

„Das ist für dich, Suzanne."

Sie schaute erwartungsvoll zu, als Suzanne das Paket auspackte. Suzanne riss überrascht die Augen auf, als sie die handgearbeiteten Ohrringe sah, die Annie ihr gekauft hatte. Sie waren aus Lapislazuli und passten gut zu ihren dunklen Haaren und Augen.

„Und das ist für dich, Kirby."

Kirby lächelte und packte die Pfeife und den Tabak aus. Suzanne stöhnte.

„Das ist für die Arbeit", warf Annie ein. „Damit du dir ein wenig mehr Respekt verschaffen kannst."

„Danke", sagte er nur. Er machte keine witzige Bemerkung und zog sie nicht auf. Sie wünschte, er würde es tun.

„Wir haben auch etwas für dich", sagte Suzanne.

Annie nahm den Umschlag, den Suzanne ihr reichte, und öffnete ihn. Es war ein Geschenkgutschein für ein Wollgeschäft in Santa Monica. Sie fragte sich, woher sie das gewusst hatten.

„Du hast einmal erwähnt", erklärte Kirby, „dass du gern strickst. Ich habe das Geschäft im Internet gefunden. Ich dachte, du brauchst eine Aufgabe, da du ja ein wenig Zeit totschlagen musst."

Annies Kehle war wie zugeschnürt. Es war ein einfühlsames, liebes Geschenk. Sie hatten gewusst, was ihr gefallen würde. Sie kannten sie.

„Danke", sagte sie leise. „Das gefällt mir sehr."

„Das wussten wir", sagte Suzanne mit einem Lächeln.

9

Als Sam seine letzte Operation beendete, war es fast neun Uhr abends. Er war hundemüde, obwohl erst Montag war. Aber als er jetzt darüber nachdachte, stellte er fest, dass er sich in letzter Zeit jeden Tag so fühlte. Er duschte und zog sich um, dann setzte er sich ins Arztzimmer und starrte eine Weile die Wand an. Er merkte, dass er Hunger hatte. Er überlegte, was er heute gegessen hatte, und konnte sich nach dem Frühstück an nichts mehr erinnern. Nein, Moment. Izzy hatte ihm zwischen dem Truncus coeliacus und der Norwood-Operation einen Cheeseburger und Pommes gebracht. Er schaute auf seine Uhr. Erschöpft blieb er noch eine Weile sitzen, da im Moment selbst das Aufstehen zu anstrengend war.

Schließlich rappelte er sich auf und ging in die Praxis zurück. Das Wartezimmer war ordentlich aufgeräumt und leer. Sogar Izzy war schon nach Hause gegangen. Er ging an den stillen Telefonen und am leeren Stationszimmer vorbei, in dem die Telefone endlich verstummt waren. Barney hatte heute Nacht Rufbereitschaft, aber das hieß nicht, dass Sam nicht vielleicht auch angefunkt werden würde. Er ging an den dunklen Untersuchungszimmern vorbei zu seinem Büro.

„Sam!"

Er zuckte zusammen und drehte sich um. Sein Adrenalin schoss in die Höhe. Es war Barney, der ihm lächelnd entgegenkam. Sam atmete ein und aus, um sich zu entspannen. Kein Notfall. Nur Barney. Er war ein sonderbarer Kauz, und normalerweise hätte Sam allein schon bei seinem Anblick gelächelt. Sein Kollege war der fähigste Kinderherzchirurg im ganzen Land, wenn nicht sogar auf der ganzen Welt. Trotzdem erinnerte sein Auftreten an Columbo. Heute trug er eine grüne Khakihose, ein blau gestreiftes Hemd und dunkelbraune Hosenträger und Schuhe. Seine braunen Haare wurden allmählich dünner, aber er zog nach wie vor weit unten auf der Seite einen Scheitel, wie er das schon immer gemacht hatte. Noch ein Jahr, dann hätte er unter den wenigen Haaren eine Vollglatze.

Barney war freundlich und unterstützte Sam, wo es nur ging. Obwohl er ein exzellenter Herzchirurg war, schien er von der dunklen Seite des Ehrgeizes frei zu sein. Er hatte Sam Ratschläge gegeben, bis dessen Können und Wissen sein eigenes überstiegen hatte, dann hatte er sich bescheiden in seine neue Rolle gefügt. Er und Sam praktizierten seit sechs Jahren zusammen mit drei anderen Ärzten hier. Barney war ein guter Freund, erinnerte sich Sam. Für einen kurzen Moment beneidete er ihn um seine Ruhe und seine Ausgeglichenheit.

„Was machst du noch hier?", fragte Sam. „Ich dachte, du wärst schon zu Hause und isst mit deinen Kindern Würstchen und Kartoffelbrei."

Barney lächelte und ging nicht auf die Anspielung ein. Sam schämte sich. Er hatte das nur aus Neid gesagt. Schlicht und einfach Neid.

„Hast du eine Minute Zeit?", fragte Barney. In Sam meldete sich eine ungute Vorahnung.

„Natürlich."

Barney deutete mit dem Kopf den Gang hinab, und Sam folgte seinem Kollegen in sein Büro. Der Kaffee war fertig und duftete gut. Barney schenkte ihm, ohne zu fragen, eine Tasse ein und deutete zum Tisch. Dort lagen ein belegtes Brot und ein Apfel. Die Sachen waren aus der Cafeteria, aber sie sahen gut aus.

„Ich dachte, vielleicht hattest du noch keine Gelegenheit, etwas zu essen."

„Danke." Wenn er es nicht vorher schon geahnt hätte, wusste er es spätestens jetzt: Barney wollte mit ihm über etwas Ernstes sprechen. Aber Sam hatte Hunger, deshalb setzte er sich und packte das Brot aus, nahm einen Bissen und spülte ihn mit einem Schluck von Barneys starkem Kaffee hinunter. Noch ein paar Bissen, und das Brot war zur Hälfte verschwunden. Barney nippte an seinem Kaffee und beobachtete ihn.

„Was gibt es?"

„Noch mehr Kaffee?"

„Nein, danke."

Barney zuckte die Achseln und lächelte wieder. „Wie geht es dir, Sam?"

Sam starrte ihn an. „Du hast nicht so lange hier gewartet, um mich das zu fragen."

„Doch."

Die Augen seines Kollegen waren freundlich, aber sein Tonfall verriet, dass Sam sich nicht mit Allgemeinfloskeln würde herausreden können.

„Mir geht es gut."

„Wirklich?"

„Sicher." Er verschränkte die Arme vor sich.

Barney seufzte. „Sam, dein Leben könnte anders aussehen, wenn du wolltest."

„Was soll das heißen?"

„Wir könnten noch einen weiteren Kollegen in die Praxis holen", erklärte Barney. Sam entspannte sich, da er jetzt endlich wusste, um welches Thema es bei diesem Gespräch ging. „Drüben in Cleveland ist Nathan Epstein", sprach Barney weiter. „Ich denke, wir könnten ihn für uns gewinnen, und dann könnten wir alle auch noch etwas anderes tun, als nur Herzchirurgen zu sein. Denk darüber nach, Sam."

„Ich habe darüber nachgedacht", antwortete er schnell. „In unserem Kollegenkreis ist alles schon kompliziert genug."

Sie waren insgesamt fünf Ärzte, und ihre Besprechungen waren für Sam das Schlimmste an seiner Arbeit. Er hasste das ganze Gerangel um Macht, und er hatte keine Lust, sich über Abrechnungen und Pensionszahlungen den Kopf zu zerbrechen. Wenn sie noch jemanden aufnähmen, würden die Diskussionen nur noch schlimmer werden. Eine traurige Stimme in seinem Kopf, die verdächtig nach Annies Stimme klang, fragte ihn, ob das der wahre Grund sei. Oder ob er Angst hatte, dass er vielleicht ins zweite Glied zurücktreten müsste, falls Nathan Epstein zu ihnen käme.

Barney seufzte. „Wir machen uns Sorgen um dich, Sam. Ich komme mit diesen Sorgen zu dir, weil ich mir das von dir auch wünschen würde, wenn unsere Rollen vertauscht wären."

Sam erstarrte. Ihm gefiel die Vorstellung nicht, dass er das Thema eines besorgten Gesprächs war. „Danke, aber ihr braucht euch um mich keine Sorgen zu machen."

„Denk darüber nach", sagte Barney, als Sam sich zum Gehen erhob. „Mehr verlange ich nicht von dir."

„Natürlich“, antwortete er. „Danke für das Essen.“

Barney nickte, als Sam ging. Er ging in sein eigenes Büro zurück, schaltete das Licht ein und trat an seinen Schreibtisch. Mindestens zwei Stunden Arbeit warteten noch auf ihn, aber das Gespräch mit Barney hatte ihn aufgewühlt. Sein Blick wanderte zu dem Bild von ihnen beiden, das immer noch auf seinem Schreibtisch stand. Er betrachtete ihr ehrliches, liebes Gesicht, ihre schönen Augen, das ungezwungene, ansteckende Lächeln und die wilden, leuchtend roten Haare. Er schaute sie einen Moment an, dann riss er den Blick von ihr los. Er fuhr sich mit den Händen durch die Haare, rieb sich die Augen und atmete ein paarmal tief durch.

Sam drehte sich auf seinem Stuhl um und schaute sich im Raum um. Seine Diplome und Urkunden hingen an den Wänden, die Kanten exakt mit fünfzehn Zentimeter Abstand angeordnet. Die Pflanzen waren dank Izzy gepflegt und frisch gegossen. Sein Kardiologie- und Operationsbuch und seine Berichte standen sauber geordnet in den Regalen aufgereiht. Computer, Sideboard, Aktenschrank – alles war ordentlich abgestaubt. Hinter dem Schreibtisch hing eine kleine Pinnwand mit Bildern von dankbaren Patienten. Lächelnde Babys mit rosa Wangen. Kleinkinder, die auf dem Schoß des Weihnachtsmanns saßen. Grundschulkinder, die Fußball oder Geige spielten und jüngere Geschwister hielten. Gesund. Lächelnd. „Das verdanken wir Ihnen, Dr. Truelove“, sagten sie alle. „Danke. Danke. Danke.“ Izzy kümmerte sich um die Pinnwand und entfernte diskret die Bilder der Kinder, die gestorben waren.

Er nahm das Telefon. Zweiundzwanzig Nachrichten waren gespeichert, und vor ihm lagen ein Stapel mit rosa Nachrichtenzetteln und ein noch höherer Stapel mit Krankenakten, die bis morgen durchgesehen werden mussten. Die angespannte Müdigkeit kehrte zurück, dieser Ärger, der von Erschöpfung begleitet war. Dieses Gefühl der Hoffnungslosigkeit, dass sein Können nicht genügte, um die ständig wachsende Not zu stillen. Schockiert stellte er fest, dass er keinen neuen Kollegen aufnehmen wollte. Er wollte kündigen. Einfach aufhören. Weggehen.

Sam machte sich an die Arbeit und trug nach und nach den Papierstoß ab. *Und was würdest du stattdessen machen?*, fragte ihn eine Stimme. Hier hatte es bis jetzt immer geendet, denn ehrlich gesagt konnte er sich nicht vorstellen, dass er etwas anderes machte als den Job, den er hier hatte. Er hatte einen so großen Teil seines Lebens investiert, um diesen Punkt zu erreichen, dass er sich nicht vorstellen konnte, etwas anderes zu machen. Aber jetzt genügte ihm dieses Argument plötzlich nicht mehr. Seine fehlende Vorstellungskraft war plötzlich kein Grund mehr, noch ein Jahr weiterzumachen. Noch einen Monat, eine Woche, einen Tag. Eine Stunde.

Aber es gab noch einen anderen Grund, der ihn hier hielt: der Glaube, dass er die Verpflichtung hatte, seine Gaben für die Welt einzubringen. Darüber hätte er jetzt am liebsten gelacht. Er hatte den Eindruck, dass er seine Gaben nur geliehen hatte und dass sie ihm nach und nach entzogen wurden.

Nach ein paar langen Minuten drehte er sich um und betrachtete die Wand hinter sich. Hier hing sein Abschlussdiplom von der Duke Universität. Seine Promotionsurkunde von John Hopkins. In diesem Aktenschrank war die Forschungsarbeit, die er über intramurale Koronararterien bei der Transposition der großen Arterien geschrieben hatte. Seine Urkunde als Leiter der Kinderherzchirurgie an der Kinderklinik in Knoxville. Seine Mitgliedsurkunde im Exekutivkomitee beim Kongress der Herzchirurgen und der amerikanischen Gesellschaft für Kinderherzchirurgen. Ein ganzes Regal mit Abhandlungen, die er geschrieben hatte.

„Das alles ist für mich nur noch Dreck", sagte Sam laut. Die Worte hallten in dem leeren Büro wider, und er versuchte, sich an den Rest dieses Bibelzitats zu erinnern. Schließlich fiel es ihm wieder ein, er fand es in den Archiven seines Gedächtnisses und atmete frustriert aus.

„Wenn ich bloß Christus habe", beendete er das Zitat in Gedanken. Obwohl er wusste, dass er diesen Satz früher einmal verstanden hatte, ergab er heute Nacht überhaupt keinen Sinn für ihn.

Nachdem er noch eine Weile sitzen geblieben war, stand er auf, schaute sich noch einmal in seinem Büro um und sammelte seine Aktentasche und die Krankenakten für morgen zusammen. Schließlich verließ er das Krankenhaus, lenkte sein Auto durch die Straßen von Knoxville und bog in die Tiefgarage zu seiner Wohnung. Er stellte den Motor ab und erschrak, als plötzlich jemand an seine Autoscheibe klopfte.

Sein Herz raste. Er hatte erst letzte Woche gelesen, dass ein Anwalt im Nachbargebäude wegen zweihundert Dollar in seiner Brieftasche und seiner Rolex erschossen worden war. Einen kurzen Moment fragte sich Sam, ob das nun sein Ende wäre. Überrascht stellte er fest, dass ihm das trotz seiner geballten Fäuste und seines rasenden Herzens nicht wirklich etwas ausmachte. Im Gegenteil, als er den Kopf drehte, war er ein wenig enttäuscht, weil nur ein rundlicher Mann mittleren Alters vor ihm stand, und ehrlich gesagt war er derjenige, der ziemlich verängstigt aussah. Sam drückte den Knopf, um die Scheibe nach unten zu lassen.

„Kann ich Ihnen helfen?"

„Dr. Samuel Truelove?"

Sam nickte.

„Das ist für Sie." Der Mann drückte Sam einen großen Umschlag in die Hand, dann drehte er sich um und eilte schnell davon, bevor Sam etwas sagen konnte.

Sam vermied es, den Umschlag genauer anzuschauen. Er ging schweren Schrittes zum Aufzug, fuhr nach oben und ging dann in seine Wohnung. Er schenkte sich ein Glas Wasser ein. Dann erst setzte er sich. Das Telefon klingelte. Er achtete nicht darauf.

Schließlich öffnete er den Umschlag, dann starrte er sehr lange die Papiere an. Er nahm die handgeschriebene Nachricht, die sie mitgeschickt hatte. Wahrscheinlich verstieß sie damit gegen die Anweisungen ihres Anwalts, aber andererseits hatte seine Frau immer ihren eigenen Kopf gehabt und sich nichts vorschreiben lassen.

Lieber Sam, schrieb sie, *ich wünschte, es wäre nicht so weit gekommen, aber ich denke, es ist Zeit. Ich wünsche dir alles Gute. Annie.*

Tränen traten ihm in die Augen und veschwanden, bevor sie über seine Wangen fließen konnten. Dann kamen sie wieder. Er las den Scheidungsantrag immer wieder, der vom Kammergericht von King County im Bundesstaat Washington ausgestellt worden war, mit der Begründung, dass seine Ehe unheilbar zerrüttet sei.

Sam wusste nicht, wie lang er so dasaß. Er hörte, dass sowohl sein Handy als auch das Festnetztelefon mehrere Male klingelte. Schließlich ging er dran und fragte sich, welcher Notfall ihn heute Nacht ins Krankenhaus rief. Er kannte die Nummer nicht und auch nicht die Stimme, die er hörte, da er hier zu Hause nicht mit einem solchen Anruf rechnete.

„Sam, hier ist Melvin. Melvin Wakefield."

Sam brauchte einen Moment, bis er begriff, dass es sein Anwalt war. Er runzelte die Stirn, weil er nicht verstand, was Melvin veranlasste, ihn so spät am Abend anzurufen.

„Haben Sie die Nachrichten gesehen?", fragte Melvin.

„Was?", fragte er verständnislos.

„Haben Sie die Nachrichten gesehen?"

„Nein. Ich habe den ganzen Tag operiert."

„Schalten Sie CNN ein. Schnell."

Sam schaute sich suchend nach der Fernbedienung um und fand sie schließlich. Sein Mund wurde trocken, als sein Blick auf den Bildschirm fiel. Hinter der hübschen blonden Nachrichtensprecherin starrte ihn ein Bild von Kelly Bright als Elfjährige mit leuchtenden Augen an, dann ein neueres Foto, das im Pflegeheim aufgenommen worden war, in dem sie in ihrem Bett dahinvegetierte.

„Ein Richter hat dem Antrag des Vaters stattgegeben, die Magensonde zu entfernen", sagte Melvin grimmig. „Sie haben die Sonde entfernt, aber die Mutter kämpft dagegen an. Der Gouverneur und das Parlament haben sich eingeschaltet. Der Präsident hat sich dazu geäußert. Sie ziehen das ganz groß auf, Sam. Ich wollte Sie nur vorwarnen."

„Gut", sagte er. Ihm fiel beim besten Willen nicht ein, was er sonst noch hätte sagen können, obwohl Melvin weitersprach. Das Telefon an der Wand klingelte. Er sah auf das Display. Es war die Nummer seines Bruders. Er ließ den Anrufbeantworter drangehen. Er schaute die letzten entgangenen Anrufe durch und erkannte bekannte Nummern: Barney, seine Mutter, Carl Dalton, seine Schwester, sein Bruder, vier oder fünf Nummern kannte er nicht. Er setzte sich auf den Küchenstuhl.

„Sam, sind Sie noch dran?", drang die Stimme seines Anwalts aus dem Handy, das er immer noch in der Hand hielt.

„Ich bin da", antwortete er.

„Sie müssen eine Stellungnahme abgeben. Die Presse sitzt mir bereits im Nacken. Sie werden bald Ihre Tür belagern, wenn sie nicht bereits dort sind. In mehreren Nachrichtensendern wurde Ihr Name erwähnt. Morgen steht es in allen Zeitungen."

Das Telefon an der Wand klingelte wieder. Der Anklopfton ertönte auf dem Handy und unterbrach die Stimme seines Anwalts. „Melvin, ich muss aufhören. Ich rufe Sie morgen früh an."

„Sie können das nicht ignorieren, Sam", warnte Melvin ihn. „Sie brauchen eine Strategie. Sonst werden Sie untergehen."

Er murmelte eine Antwort und beendete die Verbindung, dann schaltete er das Handy aus und auch das Festnetztelefon. Er stellte das Fernsehen stumm, aber die Nachrichtensprecherin sprach weiter. Ihr Mund bewegte sich, ohne dass ein Ton herauskam, und das Bild von der hübschen kleinen Kelly Bright prangte hinter ihr.

10

Sam schlief nicht. Er blieb auf dem harten Küchenstuhl sitzen. Er las die Scheidungspapiere mehrmals vom Anfang bis zum Ende durch, als könnten sie ihm irgendwelche wichtigen Informationen bringen, die er bisher übersehen hatte. Er schaute den Nachrichtensender. Sie brachten den Bericht über Kelly Bright jede Stunde. Es gab nie etwas Neues. Er schaltete den Computer ein und las im Internet alles, was er über die Situation finden konnte, da er irgendwie dachte, dass mehr Informationen vielleicht helfen würden. Sie halfen aber nicht. Gegen drei Uhr morgens setzte er sich ins Auto und fuhr zum Pflegeheim *Rosewood Manor*. Er blieb im Auto sitzen und sah die Kleinbusse der Nachrichtensender, die die Eingangstür belagerten. Die Realität drang zu ihm durch.

Es gibt einen richterlichen Beschluss, machte er sich bewusst. *Sie werden die Magensonde nicht wieder einsetzen, nur weil du das gern hättest.*

Er hatte das Gefühl, dass er trotzdem hineingehen sollte, dass seine Strafe wenigstens darin bestehen sollte, dass er neben ihr saß, während sie starb. Aber er wusste, dass das keine gute Idee war und dass es dabei wahrscheinlich mehr um seine eigenen Bedürfnisse ging als um die irgendeines anderen Menschen. Kellys Mutter war bestimmt bei ihrer Tochter, und Sam war der letzte Mensch, den sie sehen wollte. Nach einer Weile wendete er und fuhr wieder nach Hause.

Er versuchte zu schlafen, aber sobald er das Licht ausschaltete, strömte alles auf ihn ein. Das konnte er nicht ertragen. Deshalb schaltete er das Licht wieder ein und kehrte zu seinem Stuhl zurück. Seine Gedanken wanderten zwischen Annie und Kelly hin und her. Beides war die reinste Folter. Hatte Annie einen anderen Mann? Wollte sie deshalb die Scheidung? Oder zog sie nur den Stecker, um eine hoffnungslose Situation zu beenden, ganz ähnlich wie Kelly Brights Vater? Man hatte ihre Magensonde entfernt. Hatte sie Hunger? Hatte sie Durst? Das führte ihn nur zu einem noch furchtbareren, noch schrecklicheren Gedanken: Vielleicht hatte sie in den letzten fünf Jahren Hunger gehabt, Schmerzen gehabt, gefroren oder geschwitzt, es aber in ihrem hilflosen Zustand niemandem mitteilen können.

Gegen fünf Uhr begriff er, dass er sich für die Arbeit fertig machen sollte. Trotzdem rührte er sich nicht. Ungefähr eine Viertelstunde später klopfte jemand an seine Tür. Er trat an den Türspion und schaute hinaus. Das Gesicht seines Bruders, ungewöhnlich ernst, schaute ihn an. Sam öffnete die Tür.

„Hey, Bruderherz." So beiläufig, als wäre er zufällig hier spazieren gegangen und hätte spontan beschlossen zu klopfen.

„Was machst du hier, Ricky?" Eine alles andere als herzliche Begrüßung, aber sein Bruder schien nicht beleidigt zu sein.

Ricky zuckte die Achseln. „Mama macht sich Sorgen, weil du nicht ans Telefon gegangen bist."

Sam nickte und trat zur Seite, um Ricky in die Wohnung zu lassen. Er sollte Mama anrufen. Er wusste, dass sie bestimmt krank vor Sorge war. Das war inzwischen fast ein Dauerzustand. Der Zustand musste unerträgliche Ausmaße erreicht haben, wenn sie Ricky losgeschickt hatte, um nach ihm zu schauen. Sam rieb über die Bartstoppeln an seinem Kinn. Seine Augen brannten.

„Du siehst furchtbar aus", kam Rickys hilfreiche Bemerkung, als er in die Wohnung trat und die Tür hinter sich zumachte.

Sam gab ihm keine Antwort. Er schleppte sich in die Küche und setzte Kaffee auf.

„Gehst du heute zur Arbeit?", fragte Ricky.

„Natürlich. Was soll diese Frage?"

Ricky zuckte die Achseln. „Fernsehübertragungswagen belagern deine Tiefgarage."

Sam schloss die Augen. Daran hatte er nicht gedacht.

„Ich kann dein Auto holen und auf die Rückseite des Hauses fahren. Dann kannst du unbemerkt durch die Hintertür entkommen", bot Ricky an, und für einen kurzen Moment kehrte das spitzbübische Funkeln in die Augen seines Bruders zurück.

„Danke", antwortete Sam knapp.

Ricky setzte sich. Sam schaltete die Kaffeemaschine ein und setzte sich ihm gegenüber an den Tisch. Sein Bruder sprach kein

Wort, sondern saß nur ruhig bei ihm. Das war ein völlig untypisches Verhalten für ihn, doch Sam war dafür sehr dankbar. Ricky stellte keine Fragen, gab ihm keine Ratschläge. Sam erinnerte sich an Hiobs Freunde aus der Bibel, die schweigend bei ihm gesessen hatten, und dann fiel ihm der Grund ein. Sie hatten gesehen, dass Hiobs Trauer sehr groß war. Sam hatte kein Recht, Trauer zu empfinden. Wegen keiner der beiden Situationen. Aber wahrscheinlich empfand er diese Trauer trotzdem, egal ob er ein Recht dazu hatte oder nicht. *Trauer* war wahrscheinlich der Name für dieses schwere, niederdrückende, quälende Gefühl.

Sam analysierte nie seine Gefühle. In den letzten Jahren hatte er sich kein einziges Mal hingesetzt und sich gefragt, wie er sich fühlte oder was er fühlte oder ob er sich schlecht fühlte oder wann er sich wieder besser fühlen würde. Im Gegenteil, er hatte sein ungesundes Tempo beibehalten, damit er genau das nicht tun musste. Aber jetzt waren die Gefühle da. Er fühlte, dass die Trauer wie ein tiefes, dunkles, gefährliches Wasser immer höher stieg. Es kam bis zu seinem Hals. Er hielt die Luft an, um sich davor zu schützen. Aber es half nichts. Die Trauer stieg weiter und strömte aus seinen Augen. Er hielt sich die Hand vors Gesicht, schüttelte den Kopf und schwieg auch jetzt noch. Lange Minuten herrschte Stille, ein kurzes Keuchen, wieder Stille. Ricky legte Sam die Hand auf die Schulter und ließ sie warm und ruhig auf ihm liegen.

Nachdem wieder einige Minuten vergangen waren, bemühte Sam sich, seine Gefühle wieder in den Griff zu bekommen. Er atmete ein paarmal tief durch, rieb sich das Gesicht und räusperte sich. Er wischte sich die Augen und das Gesicht mit einem Papiertaschentuch ab. Ricky stand auf und schenkte zwei Tassen Kaffee ein. Dann setzte er sich wieder. Sie nippten an ihrem Kaffee. Die heiße Flüssigkeit tat gut. Sam hustete und wischte sich wieder über das Gesicht.

„Ich hasse, was mit diesem kleinen Mädchen passiert ist", sagte er schließlich. Seine Stimme klang rau und zittrig.

„Das weiß ich, Sam", antwortete Ricky leise.

Kein *Es war nicht deine Schuld.* Diese Worte konnte niemand sagen, nicht wahr?

Wieder Schweigen. Schließlich riss Sam sich zusammen. Er

drängte diese ganzen düsteren Gefühle dorthin zurück, wohin sie gehörten, aber es war, wie wenn man versucht, etwas in die Originalverpackung zurückzustecken: Es passt nicht so leicht wieder hinein, wie es herausgekommen ist. Er zwängte seine Gefühle trotzdem hinein. Wenigstens drängte er sie so weit zurück, dass er sich bewegen und atmen konnte. Er stand auf und legte seinem Bruder kurz die Hand auf die Schulter. Er räusperte sich. „Ich muss jetzt zur Arbeit. Es war lieb von dir, dass du gekommen bist."

Ricky verstand die Aufforderung und erhob sich. Zweifellos hatte er heute auch Patienten, und die Fahrt von Knoxville zurück nach Gilead Springs dauerte über eine Stunde, wahrscheinlich länger, da bald der morgendliche Berufsverkehr einsetzen würde.

„Ich sage Mama, dass es dir gut geht", versprach Ricky. „Soll ich dein Auto auf die Rückseite fahren?"

Sam nickte. „Danke. Sag Mama, dass ich sie heute Abend anrufe." Er ging ins Badezimmer, duschte und zog sich an. Er wollte nicht daran denken, was ihn im Krankenhaus erwartete.

Die Reporter waren da, wie er erwartet hatte. Sam sah die Übertragungswagen, sobald er vor dem Krankenhaus vorfuhr. Das war an sich noch nichts Ungewöhnliches. Ungewöhnlich war, dass heute alle Kameras und Mikrofone auf ihn gerichtet waren.

„Dr. Truelove, was sagen Sie zu dem Gerichtsbeschluss, Kelly Brights Magensonde entfernen zu lassen?"

„Dr. Truelove, haben Sie schon mit der Familie gesprochen?"

„Dr. Truelove, Mr Bright sagt, dass Sie für den Zustand seiner Tochter verantwortlich sind. Möchten Sie dazu Stellung nehmen?"

Er kämpfte sich einen Weg durch die Reporter und Mikrofone hindurch. An der Tür erwarteten ihn die Sicherheitsleute, ließen ihn eintreten und sorgten dafür, dass die Reporterflut vor den Drehtüren bleiben musste. Er fühlte die Blicke auf sich, als er mit dem Aufzug nach oben fuhr, begrüßte angespannt das Personal, das er kannte. Izzy erwartete ihn in seinem Büro. Ihr Gesicht entspannte sich leicht, als er durch die Tür trat, aber ihr besorgter Blick verschwand nicht. Er blieb an ihrem Schreibtisch stehen, und sie schaute ihn wie immer prüfend an. Was sie sah, beunruhigte sie offensichtlich. Ihre Augen wurden dunkel und sorgenvoll.

Sam ging in sein Büro. Dort saß er einen Moment da und starrte die Papierstapel, die Krankenakten, die Telefonnachrichten an, und plötzlich wusste er es. Das war die Entscheidung. Das Urteil war gefällt. Er dachte an die Operationen, die er für heute angesetzt hatte, und wusste, dass er sie nicht durchführen konnte. Er konnte und er wollte nicht den furchtbaren Fehler wiederholen, den er schon einmal gemacht hatte. Er wählte Izzys Nummer. Sie antwortete sofort.

„Ist Barney schon da?“, fragte er.

„Gerade gekommen“, antwortete sie. „Wollen Sie ihn sprechen?“

„Wenn er Zeit hat.“

Nach einem Moment klopfte jemand leise an seine Tür. Sein Kollege betrat das Büro. Barney war ein guter Mann, erkannte Sam wieder. Sein Gesicht sah angespannt und besorgt aus, aber er zwang sich zu einem Lächeln.

„Wie geht es dir, Sam?“

„Ich weiß nicht, was ich tun soll“, sagte er leise.

Barney seufzte und setzte sich. Dann nahm er die Brille ab und rieb sich den Nasenrücken. „Das ist ein ganz schöner Schlamassel“, sagte er.

Diese Worte öffneten eine schmerzliche Wunde bei Sam, denn die Erinnerung an diese furchtbare Operation und das Blut des kleinen Mädchens kam mit voller Wucht zurück. Ihr Herz war stehen geblieben, es hatte ein paar Sekunden zu lang still gestanden. Das konnte man sicher als *Schlamassel* bezeichnen, aber irgendwie entfachte Barneys flapsige Bemerkung Sams Ärger. Er sagte jedoch nichts, da er wusste, dass sein Freund es nicht böse gemeint hatte.

„Wir Kollegen haben uns heute Morgen getroffen, Sam“, sagte Barney leise.

Sam war verblüfft. „Nett von euch, dass ihr mich dazugeholt habt, Barney. Ich gehöre auch zum Team.“

„Wir möchten, dass du zurücktrittst“, sagte Barney, ohne auf seine Bemerkung einzugehen.

Sam runzelte die Stirn, da diese Worte im ersten Moment keinen Sinn ergaben. „Zurücktreten?“, wiederholte er benommen.

„Aus der Praxis, Sam. Aber nur für eine Weile. Du solltest im

Moment nicht operieren. Das weißt du genauso gut wie ich. Und dabei geht es nicht nur um Kelly Bright", erklärte Barney. „Wir alle haben dich in letzter Zeit beobachtet, Sam. Das habe ich gestern Abend versucht, dir zu sagen. Du bist angespannt. Man macht sich Sorgen um dich. Man spricht schon darüber. Und jetzt, da diese Situation eskaliert ist, halten wir es für besser, wenn du dir eine Weile freinimmst. Nur so lang, bis du dein Selbstvertrauen wieder hast."

„Mein Selbstvertrauen?" Sam wiederholte diese Worte leise und konnte nicht glauben, dass Barney sie tatsächlich gesagt hatte. „Ich führe an einem Tag mehr Operationen durch als du in einer Woche. Du hast den Nerv, mein Selbstvertrauen infrage zu stellen?"

„Ich habe von deinem Selbstvertrauen gesprochen", sagte Barney ruhig und unbeeindruckt. „Nicht von deinem Können."

Sam schaute den Mann an, der sein Kollege, sein Freund gewesen war.

Als könne er seine Gedanken lesen, sprach Barney weiter. „Sam, sei doch vernünftig. Ich spreche mit dir als Freund. Hier geht es nicht nur um die Praxis. Bei dir stimmt schon lange etwas nicht mehr. Fahr irgendwohin und schalte ab. Bring dein Leben in Ordnung und komm dann zurück. Das hier ist auch deine Praxis. Du hast sie mit aufgebaut. Niemand versucht, sie dir auf Dauer wegzunehmen. Wenn das so wäre, hätten wir abgestimmt, dich endgültig auszuschließen, aber das will niemand. Es ist nur vorübergehend, Sam. Nimm dir eine Auszeit."

Sam saß benommen da und gewann aus Barneys ganzer Rede nur eine einzige neue Information: Mit einer einfachen Abstimmung warfen sie ihn hinaus.

Bevor er etwas sagen konnte, erschien Izzys besorgtes Gesicht an der Tür. „Mr Bradley hat angerufen", sagte sie. „Sie sollen sofort zu ihm hinunterkommen."

Barney wirkte nicht überrascht. Das verriet Sam, dass er und der Verwaltungsdirektor des Krankenhauses auch schon miteinander gesprochen hatten. Er schüttelte den Kopf und hatte den absurden Wunsch zu lachen. Tom Bradley hatte ihn umworben und umschmeichelt. Er hatte ihm praktisch alle Freiheiten gelassen, er hatte sich sein Team selbst aussuchen dürfen. Und jetzt stellten sich alle gegen ihn. Plötzlich fiel ihm eine Geschichte aus der Sonntagsschule vor vielen Jahren ein. In der Geschichte ging es um David, der von Gott gesalbt worden war, sich aber in der Wüste verstecken musste, weil der König ihn töten wollte und verfolgte.

Sam ließ Barney an seinem leeren Schreibtisch sitzen und verließ das Büro. Er fuhr mit dem Aufzug zu den verglasten Verwaltungsbüros im ersten Stock hinab. Die Sekretärin winkte ihn hinein. Er klopfte kurz an die Tür von Tom Bradleys Büro und wurde sofort hineingebeten.

Der Verwaltungsdirektor telefonierte, aber das Gespräch war fast zu Ende. „Wie ich schon sagte, das Krankenhaus gibt zum jetzigen Zeitpunkt keine Stellungnahme ab. Heute Nachmittag gibt es eine Pressekonferenz."

Sam starrte ihn an. Eine Pressekonferenz. Er musste sich nicht besonders anstrengen, um sich Tom Bradley vorzustellen, wie er in seinem blauen Nadelstreifenanzug mit brauner Krawatte, seine allmählich dünner werdenden blonden Haare sauber zurückgekämmt, geschniegelt und gestriegelt, vor die Reporterscharen trat und ihnen mitteilte, dass Dr. Truelove vorübergehend von seinem Posten als Chef der Kinderkardiochirurgie zurückgetreten sei. Das würde die Glaubwürdigkeit der Klinik bewahren, und das war alles, worum es Tom Bradley ging.

Tom legte auf und schaute Sam an. Er war geschäftsmäßig und gefühllos, anders als Barney, der gequält gewesen war.

„Gut, dass Sie gekommen sind, Sam", sagte er auf seine kurz angebundene Art. „Wie Sie sehen können, stecken wir hier in einem ganz schönen Schlamassel."

Dieselben Worte, die Barney benutzt hatte, ein Zufall, der Sams Fassungslosigkeit und Wut verstärkte.

„Ich fasse mich kurz", sagte Tom. „Das Direktorium ist zusammengekommen und hat entschieden, dass es für den Ruf des Krankenhauses das Beste wäre, wenn Sie eine Freistellung von Ihrem Posten beantragen würden."

Das war es also. Sam ließ diese Aufforderung auf sich wirken und begriff, dass er damit hätte rechnen müssen. Die Krankenhäuser in dieser Liga standen in ständiger Konkurrenz zueinander. Sie wetteiferten immer um Patienten und den besten Ruf. Jedes Krankenhaus wollte das beste sein. Sam hatte die Kinderklinik von Knoxville unter den Herzzentren ganz nach vorne geführt, aber wenn seine Anwesenheit eher eine Belastung als ein Gewinn war, zögerte man keine Sekunde, ihn loszuwerden. Man hatte ihn unbedingt haben wollen, aber man würde ihn jederzeit fallen lassen, wenn das den Zwecken des Krankenhauses diente.

„Darf ich fragen, wie lang diese Freistellung dauern soll?"

„Bis die Angelegenheit zufriedenstellend geklärt ist."

„Zu wessen Zufriedenheit?"

„Zu der des Direktoriums."

„Und wenn sie nie zu Ihrer Zufriedenheit geklärt ist?"

Tom lehnte sich auf seinem Stuhl zurück und faltete die Hände. „Darüber sollten wir uns jetzt noch keine Gedanken machen, Sam. Bis auf Weiteres sind Sie freigestellt, lautet die Entscheidung. Sie bekommen natürlich weiterhin Ihr Gehalt, und Sie behalten vorerst Ihren Titel."

„Vorerst."

Tom bedachte ihn mit einem Blick geduldigen Mitgefühls. Er sprach langsam, wie mit einem begriffsstutzigen Kind. „Es gibt zwei Möglichkeiten, Sam: Entweder stirbt das Mädchen. In diesem Fall ist diese Nachricht einen Tag später vergessen. Sie gerät noch schneller in Vergessenheit, wenn ein Terrorist ein Gebäude in die Luft jagt oder jemand einen Brief mit Anthrax verschickt."

„Ja, vielleicht haben wir Glück", bemerkte Sam trocken.

Tom sprach weiter, ohne sich beirren zu lassen. „Oder die andere Möglichkeit: Das Gericht ordnet an, dass die Magensonde wieder eingesetzt wird, und die Eltern können sich weiter gerichtlich bekriegen. In beiden Fällen ist die Lebensdauer einer solchen Story relativ kurz. Sie könnten in wenigen Wochen wieder arbeiten. Spätestens in einem Monat."

„Dann werden sie mich verklagen", stellte Sam sachlich fest und dachte an die Anklage wegen seines ärztlichen Kunstfehlers, die seit Jahren wie ein Damoklesschwert über seinem Kopf schwebte.

Tom zuckte die Achseln. „Bis dahin haben die Medien aus der Story alles herausgeholt. Der Fall wird sich hinziehen, Aussagen werden gemacht, Gutachten erstellt. Ein langweiliger Stoff für die Presse. Sie werden das Interesse verlieren. Am Ende wird Ihre Haftpflichtversicherung zahlen, und damit ist die Sache erledigt."

„Und wenn ich mich weigere zu gehen?“, ließ Sam nicht locker. „Wenn ich meine eigene Pressekonferenz einberufe?“

Tom zuckte die Achseln. „Ersparen Sie uns das, Sam. Seien Sie vernünftig.“

Sam fühlte, wie sein Blut kochte. Der Puls hämmerte in seinen Ohren. Er ballte die Hände und unterdrückte den starken Wunsch, Tom Bradleys glatt rasiertes Gesicht seine Faust spüren zu lassen. Ohne ein weiteres Wort stand er auf und verließ das Büro. Er ging in sein Büro zurück und stapfte an Barneys Tür vorbei, ohne anzuhalten. Izzys Gesicht war rot gefleckt. Offenbar war sie sofort informiert worden, denn als er in seinem Büro ankam, war sein Schreibtisch vollkommen leer. Keine Krankenakten. Keine rosa Nachrichtenzettel. Für die anderen war er schon nicht mehr da.

Sam ließ das Bild auf dem Schreibtisch stehen. Er ließ seine Diplome und Urkunden an der Wand hängen. Auf dem Weg aus dem Büro blieb er im Vorzimmer stehen, ging hinter den Schreibtisch und umarmte Izzy. Sie weinte und drückte ihn kräftig.

„Alles wird gut“, tröstete er sie. „Machen Sie sich keine Sorgen.“

„Das ist nicht richtig“, schluchzte sie. „Sie sollen wissen, dass ich Sie unterstütze, egal, wie Sie sich entscheiden. Wenn Sie woanders hingehen, komme ich mit.“

„Falls ich das mache, werden Sie es als Erste erfahren“, versprach er. „Passen Sie gut auf sich auf.“ Sie nickte und umarmte ihn noch einmal.

Er fuhr nach Hause und bog in seine Tiefgarage. Hier standen keine Übertragungswagen mehr. Wenigstens dafür war er dankbar.

Er ging in seine Wohnung und setzte sich aufs Sofa. Auf dem Tisch lagen immer noch diese verhassten Papiere. Er rührte sie nicht an, aber er hatte sie so oft gelesen, dass er sie auswendig kannte. Er ließ sie liegen, dann drehte er sich um, ging aus der Wohnung, stieg in sein Auto und verließ Knoxville. Er fuhr in östlicher Richtung aus der Stadt, bog auf die Autobahn I 40 und dann, da er nicht wusste, was er sonst tun sollte, steuerte er auf die Berge zu.

11

Annie packte die letzte Kiste, verabschiedete sich von Mrs Larsen und schaute sich dann noch einmal in der Wohnung um, um sich zu vergewissern, dass sie nichts vergessen hatte. Ihr Straßenatlas lag aufgeschlagen auf dem Beifahrersitz des Pick-ups, zusammen mit einer Thermoskanne mit Kaffee und gesunden Tofu-Gemüse-Broten von Shirley, die Annie entsorgen wollte, sobald sie außer Sichtweite war. Die Wohnung war sauber. Gestern Abend, nachdem sie von Kirby und Suzanne zurückgekommen war, hatte sie gesaugt und das Badezimmer und die Küche geputzt. Die Möbel blieben hier. Alles, was ihr gehörte, hatte sie hinten auf den Pick-up geladen. Die wichtigen Sachen hatte sie in den Koffer und in ihre Handtasche gepackt: ihren Laptop, ihr Tagebuch, das Bild, das sie in Los Angeles gekauft hatte. Sie hatte zwei Übernachtungen im *Residence Inn* in El Segundo reservieren lassen. Dort würde sie wohnen, bis sie etwas Neues fand. Sie war etwas verlegen, weil sie sich diese Vorstadt ausgesucht hatte, aber in der Innenstadt von Los Angeles waren Hotelzimmer für mehr als eine Nacht nicht zu bezahlen. Außerdem wäre es nett, jemanden zu kennen, und sie dachte an Delia und das dicke, weiße Kaninchen und musste lächeln. Sie schaute sich ein letztes Mal um, hob die letzte Schachtel hoch und ging zur Tür hinaus.

Sie stieg über die *Seattle Times* ihres Nachbarn, die mitten auf dem Korridor lag. Dabei erregte etwas ihre Aufmerksamkeit. Ein Foto. Ein Bild von einem jungen Mädchen mit struppigen, blonden Haaren und einem breiten, fröhlichen Lächeln. Es war ihr auf furchtbare, traurige Weise bekannt. Annie starrte es an. Ihr Mund öffnete sich leicht und sie vergaß zu atmen.

Sie stellte die Schachtel langsam ab, schlug die Zeitung ihres Nachbarn auf und las die Überschrift. *Oh. Oh nein. Nein.* Aber es war wahr. Als sie den Artikel las, waren Max Kroll und die *Times* und Jason Niles und Los Angeles vollkommen vergessen. Sie war wie benommen. Ihr war übel. Sie war hin- und hergerissen. *Oh,*

Gott. Sie setzte sich auf die Stufen vor ihrer Wohnung und las den Artikel noch einmal. „Eltern streiten um das Recht ihrer Tochter zu sterben." Ausführlich wurden Argumente für und wider das Recht zu sterben ausgebreitet. Annie blätterte um, um den weiterführenden Artikel im Innenteil der Zeitung zu lesen. Ihr Blick fiel auf Sams lächelndes Gesicht und die neue Schlagzeile: „Prominenter Herzchirurg eines ärztlichen Kunstfehlers angeklagt."

Sie starrte das Bild an. Ärger stieg in ihr auf. Es war grausam, ausgerechnet dieses Bild zu nehmen. Sie erinnerte sich genau, wann es aufgenommen worden war. Er war gerade in der Praxis in Knoxville eingestiegen. Sie hatten in Gilead Springs gewohnt. Das Leben hätte nicht besser sein können. Alles war gut gewesen. Das Bild war für die Homepage der Praxis aufgenommen worden, und sie hatte einen Abzug für sich behalten. Er lächelte, sein Gesicht strahlte. Seine Augen waren zuversichtlich, leuchtend, klar. Sein Gesicht war von der Arbeit im Garten gebräunt. Sie berührte jetzt das Foto, fühlte aber nur trockenes Papier unter ihrer Hand.

Sie hätten für diesen Anlass ein aktuelleres Bild nehmen sollen, und Annie wusste, wie es aussehen würde. Vor ihrem geistigen Auge sah sie, wie sein Gesicht heute bestimmt aussah. Sie konnte sich erinnern, wie sie in jenen langen Stunden, bevor sie schließlich weggegangen war, in dieses Gesicht geschaut hatte. Sein Mund bildete eine dünne, harte Linie, tiefe Falten zogen von der Nase zu seinem Mund, seine Augen waren schwer und dunkel vor Trauer und von noch etwas anderem, das darunter brodelte: eine kaum zu beherrschende Wut. Diese Wut war das gewesen, was schließlich das Fass zum Überlaufen gebracht hatte, denn sie schien auch ihr zu gelten. Nicht direkt natürlich, aber in einem kalten Schweigen, das sich von ihrer Berührung, von ihren Bitten nicht anrühren ließ.

Wieder las sie den Artikel durch. Er erzählte die Fakten, die sie nur zu gut kannte: dass Dr. Samuel Truelove an dem Abend, an dem er einen persönlichen Schicksalsschlag erlitten hatte, so dumm oder so kühn gewesen war, eine bereits geplante Operation durchzuführen, die Operation einer Aortendissektion, eines kleinen Risses in der Aorta eines Kindes, das sich diese Verletzung bei einem Verkehrsunfall zugezogen hatte. Es war eine schwierige Operation, aber normalerweise hätte er einen solchen Eingriff im Schlaf durchführen können. Doch dieses Mal war etwas schiefgegangen. Fehler waren gemacht worden. Als sie korrigiert worden waren, hatte das Gehirn des Kindes einen irreparablen Schaden erlitten. Annie erinnerte sich immer noch an Sams Gesicht, das so totenbleich gewesen war, als er in der Notaufnahme des kleinen Krankenhauses erschienen war, in dem sie auf ihn gewartet hatte. Sie hatte nicht weggehen wollen, weil man dann ihre Tochter weggebracht hätte und sie nur noch eine Leiche und nicht mehr ihr Kind gewesen wäre.

Sie hatte gewartet, ihr Kind in den Armen gehalten, seine weichen, feuchten Haare gestreichelt und sich gefragt, wo er war.

„Wo warst du?“, hatte sie ihn beschuldigt, als er schließlich gekommen war, aber er hatte ihr keine Antwort gegeben. Sie legte jetzt die Zeitung weg, und ihr fiel auf, dass er ihr auf diese Frage immer noch keine Antwort gegeben hatte.

„Wo warst du?“, hatte sie ihn gefragt. *Wenn du hier gewesen wärst, wäre meine Tochter nicht gestorben,* das war der Vorwurf, der wortlos mitschwang. *Meine* Tochter war sie durch ihren Tod geworden, denn durch dieses letzte Versäumnis hatte Sam sein Recht als Vater verloren. Jetzt stürmte alles auf sie ein. Diese Szenen und Erinnerungen, vor denen sie schon die ganze Zeit mit aller Kraft weglief.

Plötzlich erschien es ihr lächerlich, dass sie je gedacht hatte, sie könnte sie hinter sich lassen. Los Angeles und Jason Niles und sogar Delia lösten sich wie Morgennebel auf.

Sie saß auf der Treppe, stützte den Kopf in die Hände und musste sich der Wahrheit stellen: Das Leben, von dem sie gedacht hatte, sie hätte es hinter sich gelassen, hatte sie eingeholt. Ein Leben mit Schotterstraßen und bunten Feldern und Wiesen, mit hohen dunstigen Bergen, Eistee in schwitzenden Gläsern und leisen Stimmen. Jetzt erst wurde ihr bewusst, dass sie es nie abgeschlossen hatte. Deshalb verfolgte es sie wie ein Albtraum. Deshalb hatte sie sich nie eine Wohnung, einen Tisch oder ein Sofa kaufen, keine echte Freundschaft eingehen können.

Sie ging zum Pick-up hinab und kramte in den Schachteln, bis sie das Telefon fand. Sie nahm es mit in die Wohnung, wo sie es einsteckte. Als sie den Hörer an ihr Ohr hielt, hörte sie den Ton, der signalisierte, dass sie Nachrichten auf dem Anrufbeantworter hatte. Sie drückte auf die Taste, um die erste Nachricht abzuhören.

Als sie die bekannte Stimme hörte, stockte ihr der Atem. Man brauchte ihr nicht zu sagen, wem diese Stimme gehörte.

„Annie Ruth, hier ist Mary", meldete sich ihre Schwiegermutter. „Entschuldige, dass ich dich störe, aber ich dachte, dass du vielleicht, na ja, ich habe überlegt, ob du vielleicht nach Hause kommen könntest. Nur für ein paar Tage. Ich wollte mich bei dir und Sam nie einmischen, aber…" Ihre Stimme zitterte. „Entschuldige. Wahrscheinlich hätte ich nicht anrufen sollen." Ein leises Klicken, und sie war fort.

Annie starrte das Telefon an, und da sie nicht wusste, was sie machen sollte, ließ sie die nächste Nachricht ablaufen. Sofort erkannte sie den theatralischen, ein wenig kommandierenden Tonfall von Sams Schwester Laurie.

„Jetzt hör mir einmal zu", begann Laurie, ohne sich vorzustellen, da sie genau wusste, dass Annie auch auf dem Sterbebett die Stimme noch erkennen würde, mit der sie während ihrer gesamten Kindheit alle Geheimnisse flüsternd ausgetauscht hatte. „Ich weiß, dass du und Sam eure *Situation* oder *was auch immer* habt, und ich habe nicht vor, mich *da* einzumischen."

Annie konnte Laurie vor sich sehen: die Brauen hochgezogen, eine Hand in die Hüfte gestemmt, eine Wolke lockiger, dunkler Haare um den Kopf.

„Aber sie sind jetzt hinter ihm her, und egal, was zwischen euch beiden vorgefallen ist, würde ich meinen, dass du ein wenig Menschlichkeit zeigen könntest. Außerdem brecht ihr beide mit eurer Sache Mama fast das Herz."

Diese Bemerkung traf Annie zutiefst. Mary, die sich ihr ganzes Leben lang immer nur um andere gekümmert hatte, verdiente diesen Kummer nicht. Sie verdiente nicht, wie Annie sie behandelt hatte, aber was konnte sie sagen, das sie nicht schon gesagt hatte? Sie konnte Marys Schmerz genauso wenig wegnehmen wie ihren eigenen.

„Ich finde, das Mindeste, was du tun kannst, ist, nach Hause zu kommen – wenn schon nicht um Sams willen, dann wenigstens ihr zuliebe. Außerdem sieht euer Haus inzwischen ziemlich verwahrlost aus. Wenn ihr es verkaufen wollt, solltet ihr das bald machen."

Pause.

„Ich würde dich auch gern sehen", fügte Laurie mit leiserer Stimme hinzu. Dann ein Seufzen. „Tschüss."

Klick. Schweigen. Die nächste Nachricht begann. Sie war fünfzehn Minuten nach Lauries Anruf eingegangen.

„Hey, Kleine, ich weiß, dass du wahrscheinlich unterwegs bist und das Land erkundest, aber es gibt auch Leute, die arbeiten müssen." Ein ansteckendes Lachen wie eine Salve aus einem Maschinengewehr. Annie musste unwillkürlich lächeln, als Rickys Gesicht vor ihrem geistigen Auge auftauchte. Sie konnte sich ihren Schwager vorstellen, wie er sich grinsend auf seinem Stuhl zurücklehnte. Mit seinen blonden Haaren und Sommersprossen wirkte er unter den ganzen dunkelhaarigen, braun gebrannten Trueloves wie ein Fremdling. Er hatte die blonde Haarfarbe und helle Haut von Marys Seite der Familie geerbt, aber woher er seine ansteckende Fröhlichkeit hatte, wusste sie nicht.

„Aber jetzt mal im Ernst …"

Als könnte Ricky in Bezug auf irgendetwas jemals ernst sein!

„Du weißt, dass ich dir nie sagen würde, was du tun sollst, aber Sam leidet sehr. Er würde das nie im Leben zugeben, aber ich glaube, er ist völlig am Ende. Vielleicht willst du damit nichts zu tun haben. Glaube mir, das verstehe ich." Seine Stimme wurde weicher. „Ich vermute nur, dass du es auch spürst." Er räusperte sich. Sein Tonfall wurde sachlicher, geschäftlicher. „Wie dem auch sei, ich dachte nur, dass jetzt vielleicht der richtige Zeitpunkt wäre, nach Hause zurückzukommen. Ich weiß, dass wir uns alle freuen würden, dich zu sehen. Ich wollte nur, dass du weißt, dass dir hier niemand etwas übel nimmt. Die Tür steht dir immer offen. Dann mach's gut." Er legte auf.

Sie starrte das Telefon an. Dann blinzelte sie und schniefte. Die nächste Nachricht lief ab, sie war von gestern Nachmittag.

„Annie, Kleines", überbrückte Papas Bassstimme Raum und Zeit, und ihr Herz zog sich schmerzhaft zusammen. „Hör zu, Kleines, du weißt, dass ich dir nie sagen würde, wie du dein Leben gestalten sollst. Aber falls du je daran gedacht hast, nach Hause zu kommen, wäre jetzt ein guter Zeitpunkt."

Annie wusste, was er damit sagen wollte. Gilead Springs war eine Kleinstadt, man stand sich nahe, und die Beziehungen waren unzertrennlich. Seinen Mann zu verlassen war eine Sache. Ihn im Stich zu lassen war eine ganz andere Sache, es sei denn, er hatte einem etwas Unverzeihliches angetan. Und die einzige Sünde, die in diese Kategorie fiel, war eine andere Frau.

Wahrscheinlich wussten sie nicht einmal, dass sie die Scheidung eingereicht hatte. Annies Herz zog sich zusammen, als sie daran dachte, welche Folgen das haben würde. Inzwischen waren ihm die Papiere bestimmt zugestellt worden, und angesichts der jüngsten Ereignisse wirkte ihr Verhalten unerträglich verletzend und feige.

Der Anrufbeantworter verstummte. Sie wählte die Nummer des *Residence Inn* und sagte ihre Reservierung ab. Dann stöpselte sie das Telefon aus. Sie konnte nicht länger die Augen vor der Wahrheit verschließen. Es rief sie zurück, dieses Leben, das sie hinter sich gelassen hatte. Beziehungsweise von dem sie gedacht hatte, sie *hätte* es hinter sich gelassen. Und sie wusste, dass sie es nie hinter sich lassen konnte, ohne es noch ein letztes Mal zu sehen. Sie musste zurückfahren. Sie musste einen Schlussstrich ziehen. Sie musste Papa und Mary und Laurie und Ricky und alle anderen noch einmal sehen. Sie musste das Haus ausräumen, ihre Sachen aussortieren und entscheiden, was sie behalten und was sie weggeben wollte. Sie musste Sams Gesicht noch einmal sehen, sie musste sehen, ob von dem Mann, der er früher gewesen war, noch etwas übrig geblieben war. Sie musste ihm in die Augen schauen, statt einen namenlosen Anwalt Papiere schicken lassen, während sie sich hinter den vielen Kilometern verschanzte, die zwischen ihnen lagen.

Annie würde gehen. Der genaue Grund ließ sich nicht genau benennen oder festnageln. Es gab viele Gründe, und sie waren nicht voneinander zu trennen: Es war Zeit. Er steckte in Schwierigkeiten. Und ihr Baby war dort, und sie hatte sich nie verabschiedet.

Teil 2

Es gibt eine Salbe in Gilead,
um die sündige, kranke Seele
zu heilen.

12

Ricky Truelove – Dr. Ricky, wie ihn die meisten Bewohner der Stadt liebevoll nannten – trank noch eine Tasse des starken Kaffees seiner Frau. Er wollte gleich zum Krankenhaus fahren, um nach der Patientin zu sehen, die er in den frühen Morgenstunden eingewiesen hatte, bevor er nach Knoxville gefahren war. Sie war noch sehr jung, erst zwanzig Jahre, und erwartete ihr erstes Kind, das nach seiner Einschätzung wahrscheinlich am Nachmittag zur Welt kommen würde. Ricky war mit seinen Gedanken jedoch woanders. Es schmerzte ihn, dass er für seinen Bruder nicht mehr tun konnte, und er betete unaufhörlich für ihn.

Im gleichen Moment machte sich ein paar Kilometer weiter oben auf dem Berg Laurie Truelove Williams bereit, um etwas später als gewöhnlich zur Arbeit zu fahren. Sie war die ganze Nacht wach gewesen, weil sie sich Sorgen um ihre Mutter und ihren Bruder machte. Jetzt holte sie die Zeitung aus dem Briefkasten. Der Nachbarjunge trug die *Asheville Tribune* und auch die *Smoky Mountains News* aus. In beiden Zeitungen prangte das Gesicht ihres Bruders auf der Titelseite, und ihre Miene verdüsterte sich. Sie schaute über den weiten Garten zum Haus ihrer Mutter nebenan. Das riesige Haus war unter hohen Roteichen und hinter Hartriegelsträuchern und Lorbeerbüschen versteckt. Das Licht brannte immer noch. Als Laurie in der Nacht aufgestanden war, hatte es auch gebrannt, und in der Nacht vorher auch. Sie runzelte die Stirn, wollte auf das Haus ihrer Mutter zugehen. Dann zögerte sie doch und ging schließlich langsam wieder die Auffahrt hinauf zu ihrem Auto, um nach Asheville zur Arbeit zu fahren.

Mary Truelove betete. Wenigstens versuchte sie es. Anfangs hatte sie leidenschaftlich gebetet. Sie hatte hektisch in den dünnen Seiten ihrer Bibel geblättert und fast panisch eine Zusage gesucht, die ihr Hoffnung geben würde. Sie hatte auf den Knien gebetet. Einmal war sie sogar auf ihr Angesicht gefallen. Heute Morgen brachte sie dieselben Bitten vor, aber mit einem Gefühl traurigen Akzeptierens. Daran würde sich nichts ändern. Es war eine weitere traurige, zerstörerische Welle, die sich aufgrund ihres Versagens aufgestaut hatte. Sie konnte die Erinnerung an dieses Horrorszenario nicht ertragen, aber sie konnte diese Bilder auch nicht loslassen.

Ihr Leben war weitergegangen, auch wenn ihr das anfangs eher wie ein Fluch als wie ein Segen erschienen war. Weiterhin stand sie jeden Morgen auf und zog sich an. Sie hatte für ihren Mann gekocht, ihn nach seinem Schlaganfall gepflegt und ihn dann zwischen seinen Eltern und seiner Enkelin beerdigt. Sie kaufte zu Weihnachten Geschenke und stellte den Baum auf, dann räumte sie ihn wieder weg. Sie backte Geburtstagstorten und veranstaltete Feste für die, die noch da waren. Sie ging sogar jeden Sonntag zur Kirche und hörte zu, aber trotzdem wusste sie irgendwie, dass diese Worte nicht ihr galten. Sie putzte und wischte Staub und ging ihrer täglichen Arbeit nach. Doch nachts, wenn Mary allein war, dachte sie darüber nach, was passiert war, und sie wusste nicht, ob die Wunden je heilen würden. Die Wunden, unter denen sie litt, die Wunden, die sie selbst verursacht hatte.

Sie starrte die Wand an und hatte das Gefühl, in die Dunkelheit zu stürzen, die immer nur einen Schritt von ihr entfernt zu sein schien. Sie kämpfte wieder dagegen an, obwohl es immer schwerer wurde, einen Grund zu finden, sich dagegen zu wehren. Sie duschte und zog sich an, dann ging sie ins Gästezimmer, um das Bett frisch zu beziehen. Sam hatte nicht angerufen, aber als Mary das Mädchen in den Nachrichten gesehen hatte, hatte sie gewusst, dass sie ein Zimmer für ihn bereithaben sollte. Der Gedanke an dieses Kind versetzte ihr einen weiteren Stich ins Herz, denn es war ein zusätzliches Opfer von Marys furchtbarer Achtlosigkeit.

Doch eines weiß ich: Mein Erlöser lebt; auf dieser todgeweihten Erde spricht er das letzte Wort!

Woher war das jetzt gekommen? Vielleicht aus ihrem Gedächtnis. Diesen Bibelvers hatten sie bei Margarets Beerdigung gelesen. Früher hatte Mary an diesen Vers geglaubt. Dass wirklich eines Tages der Erlöser auf die Erde kommen würde. Alles würde wieder gut werden, wenn er kam. Fehler würden berichtigt werden, Täler würden erhöht, Berge erniedrigt werden. Das glaubte sie vermutlich immer noch, aber es klang wie ein vages Versprechen, weit weg und verblasst aufgrund der unübersehbaren Folgen ihrer Schuld. Die Menschen litten *jetzt*. Was konnte man dagegen tun? Ihr fiel nichts ein.

Schweren Herzens murmelte sie noch ein Gebet für dieses Kind. Dann strich sie die Decke glatt, zog die Tagesdecke darüber und schüttelte das Kissen auf. Sie staubte die Möbel ab, wischte den Boden und öffnete die Jalousien.

Mary zwang sich, sich nicht gehen zu lassen, und dachte an alles, was sie zu tun hatte. Sie erwartete nicht nur Sam, sondern auch noch einen Gast, der ihr Ferienhäuschen gemietet hatte, eine kleine Hütte, die ihr Mann gebaut hatte und die zwischen ihrem und Lauries Haus stand. Marys Schwiegermutter hatte dort gelebt, bis sie täglich Hilfe benötigt hatte. Dann war Mutter Truelove ins Gästezimmer umgezogen. Marys eigene Mutter hatte dort auch gewohnt, nachdem Mutter Truelove gestorben war. Jetzt bot sie es der Kirche hin und wieder zur Vermietung an, weigerte sich aber hartnäckig, Lauries Drängen nachzugeben, eine Frühstückspension zu eröffnen.

Viele Nachbarn hatten das gemacht und erwirtschafteten zusätzliche Einnahmen, indem sie Städter bei sich aufnahmen, die im Frühling in die Berge kamen, um die Hartriegel- und Lorbeersträucher zu sehen. Im Herbst fuhren die Besucher in einem unablässigen Strom durch die Gegend, bewunderten die bunten Blätter und kauften Apfelmost, selbst genähte Quiltdecken und Hackbretter aus den Bergen, manche nahmen sogar aus Lorbeer und Hickorynuss geschnitzte Möbel mit. Laurie hatte ihr schon einen Namen vorgeschlagen: *Muskateller-Pension* wegen der vielen Muskatellertrauben, die überall am Bach wucherten und wuchsen. Die Kinder hatten mit diesen Ranken ihren Spaß gehabt. Sie hatten darauf geschaukelt und gespielt und waren Tarzan und Jane aus dem Dschungel gewesen. Sie konnte die fröhlichen Kinderstimmen noch heute beinahe hören.

Marys Magen zog sich zusammen. Warum hatte sie nicht an den Bach gedacht?

Die Ereignisse liefen wie ein Spielfilm vor ihren Augen ab, als sie hier stand und in den leeren Flur starrte. In Gedanken war sie wieder an jenen schicksalhaften Tag zurückgekehrt – wie so oft. Es war heiß gewesen. Juli, ein Samstagnachmittag. Sie hatte gern auf Margaret aufgepasst, als Sam angerufen hatte, da John erst am Tag vorher für die Enkelkinder ein Schwimmbecken aufgestellt hatte. Sie hatte es nicht erwarten können, dass es benutzt wurde und wieder lachende Kinderstimmen den Garten erfüllten. Sie hatte für die Kleinen Schwimmflügel und Rettungswesten gekauft und sich vorgenommen, an diesem Nachmittag mit Margaret planschen zu gehen. Sie sah sich auf der Veranda warten. Sie sah Sam vorfahren, mit einer großen Staubwolke hinter sich, da er es eilig hatte, ins Krankenhaus zu kommen. Sie sah Margaret aus dem Auto springen, als er die Tür öffnete, und zu ihr auf die Veranda laufen. Sie fühlte den warmen, kräftigen Körper, die weichen Haare. Sie sah, wie sich Sam herabbeugte.

„Bekommt Papa keinen Kuss?“, fragte er, und sie schaute zu, wie sich Margarets winzige Lippen schürzten und ihre Arme sich um Sams Hals legten.

Er fuhr los. Mary und Margaret saßen auf dem Sofa und lasen ein Buch, bevor die Kleine ihren Mittagsschlaf machen sollte. Mary hatte das Schwimmbecken nicht erwähnt, da sie gewusst hatte, dass Margaret vorher schlafen sollte. Was für eine nette Überraschung wäre es für die Kleine, wenn sie aufwachte! Sie war, ohne Theater zu machen, ins Bett gegangen – was für ein liebes Kind sie gewesen war! Mary hatte lächelnd zugehört, wie sie eine oder zwei Minuten in ihrer schläfrigen Stimme Selbstgespräche geführt hatte, dann war alles still gewesen bis auf das Surren des Deckenventilators und das Ticken der Uhr. Mary arbeitete ungefähr eine Stunde in der Küche und bereitete das Abendessen vor, denn sie hatte beschlossen, Annie zum Essen einzuladen, wenn sie von der Arbeit käme. Sie sah sich selbst, wie sie nach dem Kind schaute. Margaret bewegte sich, schlief aber immer noch.

Dann klingelte das Telefon. Marys Magen zog sich zusammen, als sie sich sah, wie sie ans Telefon ging. Sie sah sich am Küchenfenster stehen, damit sie das Schwimmbecken im Auge behalten konnte. Es war der alte Mr Prescott, der Dr. John wegen einer längeren Geschichte anrief. Es ging darum, dass die Apotheke sein Rezept nicht erneuerte, und sie erklärte ihm, dass er bei Dr. John zu Hause angerufen habe, und bat ihn, in der Praxis anzurufen. Aber Mr Prescott war alt und verwirrt. Deshalb hatte sie ihm schließlich versprochen, sich darum zu kümmern. Sie sah sich, wie sie die Nummer von Johns Praxis wählte, mit seiner Sekretärin und dann mit der Arzthelferin sprach. Sie sah, wie sie Männchen malte, während sie geduldig wartete, bis die Arzthelferin in der Krankenkartei nachgeschaut und sich notiert hatte, dass Mr Prescott ein neues Rezept brauche. Es war um eine Salbe gegen Hautausschlag gegangen. Die Unwichtigkeit der ganzen Sache erdrückte sie fast wieder. Sie sah sich, wie sie schließlich das Gespräch beendete, einen letzten beruhigten Blick aus dem Fenster auf das leere Schwimmbecken warf und dann zu dem Zimmer ging, in dem Margaret schlief. Leise rief sie ihren Namen und schob die Tür auf.

Sie sah sich wieder, wie sie das leere, zerknüllte Bett anstarrte, und spürte, wie ihr Herz zu rasen begann. Sie musste in der Nähe sein. Margaret? Margaret? Vielleicht im Badezimmer. Nein. In ihrem und Johns Schlafzimmer. Nein. Unter dem Bett, denn sie spielte so gern Verstecken. Nein. Margaret! Margaret!

Sie schaute wieder im Schwimmbecken nach. Angst schnürte ihr die Kehle zu. Nichts. Diese vergebliche, trügerische Erleichterung machte sich breit. Sie lief in den Garten und rief. Aber auch hier war kein kleines Mädchen, kein roter Lockenkopf zu sehen. Sie lief auf die Straße hinaus und suchte sie nach allen Richtungen ab, dann eilte sie ins Haus zurück und rief die Polizei. Sie setzte ihre Suche fort und wurde immer panischer und hektischer. Sie schaute auf der Wiese neben dem Haus nach. *Herr, dort gibt es Schlangen. Bitte, lass sie nicht dort sein!* Der Wald, unten in der Schlucht.

Sie blieb wie erstarrt stehen, als ihr ein Gedanke kam. Jemand hatte sie entführt. Verzerrte Horrorszenarien schossen durch ihren Kopf. Bilder, die sie im Fernsehen gesehen hatte. In der Zeitung gelesen hatte. Entsetzliche, furchtbare Szenen. *Nein, Herr, nein.* Sie lief weiter, suchte, schaute überall und wurde immer hysterischer. In den Autos. Unter den Autos. Im Schuppen. In der Gefriertruhe auf der hinteren Veranda. Wie lang dauerte es, bis sie an den Bach draußen im Wald dachte? Zehn Minuten? Fünfzehn? Oder nur zwei oder drei? Sam war mit seiner Tochter nur ein einziges Mal dort gewesen, aber es hatte ihr Spaß gemacht, die Füße in das kalte Wasser zu halten. Sie war doch bestimmt nicht allein dorthin gelaufen. Bestimmt nicht! Mary lief los. Ihre Füße hämmerten laut auf dem Weg, ihr Atem kam in einem panischen Keuchen, während sie sich bemühte, nicht daran zu denken, wie viele kostbare Minuten sie verloren hatte.

Sie sah die leuchtend roten Haare draußen in der Mitte des Bachs, wo die Kinder früher geschaukelt hatten und lachend ins Wasser gesprungen waren, wo der Bach tiefer war, und sie fühlte immer noch das Entsetzen, hörte immer noch ihre eigene Stimme schreien, obwohl sie sie selbst nicht erkannte. Sie sah sich hineinlaufen, ihre Enkelin herausziehen, sah sich mit der Mund-zu-Mund-Beatmung beginnen, aber irgendwie wusste sie, weil Margarets Körper sich so leblos und regungslos anfühlte, dass ihre Bemühungen vergeblich sein würden.

„Oh, Herr. Oh, Herr", murmelte Mary jetzt. Sie spürte, dass sie wieder zitterte, denn sie zitterte jedes Mal, wenn sie daran dachte, was sie ausgelöst hatte. Was sie getan hatte.

Zu beten war überflüssig, denn wofür wollte sie beten? Dass Gott ihre geliebte Enkelin von den Toten auferwecken würde? Das hatte sie in den ersten Momenten wirklich gebetet. Sie hatte gehofft und geglaubt, dass er das vielleicht tun würde. Aber das hatte er nicht. Sie hatten das liebe Kind begraben, und obwohl Mary sich an Lazarus erinnerte, den Jesus sogar aus dem Grab geholt hatte, brachte sie nicht den Glauben auf, an Wunder zu glauben. Damals nicht und jetzt nicht. Wahrscheinlich glaubte sie gar nicht daran, dass Gebete etwas bewirken konnten, trotz der dringenden Bitten der letzten Tage. Es gab nichts, das sie jemandem sagen konnte, nicht einmal zu Gott, das über die Worte hinausging, die sie immer wieder gemurmelt hatte, wenn sie überhaupt sprechen konnte. „Es tut mir leid. Es tut mir so leid." Sie konnte nicht sagen „Vergib mir", denn wie konnte sie darum bitten? Wie konnte sie um Vergebung für etwas bitten, das unverzeihlich war? Mary war wütend auf Gott. Sie wusste, dass seine Wege gerecht und richtig waren. Aber sie verstand nicht, warum er das getan hatte. Vielleicht war er doch nicht der, für den sie ihn gehalten hatte.

Sie hatten die richtigen Worte gesagt. Sowohl Annie als auch Sam. „Es war nicht deine Schuld. Wir machen dir keine Vorwürfe." Aber ihre Gesichter waren leer gewesen, und ihre Augen waren genauso tot gewesen wie ihre eigenen. Etwas hatte sie alle verlassen, als Margaret gestorben war.

Sie ging ins Gästezimmer zurück und setzte sich auf die Bettkante. Sie wusste nicht, ob sie Annie jemals wiedersehen würde. Oh, sie hoffte es so sehr. Hoffnung war ein viel zu schwaches Wort für die tiefe Sehnsucht, die sie erfüllte. Sie hatte oft und leidenschaftlich dafür gebetet, aber es waren verhaltene, zweifelnde Gebete gewesen. Sie wusste nicht einmal, wie sie das Problem ansprechen sollte, geschweige denn, wie sie es in Ordnung bringen sollte.

Mary ging zum Wäscheschrank und holte einen Stapel sauberer Handtücher heraus, die sie auf Sams Bett legte. Dann blieb sie vor den Fotos im Flur stehen. Mühsam schluckte sie ihre Tränen hinunter und betrachtete die Bilder. Auf fast jedem Schnappschuss war Annie gemeinsam mit Marys eigenen Kindern zu sehen, denn sie war für Mary immer wie eine Tochter gewesen. Mary und Annies Mutter waren die besten Freundinnen gewesen. Es hatte ihr das Herz gebrochen, als Ruth gestorben war. Sich um Ruths Töchter zu kümmern und sie zu lieben war für sie das Natürlichste auf der Welt gewesen. Sie berührte die Bilder mit der Hand. Auf einem Bild waren Theresa und Annie mit Ruth und Carl beim Fischgrillen zu sehen. Annie war damals noch ganz klein gewesen. Annie, ein sommersprossiges Kleinkind, ihre Schwester ernst und mit braunen Augen. Es war in dem Jahr, bevor ihre Mutter gestorben war. Ein anderes Bild hatte Mary von Annie Ruth und ihrer eigenen Tochter Laura Lee gemacht, als sie ungefähr zwölf Jahre alt gewesen waren. Sie hatten auf dem Rücken im Garten gelegen und Eis geschleckt. Lauries schwarze Mähne war auf dem grünen Gras ausgebreitet und bildete einen starken Kontrast zu Annie Ruths feuerroten Locken. Zwei kleine Mädchen. Zwei große Mädchen. Zwei erwachsene Frauen. Von denen sie die eine viele lange Jahre nicht mehr gesehen hatte. Marys Herz schmerzte, ein dumpfes Pochen direkt zwischen ihren Brüsten, das diese bekannten, traurigen Gedanken immer begleitete. Sie erinnerte sich an ihre Freude, keine oberflächliche Freude, sondern eine tiefe Freude, als Sam und Annie Ruth begriffen hatten, dass sie füreinander bestimmt waren. Mary hatte es Jahre vorher gesehen, aber die beiden hatten ein wenig länger gebraucht.

Annie war ein fester Bestandteil in ihrem Haus gewesen, aber als sie zu einer jungen Frau heranwuchs, war Sam schon am College gewesen. Danach war das Medizinstudium gekommen. Er war fast das ganze Jahr fort gewesen. Nur im Sommer hatte er bei seinem Vater und Carl, Annies Vater, in ihrer Praxis gearbeitet. Dieser Junge hatte schon Blut abnehmen und ein EKG schreiben können, bevor die meisten seiner Klassenkameraden ihren Führerschein gehabt hatten. Er und Annie hatten sich in jenen Jahren nur flüchtig gegrüßt, da sie in der High School gewesen war und mit den Pfadfindern und dem Chor und der Schwimmmannschaft und der Schülerzeitung und ihren sonstigen Hobbys voll ausgelastet war. Aber das war gut gewesen. Es musste einige Zeit vergehen, bis die beiden aufhören konnten, sich wie Geschwister zu sehen, und anfingen, etwas anderes im anderen zu sehen.

Bei Sams Abschlussfeier am College hatte Mary gewusst, dass die beiden endlich begriffen, was sie selbst schon seit Jahren gewusst hatte. Sowohl die Trueloves als auch die Daltons hatten sich in ihre Autos gesetzt und waren nach Durham zu Sams Abschlussfeier gefahren. Sam war damals dreiundzwanzig gewesen, Annie noch Schülerin der High School. In ihrem indigoblauen Seidenkleid war Annie in die Aula spaziert, ihre faszinierenden roten Haare hochgesteckt. Ihre schönen Augen mit den goldenen Flecken hatten gefunkelt und ihr süßes, sommersprossiges Gesicht hatte dieses breite, umwerfende Lächeln gezeigt. Mary hatte beobachtet, wie ihr Sohn die Tochter ihrer Freundin anstarrte, die Stirn runzelte, wie seine Kinnlade nach unten fiel und seine Augen aufleuchteten. Und dann hatte sie gewusst, dass ihn an diesem Tag etwas gepackt hatte, das ihn nicht mehr loslassen würde. Und sie hatte recht gehabt.

Das, was danach passiert war, hatte sie gerührt und etwas überrascht. Sam hatte gewartet. Er hatte Annie umworben, ja. Er hatte sie wissen lassen, was er für sie fühlte, ja. Aber er hatte gewartet, bis sie ihr Studium beendet hatte. Er hatte mit Mary nur ein einziges

Mal darüber gesprochen, als sie es nicht länger hatte ertragen können und ihn gefragt hatte, welche Absichten er habe.

„Ich weiß, was ich will“, hatte er ruhig gesagt. „Aber es kommt auch darauf an, was sie will. Ich kann warten.“

Er *hatte* gewartet. Fünf lange Jahre, die Mary wahrscheinlich schwerer gefallen waren als den beiden. Sie hatte gebetet, dass kein anderer Mann auftauchen und Annie abspenstig machen würde. Wenigstens dieses Gebet hatte Gott erhört. Denn Annie hatte am College genauso weitergemacht wie an der High School und das Interesse des anderen Geschlechts mit einem Achselzucken abgetan.

„Er mag mich nicht“, hatte Annie widersprochen, wenn Laurie sie wegen eines Jungen aufzog. „Er mag nur die beliebten Mädchen“, hatte sie gesagt. „Er ist einfach nur nett.“

Marys Theorie war gewesen, dass Annies Bescheidenheit von den Jungen als mangelndes Interesse gedeutet wurde, und sie hatte ihrerseits Carls Tochter um ihre entspannte Haltung beneidet. Im Gegensatz zu ihm hatte sie Mühe gehabt, Laura Lee zu bändigen, aber das war eine andere Geschichte.

Sie warf einen letzten Blick auf die Fotos und wandte sich ab. Sie machte sich schon so lange Gedanken um Annie, dass sie es allmählich müde geworden war. Diane erzählte ihr, wenn sie etwas Neues hörte, aber auch das kam nicht häufig vor. Annie und ihre Stiefmutter hatten sich aus irgendeinem Grund nie gut verstanden. Mary nahm an, dass Diane manchmal ein wenig schroff sein konnte, obwohl sie ein wunderbares, mitfühlendes Herz hatte. Aber sie und Annie waren von Anfang an auf Konfrontation gegangen. Mary hatte auch dafür ihre eigene Theorie: Die beiden Frauen waren sich ein bisschen zu ähnlich.

Einen kleinen Trost gab es: Sie wusste, dass Sam seine Ehe noch nicht aufgegeben hatte. Wenigstens bis jetzt noch nicht. Nein, auch in diesem Jahr war er an ihrem Hochzeitstag in das Restaurant *The Inn* gefahren. Loretta Samples war mit ihrem Sohn aus Durham zum Abendessen dort gewesen. Sie hatte Sam gesehen und es Marva Jane Whitlock erzählt, die es Mary in der Schlange auf der Post erzählt hatte. Sam hatte gewartet. Annie war nicht gekommen, hatte Marva Jane gesagt, wobei sie Marys Hand getätschelt und mitfühlend den Kopf geschüttelt hatte. Jetzt war es Mary, die den Kopf schüttelte, als sie an ihren Sohn dachte. Das war ein Thema, das sie genauso traurig machte wie Annie Ruth, denn obwohl Sam näher bei Mary wohnte und sie jede Woche anrief, zweifelte sie nicht daran, dass sein Herz Lichtjahre entfernt war. Von seiner Familie genauso wie von seiner Frau. Ihre Hände fielen kraftlos nach unten, und plötzlich kam ihr das Haus unerträglich dunkel und einengend vor.

Mary packte Bettwäsche und Handtücher für das Ferienhaus in eine Wanne, ging zur Haustür hinaus, über die Veranda, die Stufen hinab und hörte, wie die Tür hinter ihr zufiel. Es war ein milder Morgen, immer noch ein wenig feucht vom Tau, aber bis zum Nachmittag wäre es glühend heiß. Statt ins Ferienhaus ging sie den Schotterweg hinab, am Gemüsegarten vorbei, an den Rosen und den Blumen vorbei bis zu der kleinen Stelle, die John im Blumengarten für sie angelegt hatte – eines der letzten Dinge, die er vor seinem Tod getan hatte. Die Blumen standen alle in Blüte, und sie hoffte, sie würde sie auch in diesem trockenen Sommer, der ihnen offensichtlich bevorstand, so viel gießen können, dass sie überlebten. Sie setzte sich auf den schmiedeeisernen Stuhl.

Mary betrachtete die Statue, die ihr Mann ein Jahr, nachdem es passiert war, gekauft hatte. Er hatte sie bei einem Bildhauer in Asheville bestellt. Mary war von seinem Geschenk gerührt gewesen, von seiner stummen Art, ihr das zu sagen, wozu ihm die Worte fehlten. Die bronzene Figur war hübsch. Es war ein kleines Mädchen, ungefähr vier Jahre alt, das auf einer Bank saß. Sie spielte mit einer Blume, die sie in der Hand hielt. Mary schaute diese Figur gern an. Selbst das Gesicht der Statue hatte ein bisschen Ähnlichkeit mit Margaret.

„Margaret“, sagte sie laut, denn niemand sprach ihren Namen mehr aus. „Margaret“, wiederholte sie. Ihre Enkelin. Ein kleines Mädchen mit einem viel zu kurzen Leben.

Mary schloss die Augen und konnte Margarets Gesicht sehen, eine perfekte Kombination aus ihrer Mutter und ihrem Vater. Sie hatte Sams blaue Augen gehabt und Annie Ruths lockige rote Haare. Sie war ein hübsches Kind gewesen. Mary konnte die porzellanglatte Haut, die rosigen Wangen, den süßen, kleinen Mund immer noch sehen. Wenn nur …

Wenn sie nur jetzt mit Annie darüber sprechen könnte, dachte sie zum hundertsten, zum tausendsten Mal. Wenn sie nur *wirklich* darüber sprechen könnten. Mary wusste nicht, was sie beide sagen würden, aber irgendwie wusste sie, dass keine Heilung käme, solange der Damm der Traurigkeit nicht durchbrochen wurde. Aber dieses Gespräch hatte sie oft gesucht, und sie wusste jetzt, dass sie nicht diejenige wäre, die Annie heilende Worte sagen konnte. Sie hatte so lange gebetet, dass Gott jemand anderen schicken würde. Dass er jemanden senden würde, der ihrer einsamen Schwiegertochter den Weg nach Hause zeigen würde. Sie fühlte sich wieder beraubt. Ihrer ganzen Familie beraubt.

„Oh, Jesus, hilf mir!", weinte sie aus der tiefen Not ihres Herzens. Mary hörte keine Antwort außer dem Wind, der durch die Blätter in den Bäumen raschelte. Nach einer Weile wischte sie sich das Gesicht ab, nahm ihre Wäschewanne und ging ins Ferienhäuschen, um ihre Arbeit zu erledigen.

13

„Ich heiße Elijah Walker“, stellte sich Annies Sitznachbar vor und reichte ihr die Hand.

„Es freut mich, Sie kennenzulernen“, antwortete sie und schüttelte die angebotene Hand. „Ich bin Annie Dalton.“

Sie sah ihn zuerst nur flüchtig an, aber etwas an ihm faszinierte sie und veranlasste sie, ihn genauer zu betrachten. Ihr Mitreisender war Mitte sechzig, schätzte sie, vielleicht Anfang siebzig, seine wenigen Haare, die er noch hatte, waren grau bis weiß. Sein Gesicht war faltig, und er hatte das gegerbte Aussehen eines Menschen, der sein ganzes Leben lang im Freien gearbeitet hatte. Sie nahm an, dass er ein Rentner war, der sein Leben genoss und irgendwo in einer sonnigen Gegend wohnte, obwohl sie beide das Flugzeug in Pittsburgh bestiegen hatten. Nach einem weiteren kurzen Blick verwarf sie diese Möglichkeit. Er sah nicht aus wie jemand, der den ganzen Tag am Swimmingpool lag oder sich auf dem Golfplatz vergnügte. Sein Kinn und die Falten in seinem Gesicht strahlten etwas aus, das diese Möglichkeit ausschloss. Sie warf einen Blick auf seine Hände. Sie sah keine dicken Schwielen, aber trotzdem hatte sie den Eindruck, dass er jemand war, der sein ganzes Leben lang hart gearbeitet hatte und nicht viel materiellen Lohn dafür bekommen hatte.

Seine Kleidung war einfach und unauffällig. Kein Louis-Vuitton-Koffer und keine italienischen Lederschuhe. Er trug eine gewöhnliche beigefarbene Stoffhose und ein blaues, kurzärmeliges Hemd. Beides wirkte sauber und gebügelt, aber abgetragen und ausgewaschen. Der alte Mann strahlte eine Schlichtheit aus, eine Natürlichkeit, die die Vermutung nahelegte, dass er vom Land war. Außerdem glaubte sie, in seiner kurzen Begrüßung den Dialekt von zu Hause erkannt zu haben. Gleichzeitig hatte sein Auftreten noch etwas anderes, etwas fast Majestätisches an sich. Er strahlte eine stille Würde aus, einen fast greifbaren Frieden. Annie starrte ihn an. Als er das bemerkte, errötete sie und wandte den Blick ab, aber als sie ihn wieder anschaute, lächelte er leicht.

„Kommen Sie aus North Carolina?", fragte er. Eine freundliche Einladung zu einem Gespräch, die von ihrer Unhöflichkeit ablenkte.

Sie bewegte den Kopf, es war ein halbes Nicken, ein halbes Kopfschütteln. Die Frage, woher sie kam, war in letzter Zeit ein kompliziertes Thema. „Ich komme im Moment aus Seattle, aber ursprünglich stamme ich aus North Carolina. Aus einem kleinen Ort namens Gilead Springs." In Gedanken formulierte sie schon die unvermeidliche Erklärung, dass dieser Ort westlich von Asheville liege, wo die Great Smokies auf die Blue Ridge Mountains stießen.

„Gilead Springs? Ich komme aus Silver Falls, gleich um die Ecke", sagte er, und echte Freude strahlte aus seinem Gesicht.

Ihr Herz schlug bei diesem Zufall höher. Silver Falls und Gilead Springs lagen keine drei Kilometer auseinander, aber warum war sie so überrascht? Auch in Silver Falls lebten Menschen, und Asheville war der nächste Flughafen. Sie war plötzlich zu empfindlich und sah übernatürliche Zufälle in alltäglichen Begebenheiten.

„Wie lang waren Sie schon nicht mehr zu Hause?", fragte er.

„Fünf Jahre. Genauer gesagt vier Jahre, neun Monate und zweiundzwanzig Tage."

Er schaute sie aufmerksam an und nickte. „Bei mir ist es länger." Seine Augen verdunkelten sich und er schaute sehnsüchtig aus dem Flugzeugfenster, als könnte er die Smoky Mountains in der Ferne sehen.

„Wie lang?"

„Fünfundvierzig Jahre."

„Meine Güte. Sie waren in der ganzen Zeit nicht einmal zu Besuch?", fragte sie erstaunt.

Er schüttelte den Kopf. „Meine Familie hat sich im ganzen Land verstreut. Und die Alten sind gestorben."

„Wo waren Sie?", fragte sie. Sofort war ihr Interesse wieder geweckt. Irgendwie wusste sie, dass die Antwort nicht Pittsburgh lauten würde.

„Afrika."

Sie hatte es gewusst! Sie hatte gewusst, dass er viel erlebt hatte. Im Geiste holte sie ihren Notizblock heraus und interviewte ihn.

„Was haben Sie in Afrika gemacht?", erkundigte sie sich und witterte eine spannende Story genauso wie ein Jagdhund seine Beute.

„Ich war Missionar."

„Oh", sagte sie. *Oh nein,* dachte sie.

Er lachte. Es war ein tiefes, amüsiertes, entspanntes Lachen.

„Entschuldigen Sie", schob sie nach.

„Kein Problem", antwortete er und schaute sie mit seinen hellblauen Augen direkt an. „Ich spreche gern über meine Arbeit und meinen Glauben, aber ich zwinge es niemandem auf." Er zwinkerte ihr zu, dann schaute er aus dem Fenster. Sie war beschämt.

Die Flugbegleiterin kam durch den Gang und verteilte Getränke. Elijah Walker bat um Kaffee. Annie folgte seinem Beispiel. Sie beobachtete ihn von der Seite, während er an seiner Tasse nippte, und versuchte sich vorzustellen, was ihn zu Hause erwartete. Zweifellos Schock. Er hatte vor fast einem halben Jahrhundert die USA verlassen, und sie versuchte, sich vorzustellen, wie sehr sich seitdem alles verändert hatte. Nach ein paar Sekunden schaute sie ihn direkt an und beschloss, die Wogen zu glätten.

„Wohnen Sie bei Freunden?", fragte sie.

„Sozusagen. Ein befreundeter Pastor hat etwas organisiert."

Sie nickte. „Wie war es in Afrika?"

„Trocken, heiß und staubig", antwortete er und wandte sich zu ihr um. „In North Carolina sieht es wahrscheinlich genauso aus. Ich habe gehört, dass dort schon eine längere Trockenzeit herrscht."

Sie nickte. Sie verfolgte im Internet die Nachrichten über ihre Heimat. „Wassersparmaßnahmen Stufe vier. Kurz vor dem Notstand. Noch ein paar Monate, dann werden sie die Maßnahmen wahrscheinlich wieder verschärfen."

Er schüttelte den Kopf, und auch sie wurde bei diesem Gedanken traurig. Beide malten sich wahrscheinlich die schönen Wälder und Wiesen zu Hause aus, die jetzt vertrocknet, braun und gelb waren statt saftig grün.

„Warum sind Sie aus Afrika weggegangen?"

„Ich musste mich hier operieren lassen. Am Herzen."

„Ist alles gut gelaufen?"

„Ja, mir geht es wieder gut", antwortete er. „Ich lag ein paar Tage im Krankenhaus, aber jetzt bin ich wieder einsatzbereit."

„Gehen Sie nach Afrika zurück?"

Er zuckte leicht die Achseln und schaute sie mit einem Blick an, den sie nicht genau deuten konnte. „Ich warte noch auf eine Antwort."

Sie sah ihn aufmerksam an.

„Wie ist es mit Ihnen?", fragte er.

„Ich lebe seit fünf Jahren in Seattle. Ich fliege nach Gilead Springs zurück, um meine Angelegenheiten zu regeln. Ich muss mein Haus für den Verkauf vorbereiten und will meine Familie besuchen."

„Dann können Sie von Glück sagen", bemerkte er. „Von meiner Familie ist leider niemand mehr übrig bis auf eine einzige Schwester."

Sie nickte, war aber nicht bereit, auf dieses Thema genauer einzugehen.

„Wie groß ist Ihr Grundstück?", erkundigte er sich.

„Zehn Hektar Wald und Wiesen." Sie schluckte. „Und ein Haus."

„Klingt wie der Himmel auf Erden." Ein sehnsüchtiger Blick trat in seine Augen. „Warum sind Sie von dort weggegangen?"

Sie wollte schon *persönliche Gründe* anführen, aber dann konnte sie fast sehen, wie Ricky Truelove das Gesicht verzog und sie als arrogant bezeichnete. „Meine Ehe ging kaputt, und ich beschloss, dass es gut wäre wegzugehen", antwortete sie offen.

Er nickte leicht. „Das kann in solchen Zeiten eine Versuchung sein."

Sie fragte sich, was er damit meinte, hatte aber keine Zeit, etwas zu erwidern.

„Und was hat sich jetzt geändert?", fragte er weiter. „Warum kommen Sie zurück? Oder sagen Sie jetzt diesem neugierigen alten Mann, dass er seine Nase nicht in fremde Angelegenheiten stecken soll?" Er grinste und nahm ihr damit den Wind aus den Segeln.

Sie musste lächeln. Dieser Mann hatte eine gewinnende Art, ein Augenzwinkern, das erfrischend war. Sie würde ihn nie wiedersehen. Was konnte es schon schaden, sich mit ihm zu unterhalten? Außerdem hatte er etwas an sich, das ihr vertraut war und bei dem sie sich wohlfühlte. Wahrscheinlich erinnerte er sie an einen ihrer Onkel oder Nachbarn, die sie seit Jahren nicht mehr gesehen hatte.

„Ich habe meine Leute lange nicht mehr gesehen", sagte sie. „Das Leben ist kurz."

„Das stimmt", gab er ihr mit einem Seufzen recht und schaute sie mit seinen freundlichen Augen auf eine Weise an, dass sie auf einmal das Gefühl hatte, ihn zu kennen. Einen besseren Freund hatte sie zurzeit nicht, und plötzlich wollte sie es jemandem erzählen. Sie hatte sogar das Gefühl, dass sie es jemandem erzählen musste.

„Aber das ist noch nicht alles“, platzte sie heraus. „Ich habe vor ein paar Tagen die Scheidung eingereicht und musste dann erfahren, dass mein Mann – mein früherer Mann“, verbesserte sie sich, wobei die Wahrheit irgendwo in der Mitte lag, „in Schwierigkeiten steckt.“

Mr Walker runzelte die Stirn. „Nichts allzu Ernstes, hoffe ich.“

Sie nickte. „Leider schon.“ Sie zog die entwendete Zeitung ihres Nachbarn aus der Tasche, auf deren Titelseite diese furchtbare Schlagzeile prangte. „Eltern streiten um das Recht ihrer Tochter zu sterben.“

Er warf einen fragenden Blick auf die Zeitung und dann wieder auf sie. „Ich verstehe nicht ganz.“

Sie schlug die Zeitung auf, und wieder schaute ihr Sams Gesicht entgegen, lächelnd, hoffnungsvoll, in einem schrecklichen Gegensatz zu den aktuellen Geschehnissen.

„Das ist Ihr Mann?“

Sie nickte.

Er nahm ihr die Zeitung aus der Hand. Dann holte er eine Brille aus seiner Brusttasche, setzte sie auf und las ein paar Minuten schweigend. Als er fertig war, legte er die Zeitung auf sein Knie und hob den Kopf.

„Was für ein Mann war er?“, fragte er. „Bevor das alles passierte?“

Das war nicht die Frage, die sie erwartet hatte, aber was war an diesem Gespräch schon normal?

„Er heißt Truelove“, antwortete sie und verzog den Mund zu einem angespannten Lächeln. „Dieser Name passt perfekt zu ihm. Er verspricht nie etwas, das er nicht halten will, und wenn er *für immer* sagt“, seufzte sie mit einer gewissen Härte in der Stimme, „dann meint er auch für immer.“

„Erzählen Sie weiter“, forderte ihr Sitznachbar sie auf.

„Er folgt seinem Gewissen“, sagte sie, „egal, was ihn das kostet.“ Sie erinnerte sich, wie viel sie das gekostet hatte. „Er respektiert andere Menschen und ist sehr geduldig.“ Sie dachte daran, wie er auf sie gewartet hatte, und plötzlich sah sie ihn vor ihrem geistigen Auge, wie er allein im Restaurant in Smoky Hollow saß. „Wenn er sich zu etwas berufen fühlt, gibt er nie auf." Welche Ironie des Schicksals! Genau die Eigenschaften, die sie damals so sehr an ihm geliebt hatte, schlangen sich jetzt wie Ketten um ihre Beine, die sie an ein Leben gebunden hatten, das sie vergessen wollte.

„Das klingt nach einem guten Mann", sagte Elijah.

„Ja. Wahrscheinlich ist er das. Er war es."

Er schaute sie fragend an.

„Vieles hat sich geändert. Er hat sich verändert. Ich habe Ihnen die guten Sachen erzählt. Ich könnte genauso viele schlechte Sachen erzählen."

„Gute Männer können Fehler machen. Niemand macht immer alles richtig."

„Nein. Wahrscheinlich nicht."

„Hat irgendjemand gebetet, dass Gott dieses Kind heilt?"

Sie schaute ihn verständnislos an, denn sie hatte nicht mehr an das Kind gedacht.

„Sie glauben nicht an Wunder", stellte er sachlich fest.

Sie zuckte die Achseln. „Ich habe einfach noch nicht viele erlebt."

Er nickte und schaute sie wissend an. „Sie erleben keine, weil Sie nicht daran glauben. Sie glauben nicht daran, weil Sie keine erleben."

Sie starrte ihn an. „Wollen Sie damit tatsächlich sagen, dass Gott dieses Mädchen heilen könnte? Sie liegt seit fast fünf Jahren im Koma."

„Lazarus war tot", sagte er nur, schaute sie direkt an und wartete auf eine Antwort.

Sie konnte ihm keine geben.

„Er ist der Gott, der Tote auferweckt", sagte er sachlich, „der nur ein Wort spricht und es geschieht. Er hat die Macht, das zu tun, was er verheißt."

„Ich glaube nicht, dass er das verheißen hat", widersprach Annie.

Er zuckte die Achseln. „Vielleicht nicht, aber ich bin fest davon überzeugt, dass wir ihn bitten dürfen."

Die Flugbegleiterin brachte Knabbereien und weitere Getränke. Annie war erleichtert, dass ihr Gespräch unterbrochen wurde. Elijah blätterte in einer Zeitschrift. Und sie holte irgendwo über West Virginia ihr Strickzeug heraus.

Er legte die Zeitschrift weg, warf einen Blick auf ihr Strickzeug und lächelte. „Eine Schwester von mir konnte aus Wolle fast alles machen“, bemerkte er. „Sie konnte spinnen und stricken und weben. Das hatte sie von unserer Großmutter gelernt.“

„Wie hieß Ihre Schwester?“, fragte sie und überlegte im gleichen Moment, warum sie das tat. Warum erkundigte man sich nach einem Menschen aus einem Bundesstaat mit acht Millionen Einwohnern?

„Dorothy Walker.“

Annie bekam wieder eine Gänsehaut und das Gefühl, dass sich ihre Wege kreuzten und ineinander verwoben wurden und wie ein Muster, das sie noch nicht erkannte, Form annahm. „Ich lernte vieles bei Ihrer Schwester, als meine Stiefmutter mir nicht mehr weiterhelfen konnte“, sagte Annie langsam. „Dorothy war eine Künstlerin mit Wolle und Webrahmen.“

„Das war sie. Es tut mir immer noch leid, dass ich nicht zu ihrer Beerdigung nach Hause kommen konnte.“ Er lächelte wehmütig.

„Ich wusste nicht, dass sie gestorben ist.“ Annie war betroffen. Noch jemand, den sie verloren hatte.

„Vor drei Jahren. Herzinfarkt.“

Sie murmelte, wie leid ihr Dorothys Tod tue.

„Die Welt ist wirklich klein“, wiederholte Elijah Walker und lächelte sie wieder freundlich an. „Was für ein Zufall, dass wir heute nebeneinandersitzen.“ Aber er schaute sie mit einem seltsamen Blick an, als glaube er absolut nicht, dass das ein Zufall war.

Annie nickte und erwiderte sein Lächeln, aber sie hatte das komische Gefühl, dass er recht hatte. Das jagte ihr ein besorgtes Schauern über den Rücken. Es gefiel ihr nicht, wenn Gott von ihr Notiz nahm.

Etwas an der jungen Frau rührte ihn an, stellte Elijah fest. Er hatte wieder das Gefühl, dass sie irgendwie gefangen war, gekettet von den Schicksalsschlägen, die sie ihm beschrieben hatte.

„Entschuldigen Sie bitte“, sagte sie, und er stand auf und trat auf den Gang, um sie hinauszulassen. Sie war für eine Frau ziemlich groß. Und schlank, ohne dürr zu sein. Ihm gefielen keine dürren Frauen.

Er versuchte sich zu erinnern, ob er irgendwelche Daltons oder Trueloves gekannt hatte, aber ihm fiel niemand ein. Trotzdem kam ihm irgendetwas an der jungen Frau seltsam bekannt vor, was seltsam war, da nichts an ihr gewöhnlich war. Ihre Haare waren lang, glänzend und hatten die Farbe des roten Lehmbodens von zu Hause. Ihre Augen waren grün und mit goldenen Funken durchsetzt. Ihr Gesicht war natürlich mit Sommersprossen übersät, die sie überall auf den Wangen und auf ihrer kleinen Stupsnase hatte. Ihre Augen zogen sich in den Winkeln hoch, als hätte man sie beim Lachen überrascht.

Sie hatte ein Lächeln im Gesicht, und das gefiel ihm. Viele Menschen waren heutzutage so verbissen – sie hatten es immer eilig und verbreiteten Hektik, aber seine Sitznachbarin strahlte eine gewisse Sanftheit aus. Bei genauerem Nachdenken stellte er fest, dass sie auch eine andere Seite aufwies. Sie hatte kein Problem damit gehabt, ihm zu signalisieren, dass er seinen Glauben an Gott für sich behalten könne. Sie sah aus wie jemand, der sich nicht so leicht herumschubsen ließ und auch nicht bereit war, etwas, das sie liebte, ohne einen leidenschaftlichen Kampf aufzugeben. Deshalb hatten ihre Worte ihn auch so überrascht. Dass sie ihre Ehe aufgegeben hatte.

Er richtete den Blick auf die Rückenlehne vor sich und betete für sie und für den Mann, dessen Bild sie ihm gezeigt hatte. Er betete so intensiv, dass er gar nicht bemerkte, dass sie zurückgekommen war.

„Entschuldigen Sie bitte“, sagte sie leise. Elijah fuhr zusammen und stand auf.

Sie rutschte auf ihren Platz am Fenster, nahm ihr Strickzeug wieder zur Hand und warf ihm ein freundliches Lächeln zu. Sein Herz stockte wieder, denn er konnte jetzt, da er wusste, wonach er suchen musste, noch etwas anderes in ihrem Gesicht sehen: eine tiefe Trauer. Er fragte sich, was der Grund dafür war, fand sich aber damit ab, dass er das wahrscheinlich nie erfahren würde. Sie waren nur Fremde, die sich für kurze Zeit begegneten. Sitznachbarn in einem Flugzeug.

14

Sam fuhr die Strecke, ohne nachzudenken, und als er in Gilead Springs ankam, hatte er immer noch nicht entschieden, ob er bleiben wollte oder ob er den anderen überhaupt verraten würde, dass er hier war. Er hielt sich die Möglichkeit offen, ein paar Minuten, eine Stunde zu bleiben und dann wieder zu verschwinden, ohne jemandem Bescheid zu geben. Er hatte das Gefühl zu treiben, schwerelos zu sein. Das war Freiheit, sagte er sich, und er verstand nicht, warum sich jeder so leidenschaftlich nach dieser Freiheit sehnte.

Er musste nirgendwohin. Er hatte keine Termine. Niemand beanspruchte seine Zeit. Sam dachte über Zeit nach. Was war Zeit wirklich? Eine Reihe von Ereignissen. Ein Versuch, sie zu beherrschen. Eines nach dem anderen, sauber in Vergangenheit, Gegenwart und Zukunft aufgeteilt, aber dort, wohin er unterwegs war, hatte er das vertraute Gefühl, dass die Grenzen verschwommen waren. Es war, als ob die Vergangenheit immer noch da wäre, jederzeit bereit, wieder Form anzunehmen. Er hatte immer das Gefühl, dass ihm – wenn er sich das altmodische Gerichtsgebäude nur lange genug anschauen würde – ein Richter aus längst vergangenen Tagen die Tür aufsperren würde. Wenn er hinter die Türen der Friseursalons und Nagelstudios blickte, meinte er fast die Kurzwarenhandlung und den Hutmacher zu sehen. Er konnte sich immer noch dichte Wälder mit Kastanien, Schierlingen und Eichen vorstellen. Wenn er auf die zweispurige Asphaltstraße schaute, konnte er im Geiste eine Straße sehen, die sich in den roten Lehm gegraben hatte, er konnte Wagenspuren sehen, das Klirren von Pferdegeschirr und das Poltern von Hufen hören.

Einen Moment lang wünschte Sam wirklich, es gäbe hier irgendwo ein kleines Wäldchen oder eine Senke, die von der Zeit vergessen worden war, einen Ort, an dem er die Zeit zurückdrehen könnte. Er wünschte von Herzen, es gäbe irgendwo einen Ort, an dem es zehn Jahre früher wäre. Er würde dorthin gehen und zusehen, wie die Zeiger auf seiner Uhr mit schwindelerregender Geschwindigkeit linksherum rasten und durch Wochen und Monate zu einer Zeit zurückkehrten, bevor alles so furchtbar schiefgelaufen war.

Er fuhr in die Stadt und stellte sein Auto vor dem Gebäude ab, das Carl Dalton und sein eigener Vater in eine Praxis verwandelt hatten und in dem sein Bruder mittlerweile praktizierte. Carl hatte später einen Anbau an seinem eigenen Haus machen lassen, den er als Praxis benutzte, statt in Rente zu gehen.

„Ich bin noch von der alten Schule", hatte er zu Sam gesagt. „Ich will so weiterarbeiten wie früher. Ihr könnt alle eure Computer haben. Ich mache es lieber auf die einfache Art."

Und das tat er auch. Carl ging selbst ans Telefon, legte selbst seine Termine fest, wenn seine Assistentin, die nur stundenweise bei ihm arbeitete, nicht da war, und kassierte sein Honorar, wenn ihm gerade der Sinn danach stand. Sams Schwiegervater war gewiss kein reicher Mann. Aber die Hälfte der Leute in Haywood County konnte eine Carl-Dalton-Geschichte erzählen. „Er hat meinem Sohn seinen Collegeabschluss ermöglich." – „Er hat den Krankenhausaufenthalt meiner Mutter bezahlt." – „Er hat mir Geld gegeben, damit mein Strom wieder eingeschaltet wurde." Und immer wieder hörte man: „Er hat mich kostenlos behandelt."

Sam erfüllte eine tiefe Dankbarkeit, wenn er daran dachte, wie Carl ihn und Ricky in die Lehre genommen hatte, auch als ihr Vater noch gelebt hatte. John Truelove war ein Vorbild an Hingabe und Opferbereitschaft gewesen, aber er war ein stiller Mann gewesen und hatte nie viel gesprochen. Sam hatte ihn zugleich bewundert und gefürchtet. Bei Carl war das immer ganz anders gewesen. Er war großzügig mit Worten, Zeit und Geld. Es erübrigte sich zu sagen, dass es nicht zu Carls obersten Prioritäten gehörte, das Geld für seine Dienste einzutreiben. Irgendwie schien Gott ihn dafür zu belohnen. Obwohl viele der jüngeren Bewohner von Gilead Springs nach Waynesville, Sylva oder gar nach Asheville fuhren, wenn sie einen Arzt brauchten, hatte Carl immer einen vollen Terminkalender. Er war fast siebzig, zeigte aber immer noch keine Anzeichen dafür, dass er in Ruhestand gehen wollte. Außerdem hieße Ruhestand auch, dass er seine Zeit der Arbeit auf seinem Bauernhof widmen würde. Carl und Diane hatten ziemlich viel Land oben in den Bergen.

Sam dachte wieder darüber nach, wie anders Carl und Ricky ihren Arztberuf ausübten als er. Die beiden arbeiteten viel, aber trotzdem schien Carl immer genug Zeit zu finden, um angeln zu gehen oder eine halbe Stunde im *Waffelhaus* mit seinen Freunden einen Schwatz zu halten. Ricky fuhr fast jedes Wochenende Wildwasserkanu. Wenigstens hatte er das gemacht, bevor seine Kinder geboren waren und bevor die Dürre den Fluss ausgetrocknet hatte. Einen Moment wanderten Sams Gedanken zu seiner eigenen Praxis zurück, und etwas wie Panik erfasste ihn. Er hatte das furchtbare Gefühl, dass er unzuverlässig war, dass er seine Pflicht vernachlässigte und dass Menschen mit ihrem Leben dafür bezahlen würden. Er verdrängte dieses Gefühl. Er hatte keine Praxis. Er hatte keine Patienten. Aber trotzdem hatte er ein furchtbar ungutes Gefühl, dass Unheil aufzog. Er spürte die Gewissheit, dass er eigentlich irgendwo anders sein sollte. Er konzentrierte sich auf das, was vor ihm lag, und ging auf das Gebäude zu.

Rickys Praxis war wie der Rest der Häuser im Ortskern von Gilead Springs aus rotem Ziegelstein gebaut. Es stand im Schatten von Magnolien und Eichen. Sam trat durch die Doppeltür ein. Sobald er über die Schwelle trat, wurde das Gefühl übermächtig, dass er in die Vergangenheit zurückversetzt wurde. Der gesamte Eingangsbereich hatte eine hohe Decke. An den tapezierten Wänden hingen Porträts der Gründerväter der Stadt in gleichmäßigen Abständen. Hier drinnen konnte man fast die Vergangenheit riechen, diesen staubigen Duft der Jahre.

Sein Bruder teilte sich die Praxis mit einem Kinderarzt. Sam öffnete die Tür zu ihrem gemeinsamen Wartezimmer. Es war leer, genau wie Sam erwartet hatte. Es war ein Uhr, also noch Mittagspause, die in dieser Kleinstadt-Privatpraxis heilig war. Die Praxis war von zwölf bis halb zwei Uhr Niemandsland. Er wusste, dass sein Bruder jeden Tag zum Mittagessen nach Hause fuhr. Er ging an der verwaisten Empfangstheke vorbei und betrat das Sprechzimmer seines Bruders.

Wenn Räume sprechen könnten, würde dieser Raum viele Geschichten erzählen. Die Wände waren mit Fotos gepflastert – Schulbilder und Babybilder und Bilder von Ricky, der Neugeborene in jeder Größe, Form und Hautfarbe auf den Armen hielt. Es gab selbst gebastelte Karten, auf die mit Kinderhand Namen und Grüße gekritzelt waren, und Geburtsanzeigen und Dankeskarten von Eltern und die allgegenwärtigen Babyfotos, auf denen die Neugeborenen immer irgendwie ähnlich verschrumpelt aussahen. Rickys Bibel lag auf dem Buffet und war bei den Psalmen aufgeschlagen. Daneben stand eine halb leere Kaffeetasse. Die Sahne bildete auf dem kalten Kaffee in der Mitte einen Ring. Sams Blick fiel auf einen unterstrichenen Satz. *Nun lass mich wieder Freude erfahren, damit ich befreit aufatmen kann!*

Ricky hatte also Psalm 51 gelesen – Davids Schrei um Vergebung. Sam hatte diesen Psalm so oft gebetet, dass er ihn auswendig kannte. Ohne Erfolg.

Er betrachtete die Wände. Sie waren mit bekannten Lithografien und Gemälden geschmückt, von denen die meisten früher ihm gehört hatten. Er hatte sie hiergelassen, als er die Stelle in Tennessee angenommen hatte. Irgendwie gehörten sie in diese Welt, die er verlassen hatte, und nicht in die Welt, in die er gegangen war. Er sah auf eines seiner Lieblingsbilder, eine alte Schwarz-Weiß-Aufnahme von einem Krankenwagen, der von einem Pferd gezogen wurde. Das Bild war während der Fahrt aufgenommen worden. Die körnigen Punkte der Pferdemähne waren verschwommen, weil es sich bewegt hatte. Annie hatte das Bild auf ihrer Hochzeitsreise in einem Antiquitätenladen gefunden und es für ihn gekauft.

Daneben hing ein altes gerahmtes Titelblatt einer Ausgabe der Zeitschrift *Life* aus dem Jahr 1948. Seine Mutter hatte es ihm geschenkt, als er mit dem Medizinstudium fertig gewesen war. Darauf war ein Landarzt abgebildet, ein dünner Mann, der aussah, als trage er eine schwere Last. Er ging durch ein Feld und war mit nichts anderem als seiner schwarzen Tasche und seinen beiden Händen ausgerüstet. Sam konnte die Dringlichkeit, die ihn antrieb, fast fühlen, das Gewicht der Verantwortung, unter der seine Schultern sich beugten, während er zu seinem nächsten Patienten eilte.

Daneben hing ein Foto, das seinem Vater gehört hatte. Seine Mutter hatte nach Papas Tod jedem ihrer Kinder eine Kopie davon geschenkt. Es war ein Schwarz-Weiß-Foto von Sams Großvater, auch einem Dr. Truelove, das ungefähr 1920 aufgenommen worden war. Sein Großvater stand mit seiner großen schwarzen Tasche in der Hand neben einem Pferdewagen. Für seine Arbeit hatte er wahrscheinlich ein paar Hühner oder ein Stück Speck bekommen.

Vor dem letzten Bild blieb Sam am längsten stehen. Es war ein altes Ölgemälde, ein weiteres Relikt aus dem Büro seines Vaters; er hatte keine Ahnung, woher es ursprünglich stammte. Es hatte früher auch ihm gehört und war, genau genommen, der Grund gewesen, warum er überhaupt beschlossen hatte, Medizin zu studieren. Er trat näher. Es war eine einfache Szene, ein kleines Zimmer in einem schlichten Haus. Eine Mutter saß zusammengesunken am Tisch, den Kopf auf die Arme gelegt, offenbar in Tränen aufgelöst. Der Vater stand mit stoischer Miene neben ihr, hatte die Hand auf ihrer Schulter liegen, richtete aber seine ganze Aufmerksamkeit auf den Arzt, der im Vordergrund stand. Der Anzug des Arztes war zerknittert, seine Haltung wirkte angespannt. Er beugte sich vor, sein ernstes, müdes, besorgtes Gesicht verriet Sorge gemischt mit Hoffnung, während er seinen kleinen Patienten betrachtete. Es war ein Mädchen mit rotblonden Locken, das auf einem notdürftigen Bett aus Kissen und Decken lag, die über zwei Küchenstühle gebreitet waren. Wenn er früher dieses Bild betrachtet hatte, hatte Sam im Geiste die Szene zum nächsten Tag vorgespult, an dem das Kind wieder auf den Beinen war und spielte und die Eltern dankbar und glücklich waren. Der Arzt war der Held der Szene. *Das will ich machen,* hatte er beschlossen, und er hatte zuerst Kinderarzt werden wollen. Er konnte sich vorstellen, wie sein Leben ausgesehen hätte, wenn er in Asheville oder hier in der Praxis mit seinem Bruder gearbeitet hätte. Frühstück und Mittagessen bei seiner Frau. Jeden Tag Abendessen zu Hause. Er wäre respektiert gewesen und hätte einen erfüllenden Beruf ausgeübt. Aber dann hatte Sam seine Gabe entdeckt. Und alles hatte sich geändert.

Seine Arbeitstage waren immer länger geworden. Er war nur selten zu Hause, wenn überhaupt. Er brach das Versprechen, nach seiner Assistenzarztzeit in Asheville zu arbeiten, was er Annie eigentlich versprochen hatte. Stattdessen hatte er jeden Tag die anstrengende Fahrt nach Knoxville auf sich genommen, bei der er pro Fahrt über eine Stunde unterwegs gewesen war. Immer häufiger hatte er sich die Fahrt gespart und in den wenigen Stunden zwischen dem späten Abend und dem frühen Morgen im Arztzimmer geschlafen.

Sam betrachtete jetzt das Bild wieder, das blasse, regungslose Gesicht des Kindes, die Verzweiflung in den Augen des Arztes, und ein völlig anderes Szenario drängte sich ihm auf. Das naheliegende. Es erfüllte ihn mit Hoffnungslosigkeit und Leere.

Die Glocke über der Tür klingelte, und Sam riss sich von seinen Gedanken los. Er ging ins Wartezimmer hinaus. Es war die Arzthelferin, die vom Mittagessen zurückkam. Sie wurde von einer jungen Frau begrüßt, die aussah, als würde sie gleich hier im Wartezimmer Zwillinge oder Drillinge entbinden.

„Dr. Truelove!" Die Augen der Arzthelferin wurden groß, als sie ihn sah, und ihr Gesicht wirkte überrascht. „Schön, Sie zu sehen." Sie schaute ihm kurz in die Augen und blickte dann schnell wieder weg.

Sie wusste es also. Das war zu erwarten gewesen. Wahrscheinlich wussten es alle. Das spielte keine Rolle. Er hatte sein Gesicht schon längst verloren. Seine Sorge galt Kelly Bright, die immer noch in ihrem Bett lag, hungrig, durstig und dem Tode nahe.

„Ich wollte gerade gehen", sagte er.

„Ihr Bruder müsste jeden Augenblick zurück sein."

Sam schwankte. Der Drang wegzulaufen war immer noch sehr stark. Das war feige, begriff er, und außerdem: Was hatte er sich eigentlich gedacht? Irgendjemand hatte ihn bestimmt gesehen, sobald er in die Stadt gefahren war. Mama wusste wahrscheinlich schon, dass er hier war. Er konnte sich jetzt nicht einfach wieder aus dem Staub machen.

„Möchten Sie auf ihn warten?", fragte die Arzthelferin.

Sam schüttelte den Kopf. Er zog einen Zettel aus seiner Brieftasche und schrieb Ricky eine kurze Nachricht. *Sag Mama, dass ich zum Abendessen komme. Sam.*

Das Telefon klingelte. Die Arzthelferin nahm den Zettel entgegen, nickte ihm zu und nahm den Hörer ab. Die nächste Patientin kam. Sam ging hinaus und atmete die warme Luft tief ein. Er überlegte, dass er seiner Mutter auch selbst hätte sagen können, dass er gekommen war, aber er war noch nicht so weit, dass er mit ihr sprechen konnte. Noch nicht. Ihre eigene Traurigkeit zehrte an ihm, aber er konnte sie genauso wenig trösten wie Annie. Er schaute sich um und hatte sich schnell entschieden, was er jetzt tun wollte.

Das hatte er als Junge immer gemacht, wenn er ein Problem gehabt hatte. Es hatte seinen Kopf frei gemacht, und obwohl er wusste, dass es keine einfache Lösung für das gab, was ihn jetzt quälte, war es zumindest besser als die Alternative, zu seiner besorgten Familie zu fahren.

Sam ging in die kleine Eisenwarenhandlung und kaufte eine billige Angelrute sowie eine Dose Köder. Er setzte sich wieder ins Auto und fuhr den Berg hinauf. Am Stadtrand hielt er vor dem Lebensmittelladen, der gleichzeitig die Tankstelle war, noch einmal an und kaufte sich zwei Schinkenbrötchen, eine Tasse Kaffee, eine Flasche Wasser und eine Zeitschrift. Während er auf das Wechselgeld wartete, öffnete er die Wasserflasche, nahm zwei Aspirin gegen die pochenden Kopfschmerzen, die hinter seinen Augen tobten, und fuhr weiter nach Parson's Creek.

Sam ließ das Fenster hinab. Er fühlte die warme Luft in seinem Gesicht und hörte den Schotter unter den Reifen knirschen. Dann stellte er das Auto unter einer riesigen Hemlocktanne am Ufer ab und stieg aus. Er schaute an sich hinab und sah, dass seine perfekt gebügelte Anzughose mit der sauberen Bügelfalte und seine Lederschuhe von einer feinen Schicht aus rotem Staub bedeckt waren. Er krempelte die Ärmel seines Hemdes hoch, ging zum Kofferraum herum und holte die neue Angelrute heraus. Wie viele Jahre waren vergangen, seit er das letzte Mal geangelt hatte? Er konnte sich kaum daran erinnern. Er suchte sich eine Stelle am Ufer, befestigte einen Köder und warf die Angelschnur aus. Seine Zeitschrift lag ungelesen neben ihm, genauso unberührt wie das Essen.

Sam dachte an seine Patienten im Krankenhaus. Er hatte keine Patienten, verbesserte er sich. Er dachte an seine Praxis, an die freundliche Izzy. Izzy würde sich mit der neuen Situation schnell arrangieren. Er musste den Tatsachen ins Auge blicken: Er wurde nicht mehr gebraucht. Dieser Gedanke traf ihn. Es gab niemanden, der ihn heute brauchte. Kein Menschenleben, das gerettet werden musste. Wenigstens nicht von ihm.

Fest entschlossen richtete er seine Konzentration auf die Forellen, als wollte er sie operieren, und weigerte sich, an den Rest des Tages zu denken. Hierherzukommen war ihm als das Nächstbeste erschienen. Jetzt, da er hier war, hatte er das Gefühl, einen Fehler gemacht zu haben. Aber wenn er ehrlich war, gab es keinen anderen Ort, an den er gehen konnte.

Während Sam das tiefe Wasser betrachtete, wurden Erinnerungen wach. Er hatte immer mit seinem Vater geangelt. Ricky dagegen war mit Carl losgezogen, und Sam hatte sie weiter unten am Ufer gehört, wo sie gelacht und gerufen hatten, wenn sie einen großen Fisch an der Angel hatten. Nicht so sein Vater. John Truelove hatte mit der gleichen Konzentration und perfektionistischen Intensität geangelt, mit der er auch alles andere gemacht hatte. Einen Moment lang konnte Sam seinen Vater sehen, wie er als junger Mann ausgesehen hatte – groß, dünn, seine scharfen Gesichtsknochen, die sich deutlich abzeichneten. Seine dunklen Brauen waren immer zusammengezogen und seine Stirn immer gerunzelt gewesen, sein Gang immer lang und eilig. Sam erinnerte sich an einen Tag, an dem er losgeschickt worden war, um seinem Vater Essen zu bringen, und ihn in der Küche der kleinen Praxis in Gilead Springs angetroffen hatte. Sein Vater war in die Praxis gerufen worden, um bei einem Patienten eine Blinddarmnotoperation vorzunehmen, da nicht mehr genug Zeit gewesen war, um ihn nach Asheville zu bringen. Als Sam gekommen war, hatte sein Vater immer noch den weißen Operationskittel angehabt, er hatte eine Tasse Kaffee getrunken, und seine Augen hatten leer vor sich hin gestarrt. Sam hatte das Gefühl gehabt, als hätte sein Vater allein gegen das ganze Leid der Welt gekämpft. Jetzt verstand er das. Damals hatte er es nicht verstanden.

Er dachte daran, wie er den unbekümmerten, lachenden Carl und seinen Vater miteinander verglichen und sich gefragt hatte, wer von ihnen falsch lag. Er erinnerte sich an noch etwas anderes. Hin und wieder hatten er, Ricky und Laurie bei ihrer Großmutter Truelove übernachtet. Er hatte ihren lebendigen Glauben gesehen und sich gefragt, warum sie nicht verzweifelte oder warum sein Vater seinen Glauben nicht so offen und fröhlich ausdrücken konnte wie sie. Und er erinnerte sich, dass er irgendwie das Gefühl gehabt hatte, seine Großmutter würde in gewisser Weise um ihren Sohn trauern. Das war ihm auch als Kind schon sehr seltsam erschienen, denn John Truelove war nach allen Maßstäben ein erfolgreicher Mann gewesen. Er war der Familientradition ans College und dann an die medizinische Fakultät gefolgt, hatte seinen besten Freund,

Carl Dalton, mitgenommen und dafür gesorgt, dass seine Söhne in die klar vorgegebenen Fußstapfen traten. Aber Sam erinnerte sich an die aufrichtigen Gebete seiner Großmutter für seinen Vater. Sie hatten ihn als Jungen vollkommen verwirrt, denn sein Vater war für ihn der Größte gewesen. Jetzt verstand er ihre Sorgen, und dieses Wissen war von einer Schwere begleitet, von der Erkenntnis, dass er als der sprichwörtliche Apfel nicht weit vom Stamm gefallen war. Er starrte auf das Wasser, das leise über den Felsenboden floss, und wartete darauf, dass ein Fisch anbiss. Seine Gedanken rasten so schnell von einem Punkt zum anderen, dass es ihn überraschte, dass die Blätter an den Bäumen neben ihm sich nicht bewegten.

Nach einer erfolglosen Stunde gab er es auf. Die Fische bissen heute nicht an. Er hatte gewusst, dass er nichts fangen würde, denn mitten am Nachmittag hatte die Sonne das Wasser schon zu sehr erwärmt. Außerdem hatte die Dürre wahrscheinlich die blauen Löcher ausgetrocknet, an denen die Quellen den Bach speisten und die Forellen sich gern tummelten. Sam zog seine Angelschnur ein und kehrte zur Straße zurück. An der Weggabelung hielt er an und zögerte nur einen Moment, bevor er seine Angelsachen im Gebüsch versteckte und den Weg hinaufging. Er stieg ungefähr zwanzig Minuten bergan.

Sein Atem kam kurz und abgehackt, seine Lunge und seine Beine brannten. Er verlangsamte sein Tempo, um Luft zu holen, und nutzte die Gelegenheit, um die blühenden Sträucher und die wild wachsenden Blumen zu betrachten. Es würde ihn nicht überraschen, wenn dies der schönste Platz auf Erden wäre. Er warf einen Blick zur Seite. Dort drüben unter den Tannen stand eine alte Hütte. Sie war baufällig und verwahrlost und stach von der Landschaft, die sie umgab, kaum ab. Er und Ricky waren früher hier heraufgekommen, als sie Kinder gewesen waren. Sie hatten die Gegend erkundet und einige Sachen gefunden – ein Wagenrad, einen gebrochenen Spaten, einen alten Eisenkessel, der völlig verrostet gewesen war. Jetzt machte es ihn traurig, dass von etwas, das früher so stolz und schön gewesen war, nur noch Staub und Rost übrig war.

Er ging weiter. Hier oben gleich hinter der Badestelle, an der der Bach breiter wurde, hatte es früher eine bestimmte Stelle gegeben. Die Gemeinde hatte hier Taufen durchgeführt, hatte seine Großmutter erzählt, bevor sie das Taufbecken im Gemeinderaum gebaut hatten. Diese Tauftage waren in der Gemeinde richtige Festtage gewesen.

Da war es. Er trat näher ans Ufer und betrachtete einen Moment das breite Becken hinter dem natürlichen Damm und den kleinen Wasserfall darunter. Der Wasserstand war sehr niedrig, und er konnte sich kaum vorstellen, wie es hier früher ausgesehen hatte. Er strengte seine Augen an und versuchte es trotzdem und sah, wie es vor hundert Jahren ausgesehen haben musste, wenn das Ufer mit sauberen Picknickdecken und zugedecktem Essen übersät gewesen war.

Die Frauen waren vor Tagesanbruch auf den Beinen gewesen und hatten gekocht, und die Männer hatten ihre Arbeiten erledigt. Die Kinder waren höchstwahrscheinlich hinten auf einen Pferdewagen geladen worden, denn die Menschen hier waren arm gewesen und nur wenige hatten sich ein Auto leisten können. Wenn sie hier angekommen waren, hatten sie gesungen und gelacht. Sam konnte fast die Lieder hören, mit denen er aufgewachsen war, die alten Melodien, die ihm so vertraut waren. Er schaute sich unter den Kiefern um und konnte sich vorstellen, wie sie hier auf dem Boden gesessen hatten. Sie hatten das Essen miteinander geteilt und sich lebhaft unterhalten, während die Kinder zwischen ihnen herumgelaufen waren. Dann waren sie zum Ufer gegangen. Einer oder zwei, die sich für ein Leben mit Gott entschieden hatten, waren in das kalte, saubere Wasser gestiegen und von ihren Sünden reingewaschen wieder herausgekommen. Eine tiefe Sehnsucht regte sich in ihm. Er wandte sich ab, und das Bild verblasste.

15

Als sie in Asheville landeten, wurde sich Annie bewusst, dass sie überstürzt gehandelt hatte. *Was mache ich hier?*, fragte sie sich, als sie mit ihrer riesigen Handtasche, die sie über die Schulter geworfen hatte, losmarschierte. Sie ging langsam zur Gepäckausgabe. Elijah holte ihren Koffer für sie vom Band und trug ihn zusammen mit seinem eigenen zur Mietwagenzentrale.

„Bitte sehr“, sagte er, als er ihn neben ihr abstellte. „Es war mir wirklich eine Freude, Sie kennenzulernen.“

„Danke“, antwortete sie. „Es hat mich auch gefreut, Sie kennenzulernen.“

„Ich bin sicher, dass sich unsere Wege wieder kreuzen werden.“ Elijah lächelte, dann nickte er noch einmal kurz und ging davon.

Ihr fiel auf, dass er leicht hinkte. Er sah allein und irgendwie ein wenig verlassen aus. Plötzlich merkte sie, dass sie zu sehr mit sich selbst beschäftigt gewesen war, um sich um ihn Gedanken zu machen. Wie hatte er sich diese Verletzung zugezogen? Was hatte er in Afrika eigentlich gemacht? Was hatte er hier vor? Wohin genau wollte er und wie wollte er dorthin kommen? Sie wusste es nicht, weil sie nicht gefragt hatte. Sie schaute ihm nach, wie er in der Menge der Reisenden untertauchte, und ein tiefes Bedauern regte sich in ihr. Sie wusste, dass sie ihn nicht wiedersehen würde, egal, was er gesagt hatte. Er war ein netter Mann, jemand, der in einem anderen Leben ein Freund hätte sein können, aber so war es im Leben nun einmal. Menschen kamen. Und sie gingen.

„Was kann ich für Sie tun, Madam?“

Bei diesen Worten drehte sie sich zur Theke herum, kramte ihre Kreditkarte heraus und mietete ein Auto. Sie folgte der Wegbeschreibung der Frau, fand ihren Mietwagen und folgte den Schildern zur Ausfahrt aus dem Flughafen. Als sie an den Taxiständen vorbeifuhr, sah sie eine bekannte Gestalt. Es war Elijah, der neben der Bushaltestelle stand. Sie wollte gerade an den Rand fahren, um ihm anzubieten, dass er mit ihr fahren könne, als vor ihr ein Auto stehen blieb. Elijah begrüßte den Fahrer, verstaute seinen Koffer im Kofferraum und stieg auf der Beifahrerseite ein. Sie beobachtete ihn einen Moment, verlor das Auto aber in dem dichten Verkehr bald aus den Augen. Dann machte sie sich auf den Weg.

Es regnete nicht. Das war das Erste, was Annie auffiel, das Erste, das anders war als dort, woher sie kam. Und es war heiß. Bestimmt war es oben in den Bergen kühler und angenehmer. Die Berge. Allein schon beim Gedanken daran schlug ihr Puls schneller. Denn jetzt, da sie sich gestattet hatte, an zu Hause zu denken, verzehrte sie sich fast vor Sehnsucht. Sie hatte ihren Vater einmal sagen hören, dass niemand, der in den Bergen zu Hause war, sie jemals wirklich verließ. „Du wirst zurückkommen", hatte er vorhergesagt. Jetzt erinnerte sie sich an seine Worte.

Sie bog aus dem Flughafen und fuhr auf die Schnellstraße. Sie fuhr um einen kleinen Hügel herum, und da waren sie: Die zerklüftete Silhouette erhob sich im blauen Dunst am Horizont. Der Pisgah National Forest lag im Westen, die Smokies in Nordosten und der Blue Ridge im Norden. Sie war auf drei Seiten von Bergen umgeben. Am Fuß der Berge lagen Bauernhöfe, Täler und bewaldete Hügel, die sie bestens in Erinnerung hatte. Sie fuhr langsam weiter und sog das alles in sich auf.

Die Asphaltstraßen glitzerten in der Sonnenglut. Der Beton war weiß mit schmutzigen roten Streifen. Hin und wieder sah sie ein kleines Häuschen oder ein sauberes Grundstück in einem schmerzlich schönen Nest aus Hartriegeln und Rhododendronsträuchern. Hügel erhoben sich auf beiden Seiten der Straße, als hätte jemand eine Schneise zwischen sie geschnitten. Sie fuhr an einem Gemischtwarenladen mit Werbetafeln für Doughnuts, Möbel und Stoffe vorbei, an mehreren Kiefern, die von Kudzu-Ranken überwuchert waren, an Eichen, an denen die braunen Blätter des Vorjahres im Wind raschelten, an einer Kirche mit einem weißen Kirchturm. Sie überquerte den Fluss. Das Wasser war braun, träge und sehr niedrig.

Als sie auf die Schnellstraße bog und wieder an Elijah dachte, regte sich in ihr neues Mitgefühl. Wie seltsam musste es sein, nach fünfundvierzig Jahren im Ausland in die Heimatstadt zurückzukommen! Wenn sie sich schon wie ein Rückkehrer aus dem Exil fühlte, wie musste es ihm dann erst ergehen? Wie ging es ihm mit den vielen Menschen? Dem Verkehr? Dem Lärm? Den vielen Eindrücken, die auf die Sinne einstürzten?

Sie fuhr an einem weißen Bauernhaus mit einem rostigen Metallwassertank vorbei, das von Kohl- und Weizenfeldern, von Kiefernwäldern und Apfelgärten umgeben war. Sie fragte sich, welche Auswirkungen die Dürre hatte, ob die Bauern ihre Felder bewässern durften oder ob sie die diesjährige Ernte genauso verlieren würden wie im letzten Jahr und im Jahr davor. Als sie am ersten *Waffelhaus* vorbeifuhr, lächelte sie und hatte plötzlich das Bild von klebrigen Tischen vor sich, übersät von roten, gelben und blauen Plastikspeisekarten mit den fröhlichen Bildern der köstlichen Speisen. Sie dachte an ihren Papa. Er frühstückte dort immer, bevor er seine Patienten besuchte.

Sie fuhr an einem Wochenmarkt vorbei und warf wieder einen Blick auf das trübe Flussbett, in dem eigentlich ein strömender Fluss zwischen Ufern aus hohem Gras und würdevollen Eichen dahinziehen sollte. Jemand hatte einen rostigen Traktor am Straßenrand stehen lassen. Sie sah die hübschen zarten Blüten von Lorbeerbäumen und Rhododendronsträuchern. Sie sog diese Anblicke wie einen kräftigen Schluck kühlen Wassers in sich auf.

Asheville war eine schöne Stadt, die im Abendlicht fast leuchtete. Annie fuhr langsam und hatte es jetzt, so kurz vor dem Ziel, plötzlich nicht mehr eilig, nach Hause zu kommen. Sie folgte dem Schild in die historische Innenstadt und betrachtete die Veränderungen, die der Fortschritt mit sich gebracht hatte. Die Stadt blühte auf und war voller Touristen. Sie fuhr an einem kleinen Hotel vorbei, bevor sie zurück zur Schnellstraße fuhr und in Richtung Maggie Valley, Waynesville, Silver Falls und Gilead Springs abbog.

Annie kam gegen fünf Uhr in Gilead Springs an. Langsam fuhr sie an den viktorianischen Häusern mit den Schaukelstühlen auf der Veranda vorbei. Sie bog in die Hauptstraße ein, fuhr am Gerichtsgebäude vorbei, am Besucherzentrum, an der kleinen Arztpraxis. Beim Gedanken an Ricky Truelove lächelte sie. Sicher war er hier in der Praxis und behandelte Patienten. Vielleicht war er auch gerade im Krankenhaus und begrüßte Gilead Springs‘ neuesten Einwohner. Sie fuhr am John-Deere-Laden am Rand der Stadt vorbei, der sich strategisch günstig genau dem Massey-Ferguson-Händler gegenüber befand. Sie lächelte und fuhr am alten Bahnhofsgebäude vorbei, das jetzt einer Bankfiliale ein würdiges Zuhause bot.

Das Schild mit der Warnung vor Pfauen verriet ihr, dass die Jemisons immer noch Geflügel züchteten. Bald standen die Häuser weiter auseinander. Statt viktorianischer Stadthäuser sah man alte, weiße Bauernhäuser, Schindelhäuser mit verglasten Veranden und eingezäunten Wiesen, ein paar neue Bauernhäuser aus Ziegeln, einige moderne Bungalows mit großzügigen Rasenflächen. Wegweiser luden Besucher ein, den kurvenreichen Straßen zu Hütten und Frühstückspensionen zu folgen. Nach einer Weile ging der Asphalt in eine Schotterstraße über. Eichen beugten sich über die Straßen, die Kiefern blieben nur einen kleinen Schritt hinter ihnen zurück. Sie stießen in der Mitte fast aneinander, als wollten sie unbedingt das Land zurückerobern. Wenn man den Dingen den Rücken zukehrte, verwandelten sie sich wieder in Wildnis. Wenn man nur einen Augenblick wegschaute, waren alle Spuren, die man hinterlassen hatte, verschwunden.

Annie fuhr an Sams Elternhaus vorbei, und der Anblick des vertrauten, roten Briefkastens, auf den ein Hahn gemalt war, versetzte ihr einen schmerzlichen Stich. Die Hügellandschaft stieg an und fiel ab, und dann stand sie vor dem Haus ihres Vaters.

Sie stellte das Auto unten am Hang ab, denn sie wusste: Wie man sich einem Haus nähert, ist genauso wichtig wie das Haus selbst. Sie stieg aus und ging langsam den Hang hinauf.

Sie strich mit der Hand über die Zweige des Lorbeerstrauchs, schlenderte an der Schafweide vorbei und wurde zu ihrem Erstaunen von ein paar bekannten Gesichtern begrüßt. Es waren ihre eigenen Schafe. Sie war überrascht, dass sie noch lebten. Sam musste sie Diane gegeben haben, nachdem Annie fortgegangen war.

„Hallo, Gussy“, sagte sie. „Sweet Thing! Kommt her.“

Die Tiere blickten auf, kamen auf sie zu und schnupperten an ihrer Hand.

Meine Schafe hören meine Stimme, flüsterte jemand.

Fast ängstlich zog sie die Hand zurück, aber Gussy und Sweet Thing schauten sie nur mit ihren schwarzen Augen und einem verständnislosen Ausdruck auf ihren albern kahlen Gesichtern an.

Annie ging weiter und blieb kurz stehen, als sie den Aussichtspunkt erreichte. Das Tal breitete sich unter ihr aus. Der Bach tröpfelte in einem Rinnsal dahin, wo er früher über die Felsen geplätschert war. Einige Kühe standen auf der unteren Weide in Gruppen zusammen. Sie konnte die Mais- und Kohlfelder ihrer Stiefmutter sehen.

Ein Blick auf das Haus verriet Annie, dass das Auto ihres Vaters fort war, aber das überraschte sie nicht. Die kleine Praxis, die er neben dem Haus gebaut hatte, war nur ein Büro, in dem er seine Krankenakten und seine Instrumente aufbewahrte. Es kamen zwar jeden Tag ein paar Patienten, aber meistens fuhr er zu ihnen. Annie hatte schon immer geglaubt, dass ihr Vater es sehr genoss, dass er wegen seines Berufes so viel in der Gegend herumfahren konnte.

Sie blieb ruhig stehen, um ihre Anwesenheit nicht zu verraten. Als sie näher kam, sah sie Diane auf der Veranda, wo sie in der Spätnachmittagssonne spann. Sie war ein wenig rundlicher geworden, aber sie hatte schon immer gern Waffeln und Marmelade gegessen. Ihre Haare waren mittlerweile auf Schulterlänge geschnitten, aber sie waren größtenteils immer noch braun und hatten nur wenige graue Strähnen. Diane trug eine Arbeitshose, ein kurzärmeliges Flanellhemd und Arbeitsstiefel, die immer noch mit Matsch beklebt waren. Annie vermutete, dass sie mitten in einer anderen Arbeit gewesen war, als das Spinnrad sie gelockt hatte.

Das Schicksal griff ein. Whip, der Collie, kam von der Weide gelaufen und entdeckte Annie. Er bellte und stürmte auf sie zu. Alle vier Füße flogen gleichzeitig durch die Luft, weil er es so eilig hatte, sie zu begrüßen. Sie streichelte ihn und ließ sich seine nassen Küsse gefallen. Als sie aufblickte, schaute Diane in ihre Richtung und hatte die Hand an die Stirn gelegt, um gegen die untergehende Sonne etwas sehen zu können. Nach einem Moment sah Annie, wie ein langsames Lächeln über ihr Gesicht zog.

„Nun“, sagte Diane und strahlte jetzt über das ganze Gesicht. „Sieh einer an! Wen haben wir denn da?“

„Ja“, sagte Annie, und das war alles. Selbst wenn sie mehr hätte sagen wollen, waren die Frauen der Daltons – ob sie nun in die Familie geboren waren oder eingeheiratet hatten – nicht für unnötiges, sinnloses Geschwätz zu haben.

„Du hast dir einen guten Zeitpunkt für deine Rückkehr ausgesucht“, sagte Diane. Annie hoffte, ihre Stiefmutter würde nicht mehr zu dem Thema sagen.

„Ich bleibe nicht lang“, sagte sie und ihre Stimme klang härter, als sie beabsichtigt hatte.

„Du kannst so lange bleiben, wie du willst“, erwiderte Diane.

Sie betrachtete Annie forschend, sagte aber nichts und stellte keine Fragen, und das war Annie ganz recht. Sie würde noch genug Fragen beantworten müssen. Ob Diane aus Respekt vor ihrer Privatsphäre schwieg oder weil sie sich einfach nicht in ihre Angelegenheiten einmischen wollte, wusste Annie nicht genau, aber sie war dankbar.

Sie setzte sich auf die Stufe und schaute zu, wie Diane die flauschige Wolle, die wie Zuckerwatte aussah, in Garn verwandelte. Ihre Hände bewegten sich gekonnt. Annie erinnerte sich an das befriedigende Gefühl, wenn der dicke Klumpen Schafwolle sich in etwas Brauchbares und Starkes verwandelte. Sie verdrängte alles andere aus ihrem Kopf. Es war zu viel und zu schwer. Sie konnte sich jetzt nicht damit befassen.

„Dein Papa müsste bald heimkommen“, sagte Diane, wandte sich vom Spinnrad ab und ließ die Wolle erschlaffen. „Ich muss das Abendessen vorbereiten.“

„Lass dich von mir nicht aufhalten.“

Diane zuckte die Achseln und schaute Annie von der Seite an. „Ich muss diese Wolle fertig spinnen. Es ist ein Spezialauftrag, und ich soll sie bis morgen fertighaben. Hast du Lust, mir zu helfen?“

Es war ein Versuch, raffiniert zu sein, aber völlig misslungen – wie alle Versuche, die Diane oder Annie je in diese Richtung unternommen hatten. Annie wusste, dass Diane die Sehnsucht in ihren Augen gesehen hatte, als sie sie am Spinnrad beobachtet hatte. Sie wollte nur nett sein.

„Ich könnte es versuchen“, sagte sie. „Ich denke, mir fällt wieder ein, wie es geht.“

„Dann komm“, lud Diane sie ein, und noch bevor Annie antworten konnte, war sie aufgestanden und beugte sich herab, um ihre Stiefel aufzuschnüren. „Vergiss nicht, die Schuhe auszuziehen, bevor du hineinkommst. Ich habe einen neuen Teppich, und ich will ihn nicht schmutzig machen.“

Zwei polternde Geräusche, als ihre Stiefel auf der Veranda landeten. Dann war sie verschwunden.

Annie stieg die Verandastufen hinauf, setzte sich, nahm die Rohwolle und stellte den Fuß aufs Pedal. Sie drückte. Das Rad drehte sich langsam. Whip legte sich neben ihre Füße, klopfte zufrieden einmal mit dem Schwanz auf den Boden und legte dann den Kopf auf seine Pfoten. Sie gönnte ihrem Verstand eine Ruhepause und schaute zu, wie die Sonne über dem Grat unterging und einen rosafarbenen Schein auf die Hügel und Täler warf. Sie richtete den Blick wieder auf das Wollvlies. Dann nahm sie ein kleines Stück, zog die Wolle zurück, schaute zu, wie sie sich bis zu ihrer Hand verdrehte und wie sich die Rohwolle in Garn verwandelte. Sie zog und drehte, und ihre Finger erinnerten sich. Ihre Füße und Hände bewegten sich in einem ruhigen, vertrauten Rhythmus, als sie die Wolle spann.

16

Elijah saß auf dem Beifahrersitz in Pastor Ralph Lindseys Wagen und ließ seine Umgebung mit einer Mischung aus Verwirrung und Staunen auf sich wirken. Vermutlich schwang auch noch ein anderes Gefühl mit – Traurigkeit, denn ihm wurde deutlich bewusst, dass die Heimat, die er verlassen hatte, nicht die Heimat war, in die er zurückkehrte. Wenn ihm das nicht schon die vielen Schnellstraßen, die Unmengen an Gebäuden und Geschäften, der unablässige Verkehrslärm bei der Fahrt durch Asheville verraten hätten, wusste er es spätestens, als sie durch Silver Falls fuhren.

Pastor Lindsey bog von der zweispurigen Schnellstraße ab und fuhr mehrere Kilometer zur Stadtgrenze seiner früheren Heimatstadt. Das tat er bestimmt nur ihm zuliebe, denn ihr Ziel lag in einer anderen Richtung. Es war ein Spießrutenlauf vorbei an Einkaufsmeilen und Fast-Food-Restaurants. Traurigkeit ergriff von ihm Besitz. Elijah dämmerte, dass alles, was er in Erinnerung hatte, fort war. Hier war niemand mehr, der ihn geliebt oder gekannt hatte. Niemand, der sich auch nur an ihn erinnerte. Selbst dieser Pastor war nur ein Freund eines Bekannten, der seine Christenpflicht erfüllte, indem er einem alten Missionar eine Unterkunft besorgt hatte.

„Wo stand Ihr Elternhaus?“, fragte Ralph Lindsey.

Elijah war bestürzt, denn um die Wahrheit zu sagen, hatte er keine Ahnung, wo er sich gerade befand. Er schaute sich nach etwas um, das ihm bekannt vorkam und ihm Orientierung geben könnte. Pastor Lindsey fuhr langsam in Richtung Stadtzentrum, und hier gewann Elijah wieder ein wenig Selbstvertrauen.

„Also gut“, sagte er. „An diese Stelle hier erinnere ich mich. Biegen Sie dort vorne gleich hinter dem Gericht links ab.“

Pastor Lindsey tat es und fuhr dann weiter in die Richtung, die Elijah ihm nannte. Sie fuhren bis ans Ende der Straße. Elijah wusste, dass sie schon daran vorbeigefahren sein mussten. Pastor Lindsey wendete das Auto. Auf dem Rückweg deutete Elijah auf die Seite, und der Pastor hielt am Straßenrand an.

„Das da drüben muss es sein", sagte er leise und starrte auf ein mit Unkraut überwuchertes Feld und einen Wohnwagen. Die Treppe war mit Müll übersät, und ein Pitbull war an einen Pfosten gebunden, der neben der Einfahrt in die Erde gerammt war.

„Das war das Grundstück meiner Großmutter", erklärte er. „Dort unter den Bäumen stand ein großes, altes Haus. Weiße Schindeln und eine Veranda mit einer Schaukel." Er starrte das Grundstück an. Sein Herz wurde schwer.

„Wo hat Ihre eigene Familie gewohnt?", fragte der Pastor.

„Ein Stück weiter, ungefähr eineinhalb Kilometer in östlicher Richtung", antwortete er.

„Wollen Sie es sehen?", fragte er behutsam.

„Bringen wir es hinter uns, wenn wir schon einmal hier sind", sagte Elijah und nickte tapfer.

Ohne ein Wort zu sagen, fuhr der Pastor weiter, als könnte er nachempfinden, was Elijah fühlen musste. Elijahs Herz schmerzte vor Sehnsucht, denn am Ende der Straße, wo sein Elternhaus gestanden hatte, standen ungefähr dreißig Fertighäuser aus Pressspanplatten und Plexiglas, umgeben von winzigen Flecken neu angesäten Rasens und dürren Bäumchen.

Während der restlichen Fahrt sprach er nicht viel, sondern blickte nur aus dem Fenster. Pastor Lindsey respektierte sein Schweigen.

Elijah zwang sich, sich aufrecht hinzusetzen und seine Gefühle zu bändigen, als sie durch Gilead Springs fuhren. Die Unterkunft, die der Pastor für ihn organisiert hatte, befand sich auf der anderen Seite der Stadt, und es würde keinen guten Eindruck machen, wenn er niedergeschlagen und voll Selbstmitleid dort ankäme. Sie fuhren am Gericht und der Bibliothek vorbei, und für einen Moment ging es Elijah wieder besser. Hier sah es eher so aus wie in seiner Erinnerung. An diesem Ort kam ihm wenigstens ein bisschen etwas bekannt vor. Sie fuhren an der Kirche an der Ecke vorbei, und er erinnerte sich, dass er hier ab und zu einen Gottesdienst besucht hatte. Eine Flut an Erinnerungen strömte auf ihn ein, denn er war eine Zeit lang sehr oft nach Gilead Springs gekommen. *Aus Liebe,* erinnerte er sich mit einem bittersüßen Lächeln und fragte sich, was wohl aus ihr geworden war.

Sie fuhren durch die Innenstadt, kamen zu einem Bahnübergang und bogen dann nach rechts ab. Sie fuhren weiter bergauf, bis sie zu einem roten Briefkasten mit einem aufgemalten Hahn kamen. Pastor Lindsey bog in die lange Einfahrt und fuhr zum Haus. Dann bremste er ab, wobei er eine Staubwolke aus dem Schotter aufwirbelte.

Elijah und der Pastor stiegen aus dem Auto. Sie holten Elijahs Koffer aus dem Kofferraum. In diesem Moment ging die Haustür auf und jemand trat auf die Veranda, die von einem Mückengitter umgeben war. Elijah kniff die Augen zusammen, um mehr erkennen zu können, sah aber nicht viel, bis die Mückengittertür aufging und jemand in den Hof kam. Es war eine Frau, jünger als er, wenn auch nicht viel. Sie hatte blonde Haare, die sich größtenteils schon silbern gefärbt hatten und die sie aus ihrem schönen, freundlichen Gesicht gekämmt hatte. Sein Herz stockte, denn etwas an ihr kam ihm sehr bekannt vor. Sie schaute zu den beiden Männern hinüber. Während sie näher kam, beobachtete er, wie ihr höflicher Gesichtsausdruck einem unübersehbaren Schock wich. Sie legte die Hand aufs Herz, und ihr Mund stand leicht offen. Sein eigenes Herz stockte, als ihre Gesichtszüge sich dem Bild anpassten, das er in Erinnerung hatte.

„Elijah?“, fragte sie mit Verwunderung in der Stimme und in den Augen.

„Mary Ellen Anderson“, sagte er voller Ehrfurcht.

„Du bist der pensionierte Missionar aus Afrika?“, fragte sie ungläubig.

Er nickte. „Und du bist die Frau mit dem Ferienhaus?“

„Meine Güte.“ Sie schüttelte den Kopf und starrte ihn mit immer noch großen Augen an. Er dachte, dass sie immer noch das hübscheste Mädchen im ganzen Land war. Ein scharfes Bedauern durchfuhr ihn, als er sich fragte, wie sein Leben verlaufen wäre, wenn er sie geheiratet hätte, wie sie einmal geplant hatten, statt in die Mission zu gehen. Er tadelte sich schnell für solche Gedanken, denn sie hatte zweifellos einen anderen Mann geheiratet. Sie hatten beide ihre Entscheidungen getroffen. Aber als er hier stand und sie jetzt anschaute, kam es ihm vor, als wäre es erst gestern gewesen, dass er ihr Lebewohl gesagt hatte.

Sie reichte ihm die Hand, und ihm fiel auf, dass sie leicht zitterte, als er sie ergriff. Bei ihren nächsten Worten staunte er noch mehr. Sein Gespräch mit der jungen Frau im Flugzeug schoss ihm durch den Kopf, und er hatte das Gefühl, dass er bewusst hierhergeführt worden war und nicht zufällig hier gelandet war.

„Ich heiße nicht mehr Anderson", korrigierte sie ihn. „Mein Name ist Truelove. Mary Truelove."

„Komm ins Haus herüber, wenn du deine Sachen ausgepackt hast", hatte Mary ihn eingeladen.

Elijah schaute sich in dem Ferienhäuschen um und verstaute seine Sachen. Er war mit beidem schnell fertig. Das Ferienhäuschen bestand aus einem Badezimmer, einem winzigen Schlafzimmer und einem Wohnzimmer mit einer Herdplatte und einem kleinen Kühlschrank in der Ecke. Er öffnete die Küchenschränke. Sie waren mit Geschirr und ein paar Töpfen und Pfannen gefüllt. Er schaute in den Kühlschrank. Darin standen zwei Liter Milch, zehn Eier, eine Packung Speck und zwei große Flaschen Wasser. Ein Laib Brot lag neben einer Kaffeedose auf der Anrichte.

Mary Ellen war eine fürsorgliche Frau. Das war sie schon immer gewesen, obwohl es eine schmerzliche Ironie des Schicksals war, dass er ausgerechnet ihre Gastfreundschaft genoss. Ihm schoss der Gedanke durch den Kopf, dass diese Situation Salz in seine Wunde streute und ihm seine Einsamkeit noch stärker bewusst machte, aber er verdrängte solche Gedanken hartnäckig. Er wusste, woher sie kamen.

„Jeder, der sein Haus, seine Geschwister, seine Eltern, seine Kinder oder seinen Besitz zurücklässt, um mir zu folgen und die rettende Botschaft von Gott weiterzusagen, der wird schon hier alles hundertfach zurückerhalten", sagte er laut, *„und außerdem in der zukünftigen Welt das ewige Leben."* Diese Worte waren wahr, tröstete er sich, obwohl er die Einsamkeit und Traurigkeit immer noch nicht ganz von sich abschütteln konnte.

Elijah ging ins Schlafzimmer und setzte sich aufs Bett. Er rieb sich den Kopf. Was hatte er erwartet? Dass die Zeit stillgestanden hätte? Hatte er gedacht, die Welt mit ihren Satellitenschüsseln und

Einkaufsmeilen hätte an der Stadtgrenze Halt gemacht, um seine Erinnerungen nicht zu zerstören? Hatte er gedacht, die Menschen, die er früher geliebt hatte, wären auf dem damaligen Stand stehen geblieben und hätten nur darauf gewartet, dass er zurückkäme und wieder dort weitermachen könnte, wo er aufgehört hatte?

Die Dinge hatten sich verändert. Das Leben der Menschen war weitergegangen.

Aber es war schwer zu glauben. Und es war schwer, es mit eigenen Augen zu sehen. Die Kirche, in die seine Familie gegangen war, als er ein Junge gewesen war, stand nicht mehr. An ihrer Stelle war ein Drogeriemarkt gebaut worden. Die Hauptstraße, die er in Erinnerung hatte, hatte keine Ähnlichkeit mehr mit früher und wurde von *Burger King* und *Pizza Hut* beherrscht. Das Haus seiner Eltern stand nicht mehr, und er erinnerte sich, dass seine Mutter ihm geschrieben hatte, dass sie es verkaufen wollte. Wann war das gewesen? Als er ein wenig nachgerechnet hatte, kam er zu dem Schluss, dass es 1970 gewesen sein musste, kurz bevor sie gestorben war. Danach hatte seine Schwester ihm seinen Anteil des Geldes überwiesen, und er hatte das Geld in die Praxis im Sudan gesteckt.

Er fragte sich, warum er hierher zurückgekommen war. Plötzlich fiel ihm mit einem Anflug neuer Hoffnung sein Brief an die Missionsgesellschaft ein. Vielleicht käme ein Anruf, ein Brief, eine freundliche Einladung zurückzukommen. Vielleicht würde er bald wieder nach Afrika zurückkehren. Er verdrängte den quälenden Gedanken, dass er vielleicht eher vor seinem Auftrag weglaufen wollte, als sich ihm zu stellen. Es gab jüngere Kollegen, die seine Arbeit übernommen hatten, und jetzt, da er gesundheitlich nicht mehr ganz auf der Höhe war, sahen sie ihn vielleicht eher als Belastung. Er schüttelte wieder den Kopf und weigerte sich, dem Selbstmitleid Raum zu geben. Der Herr hatte ihn gesegnet und stillte auch jetzt seine Bedürfnisse, vielleicht auf eine Weise, die ihm nicht bewusst war.

Elijah schaute sich im Zimmer um und merkte, dass sein Schmerz nachließ. Der Boden bestand aus alten Eichendielen. Das Bett war ein weiß gestrichenes Metallgestell. Die Kommode war ebenfalls alt und von einem weißen Tischläufer, der frisch gestärkt und gebügelt war, bedeckt. Eine Vase mit weißen Lorbeerblüten stand auf dem kleinen Nachttisch. Vor dem Bett lag ein bunter Läufer, der handgemacht aussah. Einen Moment lang wurde ihm wieder leichter ums Herz. Das waren Dinge, an die er sich erinnerte.

Er räumte seine Sachen in den Kleiderschrank und ging dann ins Wohnzimmer. Es hatte auf drei Seiten Fenster und war sonnig und warm. Er sah einen alten, weißen Porzellanschrank und eine Porzellanspüle, wie seine Mutter eine gehabt hatte, einen kleinen Klapptisch, der mit einer rot-weißen Decke bedeckt war. Ein Korb mit Äpfeln stand darauf. Das Sofa war von einer blau-weißen Quiltdecke überzogen. Daneben stand ein roter Polstersessel. Die abgenutzten Stellen auf der Rückenlehne und den Armlehnen waren mit weißen Deckchen bedeckt.

Er setzte sich auf den Stuhl am Fenster. Es ging direkt auf Mary Ellens Garten hinaus, und er konnte ihn durch die Blätter der Bäume teilweise sehen. Hier wuchsen Hartriegelsträucher, Rhododendronbüsche, Lorbeerbäume und darunter viele blühende Pflanzen. Er entdeckte auch eine kleine Statue. Nach ein paar Minuten stand er auf. Er wollte Marys Einladung folgen.

Elijah klopfte an die Haustür, aber niemand antwortete. Nach einem Moment ging er zur Rückseite des Hauses herum. Er stieg die Stufen zur hinteren Veranda hinauf. Die Tür stand offen. Er stand im Türrahmen und sah sie an der Spüle stehen, die Hände auf den Rand gestützt, den Kopf gebeugt. Ihre Schultern bewegten sich leicht, als sie tief einatmete. Als er sein Gewicht auf das andere Bein verlagerte, hörte sie ihn anscheinend. Sie drehte sich herum, dann wischte sie sich die Augen und das Gesicht.

„Entschuldigung", sagte sie. „Komm bitte herein. Und verzeih mir. Es ist furchtbar, dich so zu begrüßen."

Er sah die Trauer in ihren Augen, und in seinem Herzen regte sich tiefes Mitgefühl. „Traurigkeit ist für mich nichts Unbekanntes", sagte er leise.

Sie schaute ihn einen Moment an, als versuche sie zu entscheiden, ob sie mehr sagen sollte oder nicht.

„Mein Sohn war der Arzt dieses Mädchens", sagte sie schließlich und deutete zum Fernseher. Er nickte. Sein Herz litt mit Mary Ellen und ihrem Sohn. Und mit seiner Sitznachbarin im Flugzeug. Er wusste, dass er in ein Haus geraten war, in dem Trauer und Leid herrschten.

„Das habe ich geahnt“, sagte er. Sie fragte ihn nicht warum. Er hielt es nicht für nötig, es ihr zu sagen.

Sie kochte ihm eine Tasse Kaffee, und sie unterhielten sich kurz über das, was in den letzten Jahrzehnten in ihrem Leben geschehen war. Er erfuhr, dass sie zwei Söhne und eine Tochter hatte und dass ihr Mann vor zwei Jahren gestorben war. Er erzählte ihr in wenigen Worten seine Geschichte und sah erneut, dass die Frage, was hätte sein können, wie ein Schatten über ihr Gesicht zog.

„Ich fange jetzt lieber an zu kochen“, sagte sie schließlich mit dem sanften Lächeln, das er so gut in Erinnerung hatte. „Meine Kinder und Enkel kommen zum Abendessen zu uns.“

Obwohl sie ihn freundlich einlud, fühlte er sich fehl am Platz, besonders angesichts der Umstände. „Kann ich irgendwie helfen?“, fragte er und meinte mehr als nur die Essensvorbereitungen.

Sie schüttelte den Kopf. „Fühl dich einfach wie zu Hause.“

Elijah schaute ein paar Minuten fern, aber die Nachrichten waren aufwühlend und die Werbung zu aufdringlich. Nach einer Weile ging er hinaus, schlenderte in den Garten und setzte sich neben die Statue von dem kleinen Mädchen.

17

Es herrschte eine angespannte Atmosphäre, genau wie Sam erwartet hatte. Laurie war mit ihrem Mann und ihrem jüngsten Sohn erschienen. Ihr älterer Sohn und ihre Tochter waren bei irgendeinem Training. Ricky kam mit Amanda und ihren drei kleinen Töchtern. Das sorgte für etwas Leben und lenkte Sam ein wenig von den Nachrichten ab, die er fast zwanghaft jede Stunde anschaute, obwohl sein Anwalt versprochen hatte, ihn anzurufen, falls sich an Kelly Brights Zustand etwas änderte. Mama war zwischen der Freude, ihn wiederzusehen, und der Trauer wegen seiner Situation hin- und hergerissen. Und der arme Feriengast, der alte Missionar aus Afrika, hatte unfreiwillig in ihrer Mitte gesessen. Er hatte sich direkt nach dem Essen in das Ferienhaus zurückgezogen und gesagt, er sei müde.

Sam bereute, dass er nach Hause gekommen war. Das vertraute er Ricky an, als sie nach dem Essen auf der Veranda saßen und den Kindern beim Spielen zuschauten.

„Es war ein Fehler, hierherzukommen."

Ricky zuckte die Achseln. „Ich weiß, dass du das denkst, aber was ist so schlimm daran, wenn die anderen deinen Kummer mittragen?"

„Sie können nichts dagegen tun, und es macht sie nur traurig."

„Du glaubst, Mama wäre glücklich, wenn du *nicht* hier wärst? Sie ist immer traurig. Du bist nur die meiste Zeit nicht da und siehst es deshalb nicht."

Sam zuckte die Achseln.

Ricky ließ nicht locker. „Aber vielleicht geht es dir in Wirklichkeit ja gar nicht darum, dass Mama traurig ist."

„Was soll das jetzt wieder heißen?"

„Ach, nichts."

Das war wieder einmal typisch für Ricky. Er schoss seine kleinen Pfeile ab und stellte sich dann unschuldig.

„Was hast du jetzt vor?", fragte er. Eine längst überfällige Frage, auch wenn die ganze Familie sich bemüht hatte, sie bis jetzt nicht auszusprechen.

„Ich bleibe ein paar Tage“, antwortete Sam. „Ich räume das Haus aus, damit es verkauft werden kann. Morgen fahre ich hinüber, schaue die Sachen durch und entscheide, was getan werden muss.“

Ricky sah überrascht aus. „Warum plötzlich die Eile? Es steht seit fünf Jahren leer.“

Sam holte tief Luft und sprach die Worte zum ersten Mal laut aus. „Annie hat die Scheidung eingereicht.“

Ricky ließ diese neue Information auf sich wirken. Dann schüttelte er den Kopf und sah seinen Bruder mitfühlend an. „Es ist eine harte Woche für dich, was?“

Sam schwieg einen Moment. „Alles findet nur seinen Abschluss“, sagte er. „Wie der Prediger sagt: *Alles auf der Welt hat seine Zeit. Weinen und Lachen, Umarmen und Loslassen.*“

Ricky schüttelte stirnrunzelnd den Kopf. „Ich bin nicht sicher, ob Gott das so gemeint hat“, sagte er. „Du solltest Pastor Lindsey fragen, ob du da nicht etwas falsch verstanden hast.“

Sam zwang sich zu einem Lächeln.

„Ich komme mit dem Pick-up und helfe dir, das Haus auszuräumen“, bot Ricky an. „Was hast du mit Annies Sachen vor?“

„Ich lagere sie irgendwo ein.“

„Außerhalb der Stadt in Richtung Asheville kann man Lagerräume mieten.“

Sam nickte. Er wünschte, er würde rauchen. Seine Hände brauchten jetzt irgendeine Beschäftigung.

„Lässt du es von Jim verkaufen?“ Lauries Mann arbeitete als Immobilienmakler.

„Wahrscheinlich. Vermutlich müssen wir das Land und das Haus getrennt verkaufen. Ich kann mir nicht vorstellen, dass jemand alle zehn Hektar will. Ich will nur nicht, dass es irgendein Bauunternehmen kauft und alles zubaut. Und ich will nicht, dass jemand das Haus nur als Ferienhaus benutzt.“

„Furchtbar wählerisch für jemanden, dem alles egal ist“, bemerkte Ricky. Sam ging nicht darauf ein. „Du müsstest eine schöne Summe dafür bekommen“, überlegte Ricky nach einem Moment. „Grundbesitz hier in der Gegend ist teuer. Ich könnte mir mein

Haus wahrscheinlich nicht mehr leisten, wenn ich es jetzt kaufen müsste."

Amanda kam zur Tür. „Können wir heimfahren, Schatz?", fragte sie Ricky. „Die Kinder müssen ins Bett. Sie haben morgen Schule."

Sie riefen ihre Kinder. Selbst diese alltägliche Szene wühlte Sam auf. Er erinnerte sich, wie seine eigene Tochter auf dem Rasen gespielt hatte, wie sie sich hinter den Büschen versteckt und unter dem Baum geschaukelt hatte.

Sam unterhielt sich mit seiner Mutter, bis sie schlafen ging. Dann setzte er sich wieder auf die Veranda. Er saß dort und schaute zu, wie die samtene Dunkelheit sich um ihn ausbreitete, hörte im Geiste das Echo aus der Vergangenheit und sah Schatten von Menschen, die nicht mehr da waren.

18

Carl Dalton stand wie üblich mit den Hühnern auf. Er fütterte sie jeden Morgen und hatte seinen Lieblingshühnern sogar Namen gegeben. Großzügig warf er ihnen Maiskörner zu. Carl stand gern früh auf. Das gab ihm Zeit, um in der Bibel zu lesen und zu duschen und es trotzdem noch früh genug zu seinem Steak mit Eiern ins *Waffelhaus* zu schaffen. Diane bekam regelmäßig einen Wutanfall, weil er seine Schüssel Vollkornmüsli, die sie ihm jeden Tag hinstellte, nie anrührte. Aber er war ein alter Mann und wollte sich keine neuen Sachen mehr angewöhnen. Beim Gedanken an seine Frau lächelte er. Sie war gut fünfzehn Jahre jünger als er, und viele hatten ihre Zweifel gehabt, als er die hübsche junge Frau aus Georgia mit nach Hause gebracht hatte. Mittlerweile waren sie aber seit über zwanzig Jahren zusammen, und er liebte sie noch genauso wie am ersten Tag. Er bedauerte nur, dass Annie sie nie besonders gemocht hatte. Aber andere Menschen konnte man nicht ändern. Man konnte sich nur entscheiden, ob man sie liebte oder nicht.

Er lächelte, als er an seine Tochter dachte, und eine tiefe Befriedigung erfüllte ihn. Sie war zu Hause. Ausgemergelt, ja. Verwirrt, ja. Wütend und hartherzig, ja und ja. Aber sie war zu Hause, und er hatte die feste Überzeugung, die genauso zuverlässig und tief war wie die Erde unter seinen Füßen, dass jetzt die Dinge geklärt werden würden – jetzt, da sie hier war, wohin sie gehörte. Er war nicht sicher, wie es passieren würde, aber er wusste, dass es geschehen würde. Und darum ging es doch beim Glauben, oder? Etwas zu wissen, das man nicht erklären konnte. Etwas zu glauben, das man nicht sehen konnte. Er glaubte an einen Gott, der Tote auferweckte, der Dinge, die es nicht gab, durch sein Wort entstehen ließ. Die Realität? Sie änderte für ihn nichts. Gott schuf sie und veränderte sie. Sein Herr konnte ein hartes Herz erweichen. Schließlich war Jesus damals auch durch Wände gegangen, als seine Jünger sich vor der Welt versteckt gehalten hatten. Und es konnte kein Zufall sein, dass auch Sam jetzt nach Hause gekommen war, auch wenn seine

Tochter das noch nicht wusste. Carl hatte sich bemüht, das nicht zu verraten, da er fürchtete, dass sie sonst auf der Stelle abreisen würde.

Er hatte erfahren, dass Sam zu Hause war, noch bevor Ricky ihn gestern Nachmittag angerufen und es ihm erzählt hatte. Anscheinend hatte Sam in Fred Earlys Lebensmittelladen und Tankstelle draußen am Stadtrand angehalten. Er hatte zwei Schinkenbrötchen, eine Flasche Wasser, eine Tasse Kaffee und eine Segelzeitschrift von Freds Frau Etta Jean gekauft. Dann hatte er direkt vor ihr gestanden und „Nerventabletten" geschluckt, wie sie vermutete, weil die Tabletten genauso ausgesehen hatten wie die kleinen, weißen Dinger, die ihre Schwester Elda Rose genommen hatte, als es ihr so schlecht gegangen war, nachdem ihre Kinder erwachsen gewesen und von zu Hause ausgezogen waren. Etta Jean hatte daraufhin natürlich Elda Rose *angerufen* und ihr erzählt, dass Sam Truelove wieder zu Hause war, dass er Nerventabletten nahm und dass sie in den Nachrichten von dem Mädchen gehört habe. Und sie frage sich, was das alles wohl zu *bedeuten* habe?

Dann hatte Elda Rose, die im *Cracker Barrel* als Kellnerin arbeitete, Alice Mae Jonson, ihrer Chefin, erzählt, dass Sam Truelove zurück sei, dass er *wirklich schlecht aussehe* und *medikamentensüchtig* sei. Alice Mae hatte es ihrer besten Freundin Suellen Robertson gegenüber beiläufig *erwähnt*, die auch im *Cracker Barrel* arbeitete, aber zurzeit krankgeschrieben war, weil sie einen Bandscheibenvorfall hatte, seit sie den ganzen Chor der Baptistengemeinde bedient hatte und versucht hatte, zwei Tabletts gleichzeitig zu tragen. Suellen war gestern Nachmittag zu ihrem Termin in Carls Praxis gekommen und hatte ihr übliches Plauderstündchen mit seiner einsamen Bürokraft, Teilzeitarzthelferin und Sekretärin, Margie Sue, gehalten.

„Haben Sie schon gehört?", hatte sie gefragt, und Margie Sue hatte gesagt, dass sie nichts gehört habe. Dann hatte Suellen ihr mit einem Kopfschütteln und tief besorgt erzählt, dass Sam Truelove einen *völligen Nervenzusammenbruch* gehabt habe und jetzt zu Hause sei und versuche, sich wieder zu fangen, und dass er sich danach ein Schiff kaufen und um die Welt segeln wolle. Also war Margie Sue natürlich sofort in Carls Sprechzimmer gekommen und hatte sich mit einer Ladung Krankenakten zu schaffen gemacht, aber ihre leuchtenden Augen und ihre geschürzten Lippen hatten ihm verraten, dass sie etwas loswerden wollte.

„Was gibt es?“, hatte Carl gefragt, da er selbst eine Klatschtante war, wie es im Buche stand. Aber er hätte nicht im Traum daran gedacht, dass sein Schwiegersohn der Grund für die Gerüchte wäre, die im Ort kursierten.

Carl betete jetzt für ihn, während er seinen Hühnern eine letzte Handvoll Mais hinwarf und zuschaute, wie sie gackernd durch den Hof liefen und sie aufpickten. Er lächelte wieder und ging ins Haus zurück. Sein Kaffee war fast fertig. Diane schimpfte immer, dass sie sich eine moderne Kaffeemaschine kaufen sollten, aber er war es so gewohnt.

„Solange die alte geht, brauchen wir keine neue“, sagte er dann, und sie schüttelte den Kopf und brummte, dass er auch Abspülwasser trinken würde, wenn genug Sahne und Zucker darin wäre. Sie war eine gute Frau, seine Diane. Treu und zuverlässig mit dem Herzen am rechten Fleck. Ganz ähnlich wie seine Tochter. Die Kaffeemaschine gab ein letztes gurgelndes Geräusch von sich, das verriet, dass sein Kaffee fertig war. Carl schaute in die Speisekammer und fand seine Lieblingskaffeetasse: ein sauberes Einmachglas. Er füllte es mit Kaffee, gab reichlich Sahne und Zucker dazu, nahm seine Bibel und ging dann hinaus, um den herrlichen Morgen zu genießen.

Er setzte sich in seinen Schaukelstuhl auf der Veranda, las ungefähr eine halbe Stunde, betete eine Weile, dann duschte er und zog sich an. Es war noch nicht sieben Uhr, als er sein Haus verließ und zu dem Haus hinauffuhr. Zu ihrem Haus. Annies Haus. Und Sams Haus.

Carl hatte sich angewöhnt, regelmäßig hierherzukommen. Er ging um das Haus herum und begutachtete wehmütig den Zerfall. Die Rosen waren als Erstes gestorben. Er hatte nicht rechtzeitig angefangen, sie zu gießen. Die Apfel- und Pflaumenbäume lebten noch und trugen jetzt viel Obst, aber es war wurmig und verfault, da sich niemand darum kümmerte. Die meisten Blumen waren abgestorben, aber eine Pflanze hatte er retten können. Er drehte den Schlauch auf und ging auf den Balsamstrauch zu. Carl hatte seiner Tochter und seinem Schwiegersohn diesen Strauch zur Hochzeit geschenkt, und er würde ihn nicht aufgeben, auch wenn die beiden ihn aufgegeben hatten. Der Strauch hatte jedes Jahr geblüht, egal, ob sie hier gewesen waren und es gesehen hatten oder nicht. Jeden Frühling hatte er Carl mit seinem durchdringenden, aromatischen Duft belohnt, wenn er gekommen war, um das Unkraut zu entfernen und ihn zu gießen. Ihn tröstete das Wissen, dass in seinen Blättern und in seiner Rinde Heilung lag. Carl hatte diese Pflanze immer als Strauch angesehen, der Hoffnung schenkte, schlicht, aber auf seine bescheidene Weise nützlich. Eine Erinnerung, dass man Dinge nicht nach ihrem Äußeren beurteilen sollte. Dass es mehr Möglichkeiten gab, als man ahnte, Anlass zur Hoffnung, egal, was man vielleicht dachte.

Er stand jetzt ruhig da, als er zuschaute, wie die Sonne die Erde in einem noch dunkleren Rot leuchten ließ, während sie immer höher stieg. Er dachte an Sam und Annie Ruth, während er den Wasserschlauch auf den Stamm richtete. Carl war sich nicht sicher, ob das erlaubt war. Der Wasserverbrauch war eingeschränkt worden, das wusste er. Aber er fragte nicht nach, und bis jetzt hatte ihn niemand darauf angesprochen. Er hatte letztes Jahr das Gras sterben lassen. Auch dieses Jahr verwandelte es sich schon wieder von Grün in Goldbraun. Er hatte die Apfel- und die Pflaumenbäume nicht gegossen, aber diesen einen Strauch wollte er am Leben erhalten. Das Wasser sammelte sich in einem stillen Teich um seine Wurzeln. Carl wusste, dass Gott noch etwas vorhatte. Er hatte die beiden nicht so weit gebracht, um sie jetzt im Stich zu lassen, und Carl fragte sich und den Herrn, ob er irgendetwas tun könnte, um zu helfen. Er bekam keine Antwort. Manchmal ließ der Herr ihn ein wenig warten. Wenn es so weit war, würde er es wissen, aber er hatte das Gefühl, dass er eine Rolle dabei spielen würde, auch wenn er jetzt noch nicht genau wusste, wie diese Rolle aussah. Carl drehte das Wasser ab und vergewisserte sich, dass nichts tropfte. Dann rollte er den Schlauch zusammen und räumte ihn auf. Er wischte sich den Schmutz von den Händen und fuhr zum *Waffelhaus*. Sein Steak und seine Eier warteten.

19

Das Erste, was Annie beim Erwachen hörte, war das Bellen eines Hundes. Dann das aufgeregte Zwitschern der Stare im Baum vor dem Fenster. Diane hatte sie in ihrem alten Zimmer einquartiert. Es war natürlich renoviert worden und jetzt mit Antiquitäten eingerichtet. Annie musste widerwillig zugeben, dass ihr gefiel, was ihre Stiefmutter aus dem Zimmer gemacht hatte. Das Bett war mit weißer Chenille bedeckt, die Vorhänge bauschten sich sanft im leichten Wind. Heute war es wieder sonnig und heiß, eindeutig eine Veränderung zu dem Wetter, das sie gewohnt war. Annie stand auf, öffnete ihren Koffer und packte ihre Kleidung aus. Aus Respekt vor der Trockenheit hier in der Gegend duschte sie nur ganz kurz, dann zog sie sich an und ging nach unten.

Diane war nicht mehr im Haus. Annie trat auf die Veranda und konnte sie unten auf der Wiese sehen. Wahrscheinlich überlegte sie, wie sie das Futter für den nächsten Winter retten sollte. Sie fragte sich, wie es Papa und Diane finanziell wohl ging. Es würde sie nicht überraschen, wenn sie trotz des sichtbaren Wohlstands knapp bei Kasse wären. Papa hatte nie sparen können. Diane war die sparsamere der beiden, aber trotzdem waren ihre Ersparnisse nach den Baumaßnahmen, die sie vorgenommen hatten, sicherlich fast aufgezehrt. Sie hatten eine Werkstatt für Dianes Spinnräder und Webstühle gebaut, dazu die Praxis für Papa. Landwirtschaft, besonders wenn man sie als Hobby betrieb, war teuer. Rechnete man noch die Trockenheit dazu, dann kamen unter dem Strich sicher negative Zahlen heraus. Schafe waren keineswegs eine lukrative Investition, und wenn man für sie Futter kaufen musste, weil das Land nicht genügend hervorbrachte, wurden sie schnell ein teures Hobby. Annie ging wieder hinein, schenkte sich eine Tasse Kaffee ein und schaute sich nach Cornflakes um. Sie fand keine und aß schließlich das Vollkornmüsli, das ihr Vater nicht angerührt hatte. Vielleicht ersparte sie ihm dadurch eine Rüge von Diane. Beim Gedanken an

Papa lächelte sie, doch sie wurde schnell wieder ernst, als ihr einfiel, warum sie hier war.

Sie konnte es immer noch nicht ganz fassen, dass sie hier war. Wieder in North Carolina, fast in Rufweite zu Sam. Ein seltsames Gefühl beschlich sie beim Gedanken, dass er so nahe war. Was würde er sagen, wenn sie ihn wiedersah? Was würde er tun?

Sie konnte sich entscheiden, ihn überhaupt nicht zu treffen. Sie konnte immer noch nach Seattle zurückfliegen, den Pick-up holen und nach Los Angeles fahren, wie sie geplant hatte. Sie konnte die Scheidung und das Reden den Anwälten überlassen und ihm nur dadurch, dass das Haus leer geräumt war und ihre Sachen fort waren, verraten, dass sie hier gewesen war. Sie konnte ihm freistellen, das mitzunehmen, was er wollte, und den Rest im Haus zu lassen. Diese Variante war eine reizvolle Möglichkeit, die sie ernsthaft in Betracht zog.

Annie schüttelte den Kopf, schloss die Augen und wappnete sich für die vor ihr liegenden Aufgaben. Sie würde sie anpacken. Schnell und entschlossen. Sie würde alles an einem oder höchstens zwei Tagen einpacken, vielleicht noch einen Tag mit Papa und Diane verbringen, bevor sie nach Seattle zurückkehren und sich auf ihr neues Leben konzentrieren würde.

Sie wollte heute Morgen zum Haus fahren. Sie würde Mary anrufen und einen Besuch bei ihr vereinbaren. Sie musste auch Ricky und Laurie sehen, denn sie waren wie Bruder und Schwester für sie gewesen. Außerdem musste sie fragen, wie es Sam ging. Weiter konnte sie nicht gehen, und sie war erneut sehr dankbar, dass er in Knoxville war und seinem Beruf nachging.

Sie ging ins Wohnzimmer, schaltete den Fernseher ein und schaute ein paar Minuten CNN, aber sie brachten nichts über Kelly Bright. Sie fand im Wohnzimmer die Zeitung ausgebreitet. Sie überflog sie schnell und fand einen Artikel. Keine Veränderungen. Kellys zweiter Tag ohne Essen und Wasser. Der Präsident forderte die Verantwortlichen auf, etwas zu unternehmen. Der Gouverneur von Tennessee hatte für heute eine Sondersitzung des Parlaments angesetzt. Es wurde erwartet, dass ein Gesetzentwurf eingebracht wurde. Die Chancen standen gut, dass die Sonde wieder eingesetzt würde. Annie wusste nicht, wie es ihr damit ging. Sie setzte sich, die Zeitung in der Hand, und schaute das Foto der kleinen Kelly an, das aufgenommen worden war, bevor aus ihr die bedauernswerte Patientin geworden war, um die sich die heutige Kontroverse drehte.

Sie gestattete sich nie, sich an jenen Tag zu erinnern. Sie hatte ihn in den abgeschotteten Bereich ihres Gedächtnisses verbannt, aber genauso wie schon gestern gelang ihr das hier nicht mehr. Sie erinnerte sich an das Frühstück an jenem Morgen. Ein Samstagmorgen im Juli. Sam war zu Hause gewesen. Das war nur selten vorgekommen, seit er die Stelle in der Kinderklinik angenommen hatte.

„Ich bleibe heute Vormittag auch zu Hause", hatte sie gesagt. „Wir können den Tag alle zusammen verbringen. Ich kann am Montag in die Redaktion fahren und das Interview machen."

Sie hatte gerade erst die Stelle bei der *Asheville Tribune* angenommen, und ehrlich gesagt, hatte sie sehr gemischte Gefühle deswegen, obwohl es eine Teilzeitstelle war und sie den größten Teil ihrer Arbeit zu Hause erledigen konnte.

„Fahr ruhig und mach dein Interview", hatte er gesagt. „Wenn du zurückkommst, bin ich immer noch da. Außerdem habe ich so ein wenig Zeit mit meiner Tochter."

Sie hatte ihm schließlich zugestimmt. Sie war nach Ebbot's Cove gefahren, um einen Mann zu interviewen, der Emus züchtete. Sie hatte diese seltsam aussehenden straußenähnlichen Vögel fotografiert und unwichtige Fragen gestellt. Ihr Handy hatte sie auf dem Beifahrersitz im Auto liegen gelassen. Sie hatte keine Ahnung von dem Anruf gehabt, der, kurz nachdem sie gefahren war, bei Sam eingegangen war. Eine dringende Operation musste durchgeführt werden. Sofort. Ein Mädchen namens Kelly Bright, aber natürlich nannten sie sie nicht so. Sie bezeichneten sie als *Aortendissektion*. Und natürlich hatte Sam seine Mutter angerufen und sie gebeten, auf sein Kind aufzupassen, und war gefahren. Annie hatte ihn nach ihren wütenden Vorwürfen nie nach den Einzelheiten gefragt. Aber sie konnte sich gut vorstellen, wie es abgelaufen war. Sam hatte die liebe Mary angerufen.

„Mama, passt du auf Margaret auf?"

„Natürlich", hatte Mary gesagt. „Natürlich. Bring sie herüber."

Als Annie im Krankenhaus angekommen war, nachdem ihr Redakteur sie persönlich abgeholt hatte, war alles vorbei gewesen. So atemberaubend schnell. Wahrscheinlich war es deshalb so schwer zu glauben gewesen. Es war, als wäre ihr ganzes Leben von der richtigen Antwort auf eine Frage abhängig gewesen, auf eine einzige Frage aus einem lebenslangen Studium. Und sie hatte die falsche Antwort gegeben. Sie alle hatten die falsche Antwort gegeben. Jeder Einzelne von ihnen. Sie selbst. Sam. Mary. Sie alle hatten die falsche Antwort gegeben, und das Urteil gegen sie war mit brutaler Geschwindigkeit und Härte verhängt und vollstreckt worden. Am Morgen waren sie noch Mutter, Vater, Großmutter gewesen. Am Nachmittag waren sie das nicht mehr.

Erst Tage später hatte sie von Kelly Bright erfahren. Ricky hatte es ihr schließlich erzählt. Sie erinnerte sich immer noch an sein Zögern, an die Trauer in seinen Augen, sein ernstes Schweigen, das so untypisch für ihn war. Der Verlust seiner Nichte hatte ihn schwer getroffen. Ihr Tod war wie ein zerstörerischer Wind durch die ganze Familie gezogen, durch die ganze Stadt. Wieder dachte Annie an Hiob. An den Sturm, der sein Leben dem Erdboden gleichgemacht hatte.

„Annie, an dem Tag, an dem Margaret starb … die Operation, die Sam durchgeführt hat …“

Sie hatte Ricky verständnislos angesehen und nicht begreifen können, warum er ihr das jetzt erzählte. Warum er sie an dem Tag, an dem sie ihre eigene Tochter beerdigt hatte, mit der traurigen Geschichte von einem fremden Kind belästigte.

„Es gab ein Problem.“

„Das tut mir leid“, hatte sie einfach gesagt. Solche Dinge passierten nun einmal, nicht wahr? Jetzt erst begriff sie, wie gefühllos das gewesen war, wie egoistisch. Wenn Böses und der Tod ein fremdes Kind treffen, ist es bedauerlich, aber es ist Teil des Lebens. Aber wenn es das eigene Kind trifft, wird es eine unaussprechliche Tragödie.

„Ist das Kind gestorben?“, hatte sie schließlich den Anstand aufgebracht zu fragen.

„Nein“, sagte Ricky. „Sie liegt im Koma.“

„Das tut mir leid“, hatte sie wiederholt, aber immer noch nicht die Tragweite begriffen. Solche Dinge passierten nun einmal.

Nicht oft, aber es kam vor. Diese Kinder waren von Anfang an sehr krank.

„Es war Sams Schuld, Annie. Er hat einen Fehler gemacht. Einen katastrophalen Fehler. Das hätte nicht passieren dürfen. Ich dachte, das solltest du wissen."

Der arme Sam, hatte sie in ihrer Unwissenheit gedacht. *Der arme Sam, er hat einen Fehler gemacht und dann erfahren, dass seine Tochter gestorben ist.* Ihr Herz war voll Mitgefühl und Liebe zu ihm gewesen.

„Wie? Wie ist es passiert?", hatte sie Ricky gefragt.

„Das weiß ich nicht genau", hatte er geantwortet. „Izzy hat nur gesagt, dass sie versucht hätten, ihn davon abzuhalten, die Operation durchzuführen, nachdem die Nachricht wegen Margaret kam. Aber er hatte sich nicht davon abbringen lassen. Er muss unter Schock gestanden haben", hatte er hinzugefügt, aber mehr hatte Annie nicht gehört, bevor die kalte, harte Bitterkeit sich in ihr breitgemacht hatte. Ein einziges Wort hatte genügt, um die Bitterkeit Wurzeln schlagen zu lassen. *Nachdem. Nachdem* er die Nachricht wegen Margaret gehört hatte, hatte er entschieden, ein fremdes Kind zu operieren. *Nachdem* er gehört hatte, dass seine Mutter und seine Frau mit der unbeschreiblichen Tragödie, die sie getroffen hatte, allein waren, hatte er beschlossen, im Krankenhaus zu bleiben und jemand anderem zu helfen. In diesem Moment hatte sie gewusst, dass er sie nicht mehr liebte. Falls er sie überhaupt je geliebt hatte. Die tiefe Traurigkeit erfasste sie erneut, als sie an dieses Kind dachte und daran, wie alles ausgegangen war.

Annie suchte ihre Handtasche. Sie schrieb Diane eine Nachricht und legte sie aufs Spinnrad. Dann stieg sie in ihren Mietwagen, fuhr auf die Straße, und ihre Hände und Füße erinnerten sich an den Weg, ohne dass ihr Verstand sich einschalten musste. Bald war sie da. Sie bog ab, fuhr die lange Einfahrt hinauf und stellte das Auto ab. Hinter dem Haus, wo niemand es sehen würde. Wo ihre Anwesenheit niemanden einlud, ihr Gesellschaft zu leisten oder unerwünschte Bemerkungen zu machen.

Das alte Haus stand noch. Sie stieg aus dem Auto und ging einmal rund um das Gebäude herum. Es hatte Jahre gedauert, es zu renovieren, doch deutlich weniger Zeit war nötig gewesen, bis es wieder halb verfallen war. Trotzdem war es ihr vertraut und lieb, und sie strich mit der Hand über das verwitterte Holz, als sie, vom Quaken der Laubfrösche begleitet, die Verandastufen hinaufstieg. Sie zog die Mückengittertür auf, die quietschte, als sie bewegt wurde.

Sie kramte in ihrer Handtasche und holte den Schlüssel heraus, den sie immer noch in der Tasche trug, auch wenn sie ihn jahrelang nicht mehr benutzt hatte. Sie steckte ihn ins Schloss. Die Tür ging unter ächzendem Protest auf. Sie stand einen Moment da, bis sich ihre Augen an das dämmrige Licht gewöhnt hatten. Das Erste, an das sie sich erinnerte, war der Geruch. Wie ein alter Freund erhob er sich und begrüßte sie. Es war der gleiche Geruch, der ihr jedes Mal entgegenwehte, wenn sie einen Antiquitätenladen betrat – der Duft der alten Sachen, die sie hierhergebracht und aufbewahrt hatte, weil sie sie an Menschen erinnerten, die sie liebte, an Orte und Dinge, die es nicht mehr gab. Annie rührte sich nicht, sondern stand nur wie angewurzelt bei der Tür und schaute sich um. Alles war hier, genau so, wie sie es verlassen hatte. Irgendwie hatte sie erwartet, dass Sam die Sachen ein wenig umgestellt hätte, dass er hier gewohnt hätte, nachdem sie gegangen war. Aber das hatte er nicht. Er musste am selben Tag ausgezogen sein wie sie, denn alles war genauso wie an dem Tag, an dem sie gegangen war.

Da stand das alte, braune Sofa von Mary, von dem sie immer wieder gesagt hatte, es sei ihr peinlich, dass Sam und Annie es noch immer benutzten. Es war mit Zeitungen und ungeöffneter Post übersät. Annie trat näher heran und sah vergilbte Werbehefte und Prospekte. Der riesige alte Sessel und der hübsche Antiktisch – Mary hatte darauf bestanden, dass sie ihn nehmen sollten – standen wie an ihrem letzten Tag hier. Die Sachen hatten Großmutter Truelove gehört. Die Fotos hingen noch über dem Kaminsims. Sie und Sam als Brautpaar. Sie sah ein wenig verängstigt aus. Er schaute sie an, seine Augen und sein Gesicht strahlten und waren voll Liebe und Zuversicht. Ein Foto, auf dem sie zu dritt waren, hing daneben. Margaret kuschelte sich auf Sams Schoß. Oh, sie hatte ihren Papa geliebt. Annie merkte erst, dass sie weinte, als sie die Tränen auf ihren Wangen fühlte. Sie wischte sie mit der Handfläche weg.

Sie ging langsam weiter, wobei ihr Blick durch den ganzen Raum wanderte und alles in sich aufnahm wie in der Anfangsszene eines Films. Der verkratzte Eichentisch, ein paar Briefumschläge, die neben einer zerknüllten Serviette lagen. Mit dieser Serviette hatte sie sich an jenem Morgen die Augen abgewischt, erinnerte sie sich. Sie nahm sie vorsichtig in die Hand. In der Porzellanvitrine mit der geschwungenen Vorderseite stand immer noch das Porzellan ihrer Mutter. Die alten Lithografien hingen immer noch an der Wand, die Spitzentapete mit den Biedermeiersträußen, die sie am Tag vor Margarets Tod angebracht hatte. Die halbe Wand war fertig, die andere Hälfte kahl, zwei Rollen lagen noch auf dem Teppich. Das Wohnzimmer sah genauso aus, wie sie es verlassen hatte. Eine Wand war mit Bücherregalen zugestellt, Mahagonitische mit den Porzellanlampen, die sie beim Garagenverkauf in Valdosta gefunden hatten, der Perserteppich aus dem Antiquitätenladen in Savannah, die Kunstdrucke, der Schaukelstuhl.

Der Raum war jetzt leer, aber er barg so viele Erinnerungen. Sie lugten um die Ecken, lächelten sie aus den Bildern an den Wänden an. Sie saßen in jeder Ecke und Nische. Das war der Tisch, an dem sie so viel gelacht hatten. Der Garten, in dem sie miteinander gespielt hatten. Das Bild von Margaret in der Pappschachtel unter den Apfelbäumen, das Sam aufgenommen hatte. Annies Bein war darauf im Hintergrund zu sehen, da sie Äpfel gepflückt hatte.

Sie trat ans Fenster und schaute hinaus. Der riesige Garten, den sie jedes Jahr bewirtschaftet hatte, war von hohem Gras und Unkraut überwuchert, die Erde war trocken und hatte tiefe Risse. Die Schafweide war leer, aber sie wusste ja inzwischen, was Sam mit ihrer kleinen Herde gemacht hatte. Der Garten war ein einziges Chaos, das Gras wurde von Unkraut und wild wachsenden Blumen verdrängt. Nur der Balsamstrauch war davon nicht betroffen. Er war grün und blühte. Sie hielt einen Augenblick inne und dachte über diese überraschende Entdeckung nach. Dass der Strauch Jahr für Jahr hier gestanden hatte und gewachsen war, während Sam fort gewesen war und das getan hatte, was Sam eben machte, während sie in Seattle gewesen war und sich verkrochen hatte. Papa hatte ihnen den Strauch zur Hochzeit geschenkt. Es war ein Ableger von seinem eigenen Strauch gewesen. Dieser alberne Strauch. Er blühte und wuchs immer noch und war zu dumm, um zu wissen, dass er sterben sollte.

Annie schaute zum Stall hinüber und konnte für einen Moment fast sehen, wie Sam dort stand und Bretter festnagelte. Dieses alte Haus war sein Liebesgeschenk für sie gewesen. Er hatte es für sie gekauft, dann hatte er jede freie Minute damit verbracht, es für sie zu renovieren. Sie konnte fast seinen dunklen Kopf sehen, seine sonnengebräunten Arme.

Sie ging ins Schlafzimmer. Ihre ganzen Kleider hingen noch im Schrank. Das verhasste schwarze Kleid, das sie zur Beerdigung getragen hatte, lag leblos auf dem Schrankboden, die schwarzen Pumps daneben. Das Bett war gemacht, wie sie es verlassen hatte, aber verknittert, als hätte jemand sich auf die Tagesdecke gelegt. Sie öffnete den Schrank auf Sams Seite. Seine Anzüge waren fort, aber alles andere war noch da. Seine Freizeitkleidung. Jeans, Arbeitshemden und Stiefel. Sie schloss den Schrank wieder. Die Tür zum anderen Zimmer öffnete sie nicht. Sie erinnerte sich, dass sie sie am Tag, an dem Margaret gestorben war, zugezogen hatte. Seitdem hatte sie sie nicht wieder aufgemacht.

Annie ging in die Küche. Hier hatte sich nichts verändert außer den Rostflecken in der Spüle von einem undichten Hahn, der immer noch tropfte. Sie fragte sich, wie viele Liter Wasser in dieser trockenen, ausgedörrten Gegend dadurch vergeudet worden waren. Während sie darüber nachdachte, tropfte er wie ein langsames Metronom weiter. Die karierten Vorhänge sahen staubig aus. Sie rüttelte an einem Vorhang, und Tausende kleine Staubpartikel wirbelten wild durcheinander. Sie wandte sich ab. Die Kühlschranktür war angelehnt. Es war der alte, bauchige Kühlschrank, den sie von Mary geerbt hatten. Er war leer, und Annie überlegte, wer ihn ausgeräumt hatte. Sie vermutete, dass Laurie oder Mary oder Diane es gewesen waren, und plötzlich bekam sie Schuldgefühle. Dass sie weggegangen war, hatte auch andere betroffen, erkannte sie. Diese Erkenntnis kam ihr zum ersten Mal.

Sie strich mit der Hand über den Herd, den Dinosaurierofen, wie Sam ihn genannt hatte. Sie schaute nach unten und sah den Flickenteppich, den Sams Tante Valda gemacht und ihr zum Junggesellinnenabschied geschenkt hatte. Sie erinnerte sich an diese Feier. Drüben im Gemeindesaal. Es hatte Schinken und Kartoffelsalat gegeben, und die Männer hatten nicht kommen dürfen. Was hatten diese Frauen gedacht, als sie fortgegangen war? Was hatte man ihnen erzählt? Hatten sie sie vermisst? Waren sie verletzt gewesen, weil Annie, ohne ein Wort zu sagen, gegangen war? Zum ersten Mal erinnerte sie sich an ihre Namen und Gesichter.

Ihr Blick wanderte zum Regal mit den Kaffeebechern über der Spüle. Die alte, abgestoßene blaue Tasse, die Sam am liebsten gehabt hatte, hing immer noch da. Die Kaffeedose stand noch an derselben Stelle, an die sie sie an jenem Morgen gestellt hatte. Annie hatte Sam immer Kaffee gekocht und Frühstück gemacht, bevor er zur Arbeit gefahren war, bis auf jene letzten Tage, in denen er nie zu Hause gewesen war. Sie war mit den Schatten und der Trauer allein hier gewesen.

Vermutlich war es richtig, dass er sie hier finden würde. Sie hörte ein leises Geräusch und drehte sich um, und Sam stand da.

Annie starrte ihn an, ließ ihren Blick über ihn wandern und wollte ihren Augen nicht trauen. Aber es war wahr. Es war Sam. Er stand mit den Händen in den Taschen vor ihr. Seine Haare waren immer noch dicht und aus seinem Gesicht zurückgekämmt. Seine Miene war düster und enthielt etwas, das ihnen beiden bekannt war. Alles war, wie sie es erwartet hatte, bis sie in seine Augen schaute. Sie waren nicht hart und distanziert, wie sie gedacht hatte, sondern weich und voller Schmerz.

„Hallo, Annie Ruth", sagte er. „Irgendwie wusste ich, dass wir uns wiedersehen würden."

„Hallo, Sam", antwortete sie, und plötzlich war es, als wäre keine Zeit vergangen.

Irgendwie hatte er sich vorgestellt, dass sie sich verändert hätte. Vielleicht die Haare geschnitten. Dass sie jemand anders geworden wäre, den er nicht kannte. Vielleicht hatte er das sogar gehofft. Dann hätte er nicht diesen tiefen Schmerz gespürt, als würden zwei zerbrochene Kanten in seinem Brustkorb aneinanderreiben. Annie trug eine Jeans und ein blaues Baumwollhemd. Ihre schönen Haare fielen offen über ihre Schultern. Ihre großen Augen starrten ihn an, während ihre Wangen sich leicht röteten und die goldenen Sommersprossen aus ihrem Gesicht leuchteten.

Einen Moment sprach keiner von ihnen ein Wort, aber sein Verstand arbeitete auf Hochtouren. Er überschlug sich fast. Hatte sie es sich anders überlegt? War sie zurückgekommen, um es ihm zu sagen? Hoffnung keimte einen Moment auf, wurde aber brutal niedergeschmettert, als sie den Mund aufmachte.

„Ich bin gekommen, um das Haus auszuräumen“, sagte sie, und ihr Gesicht errötete noch mehr.

„Oh.“

„Hat dir jemand gesagt, dass ich hier bin?“, fragte sie. „Bist du deshalb gekommen?“

Er schüttelte den Kopf. „Ich bin hier, weil ich das Gleiche vorhabe. Ich will meine Sachen holen und das Haus für den Verkauf fertig machen.“

„Oh.“ Lag Enttäuschung in ihrer Stimme oder nur Gleichgültigkeit?

„Wann bist du gekommen?“, fragte er nach einem Moment.

„Gestern Nachmittag. Und du?“

„Auch.“ Sie wandten den Blick voneinander ab, und ein befangenes Schweigen machte sich breit.

„Sam“, sagte sie schließlich.

Er drehte sich zu ihr um. Es war töricht, aber selbst jetzt hoffte er noch, dass sie alles zurücknehmen würde. Dass sie sagen würde: „Vergiss diese Papiere. Ich war wütend. Jetzt sehe ich natürlich ein, dass es ein Fehler war.“ Was würde er tun, fragte er sich. Würde er sie in die Arme nehmen und küssen? Würde damit wieder alles gut werden? Plötzlich sah er, wie verrückt er war. Zu vieles stand zwischen ihnen, und plötzlich erschien es ihm unüberwindbar. Er hatte keine Ahnung, wie er diese Kluft überbrücken sollte.

„Sam, das mit Kelly Bright tut mir leid“, sagte sie leise und fand endlich die Worte, die sie gesucht hatte. Sie hatte also nicht vor, alles zurückzunehmen.

„Mir auch“, erwiderte er. Vielleicht ein wenig kürzer angebunden, als er beabsichtigt hatte. Aber was gab es sonst dazu zu sagen? Er fühlte, wie diese bekannte, hoffnungslose Erschöpfung ihm die Kehle zuschnürte.

Sie verschränkte die Arme und wandte den Blick von ihm ab, und als sie wieder sprach, hörte er, dass das Mitgefühl aus ihrer Stimme verschwunden war.

„Willst du irgendetwas hiervon behalten?“, fragte sie unverblümt.

In diesem Augenblick kochte sein Ärger über. Diese Worte trafen ihn wie ein Rammbock. Plötzlich sah er sich selbst, wie er jedes Jahr in diesem albernen Restaurant wartete und sich so sehr zum Narren machte, dass sogar alte Frauen Mitleid mit ihm hatten. Er starrte seine Frau an, die wirklich vor ihm stand. Er hätte nicht gedacht, dass er sie je wiedersehen würde. Seit ihrer knappen Nachricht vor fünf Jahren. Seit den Scheidungspapieren. Und er begriff, wie dumm es von ihm gewesen war zu glauben, dass noch Hoffnung bestehen könnte. Schließlich waren sie nicht mehr Sam und Annie, sondern Klägerin und Beklagter in einem Scheidungsverfahren. Er war wütend, dass sie gekommen war. Hätte diese letzte Beerdigung nicht ihr Vater übernehmen können? Hätte sie nicht jemanden dafür bezahlen können, der kam und die Scherben ihres gemeinsamen Lebens wegräumte? Warum war sie gekommen? Um ihn zu quälen? Um ihn leiden zu sehen?

„Was machst du hier, Annie?“ Es war seine Stimme, obwohl Sam selbst überrascht war, als er sie hörte. Er hatte nicht daran gedacht, diese Gedanken laut auszusprechen. Die Worte sprudelten einfach aus ihm heraus und überrumpelten ihn selbst. Sie klangen nicht übermäßig wütend. Im Gegenteil, sie klangen hohl, monoton, als interessiere ihn ihre Antwort kaum.

Jetzt wurde ihr Gesicht hart. „Ich habe jedes Recht, hier zu sein.“

„Hat dir das dein *Anwalt* gesagt?“, schoss er zurück, und irgendwie war das Desinteresse in seiner Stimme einem beißenden Hohn gewichen.

Ihr Gesicht lief bis zu den Haarwurzeln knallrot an. Sie gab ihm keine Antwort. Ihr Mund bildete eine harte Linie.

„Bist du gekommen, um Salz in meine Wunde zu streuen?“, fragte er jetzt noch schärfer. „Vielleicht wolltest du hier sein und sehen, wie dein *Ex*mann zu Fall kommt. Willkommen!“ Er breitete die Arme weit aus. „Nimm Platz. Die Vorführung beginnt.“

„Ich bin nicht gekommen, um zu sehen, wie du zu Fall kommst.“

„Warum dann?“

Ihre trotzige Miene geriet einen Moment ins Wanken. „Ich habe in der Zeitung gelesen ..."

„Dann bist du also gekommen, um mir zu helfen?" Er sollte aufhören. Er wusste, dass er aufhören sollte, aber die Wut und der Schmerz sprudelten aus ihm heraus.

Ihr Gesicht wurde wieder wütend. „Ich hätte es besser wissen müssen."

„Ach, komm schon, Annie. Wenn es dir wirklich etwas bedeuten würde, wärst du zu irgendeinem anderen Zeitpunkt in den letzten fünf Jahren gekommen. Vielleicht wärst du dann gekommen, als du es versprochen hattest."

„Wie kannst du es wagen, mir etwas von Versprechen zu sagen!" Ihre Stimme klang hart und scharf. „Du hast *dein* Versprechen gebrochen. Du hast versprochen, dass wir ein gemeinsames Leben haben würden. Du hast mich hier allein gelassen, weil du eine große Karriere machen wolltest. Du wolltest berühmt werden. Weißt du, wie viele Nächte ich hier auf dich gewartet habe?"

Er schüttelte angewidert den Kopf. Wie oft hatten sie diese Diskussion geführt? „Das liegt in der Natur meines Berufes, Annie", hatte er öfter gesagt, als er zählen konnte. „Ich kann kein halber Arzt sein. Entweder ich bin da oder nicht. Heiß oder kalt. Ganz oder gar nicht."

„Deine Arbeit war für dich immer das Wichtigste." Noch heute klang sie bitter.

„Darauf willst du also immer noch herumreiten", sagte er erschöpft, und das machte sie noch wütender.

Sie sagte nichts mehr, aber ihr Gesicht wurde finster und bitter, und er fühlte sich, als hätte sie ihm grobe Anschuldigungen an den Kopf geschleudert.

„Sprich weiter", sagte er resigniert. „Warum sagst du nicht, warum du mich wirklich hasst? Du bist wütend, weil ich an jenem Tag zur Arbeit ging, und du glaubst, es ist meine Schuld, dass Margaret starb. Ich weiß es. Du kannst mich anlügen, aber ich weiß, dass du mir die Schuld dafür gibst."

Sie sagte nichts. Sie gab es nicht zu, aber sie leugnete es auch nicht. Ihr Schweigen verletzte ihn genauso sehr, wie es Worte getan hätten.

„Es war ein Unfall, Annie. Niemand war schuld. Es hätte dir genauso passieren können. Mach Gott Vorwürfe, wenn du willst, aber ich habe unsere Tochter nicht umgebracht. Ich habe Margaret geliebt, und ich habe dich geliebt."

„Du hast mich nicht geliebt", fuhr sie ihn an, als er seinen Satz noch nicht einmal richtig beendet hatte. „Wenn du mich geliebt hättest, wärst du danach bei mir geblieben. Du hättest mit mir gesprochen. Weißt du, wie viele Nächte ich in diese steinerne Maske geschaut habe – die Maske, die du immer noch trägst – und darauf gewartet habe, dass du mit mir sprichst? Dass du etwas sagst? Irgendetwas? Aber du hast nie den Mund aufgemacht. Du hast mich schweigend hier sitzen lassen und bist gegangen. Du hast mich allein gelassen. Und am Ende bin ich gegangen und habe dich verlassen, aber ich habe nur wahrgemacht, was du schon längst getan hattest."

„Aha. Ich verstehe. Machst du das jetzt? Bist du deshalb hier, Annie?", fragte er. „Um die Dinge *wahr*zumachen? Um sie *ehrlich* zu machen?"

„Du hast deine Entscheidungen getroffen, Sam. Gib nicht mir die Schuld dafür."

„Ich habe Entscheidungen getroffen. Ja, ich verstehe. Wahrscheinlich denkst du, dass ich alles verdient habe, was ich jetzt bekomme", sagte er leise. „Vielleicht zahlt Gott es mir jetzt heim. Vielleicht ernte ich jetzt, was ich gesät habe."

Annie schüttelte den Kopf, gab ihm aber keine Antwort. Sie schob sich an ihm vorbei und ging zur Tür hinaus. Er stand da, ohne sich umzudrehen, und blieb noch lange regungslos stehen, als sie den Motor angelassen hatte und weggefahren war.

Annie zitterte am ganzen Körper. Sie fuhr ein Stück, dann hielt sie am Straßenrand an und wartete, bis ihr Puls sich wieder beruhigt hatte und ihr Magen aufhörte, sich zusammenzuziehen. Sie wollte nicht zu ihrem Vater zurückfahren. Mit ihm hatte sie noch ein Hühnchen zu rupfen. Er hatte bestimmt gewusst, dass Sam hier war. Wahrscheinlich zusammen mit allen anderen in Gilead Springs.

Aber sie wollte ihn jetzt nicht sehen. Sie wollte auch nicht Laurie oder Ricky sehen. Mary wollte sie auch nicht sehen und auch sonst niemanden, den sie kannte. Sie ließ den Motor wieder an und fuhr nach Osten, wobei sie eine große Staubwolke hinter sich zurückließ. Sie fuhr nach Asheville, ohne anzuhalten oder nachzudenken. Sie fand ein Geschäft, das Umzugsmaterial verkaufte, und stapelte flache Faltschachteln und Klebeband in den Kofferraum und auf den Rücksitz des Mietwagens. Es war Mittag, als sie das Auto wieder in Richtung Gilead Springs steuerte. Sie wünschte leidenschaftlich, sie hätte alles so gelassen, wie es war. Es wäre besser gewesen, ihn mit einem Rest von Liebe in Erinnerung zu behalten, als dieses bittere, kalte Bild vor sich zu sehen. Ihr graute davor, nach Gilead Springs zurückzukehren.

Annie fuhr an dem Schild vorbei, das den kurzen Weg nach Silver Falls anzeigte. In diesem Moment fiel ihr das Bild ein, dieses faszinierende Bild von Jesus mit der schönen Schrift auf der Rückseite, das immer noch in Seidenpapier eingewickelt in ihrer Tasche steckte. *Annie Wright Johnson,* stand darauf, *Silver Falls, North Carolina.* Annie wollte nicht nach Hause fahren. Sie wendete und fuhr nach Silver Falls. Als sie die Touristeninformation sah, stieg sie aus und ging hinein. Es war ein großer, leerer Raum, dessen Wände mit Glasvitrinen gesäumt waren, in denen alte Fotos und historische Gegenstände ausgestellt wurden.

„Kann ich Ihnen helfen?“, fragte eine junge, blonde Frau mit einem modischen Kurzhaarschnitt. Annie war überrascht. Sie hatte erwartet, dass hier eine alte Frau arbeiten würde, ein Mitglied der „blauhaarigen Kaffeetanten“, wie sie und Laurie Gilead Springs‘ Matronen genannt hatten.

„Ich habe in einem Antiquitätenladen ein Bild gefunden“, erklärte Annie. „Es ist gekennzeichnet mit dem Namen Annie Wright Johnson und stammt aus dem Jahr 1920 in Silver Falls. Haben Sie eine Ahnung, wo ich etwas über die Eigentümerin erfahren könnte?“

„Wir haben leider keine Stammbäume oder gesammelten Informationen über die Stadtgeschichte“, antwortete die junge Frau. „Miss Harrison von der Historischen Gesellschaft kann Ihnen vielleicht weiterhelfen. Sie finden sie gleich hinter dem Marktplatz in dem alten viktorianischen Haus hinter dem Gerichtsgebäude.“

Annie bedankte sich und ging wieder hinaus. Im Büro der Historischen Gesellschaft, das gleichzeitig anscheinend Miss Harrisons Wohnung war, setzte sie sich und wartete geduldig, während Miss Harrison zu ihrer Überraschung mehrere Internetdatenbanken nach Stammbäumen durchsuchte.

„Von der Familie leben noch mehrere Linien“, erklärte sie schließlich. „Charles Johnson, ein Enkel. Er wohnte in der Millard Street, aber ich glaube, inzwischen ist er in einem Pflegeheim in Bryson City. In der Datenbank stehen zwei Urenkelinnen. Eine lebt in Virginia und die andere in South Carolina. Die Einzige, die noch hier wohnt, könnte Mrs Rogers drüben in der Pigeon Creek Road sein. Ich glaube, sie ist irgendwie verwandt, aber im Moment kann ich leider nicht weiterrecherchieren. Bedauerlicherweise habe ich jetzt gleich einen Termin. Aber ich kann Ihnen den Weg zu Mrs Rogers beschreiben, wenn Sie möchten.“

„Vielen Dank“, sagte Annie.

Miss Harrison schrieb etwas auf einen Zettel und reichte ihn Annie, dann nahm sie ihre Handtasche. Gemeinsam gingen die beiden Frauen zur Tür.

„Sie haben nicht zufällig Mrs Rogers Telefonnummer?“, fragte Annie, als Miss Harrison ins Auto stieg.

„Ach, Sie brauchen nicht vorher anzurufen“, erwiderte sie.

Annie war sich da nicht ganz so sicher, aber Miss Harrison ließ schon den Motor an. Annie winkte zum Dank, stieg in ihr eigenes Auto und schaute dann auf die Uhr. Es war fast drei. Sie könnte nach Gilead Springs zurückfahren und anfangen, ihre Vergangenheit einzupacken, oder sie könnte Mrs Rogers einen Besuch abstatten.

Die Entscheidung war schnell getroffen. Sie ließ den Motor an und folgte Miss Harrisons Wegbeschreibung. Als sie ihr Ziel sah, begriff sie, warum Miss Harrison so sicher gewesen war, dass sie ihren Besuch nicht vorher ankündigen müsste. Lächelnd bog sie in die Schottereinfahrt. So etwas gab es in Seattle oder Los Angeles bestimmt nicht.

Es war ein kleiner Tante-Emma-Laden, ein weißes verkleidetes Holzhaus. *Rogers Gemischtwaren* stand auf dem Schild. Es gab eine Zapfsäule mit Werbetafeln. Eine Bank neben einem Fass mit

Stiefmütterchen. Die Holztür stand offen. An einem Nagel an der Mückengittertür hing ein Schild, auf dem *Geöffnet* stand. Das Gras neben dem Gebäude war trotz der Dürre saftig und grün, da es im Schatten mehrerer großer Eichen lag.

Annie stellte das Auto ab, stieg aus und ging zum Laden. Als sie die Tür öffnete, klingelte die Glocke darüber und die Angeln quietschten. Der Holzboden knarrte unter ihren Füßen, als sie eintrat. Sie schaute sich um und blinzelte, da sie nicht sicher war, wohin sie zuerst schauen sollte. Sie wusste nicht, wann sie das letzte Mal so viele Gegenstände in einen so kleinen Raum gepfercht gesehen hatte. Und die Gerüche! Sie schloss die Augen, um sie auf sich wirken zu lassen. Da war wieder dieser alte Geruch, zusammen mit Holzrauch und einem überwältigenden Geruch nach Äpfeln. Sie öffnete die Augen und sah sie – rot, gelb und grün – vor sich in Weidenkörben. Dahinter befand sich ein Regal, das bis oben hin mit Honiggläsern gefüllt war. Einige Gläser enthielten hellen bernsteinfarbenen Honig, in anderen war er dunkelbraun. In den nächsten Reihen standen Marmeladen und Gelees in edlen Farbtönen, rot und orange, schwarzrot und hellgelb. Sie drehte sich um und ließ ihren Blick über den Rest des winzigen Raumes schweifen. Überall standen Regale und Tische, jeder Zentimeter war randvoll mit irgendetwas gefüllt. Dosen und Kisten, Kuchen und Kekse, eine ganze Wand mit Süßigkeiten, Einmachgläsern, ein kleines Kühlfach und Regale mit allem, wovon Kinder träumten, angefangen von Schokoriegeln und Gummibärchen bis hin zu Pfefferminzstangen und einem Glas mit Karamellbonbons.

„Ich komme sofort“, rief eine Stimme aus dem Raum hinter dem Laden. Durch den Türrahmen sah Annie einen Ofen und einen Küchentisch.

„Lassen Sie sich ruhig Zeit“, rief sie zurück und schaute sich weiter um.

An einer Wand befanden sich Fliegenklatschen, eine Schachtel mit Nagelfeilen, von denen zwei fehlten, sowie ein beleuchteter Schaukasten mit dem Profil eines Indianers. Interessanterweise war er mit Kaugummi und nicht mit Kautabak gefüllt. Ein roter, kistenförmiger Getränkekühler. Sie öffnete den Deckel. Die Kiste war mit Glasflaschen bestückt. Sie drehte sich zum Regal mit den Backwaren herum. Ein Kokosnusskuchen war in eine Pappschachtel gepackt und mit Klarsichtfolie geschützt, Brotlaibe waren mit roten, blauen und gelben Punkten gekennzeichnet. Es gab große Gläser mit Brezeln und eingemachten Gurken, Makkaroni und Erdnüsse mit Schokoüberzug. Regale mit Jeans und Arbeitsoveralls. Sie ging an einer Tür vorbei und warf einen Blick in das Nebenzimmer. Säcke mit Futter und Getreide füllten den Raum.

Annie trat zur abgenutzten Theke mit der altmodischen Kasse und wartete. Dieser Ort, an dem sich Vergangenheit und Gegenwart trafen, wühlte sie sehr auf. Erinnerungen streckten ihre Tentakel aus, um sie zu fassen. Wenn sie sich davon befreien wollte, müsste sie jetzt verschwinden. Sie starrte das Drahtgestell mit den Kartoffelchips neben der Kasse an und erinnerte sich daran, dass sie am See in Gilead Springs neben einem solchen Gestell gestanden hatte. Sie konnte fast die nassen Haare in ihrem Nacken fühlen, die warme Luft und ihren feuchten Badeanzug, als sie in der Schlange gestanden hatte, um Süßigkeiten zu kaufen.

„Entschuldigung. Ich habe gerade mein Maisbrot aus dem Ofen geholt. Ich bekomme nachmittags immer ein wenig Hunger."

Annie drehte sich zu der Stimme herum und sah eine sehr alte Frau, groß, dünn, in einem blauen Hemdblusenkleid und mit Turnschuhen. Sie trat aus der Tür zu den Wohnräumen. Ihre weißen Haare waren kurz geschnitten und lockten sich wild. Sie strahlte vor Entzücken, als wäre der Besuch einer Fremden das Interessanteste, was ihr seit Wochen passiert war.

Annie lächelte und fühlte sich in ihre Studentenzeit zurückversetzt. Für ihre Abschlussarbeit hatte sie mündlich überlieferte Geschichten der Bewohner dieser Berge zusammengetragen. Fast jeden zweiten Tag war sie mit ihrem Kassettenrekorder und Notizbuch losgezogen, um einen alten Mann oder eine alte Frau in einer Hütte oder in einem Pflegeheim zu interviewen. Sie hatten so gern erzählt, und nach ein paar Minuten hatten sie vergessen, dass sie im Pflegeheim saßen. Stattdessen waren sie in alte, behagliche Bauernhäuser zurückgekehrt, wo sie neben einem gemütlich flackernden Feuer saßen und Wolle spannen oder webten. Dieser Laden hier war eine historische Kostbarkeit. Annie fragte sich, wie lang er schon existierte, und tippte auf die Dreißigerjahre.

„Kann ich Ihnen helfen? Suchen Sie etwas Bestimmtes?“, fragte die Frau.

„Ich heiße Annie Dalton“, sagte sie. „Sind Sie Mrs Rogers?“

„Leibhaftig und in voller Schönheit“, erwiderte sie fröhlich, und Annie konnte sich ein Lächeln nicht verkneifen.

„Miss Harrison von der Historischen Gesellschaft sagte, dass Sie mir vielleicht ein paar Fragen beantworten könnten.“

Mrs Rogers sah überrascht aus, nickte aber bereitwillig. „Können Sie noch einen Moment warten?“, fragte sie. „Mein Maisbrot wird sonst kalt.“

„Danke. Das war köstlich.“ Annie schaute auf die Reste der Buttermilch und des Maisbrotes hinab. Sie hatte sich nicht aufdrängen wollen, aber Mrs Rogers hatte darauf bestanden, dass sie mit in ihre Küche käme. Dann hatte sie ihr ein großzügiges Stück goldbraunes Maisbrot abgeschnitten und eine Flasche Buttermilch aus der Tür eines altmodischen Kühlschranks geholt. Annie erinnerte sich, dass Oma Mamie ihr das Gleiche vorgesetzt hatte, das beste Mittel gegen einen leeren Magen und Kummer jeder Art. Ihre Großmutter war eine gute, alte Frau gewesen, voll Leben und Kraft und eigensinnigen Glaubens.

Theresa hatte nur selten bei Oma Mamie übernachtet. Annie dagegen hatte die Besuche dort geliebt. Es waren ihre besonderen Momente gewesen. Ihre Höhepunkte. Sie und Mamie hatten gesponnen und sich unterhalten und gegessen. Ach, bei Mamie hatte es immer etwas Leckeres vor dem Schlafengehen gegeben. Kaltes, gebratenes Hähnchenfleisch oder eine Waffel, die im Ofen geröstet war und mit Butter und eingemachten Pfirsichen serviert wurde. Buttermilch und Maisbrot. Oder das allgegenwärtige Eis. Sie aßen und erzählten und zum Schluss beteten sie.

Bei diesen Gebeten hatte Annie sich viele Fragen gestellt. Sie hatte kaum Erinnerungen an ihren Großvater, aber genug, um zu wissen, dass Mamies Leben nicht leicht gewesen war. Sie waren arm gewesen, und er hatte oft unter dem nie endenden Druck gelitten,

Essen auf den Tisch zu bringen und Kleidung für ihre Kinder zu beschaffen.

Annie hatte viele Nächte in Mamies Hinterzimmer verbracht, auf dem quietschenden Eisenbettgestell gelegen, in Mamies alter schwarzer Lederbibel und in den vergilbten Gemeindebriefen gelesen, Mamies Sachen auf der Kommode angeschaut: ihren Kamm und ihre Bürste, ihre runde Brille mit Drahtgestell, ihre Haarnadeln. Sie hatte die Hunde in der Ferne bellen gehört und das einsame Pfeifen des Zuges, wenn er vorbeifuhr.

Sie schaute sich jetzt in Mrs Rogers' Küche um und konnte fast Mamies große Gestalt in dem unförmigen Bademantel sehen, die Haare in einen dünnen grauen Zopf gefasst, während sie ihr Nachtmahl zubereitete. In diesen Augenblicken ließ sie Annie an ihrer Weisheit teilhaben. Harte, schwere Glaubensbrocken, gut geeignet, um ungestüme Herzen zu zähmen.

Annie erinnerte sich an die Veranda mit der Schaukel und an die aufgereihten Schaukelstühle. Vor ihrem inneren Auge konnte sie ihre Onkel darauf sitzen sehen, während ihre Großmutter die Gläser mit süßem Eistee oder die Tassen mit dampfendem Kaffee verteilte. Sie konnte die Stimmen aus der Küche hören, das Klirren des Geschirrs und Bestecks, das Klappern der Töpfe, und sie schnupperte die köstlichen Gerüche, die sich um ihr Herz legten und sie fest mit diesem Ort, mit diesen Menschen verwurzelten.

Sie hatte Mrs Rogers' Maisbrot mit diesen Erinnerungen im Kopf gegessen und sich nicht gewehrt, als ihre Gastgeberin ihr noch ein heißes Stück auf den Teller legte.

„Danke. Das war das beste Maisbrot, das ich seit Jahren gegessen habe“, erklärte sie jetzt.

„Das freut mich genauso sehr wie ein warmer Regen“, sagte Mrs Rogers, und Annie lächelte. Diese Redewendung hatte sie lange nicht mehr gehört.

„Sie fragen sich bestimmt, was eine völlig Fremde zu Ihnen führt.“

Mrs Rogers setzte sich auf dem Stuhl zurück, legte die Beine übereinander und schaukelte mit einem Fuß. Sie sah aus wie jemand, der nicht lange stillsitzen konnte. „Ich wusste, dass Sie es mir irgendwann erzählen würden.“

Annie lächelte wieder und nahm ihre Handtasche. Das Bild befand sich darin, vorsichtig in Seidenpapier gewickelt und noch einmal in einer Papiertüte verstaut. Sie holte es jetzt heraus, wickelte es aus und reichte es über den Tisch. Sie beobachtete, wie Mrs Rogers' Gesicht freudig aufleuchtete, als sie es erkannte.

„Das hat meiner Großmutter gehört", sagte sie. „Ich erinnere mich, dass ich es als Kind in ihrem Haus gesehen habe."

Annie wurde schwer ums Herz, denn sie würde es zurückgeben müssen. Daran hatte sie natürlich schon gedacht, aber ihr war nicht bewusst gewesen, dass ihr das so schwerfallen würde.

„Ich hatte mich schon gefragt, was aus ihren Sachen geworden ist", sagte Mrs Rogers.

„Das Bild hier hat einen weiten Weg zurückgelegt. Ich habe es in einem Antiquitätenladen in Los Angeles gefunden."

Mrs Rogers schaute sie erstaunt an, dann schüttelte sie den Kopf und schaukelte wieder leicht mit dem Fuß. „Was Sie nicht sagen!"

Annie nickte.

Mrs Rogers drehte es um und las die Rückseite. Ihr Gesicht wurde weicher. „Ja, das war sie. Sie war eine gottesfürchtige Frau. Wenigstens am Ende, als sie das hier schrieb."

Annie setzte sich aufrechter hin. „Warum sagen Sie *am Ende*?", fragte sie.

Mrs Rogers berührte vorsichtig das Bild. „Ihr Leben war nicht leicht. Es dauerte eine Weile, bis sie zu dieser Erkenntnis kam." Sie deutete mit dem Kopf auf die Widmung, und Annie las sie wieder. *Auf der Erde gibt es keinen Schmerz, den der Himmel nicht heilen könnte. Annie Wright Johnson. Silver Falls, North Carolina, 1920.*

„Haben Sie Zeit, um mir ihre Geschichte zu erzählen?", fragte sie.

Mrs Rogers überlegte. „Ich kann Ihnen ein bisschen etwas erzählen, und ein bisschen etwas können Sie selbst lesen. Ein paar Sachen konnte ich vor Imagene retten", sagte sie grimmig.

„Imagene?"

„Meine Tochter." Ihr Mund bildete eine schmale Linie, als sie den Kopf schüttelte. „Als meine Mutter starb, haben Imagene und ihre Cousinen das Haus ausgeräumt. Sie hatte Truhen mit alten Sachen. Das meiste haben sie entsorgt." Annie sah die Trauer in ihrem

Gesicht. „Meine Nichten sagten, es sei wertlos. Können Sie sich das vorstellen?“, fragte sie traurig.

„Nein, das kann ich mir nicht vorstellen“, antwortete Annie wahrheitsgemäß und schüttelte ebenfalls den Kopf. „Sie behalten dieses Bild natürlich“, bot sie großzügig an. „Es sollte Ihnen gehören.“

Mrs Rogers überlegte eine Minute, und Annie sah, wie ihre Augen bei diesem Gedanken aufleuchteten. Aber schließlich schüttelte sie den Kopf. „Das glaube ich nicht“, sagte sie und gab es ihr zurück. „Ich denke, Sie sollten es haben.“

Als Annie es entgegennahm, bekam sie eine leichte Gänsehaut, denn genau den gleichen Eindruck hatte sie selbst auch gehabt: dass dieses Bild Jahre und Kilometer überbrückt hatte und dass es kein Zufall war, dass es in ihren Händen gelandet war.

„Wir haben den gleichen Namen“, stellte sie fest, als wäre das von großer Bedeutung. „Und ich komme aus Gilead Springs. Ich war zufällig in Los Angeles und sah das Bild.“ Sie suchte nach der richtigen Formulierung. Ihre Worte konnten unmöglich wiedergeben, was sie fühlte.

Mrs Roger schaute sie aufmerksam an. „Wenn das kein Zufall ist!“

Annie betrachtete wieder schweigend das Bild.

„Meine Großmutter war Lehrerin oben in Cade's Cove, bis sie heiratete“, begann Mrs Rogers, und Annies Aufmerksamkeit war sofort gefesselt.

Cade's Cove war eine der ältesten Siedlungen in diesen Bergen. Die ersten Siedler waren in den 1820er-Jahren gekommen. Bis in die 1930er-Jahre war es eine blühende Stadt gewesen, doch dann hatte der Staat das Land gekauft, die Bewohner zusammen mit fünftausend Leuten aus den umliegenden Ortschaften umgesiedelt und einen Nationalpark angelegt. Eigentlich war Annie froh, dass man etwas unternommen hatte, um die Wälder vor den unersättlichen Sägemühlen zu retten, aber es stimmte sie traurig, dass so viele Menschen ihr Zuhause und ihre Erinnerungen verloren hatten. Sie war vor Jahren dort oben gewesen, und die Überreste dieses früheren Lebens hatten sie seltsam berührt.

„Haben Sie selbst auch dort gewohnt?“, fragte sie Mrs Rogers.

„Ja. Mein Vater hatte bis 1940 dort oben ein kleines Haus."

„Ich dachte, der Park wurde '34 angelegt."

„Das stimmt auch." Mrs Rogers lächelte. „Mein Vater hatte etwas dagegen, dass der Staat ihm sein Land wegnehmen wollte. Er war der Friedensrichter in Cove, und er hielt das nicht für richtig. Er wehrte sich dagegen. Er ging nach Asheville und nahm sich einen Anwalt. Er gab sein ganzes Geld dafür aus, und er hielt, so lange er konnte, durch. Doch schließlich ging ihm das Geld aus. Er verkaufte das Land an den Staat und kaufte von dem wenigen Geld, das sie ihm dafür zahlten, diesen Laden."

„Das war Unrecht", sagte Annie, die diese Ungerechtigkeit auch nach so vielen Jahren noch störte.

„Ja, das stimmt", nickte Mrs Rogers. „Aber so war es am besten." Sie stand auf und verschwand. Verstohlen schaute sich Annie um und versuchte, ihr Interesse zu stillen, ohne zu neugierig zu wirken.

Die Küche war eine Mischung aus Alt und Neu. Sie sah eine Filterkaffeemaschine und einen elektrischen Mixer in der alten Küchenvitrine stehen. Ein neuer Elektroherd stand neben einem gusseisernen Ofen und einem genauso alten Kühlschrank. Der Boden war mit altem, grünem Linoleum mit roten Rosen belegt. Das Blumenmuster war abgenutzt, Nagelköpfe von den Bodendielen darunter schauten schon durch. Die Vorhänge waren aus gestärktem rotkariertem Baumwollstoff. Der Klapptisch, an dem sie saß, war mit einer geblümten Tischdecke bedeckt. Auf dem Tisch stand ein Brotlaib aus Keramik, der, wie Annie wusste, Bibelverse auf kleinen Pappkärtchen enthielt. Alles war freundlich und warm. Sie lehnte sich auf ihrem Stuhl zurück und entspannte sich zum ersten Mal seit Tagen.

Mrs Rogers tauchte wieder aus einem Zimmer auf, das vermutlich das Schlafzimmer war. Sie hatte einen kleinen Karton in der Hand, den sie neben Annies Füße auf den Boden stellte. Annie schaute zu, wie sie ein ledergebundenes Buch herausholte, von dem einige Seiten lose waren, und es auf den Tisch legte.

Sie schlug es auf, und ein vergilbter Zeitungsausschnitt fiel auf den Boden. Annie hob ihn auf und las die Überschrift, ehe sie ihn ihr zurückgab.

„Brüder sterben in zugefrorenem Teich", stand hier, *Asheville Tri-*

bune vom 15. Januar 1905. Annies Herz hämmerte und ihr war plötzlich eiskalt.

„Lesen Sie weiter“, sagte Mrs Rogers und gab ihr den Zeitungsartikel zurück. „Das war ihr Kummer.“

Annie las den vergilbten Zeitungsausschnitt.

Freunde in Swain County und Cherokee County stehen in tiefer Trauer wegen des Todes von Henry Clark Wright und Robert Francis Wright in Swain County letzte Woche. Die Jungen versuchten, einen zugefrorenen Teich zu überqueren, als einer der Brüder ins Eis einbrach. Der andere ertrank, während er versuchte, ihn zu retten, wie mehrere Männer berichteten, die vorbeikamen und versuchten, sie zu retten. Henry Wright war sieben Jahre alt und Robert Wright war fünf Jahre alt. Sie hinterlassen ihre Mutter, Annie Dorothea Billington Wright, die früher in Asheville wohnte; ihren Vater, Clayton Andrew Wright aus Buncombe County; und eine Schwester, Sarah Jane Wright. Das Mitgefühl der ganzen Stadt gilt der trauernden Familie.

Annie starrte den Artikel an und gab ihn dann langsam Mrs Rogers zurück.

„Das ist ja schrecklich“, sagte sie. „Ich kann mir nicht vorstellen, wie sie das je überwunden hat.“

„Es war ein langer Weg“, sagte Mrs Rogers und reichte Annie das Buch mit dem groben Ledereinband. „Hier hat sie ihre Gedanken aufgeschrieben.“

Annie nahm das Tagebuch, schlug es auf und begann zu lesen. Die Worte trafen sie, da ihr Inhalt in einem so krassen Gegensatz zu der eleganten altmodischen Schrift stand. Ihr Blick fiel auf die Mitte der Seite, und die Worte erregten sofort ihre Aufmerksamkeit.

Ich war eine unachtsame Mutter. Das sehe ich ganz deutlich. Jetzt ist mir vollkommen klar, dass es zu spät ist, um noch irgendetwas zu ändern. Ich sehe mich selbst, wie ich die meisten Tage verbrachte, ein Baby auf dem Arm, die anderen beiden Kinder spielten um meine Beine, meine Schürze war schmutzig, meine Haaren unfrisiert. Ich unterhielt mich mit Bessie, mit Cassie, mit jedem, der mir zu-

hörte, während ich hackte und fegte und kochte und das schmutzige Spülwasser auf die Stangenbohnen kippte.

Nur eines tröstet mich. Sie waren glückliche Babys und glückliche Kleinkinder und glückliche, tapfere Jungen. Ich sehe sie die Eichen hinaufklettern und Eicheln herabwerfen und sich an diesem Seil, das sie an den oberen Ast gebunden hatten, weit über den Fluss schwingen. Ich sehe, wie sie in diesen Teich hüpften, genauso ahnungslos und unvorsichtig, wie ich selbst es war.

Clayton sagt, ich soll aufhören, mir deshalb den Kopf zu zerbrechen. Wie soll ich das machen? Ich denke die ganze Zeit daran. Aber ich spreche nicht von ihnen. Und auf keinen Fall mit Clay. Er gibt mir die Schuld. Er sagt das natürlich nicht laut, aber ich weiß es. Das sehe ich daran, wie er mich anschaut. Daran, wie er mich nicht anschaut. Er sieht mir kurz in die Augen, dann wendet er schnell den Blick ab, als wären meine Augen ein tiefes Wasserloch, das ihn in die Tiefe zieht, wenn er zu nahe kommt oder mir zu tief in die Augen schaut.

Ich weiß, dass er deshalb weggegangen ist, obwohl er eher sterben würde, als das zuzugeben. „Ich gehe nach Charleston und arbeite im Baumwolllagerhaus", hat er gesagt, nachdem die Ernte eingebracht war. Als der Winter Einzug gehalten hatte und die Bäume kahl waren und die Abende lang und still und nur wir zwei und die kleine Sarah Jane in dem leeren Haus saßen. „Ich komme im Frühjahr rechtzeitig für die Saatzeit zurück", hat er versprochen. Ich glaube ihm. Natürlich glaube ich ihm.

Annie blinzelte und starrte auf die Seiten. Etwas in ihr wollte dieses Buch zurückgeben, schnell verschwinden und dieses Haus nie wieder betreten. Aber ein anderer Teil von ihr wurde von ihren unbeantworteten Fragen angezogen. War Clayton zurückgekommen? Hatte er ihr vergeben? Sie drehte das Bild um und las wieder den Namen auf der Rückseite. *Annie Wright Johnson.* Hatte sie in späteren Jahren noch einmal geheiratet? Oder war Mr Johnson auf der Bildfläche erschienen, als Mr Wright zu lang im Baumwolllagerhaus geblieben war?

Aber eigentlich wusste sie, dass diese Fragen, auch wenn sie noch so aufwühlend waren, unwichtig waren. Das, was sie wirklich getroffen hatte, waren die ersten Worte, die sie gelesen hatte. *Ich war eine unachtsame Mutter,* hatte diese Annie geschrieben, und, ja, sie kannte dieses Gefühl nur zu gut. Sie berührte den rauen Ledereinband des Tagebuchs und fragte sich, warum diese Annie aus einer früheren Zeit sich die Schuld dafür gegeben hatte, dass zwei Kinder im Eis eingebrochen waren. Vielleicht wollte sie es aber auch gar nicht wissen.

„Hier ist sie", sagte Mrs Rogers und reichte ihr ein Foto.

Annie betrachtete es. Auf dem Foto waren eine Frau mit dunklen Haaren und dunklen Augen und drei Kinder abgebildet. Zwei Jungen und ein kleines Mädchen. Alle hatten sich vor einem Weihnachtsbaum aufgebaut, einer dürren Kiefer, die mit Papiersternen und Stoffgirlanden geschmückt war. Annie schaute die drei Kinder lächelnd an. Die Jungen sahen sich so ähnlich, dass sie Zwillinge sein könnten, obwohl sie wusste, dass das nicht der Fall gewesen war. Sie hatten Zahnlücken, Sommersprossen und sahen glücklich aus. Das kleine Mädchen war fröhlich, ihr rundes Gesicht strahlte, während sie eine gestrickte Puppe umklammerte. Annies Blick blieb jedoch an der Frau hängen. Sie saß hinter den Kindern auf einem Stuhl und beugte sich leicht vor. Sie trug ein dunkles Kleid und hatte einen Spitzenkragen um den Hals gelegt, der mit einer Brosche befestigt war. Ihre dunklen Haare waren in der Mitte gescheitelt, über die Ohren nach unten gezogen und dann hinten hochgesteckt. Ihr Gesicht strahlte. Ihre Augen funkelten. Sie sah glücklich und nett aus, und Annies Herz zog sich schmerzlich zusammen, als sie an das dachte, was sie über das weitere Leben dieser Frau wusste.

„Sie war ein Mädchen aus der Asheviller Gesellschaft", sagte Mrs Rogers.

Diese Information verwunderte Annie. Sie passte nicht ganz zu ihrem Bild von einer Frau, die pflügte und harkte und Abspülwasser auf die Stangenbohnen kippte.

„Ihr Vater wollte, dass sie den Pfarrer heiraten sollte, aber sie nahm die Stelle als Lehrerin in Cade's Cove an und verliebte sich in einen einfachen Mann, einen Bauern, der oben in den Bergen einen Hof aufbauen wollte. Sie war jung und hatte keine Ahnung, was das mit sich bringen würde. Hier ist ein Brief, den sie an ihre Schwester schrieb."

Annie nahm den vergilbten Umschlag und zog die gefalteten Blätter heraus.

Liebste Clarissa,
Papa sagt, dass er mich enterbt, wenn ich Clay Wright heirate und in die Berge ziehe. Ich habe ihm gesagt, dass Clay kein gewöhnlicher Tagelöhner ist, sondern Landbesitzer und ein Gentleman. Papa ist nicht davon überzeugt. Mir ist gleichgültig, was er sagt. Ich habe vor, das zu machen, was ich will.

Annie lächelte, als sie das las. Niemand hatte etwas gegen ihre Heirat mit Sam gehabt, aber sie konnte sich gut vorstellen, dass sie in einem solchen Fall etwas Ähnliches verkündet hätte. Sie warf noch einmal einen Blick auf die Frau auf dem Foto. Auf die fröhlichen Augen und den geschwungenen Mund. Ja. Sie konnte sich vorstellen, wie sich diese Augen in Stahl verwandelten und der Mund sich zu einer entschlossenen Linie verzog.

Papa sagt, er will nicht, dass seine Enkel wie wilde Kaninchen herumlaufen, und ich habe ihm erklärt, dass meine Kinder tun werden, was ihnen gefällt. Dass ich ihnen bestimmt nicht meine Ansichten aufzwinge oder sie verschachere, als wären sie mein Besitz, um den ich feilsche, oder eine Kuh oder ein Maultier, das ich an den Meistbietenden verkaufe. Er antwortete, dass seine Vorkehrungen für meine Heirat mit dem Pfarrer nur ein Vorschlag seien, kein Befehl. Ich habe ihm erwidert, dass ich mir selbst aussuche, wen ich heiraten will, aber als ich das gesagt hatte, sah ich seine Augen. Sie sahen so traurig und so verletzt aus, dass ich meine groben Worte bereue. Aber muss ich denn wirklich jemanden heiraten, aus dem ich mir nicht das Geringste mache? Der Pfarrer ist fast achtundzwanzig, und ich bin erst achtzehn. Wenn ich ihn heiraten sollte, würde ich viel zu früh eine alte Frau werden. Außerdem gefällt mir die Aussicht überhaupt nicht, eine Pfarrersfrau zu werden und Tag und Nacht Fremde im Haus zu haben. Ich glaube, ich werde das Leben in den schönen Bergen genießen. Ich werde einen Garten anlegen und kochen lernen.
Ich habe beschlossen, einen Ballen weißen Batist mit blauen Blu-

men zu bestellen, den ich bei Fancy im Katalog gesehen habe. Daraus lasse ich mir mein Brautkleid nähen.

Annies Blick flog weiter über die Seite. Der Rest des Briefes handelte davon, welche Schuhe sie tragen würde und welche Ohrringe und welche Halskette, sie überlegte, welcher Hut am besten zu ihren Augen passte. Annie lächelte, dann schüttelte sie traurig den Kopf, weil sie daran denken musste, wie die Geschichte ihrer Namensvetterin weitergegangen war.

„Sie musste erst noch erwachsen werden", bemerkte Mrs Rogers. „Sie hatte bestimmt keine Ahnung, was auf sie zukommen würde. Das weiß wahrscheinlich niemand von uns. Meine Mutter hat einen sehr wahren Satz gesagt: ‚Man kennt einen Mann erst, wenn man ihn geheiratet hat.'"

Annie lächelte, dann schaute sie auf die alte Lederbibel hinab, die Mrs Rogers zusammen mit dem Tagebuch und den Briefen herausgeholt hatte. „Darf ich?"

„Gerne", nickte Mrs Rogers.

Sie nahm die Bibel und hielt sie vorsichtig fest. Das alte schwarze Leder schmiegte sich weich in ihre Hand. Der Einband war zerkratzt und an den Rändern abgestoßen, die schwarze Farbe war an den Kanten abgenutzt, dass sie braun aussah. *Heilige Schrift. Annie Wright Johnson* war in kaum noch lesbaren, goldenen Buchstaben auf die Vorderseite gedruckt. Annie schlug das Buch vorsichtig auf. Der Rücken war gebrochen. Die elfenbeinfarbene Seite war in der alten Schreibschrift aus dem letzten Jahrhundert beschrieben, mit der gleichen Schrift, die sie auf der Rückseite des Bildes gesehen hatte, nur älter und krakeliger. *Die fünf Kronen*, stand dort. Hinter jeder Krone wurden auf eine Bibelstelle verwiesen. *Krone der Herrlichkeit. Unvergängliche Krone. Krone des Lebens. Krone der Freude. Krone der Gerechtigkeit.*

Annie blätterte die hauchdünnen Seiten um. 1. Buch Mose. Gleich der erste Vers war eingekreist und unterstrichen. *Am Anfang schuf Gott.* Sie blätterte weiter, überflog die Verse, las einige, betrachtete die gewellten Linien, mit denen einiges unterstrichen war, die dünnen Notizen. Die Seiten waren durch den vielen Gebrauch noch dünner geworden, als sie am Anfang gewesen waren. Sie blätterte langsam weiter. Das vierte Buch Mose, in dem die andere Annie unterstrichen hatte: *Wenn der Herr Gefallen an uns hat, wird er uns dorthin bringen und uns das Land schenken.*

Hiob. *Nackt bin ich zur Welt gekommen, und nackt verlasse ich sie wieder. Herr, du hast mir alles gegeben, du hast mir alles genommen, dich will ich preisen! Obwohl dieses Leid über ihn hereinbrach, versündigte Hiob sich nicht. Kein böses Wort gegen Gott kam über seine Lippen.*

Rut. *Er wird dir viel Freude schenken und sich um dich kümmern, wenn du alt geworden bist.*

Psalmen. *Ein Tag in deinem Tempel ist mehr wert als tausend andere! Ich möchte lieber ein einfacher Türhüter sein an der Schwelle deines Hauses als bei den Menschen wohnen, die dich missachten! Denn Gott, der Herr, ist die Sonne, die uns Licht und Leben gibt, schützend steht er vor uns. Niemand ist so gut zu uns wie er, durch ihn gelangen wir zu hohem Ansehen. Wer ihm rückhaltlos ergeben ist, den lässt er nie zu kurz kommen. Herr, du Gott über Himmel und Erde! Glücklich ist jeder, der sich auf dich verlässt!*

Annie starrte in die Stille der Küche. Als sie sich erinnerte, wo sie war, bemerkte sie, dass Mrs Rogers sie schweigend und mit mitfühlenden Augen anschaute. „Auf der Erde gibt es keinen Schmerz, den der Himmel nicht heilen könnte“, sagte sie leise.

Annie blinzelte und gab keine Antwort. Sie schwiegen eine Minute oder zwei.

„Wer sind Sie, Annie Dalton?“, fragte Mrs Rogers schließlich. „Bis jetzt habe nur ich die ganze Zeit geredet. Jetzt sind Sie dran.“

Als Annie antwortete, war sie selbst überrascht, denn sie sagte nicht das Übliche.

„Meine Familie stammt aus diesen Bergen“, begann sie. „Mein Ururgroßvater war Wanderprediger und meine Ururgroßmutter war die Hebamme, die alle Kinder in der Gegend um Gilead Springs auf die Welt brachte.“

„Die Granny!“, rief Mrs Rogers überrascht.

„Ja, so wurde sie genannt“, lächelte Annie. „Ich weiß nicht, nach wem ich gerate. Wahrscheinlich nach ihm, denn ich fahre viel herum. Und obwohl ich nie anderen bei der Geburt eines Kindes geholfen habe, habe ich selbst eines zur Welt gebracht.“

Mrs Rogers hörte ruhig zu und unterbrach sie nicht mit Fragen.

„Das, was ich auf der ganzen Welt am meisten geliebt habe, war, Dinge anzupflanzen und zuzuschauen, wie sie wachsen. Meine liebste Beschäftigung war es, Schafe zu scheren und zu spinnen und diese Wolle dann zu etwas zu weben, das es vorher nicht gab."

„Geliebt habe?"

„Wahrscheinlich liebe ich es immer noch. Aber jetzt webe ich hauptsächlich mit Worten. Ich schreibe. Für eine Zeitung. Ich ziehe nach Los Angeles, um dort zu arbeiten."

„Dort werden nicht viele Schafe geschoren und vermutlich auch nicht viel Wolle gesponnen", bemerkte Mrs Rogers trocken.

„Nein, sehr wahrscheinlich nicht", sagte Annie und musste an die hohen Betontürme, die Graffiti und den Stacheldraht und an die trockenen, flachen Schnellstraßen denken. „Aber hier hat sich alles verändert", sagte sie, als wolle sie ihre Entscheidung rechtfertigen.

„Das Leben besteht aus ständigen Veränderungen", gab Mrs Rogers ihr recht.

„Ich will, dass es so bleibt, wie es war", sagte Annie, und die Sehnsucht, die sie in ihrer eigenen Stimme hörte, machte sie verlegen.

Mrs Rogers schaute sie mitfühlend an und öffnete den Mund, um etwas zu erwidern, doch in diesem Moment klingelte die Glocke an der Tür.

„Ich fahre jetzt lieber nach Hause", sagte Annie. „Sie werden sich schon fragen, wo ich abgeblieben bin."

„Bleiben Sie doch noch eine Weile", bat Mrs Rogers. „Ich bin gleich wieder da. Wollen Sie nicht wissen, was aus Annie Wright geworden ist?"

„Ich gehe lieber", wiederholte Annie.

„Wie Sie meinen." Die typische Antwort in den Bergen, wenn man den Willen des anderen akzeptierte.

„Danke für das Essen."

„Kommen Sie mich wieder besuchen", sagte Mrs Rogers. Es war eher eine Vorhersage als eine Einladung.

„Danke", antwortete Annie. „Das würde ich gern." Keine Versprechen.

Sie gingen gemeinsam in den Laden hinaus. Ein alter Mann in einem Arbeitsoverall schaute enttäuscht in die Tabakdose.

„Bei mir gibt es keinen Tabak und keinen Alkohol", sagte Mrs Rogers knapp. „Aber Kaugummi und Limonade können Sie haben."

Er murmelte etwas vor sich hin, und Mrs Rogers bedachte Annie mit einem breiten Lächeln und winkte ihr zum Abschied.

20

Es war schon nach neun Uhr, als Carl an diesem Abend seine Visite im Krankenhaus beendete, und fast zehn, als er alles in den Krankenkarteien dokumentiert hatte und nach Hause fuhr. Ines Williams ging es nach ihrem Schlaganfall schon besser. Sie konnte bald in eine Rehaklinik verlegt werden. Der Zustand von Evelyn Groves hatte sich nach ihrer Hydropischen Herzdekompensation verschlechtert. Er hatte ihre Medikamente noch einmal umgestellt und sie ins Krankenhaus eingewiesen, um sie beobachten zu lassen. Der Orthopäde hatte den gebrochenen Oberschenkel des kleinen Peter Turner erfolgreich operiert. Er würde höchstwahrscheinlich morgen nach Hause kommen.

Es war ein langer, arbeitsreicher Tag gewesen. Am Morgen hatte Carl Hausbesuche gemacht, dann war er am Nachmittag zur kostenlosen Sprechstunde in seiner Praxis gewesen. Es waren zu viele Patienten, aber was sollte er machen? Das Baby mit der Ohrentzündung nach Hause schicken? Die junge Frau mit der Mandelentzündung? Den kleinen Jungen mit dem gebrochenen Arm? Natürlich war er geblieben und hatte keinen einzigen Patienten weggeschickt. Dann war er zum Krankenhaus gefahren, um seine Visite zu machen.

Carl war müde. Und, was völlig ungewöhnlich war, er hatte seit dem Frühstück nichts gegessen. *Perlie's Country Buffet*, wo er am liebsten essen ging, war geschlossen. Er hatte kurz überlegt, unterwegs im *Burger Barn* eine Pause einzulegen, es aber dann doch unterlassen. Er hatte leichte Magenbeschwerden. Er stellte sein altes Auto in der Einfahrt hinter Annies Mietwagen ab, ging in die Praxis und beantwortete die dringendsten Anrufe. Sein Behandlungszimmer, in dem er dem Kind einen Gips angelegt hatte, nachdem die Röntgenaufnahmen den Bruch bestätigt hatten, sah chaotisch aus. Doch Carl war zu müde, um jetzt noch sauber zu machen. Das konnte bis morgen warten.

Er ging ins Haus. Bis auf ein Licht in der Küche war alles dunkel und still. Diane schlief zweifellos schon, und Annie musste in ihr Zimmer gegangen sein. Er wollte sie nicht stören.

Er ging ins Wohnzimmer, setzte sich und schaute die Nachrichten an. Das Mädchen hielt immer noch durch. Er seufzte, dann stand er auf und ging in die Küche, um ein Magenmedikament zu nehmen. Er trank ein Glas Milch und sah, dass Diane ihm gefüllte Hähnchenbrust auf einem zugedeckten Teller in den Kühlschrank gestellt hatte. Aber beim Gedanken an Essen wurde ihm übel. Er betete für Sam und Annie, dann las er ein paar Minuten in der Bibel, konnte sich aber nicht richtig konzentrieren. Schließlich ging er nach oben und legte sich neben Diane ins Bett, die sich enger an ihn schmiegte, aber nicht ganz aufwachte. Er schlief unruhig und wachte um zwei Uhr auf. Die Übelkeit war schlimmer geworden, und sein Brustkorb war beengt und schmerzte. Er hatte Schweißausbrüche.

„Was ist los, Carl?" Diane hatte sich aufgesetzt und schaute ihn besorgt an.

„Ich habe einen Herzinfarkt", sagte er, und ihm schoss der Gedanke durch den Kopf, dass er auf Diane hätte hören sollen, die immer wieder sagte, dass er mehr auf seine Gesundheit achten sollte. Die Schmerzen wurden schlimmer. Er rang nach Luft. Schlagartig brach um ihn herum Hektik aus. Diane sprang aus dem Bett und kniete neben ihm. Sie rief Annie, und dann stand Annie im Nachthemd an der Schlafzimmertür.

„Ruf den Notarzt", rief Diane, und das Letzte, was er sah, war Annies erschrockenes und bestürztes Gesicht, als sie das Telefon suchte, um Hilfe zu holen.

21

Annie saß am Steuer und fuhr, wenn man das so nennen konnte. Mit quietschenden Reifen raste sie schlingernd über die Straße. Sie lenkte wie wild und fuhr viel schneller, als erlaubt war, um mit dem Notarztwagen mitzukommen. Diane wünschte, sie hätte darauf bestanden, selbst zu fahren, aber ehrlich gesagt, war sie nicht in der Verfassung dazu. Ihre Hände zitterten so stark, dass sie an ihrem Handy kaum die Nummer wählen konnte. Sie wartete, während das Telefon sehr lange klingelte. Schließlich meldete sich Mary Truelove mit verschlafener Stimme.

Diane fasste die Situation in einem einzigen Satz zusammen. „Carl hat einen Herzinfarkt. Ich muss mit Sam sprechen."

Sie warf einen Blick neben sich auf Annie, aber diese sah aus, als könne sie es genauso wie Diane nicht erwarten, eine fachlich kompetente Meinung zu hören.

Mary, die nach vielen Jahren als Arztfrau offenbar schlagartig hellwach war, verlor keine Zeit mit Fragen. „Ich hole ihn", sagte sie schnell, und keine dreißig Sekunden später hörte Diane Sams beruhigende Stimme am anderen Ende der Leitung.

„Wohin bringen sie ihn, Diane?", fragte Sam.

„Nach Asheville. Ins Herzzentrum. Sie haben entschieden, dass es besser wäre, direkt dorthin zu fahren, statt ihn hier ins Krankenhaus zu bringen."

„Wie ist sein Zustand?"

„Er ist bei Bewusstsein. Sie sagen, sie haben ihn stabilisiert."

„Wie weit habt ihr noch zum Krankenhaus?"

Diane wand sich innerlich, bevor sie die Frage beantwortete. Gilead Springs lag fünfzig Kilometer von Asheville entfernt. „Noch zwanzig Minuten", antwortete sie. „Fünfzehn bei dem Tempo, in dem wir fahren. Annie, pass auf, wo du hinfährst", mahnte sie scharf, und Annie lenkte den Blick und das Auto mit einer abrupten Bewegung wieder auf die Straße zurück.

„Hat er einen Kardiologen?", wollte Sam wissen.

„Natürlich nicht. Ich kann ihn zu nichts überreden, Sam. Das kannst du dir doch denken."

„Verstehe. Ich fahre sofort los. Ich telefoniere im Auto und versuche, jemanden zu finden, der kommt und ihn untersucht. Die Ärzte dort sind wahrscheinlich ausgezeichnet, aber ich fühle mich wohler, wenn ich den Arzt kenne. Wir werden dafür sorgen, dass er heute Nacht stabilisiert wird. Morgen früh können wir dann entscheiden, ob wir ihn nach Knoxville oder Winston-Salem verlegen lassen."

Morgen. Er hatte *morgen* gesagt. Er hatte das Schlimmste gehört und dachte, dass Carl morgen noch leben würde und sie entscheiden könnten, wie es mit ihm weitergehen sollte. „Danke, Sam." Diane war ihm von ganzem Herzen dankbar.

„Bis später, Diane."

Diane hielt sich mit der Hand den Mund zu und starrte aus dem Fenster, ohne zu blinzeln. Carl war älter als sie. Sie hatte gewusst, dass diese Möglichkeit immer bestand. Deshalb forderte sie ihn ja so oft auf, auf seine Gesundheit zu achten, da der Gedanke, ohne ihn zu leben, unerträglich war. Daran wollte sie jetzt gar nicht denken. Sie richtete den Blick wieder auf die Straße vor sich, auf die Rückscheinwerfer des Notarztwagens, dem Annie hartnäckig folgte.

„Kommt er?", fragte Annie nach einem Moment mit sorgenvollem Blick.

Diane nickte.

„Gut", antwortete Annie.

„Schau auf die Straße!", schimpfte Diane. Ausnahmsweise tat Annie widerspruchslos, was ihre Stiefmutter ihr sagte.

Man ließ Diane mit ins Untersuchungszimmer gehen, und Annie wurde angewiesen, im Wartezimmer zu bleiben. Natürlich. Diane war Papas Frau. Annie setzte sich und starrte die typischen Bilder an den Wänden an, die alten Zeitschriften und den dröhnenden Fernseher. Sie versuchte, nicht an das andere Mal zu denken, als sie in einem Krankenhauswartezimmer gesessen hatte. Sie rieb sich die Schläfen, den Nasenrücken. Sie fühlte, dass weit hinter ihren Augen Kopfschmerzen begannen.

Zehn Minuten, vielleicht zwanzig, dann war er da. Sie hörte, wie die Automatiktüren aufgingen, und sah ihn, bevor er sie bemerkte. Sam trug seine Berufskleidung, Anzug und Hemd. Alles bis auf die Krawatte. Er trat an die Empfangstheke und sprach mit der Krankenschwester. Sie nickte, dann drückte sie den Knopf, um ihn zu den Untersuchungszimmern zu lassen. Er verschwand, und Annie starrte blicklos in den Fernseher. Nach fünfzehn Minuten oder so kehrte er zurück und kam zu ihr. Als er nahe vor ihr stand, konnte sie sehen, dass seine Augen gerötet waren und sein Gesicht erschöpft. Er war unrasiert.

„Du kannst zu ihm", sagte er.

Sie nickte wortlos und ging durch die Türen, aus denen er gerade gekommen war. Papa war erschreckend blass. Er hielt die Augen geschlossen. Fünf Leute waren im Raum und hatten es unterschiedlich eilig. Diane stand wie angewurzelt neben seinem Kopf, hatte die Hand auf seiner Stirn liegen und den Blick auf sein regungsloses Gesicht gerichtet.

Sie bereiteten alles vor, um ihn zu verlegen, da sie die Drähte und Beutel und die anderen Sachen aus dem Weg räumten und die Krankenakte auf seine Beine legten.

„Verabschieden Sie sich bitte schnell. Wir bringen ihn zum Herzkatheter", sagte die Krankenschwester.

Annie ging zu ihm, beugte sich über ihn und küsste ihn leicht auf die Wange. „Ich liebe dich, Papa", flüsterte sie ihm ins Ohr.

Dann waren sie fort. Diane ging mit ihnen. Annie stand da und schaute ihnen nach, bis sie verschwunden waren. Sie ging wieder ins Wartezimmer hinaus und rechnete eigentlich damit, dass Sam schon wieder fort wäre, aber er war noch da. Er hatte das Handy am Ohr und telefonierte. Sie setzte sich ihm gegenüber und schaute auf ihre Armbanduhr. Es war vier Uhr. Sie warf einen Blick aus den Fenstern. Es war noch dunkel. Die Sonne würde frühestens in zwei Stunden aufgehen.

Sam beendete seinen Anruf und steckte das Telefon wieder in die Tasche. Sie schauten sich eine Sekunde lang an, bevor Sams Blick zum Fernseher wanderte. Annie folgte seinem Blick und sah, was ihn abgelenkt hatte. CNN diskutierte Kelly Brights Situation. Sie schaute wieder sein Gesicht an, während sie hörten, wie der Reporter sagte, dass die Situation unverändert sei. Das Mädchen lebte noch. Sams Gesicht verriet, wie sehr er litt. Es war eine Qual für ihn, und sie fragte sich, ob sie sich freute, ihn leiden zu sehen. Nein. Nein, sie freute sich nicht. Im Gegenteil, trotz allem anderen litt sie mit ihm. CNN beendete den Bericht und ging zum nächsten Thema über. Er schaute sie wieder an.

„Sam, ich bin nicht gekommen, um dich leiden zu sehen", sagte sie.

„Das habe ich auch nicht wirklich gedacht", gab er leise zu. „Ich will nicht mehr mit dir streiten." Müde, resigniert, zu müde, um zu streiten.

„Nein", antwortete sie. „Ich will auch nicht mehr streiten." Plötzlich war Annie auch sehr müde. Und traurig. Genauso müde und traurig, wie Sam aussah. Sie wandte den Blick von seinen Augen ab und richtete ihn auf seine Schuhe. Es waren teure Lederschuhe, sauber poliert. Sie schaute auf ihre eigenen Füße hinab. Sie trug ein Paar von Dianes Stiefeln, die sie neben der Haustür gefunden hatte, die ersten Schuhe, die greifbar gewesen waren.

„Du hast nie etwas von dem Geld genommen", sagte er, „nach den ersten tausend Dollar."

Es war ihm also aufgefallen. Sie schüttelte den Kopf.

„Es gehört zur Hälfte dir", sagte er. „Und es ist immer noch da."

Sie nickte. „Danke." Wofür würde sie es ausgeben? Plötzlich sah sie ein Haus in El Segundo vor sich. Neue Möbel und neue Kleidung. Ein neues Leben. Sie starrte auf den Fliesenboden hinab, und plötzlich erschien es ihr so stolz zu glauben, man könne das Leben manipulieren, wie man wollte.

Sie stand auf, da sie Bewegung brauchte, da sie aus diesem Zimmer kommen musste. „Ich hole mir eine Tasse Kaffee", sagte sie.

Er nickte. Er bot nicht an, mitzukommen. Sie ging zur Cafeteria und stellte fest, dass sie geschlossen war. Sie ließ zwei Tassen Kaffee aus einem Automaten auf dem Gang vor der Cafeteria. Sie drückte auf die Knöpfe für keinen Zucker, extra Sahne, wie Sam seinen Kaffee mochte. In ihre Tasse gab sie alles und trug die zwei kleinen Tassen zum Wartezimmer zurück. Als sie im Aufzug stand, fragte sie sich plötzlich, warum sie davon ausging, dass er noch da wäre. Und wenn er gegangen war? Einen kurzen Moment war sie sehr niedergeschlagen. Doch diese Bedenken hätte sie sich sparen können. Er war immer noch da und wartete auf sie. Er bedankte sich, als sie ihm den Kaffee reichte. Sie tranken schweigend. Als ihre Tassen leer waren, gingen die Schiebetüren wieder auf. Laurie und Ricky traten ein. Annie hatte die beiden gerade verlegen begrüßt und umarmt, als Mary eintraf. Annie umarmte auch sie und fühlte erneut diese seltsame Mischung aus frischer Trauer und tiefer Liebe. Nichts hatte sich geändert, und sie fragte sich erneut, warum sie gekommen war und die alte Wunde wieder aufgerissen hatte.

Die Schiebetür ging zum dritten Mal auf, als noch jemand eintrat.

„Ich habe das Auto auf den Parkplatz gefahren", erklärte Elijah Walker.

Annie starrte ihn mit offenem Mund an. „Elijah!"

„Hallo, Annie", begrüßte er sie.

„Ihr zwei kennt euch?", fragte Sam und schaute von Annie zu Elijah.

Sie nickte. „Wir haben im Flugzeug nebeneinander gesessen."

„Wenn das kein Zufall ist", sagte Sam geistesabwesend, als interessiere ihn das kaum.

„Elijah wohnt in meinem Ferienhaus", erklärte Mary hastig.

Annie war verwundert. Das war erstaunlich, auch wenn sie nicht genau erklären konnte warum.

Elijah errötete ein wenig, während Marys Gesicht tiefrot anlief. Annie hätte weiter nachgefragt, wenn sie nicht durch das Eintreffen des Kardiologen aus Knoxville abgelenkt worden wäre. Er und Sam reichten sich die Hand, dann verschwanden sie auf den Gängen des Krankenhauses. Wahrscheinlich gingen sie zum Herzkatheter. Annie setzte sich wieder hin.

Laurie hatte sich kaum verändert. Sie war ein wenig runder im Gesicht, aber immer noch schön mit ihrer dunklen Mähne, ihren braunen Augen und ihrem schnellen Lächeln. Sie setzte sich neben Annie und berührte vorsichtig ihre Hand. Annie musste sofort an ihre Freundschaft denken. Sie erinnerte sich an den Spaß, den sie miteinander gehabt hatten, an die Geheimnisse, die sie sich anvertraut hatten, an ihre gemeinsamen Unternehmungen und an das Theater, das Laurie bei fast allem gemacht hatte. Tränen traten ihr in die Augen, und sie umarmte ihre Freundin und Schwägerin noch einmal vorsichtig.

„Und was ist mit mir?“, fragte Ricky.

Sie umarmte ihn auch, und er lächelte sie sanft an. „Ich bin froh, dass du wieder da bist, Kleine“, sagte er und gebrauchte den Spitznamen, den er ihr vor langer Zeit gegeben hatte. Er setzte sich neben Laurie. Annie war beschämt. Ihre Freundlichkeit war unerwartet und unverdient.

Mary lächelte, sooft sich ihre Blicke begegneten, aber sie sah aus, als fühle sie sich nicht ganz wohl in ihrer Haut. Elijah Walker erweckte den gleichen Eindruck. Er hatte Mary offenbar auf Sams Bitte hin hierhergefahren. Er saß unsicher da, halb in ihrem Kreis, halb draußen.

Sam und der Kardiologe kamen nach einer Weile zurück und sagten, dass man beschlossen habe, Annies Vater am Nachmittag zu operieren. Sie wollten ihm einen Bypass einsetzen, um eine weitere Schädigung des Herzens zu verhindern. Der Chirurg hier war ein guter Mann, versicherte Sam ihr, und das Krankenhaus hatte einen guten Ruf. Man würde alles tun.

Sie starrte ihn benommen an und erinnerte sich daran, diese Worte schon einmal gehört zu haben.

Sie setzten sich und unterhielten sich noch eine Weile. Dann kam Diane zu ihnen. Ihre Augen waren rot, ihr Gesicht ausgelaugt.

Sie ließ sich ohne viel Federlesens auf dem leeren Stuhl nieder. „Ich brauche Hilfe“, sagte sie nur.

Annie wurde plötzlich neidisch. Wie leicht und erfrischend musste es sein, wenn man andere einfach um Hilfe bitten konnte, wenn man sie brauchte.

„Was können wir tun?“, fragte Sam schnell.

„Jemand muss meine Tiere versorgen und Carls Termine absagen.“

„Das können wir übernehmen“, erklärte Mary.

„Ich kann euch helfen“, bot Annie an.

„Auf keinen Fall“, widersprach Mary, und Annie war von ihrer ungewohnten Direktheit überrascht. „Ihr beide müsst hierbleiben.“

„Jemand sollte Theresa anrufen“, sagte Annie, der plötzlich ihre Schwester einfiel.

„Das erledige ich“, bot Diane an. „Ich habe mein Handy hier. Hast du ihre Nummer dabei?“

Sie hatte sie. Irgendwo in ihrer Handtasche.

„Dann fahren wir jetzt“, forderte Sam seine Familie auf.

„Weißt du überhaupt noch, wie man ein Schwein füttert?“, zog Annie ihn auf.

Er schaute sie schnell an. Seine Miene war überrascht. Sie war selbst auch überrascht, aber es war einfach aus ihr herausgesprudelt.

Er schaute ihr in die Augen, und sie spannte sich an, da sie fürchtete, sie habe ihn beleidigt und irgendeine Grenze überschritten. Aber dann lächelte er sie an, und ihr Herz schlug höher. Denn wenn Sam lächelte, ging die Sonne auf. Sie hatte dieses Lächeln jahrelang nicht mehr gesehen, und ihr wurde sofort warm ums Herz.

„Ich glaube, das schaffe ich“, sagte Sam. „Ich finde mich in einem Stall immer noch zurecht.“

„Du wirst es überleben, Bruderherz. Es ist nicht Weltraumforschung“, scherzte Ricky.

„Danke für deine Ermutigung“, brummte Sam.

In Annies Herz regte sich etwas, aber sie verdrängte es schnell wieder.

22

Sam, Mary und Elijah zogen sich zu Hause schnell um, dann fuhren sie weiter zu Carls und Dianes Haus.

„Ich fange mit der Stallarbeit an", bot Elijah an.

„Ich sage alle Termine für die nächsten Tage ab", erklärte Mary und ging ins Haus, um die Schlüssel für die Praxis zu suchen.

„Hat er jemanden, der ihn vertritt?", fragte Sam.

Mary schüttelte den Kopf. „Ich glaube nicht. Er macht alles allein."

Sam hörte die Nachrichten auf dem Anrufbeantworter ab. Ein Baby hatte Ohrenschmerzen, ein Mann hatte sich einen Muskel am Rücken gezerrt, eine Frau hatte Bauchschmerzen. Er rief alle drei zurück. Das Baby verwies er an den Kollegen seines Bruders, dem Mann mit dem gezerrten Muskel riet er, die Stelle zu kühlen und Schmerzmittel zu nehmen und sich morgen wieder zu melden, falls es nicht besser wäre. Nach einigen Fragen verwies er die Frau mit den Bauchschmerzen an Ricky. Es klang nach einer Endometriose. Als er auflegte, regte sich ein spürbares Hochgefühl in ihm, als hätte er gerade ein kompliziertes Rätsel gelöst. Er schüttelte lächelnd den Kopf. Seine Mutter hatte den Terminkalender genommen und war ins Haus ans andere Telefon gegangen. Sam schaute sich in Carls Praxis um.

Sie bestand aus vier Räumen: einer Toilette, einem winzigen Wartezimmer, einem Behandlungszimmer und diesem Raum – Carls Büro. Im Behandlungszimmer sah es chaotisch aus. Offenbar hatte Carl einem Patienten einen Gips angelegt, und die Reste und die Wasserschüssel standen noch da, wo er sie stehen gelassen hatte. Sam räumte auf, dann ging er hinaus und kippte das Wasser auf das Blumenbeet, da er keinen Tropfen vergeuden wollte. Die Toilette war in Ordnung, genauso wie das Wartezimmer, aber Carls Büro sah aus, als wäre ein Wirbelsturm durchgezogen: Es herrschte ein Chaos aus Papieren und Krankenakten, Fastfood-Verpackungen und halb leeren Kaffeetassen. Sam erinnerte sich an die Zeit an der

High School, als er für Carl und seinen Vater gearbeitet hatte. Der Gegensatz zwischen den beiden Männern war unglaublich gewesen: Carl chaotisch und selbstsicher, sein eigener Vater ordentlich und pedantisch. Sam sammelte den Müll ein, leerte den Abfalleimer in die große Tonne draußen, dann schloss er die Tür hinter sich ab.

Nach einer Weile kam seine Mutter auf die Veranda. Sie hatte mit allen Patienten, die für heute oder morgen einen Termin hatten, gesprochen oder ihnen Nachrichten hinterlassen. Sie waren alle betroffen, nicht so sehr, weil ihre Termine abgesagt wurden, sondern weil es ihrem geliebten Doktor nicht gut ging. Jeder formulierte es anders, aber die Botschaft war immer dieselbe: „Wir lieben Sie, Dr. Carl. Wir beten für Sie. Gute Besserung."

„Kann ich einmal sehen?", fragte Sam.

Seine Mutter reichte ihm den schwarzen Terminkalender, der mit Carls bekannter Handschrift gefüllt war. Sam schaute die Termine der nächsten paar Tage an. Jeder Tag war voll, und Carl hatte für morgen Nachmittag eine kostenlose Sprechstunde hier in seiner Praxis angesetzt. Diese Leute konnte man nicht anrufen, denn keiner konnte wissen, wer kommen würde. Dafür müsste man sich etwas einfallen lassen. Aber nicht jetzt.

Mary gab den Hühnern und Kühen Wasser und Futter. Elijah versorgte die Schafe und die Ziegen.

„Kannst du eine Kuh melken?", fragte Mary Elijah.

„Früher schon, aber das ist Jahre her", antwortete er. Er nahm seine Kappe ab und fuhr sich mit der Hand über den Kopf, bevor er sie wieder aufsetzte.

„Ich auch", sagte sie.

„Zu zweit schaffen wir es vielleicht", sagte er mit einem Lächeln, das sie wieder erröten ließ.

Sie folgte ihm in den Stall, wo Hilda, ein braunäugiges Guernsey-Rind, geduldig wartete. Unterwegs warf sie einen Blick auf Sam, der sich erstaunlich gut dabei anstellte, das Schwein zu füttern. Sie konnte sich ein Lächeln nicht verkneifen. Dieser kleine Wortwechsel zwischen ihm und Annie hatte in ihrem Herzen neue Hoffnung für die beiden aufkeimen lassen.

Elijah holte den Melkschemel. Mary fand den Eimer. Sie knieten beide nieder, und Elijah bestand darauf, dass sie es als Erste versuchen sollte. Warum nicht? Sie setzte sich auf den Schemel und legte die Hände so um das Euter, wie sie es in Erinnerung hatte. Mit aller Kraft drückte sie zu, aber nichts geschah, außer dass Hilda mit dem Schwanz ausschlug. Sie versuchte es noch einmal. Immer noch nichts. Elijah ging in die Hocke, um ihre Technik zu begutachten und Verbesserungsvorschläge zu machen. Sie versuchte es wieder, und ein Milchstrahl schoss heraus und landete auf seinem Hemd.

„Oh, tut mir leid", lachte sie.

„Lieber du als ich", sagte er und lachte ebenfalls. „Warum, glaubst du, wollte ich, dass du es zuerst versuchst?"

Immer noch lächelnd, arbeitete sie weiter, aber nach einer Weile übergab sie an ihn. „Jetzt bist du dran. Das macht zu viel Spaß, als dass ihn jemand ganz allein haben sollte."

Er grinste und nahm ihren Platz auf dem Schemel ein. Hilda nahm ein weiteres Maul voll Futter und kaute genüsslich.

Elijah drückte, und ein Milchstrahl spritzte in den Eimer.

„Du weißt also noch, wie es geht!", sagte Mary bewundernd.

„Das ist wahrscheinlich wie Radfahren", schmunzelte er.

Sie arbeiteten weiter, dann brachte Mary die Milch ins Haus und füllte sie in Schraubgläser, die sie in der Speisekammer fand. Sie stellte sie in den Kühlschrank und nahm sich vor, morgen die Sahne abzuschöpfen.

Sie ging hinaus und sah, dass Sam und Elijah mit dem Stall fast fertig waren. Die ganze Arbeit war um elf Uhr geschafft, und sie fuhren nach Hause. Elijah ging ins Ferienhaus, um sich zu waschen.

„Komm danach wieder herüber", lud Mary ihn ein. „Ich mache uns allen etwas zu essen."

Er nahm die Einladung auf seine wortkarge Art an. Mary duschte rasch, dann bereitete sie einen Teller mit üppig belegten Broten zu, stellte eingelegtes Gemüse und Kartoffelsalat auf den Tisch, schnitt Obst und kochte eine Kanne Kaffee. Sie war dankbar, als sich die Männer wie hungrige Soldaten über das Essen hermachten. Danach verkündete Sam, dass er wieder ins Krankenhaus fahren wolle. Mary nickte nur und schaute zu, wie er ins Auto stieg und wegfuhr.

Sie kehrte in die Küche zurück. Elijah hatte den Tisch abgeräumt und räumte gerade das Geschirr in die Spülmaschine. Mary wollte schon protestieren, unterließ es dann aber. Sie wollte Dianes Vorbild nachahmen.

„Danke", sagte sie.

Elijah lächelte sie kurz an, bevor er sich wieder dem Geschirr widmete.

„Ich weiß ein bisschen etwas über die Situation hier", sagte er nach einer Weile. „Wenn du darüber sprechen willst, höre ich gern zu. Und wenn du einem alten Mann sagen willst, dass er sich nicht in fremde Angelegenheiten einmischen soll, tu dir keinen Zwang an."

Absurderweise war Marys erster Gedanke, dass er nicht alt sei. Er war ungefähr so alt wie sie, nicht wahr? Und sie *fühlte* sich nicht alt, auch wenn sie es vielleicht war. Sie schüttelte den Kopf über ihre eigene Eitelkeit. „Nein. Bitte sag, was du auf dem Herzen hast."

Er richtete sich auf und trocknete sich die Hände am Küchenhandtuch ab, dann hängte er es ordentlich an den Haken. „Annie hat mir gestern auf dem Flug hierher einiges erzählt", sagte er. „Sie hat mir von deinem Sohn erzählt. Und von dem Mädchen."

Marys Herz stockte. Was hatte Annie ihm erzählt? Dass alles Marys Schuld gewesen war?

„Ich nehme an, dass es keine Veränderung gibt", sprach er weiter.

Mary runzelte verwirrt die Stirn, doch dann begriff sie. Annie hatte ihm von Kelly Bright erzählt. „Nein", sagte sie rasch. „Es gibt keine Veränderung." Sie hörte jede Stunde Nachrichten.

„Du hast im ersten Moment verwirrt gewirkt. Wovon, dachtest du, spreche ich?", fragte er.

Da war es. Er hatte es angesprochen, und sie stand vor der Wahl. Sie konnte es wieder verstecken. Sie konnte es schnell in die eiternde Wunde zurückschieben. Oder sie konnte darüber sprechen. Sie schaute sein Gesicht an, seine freundlichen, grauen Augen, die sie so lange nicht gesehen hatte und die doch so bekannt waren. Und plötzlich wollte sie jemandem erzählen, worüber niemand sonst sie sprechen ließ – entweder weil ihr eigener Schmerz zu groß war oder weil sie Angst hatten, Marys Schmerz zu verstärken.

„Ich dachte, du meintest Annies und Sams Tochter", sagte sie und wappnete sich gegen die Frage, die jetzt unweigerlich kommen musste. Sie wartete darauf, dass er sagte: „Ich wusste nicht, dass sie eine Tochter haben. Wo ist sie?" Aber das sagte Elijah nicht. Seine Augen schauten sie verstehend an, und er nickte.

„Das erklärt vieles", sagte er leise. „Ich wusste, dass hier eine große Traurigkeit herrscht."

„Sie starb vor fünf Jahren", sagte Mary, „und dann ging Annie weg."

Elijah atmete tief ein und schüttelte den Kopf. Dann drehte er sich zu ihr um. „Warum quälst *du* dich so sehr damit?", fragte er.

Sie hatte Angst, dass sie wieder anfangen würde zu weinen, denn sie konnte nicht darüber sprechen, ohne zu weinen und zu zittern, ohne dass diese angsterfüllte Verzweiflung und Hoffnungslosigkeit von ihr Besitz ergriffen. Sie setzte sich an den Tisch. Einen Moment später fühlte sie seine Hand auf ihrer Schulter.

„Herr Jesus", betete er. „Bring deiner Tochter Frieden. Das ist nicht von dir, Herr. Das ist nicht von dir", sagte er bestimmt, und sie hörte auf zu weinen, da die Klarheit seiner Worte sie so überraschte, dass sie schwieg. Sie schaute in sein Gesicht und fragte sich, ob er sie verurteilte. Vielleicht hielt er sie für schwach. Vielleicht dachte er, dass sie sich diese Theatralik sparen könne. Aber sie sah in seinen Augen keine Verurteilung. Nur Barmherzigkeit. Und sie erzählte es ihm. Während sie sprach, beobachtete sie sein Gesicht. Seine Augen waren ruhig. Sie waren voll Schmerz und Trauer, als sie es ihm erzählte, aber ruhig. Und als sie zu zittern begann, weil alles wieder lebendig wurde, legte er die Hand auf ihren Arm und betete wieder.

„Herr Jesus, öffne diese Wunde und reinige sie", betete er.

Wieder war Mary überrascht. Alles, was er sagte, schien sie zu überraschen, und mit der Überraschung kam Hoffnung, denn er sagte etwas völlig anderes als das, was sie selbst dachte.

„Sie haben sie beerdigt", schloss sie, „aber Annie und Sam waren seitdem nie wieder wie vorher. Er stürzte sich noch mehr in seine Arbeit, und sie war so traurig, dass sie kaum das Haus verließ. Ich konnte ihnen auch nicht helfen." Ihre Kehle war einen Moment wie zugeschnürt, sodass sie nicht weitersprechen konnte.

„Diese Situation war zu groß, als dass du hättest helfen können. Du konntest nichts tun", sagte er, und sie fühlte sich wieder unerwartet freigesprochen.

„Ich *muss* helfen", widersprach sie, da sie seine Absolution nicht annehmen konnte. „Ich muss es in Ordnung bringen, ich muss etwas tun!"

Doch als sie die verzweifelten Worte ausgesprochen hatte, sah sie, wohin sie geführt hatten: zu ihrer Machtlosigkeit und ihrem Bedürfnis, ein irreparables Entsetzen wiedergutzumachen.

„Nein", wiederholte er. „Das kannst du nicht."

Sie schloss die Augen. Ihr Herz stellte sich den Tatsachen, denn das hatte sie selbst gewusst. Es war also keine Überraschung.

„Aber Gott kann es", sagte Elijah.

Sie öffnete die Augen. „Wie?" Ihre Frage war knapp. Ungläubig. Ohne große Erwartung.

Er schien einen Moment nachzudenken. Dann nickte er leicht. Er sagte das so ruhig und sachlich, dass sie ihm glaubte.

„Ich weiß, dass Gott die Leidenden heilen will", sagte er.

Sie starrte ihn an und war sich nicht sicher, was sie sagen sollte.

„Er ist ein Gott der Barmherzigkeit", sagte Elijah. Er flüsterte fast und aus seiner Stimme sprach eine starke Leidenschaft. „Der Gott, der dich heilt."

Mehr als alles, was sie je in ihrem Leben gewollt hatte, wollte sie, dass diese Worte wahr wären. Nicht nur für sie selbst. Für sie alle. Jeder Wunsch, den sie je gehabt hatte, verblasste daneben.

„Wie?", fragte sie.

„Das weiß ich nicht", antwortete er.

Sie war schlagartig entmutigt. Er hatte so sehr wie ein Prophet geklungen, dass sie gedacht hatte, er könnte die Hand ausstrecken und sie jetzt, hier an ihrem Küchentisch heilen.

„Aber ich weiß, dass Gott am Werk ist", sagte er, und ihre Hoffnung kehrte zurück. „Es tut sich etwas. Fühlst du es nicht?", fragte er, und sie dachte, dass er vielleicht recht haben könnte, denn in der Luft lag etwas Frisches, das vorher nicht da gewesen war.

„Mary", sagte er, und ihr gefiel, wie ihr Name aus seinem Mund klang. „Die Qualen, die du durchmachst, sind nicht von Gott. Das ist nicht sein Wille."

„Aber es war meine Schuld“, sagte sie.

Er schüttelte den Kopf.

„Entweder war es meine Schuld oder es war ein Unfall. Und wenn es ein Unfall war, dann …“ Da war er, der Satz, den sie nicht beenden konnte. Denn eher würde sie sich eine Million Jahre hassen, eher würde sie alle Schuld auf sich nehmen, als Gott die Schuld zu geben. Lieber hasste sie sich für immer, als …

Nach ein paar schweigenden Minuten sprach Elijah wieder. „Gott ist groß genug für deine Gefühle. Du brauchst keine Angst zu haben.“

Sie starrte ihn mit großen Augen an, denn es war fast, als könnte er ihre Gedanken lesen.

„Verzweiflung und Hoffnungslosigkeit sind nie von Gott. Egal, was passiert ist – dieses Gefängnis, in dem ihr alle sitzt, ist nicht das, was er für euer Leben möchte. Aber ich glaube, dass er schon am Werk ist. Schau dich nur um“, forderte er sie auf. „Vielleicht sind die Dinge noch nicht wieder in Ordnung, aber alle Beteiligten sind wieder am Ort des Geschehens zurück, nicht wahr?“

Mit dieser Beobachtung hatte er recht. Mary dachte darüber nach. Sie hätte sich nicht vorstellen können, dass sie Sam und Annie wieder im selben Raum sehen würde. Und sie erinnerte sich an Annies kleine scherzhafte Bemerkung und an Sams Lächeln. Sie nickte und wischte sich die Tränen aus den Augen und dem Gesicht. Plötzlich fühlte sie, wie Hoffnung wie ein winziges Feuer in ihr aufkeimte. „Was musst du nur von mir denken“, sagte sie kopfschüttelnd, aber als sie ihm in die Augen schaute, sah er sie seltsam an.

„Ich denke nur Gutes von dir“, sagte er, und sie wurde verlegen und senkte wieder den Blick.

23

Sam traf rechtzeitig im Krankenhaus ein, um vor der Bypass-Operation mit Carls Chirurgen sprechen zu können. Dann saßen er und Annie einander gegenüber und starrten auf den Boden oder mit leerem Blick auf den Fernsehbildschirm, der in der Ecke des Wartebereichs angebracht war, sie blätterten in nichtssagenden Zeitschriften und führten leise Gespräche mit Diane.

Als der Chirurg endlich auftauchte, wurde Sam bewusst, wie man sich auf der anderen Seite dieser für ihn alltäglichen Gespräche fühlte. Es traf ihn, wie unsicher und verwundbar er sich fühlte.

„Die Operation ist gut verlaufen“, sagte der Arzt, und Sam hörte zu, nur dass dieses Mal seine eigenen Augen ihr Gegenüber hoffnungsvoll anschauten und bekannte, früher geliebte Gesichter die Nachricht aufnehmen mussten. Carl hatte fünf Stents bekommen. Es müsste alles gut laufen. Er war jetzt bei Bewusstsein, aber sediert. Laut den Regeln der Kardiologie-Intensivstation konnte er jede Stunde für ein paar Minuten Besuch bekommen.

„Dann gehe ich jetzt wieder“, sagte Sam, nachdem der Arzt ihnen alles erläutert und sie wieder allein gelassen hatte. „Es klingt, als wärt ihr in guten Händen.“

Annie schaute ihn an, und er spürte einen Tadel in ihren Augen, der ihn gleichzeitig verwirrte und ärgerte. Was hatte er jetzt schon wieder falsch gemacht? Wollte sie, dass er hierblieb? Hätte er schon früher gehen sollen? Diane ersparte ihm weiteres Grübeln.

„Sam, könnte ich bitte eine Minute mit dir sprechen, bevor du gehst?“

„Natürlich“, antwortete er.

„Ich gehe und sehe nach Papa, wenn ihr euch ungestört unterhalten wollt“, bot Annie an.

„Nicht nötig“, entgegnete Diane auf ihre typische kurz angebundene Art, die sie gegenüber Annie oft an den Tag legte. „Bleib. Du musst das auch hören.“

„Wenn du meinst.“

„Kommt, setzt euch wieder“, forderte Diane sie auf.

Sam setzte sich auf den Stuhl, von dem er gerade aufgestanden war. Diane sah müde aus. Ihre freundlichen braunen Augen waren matt und erschöpft. Er wartete, was sie sagen würde. Irgendwie erinnerte ihn diese Situation an das Gespräch, das er mit der alten Frau im Restaurant gehabt hatte. „Junger Mann, ich will mit Ihnen sprechen“, hatte sie gesagt. War das wirklich erst vor wenigen Tagen gewesen? Er erinnerte sich, was sie gebetet hatte: Dass eine unsichtbare Hand ihn und Annie wieder zusammenführen würde. Seine Augen wurden größer, und ein Staunen erfüllte ihn, als ihm bewusst wurde, dass genau das, wofür sie gebetet hatte, eingetreten war. Er bezweifelte jedoch, dass sie ihr Gebet so gemeint hatte. Er warf einen Blick neben sich auf Annie. Sie war auf Diane konzentriert.

„Sam“, sagte Diane, „ich weiß nicht, wie ich dich freundlich darum bitten soll. Deshalb sage ich es einfach direkt.“

Er merkte, wie er sich anspannte, und fragte sich, welchen wunden Punkt sie jetzt ansprechen würde.

„Ich brauche deine Hilfe.“

Das war nicht das, was er erwartet hatte. Und zu seiner Überraschung erfüllte ihn bei ihren Worten ein großer Eifer.

„Sehr gern“, antwortete er schnell. „Sag einfach, was ich tun soll.“

„Carls Praxis übernehmen“, platzte sie heraus.

Er richtete sich auf. Diese Antwort hatte er gewiss nicht erwartet. Er warf einen Blick auf Annie, aber sie sah nicht sonderlich überrascht aus.

„Diane, ich weiß nicht, ob ich …“

„Jetzt erzähl mir nicht, dass du das nicht könntest, denn ich weiß, dass du es kannst. Ich habe Ricky gefragt, und er sagte, dass jeder Arzt die Zulassung hat, Allgemeinmedizin zu praktizieren, und nicht auf sein Fachgebiet beschränkt ist. Er hat gesagt, dass du in Tennessee und in North Carolina zugelassen bist und dass du in jedem Fachgebiet gearbeitet hast, bevor du Facharzt wurdest. Er hat gesagt, dass du als Allgemeinarzt gut klarkommen müsstest.“

Sam schüttelte den Kopf. Ein Lächeln zog über sein Gesicht, obwohl seine Belustigung mit einem leichten Ärger vermischt war. Auf seinen Bruder. Es war wieder einmal typisch für Ricky, sich in seine Angelegenheiten einzumischen, ihn in eine Sache zu verwickeln, die er von sich aus nie tun würde. Er sah, dass auch Annie lächelte. Sie hatte die Eskapaden seines Bruders schon immer viel lustiger gefunden als er.

„Diane, was du von mir willst, ist kompliziert. Abgesehen von meiner Kompetenz, als Allgemeinarzt zu arbeiten, gibt es jede Menge praktische Fragen, die zu klären wären. Zum Beispiel eine Haftpflichtversicherung", sagte er und sprach den ersten Gedanken aus, der ihm in den Sinn kam. „Oder eine Zulassung als Belegarzt in den Krankenhäusern hier in der Gegend zu bekommen."

„Ich weiß, dass es nicht leicht ist. Aber ich bitte dich trotzdem darum. Ich bitte dich, diese ganzen Details zu klären und mir zu helfen, weil ich deine Hilfe brauche."

Damit waren seine ganzen Argumente hinfällig. Was sollte er darauf noch sagen?

„Hör zu, Sam, ich will ehrlich zu dir sein. Unser Hof ist mit hohen Hypotheken belastet, und unsere Ersparnisse reichen gerade für zwei Ratenzahlungen. Carl hat viele liebenswerte Eigenschaften, aber Sparsamkeit gehört nicht dazu."

Er warf wieder einen Blick auf Annie, aber sie schien an Dianes unverblümter Offenheit keinen Anstoß zu nehmen. Er für seinen Teil dachte, dass ihre Worte die Tatsachen sehr milde ausdrückten. Er nickte nachdenklich.

„Die Dürre hat fast unsere ganzen Ersparnisse aufgefressen", fuhr Diane fort. „Ich muss seit zwei Jahren Futter kaufen und werde dieses Jahr wahrscheinlich meine Tiere verkaufen müssen, wenn die Dürre weiter anhält. Wenn Carl sich zur Ruhe setzen muss, müssen wir in der Lage sein, seine Praxis zu verkaufen, und dürfen sie nicht einfach einschlafen lassen."

Wieder Schweigen. Schließlich ergriff Sam das Wort. „Was ist mit dir, Annie?" Er schaute sie an. „Wie geht es dir bei diesem Plan?"

„Ich hätte nichts dagegen", antwortete sie und ihre Augen und ihre Stimme waren weich. „Ich wäre dir dankbar. Für alles, was Papa und Diane hilft."

„Bitte, Sam", wiederholte Diane ihre Bitte.

Er nickte. Er wollte sie nicht betteln lassen. „Also gut", sagte er. „Ich versuche, die Dinge am Laufen zu halten, bis Carl wieder auf den Beinen ist."

Diane traten Tränen in die Augen. Sie ergriff seine Hand. Er hielt sie lange fest, schaute ihr in die Augen und erinnerte sich vage, dass vor vielen Jahren eine solche Beziehung zu anderen Menschen Teil seines täglichen Lebens gewesen war. Er lächelte sie an, ein echtes Lächeln, das in seinem Herzen einsetzte. „Mach dir keine Sorgen", sagte er und sah, wie ihr besorgter Blick sich ein wenig entspannte. „Alles wird gut werden."

Sie warf die Arme um ihn, und er umarmte sie tröstend. Als er sich zum Gehen wandte, sah er, dass Annie ihn mit einem nachdenklichen Blick ernst anschaute.

Der Anruf kam am späten Abend. Sams Handy klingelte, und er setzte sich schnell auf und schwang die Beine über die Bettkante. Er hatte das Telefon am Ohr und das Licht an, bevor ihm einfiel, dass er keine Rufbereitschaft mehr hatte. Dieser Anruf signalisierte keinen Notfall, der sein sofortiges Eingreifen erforderlich machte.

„Der Gouverneur hat heute Abend die Anordnung unterzeichnet, und sie haben die Sonde wieder eingesetzt", berichtete sein Anwalt ohne lange Vorrede. „Kelly wird wieder künstlich ernährt. Ihre Vitalwerte sind stabil."

Sam atmete tief durch, dankte ihm und legte auf. Er blieb einen Moment sitzen, dann zog er sich an und ging in die kühle Nacht hinaus. Er betrat den Rasen und schaute zum Himmel hinauf. Der dunkelste Teil der Nacht war vorbei. Die Sterne gingen in ein schwaches Grau über, was bedeutete, dass es bis zum Sonnenaufgang nicht mehr lang dauern würde.

Er fühlte, dass er irgendwie eine Atempause, einen unerwarteten, überraschenden Augenblick der Erholung geschenkt bekommen hatte. Der Schmerz, der in seinem Leben im Hintergrund ständig da war, ließ nach, und ähnlich wie das Licht, das den Himmel im Osten leicht rosa färbte, tauchte in der Ferne ein schwacher Hoffnungsfunke auf.

24

Diane mietete in der Nähe des Krankenhauses ein Zimmer und wollte dort übernachten, solange Papa im Krankenhaus war. Annie war nach der Operation nach Hause gefahren. Auf dem Hof war dank Elijah, Mary und Sam alles in Ordnung. Sam hatte eine kurze Nachricht an der Tür hinterlassen. *Tiere sind versorgt. Komme morgen früh wieder.*

Annie hatte jeden Gedanken an den nächsten Morgen verdrängt. Sie war ins Bett gefallen und hatte tief und fest geschlafen, und falls sie geträumt hatte, erinnerte sie sich nicht daran. Bei Sonnenaufgang wachte sie auf und zog sich ihren Arbeitsoverall und ein langärmeliges Hemd an, da es in den Bergen morgens kühl war. Sie ging nach unten, öffnete die Tür und trat hinaus. Der Himmel war in ein seidiges Grau getaucht, und während sie auf der Veranda stand, ging die Sonne auf und verwandelte das Grau in Violett-, Malve- und Rosaschattierungen. Ein Teil von ihr atmete erleichtert und befriedigt auf.

Annie ging wieder hinein und ließ die Tür hinter sich offen, um den Wind hereinzulassen. Auf der Theke lag eine Nachricht. *Frische Milch im Kühlschrank. Bitte komm heute Abend zum Essen. Liebe Grüße, Mary.* Eine tiefe Liebe zu ihrer Schwiegermutter erfüllte sie, und für einen kurzen Moment konnte sie wieder klar sehen. Sie sah die Dinge, wie sie gewesen waren und wie sie wieder sein sollten. Doch es war nur ein kurzer Moment der Klarheit, als würde eine Linse scharf gestellt, aber nur so kurz, dass sie das Bild kaum richtig wahrnehmen konnte, bevor es wieder verschwamm. Die Realität, wie ihre Ehe jetzt aussah, war eindeutig eine Verzerrung. Es war absurd, unlogisch und falsch, dass sie diese Entfremdung zugelassen hatte.

Sie trat an die Spüle und füllte die Kaffeemaschine mit Wasser und Kaffee, dabei lächelte sie über Papas eigenwillige Art, Kaffee zu machen. Sie suchte in den Küchenschränken und fand eine Dose mit Haferflocken und stellte einige zum Kochen auf. Sie machte eine große Portion, denn Elijah würde zweifellos auftauchen, sobald der Hahn zu krähen begann. Sam würde wahrscheinlich auch kommen, fiel ihr ein, wenn er heute Papas Patienten behandeln wollte.

Bei diesem Gedanken regte sich etwas in ihr, aber Annie vermied es, sich mit diesem Gefühl genauer auseinanderzusetzen. Es war nur natürlich, dass sie sich in seiner Nähe unwohl fühlte, obwohl dieses Wort ihre Gefühle nicht richtig beschrieb. Ungewollt erinnerte sie sich an seinen Gesichtsausdruck, als er Diane gestern beruhigt hatte. Diese Szene hatte sie daran erinnert, wie er früher gewesen war. Sie hatte gedacht, dass er nie wieder so sein könnte, und die Erkenntnis, dass sie damit wohl falsch gelegen hatte, ließ ihr keine Ruhe. Sie hörte zu, wie die Kaffeemaschine gurgelte. Genauso hartnäckig wie diese Gedanken kamen, verdrängte sie sie aus ihrem Kopf.

Sie machte einen Stapel Waffeln und öffnete eine Dose mit Dianes selbst eingemachten Pfirsichen, schöpfte die Sahne von der Milch und stellte sie zusammen mit dem braunen Zucker, selbst gemachtem Gelee und Honig auf den Tisch. Das Frühstück war fertig, als Elijah und Sam kamen. Sie trat auf die Veranda hinaus und begrüßte die beiden.

Annie trug heute ihren alten Arbeitsoverall. Sam konnte sich ein Lächeln nicht verkneifen. Er erinnerte sich daran, dass sie früher diesen albernen Overall und einen Strohhut getragen hatte.

„Dein Strohhut fehlt noch. Wo hast du ihn?“, fragte er lachend, und sie lächelte, da sie sich vermutlich an das Gleiche erinnerte wie er.

„Ich schätze, ich brauche einen neuen“, erwiderte sie. „Ich weiß nicht, was aus dem alten Hut geworden ist. Wahrscheinlich hat ihn der Hund gefressen.“ Sie stupste Carls Collie leicht mit dem Fuß, und er belohnte sie mit einem Hundelächeln und einem aufgeregten Schwanzwedeln. „Kommt herein und esst etwas“, sagte sie. „Das Frühstück ist fertig.“

Sam hatte Hunger, da Mama noch geschlafen hatte, als er heute

Morgen aus dem Haus geschlichen war. Wie vereinbart hatte er an Elijahs Tür geklopft. Er war froh, dass Mama Ruhe fand, denn in den meisten Nächten gelang ihr das nicht. Er aß eine Schüssel Haferbrei und zwei von Annies Waffeln und hätte noch einige mehr essen können. Sie hatte das Kochen nicht verlernt. Die Waffeln waren weich und heiß und perfekt gebräunt. Er genoss jeden Bissen, der von Butter und Marmelade triefte, und spülte sie mit einer Tasse ihres heißen, starken Kaffees hinunter.

„Das war köstlich", sagte er. „Danke."

Vielleicht bildete er es sich nur ein, aber er glaubte, dass ihr Gesicht bei seinen Worten einen kurzen Moment erfreut aufleuchtete.

Elijah bot sich an, mit Annie die Stallarbeit zu übernehmen, damit Sam in die Praxis gehen konnte. Er ging in das kleine Nebengebäude und nahm sich den Terminkalender vor. Carl hatte für heute Morgen Visite im Krankenhaus und vier Hausbesuche angesetzt. Am Nachmittag war eine kostenlose Sprechstunde angekündigt, und wer konnte schon sagen, wer da kommen würde? Ihm wäre lieber gewesen, wenn er gewusst hätte, was er zu erwarten hatte.

Er schaute auf die Uhr. Als Erstes wollte er zum Krankenhaus fahren und die Zulassung als Belegarzt beantragen. Er hatte keine Ahnung, wie lang diese Prozedur dauern würde oder was er in der Zwischenzeit mit Carls Patienten, die im Krankenhaus lagen, tun sollte. Er betrachtete die Liste mit den Hausbesuchen, die für heute Vormittag geplant waren. Wo drei dieser Adressen zu finden waren, wusste er. Er würde sich eine Straßenkarte für diese Gegend kaufen und die vierte darauf suchen. Er brauchte Carls Arzttasche. Nach einer längeren erfolglosen Suche rief er schließlich Diane an.

„Sie ist in seinem verschlossenen Medikamentenschrank", sagte sie. „Leider ist der Schlüssel hier bei uns."

„Das macht nichts", antwortete er. „Im Sprechzimmer liegt sicher irgendwo ein zweites Stethoskop herum, und die Medikamente, die die Leute brauchen, kann ich verschreiben. Wie geht es Carl?"

„Das kann ich dir nicht genau sagen. Ich denke, es geht ihm schon besser. Er ist wach und kann schon ein wenig trinken. Die Ärzte haben gesagt, dass sie ihn morgen von der Intensiv- auf eine Normalstation verlegen."

„Das freut mich sehr, Diane."

„Sam, ich kann dir gar nicht sagen, wie dankbar ich dir für alles bin, was du für uns tust."

„Das ist nicht der Rede wert", antwortete er. „Das tue ich gern."

Als er auflegte, stellte Sam fest, dass das stimmte. Er dachte immer wieder über diese Momente der Erholung nach, die er gerade erlebte. Er genoss diese unfreiwillige Auszeit von seinem Job mehr, als er geglaubt hätte. Er hatte das Gefühl, dass etwas in Bewegung geraten war. Dass Dinge, die festgefahren gewesen waren, sich endlich lösten, und obwohl er nicht wusste, was passieren würde, fühlte er sich besser. Er konnte wieder atmen und sich bewegen.

Er nahm den Terminkalender, verabschiedete sich von Elijah und Annie und brach auf.

„Ich besuche Papa und bringe dir den Schlüssel mit", versprach sie. „Ich gebe ihn dir beim Abendessen." Sie errötete übers ganze Gesicht. „Deine Mutter hat mich eingeladen."

„Gut", sagte er verhalten. „Dann bis heute Abend."

Es war sonderbar, wieder in einem Krankenhaus zu sein. Sam ging vorsichtig durch die Gänge, als könnte jemand sein Recht, sich hier aufzuhalten, infrage stellen. Aber das passierte nicht. Vor den Operationssälen blieb er stehen und sog den Geruch ein. Operationssäle hatten einen eigenen Geruch, eine Mischung aus Desinfektionsmittel und sterilem Gummi. Er merkte, wie sein Adrenalin anstieg. Rasch drehte er sich um und steuerte in die andere Richtung auf die Verwaltungsbüros zu.

Er fand das Büro, das er suchte, trat ein, schaute sich um und lächelte. Was für eine nette, gemütliche Welt. Der Schreibtisch der Sekretärin stand mitten im Vorzimmer, und eine ältere, vollbusigere Version von Izzy führte gleichzeitig zwei Telefongespräche an verschiedenen Apparaten, wobei sie etliche Notizzettel vollschrieb. Er überlegte, dass er sie vielleicht kannte, aber er war nicht sicher. Höchstwahrscheinlich war sie die Mutter eines früheren Freundes. Gilead Springs war eine Kleinstadt, und man lief sich unweigerlich immer irgendwann über den Weg.

„Kann ich Ihnen helfen?“, fragte sie mit einem freundlichen Lächeln.

„Ich bin Sam Truelove“, stellte er sich vor. „Ich würde gern den Verwaltungsdirektor sprechen, wenn das möglich ist.“

Sam deutete mit dem Kopf zur Tür mit dem Namensschild *B. Dandridge.* Sein Bruder hatte ihm den Mann irgendwann bei einem Gemeindefest vorgestellt, aber er kannte ihn nicht gut. Nervös fragte er sich erneut, wer was über ihn wusste. Wer was dachte.

„Gehen Sie einfach hinein“, sagte sie mit einem Lächeln. „Ich weiß, dass er sich freuen wird, Sie zu sehen, Dr. Truelove.“

Er war hier also bekannt. Wahrscheinlich nicht nur hier. „Danke“, sagte er und trat an die Tür und klopfte.

„Sam! Schön, Sie wiederzusehen.“ Bruce Dandridge stand von seinem Schreibtisch auf und winkte Sam herein. „Ricky hat schon gesagt, dass Sie vielleicht vorbeikommen.“

Aha. Das Geheimnis war gelüftet. „Wirklich?“

„Er hat mich gestern Vormittag angerufen. Trudy hat schon die ganzen Papiere fertig. Sie brauchen nur noch zu unterschreiben.“

„Das ist sehr freundlich.“ Gestern Vormittag. Noch bevor er und Diane überhaupt darüber gesprochen hatten. Sam hatte das Gefühl, in eine ausgeklügelte Falle zu tappen, aber das störte ihn nicht wirklich.

„Ich hoffe, Sie haben auch eine Liste mit Carls Patienten, die im Krankenhaus liegen. Ich fürchte, Carl hat die ganzen Daten und Namen im Kopf und nirgends notiert, und wir konnten bis jetzt noch nicht miteinander sprechen.“

„Die Namen findet Trudy bestimmt im Computer.“

„Wird erledigt“, rief sie fröhlich aus dem anderen Zimmer, und Sam grinste.

Bruce Dandridge stand auf und schloss leise, aber bestimmt die Tür. Er drehte sich wieder zu Sam um und setzte sich neben ihn. „Ich wollte nur sagen, wie leid es mir tut, dass Sie zurzeit solche Schwierigkeiten haben.“ Er blickte Sam offen und ehrlich an. „Wir freuen uns, Sie hierzuhaben, und fühlen uns geehrt, dass wir mit Ihnen zusammenarbeiten können.“

Wieder eine unerwartete Barmherzigkeit. „Danke“, sagte Sam nur, aber eine tiefe Dankbarkeit stieg in ihm auf, und etwas in seiner Brust zog sich zusammen.

Er unterschrieb die Papiere, die ihm erlaubten, Patienten ins Krankenhaus von Gilead Springs einzuweisen.

„Ich könnte in Asheville anrufen, wenn Sie möchten, und dafür sorgen, dass Sie dort auch als Belegarzt aufgenommen werden“, bot Trudy an. „Ich bin mit der Chefsekretärin befreundet. Sie könnte die Papiere vorbereiten, und Sie müssen sie einfach nur unterschreiben und zurückschicken.“

Eine ausgezeichnete Idee. „Danke“, sagte er. „Das wäre sehr nett.“

Trudy nickte und strahlte ihn freundlich an. Sie reichte ihm eine Liste. Carl hatte momentan drei Patienten im Krankenhaus. Sam entließ eine Patientin und überwies sie an eine Rehaklinik, wo sie nach ihrem Schlaganfall weiterbehandelt werden würde. Den zweiten Patienten, einen zwölfjährigen Jungen mit gebrochenem Oberschenkel, würde heute noch ein Orthopäde untersuchen, aber wahrscheinlich würde auch er entlassen werden. Sam schaute nach dem dritten Patienten. Es war eine alte Frau, fünfundachtzig Jahre alt, um genau zu sein, die an Hydropischer Herzdekompensation litt. Die Medikamente, die Carl ihr verschrieben hatte, zeigten nicht die gewünschte Wirkung. Sam verordnete ein neues Medikament und ging, nachdem er sich ein paar Minuten mit ihr unterhalten hatte.

Als er seine Visite beendet hatte, fuhr er zu Rickys Praxis. Seine Schwester war auch gerade da. Sie war Sachbearbeiterin beim Jugendamt und benutzte oft Rickys freies Büro, um ihre Papierarbeit zu erledigen und zu telefonieren. Sie hatte ihr Büro in der Nähe von Asheville, aber wenn sie nur einen Kopierer oder einen Computer brauchte, war ihr die Fahrt zu weit.

„Hallo, Bruder“, sagte Laurie und stand auf, um ihn zu umarmen. Er drückte sie unbeholfen und fühlte ihre Wuschelhaare auf seiner Wange und in seiner Nase. Ihre Haare waren schon immer größer gewesen als sie selbst, wie ein weicher, dunkler Heiligenschein um ihr Gesicht. Ihre Augen tanzten oder funkelten drohend, je nach ihrer aktuellen Stimmungslage, und ihr Mund war immer in Bewegung.

„Ich habe gehört, du spielst jetzt den Landarzt“, sagte sie, während sie sich wieder setzte.

„Da hast du richtig gehört.“

„Gut“, sagte sie und schloss dann schnell den Mund. Ein seltenes Ereignis.

Er wusste, was sie sagen wollte. *Das wird dir guttun. Das lenkt dich von deinen Sorgen ab.* Sie hatte recht, nicht wahr?

„Weißt du, ich habe so ein Gefühl.“ Lauries Augen wurden groß, ihre Brauen wanderten nach oben, während sie ihr Gesicht halb zur Seite wandte und so verharrte, als lausche sie auf etwas, das Sam nicht hören konnte. „Etwas Gutes wird passieren“, verkündete sie überzeugt.

Er schaute sie fragend an. „Du hast so ein Gefühl?“

„Jetzt komm schon, Sam. Du weißt, dass ich mit meinen Gefühlen immer richtig liege.“

„Davon weiß ich nichts.“ Sam konnte sich nicht erinnern, dass Lauries Gefühle sich schon einmal bewahrheitet hätten, obwohl sie, wenn etwas passiert war, immer sagte, dass sie das schon die ganze Zeit gewusst hätte.

Sie schaute ihn ungläubig an. „Und was ist mit Miss Pitty?“, wollte sie wissen.

Er schaute sie an und schüttelte den Kopf.

„Schau mich nicht so an!“

„Wie schaue ich dich denn an?“

„Als wäre ich verrückt. Du weißt genau, wovon ich spreche. Ich hatte vorhergesagt, dass Miss Pitty sterben würde!“ Lauries ungläubiger Tonfall verriet, dass sie nicht verstand, warum er überhaupt nachfragte. „Erinnerst du dich? Ich habe es dir doch ausführlich erzählt. Ich kam an jenem Morgen und sagte Ricky, dass ich das Gefühl hätte, dass etwas Schlimmes passieren würde, einfach eine Dunkelheit … ein Unheil … ich weiß auch nicht.“ Laurie erschauerte. „Dann kam ich am selben Abend nach Hause und die arme alte Katze lag ausgestreckt und totenstarr neben ihrer Wasserschale.“ Bei der Erinnerung an Miss Pittys Ende wurden ihre Augen feucht.

Sam verzog das Gesicht. „Miss Pitty war eine neunzehn Jahre alte Katze, Laurie. Man musste keine hellseherischen Kräfte besitzen, um vorherzusagen, dass es nicht mehr lang dauern würde, bis sie sich in den Katzenhimmel verabschieden würde.“ Sam bereute diese Worte schnell. Sich über Miss Pittypat lustig zu machen, ging zu weit. Das war eine Übertretung, für die es in Lauries Katalog mit Verfehlungen keinen Platz gab.

Sie schob das Kinn vor. „Und was war damals mit der Zuckerdose? Ich wusste, dass etwas Gutes passieren würde – was ich im Übrigen laut und klar geäußert habe – und prompt fand Mama ihren Ehering in der Zuckerdose wieder."

„Betrachten wir es doch einmal von der anderen Seite", schlug Sam vor. „Wann hattest du *nicht* irgendein Gefühl? Wenn du jeden Tag irgendwelche Vorahnungen hast, ist es doch logisch, dass du von Zeit zu Zeit einen Treffer landest. Selbst ein blindes Huhn findet hin und wieder ein Korn."

„Mach dich nur über mich lustig", knurrte Laurie. Sie drehte sich herum und konzentrierte sich wieder auf ihren Computer. „Aber ich sage dir, dass ich ein Gefühl habe, und mein Gefühl täuscht mich nie."

„Ich hoffe, du hast recht", versuchte er einzulenken. „Danke, dass du es mir gesagt hast."

Sie gab ihm keine Antwort. Sie schniefte nur und begann zu tippen, wobei sie sehr angestrengt auf ihren Bildschirm starrte. Sam grinste und ging weiter zum Büro seines Bruders. Laurie hätte sich beruhigt, bevor er das Zimmer betreten und sich gesetzt hatte. Seine Schwester war wie ein Gewittersturm in den Bergen. Donner und Blitz und ein starker Regenguss, und eine Viertelstunde später hatte sich alles verzogen und das Gras war wieder trocken.

„Er ist nicht da", rief Laurie ihm nach. „Er ist bei einer Entbindung. Susan Bakers Zwillinge."

„… sind schon auf der Welt!", ertönte Rickys Stimme, der plötzlich wie aus dem Nichts auftauchte. Er wehte wie ein kühler Wind herein, in einem maßgeschneiderten Anzug und mit einer vollen Kaffeetasse in der Hand. Sam konnte noch einen Hauch seines Rasierwassers riechen. Das Gesicht seines Bruders strahlte gut gelaunt. Sam beneidete ihn ein wenig. Er selbst war nicht so fröhlich und unbeschwert veranlagt.

„Ich bin nur gekommen, um mich bei dir für alles zu bedanken, was du für mich getan hast", sagte Sam zu seinem Bruder.

Ricky schaute ihn mit unschuldiger Verwirrung an. „Bitte sehr, Bruderherz, aber ich habe keine Ahnung, wovon du sprichst."

„Das weißt du sehr wohl. Du hast hinter meinem Rücken mit Diane Dalton Ränke geschmiedet und dann Bruce Dandridge angerufen."

„Bruderherz, ich will nur, dass du glücklich bist. Ist daran irgendetwas falsch?" Ricky nahm seine Kaffeetasse, nippte mit geschlossenen Augen daran und verzog das Gesicht zu einem breiten Lächeln. „Hm, hm. Schöner kann es nicht sein", murmelte er zufrieden.

„Schöner als was?", fragte Sam. Irgendwie schlich sich allein schon dadurch, dass er mit Ricky im selben Zimmer war, ein Lächeln auf sein ernstes Gesicht.

„Ich habe heute Nacht gut geschlafen. Amanda und den Kindern geht es bestens. Ich habe heute Morgen zwei Kinder auf die Welt gebracht. Jetzt habe ich noch ein paar Patiententermine und fahre danach zum Golfplatz. Komm doch mit."

Sam schüttelte den Kopf. „Dank dir muss ich Hausbesuche machen und heute Nachmittag zur kostenlosen Sprechstunde da sein."

Ricky grinste. „Ach, du Armer! Dann brauchst du unbedingt einen Kaffee."

„Ich nehme mir beim Hinausgehen einen Becher mit." Er stand auf.

„Hey, Sam", sagte Ricky, und Sam drehte sich um. Das Gesicht seines Bruders war ernst. „Ich habe gehört, dass sie Kelly Bright wieder die Magensonde eingesetzt haben. Das freut mich sehr. Dafür haben wir gebetet. Das ist auch ein wichtiger Grund, warum ich heute so zufrieden bin."

Sam erinnerte sich, dass Ricky in den schweren Zeiten immer für ihn da gewesen war. Wahrscheinlich hatte er ein Recht darauf, sich zu freuen, dass der Druck ein wenig nachgelassen hatte.

„Danke", sagte er. „Ich bin auch erleichtert. Trotzdem ist es immer noch eine furchtbare Situation, aber es ist gut zu wissen, dass sie versorgt wird. Niemand sollte so sterben."

Das Telefon auf Rickys Schreibtisch klingelte. Sam winkte zum Abschied und verließ das Büro, als Ricky den Hörer abnahm und sich meldete. Bei einer Patientin war das Fruchtwasser abgegangen. Im Geiste sah Sam Rickys Golfspiel in weite Ferne rücken. Er winkte seiner Schwester zu, die ebenfalls telefonierte. Dann ging er hinaus und atmete die warme Luft tief ein.

25

Die Hausbesuche waren nicht zu schwer. Ein Baby mit Krupphusten, ein Zweijähriger mit Verdacht auf Dreitagefieber, eine alte Frau, die sich ein paar Minuten bei jemandem aussprechen musste, und eine Routineblutdruckmessung. Sam schüttelte den Kopf. Er konnte nicht glauben, dass Carl zwanzig Minuten in die Berge hinauffuhr, nur um jemandem den Blutdruck zu messen, aber das war der beste Hausbesuch von allen gewesen. Er hatte mit dem alten Mann auf der Veranda gesessen, eine Tasse Kaffee getrunken und dem Plätschern des Baches zugehört. Frieden hatte ihn erfüllt, wenigstens für eine Weile.

Elijah war gerade mit der Arbeit im Stall fertig, als Sam auf Dianes und Carls Hof zurückkam. Annies Mietwagen war fort. Er fragte sich, was sie mit seinem Pick-up gemacht hatte. Dieses Auto hätte er gern zurück.

„Hallo“, begrüßte Elijah ihn. „Ich wollte gerade mit dem Mittagessen anfangen, das Annie uns gemacht hat. Du kommst genau richtig.“

Eine Mittagspause klang reizvoll. Sam fühlte sich, als wäre er heute schon viele Kilometer gefahren. Außerdem hatte er noch eine Stunde Zeit, bis die kostenlose Sprechstunde begann. Wenn er Glück hatte, tauchte niemand auf und er könnte gehen.

Sie aßen die belegten Brote, die Annie ihnen vorbereitet hatte. Sam bewunderte ihr Können. Annie verstand es, ein Sandwich zuzubereiten. Sie nahm eine dicke Scheibe Fleisch und eine dicke Scheibe Käse, feuchtes, dickes Brot und Salat, Tomate und Salz, das alles garniert mit einer Essiggurke. Er erinnerte sich, wie sie ihre Gurken selbst mit Dill süßsauer eingemacht hatte. Sie hatte die Regale in ihrer kleinen Küche mit Einmachgläsern gefüllt und begeistert gestrahlt, wenn sich in den Gläsern nach dem Verschließen ein Unterdruck gebildet hatte und das typische Knacken im ganzen Haus zu hören gewesen war.

Sam aß seinen Teller leer und ging dann in die Praxis hinüber.

Die Medikamente befanden sich natürlich in einem verschlossenen Schrank, und er wünschte, Annie wäre schon mit dem Schlüssel zurück. Nun, er müsste sich heute eben anderweitig behelfen. Mehr konnte niemand von ihm verlangen. Ihm fiel auf, dass er diesen Gedanken tatsächlich ernst gemeint hatte. Irgendwie erwartete er hier von sich keine Perfektion, und er wusste, dass das daran lag, dass so viel weniger auf dem Spiel stand.

Sam vergewisserte sich, dass sauberes Papier auf dem Untersuchungstisch lag, leerte den Abfalleimer, räumte das Wartezimmer auf, stellte die Kaffeemaschine und den Wasserkocher an. Er kontrollierte die Anmeldeformulare, um sicherzustellen, dass genug Papier da war, und er wünschte wieder, er hätte jemanden, der ihm helfen würde. Alles müsste er selber machen: die Anmeldeformulare für die Patienten ausfüllen, ihre Karteien anlegen und sie behandeln.

Als er das erste Auto vorfahren hörte, war er nervös wie ein Bräutigam unmittelbar vor der Hochzeit. Als er hinausschaute und sah, dass es Annie war, verringerte das seine Nervosität nicht im Geringsten.

Sie reichte ihm triumphierend zwei Schlüssel. „Der hier ist für den Medikamentenschrank und der zweite für den Vorratsschrank."

„Danke", sagte er. „Und danke für die Sandwiches."

„Gern geschehen", erwiderte sie. „Es ist nett von dir, dass du für Papa einspringst."

Er nickte. Morgen würden sie sich wieder der eigentlichen Sache widmen müssen, wegen der sie beide hier waren, aber im Moment genoss er diese Atempause.

Sam schloss den Medikamentenschrank auf und kontrollierte Carls Vorräte. Wenigstens in diesem Punkt war Carl peinlich ordentlich und genau. Epinephrin, Amoxicillin zum Spritzen und mehrere andere Antibiotika. Morphin, Valium. Glucose für Diabetiker. Einige Mittel gegen Übelkeit. Kohletabletten. Atropin und ein paar andere Notfallherz- und Schlaganfallmedikamente. Jetzt fühlte er sich ein wenig besser vorbereitet. Er schaute sich in Carls Sprechzimmer um und holte das *Handbuch für Hausärzte* und ein *Medikamentenhandbuch* heraus. Um dreizehn Uhr holte er tief Luft, aber das Telefon klingelte, bevor er die Tür öffnen konnte.

Als Sam mit dem Telefongespräch fertig war, war es fünf Minuten nach eins. Er ging ins Wartezimmer hinaus, und zu seiner Überraschung warteten schon mindestens zwölf Leute. Sie saßen auf den Stühlen, standen draußen in der Einfahrt, unterhielten sich leise und warteten geduldig. Er war überrascht, aber nur kurz. Die Zeiten waren schwer. Die Fabriken in der Gegend hatten viele Angestellte entlassen, und die Dürre war für niemanden leicht. Kostenlose ärztliche Versorgung war ein Geschenk. Er begann, die Patienten zu begrüßen, und fragte jeden nach seinen Beschwerden. Rasch versuchte er, schnell und effektiv Entscheidungen zu treffen.

„Sieht so aus, als hättest du alle Hände voll zu tun."

Sam blickte kurz zu Elijah hinüber und nickte. Er wollte nicht unhöflich sein, aber dass er viel zu tun hatte, sah der Mann bestimmt von selbst. Er war gerade damit beschäftigt, die dringenden Fälle von Routinefällen zu trennen. Bis jetzt hatte er die Wartenden halb durch und fragte jeden, was ihn hierherführte, damit jemand mit Schmerzen in der Brust nicht hinter einem verstauchten Knöchel warten musste.

„Ich könnte dir helfen", bot Elijah an. „Ich könnte die Vorauswahl treffen, damit du mit den dringenden Fällen beginnen kannst."

Sam blickte überrascht auf. Nach einem kurzen Moment schüttelte er den Kopf über seine eigene Blindheit. Er war so mit seinen eigenen Problemen beschäftigt gewesen, dass er nicht einmal gefragt hatte, in welchem Bereich Elijah Walker als Missionar gearbeitet hatte.

Elijah beantwortete die nicht ausgesprochene Frage. „Ich bin auch Arzt. Ich war in Afrika und habe alles von Cholera bis Polio behandelt. Ich habe in North Carolina keine Zulassung, aber ich könnte dir assistieren."

„Dieser Aufgabe bist du sicher mehr als gewachsen", sagte Sam. „Und ich wäre für die Hilfe sehr dankbar."

Sie befragten gemeinsam die Wartenden, dann verglichen sie kurz ihre Beobachtungen und legten fest, wer als Erster ins Sprechzimmer kommen sollte. Annie kam ins Wartezimmer und nahm die Neuigkeit, was für einen Beruf Elijah hatte, lachend und kopfschüttelnd auf.

„Natürlich. Neben wem hätte ich auch sonst im Flugzeug sitzen sollen? Ich sage doch immer, dass dieses Land mit Ärzten übersät ist. Ich ziehe sie wie ein Magnet an."

Sie half ihnen, verteilte nummerierte Zettel an die Leute, legte Krankenakten an und holte dann zwei neugeborene Lämmer aus dem Stall, um die Kinder zu beschäftigen.

Am Ende des Nachmittags hatten sie gemeinsam sechzehn Patienten behandelt, zehn Rezepte ausgestellt, eine Brandblase aufgeschnitten, einen Mann in die Notaufnahme geschickt und vielen beruhigend die Hand getätschelt.

CB

„Ich verstehe nicht, wie Carl das schafft", erklärte Sam erschöpft, nachdem er in der Küche seiner Mutter eine große Portion Rinderbraten und Gemüse gegessen hatte. Kuchen und Kaffee nahmen sie mit auf die Veranda hinaus.

Elijah und Mary unterhielten sich gemütlich, und als Mary aufstand, um das Geschirr zu spülen, bestand Elijah darauf, ihr zu helfen.

Sam zog eine Braue hoch, als sie gegangen waren.

Annie saß auf der Schaukel und lächelte. „Was ist?"

„Ach, nichts", erwiderte er. „Ich habe nur überlegt, ob hier etwas in der Luft liegt."

„Mary und Elijah?" Sie hing diesem Gedanken einen Moment nach. „Warum eigentlich nicht?"

„Ja, warum nicht", sagte er. „Ich glaube, sie haben sich früher gekannt."

„Weißt du das genau?" Annie war offensichtlich fasziniert.

„Das weiß ich genau." Er war zu müde, um sich um das Liebesleben seiner Mutter Gedanken zu machen, aber er genoss es, mit Annie hier zu sitzen, während der Tag sich dem Ende zuneigte. Sie nahm noch einen Bissen von ihrem Kuchen, und die Schaukel quietschte gemütlich.

Ihre Miene veränderte sich, als sie seufzte.

„Was ist los?", fragte er, war sich aber im gleichen Moment nicht sicher, ob er es wirklich wissen wollte.

„Ich habe eine neue Stelle angenommen", sagte sie und drehte sich zu ihm herum. „Ich ziehe nach Los Angeles. Dorthin war ich eigentlich unterwegs, als ich beschloss, hierherzukommen."

„Los Angeles." Die Realität hielt mit einem dumpfen Schlag Einzug.

„Ich habe eine Stelle bei der *Times*."

„Gratuliere." Er versuchte, sich seine Enttäuschung nicht anmerken zu lassen. „Dann spielst du jetzt in der Riege der ganz Großen mit."

Sie zuckte die Achseln.

Sie unterhielten sich noch ein wenig, aber nach dieser Mitteilung hatte sich etwas verändert. Die Realität war eingekehrt, und er konnte nicht so tun, als wäre es anders. So war es mit der Wahrheit, stellte er fest. Wenn sie einmal heraus war, verschwand sie nicht so leicht wieder.

„Ich bin ziemlich kaputt", sagte Sam schließlich und stand auf. „Ich denke, ich gehe jetzt schlafen."

Annie erhob sich ebenfalls. „Ich sollte auch gehen. Ich habe morgen viel zu tun." Sie schaute ihn nicht an.

Er hörte, wie sie sich in der Küche bei seiner Mutter bedankte und sich von Elijah verabschiedete. Er ging in sein Zimmer, schloss die Tür und kam auch dann nicht heraus, als er hörte, dass sie in ihr Auto stieg und wegfuhr.

26

Das Wochenende verging schnell. Am Samstag machte Sam ein paar Hausbesuche, dann putzte er Carls Praxis und füllte die Vorräte neu auf. Sorgfältig brachte er die Krankenkarteien auf den aktuellen Stand und dokumentierte alles für Margie Sue, die Bürokraft, die zweifellos irgendwann auftauchen würde. Annie sah er nicht. Der kleine Mietwagen war fort, sodass er annahm, dass sie ihren Vater besuchte. Er hatte beabsichtigt, Carl am Samstagabend selbst zu besuchen, aber nachdem er in das Haus seiner Mutter zurückgekehrt war, hatte er zu Abend gegessen, dann hatte er sich aufs Bett gelegt, um sich eine halbe Stunde auszuruhen, und war eingeschlafen. Er hatte so lange und so gut geschlafen wie seit Monaten nicht mehr. Vielleicht seit Jahren. Einmal wachte er um zwei Uhr morgens auf und schlüpfte unter die Decke, und dann wurde er erst wieder am Sonntagmorgen um zehn Uhr wach.

Das Haus war still. Mama war natürlich in der Kirche. Er war seit Jahren nicht mehr in der Kirche gewesen. Seit fünf Jahren, um genau zu sein. Er hatte keine bewusste Entscheidung getroffen, nicht hinzugehen. Es war nur so, dass die Arbeit diese Zeit ausfüllte, solange er sich nicht bewusst vornahm, zum Gottesdienst zu gehen. Aber an diesem Sonntag arbeitete er nicht, bis auf ein paar Telefonanrufe bei Patienten, die er schnell erledigt hatte. Stattdessen verbrachte er einen ruhigen Tag mit seiner Familie. Jim und Laurie, Ricky und Amanda kamen mit ihren Kindern. Mama machte für alle Mittagessen, und Elijah gesellte sich zu ihnen. Er fügte sich gut ein, plauderte mit den Männern, machte höfliche Bemerkungen gegenüber den Frauen, aber bei den Kindern war er besonders beliebt. Er spielte mit Jims und Lauries jüngsten Kindern Ball, dann verbrachte er fast eine ganze Stunde damit, Rickys kleine Töchter zu schaukeln. Als er sich setzte, um sich auszuruhen, krabbelten sie auf seinen Schoß. Sam hörte, wie die jüngsten ihn Opa nannten, so wie sie seinen Vater genannt hatten. Das machte ihn nachdenklich. Nicht weil er irgendwie besitzergreifend gewesen wäre, sondern weil ihm erneut bewusst wurde, dass Elijah, wenn er wegging, eine große Lücke hinterlassen würde. Besonders bei seiner Mutter.

Sam hatte sie beobachtet. Vielleicht bildete er es sich auch nur ein, aber er hatte mehrmals gedacht, dass ihr Blick an Elijah hängen blieb, und aus ihrem Gesicht hatte eine Zufriedenheit gestrahlt, die er seit vielen Jahren nicht mehr gesehen hatte.

Jetzt, am Montagmorgen, trat Sam auf die Veranda des Ferienhauses und klopfte an die Tür. Er hatte Elijah eingeladen, ihn heute Morgen bei seiner Visite und seinen Hausbesuchen zu begleiten, nachdem Annie am Freitag beim Abendessen lautstark und mehrmals verkündet hatte, dass sie mit den Stallarbeiten allein fertigwerden würde.

„Diane schafft es auch allein", hatte sie mit vorgeschobenem Kinn erklärt. Sam war klug genug gewesen, ihr nicht zu widersprechen.

„Herein", rief Elijah. Sam trat ein.

Elijah beugte sich über den kleinen Küchentisch. „Ich kontrolliere gerade nur meine Tasche. Vielleicht willst du sie ja benutzen."

Sam sah im Geiste eine traditionelle schwarze Ledertasche vor sich und wollte schon höflich ablehnen. Wenn er eine solche Tasche wollte, hätte er eine reiche Auswahl. Er hatte die Tasche seines Vaters und seines Großvaters irgendwo oben auf dem Speicher, ganz zu schweigen von Carls Tasche im Schrank seiner Praxis. Doch als er näher trat, staunte er. Die Tasche war aus strapazierfähigem, silbernem Nylon mit einem stabilen Schloss und mit einem breiten Spektrum an Medikamenten und Instrumenten gefüllt. Sam überflog den Inhalt und sah alles, was er für jede vorstellbare Situation brauchen würde – und auch für einige Situationen, die er sich nicht vorstellen konnte.

„Das sind Malariamittel", sagte Elijah und legte eine Handvoll Medikamentenfläschchen beiseite. „Das hier ist gegen AIDS und Parasiten." Die nächste Handvoll Medikamente wurde aussortiert. „Das brauchen wir hier wahrscheinlich nicht."

„Wahrscheinlich nicht", gab Sam ihm recht.

Die Tasche enthielt eine große Auswahl an Antibiotika, zwei verschiedene Psychopharmaka, einige Standardherzmittel, Steroide, Valium, Morphium, Brechmittel und Mittel gegen Übelkeit, einen guten Bestand an Impfstoffen, Glucose zum Spritzen und zum Einnehmen, Mittel für Lokalanästhesie, Naloxon für den Fall einer Medikamentenüberdosis, Asthmamedikamente, Tetanusimpfstoff. Gut sortiertes einfaches Operationsbesteck, Verbände, Gipsrollen und Material, um Knochen zu schienen. Faden, um die Nabelschnur abzubinden, und Geburtszangen.

„Du bist auf alles vorbereitet", sagte Sam bewundernd.

„Das ging nicht anders", erklärte Elijah schmunzelnd. „Man ist eine oder zwei Wochen unterwegs und fährt nicht zurück, weil man etwas vergessen hat."

„Das kann ich mir denken." Sam schaute den älteren Mann mit Hochachtung an. „Erzähl mir von deiner Arbeit", bat er, während sie zum Auto hinausgingen.

„Ich habe in Kenia angefangen", erzählte Elijah auf dem Weg zu Carls Praxis. „Während ich dort war, bauten wir zwei Krankenhäuser. Dann arbeitete ich am oberen Nil im Süd-Sudan. Wir fuhren mit Geländewagen, soweit es ging. Den Rest des Weges legten wir dann zu Fuß zurück. Dort gibt es so viel Krieg und Armut und Krankheiten, dass man sich vorkommt, als wolle man den Ozean mit einem Teelöffel ausschöpfen."

„Es muss sehr schwer für dich sein, hierher zurückzukommen, nachdem du so lange Zeit eine so ausfüllende Arbeit geleistet hast", bemerkte Sam und erschrak selbst über seine unsensiblen Worte. Er ging so sehr in seinen eigenen Problemen auf, dass er gar nicht bemerkt hatte, dass andere Menschen auch ihre Sorgen hatten.

„Es ist eine gewisse Umgewöhnung", gab Elijah mit einem knappen Lächeln zu.

„Ich kann mir vorstellen, dass der Überfluss hier erschreckend sein muss", sagte Sam, „nachdem du so lange mit so wenig auskommen musstest."

Er dachte an die teuren Untersuchungen und Geräte, den unglaublichen Aufwand an Technik, der für jeden seiner kleinen Patienten betrieben wurde.

Elijahs Gesicht verriet, dass ihn Sams Verständnis erstaunte. „Genau das ist es", gab er zu. „Selbst eine noch so verzweifelte Situation hier ist normalerweise immer noch besser als das, was wir dort jeden Tag gesehen haben. Die Leute haben so wenig, und sie sind für

Hilfe so dankbar. Es ist auch schwer, wenn ich Kirchengemeinden besuche und sehe, wie sehr jeder in seinem eigenen Leben aufgeht und wie wenig man an die Missionare denkt oder für sie betet. Ich will nicht urteilen", fügte er eilig hinzu, „aber manchmal ist das nicht leicht."

„Das kann ich mir denken." Sam fühlte sich selbst überführt.

„Aber am schlimmsten ist der fehlende Glaube, den ich hier antreffe."

Sam runzelte die Stirn. „Was genau meinst du damit?"

„Wenn man so lebt wie wir in Afrika, muss man Glauben haben. Ohne Glauben wären wir nicht weit gekommen. Wir haben verzweifelte Situationen erlebt, und wir haben verzweifelte Gebete zu Gott geschickt. Ich glaube, deshalb haben wir auch Gebetserhörungen erlebt. Ich habe Wunder gesehen. Ich habe große Dörfer besucht, und als wir beteten, habe ich buchstäblich gesehen, dass Medikamente nicht ausgingen, obwohl sie normalerweise längst aufgebraucht gewesen waren. Ich habe gesehen, wie Dosis für Dosis – dreißig bis vierzig Dosen – aus derselben Flasche verteilt wurde, und als wir fertig waren, war sie immer noch halb voll. Ich habe einmal ein kleines Mädchen gesehen, das kurz davor stand, an Unterernährung zu sterben. Wir beteten für sie, nachdem wir alles getan hatten, was wir konnten, aber ehrlich gesagt, hatte ich nie erwartet, dass wir sie lebend antreffen würden. Doch eine Woche später war sie auf den Beinen und kam uns entgegen. Ich habe einen Mann gesehen, der von Lepra geheilt wurde." Elijah schaute ihn an, um seine Reaktion zu beobachten.

„Ich habe auch Wunder gesehen", gab Sam nach einem Moment zu. Er erinnerte sich, wie er früher das Gefühl gehabt hatte, dass Gott ihm die Hände führte, wenn er das Skalpell in die Hand genommen und Operationen durchgeführt hatte, die er normalerweise nie geschafft hätte. „Vielleicht nicht so offensichtliche, aber es waren trotzdem Wunder. Aber in letzter Zeit habe ich nicht mehr zu viele erlebt."

„Du bist hier, nicht wahr?", stellte Elijah fest. „Und Annie auch."

„Das stimmt." Sam lächelte.

Danach sprachen sie nicht mehr viel. Sie trafen auf Carls und Dianes Hof ein. Als sie ausstiegen, trat Annie gerade aus dem Haus.

Sams Herz schlug höher, als er sie sah. Sie hatte die Tiere offenbar schon versorgt und war irgendwohin unterwegs. Sie trug ein helles Leinenkostüm und sah herausgeputzt und professionell aus, und ihm fiel ein, dass sie nach Los Angeles ziehen würde. Er erkannte, wie dumm es von ihm gewesen war, sich wegen ein paar Gesprächen und des einen oder anderen Lächelns neue Hoffnungen zu machen.

„Ich fahre Papa besuchen", erklärte sie. Vielleicht bildete er es sich nur ein, aber er hatte das Gefühl, als schaue sie überallhin, nur nicht in sein Gesicht. „Auf dem Herd steht Getreidebrei und im Kühlschrank ist Obst, wenn ihr Hunger habt."

„Wir kaufen uns unterwegs etwas", antwortete Sam knapp und sah, wie ihre Augen sich verdunkelten.

„Meinetwegen. Brauchst du den Hausschlüssel?"

„Nein. Du kannst das Haus zuschließen. Alles, was ich brauche, finde ich in der Praxis. Sag Carl, dass es mich freut, dass es ihm schon besser geht, und dass ich ihn bald besuchen komme."

Annie nickte. „Wir sehen uns später."

Das bezweifelte er. Er nickte zum Abschied. „Tschüss."

Sam hatte gemerkt, dass Elijah ihren Wortwechsel mit schmerzvoller Miene verfolgt hatte, aber jetzt senkte er den Blick.

Als Annie losgefahren war, drehte sich Sam fest entschlossen um und öffnete die Tür zu Carls Praxis. Er nahm sich den Terminkalender vor. Für den Nachmittag waren drei Patiententermine in der Praxis angesetzt und am Vormittag zwei Hausbesuche. Seine Patientin im Krankenhaus konnte wahrscheinlich heute entlassen werden. Dorthin würde er zuerst fahren. Er hörte den Anrufbeantworter ab und erledigte schnell die Anrufe. Es ging um neue Rezepte und Termine. Als er fertig war, änderte er die Ansage auf dem Anrufbeantworter und gab für Notfälle seine Handynummer an.

Sam und Elijah schlossen die Tür hinter sich zu und brachen auf. Sie fuhren zum Krankenhaus und entließen Sams Patientin, der es mit den neuen Herzmedikamenten schon viel besser ging.

„Vielen Dank, Dr. Truelove", strahlte sie, und Sam freute sich. Sie war eine nette, ältere Dame.

„Es war mir eine große Freude", antwortete er, und sie strahlte noch mehr.

Er kaufte sich und Elijah ein Frühstück im *Cracker Barrel.* Als sie gerade wieder aufbrechen wollten, trat Ricky ein.

„Davon spreche ich die ganze Zeit, Bruderherz!“, grinste sein Bruder. „Du lernst es endlich wieder schätzen.“

„Was lerne ich schätzen?“, fragte Sam, der aus reiner Gewohnheit auf die Äußerungen seines Bruders gereizt reagierte.

„Wieder zu leben.“ Ricky lachte unbekümmert und reichte Elijah die Hand. „Schön, dich wiederzusehen. Elijah spricht nächsten Sonntag in unserer Kirche, Sam“, wandte Ricky sich wieder an seinen Bruder. „Du solltest kommen. Das Quartett singt auch.“

Natürlich. Sam rechnete nach und stellte fest, dass das jährliche Truelove-Familientreffen bevorstand, das traditionell immer in dem Monat stattfand, in dem die *Ambassadors* wieder zusammenkamen und ihre jährlichen Auftritte hatten. Bei den ganzen Umwälzungen in seinem persönlichen Leben und wegen Carls Krankheit hatte er das völlig vergessen. Er fragte sich, ob seine Mutter es auch vergessen hatte, da sie das Familientreffen bis jetzt mit keinem Wort erwähnt hatte.

„Mal sehen“, erwiderte er ausweichend, obwohl Mama ihn wahrscheinlich auch zum Gottesdienst einladen würde. Wenn er ihre Einladung ablehnen wollte, musste er sich rechtzeitig darauf einstellen. Deshalb war er für die Warnung dankbar.

„Ich muss los“, sagte er zu Ricky, der ihn angrinste und dann weiter zu einem freien Tisch ging.

Sam bezahlte, und sie brachen in die Berge auf, um ihren ersten Hausbesuch zu machen.

ഢ

„Wie ist das passiert?“, fragte Sam, während er das geschwollene Auge des Bauern untersuchte.

„Ich wurde vom Maultier getreten.“

„Wie konnte das passieren?“

„Ich habe seine Hufe neu beschlagen.“

„Wann?“

„Gestern Abend.“

„Das müssen Sie im Krankenhaus untersuchen lassen.“

„Ich gehe nicht ins Krankenhaus."

„Diese Platzwunde muss genäht werden."

Keine Antwort, nur ein Kopfschütteln.

Elijah kniff ein Auge zusammen und zuckte die Achseln. Dann packte er Verbandsmaterial und ein paar Medikamente aus.

„Waren Sie bewusstlos?", fragte er. „Mussten Sie sich übergeben?"

„Nein", antwortete der Mann und hakte seine Daumen an den Träger seiner Arbeitshose.

„Sehen Sie Doppelbilder?", fragte Elijah weiter.

„Ich sehe ganz normal. Alles nur einmal."

Sam untersuchte das Auge, berührte die Knochen und ertastete nichts Ungewöhnliches. Er überlegte, ob er unter einem Vorwand zum Auto gehen und in seinem Handbuch nachschlagen sollte. „Schauen Sie hierher", wies er den Mann an. „Jetzt hierher. Jetzt nach oben. Nach unten." Die Pupillen sahen normal aus. Er reichte Elijah den Augenspiegel, der das Gleiche machte.

„Ich bezahle nicht für zwei Ärzte", sagte der Mann argwöhnisch.

„Mich bekommen Sie gratis dazu", sagte Elijah mit einem Lächeln. „Das kostet Sie keinen Cent. Sieht alles in Ordnung aus", sagte er nach einem schnellen Blick zu Sam.

„Sie sollten wirklich zu einem Augenarzt gehen und das abklären lassen", forderte Sam den Mann auf. „Und ein CT von Ihrem Kopf machen lassen, um sicherzugehen, dass Sie keine Hirnverletzung haben."

„Das mache ich bestimmt nicht", erwiderte der Bauer störrisch. „Wenn es nach mir gegangen wäre, hätte ich nicht einmal Sie angerufen."

Sam sah die Frau, die in der Ecke kauerte.

Er seufzte, reinigte den Bereich um das Auge mit einem Desinfektionsmittel, nahm die Spritze, die Elijah ihm hinhielt, injizierte das Lokalanästhetikum und nähte die Wunde. Der Mann saß während der ganzen Prozedur mit stoischer Miene da. Sam musste vier Stiche machen. Elijah assistierte ihm dabei.

„Schaffen Sie es, ein Medikament in der Apotheke zu holen?", fragte Sam, da er nicht wusste, ob der Mann vielleicht aus moralischen Gründen auch etwas gegen Apotheken und nicht nur gegen Krankenhäuser hatte.

„Ich kann mit dem Rezept in die Stadt fahren", mischte sich die Frau ein, die plötzlich mit Kaffee und einem Teller Keksen vor ihnen stand.

Sam schrieb zwei Medikamente auf. Ein Antibiotikum sowie eine abschwellende Salbe für die Nase.

„Sie sollten sich eine oder zwei Wochen nicht schnäuzen", sagte er.

Der Bauer nickte, setzte seine John-Deere-Kappe wieder auf und ging. Die Frau stellte einen Scheck über fünfzehn Dollar aus, während Sam und Elijah sich setzten und Kekse aßen und Kaffee tranken.

„Er kann manchmal störrisch wie ein alter Bock sein, aber ich liebe ihn", erzählte sie Sam, und ihre Augen strahlten dabei.

Sam lächelte und nahm den Scheck entgegen. Er steckte ihn in seine Hemdtasche und stellte fest, wie sehr sich sein Leben verändert hatte.

„Vielen Dank Ihnen beiden", sagte sie.

„Es war uns eine Freude", antwortete Elijah, und sie fuhren zu ihrem nächsten Hausbesuch weiter.

Eliza Goddard war das genaue Gegenteil des Bauern, der von seinem Maultier getreten worden war. Sie wohnte in einer riesigen viktorianischen Villa, die auf einem Höhenzug thronte und nicht wirklich in die Landschaft passte. Durch die großen Wohnzimmerfenster hatte Sam einen herrlichen Ausblick auf die Great Smokies. Miss Goddard verdiente ihren Lebensunterhalt damit, dass sie Liebesromane schrieb. Sie hatte auf dem Anrufbeantworter erklärt, dass ihr leicht schwindelig sei, vielleicht aufgrund ihres erhöhten Blutdrucks. Sam drückte auf den Klingelknopf. Ein Zimmermädchen ließ ihn und Elijah ins Haus. Als die spindeldürre Hausherrin erschien, konnte sie ihre Enttäuschung beim Anblick der beiden Männer nicht verbergen.

„Wo ist Carl?", fragte sie mit sehnsüchtiger Stimme, und Sam stellte schnell seine Diagnose.

„Leider liegt Dr. Dalton selbst im Krankenhaus", antwortete er. Seine Diagnose bestätigte sich, als ihr Gesicht kreidebleich wurde.

Miss Goddard litt unter einer stark ausgeprägten Schwärmerei für ihren Arzt. Er wollte dieses Leiden mit einer Dosis Realitätssinn kurieren. „Es geht ihm bereits wieder besser. Seine Frau und seine Tochter sind bei ihm."

„Oh." Schweigen. „Er wird also wieder gesund?"

„Es sieht ganz gut aus."

Wieder Schweigen.

„Sie haben wegen Ihres Blutdrucks angerufen?"

Ihre Augen strahlten wieder auf, und sie nickte. Die Frage nach ihrer Gesundheit erregte offenbar ihr Interesse. „Wenn ich aufstehe, wird mir schwindelig, sodass ich mich sofort wieder setzen muss. Ich habe Sorge, dass mein Blutdruck zu hoch ist. Mein Vater hatte einen zu hohen Blutdruck."

„Nehmen Sie deswegen regelmäßig Medikamente?"

„Nein."

Sam nickte unverbindlich. „Setzen Sie sich doch bitte. Dann können wir Ihren Blutdruck messen." Elijah öffnete die Tasche und reichte ihm die Blutdruckmanschette und das Stethoskop. Er maß ihren Blutdruck. Dann noch einmal. Im Stehen. Im Sitzen. Im Liegen.

„Hundertzwanzig zu achtzig", verkündete Sam. „Vollkommen im Normalbereich."

„Ach." Eindeutig eine Enttäuschung.

„Haben Sie noch andere Symptome?"

Sie überlegte und ihre Miene wurde hoffnungsvoll. „Wenn ich aufwache, sehe ich manchmal kleine Punkte vor den Augen."

„Sehen Sie diese Punkte jetzt auch?"

„Nein. Ich glaube nicht."

„Wenn diese Punkte auftauchen, sehen Sie dann viele, als würde es regnen?"

„Nein. Nur einen oder zwei."

„Lichtblitze oder Sterne?"

„Nein."

„Hitzewallungen?"

„Nein."

Elijah reichte ihm den Augenspiegel. Sam gab ihn ihm zurück. „Bitte sehr", sagte er.

Elijah folgte seiner Aufforderung. „Sieht ganz gut aus“, erklärte er. Er tätschelte ihren Arm, und Miss Goddards Augen strahlten auf.

„Was Sie beschreiben, bezeichnet man als Glaskörperflocken“, erklärte ihr Sam. „Das sind normalerweise harmlose Zellansammlungen. Eine normale Begleiterscheinung des Alterungsprozesses.“ Bei diesem Wort verzog sie das Gesicht.

„Sie haben nicht zufällig eine Tasse Kaffee für uns?“, fragte Elijah, worauf sich ihre Miene schlagartig erhellte.

„Ich wollte Ihnen gerade etwas anbieten“, antwortete sie. „Josie, bringen Sie bitte Kaffee und Zuckerhörnchen.“

Elijah lächelte sie an. Sam schüttelte den Kopf.

„Entschuldigen Sie mich bitte“, sagte er und trat auf den Flur hinaus, um den Anrufbeantworter in der Praxis abzuhören. Ein neuer Anruf war eingegangen. Er notierte die Daten auf seinem Notizblock. Ein Patient mit Krebs im Endstadium brauchte etwas gegen seine Schmerzen. Das war eindeutig wichtiger als Zuckerhörnchen und Kaffee.

„Wir müssen leider weiter“, sagte Sam. Elijah entschuldigte sich, und sie wollten gerade gehen, als das Dienstmädchen mit dem Gebäck kam.

„Das ist für Dr. Daltons kostenlose Sprechstunde“, sagte Miss Goddard und reichte ihm einen gefalteten Scheck.

Sam dankte ihr und steckte das Papier ein.

„In welchem Krankenhaus liegt er?“, fragte sie. „Ich würde ihm gern Blumen schicken.“

„Im Baptist Hospital in Asheville“, antwortete er.

Im Auto warf Sam einen Blick auf den Scheck. Fünfhundert Dollar. Kein Wunder, dass Carl bereit war, bei einer Hypochonderin einen Hausbesuch zu machen.

Elijah sah es philosophischer. „Sie ist einsam“, sagte er. „Das sieht man ihr deutlich an.“

Sam zuckte die Achseln, unterließ es aber, ihm zu erklären, dass er dafür nicht fünfzehn Jahre studiert und gearbeitet hatte. Sie fuhren weiter zu dem Patienten, der auf den Anrufbeantworter gesprochen hatte.

Es war ein schwerer Gang. Ihr Patient war ein dreiundvierzigjähriger Mann mit Magenkrebs im Endstadium. Er wog nur noch sechzig Kilo. Sam spritzte ihm Morphium und verschrieb Schmerzpflaster. Der Mann schlief ein, als das Morphium zu wirken begann. Die Familie war dankbar, aber von Sorgen und Trauer gezeichnet. Hier wurden ihnen keine Kekse und kein Kaffee angeboten. Kein Geld wechselte die Hände.

„Es ist schwer", sagte die erschöpfte Ehefrau, und Sam schaute sie mitfühlend an.

„Was kann ich für *Sie* tun?", fragte er und war von seinen Worten selbst überrascht. Er war nicht sicher, woher sie gekommen waren. Tränen traten ihr in die Augen.

„Carl betet immer mit uns", antwortete sie einfach. Sam warf einen Blick auf Elijah, der seine Schuhe interessiert betrachtete.

Sam nickte ergeben. Alle beugten den Kopf.

„Vater im Himmel, guter Gott", begann Sam leise. „Du siehst, wie deine Kinder leiden. In deinem Wort steht, dass du jede Träne siehst und dass deine Ohren ihr Weinen hören. Dass du mit allen deinen Geschöpfen mitleidest. Schenke uns deinen Segen, o Gott." Seine Stimme wurde leidenschaftlicher. „Wir sehnen uns nach deiner Berührung, Herr. Hab Erbarmen. Gib uns Heilung. Hilf uns, Herr. Hilf uns."

Die Frau schluchzte leise.

„Ja, Herr", murmelte Elijah. „Bitte, Herr. In Jesu Namen."

Schweigend und in Gedanken versunken fuhren sie in die Stadt zurück.

Ihr Vater saß im Bett, als Annie eintraf. Gerade unterhielt er die Krankenschwester mit der Geschichte vom alten Jonas Carter, der sich beide Schultern ausgekugelt hatte, weil er versucht hatte, seinen Pontiac Baujahr 65 von seiner kostbaren Zuchtsau zu hieven.

„Er war stockbetrunken", sagte Carl. „Ich musste ihn also nicht sedieren, um die Schultern wieder einzurenken."

Die Krankenschwester kicherte. Annie räusperte sich. Die Geschichte endete abrupt, sodass die Schwester die weiteren Einzelheiten wohl nie erfahren würde. Beispielsweise, wie die Sau überhaupt unter die Räder des Pontiac geraten war. Annie vermutete, dass sie das auch überhaupt nicht wissen wollte.

„Annie, Kleines“, rief ihr Vater aus, und sie trat näher.

Nach einer herzlichen Umarmung schaute sie ihren Vater prüfend an. Sie hatte ein blasses, schwaches Gesicht erwartet, das von der Erkenntnis gezeichnet war, dass ihr Vater bald seinem Schöpfer gegenübertreten würde. Aber eigentlich hätte sie es besser wissen müssen. Ihr Vater sah glänzend aus. Er hatte schon wieder etwas Farbe im Gesicht. Seine Augen funkelten und waren hellwach, und was ihr am meisten Hoffnung machte: Sein Mund war wieder in Bewegung.

„Kaum kehre ich dir ein paar Tage den Rücken, schon stellst du solche Sachen an“, tadelte Annie ihn.

„Du hast ja recht! Aber jetzt geht es mir schon wieder besser.“

Diane kam mit einem Tablett mit Essen, und sie und Annie begrüßten sich.

„Was gibt es zu essen?“, erkundigte sich Annie.

Carl verzog das Gesicht, als Diane den Deckel vom Teller hob. Es gab gedämpften Fisch und Reis mit gekochten Karotten und Erbsen.

„Ich bringe dir keinen Cheeseburger mit Pommes. Fang also gar nicht erst an“, sagte Diane streng.

„Schatz, auf meiner Krankenkartei steht mit Großbuchstaben *KEINE DIÄT*“, versuchte er, seine Frau zu überreden. „Ich muss nur koffeinfreien Kaffee trinken.“

„Genau dieses Denken hat dich in diese Bredouille gebracht“, fauchte Diane zurück.

Carl schaute Annie mit flehendem Blick an.

„Auf keinen Fall! Vergiss es.“ Sie schüttelte den Kopf. „Ich mische mich bei euch beiden nicht ein.“

Ihr Vater begann widerwillig, den Fisch zu essen. Ab und zu naschte er ein bisschen an seiner Nachspeise, eingemachte Pfirsichen, die mit Haferflocken und braunem Zucker bestreut waren. Diane war damit beschäftigt, Karten und Blumen ordentlich hinzustellen.

„Schatz“, sagte Carl zu seiner Frau, „würde es dir etwas ausmachen, mir aus der Cafeteria etwas zu trinken zu holen? Eine koffeinfreie Diätlimonade?“

Ihr Gesicht strahlte sofort begeistert auf.

„Natürlich macht mir das nichts aus." Sie nahm ihre Handtasche, beugte sich über ihn und gab ihm einen Kuss. Dann verließ sie das Zimmer.

„Was hältst du von einer schnellen Fahrt zu *McDonald's*, Annie Ruth?", fragte er mit einem Augenzwinkern.

Sie schüttelte energisch den Kopf. „Vergiss es, Papa. Spar dir die Mühe."

Er zuckte die Achseln, als habe er es einfach versuchen müssen, um seine Selbstachtung nicht zu verlieren. Dann verriet er seine eigentliche Absicht.

„Wie geht es dir, Annie?", fragte er mit ruhiger Stimme.

Annie lächelte. Nur Papa konnte einen Herzinfarkt erleiden, eine größere Operation über sich ergehen lassen, das gesamte Pflegepersonal mit seinem Charme betören, ungeahnte Energie aufwenden, um Freunde und Angehörige zu überreden, ihm verbotenes Essen zu bringen, und hatte trotzdem noch Zeit und Kraft, um sich um die Angelegenheiten seiner Tochter zu kümmern.

„Mir geht es gut."

„Und Sam?"

„Ihm scheint es auch gut zu gehen. Dem Mädchen wurde die Magensonde wieder eingesetzt", sagte sie.

Die Miene ihres Vaters wurde ernst. „Für dieses Mädchen wird sehr viel gebetet", sagte er. „Gott sollte entscheiden, wie und wann er sie zu sich holt, und es sollte nicht auf diese Weise geschehen."

Sie nickte. Das war ganz ihre Meinung.

„Wie kommt Sam mit meinen Patienten zurecht?", erkundigte sich ihr Vater und aß halbherzig seinen Fisch.

„Gestern kamen viele Leute zur kostenlosen Sprechstunde. Elijah Walker hilft ihm."

„Ach ja, der heimgekehrte Missionsarzt."

Typisch Papa, dass er das wusste. Selbst im Krankenhaus blieb er immer auf dem neuesten Stand.

„Woher weißt du das?"

„Margie Sue hat mich besucht und es mir erzählt", antwortete er. „Das ist wirklich eine interessante Geschichte."

Sofort war Annies Interesse geweckt. „Warum sagst du das?"

Ihr Vater sah sie geheimnisvoll lächelnd an, aber damit konnte er sie nicht täuschen. Er konnte genauso wenig eine Neuigkeit für sich behalten wie zum Mond fliegen.

„Ach, nichts. Nur dass er und Mary keine Fremden sind."

Annie zuckte die Achseln. „Sam hat gesagt, dass sie sich von früher kennen."

Die Augen ihres Vaters leuchteten auf. „Oh, es war schon ein bisschen mehr."

Sie schaute ihn interessiert an. „Und? Erzählst du es mir jetzt, oder willst du mich den ganzen Tag raten lassen?"

„Sie waren verlobt."

„Nein!"

Er nickte. „Elijah gab ihr einen Ring und alles, aber dann wusste er, dass er in die Mission gehen sollte. Das Nächste, was man hörte, war, dass er fort war und dass Mary Ellen Anderson nicht mehr verlobt war. John wartete eine angemessene Weile, dann trat er in Aktion, bevor jemand anders sie ihm wegschnappte."

Einen Moment lang hatte Annie den sonderbaren Gedanken, wie leicht es hätte sein können, dass Sam nicht als Sohn von John und Mary Truelove geboren worden wäre und sie ihn nicht geheiratet hätte. Margaret hätte es nie gegeben. Und das alles wegen etwas, das Elijah Walker vor über fünfundvierzig Jahren entschieden hatte. Sie hatte gewusst, dass es irgendwie eine Verbindung zwischen ihnen gab, als sie ihn das erste Mal gesehen hatte.

„Warum ist sie nicht mit ihm nach Afrika gegangen?"

„Das habe ich mich auch gefragt", sagte ihr Vater, „aber sie hat es mir nie erzählt, und ich habe sie nie gefragt."

Annie nickte.

„Sam kommt also mit meinen Patienten gut zurecht?"

Seine Frage holte sie in die Wirklichkeit zurück. „Das nehme ich an", sagte sie. „Er hat sich nicht beklagt."

„Ich wusste, dass er sich gut machen wird."

„Allgemeinmedizin ist nicht sein Fachgebiet", stellte Annie klar.

„*Menschen* sind das Fachgebiet eines Arztes, egal, was er sonst noch weiß", entgegnete ihr Vater. „Außerdem wird er es leichter lernen, als ich Herzchirurgie lernen würde. Du musst ihm unbedingt sagen, dass Margie Sue morgen kommt, um die Buchhaltung zu machen und die Rechnungen zu schreiben. Ich bin selbst auch bald wieder da."

Diane kam zurück. Sie unterhielten sich noch eine Weile, dann verabschiedete sich Annie. „Ich komme am Mittwoch wieder", versprach sie. „Morgen will ich anfangen, das Haus auszuräumen."

Sie wusste, dass er sie gehört haben musste, aber er ignorierte ihren letzten Satz völlig.

„Ich freue mich auf dich", sagte ihr Vater mit einem Augenzwinkern. „Bring Sam mit und kauft mir unterwegs Brathähnchen und Zimtwaffeln."

Sam und Elijah bogen um fünf Uhr nachmittags in die Schottereinfahrt seiner Mutter. Sie hatten in der Praxis noch vier Patienten behandelt sowie Visite im Krankenhaus und ein paar Hausbesuche gemacht. Trotzdem waren sie pünktlich zum Abendessen zu Hause. Sam schüttelte den Kopf. Er hatte sich an dieses langsamere Tempo immer noch nicht ganz gewöhnt. Einerseits war es ein gutes Gefühl, nachts durchzuschlafen und am Morgen ausgeruht aufzuwachen, aber oft fühlte er sich fehl am Platz und wusste nicht, womit er seinen Verstand und seine Hände beschäftigen sollte.

Als sie sich dem Haus näherten, sah Sam ein unbekanntes Auto und fragte sich, wer zu Besuch gekommen war. Eine unangenehme Vorahnung regte sich in ihm, die aber schnell wieder verschwand, als er das Nummernschild und die beiden Aufkleber mit *Johannes 3,16* sowie der Aufschrift *Betet für unser Land* erkannte. Das war kein Anwalt oder Reporter oder irgendjemand, der ihm Schwierigkeiten bereiten würde.

Elijah verabschiedete sich mit einem Winken und ging zum Ferienhaus, aber Sam wusste, dass er später wiederkommen würde. Seine Mutter hatte den Tisch bestimmt für drei Leute zum Abendessen gedeckt. Sam freute sich darauf. Die Gesellschaft dieses Mannes tat ihm gut. Elijah war ein ausgeglichener Mann, stellte er fest. Er hatte die Zielstrebigkeit, die sein Vater auch gehabt hatte, strahlte aber eine Sanftheit und Ruhe aus, die ansteckend war. Wieder nagte der Gedanke an ihm, dass seine Mutter, die schon so viel Leid durchgemacht hatte, traurig wäre, wenn Elijah wegging. Er verdrängte diesen Gedanken und musste ironischerweise an die Worte von Tom Bradley denken, den Verwaltungsdirektor des Krankenhauses: *„Darüber sollten wir uns jetzt noch keine Gedanken machen."*

Er betrat die Veranda, zog die Mückengittertür auf und hörte, als er ins Haus kam, das Zischen des Schnellkochtopfs und das Murmeln von Frauenstimmen aus der Küche. Er ging hinein und traf seine Mutter und zwei Schwestern seines Vaters an, die offensichtlich in ein ernstes Gespräch vertieft waren.

Seine zwei Tanten hatten viel Ähnlichkeit mit seinem Vater und wahrscheinlich auch mit ihm, vermutete er. Sie hatten die gleichen dunklen Haare, auch wenn ihre bereits grau waren, und die gleichen auffallenden blauen Augen. Sie hatten die breite Stirn und das symmetrische Gesicht der Trueloves, die typischen gleichmäßigen weißen Zähne und das gleiche breite Lächeln. Er umarmte sie zur Begrüßung, und obwohl er in ihren Augen verurteilende, strafende Blicke erwartete, sah er darin nichts anderes als Freundlichkeit und Liebe.

„Sammy, wir beten für dich. Tag und Nacht", sagte Tante Roberta, als sie ihn aus ihrer engen Umarmung entließ. Sam war für ihre Worte dankbar.

„Danke", sagte er nur. „Das kann ich brauchen."

„Ich erzähle jedem, was für ein guter Arzt du bist und was für ein guter Christ", mischte sich Eloise nach einer kurzen, aber kräftigen Umarmung ein. Sie war nicht der sensible, tröstende Typ, aber sie hatte einen starken Beschützerdrang, wenn es um ihre Familie ging. Sam hatte fast Mitleid mit dem Menschen, der in ihrer Gegenwart eine abfällige Bemerkung über ihn machte.

„Wir sprechen gerade über das Familientreffen", informierte ihn seine Mutter.

Sam nickte und trat an den Herd, um neugierig in die Töpfe und in den Backofen zu spähen. Brathähnchen und Kartoffelbrei und was auch immer sich in diesem Schnellkochtopf befand. Ein Kuchen kühlte auf der Arbeitsplatte ab. Erdbeerkuchen, schloss er aus der Farbe des Saftes, der ein wenig ausgelaufen war. Sein Magen knurrte.

„Wir haben beschlossen, es abzusagen", erklärte Eloise.

Er drehte sich abrupt um. Das Grauen, das ihn kurzzeitig bei der Vorstellung erfüllt hatte, seiner ganzen Verwandtschaft gegenüberzutreten, wurde plötzlich von einer schmerzlichen Traurigkeit überschattet.

„Warum in aller Welt wollt ihr es absagen?“, fragte er.

Roberta blinzelte. „Wir dachten, das wäre dir lieber.“

Er schüttelte entschlossen den Kopf und stellte fest, dass er die Worte, die er sagte, wirklich so meinte.

„Wir brauchen dieses Treffen jetzt mehr als je zuvor“, sagte er und sah, dass Eloises Augen aufflackerten.

„*Genau* das Gleiche habe *ich* auch gesagt“, verkündete sie. „Wir sollten Sammy zeigen, dass seine Familie ihn liebt, habe ich gesagt. Das ist für ihn das Beste.“

Sams Herz schlug schneller. Unwillkürlich musste er lächeln. Seine Familie hatte ihre Ecken und Kanten, aber ihm wurde bewusst, dass sie ihn nie fallen lassen würden. Sie würden ihn kritisieren, ja. Ihm die Meinung sagen, natürlich. Aber sie waren durch ihr Blut miteinander verbunden, und das war eine Loyalität, die nie zerstört werden konnte.

„Der gleiche Ablauf wie immer?“, fragte er, und nach einem kurzen Zögern nickten alle drei.

Das eigentliche Familientreffen fand am Samstag auf dem Kirchengelände statt, zu dem alle auch noch so entfernten Verwandten der Trueloves kamen. Doch am Freitag traf sich eine kleinere Gruppe aus engeren Verwandten zum traditionellen Fischgrillfest.

„Ich grille dieses Jahr die Fische“, bot er sich an und beobachtete, wie das Gesicht seiner Mutter vor Freude strahlte.

„Vielleicht würde Annie auch gern kommen“, warf Eloise kühn ein.

Robertas und Mamas Mienen wurden fassungslos, da sie offenbar dachten, dass Eloise zu weit gegangen sei. Sam schaute seine Tante an. Sie erwiderte seinen Blick, da sie nicht der Typ war, der einen Rückzieher machte.

Er dachte über die Möglichkeit nach, seine Frau wieder in dieser vertrauten Familienumgebung zu sehen, und erinnerte sich an das erste Jahr, als sie als Paar zusammen am Familientreffen teilgenommen hatten. Er zuckte die Achseln und verzog keine Miene. „Vielleicht“, antwortete er.

Als er die Küche verließ, um sich in seinem Zimmer umzuziehen, hatten sie schon wieder die Köpfe zusammengesteckt und planten das Familienfest. Es machte ihn glücklich, seine Mutter so eifrig zu erleben.

27

Mary schlief in dieser Nacht zum ersten Mal seit Ewigkeiten, ohne mehrmals wach zu werden. Am Dienstagmorgen stand sie mit der Sonne auf, duschte, zog sich an und hatte für Sam und Elijah das Frühstück fertig, bevor sie zu ihren Hausbesuchen aufbrachen. Sie frühstückten zu dritt. Als sie gerade fertig waren, klingelte Sams Handy. Er erstarrte wie immer, wenn ein Anruf kam, dann stand er auf und ging auf den Flur hinaus, um den Anruf dort entgegenzunehmen. Mary war aufgefallen, dass er immer angespannt war, bis er wusste, wer der Anrufer war. Anscheinend war er so lang drangsaliert und kritisiert worden, dass er wie selbstverständlich erwartete, dass jedes Gespräch ihm einen neuen Schlag versetzen würde. Sie war seinetwegen auch ein wenig angespannt, aber als sie die ersten Worte des Gesprächs hörte, merkte sie, dass es ein Patient von Carl war.

Sam und Elijah zusammen zu sehen und beide in ihrer Nähe zu haben, tat ihrem Herzen gut. Mary konnte nicht leugnen, dass etwas passierte. Etwas Angenehmes. Sie wusste nicht, wohin das führen würde oder ob dabei etwas anderes herauskäme als diese kurze Atempause. So vieles war noch nicht in Ordnung. Sie dachte an Sam und Annie und an Kelly Bright, aber selbst dabei regte sich ein schwacher Hoffnungsfunke in ihr. Sie dachte an Lazarus, der schon in der Dunkelheit des Todes und der Verzweiflung gebunden gewesen war, aber den schwachen Klang von jemandem in der Ferne gehört hatte, der seinen Namen rief.

Sie warf einen Blick auf Elijah. Er war älter geworden. Sie waren beide älter geworden. Das konnte sie nicht leugnen. Aber er sah immer noch gut aus. Seine sonnengebräunte Haut stach angenehm von dem weißen Baumwollhemd ab, das er heute trug. Er trank einen Schluck von seinem Kaffee und musste ihren Blick gefühlt haben, denn er blickte auf und lächelte sie an. Freundliche Fältchen erschienen in seinem Gesicht, und aus seinen warmen, grauen Augen leuchtete etwas, das doch tatsächlich nach Zuneigung aussah.

Oh, wie gut sie sich an dieses Lächeln erinnerte, und ein Anflug dessen, was sie vor langer Zeit für ihn empfunden hatte, regte sich in ihr. Damals hatte sie das Gefühl gehabt, dass ihr Herz, ja selbst die ganze Welt zu klein wäre für ihre Liebe zu ihm. Sie erinnerte sich an die bitteren Tränen, die sie vergossen hatte, als er sie verlassen hatte, an die Leere in ihrem Herzen, von der sie gedacht hatte, dass sie nie vergehen würde.

„Was haben Sie heute vor, Miss Mary Ellen?", fragte Elijah mit dieser zärtlichen Stimme, die er nur ihr gegenüber benutzte. „Auf dem Sofa liegen, Seifenopern anschauen und Bonbons lutschen?"

Mary lächelte. So hatte schon sehr lange niemand mehr mit ihr gesprochen. Niemand neckte sie mehr. Alle fassten sie mit Samthandschuhen an, als könnte sie sonst zerbrechen.

„Ich denke, ich fahre heute nach Asheville und besuche Carl", sagte sie. „Was ich danach mache, weiß ich nicht. Vielleicht gönne ich mir *tatsächlich* ein oder zwei Bonbons." Sie erwiderte sein Lächeln.

„Es tut gut, hin und wieder Zeit für sich allein zu haben, nicht wahr?"

„Wahrscheinlich", sagte sie. Seine schlichte Bemerkung machte ihr bewusst, dass sie zwar viel Zeit hatte, diese aber fast nie für etwas verwendete, das sie besonders gern machte. Sie dachte an die Dinge, die sie schon lange überhaupt nicht mehr machte. Sie machte keine Quiltdecken mehr. Sie nähte nicht mehr. Sie unternahm nie einen Ausflug. Sie las nie ein Buch oder eine Zeitschrift. Sie tat nie etwas, das ihrer Seele Nahrung gab, außer vielleicht ihren Garten pflegen. Aber selbst die Gartenarbeit war kein reines Vergnügen, sondern eher eine Jagd nach Unkraut als ein Genuss der Schönheit.

Sie schaute in Elijahs angespanntes Gesicht und stellte fest, dass er solche kostbaren Tage anscheinend auch nur sehr selten erlebte. Sein Leben war nicht leicht gewesen, nachdem er sie verlassen hatte. Zugegeben, er war derjenige gewesen, der weggegangen war, aber es war ja nicht so gewesen, dass er in ein Leben aus Luxus und Müßiggang geflüchtet wäre. Gott selbst hatte ihn ihr weggenommen, nicht eine andere Frau. Er hatte alles aufgegeben, um diesem Ruf zu folgen. Plötzlich erhaschte sie einen Blick darauf, was für ein Gefühl es für ihn gewesen sein musste, was für ein Gefühl es immer noch sein musste, so wurzellos und allein zu sein.

„Warst du schon dort, wo du früher gewohnt hast?“, fragte sie, obwohl sie genau wusste, dass sie damit wahrscheinlich ein empfindliches Thema ansprach.

Er nickte leicht. „Pastor Lindsey hat mich hingefahren. Alles ist abgerissen und verschwunden.“ Sein Gesicht wurde ausdruckslos, seine Augen traurig. „Alles hat sich verändert“, sagte er, und obwohl er lächelte, stand der einsame Blick immer noch in seinen Augen.

Sie legte kurz die Hand auf seine und berührte seine warme, gebräunte Haut kaum, bevor sie die Hand wieder zurückzog. „Nicht alles“, sagte sie kühn, und er hob den Blick und schaute sie überrascht an.

Mary hatte immer noch gerötete Wangen vor Verlegenheit, als sie auf den Parkplatz vor dem Krankenhaus in Asheville bog. Der arme Elijah hatte keine Ahnung gehabt, in welche Situation er hineingeraten würde, als er beschlossen hatte, im Ferienhaus der Frau aus der Kirche zu wohnen. Er hatte keine Ahnung gehabt, dass er eine längst vergessene alte Liebe wiedersehen würde. Und wie sie sich heute Morgen verhalten hatte! Jetzt wusste sie, woher Laura Lee ihre flirtende Ader hatte, die ihr schlaflose Nächte bereitet hatte, als ihre Tochter ein Teenager gewesen war. Marys Wangen brannten, und sie beschloss, die Sache zu vergessen. Sie hoffte, Elijah würde das auch tun. Sie stellte das Auto ab, suchte den Aufzug und Carls Zimmer. Als sie dort ankam, hatte sie sich wieder gefangen.

Diane strickte. Carl schaute fern und sah so gelangweilt aus, als würde er jeden Augenblick aus der Haut fahren, aber seine Miene verbesserte sich sichtlich, als er sie erblickte. Andere Menschen hatten eine solche Wirkung auf ihn. Er strotzte förmlich vor Energie, wenn er mit anderen zusammen war.

„Wenn das nicht Mary Truelove ist, die mich besuchen kommt!“, rief er aus und strahlte sie fröhlich an.

Sie erwiderte sein herzliches Lächeln. Carl war immer wie ein Bruder für sie gewesen, und auch Diane gehörte für sie zur Familie. Mary umarmte Diane und danach Carl.

„Setz dich doch hierher.“ Diane bot Mary ihren Stuhl an. „Ich suche mir einen anderen Stuhl.“

„Das ist nicht nötig“, wehrte sie ab, aber Diane war schon fort. Einen Moment später kehrte sie mit einem Bürostuhl zurück. Mary fragte sich, ob sie ihn aus dem Schwesternzimmer gestohlen hatte. Das würde sie ihr ohne Weiteres zutrauen. Sie setzten sich beide, und Carl strahlte sie wieder an.

„Ich habe gehört, dass du einen Feriengast hast“, sagte Carl, der keine Zeit mit Smalltalk vergeudete. Mary fühlte, dass ihre Wangen wieder zu glühen begannen.

„Ich dachte, wir könnten zuerst über deine Gesundheit sprechen“, sagte sie mit einem trockenen Lächeln.

Diane verdrehte die Augen. „Carl ist nicht der Meinung, dass er ein Gesundheitsproblem hat. Er findet, dass wir alle übertrieben reagieren und dass er wieder Brathähnchen und Pommes Frites essen sollte.“ In ihrer sonderbaren Strickweise hob sie mühelos Masche für Masche ab. Sie hatte Mary einmal erklärt, dass diese Methode schneller und effektiver war. „Außerdem macht es ihm viel mehr Spaß, über dein Privatleben zu sprechen.“

Carl grinste. „Wie geht es Elijah?“, fragte er. „Hat er sich wieder an das Leben in der Zivilisation gewöhnt?“

Mary dachte über seine Frage nach. „Ich denke, es hilft ihm sehr, dass er etwas zu tun hat. Er wirkt ganz glücklich, aber ich weiß, dass er hin und wieder das Gefühl hat, nirgends wirklich dazuzugehören.“

Carl nickte und war ausnahmsweise ernst. „Das muss nach so vielen Jahren schwer sein. Nichts ist mehr so, wie es 1959 war.“

„Das Gleiche hat er auch gesagt“, nickte Mary. „Alles hat sich verändert.“

„Er hat sein ganzes Leben in die Arbeit für Gott investiert“, sagte Diane und blickte von ihrem Strickzeug auf. „Und jetzt ist diese Arbeit vorbei.“

Mary schüttelte den Kopf und hatte plötzlich ein flaues Gefühl im Magen. „Ich glaube, er hat vor, zurückzugehen.“

Diane runzelte die Stirn und strickte die nächsten paar Maschen ab. Carl grinste breit und schüttelte den Kopf. „Was ein Mann sagt und was er tut, sind zweierlei Dinge. Ich glaube nicht, dass Gott ihn hierhergeführt hat, um ihn jetzt wieder wegzuholen.“

„Das werden wir ja sehen“, antwortete Mary ausweichend. Sie dachte an die anderen Dinge, die Gott weggeholt hatte. Ihr wurde mit einem schmerzlichen Gefühl bewusst, dass sie keine Gewissheit hatte, ob diese Beziehung nicht auch wieder mit einem Verlust enden würde.

Danach unterhielten sie sich über allgemeine Themen. Das trockene Wetter. Dianes Schafe. Wann Carl voraussichtlich aus dem Krankenhaus entlassen wurde.

„Es tut gut, Annie zu sehen“, bemerkte Mary. „Es tut gut, sie und Sam wieder zusammen zu erleben.“

„Das ist auch so eine Situation, in der Gott am Werk ist“, erklärte Carl mit einem breiten Lächeln.

Diane schüttelte den Kopf und legte ihr Strickzeug weg. „Carl, du bist eine schlimmere Klatschtante und ein lästigerer Kuppler als jede alte Frau, die ich kenne.“

„Ich interessiere mich eben für das Glück der Menschen, die ich liebe“, verteidigte er sich. „Was soll daran falsch sein?“

„Überhaupt nichts, Schatz“, sagte Diane und verdrehte wieder die Augen.

Die Schwesternhelferin kam mit Carls Essenstablett, und Mary warf einen Blick auf ihre Uhr. Es war fast Mittag. Das Mädchen stellte das Tablett auf den Nachttisch. Carl hob mit entmutigter Miene den Deckel hoch. Auf dem Teller lag eine Frikadelle mit gedämpften Tomaten und zwei gekochten Kartoffeln. Er schüttelte den Kopf und deckte den Teller wieder zu.

Diane stand auf und streckte sich. „Es wird Zeit für meinen Spaziergang“, sagte sie zu Mary. „Ich gehe um diese Zeit immer spazieren, damit ich mir Carls Beschwerden über das Essen nicht anhören muss. Kommst du mit?“

Mary schaute wieder auf ihre Uhr und fragte sich dann, warum sie das machte. Sie hatte keine Termine, die sie einhalten musste.

„Wir könnten mit dem Auto nach Mill Village fahren“, schlug Diane vor.

Nach einem nur kurzen Zögern willigte Mary ein. Sie hatte von den Restaurants, Galerien und den Läden, in denen Handwerkskunst und Handarbeiten verkauft wurden, gehört.

„Einverstanden“, sagte sie. „Fahren wir.“

„Ich weiß, was ihr vorhabt“, sagte Carl kopfschüttelnd. „Haltet euch von diesen Läden fern.“

Mary wusste, dass er nur scherzte. Immerhin war er derjenige, der sein Geld großzügig ausgab.

Diane drückte ihm einen Kuss auf die Lippen und nahm ihre Handtasche. „Ich komme bald wieder“, sagte sie. „Und du hältst dich vom Kiosk fern, während ich fort bin.“

Er knurrte leise.

Mary und Diane gingen den Flur hinab und fuhren mit dem Aufzug zum Krankenhauseingang. „Ich weiß nicht, was ich tun soll, wenn er wieder auf den Beinen ist und zum *Waffelhaus* und ins *Old Country Buffet* fahren kann“, sagte Diane mit einem Kopfschütteln. „Wahrscheinlich muss ich ihn einfach an Gott abgeben.“

„Das ist manchmal sehr schwer“, sagte Mary leise, und Diane lächelte sie traurig an.

„Wem sagst du das?“

Darauf war keine Antwort nötig. Sie gingen in einem gemütlichen Schweigen weiter. Mary führte sie zu ihrem Auto. Die beiden Frauen fuhren durch Asheville und durch das historische Viertel. Die Gebäude waren alt und gut erhalten, hübsch und einladend. Sie fuhren noch ein Stück weiter. Diane erklärte Mary den Weg nach Mill Village. Mary fand einen freien Parkplatz, und sie schlenderten langsam den Gehweg entlang. Auf beiden Straßenseiten gab es Handwerksläden, Galerien und Restaurants.

„Schau nur!“, sagte Diane und blieb vor einem Schaufenster stehen. „Das ist ein Wink des Schicksals, Mary.“

Ohne zu zögern, öffnete sie die Tür des Quiltladens. Mary lächelte und folgte ihr in den Laden. Die Wände waren mit Stoffballen und Musterstücken von Quiltteilen bedeckt. Mary ging langsam weiter und schaute die Stoffe und Muster an. Ein Muster faszinierte sie besonders. Eine wasserblaue Quiltdecke. Die Decken waren schön. Richtige Kunstwerke. Sie betrachtete das kunstvolle Werk. Die Farben waren liebevoll angeordnet und gingen von Dunkel in immer hellere Farben über. Sie sah Muster, die bereits zusammengenäht waren, eine geschwungene Gartentür, an der Blumen in Rot-, Rosa- und Koralltönen rankten, einen Garten, der sich in einem Teich spiegelte, und jede Farbe fand ein ruhigeres, weicheres Spiegelbild im schimmernden Wasser. Dann sah sie ihr Lieblingsmuster, „Siena“, eine Ansammlung von Gebäuden mit roten Dächern an einem Hang in saftigen Grüntönen, während der Himmel darüber von Hellblau in schwache Violettschattierungen überging. In einem Ständer lagen mehrere Bücher mit Anleitungen und Mustern. Mary begann, darin zu blättern, bekam aber sofort Schuldgefühle. Sie brauchte zu lang. Sie schaute sich um, um zu sehen, ob Diane schon gehen wollte, aber sie war in einer anderen Ecke des Ladens in etwas vertieft. Mary konzentrierte sich wieder auf das Buch. Sie betrachtete die Musterbögen und die Farben, die die Künstlerin gewählt hatte.

„Sie sind schön, nicht wahr?“, fragte Diane, die neben sie getreten war.

„Ja, das stimmt.“ Mary legte das Buch beiseite.

„Kaufst du dir das Buch?“

„Nein, ich denke nicht.“

„Warum nicht?“, fragte Diane, und Mary konnte ihr keine Antwort geben.

Sie traten wieder auf den Gehweg hinaus, schlenderten noch ein wenig weiter, unterhielten sich gemütlich und blieben vor dem einen oder anderen Schaufenster stehen.

„Wollen wir etwas essen?“, fragte Diane nach einer Weile.

Mary schaute auf das Restaurant, auf das Diane deutete. *Apple Seed Café* stand auf dem Schild. Die Vorderseite bestand aus einer einzigen Fensterfront, auf den Tischen lagen karierte Tischdecken, und die Atmosphäre war fröhlich. Einige Gäste saßen draußen in der Sonne.

„Ja. Es sieht nett aus“, sagte Mary.

„Wollen wir draußen sitzen?“

„Ja“, stimmte Mary zu.

Sie fanden einen leeren Tisch und setzten sich. Mary hielt das Gesicht einen Moment in die Sonne und schloss die Augen. Die Wärme tat gut. Sie schlug die Augen wieder auf. Diane schaute sie an. Sie lächelte, und Diane erwiderte ihr Lächeln. Mary fühlte sich nicht ganz wohl in ihrer Haut. Es war lange her, dass sie mit einer Freundin zusammengesessen hatte, ohne eine Arbeit zu erledigen oder zu planen, selbst wenn diese Arbeit nur darin bestand, die anderen zu bedienen. Sie wusste nicht, was sie sagen oder wie sie sich verhalten sollte. Diese Entscheidung wurde ihr abgenommen, als die Kellnerin ihnen die Speisekarten brachte. Sie vertieften sich hinein, bis Diane sich für einen Spinatsalat entschieden hatte. Mary bestellte das Gleiche.

„Wolltest du wirklich einen Spinatsalat?", fragte Diane, als die Kellnerin gegangen war.

Diese Frage überraschte Mary. Sie zog leicht eine Schulter in die Höhe und wollte schon sagen: „Ja, Spinatsalat klingt gut", als sie die Wahrheit begriff. „Nein", sagte sie. „Eigentlich wollte ich einen Hamburger mit Zwiebelringen und einen Schokomilchshake."

Diane lachte. Es war ein fröhlicher Klang, sodass Mary ebenfalls lachen musste.

„Warum hast du dir dann etwas anderes bestellt?"

Mary konnte ihr darauf beim besten Willen keine Antwort geben. *Zu viele Kalorien,* kam ihr in den Sinn, aber das war nicht der eigentliche Grund.

Die Kellnerin brachte ihnen ihr Essen. Sie unterhielten sich über Carl. Über Elijah. Über ihre Gärten. Wieder über die Dürre. Dianes Gesicht nahm eine sorgenvolle Miene an, aber sie verdrängte sie schnell wieder. „Ich schätze, Carls Krankheit hat für mich vieles in die richtige Perspektive gerückt", sagte sie. „Ich mache mir nicht mehr so viele Sorgen um *Dinge* wie früher."

„Das Wichtigste ist, dass alle gesund sind und es ihnen gut geht", sagte Mary leise, und sie merkte, dass die bekannte Traurigkeit sie wieder befiel. Dass die Traurigkeit wieder da war, machte ihr bewusst, dass sie eine Weile, wenigstens ein paar Stunden, verschwunden gewesen war.

„Ich glaube, ich weiß, warum du den Spinatsalat bestellt hast", sagte Diane leise.

„Wie bitte?" Dieser plötzliche Themenwechsel verwirrte Mary.

„Ich habe gesagt, ich glaube, ich weiß, warum du den Spinatsalat bestellt hast und nicht das, was du eigentlich wolltest", wiederholte Diane.

Mary war sich nicht sicher, worauf Diane hinauswollte.

„Ich habe dich seit Jahren nicht mehr glücklich gesehen", sagte Diane mit sanfter, leiser Stimme. „Im Gegenteil, ich habe gesehen, wie du Glück und Freude von dir wegschiebst, als würdest du es nicht verdienen, glücklich zu sein."

Mary hätte nicht schockierter sein können, wenn Diane ihr Wasserglas genommen und es ihr ins Gesicht gekippt hätte. Sie starrte ihre Freundin einen Moment an, dann stellte sie zu ihrem Unbehagen fest, dass ihr Tränen in die Augen traten. Sie nahm ihre Serviette und drückte sie sich an die Augen, schluchzte und räusperte sich. Diane beugte sich über den Tisch und berührte ihre Hand.

„Ich schaue mir schon zu lange mit an, wie du diese Last trägst, Mary. Ich kann nicht länger den Mund halten."

Mary schüttelte den Kopf. Sie wünschte, sie wäre nicht mitgekommen, denn dieses Gespräch hatte keinen Sinn. Diane konnte ihr nicht helfen. Das konnte niemand.

„Ich bete für dich, meine Freundin. Oh, wie ich für dich bete!" Dianes Gesicht war mitfühlend und traurig. „Ich habe für euch alle gebetet, bis ich keine Gebete mehr übrig hatte. Nur noch ein Murmeln und Stöhnen, das zu tief reicht, um Worte zu finden."

Mary blieb stumm und kämpfte mit den Tränen, die ihr die Kehle zuschnürten. Die Kellnerin kam und räumte die Teller ab.

„Es ist zu viel, um es zu überwinden", brachte sie schließlich mühsam über die Lippen, und sie erinnerte sich wieder daran, wie Margaret ausgesehen hatte. Sie fühlte wieder die Hoffnungslosigkeit und das Entsetzen, als sie begriffen hatte, dass ihre Enkelin tot war. „Es ist zu groß, um heilen zu können."

„Das ist eine Lüge, die direkt aus der Tiefe der Hölle kommt", erklärte Diane energisch, und Marys Kinnlade fiel überrascht nach unten.

„Es gibt nichts im Herzen des Menschen, das Jesus Christus nicht heilen könnte", sagte Diane mit kräftiger, leidenschaftlicher Stimme.

Mary schwieg, aber sie hatte das Gefühl, dass in ihrem Inneren zwei Gegner einen Kampf auf Leben und Tod austrugen. Wie gern sie diese Worte glauben würde, aber etwas hinderte sie daran, Hoffnung zu fassen.

„Margaret ist tot, Mary", sagte Diane. Es war ein Schock, diesen Namen wieder laut zu hören. „Sie ist jetzt bei Jesus, und nichts wird sie zurückbringen. Und keiner von uns kann die Beziehung zwischen Annie und Sam in Ordnung bringen, so gern wir das alle tun würden. Was willst du jetzt tun, Mary? Den Rest deines Lebens in Traurigkeit und mit Schuldgefühlen verbringen?"

„So einfach ist es nicht", widersprach Mary. In ihrer Stimme schwang ein Ärger mit, von dem sie keine Ahnung gehabt hatte.

Diane wirkte eher interessiert als beleidigt. Sie öffnete den Mund, um etwas zu sagen, schloss ihn dann aber wieder.

„Was ist?", wollte Mary wissen.

„Nichts." Diane kniff die Lippen zu einer dünnen Linie zusammen.

„Du kannst es ruhig sagen, egal, was es ist", forderte Mary sie heraus. „Du stehst schon mit beiden Beinen im Fettnäpfchen. Wie viel schlimmer könntest du es noch machen?"

Diane zuckte nachdenklich die Achseln und schien ihrer Logik recht zu geben. „Du könntest wütend auf mich werden, wenn ich es sage."

„Das kann sein", fauchte Mary, und Diane lachte laut, da sie eine solche Ehrlichkeit aus Marys Mund offenbar nicht gewohnt war.

„Mir kam nur gerade der Gedanke, dass du die Schuld vielleicht gar nicht dir selbst gibst."

Das war eine zentnerschwere Aussage, die Mary schmerzlich traf. Nur durch Leugnen würde sie diesen Druck ein wenig lindern können, aber sie schaffte es nicht.

28

Annie kaufte sich in Silver Falls ein Mittagessen und fuhr dann weiter zu dem kleinen Tante-Emma-Laden. Das Geschäft hatte geöffnet, wie sie an dem umgedrehten Schild sah. Erleichterung durchflutete Annies Herz. Sie stellte das Auto ab und ging hinein. Die Glocke klingelte, und kurz darauf erschien Mrs Rogers. Ihr Gesicht verzog sich zu einem strahlenden Lächeln.

„Ich wusste, dass Sie wiederkämen", erklärte sie triumphierend. „Gott hat mir gesagt, dass ich Sie wiedersehen würde."

Annie lächelte.

„Kommen Sie mit nach hinten!", forderte Mrs Rogers sie von der Tür aus auf, und Annie folgte ihr. Ein verlockender Duft stieg ihr in die Nase, der Duft von frisch aufgesetztem Kaffee und Blaubeerkuchen.

„Möchten Sie ein Stück?", lud Mrs Rogers sie ein.

„Haben Sie den Kuchen nicht für einen besonderen Anlass gebacken?"

„Ich habe Ihnen doch gesagt, dass Gott mir gesagt hat, dass Sie kommen würden."

Annie konnte sich ein Lachen nicht verkneifen. „In diesem Fall esse ich gern ein Stück."

Mrs Rogers schnitt ein großzügiges Stück ab. Annie nahm einen Bissen und trank einen Schluck von dem heißen, starken Kaffee, der reichlich mit Zucker und echter Sahne verfeinert war. Mrs Rogers nahm sich ebenfalls ein Stück.

„Ich wusste, dass Sie wiederkommen", wiederholte sie.

Annie lächelte. „Gott hat es Ihnen gesagt."

„Das stimmt", antwortete Mrs Rogers ganz selbstverständlich. Dann lächelte sie, als sie Annies skeptischen Blick sah. „Herman hatte manchmal auch seine Zweifel, ob Gott wirklich mit mir gesprochen hat. Aber seine Schafe hören wirklich seine Stimme."

Dazu wollte Annie nichts sagen. „Herman war Ihr Mann?", fragte sie.

„Neunundvierzig Jahre lang", antwortete Mrs Rogers. „Er starb drei Monate vor unserem fünfzigsten Hochzeitstag."

„Das tut mir leid", sagte Annie.

Mrs Rogers nickte. „Das war ein schweres Jahr", gab sie zu. „Imagene wollte, dass ich den Laden aufgebe und nach Charleston ziehe. Sie sagte, der Laden werfe keinen Gewinn ab und sei für niemanden zu gebrauchen."

Annie runzelte die Stirn und wusste nicht genau, was sie sagen sollte. Es klang, als wäre Imagene ein herzloser Mensch, aber sie war immerhin Mrs Rogers' Tochter.

„Ich mache keinen großen Gewinn", gab Mrs Rogers zu. „Wenn ich davon leben müsste, müsste ich etwas anderes machen. Aber dieses Gebäude ist längst abbezahlt, und ich lebe von meiner Rente und von Hermans Eisenbahnpension. Ich habe Imagene geantwortet: ‚Nein, danke. Das mache ich nicht.' Ich habe ihr gesagt, dass das hier mein Leben ist und dass ich deshalb bleiben werde. Es ist sinnlos, davonzulaufen."

Etwas an dieser schlichten Aussage traf Annie wie ein strenger Tadel, denn genau das hatte sie getan. Sie war vor ihrem Leben weggelaufen. Hatte sie das nicht immer noch vor? Nur dass sie sich jetzt nach Los Angeles flüchtete und nicht nach Seattle.

„Ich lasse mich scheiden", platzte sie heraus. „Das kann man wahrscheinlich als Weglaufen bezeichnen." Sie wartete, wie die alte Frau darauf reagieren würde.

„Das überrascht mich nicht", sagte Mrs Rogers leise. „Als ich Sie sah, wusste ich sofort, dass Sie irgendwelche Probleme haben. Aber es wird nicht alles so heiß gegessen, wie es gekocht wird."

Annie runzelte die Stirn und fragte sich, was das jetzt heißen sollte. „Ich habe die Scheidung schon eingereicht", sagte sie, als wäre das Thema damit erledigt. „Sie wird in zwei Monaten rechtskräftig." Sie schluckte. Irgendwie war dieser Plan jetzt realer geworden. Er mochte in kalter, anonymer Ferne liegen, aber ihr wurde plötzlich erneut bewusst, dass er hier in der Gegenwart schmerzlich umgesetzt werden würde.

In Gedanken ging Annie ihren Plan noch einmal durch. Sie würde nach Seattle zurückfliegen, in ihren Pick-up steigen – in Sams Pick-up, stellte sie schuldbewusst fest – und nach Los Angeles fahren. Sie würde ihre neue Stelle antreten und für Jason Niles arbeiten. Zwei Monate später würde sie noch einmal nach Seattle fliegen, um sich scheiden zu lassen, und dann wäre sie frei und könnte ein neues Leben beginnen. Aber dieser Gedanke machte sie nicht so glücklich, wie sie erwartet hatte.

Mrs Rogers zog eine Braue in die Höhe. „Wie ich schon sagte: Manchmal machen wir unsere Pläne, aber Gott weiß es einfach besser."

Annie blieb stumm. Sie würde nicht anfangen, mit ihrer Gastgeberin zu streiten. Sie aß einen Bissen von ihrem Kuchen und warf einen Blick auf den Keramikbrotlaib vor sich auf dem Tisch. „Meine Großmutter hatte auch so einen", lächelte sie.

„Nehmen Sie eine Karte", lud Mrs Rogers sie ein. „Schauen Sie, was Gott Ihnen heute zu sagen hat."

Annie schaute sie überrascht an. Mrs Rogers lächelte ermutigend, hob die Karten hoch und hielt sie ihr hin. Annie zog eine Karte aus dem Brotlaib. Sie las, was darauf stand, und blinzelte dann. Dann gab sie Mrs Rogers die Karte, die sie laut vorlas.

„Glücklich sind die Trauernden", sagte sie leise, „denn sie werden Trost finden." Sie nickte. „Das ist wirklich wahr."

Annie starrte an ihr vorbei an die Wand, aber in Wirklichkeit sah sie Margaret. Sie hatte keinen Trost gefunden. Und sie hatte fünf lange Jahre getrauert.

Mrs Rogers nippte an ihrem Kaffee und lehnte sich auf dem Stuhl zurück. „Annie lief weg und heiratete, obwohl ihr Vater gegen diese Heirat war."

Annie wurde aus ihren Gedanken gerissen und in die Geschichte ihrer Namensvetterin versetzt.

„Sie ließen sich von einem Friedensrichter trauen. Ihre Schwester kam, und Annie trug das Kleid aus dem Stoff, den sie aus dem Katalog bestellt hatte." Die alte Frau lächelte, und Annie erwiderte ihr Lächeln. Sie legte die Karte auf den Tisch.

„Sie heiratete Clay Wright, und sie zogen in die Berge. Ihre Schwester kehrte nach Asheville zurück und erzählte es ihrem Vater und ihrer Mutter. Es brach ihnen das Herz, wie Sie sich denken können. Dem jungen Pastor ebenfalls. Er ging weiter seiner Arbeit nach, aber er heiratete nicht. Viele Frauen zeigten Interesse an ihm, aber er hatte sein Herz an diese eine Frau vergeben. Was ihn wahrscheinlich am meisten verletzte, war die Tatsache, dass er gedacht hatte, der Herr hätte ihm die junge Annie als Frau versprochen. Deshalb war er anfangs ziemlich wütend. Es ist furchtbar, wenn man auf Gott böse ist. Aber Lucas – so hieß er – schaffte es, sich nicht von dem Bösen überwältigen zu lassen. Er ging einfach seiner Arbeit nach und übergab die Sache Gott. Jeden Tag betete er für Annie Wright und ihren Mann, dass Gott sie segnen würde. Eine Zeit lang sah es auch so aus, als wären diese Gebete erhört worden.

Sie bekamen die Jungen und dann das Mädchen, aber danach wurde das Leben schwer. Es kam eine Dürre, und die Ernte fiel aus. Sie mussten ihr Vieh verkaufen. Clayton arbeitete als Holzfäller. Er war die meiste Zeit fort, arbeitete schwer, und wenn er nach Hause kam, war er gereizt."

Annie hörte aufmerksam zu und staunte, wie viel Ähnlichkeit ihre Geschichten miteinander hatten.

„Die Kinder gingen ihm auf die Nerven, und Annie bemühte sich, sie ruhig zu halten und dafür zu sorgen, dass sie ihn nicht störten, wenn er da war – was allerdings nicht oft der Fall war. Er arbeitete von früh bis spät, und dann fiel er hundemüde ins Bett und stand am nächsten Morgen auf, und das Ganze begann wieder von vorne. Im dritten Jahr der Dürre hatten sie fast nichts mehr zu essen, und der Winter brachte sie an ihre Grenzen. Dann starben die Jungen, und alles wurde noch schlimmer."

Annie war froh, dass Mrs Rogers die Geschichte nicht ausführlicher erzählte. Sie wollte die Details nicht wissen. Die Details, die sie in Erinnerung hatte, machten ihr genug zu schaffen.

„Als die Jungen gestorben waren, ging Clay ins Baumwolllagerhaus. Er ließ Annie genug Holz für ein paar Wochen da und sagte, er käme wieder nach Hause und würde sich um alles kümmern. Aber die Wochen vergingen, und er kam nicht." Mrs Rogers stand auf und schenkte sich eine Tasse Kaffee ein. „Möchten Sie noch etwas?", fragte sie.

Annie hielt ihr die Tasse hin, aber sie konnte es nicht erwarten, die Geschichte weiterzuhören.

„Nach einer Weile war Annie Wright verzweifelt. Sie hatte nichts mehr zu essen und kein Geld, um Essen zu kaufen, und auch kein

Brennholz. Also packte sie Sarah, ihre kleine Tochter, warm ein und ging in den Laden, um ihren Ehering zu verkaufen. Doch niemand wollte ihn. Allen ging es wirtschaftlich schlecht, aber der Mann, dem der Laden gehörte, war ein netter Mann, und er bot an, sie zu ihrer Familie nach Asheville zu bringen. Im Schnee.

Sie können sich vorstellen, wie gefährlich es war, diese steilen Bergstraßen in einem Pferdeeinspänner hinabzufahren, und die Straße war glatt und schmal. Annie fragte sich, ob sie einen furchtbaren Fehler gemacht habe, und wenn ihre kleine Tochter nicht gewesen wäre, wäre ihr alles egal gewesen. Aber schließlich gelangten sie nach Asheville und sie ging zu ihren Eltern. Sie versöhnte sich mit ihrem Vater. Es brach ihm das Herz, sie so zu sehen, völlig ausgemergelt und abgemagert. Er wollte sie bei sich behalten und wieder aufpäppeln, aber sie wollte nichts davon wissen, sondern war fest entschlossen, in den Zug zu steigen und nach Charleston zu fahren. Sie sagte, sie müsse ihren Mann finden."

Die Glocke klingelte. Mrs Rogers schüttelte den Kopf. „Ich hätte das Schild umdrehen sollen", sagte sie und schnalzte ärgerlich mit der Zunge. „Warten Sie bitte. Ich bin gleich zurück."

Tatsächlich war sie erstaunlich schnell wieder da. Sie setzte sich und erzählte dort weiter, wo sie aufgehört hatte.

„Ihrem Vater ging es nicht gut. Sein Herz, wissen Sie." Sie klopfte sich auf die Brust. „Er war zu krank, um sie nach Charleston zu begleiten, aber er wollte sie auf keinen Fall allein fahren lassen. Schließlich fand er jemanden, der sie begleitete."

„Den Pastor", rief Annie triumphierend, und Mrs Rogers lächelte.

„Ihre Schwester", sagte Mrs Rogers. Annie war enttäuscht. „Ich habe Sie nur auf den Arm genommen", grinste Mrs Rogers. „Pastor Lucas begleitete die beiden, denn Frauen durften damals nicht allein verreisen. Annie ließ ihre Tochter bei ihrer Mutter, und die drei brachen nach Charleston auf."

„Fanden sie Clay?"

„Ja, gewissermaßen." Mrs Rogers stand auf und kam mit ihrer Schachtel zurück. Sie reichte Annie einen Zeitungsausschnitt. Annie überflog den kurzen Artikel nach den wichtigen Fakten. Clay war offenbar nur einen Tag, nachdem er in Charleston angekommen war, das namenlose Opfer bei einer Kneipenschlägerei gewesen.

„Sie hatte die ganze Zeit auf ihn gewartet, als er schon längst tot gewesen war“, sinnierte Annie und konnte sich vorstellen, wie Annie Wright mit dem Baby und ihren Schuldgefühlen in der leeren Hütte in den Bergen gesessen hatte. „Was hat sie danach gemacht?“

„Sie blieb in Asheville im Haus ihres Vaters. Aber es war nicht mehr so wie vorher. Denn sie war erwachsen geworden. Zu Partys und Teeeinladungen zu gehen machte sie nicht mehr glücklich, und sie begann, in der Kirche mitzuarbeiten.“

„Sie und Lucas verliebten sich ineinander“, schloss Annie Mrs Rogers Bericht.

„Ja, am Ende. Aber am Anfang war er nur ein Freund. Lesen Sie, was sie geschrieben hat“, forderte Mrs Rogers sie auf und reichte ihr das Tagebuch.

Auf der Erde gibt es keinen Schmerz, den der Himmel nicht heilen könnte“, hat Lucas heute zu mir gesagt. Er hat mir ein Bild von Jesus, dem guten Hirten, gegeben. Ich dankte ihm und hängte es in meinem Zimmer an die Wand. Wenn ich das Gefühl habe, die Wasser der Traurigkeit wollen über meinem Kopf zusammenschlagen wie bei meinen Söhnen, schaue ich es an und versuche zu glauben, dass es wahr ist.

Annie blinzelte. „Was ist am Ende passiert? Wie kam sie je darüber hinweg?“

„Gott, der Tröster, hat ihr Herz berührt“, sagte Mrs Rogers leise. „Das ist die einzige Hoffnung.“

Sie blätterte bis ans Ende des Tagesbuchs und zeigte Annie einen anderen Eintrag.

Gott kam heute zu mir, als ich trauerte. Dieses Mal war etwas anders als vorher. Ich fühlte, wie er mich anrührte. Es war fast, als legte er mir tatsächlich die Hand auf die Schulter. Ich fühlte, dass sich in meinem Herzen etwas verändert hat. Dort, wo es kalt und leer gewesen war, begann es, sich mit etwas zu füllen, das sich warm und heilend anfühlte. Ich kann es nicht besser beschreiben, ich kann nur sagen, dass ich einen tiefen Frieden gefühlt habe, und ich weiß, dass ich meine Kinder wiedersehen werde. Und ich weiß, dass mein Erlöser lebt.

Annie atmete tief ein und legte das Buch auf den Tisch. „Meine Tochter ist gestorben", sagte sie leise. „Sie ist vor fünf Jahren ertrunken. Sie war vier Jahre alt."

Über Mrs Rogers Gesicht zogen traurige Falten, aber sie wirkte nicht überrascht. „Ja." Sie nickte ernst. „Ich wusste, dass etwas passiert ist. Etwas Großes."

Annie blinzelte, und ihr Schmerz war so frisch, als wäre es gestern passiert.

„Der Tröster hat Annie Wright geholfen", sagte Mrs Rogers sanft und berührte Annies Hand. „Er wird auch Ihnen helfen."

„Wie?", fragte Annie verzweifelt, denn sie wünschte sich so sehr, dass es wahr wäre. Sie wollte so sehr, dass es wahr wäre.

„Darüber brauchen Sie sich nicht den Kopf zu zerbrechen", sagte Mrs Rogers, was Annie überraschte. „Das *Wie* liegt ganz allein bei ihm. Sie brauchen nichts anderes zu tun, als ihn zu bitten und ihn handeln zu lassen."

Ah. Das war der springende Punkt, nicht wahr? Denn die Wahrheit war, dass Annie wütend war. Das konnte sie jetzt ganz deutlich sehen. Wütend und kalt und bitter. Sie war in ihrer Bitterkeit so weit wie möglich weggelaufen.

„Sind Sie bereit zurückzukommen?", fragte Mrs Rogers.

Annie erinnerte sich, dass Annie Wright den weiten Weg zurück nach Asheville gegangen war und zu den Menschen zurückgekehrt war, die sie liebten und die die ganze Zeit auf sie gewartet hatten.

„Das weiß ich nicht", bekannte sie.

Mrs Rogers nickte und tätschelte ihre Hand. „Das ist ein Anfang. Ein ehrliches Nein ist besser als ein halbherziges Ja."

Die Glocke über der Tür klingelte. Annie wischte sich die Tränen ab und hob ihre Handtasche auf.

„Ich gehe jetzt lieber", sagte sie. „Danke für den Kuchen. Und dafür, dass ich in dem Tagebuch lesen durfte."

Die beiden Frauen traten gemeinsam in den Laden hinaus.

Mrs Rogers nahm zum Abschied Annies Hand. „Das war für einen Tag alles, was Sie verkraften können, nehme ich an.“

29

Nachdem sie sich von Diane verabschiedet hatte, fuhr Mary nicht auf dem direkten Weg zur Autobahn und nach Hause. Sie fuhr aus der Stadt hinaus und folgte einer kurvenreichen Straße, bis sie ein kleines Wäldchen erreichte. Dort lenkte sie das Auto an den Straßenrand und blieb stehen.

Was wäre das für ein Gefühl, fragte sie sich, wenn sie aufhören würde, sich Vorwürfe zu machen? Wenn sie sich vergeben würde? Was für ein Gefühl wäre es, die Schuldgefühle wie einen flatternden Vogel loszulassen und ihm nachzuschauen, wie er wegflog? Irgendwie wusste sie, dass sie, selbst wenn sie das machte, immer noch diese Wut und diese Vorwürfe in ihrem Herzen hätte, dieses schmerzliche Gefühl, dass ein Unrecht geschehen war. Diane hatte recht, erkannte sie und stellte sich endlich der Tatsache, die sie seit Jahren verdrängt hatte. Plötzlich gewann alles eine klare, hässliche Schärfe. Sie war nicht nur wütend auf sich selbst. Sie gab auch jemand anderem die Schuld.

„Warum?", sagte sie laut mit zitternder Stimme. „Warum hast du das zugelassen? Du hättest es verhindern können. Du hättest hundert, tausend Dinge anders machen können. Aber das hast du nicht."

Mary ließ ihren Gefühlen jetzt freien Lauf. Je länger sie betete, umso wütender wurde sie. Sie zählte Gott die vielen Hundert „Was wäre, wenn …" und „Wenn nur …" auf, die sich im Laufe der Jahre in ihr angestaut hatten. Sie holte jeden Gedanken, mit dem sie sich selbst angeklagt hatte, heraus und legte ihn Gott hin.

„Warum hast du zugelassen, dass dieser alte Mann angerufen hat? Warum musste die Arzthelferin so lange fort bleiben? Warum habe ich nicht nachgesehen? Warum wurde Sam ins Krankenhaus gerufen? Warum wurde Kelly Bright bei dem Unfall verletzt?"

Noch während sie diese ganzen Anklagen aussprach, begriff sie immer deutlicher, dass diese vielen Warum-Fragen endlos waren. Sie reichten in frühere Generationen und Zeiten zurück. Jede Frage führte zu einer anderen und wieder zu einer nächsten, bis nur noch ein Mann und eine Frau in einem Garten und ein verbotener Baum übrig blieben. Diese erste verheerende Entscheidung hatte zur nächsten und wieder zur nächsten geführt und einen Erdrutsch an Todesfällen und Traurigkeit und Zerstörung in Gang gesetzt, der bis heute anhielt.

Mary weinte. Sie durchlebte jenen furchtbaren Tag erneut, aber dieses Mal war Gott bei ihr, hier im Auto. Er saß neben ihr, während der Film erneut abgespielt wurde. Sie sah jeden Moment, angefangen bei Sams Anruf, ob sie auf Margaret aufpassen könne, bis zu jenem Moment im Krankenhaus, als der Arzt die vernichtenden Worte sprach. Schließlich landete sie mit ihren Gedanken an dem Punkt, dem sie die ganzen Jahre ausgewichen war. Diane hatte recht. Margaret würde nicht zurückkommen. Daran konnten auch noch so viele Schuldzuweisungen und eine noch so große Traurigkeit nichts ändern.

Immer werde ich treu sein und dich nie verlassen, flüsterte jemand.

Mary wusste, dass das die Wahrheit war. Gott war in den letzten fünf Jahren jede Sekunde bei ihr gewesen. Und auf eine Weise, die sie nicht erklären konnte, wusste sie auch, dass es keine Antwort auf das *Warum* gab. Sie musste eine Entscheidung treffen. Entweder Gottes Gegenwart und Liebe und Vergebung genügten ihr. Oder sie genügten nicht.

Sie wischte sich die Augen trocken. Dann betete sie. Sie war sich nicht einmal richtig der Worte bewusst, aber dieses Gebet erinnerte sie an einen kräftigen Hausputz. Sie kramte jeden Schmerz und jeden Ärger hervor, jede Trauer und jede Anklage, und sie legte alles vor Gott hin. Als sie fertig war, war sie müde, aber sie fühlte sich gut und innerlich gereinigt. Zum ersten Mal seit Jahren. War alles so, wie sie es gern hätte? Ganz gewiss nicht. Aber jetzt hatte sie Frieden in ihrer Seele, und alles andere würde sie wahrscheinlich ertragen können.

Sie fuhr nach Asheville zurück und weiter auf der Straße nach Gilead Springs, aber dann hielt sie, einem plötzlichen Impuls folgend, an und drehte um, um zurückzufahren. Sie fuhr dorthin, wo sie heute schon gewesen war. Sie betrat wieder das Quiltgeschäft. Sie kaufte das Buch, das sie bewundert hatte, und sie kaufte auch einen

Stoff. Etwas ganz anderes als die schlichte, gestreifte Baumwolle, mit der sie normalerweise arbeitete. Es war ein schöner, handgefärbter Batikstoff, ein Kaleidoskop aus leuchtenden Farben, die ineinander übergingen. Dschungelgrün und Sandbeige und Sonnengelb und ein leuchtendes Orangerot, und sie dachte an Afrika mit seiner Hitze und Schönheit.

Mary fuhr auf Nebenstraßen nach Hause und wurde zum ersten Mal seit langer Zeit von der zarten Schönheit der Berge berührt. Und, was völlig untypisch für sie war, sie hielt vor der Pizzeria am Stadtrand von Gilead Springs an und kaufte zwei große Pizzen zum Abendessen. Sie kam gerade noch rechtzeitig nach Hause, um sie aufzuwärmen und einen Salat zu machen.

Als sie mit Sam und Elijah nach dieser einfachen Mahlzeit Kaffee trank, tat Mary etwas, das noch weniger ihrer sonstigen Art entsprach.

„Hättest du Lust, morgen mit mir einen Ausflug zu machen, Elijah?", fragte sie kühn. Elijah und Sam schauten sie beide überrascht an. „Mir ist ein Ort eingefallen, den du vielleicht gern sehen würdest", erklärte sie. „Ein Ort, der sich nicht verändert hat."

Elijah schaute sie an. Sein Gesicht war immer noch überrascht, aber ein langsames Lächeln machte sich darin breit. „Das würde ich sehr gern", sagte er und schaute sie mit einem Blick an, bei dem sie errötete.

Sam räusperte sich, und Elijah schien sich an seine Verpflichtungen zu erinnern. „Aber ich kann Sam nicht allein lassen."

„Kommst du morgen allein zurecht, Sam?", fragte Mary und freute sich, als Sams Augen vergnügt funkelten.

„Macht euch meinetwegen keine Sorgen", sagte er und schüttelte grinsend den Kopf. „Ich komme schon klar. Fahrt ihr zwei nur und macht euch einen schönen Tag."

„Gut", erklärte Mary. „Dann brechen wir gleich nach dem Frühstück auf."

„Ich lade dich zum Frühstück ein", schlug Elijah vor. „Das heißt, falls Sam das auch allein schafft."

Sams Grinsen wurde noch breiter. „Ja. Genießt ihr beide den Tag morgen."

Als Mary später in ihr Schlafzimmer ging, war sie erschöpft. Es war ein langer, anstrengender Tag gewesen. Sie hatte das Gefühl, einen weiten Weg zurückgelegt zu haben, und sie war müde.

30

Am nächsten Morgen klappte Elijah seine Bibel zu und erhob sich von der Gartenbank. Die Sonne stand strahlend am Himmel. Der Tau trocknete und der Himmel war blau und wolkenlos. Es würde wieder ein klarer, heißer, trockener Tag werden. Er ging zurück, um seine Bibel ins Ferienhaus zu bringen, und sah, dass Mary auf ihre Veranda trat.

Sie winkte ihm zu. „Ich bin fertig. Von mir aus kann es losgehen."

„Ich komme gleich", rief er zurück.

Er ging in das Ferienhäuschen, legte seine Bibel auf den Küchentisch und schloss dann die Tür und sperrte sie zu. Er hatte leichte Schuldgefühle, weil er Sam mit seinen Hausbesuchen und der Praxis allein ließ. Dann aber überlegte er, dass Sam – wenn er an einem Neugeborenen eine Herzoperation vornehmen konnte, ohne aus der Ruhe zu kommen – vermutlich auch das bewältigen konnte, was dieser Tag ihm brachte.

Er freute sich auf einen Ausflug mit Mary, sagte Elijah sich, während er zum Auto ging, aber trotzdem konnte er eine gewisse Schwermut nicht von sich abschütteln. Er kannte den Grund: Es hatte nichts mit Schuldgefühlen zu tun, weil er einen Tag nicht arbeitete.

Er konnte nicht für immer hierbleiben. Sobald Sam beschloss, nach Knoxville zurückzukehren, musste er sich eine neue Bleibe suchen. Es wäre angesichts seiner früheren Beziehung zu Mary ungehörig, wenn er hier wohnen bliebe, ohne dass jemand anders hier war. Und er wartete immer noch auf eine Antwort von der Missionsgesellschaft.

Elijah dachte über alles nach, was passiert war, und fragte sich, was das bedeutete. Dass er hierher geführt worden war, versetzte ihn immer noch in Staunen. Er war sich sicher, dass Gott seine Finger im Spiel gehabt hatte, aber mehr wusste er nicht. Er fragte Gott, was das alles zu bedeuten hatte, aber er fürchtete, dass er die

Antwort bereits wusste. Er war hierhergeschickt worden, um Mary zu helfen, aus ihrem Labyrinth aus Trauer und Traurigkeit herauszufinden. Danach würde er wahrscheinlich wieder zu seiner Berufung zurückkehren, und sie würde mit ihrem gewohnten Leben weitermachen. Er fühlte einen stechenden Schmerz, aber er sagte sich wieder, dass es im Reich Gottes keine Opfer gab. Es war ein Privileg, für den Schöpfer der Welt zu arbeiten, und Arbeit gab es mehr als genug. Der einzige Verlust wäre, wenn er Gottes Ruf nicht gehorchen würde.

Er schob diese Gedanken jetzt in den Hintergrund und konzentrierte sich auf den glücklichen Tag, der vor ihm lag.

Mary kam die Verandastufen herab und reichte ihm einen Picknickkorb. Er verstaute ihn sorgfältig auf dem Rücksitz ihres Autos. Sie gab ihm die Autoschlüssel. Dann half er ihr beim Einsteigen und stieg selbst auf der Fahrerseite ein.

„Wohin?", fragte er.

„Zum Frühstück gibt es das *Waffelhaus*, das *Cracker Barrel* oder *Pearlie's*", antwortete Mary.

„Fahren wir zu *Pearlie's*", schlug Elijah vor.

Dieses Restaurant hatte es schon gegeben, bevor er von hier weggegangen war. Er und Mary waren dort sogar schon miteinander essen gegangen. Sie war einverstanden, und sie fuhren zu *Pearlie's* und genossen ein herzhaftes Frühstück.

„Wir fahren nach Cade's Cove", verriet Mary, als sie zum Auto zurückgingen.

Elijah freute sich. Er erinnerte sich gut an Cade's Cove. Viele Jahre waren vergangen, seit er diese alte Siedlung das letzte Mal gesehen hatte, und eine tiefe Vorfreude erfüllte ihn beim Gedanken, wieder durch diesen Teil der Vergangenheit zu gehen.

Er fuhr auf die Smokies zu und sog diesen herrlichen Anblick in sich auf. Die Straße verlief eine Weile parallel zum Fluss. Obwohl er nicht viel Wasser führte, erinnerte Elijah sich, wie schön er gewesen war, als er plätschernd durch sein felsiges Flussbett geflossen war. Er entdeckte Tulpenbäume, Ahorn, Akazien, Kastanien, und natürlich blühten die Rhododendronsträucher, die Lorbeerbäume und das Geißblatt überall und schmückten mit ihren zarten rosa, orangefarbenen und weißen Blüten die Hänge.

Sie fuhren die gewundenen Bergstraßen weiter hinauf, vorbei an Restaurants und Hotels mit aufgereihten Schaukelstühlen auf der Veranda. An einem Grillstand. An einem Eiscafe, unzähligen kleinen Häusern, Hütten und Frühstückspensionen.

In der Nähe von Cherokee fuhr Elijah langsam an den Ständen vorbei, die geröstete Erdnüsse verkauften. Einige dieser Hütten waren wahrscheinlich noch Relikte aus ihrer Jugend. Am Straßenrand stand immer noch ein altmodisches Schild mit der Aufschrift: *Bären füttern erlaubt!* Die Straße wurde noch kurvenreicher, stieg steiler bergan. Ihr Gespräch verebbte, da beide die Landschaft bewunderten. Hier gab es Schierlinge, besonders entlang der Fluss- und Bachufer, Kiefern und Eichen an den trockenen Stellen mit Zuckerahornen und Birken. Die Birken mochte er am liebsten mit ihren langen, stattlichen Stämmen, der grauen Rinde, den würdevollen, silbernen Silhouetten.

Sie fuhren eine Weile weiter, dann folgte er Marys Anweisungen und bog ab zu einem Aussichtspunkt. Er hielt ihr die Tür auf, und sie gingen gemeinsam zum Rand der Felswand. Bewundernd ließ Elijah seinen Blick über das herrliche Panorama schweifen. Die Berge breiteten sich in alle Richtungen aus, und das Tal unter ihnen war grün. Er schaute zu Mary hinab und war sich ihrer Nähe sehr deutlich bewusst.

Sie war klein, aber stark. Heute trug sie praktische Wanderstiefel und eine verwaschene Jeans. Elijah versuchte, sich vorzustellen, wie sie Seite an Seite mit ihm durch den afrikanischen Busch wanderte und von Dorf zu Dorf zog. Es fiel ihm nicht schwer, und er fragte sich, warum er sie nicht mitgenommen hatte. Er hatte einfach den Eindruck gehabt, dass es nicht richtig wäre. Das war alles. Irgendwie hatte er gewusst, dass es Gottes Absicht war, dass er allein gehen sollte. Er erinnerte sich immer noch an den tiefen Schmerz an dem Abend, an dem er es ihr gesagt hatte. Wie verwirrt sie ausgesehen hatte, als sie versucht hatte, ihn zu verstehen. Das war vor fünfundvierzig Jahren gewesen, aber als er jetzt neben ihr herging, war der Schmerz genauso frisch, als wäre es gestern gewesen.

„Ist das nicht schön?“, murmelte sie.

Rasch richtete Elijah seine Aufmerksamkeit wieder auf die Landschaft. Unter ihnen konnte er sehen, wie sich das Tal ausbreitete, und er lächelte, als er Gilead Springs ausfindig machte. Dieser Ort war wie eine Ansichtskarte, ein Gemälde am Fuße der Smokies. Er wusste, wie es hier zu den verschiedenen Jahreszeiten aussah. Im Herbst färbten sich die umliegenden Berge golden und rot und bildeten einen leuchtenden Hintergrund zu den samtigen Wiesen und Feldern. Im Winter waren die Bäume mit ihrem vereisten Schmuck an den kahlen Ästen in frostiger Schönheit erstarrt. Die Hügel waren oft mit Eis, Frost oder Schnee überzogen. Er hatte diesen Ort vermisst. Oh, wie sehr er ihn vermisst hatte! Es war, als würde ein Schmerz in seinen Gliedern endlich nachlassen, als wäre er endlich an einen Ort nach Hause gekommen, an dem er sich entspannen und zur Ruhe kommen konnte.

Gilead Springs war genau das, was Silver Falls gewesen war, bevor sich alles verändert hatte. Ein paar Menschen wohnten in der Innenstadt, in sauberen Häusern in dem Gitternetz aus Straßen, die den kleinen Marktplatz umgaben. Der Richter. Die Ladenbesitzer. Der Polizist. Ein paar Stadtbewohner, die zur Arbeit nach Asheville pendelten und nahe bei der asphaltierten Schnellstraße wohnen wollten, die zur Autobahn führte. Aber der größte Teil der Bewohner von Gilead Springs war in diesen Bergen und Senken verstreut, genauso wie es schon immer gewesen war. Entlang dieser Bergkämme und kahlen Gipfel gab es gepflegte kleine Felder mit Kohl, Äpfeln und Mais, Weiden mit Schafen und Kühen, saubere Felder, die von uralten Traktoren bearbeitet wurden. Elijah konnte sich auf einem solchen Traktor sehen, wie er seine Felder bearbeitete. Schnell flüsterte er ein kurzes Gebet und übergab diese Gedanken an Gott, denn diese Bilder und Visionen waren beunruhigend.

„Sind die Quellen ausgetrocknet?", fragte er Mary.

„Höchstwahrscheinlich", vermutete sie.

Er hoffte es nicht. Es gab sie hier überall, hoch oben in den Bergen, zwischen den Felsen und im Schutz des Berglorbeers und der Eichen. Ihr Wasser war so klar, dass es glänzte, und wenn ein müder, durstiger Wanderer auf den Grund mit dem mit Moos überwachsenen Fels schaute, konnte er sehen, wie das Leben spendende Wasser sauber und rein heraussprudelte, nachdem es durch Sand- und Felsschichten gereinigt worden war. Das Wasser schmeckte köstlich.

Man wurde davon nicht krank. Im Gegenteil, er hatte gehört, dass man von diesem Wasser sogar gesund wurde.

„Erinnerst du dich an Clive Murphy?“, fragte Mary.

Elijah brauchte einen Moment, um den Namen einzuordnen, aber dann nickte er. Er war ein Bekannter gewesen, wenn nicht sogar ein Freund. Ein wenig hinterhältig, erinnerte er sich, aber er wollte nicht schlecht über ihn sprechen.

„Er hatte eine Quelle auf seinem Land. Er füllte das Wasser in Flaschen ab und verkaufte es an einem Stand am Straßenrand.“

Elijah grinste. Das konnte er sich bildlich vorstellen.

„Irgendeine große Firma aus Asheville kam und wollte ein großes Geschäft daraus machen. Sie hatten vor, das Wasser über das Internet zu verkaufen.“

Elijah schüttelte den Kopf. „Hat er es gemacht?“

„Er wollte es machen, aber als sie mit dem großen Tanklaster und der Pumpe anrückten, kam er zur Vernunft. Er vertrieb sie von seinem Grund und konzentrierte sich wieder auf seine Kühe.“

„Er hatte nie einen Funken Verstand“, brummte Elijah, und Mary lachte laut. Es war ein herrlicher Klang, dieses Lachen, und er schwor sich, alles zu tun, damit er dieses Lachen öfter hören konnte.

Nach einer Weile machten sie kehrt, gingen zum Auto zurück und fuhren weiter. Elijah stellte fest, dass er zufrieden war.

Er sah kilometerweit nichts als Rehe und Bäume, alte verwitterte Ställe mit verrosteten Metalldächern. Er sah einen wilden Truthahn aufgeregt davonflattern. Er sah Hügel, übersät mit Lattenzäunen, dahinter den höckerigen Bergkamm, der ihn daran erinnerte, dass sich manches nie änderte.

Sie erreichten Cade's Cove und fuhren in einer Schlange anderer Touristen langsam durch den Ort. Sie parkten das Auto, stiegen aus und schauten sich um. Es gab einen Picknickbereich, einen Lagerplatz, ein Wildgehege. Die Luft in seinem Gesicht und an seinen Armen war heiß, die Sonne schien warm auf seinen Kopf, und ein Vogel zwitscherte seinem Kameraden laut zu. Sie wanderten einen Trampelpfad hinauf zur Oliver-Hütte. Elijah legte die Hand an das raue Holz des Türrahmens und schaute in die Blockhütte hinein. Er konnte sich den Mann, der sie gebaut hatte, gut vorstellen – wie er die Bäume gefällt, sie zu Brettern verarbeitet und daraus die

Wände der Hütte gebaut hatte. Plötzlich verspürte er den Wunsch, auch so etwas zu machen. Etwas Stabiles und Reales zu bauen, das morgen und übermorgen und in hundert Jahren noch hier stehen würde. Nicht länger auf Wanderschaft zu sein, sesshaft zu werden und ruhig zu werden.

Sie gingen an den Straßenrand, zu dem Lattenzaun. Er schaute über das grüne Tal auf den bewaldeten Berghang hinüber und zu den hohen Gipfeln dahinter. Er war zu Hause, stellte er fest, und ihn erfüllten Frieden und Ruhe.

„Was ist mit deinem Bein passiert?", fragte Mary nach einer Weile. Erneut wurde ihm bewusst, wie viel sie sich noch nicht erzählt hatten.

„Ich hatte einen Unfall mit meinem Jeep", antwortete er. „Dabei habe ich mir das Bein dreifach gebrochen. Leider habe ich mich danach nicht genau an die Anweisungen des Arztes gehalten."

Sie lächelte ihn wehmütig an. „Warum überrascht mich das nicht?"

Sie fuhren ein Stück weiter, hielten vor den nächsten Pfaden an und wanderten zu den Gebäuden. Sie sahen die Kirchen, schlichte Gebäude mit einfachen, harten Bänken, wenigen Fenstern und mit einem Loch in der Decke, durch das das Kaminrohr geführt hatte. Elijah fragte sich, welche Angelegenheiten für die Ewigkeit hier wohl geregelt worden waren.

Sie schlenderten über die Friedhöfe. *Russell Gregory* stand auf einem Grabstein, *1795 – 1864. Gründer von Gregory's Bald. Von Rebellen in North Carolina ermordet.* Sie lasen die Namen. Oliver, Abbot, Brown, Myers, Lawson, Ledbetter. *Zu Hause. Im Frieden,* wurde bei allen mit verschiedenen Worten bezeugt. *Er war blind, aber jetzt sieht er die Schönheit des Himmels. Er schied aus dem Leben.*

„Weißt du", sagte Elijah mit einem Schmunzeln. „Ich glaube, ich bin noch nicht ganz bereit, mich zu ihnen zu legen."

Er schaute zu Mary hinüber, aber ihr Blick galt etwas anderem. Einem kleinen Grabstein, in den ein Lamm gemeißelt war. *Tochter von Mr und Mrs William Anthony. Am 7. Juni 1926 geboren und gestorben. Sie schläft in Jesu Armen. Auf Erden eine Knospe, im Himmel eine leuchtende Blüte.*

Er nahm ihre Hand und hielt sie fest. „Sei nicht traurig", sagte er.

Sie drehte den Kopf und schaute ihn an. Vielleicht bildete er es sich nur ein, aber ihre Augen wirkten nicht mehr so gequält wie gestern.

Sie fuhren weiter, gingen ein Stück spazieren, fuhren wieder ein paar Meter und stiegen wieder aus. Stundenlang folgten sie jedem Wanderweg unter dem Kieferndach.

„Wir könnten unser Picknick auf dem Heimweg essen", schlug Mary vor.

Sie verließen Cade's Cove und fuhren durch den Nationalpark zurück. Als sie fast zu Hause waren, in den Bergen über Gilead Springs, wies Mary ihn an, an einer bestimmten Stelle abzubiegen und das Auto abzustellen. Er half ihr beim Aussteigen und nahm ihr den Picknickkorb ab.

„Was hast du in dem Korb?", fragte er mit einem Grinsen.

„Etwas, das dich freuen wird, wenn du ein Stück geklettert bist", antwortete sie keck.

Sie wanderten ein Stück. Als er sah, wohin sie ihn führte, lächelte er. Der Parson's Creek war ein hübscher, kleiner Fluss, der immer noch Wasser führte, obwohl die Wasserhöhe wahrscheinlich sehr niedrig war. Aber das störte ihn nicht.

„Dort! Siehst du?", sagte sie, als sie durch die Sträucher zur Quelle gewandert waren.

Er konnte die sich kräuselnde, wellige Oberfläche des Wassers in der höhlenähnlichen Grotte sehen. Aus der Quelle sprudelte immer noch Wasser. Er kniete nieder und tauchte die Hand hinein. Es war kalt. Er schöpfte Wasser mit der Hand und probierte davon. Es schmeckte süß und sauber.

Mary setzte sich neben ihn auf einen Felsen. Sie schwiegen mehrere Minuten. Dann begann sie das Gespräch, das irgendwann hatte kommen müssen.

„Ich wusste nicht, ob du je zurückkommen würdest", sagte sie. „Ich war verletzt und wütend."

Elijah nickte schweigend und setzte sich neben sie. Er starrte vor sich auf den Boden, auf das Moos, das auf dem Felsen wuchs.

„Ich habe dir jeden Tag geschrieben", fuhr sie fort.

Er hob den Kopf. „Ich habe nur fünf Briefe von dir bekommen."

„Die anderen habe ich nie abgeschickt." Ihr Lächeln war bittersüß, und nach einer Minute senkte sie wieder den Blick auf die Erde.

Es war nicht meine Entscheidung, wollte er sagen, aber das stimmte nicht. *Ich wollte dich heiraten,* könnte er sagen, aber war nicht er derjenige gewesen, der die Verlobung gelöst hatte? *Wenn die Entscheidung bei mir gelegen hätte,* dachte er, aber die Entscheidung hatte bei ihm gelegen, nicht wahr? Er konnte jetzt auch nichts anderes sagen als damals.

„Wenn ich richtig zugehört hätte, hätte ich wahrscheinlich gehört, dass Gott mich zur Vorsicht mahnte, bevor ich dir einen Heiratsantrag machte", gab er leise zu. „Aber ich war abgelenkt." Er lächelte sie an, und sie erwiderte das Lächeln.

„Jetzt weiß ich das", sagte sie. „Wahrscheinlich wusste ich auch damals schon, irgendwo tief in meinem Herzen, dass die Entscheidung nicht in unseren Händen lag."

Er nickte.

„Ich habe fast ein Jahr gewartet, aber von dir kamen nur vier Briefe", sagte sie. „Und sie waren nicht gerade das, was ich mir erhofft hatte."

Er erinnerte sich an diese Briefe. Er hatte sich gut überlegt, was er schreiben würde, und sie mit großer Traurigkeit und viel Vorsicht formuliert. Er hatte ihr vieles aus seinem Leben und von seiner Arbeit erzählt, aber nur sehr wenig über sein Herz geschrieben. Und vor allem hatte er ihr keine Versprechen gemacht.

„Dann kam John", sagte sie mit einem Lächeln. „Er war fest entschlossen. Ich schrieb dir ein letztes Mal."

Er nickte und erinnerte sich fast wortwörtlich an diesen Brief. Er hatte ihn wochenlang mit sich herumgetragen, hatte darüber gebetet und Gott immer wieder gefragt. Doch noch bevor er die Frage gestellt hatte, hatte er gewusst, wie die Antwort lautete. *Gäbe es dort einen Platz für mich?,* hatte sie geschrieben. *Könnte ich dich bei deiner Arbeit unterstützen, ohne dich zu behindern?*

Er war damals in den Busch gegangen, er war meistens Wochen und Monate von der nächsten Missionsstation fort gewesen. Es war eine einsame Arbeit und gefährlich gewesen. Er hatte ihr sagen wollen, dass sie kommen sollte. *Aber was könnte sie tun?,* hatte sein gesunder Menschenverstand gefragt. *Hier auf mich warten? In diesem trockenen, verlorenen Land unsere Kinder aufziehen und mit ihnen vielleicht wieder nach Hause gehen, wenn sie verwitwet und allein ist?* Schließlich hatte er diesen letzten Brief im Laternenlicht in seinem Zelt verfasst.

Ich bete, dass Gott dich in deinem Leben reich segnet, hatte er geschrieben. Es waren nicht die Worte, die er selbst gewählt hätte: *Ich werde dich nie vergessen.* Er dachte an die Arbeit, die er getan hatte, an die Menschen, denen er geholfen und denen er das Leben gerettet hatte, die von ihm die Wahrheit gehört hatten. Er war traurig, ja, aber er bereute nichts.

„Ich habe diese Briefe noch“, gestand Mary lächelnd. „Oben auf dem Speicher in einer Schachtel. Ich habe wieder eine Weile getrauert, aber irgendwie hatte ich auch das Gefühl, dass die Entscheidung richtig war. Genauso ging es dir wahrscheinlich auch.“ Für einen Moment erhaschte er einen Blick auf ihre Stärke. „Als John Truelove mir einen Heiratsantrag machte, sagte ich Ja. Ich wusste, dass Gott unsere Beziehung segnen würde. Wir waren vierzig Jahre verheiratet. Er war ein guter Mann, und ich habe ihn sehr geliebt.“

„Du hast es gut gemacht“, sagte Elijah voller Überzeugung. „Du bist deinen Weg gegangen, genauso wie ich meinen gegangen bin.“

Er dachte an das, was er über ihr Leben wusste. Dass sie ihre kranken Angehörigen in ihr Haus aufgenommen und gepflegt hatte, dass sie sich um ihren Mann gekümmert und ihn in seiner Arbeit unterstützt hatte, dass sie ihre Kinder liebte und sie zu anständigen, guten Menschen erzogen hatte.

„Unsere Entscheidungen haben Gutes bewirkt, auch wenn wir es vielleicht erst in der Ewigkeit erkennen werden“, sagte er leise, und als ihr Tränen in die Augen traten, wurden auch seine Augen feucht.

Danach sprachen sie nicht mehr viel, denn irgendwie war alles gesagt. Sie breiteten die Decke auf dem mit Moos überzogenen Felsen aus. Mary packte das Essen aus. Elijah aß ihr gebratenes Hähnchen und den Kartoffelsalat, trank den süßen Eistee und war zufrieden. Als es Zeit wurde, zurückzufahren, bedauerte er es. Es gefiel ihm nicht, dass dieser Tag zu Ende ging, obwohl er wusste, dass das unausweichlich war.

31

Sam war in der Nacht zum Donnerstag zu einem Notfall gerufen worden und hatte eine Patientin ins Krankenhaus eingewiesen, ein fünfzehn Monate altes Mädchen mit Magen-Darm-Grippe. Auf dem Weg zu Carls Praxis schaute er nach dem Kind. Nachdem sie in der Nacht Infusionen bekommen hatte, ging es ihr wieder gut. Sie plapperte fröhlich und lächelte ihn an. Er entließ sie aus dem Krankenhaus und fuhr weiter zur Praxis, aber für heute waren keine Hausbesuche geplant und nur zwei Patienten kamen in die reguläre Sprechstunde. Er vermutete, dass die meisten mit ihren Beschwerden bis zur nächsten kostenlosen Sprechstunde warteten. Er runzelte die Stirn und fragte sich, wie sich das langfristig finanziell auswirken würde. Aber das war nicht sein Problem.

Carls und Dianes Haustür war abgeschlossen. Von Annie war keine Spur zu sehen. Da er nichts anderes zu tun hatte, fuhr er wieder nach Hause. Als er in den Hof fuhr, begegnete er Elijah, der in einem leuchtend roten Jeep Wagoneer Limited in tadellosem Zustand vorfuhr.

„Das nenne ich ein Auto“, sagte Sam bewundernd, als sie beide ausgestiegen waren.

„Ich denke, dass es mich bei jedem Wetter fast überallhin bringt und fast alles tut, was ich von ihm will. Das Auto ist Baujahr 1979. Ich habe es vom ersten Besitzer gekauft.“

„Eine kleine, alte Dame, die damit nur sonntags zur Kirche fuhr?“, fragte Sam mit einem Grinsen.

Elijah lächelte, und Sam stellte fest, wie sehr er diesen Mann mochte. Es war tröstlich, dass er hier war. Ihm gefiel seine Ruhe, seine Kompetenz, seine Vernunft und Weisheit.

„Du hast also vor, hierzubleiben?“, fragte Sam neugierig.

Elijah machte eine Kopfbewegung, die irgendetwas zwischen einem Kopfschütteln und einem Nicken war. „Er dürfte nicht schwer zu verkaufen sein, wenn es so weit ist“, sagte er.

„Wann wirst du dich entscheiden?“

„Wenn Gott es mir zeigt. Er wird mich wissen lassen, wie es weitergehen soll."

Sam nickte, sagte aber nichts dazu. Ein Anflug von Neid befiel ihn. Wie sicher Elijah Walker sich seines Gottes war!

Er hörte Carls Anrufbeantworter ab, während Elijah den Jeep wachste und polierte. Es gab keine neuen Nachrichten. Nach dem Mittagessen fuhr er nach Asheville und besuchte Carl. Sein Schwiegervater schlenderte durch den Gang und zog seinen Infusionsständer hinter sich her. Hin und wieder blieb er stehen, um mit den Schwestern und anderen Patienten zu plaudern. Sam hatte gedacht, dass er hier vielleicht Annie treffen würde, aber Carl war allein. Diane war einkaufen gegangen, um Carl einen Trainingsanzug zu besorgen, den er anziehen könnte, wenn er aus dem Krankenhaus entlassen wurde, und einen neuen Schlafanzug.

Sams Besuch war kurz, aber sie unterhielten sich gut.

„Wahrscheinlich werde ich in ein oder zwei Tagen entlassen", sagte Carl.

Sam schämte sich, weil seine Gedanken sofort zu Annie wanderten. Er fragte sich, ob sie noch lange bleiben würde, wenn ihr Vater wieder zu Hause war. Und dann wanderten seine Gedanken zu ihm selbst zurück. Jetzt, da die Situation mit Kelly Bright vorübergehend geklärt war, fragte er sich, ob seine Kollegen ihm erlauben würden, zurückzukommen. Zu seiner Überraschung stellte Sam fest, dass ihn diese Frage ziemlich kalt ließ. Er verspürte keinen besonders starken Wunsch, wieder zurückzugehen, aber er wusste, dass er nicht ewig hierbleiben und Carl vertreten konnte. Es war eine vorübergehende Situation, diese Atempause. Sie würde zu Ende gehen.

„Ich habe diese Woche ein paar interessante Patienten kennengelernt", erzählte er Carl und beobachtete, wie sein Gesicht interessiert aufleuchtete. „Einen Bauern, der genauso störrisch ist wie ein Maultier und von einem getreten wurde. Ich hatte Angst, er könnte einen Jochbeinbruch haben, aber er weigerte sich, ins Krankenhaus zu gehen. Am Ende habe ich ihn nur genäht und ihn in Ruhe gelassen."

„Wer war das?"

„Roscoe Adams."

Carls Miene wurde ernst. „Sie haben vor drei Monaten einen Sohn verloren. Mit siebzehn. Er starb bei einem Autounfall."

Bei dieser Information bereute Sam, wie er die Situation angepackt hatte. Er erinnerte sich an die unerschütterliche Liebe und Fürsorge der Frau und das verschlossene Gesicht des Mannes. Warum hatte er nicht gesehen, dass hinter dieser Mauer aus Gleichgültigkeit Trauer und Schmerz lagen? Ausgerechnet er sollte doch einen Blick für so etwas haben.

„Ich war auch bei Lewis Wilson." Sam erinnerte sich an die Schmerzen des Mannes, der Krebs im Endstadium hatte. Er hatte gesagt, dass die Familie ihn Tag und Nacht anrufen könne, falls sie irgendetwas brauchten. Er wollte heute Nachmittag selbst anrufen und nachfragen, beschloss er.

Carl nickte mit traurigem Blick. „Er ist ein tapferer Mann. Es dauert wahrscheinlich nicht mehr lang."

„Nein. Wahrscheinlich nicht", gab Sam ihm recht. „Ach, und meine Lieblingspatientin", sagte er und verzog das Gesicht zu einem breiten Lächeln. „Deine nicht besonders heimliche Verehrerin, Eliza Goddard. Sie hat uns zu sich bestellt, weil sie dachte, ihr Blutdruck sei vielleicht ein wenig zu hoch."

Carl lächelte wehmütig. „Ich besuche sie jede Woche. Ich weiß, dass ihr nichts fehlt, und tief in ihrem Herzen weiß sie das auch. Aber weißt du, diese Frau hat ihr Haus seit drei Jahren nicht mehr verlassen."

Sam starrte ihn mit offenem Mund sprachlos an.

„Agoraphobie", erklärte Carl. „Ich habe sie schon fast überredet, nach Asheville zu fahren und einen Psychotherapeuten aufzusuchen. Ich habe ihr versprochen, sie das erste Mal selbst hinzufahren, und das war das Zünglein an der Waage."

Sam war frustriert. Er fragte sich, wie oft er schon andere Menschen unsensibel behandelt hatte, wie oft er seinen Patienten, ohne viel zu überlegen, Medikamente und Behandlungen verschrieben hatte, ohne ihre Geschichte zu kennen. Und er fragte sich, wie viel besser er seinen Beruf hätte ausüben können, wenn er sich die Zeit genommen hätte, sie kennenzulernen.

Er verabschiedete sich von Carl und fuhr tief in Gedanken versunken nach Hause.

Sam ging ins Haus und tauschte seinen Anzug gegen eine Jeans, dann trat er auf den Hof hinaus. Seine Mutter war fort, und auch Elijah und der Wagoneer waren nirgends zu finden. Wahrscheinlich war Elijah mit ihr irgendwohin unterwegs. Sam lächelte wieder, als er daran dachte, wie er sich über das Auto gefreut hatte.

Er dachte daran, Ricky anzurufen, aber er war wahrscheinlich noch an der Arbeit. Er schaute zum Nachbarhaus hinüber. Lauries Auto war auch fort. Plötzlich wurde Sam bewusst, dass er kein eigenes Leben hatte. Nichts außer Arbeit, und jetzt, da die Arbeit nicht seine ganze Zeit verschlang, war nicht zu übersehen, dass er kein ausgeglichenes Leben führte.

Schließlich stellte er sich den Tatsachen: Er war aus einem bestimmten Grund hier, begriff er. Es hatte keinen Sinn, es länger vor sich herzuschieben. Er ging zum Pick-up seines Vaters hinaus, der seit zwei Jahren hinter dem Schuppen stand. Er musste sich durch das Unkraut kämpfen und dann die Batterie fremdstarten, aber danach lief das Auto bestens. Er fuhr zur Eisenwarenhandlung und kaufte mehrere Schachteln reißfeste Mülltüten und Pappkartons.

Dann fuhr er zu seinem und Annies Haus. Als er in die Einfahrt bog, sah er, dass er nicht allein war. Annie war da. Dieser Umstand an sich überraschte ihn noch nicht, aber dass sie den Balsamstrauch goss, wunderte ihn sehr. Wenn sie Kisten gepackt oder die Schränke ausgeräumt hätte, hätte ihn das nicht verwundert, aber dass sie diesen Strauch pflegte, verblüffte ihn.

Er stieg aus dem Auto und ging auf sie zu.

„Ich habe gerade deinen Vater besucht“, sagte er.

„Wie geht es ihm?“, fragte sie.

„Er ist wieder ganz der Alte.“

Sie lächelte, dann schaute sie hinunter auf die Wasserpfütze, die sich um den Stamm des Strauches gebildet hatte. Sam sah sich um und dachte, wie seltsam es war, dass es so mit ihnen endete. Er hatte gedacht, dass sie für den Rest ihres Lebens zusammenbleiben würden. Er hatte sich ausgemalt, dass sie hier in diesem Haus gemeinsam alt werden und auf ein Leben voller zärtlicher Liebe zurückblicken würden. Das Leben lief leider oft nicht so, wie man dachte.

„Bist du gekommen, um deine Sachen einzupacken?“, fragte sie unverblümt. Daran war nichts auszusetzen, nicht wahr? Warum sollten sie um den heißen Brei herumreden?

Er nickte.

„Ich auch.“

Er hatte nicht gedacht, dass ihn das verletzen würde, aber es traf ihn wie ein Schlag in den Magen.

„Dann fange ich jetzt an“, erklärte er knapp.

Sie nickte entschlossen und drehte den Schlauch zu. „Ich komme mit hinein. Wir müssen entscheiden, was wir mit den Sachen machen.“

Das hatte er eigentlich nicht vorgehabt, aber was konnte er sagen?

„Meinetwegen.“

Sie gingen gemeinsam ins Haus, vorbei an den alten Gartenmöbeln auf der Veranda.

„Sperrmüll“, sagte er und stieß mit dem Fuß gegen den Stuhl.

„Das soll wohl ein Witz sein!“

Er hatte sie beleidigt, das merkte er sofort.

„Alte Korbmöbel sind wieder modern. Diese Möbel sind wertvoll.“

Er zuckte die Achseln und hob abwehrend die Hand. „Wenn du meinst.“

Sie murmelte etwas vor sich hin, als sie das Wohnzimmer betraten.

Vor dem Kaminsims blieb er stehen und betrachtete die Bilder, die dort an der Wand lehnten. Ihr Hochzeitsfoto. Man sah ihm sein reines, ungetrübtes Glück deutlich an. Er erinnerte sich immer noch daran, wie er sich an jenem Tag gefühlt hatte. Als hätte er ein großes Geschenk bekommen und müsste sich dieses Geschenks würdig erweisen. Und er war so fest entschlossen gewesen, das auch zu schaffen. Er wollte dafür sorgen, dass ihr nie etwas passieren würde. Auf dem Bild daneben saßen sie nebeneinander beim Familientreffen der Trueloves. Sie saßen auf der Schaukel, sein Arm lag um Annies Schulter. Sam erinnerte sich gut, wie er sich an jenem Tag gefühlt hatte. Einfach glücklich. Demütig. Froh, bei ihr zu sein. Er hielt sie fest. Sie lächelte und war fotografiert worden, als sie gerade etwas sagte. Sein Gesicht sah ungezwungen, friedlich und glücklich aus, ein leichtes Lächeln um den Mund, und er erinnerte sich genau, was er damals gefühlt hatte. Frieden. Denn sie war da. Sie war sicher. Sie war glücklich. Wenn sie und Margaret glücklich und sicher waren, konnte er sich entspannen. Was sollte ihn beunruhigen? Er hatte seine Aufgabe erfüllt. Er konnte sich ausruhen.

„Wir können die Fotos aufteilen“, sagte sie, und er fühlte sich, als habe sie ihn an einer empfindlichen Stelle getroffen. „Oder wir lassen sie nachmachen. Das kann ich übernehmen. Du bist ja mit Papas Patienten beschäftigt.“

„Gut. Danke.“ Er wandte den Blick ab und betrachtete das Sofa und die Sessel, die von Anfang an gebraucht gewesen waren. „Was ist mit den Möbeln? Dieses Zeug wird niemand wollen.“

„Das sind Antiquitäten“, verteidigte Annie die Sachen hitzig.

Er musste lächeln. „Dann nimm sie mit.“

Sie schüttelte den Kopf. „Es ist zu teuer, sie nach Los Angeles zu transportieren.“

„Ich kann sie nirgends unterbringen“, sagte er. „Dann kommen sie auch zum Sperrmüll.“

Ihre Wangen liefen rot an, und sie schwieg. Das war immer ein schlechtes Zeichen.

„Was ist?“

Sie schüttelte heftig den Kopf. „Nichts.“

Sie gingen weiter. Er öffnete die Tür zu Margarets Zimmer, aber Annie kam nicht mit hinein. Er schaute sich um und überlegte, was er machen sollte. Wenn Annie sich nicht darum kümmerte, würde er ein paar Spielsachen und Kleidungsstücke von Margaret aufheben und den Rest weggeben. Es bestand kein Grund, warum nicht ein anderes Kind sie benutzen sollte. Er schaute sich noch einmal um. Seine Brust fühlte sich eng und eiskalt an. Dann schloss er vorsichtig die Tür und ging zu Annie ins Wohnzimmer. Er stellte fest, dass ihr Rundgang durch das Haus nicht viel gebracht hatte. Sie konnten unmöglich alles behalten, aber vieles war zu wertvoll, um es einfach wegzuwerfen.

„Ich überlasse die Entscheidung dir“, sagte er schließlich. „Was noch da ist, wenn du wieder fort bist, entsorge ich.“

Ihr Gesicht war jetzt knallrot, und sie schüttelte den Kopf. „Du bringst nur alles zum Sperrmüll.“

„Und?“, fragte er mit bemüht geduldiger Stimme. „Was willst du damit machen?“

„Keine Ahnung. Du hast recht. So machen wir es.“

Er nickte und ging zu seinem Auto hinaus. Er holte die Kartons herein und begann, seine Sachen auszusortieren.

Annie verschwand, noch immer mit rotem Gesicht und ohne ein weiteres Wort. Er hörte das Scheppern von Töpfen und Pfannen in der Küche. Er ging ins Schlafzimmer und Wohnzimmer und begann, seine Sachen auszuräumen. Er nahm seine Musik-CDs und seine Sportausrüstung. Er nahm seine Kleidung und seine Bücher. Nachdem er Annie gefragt hatte, nahm er die Stereoanlage und die Kamera, da sie sich eine neue gekauft hatte. Er leerte seine Schubladen und seinen Schreibtisch und den Schrank im Flur. Er nahm die Hälfte der Handtücher und Bettwäsche und lehnte den Staubsauger ab, da er eine Putzfrau hatte, die ihren eigenen Staubsauger mitbrachte. Nach einigen Stunden waren sie die meisten Schubladen und Schränke durchgegangen. Er kehrte wieder ins Wohnzimmer zurück, nachdem er seine persönlichen Sachen fertig aussortiert hatte.

„Sag es nicht! Sperrmüll“, sagte Annie und hielt seinen Rucksack mit Metallgestell hoch.

Sam nickte und legte den Rucksack auf den Haufen, der in der Zimmermitte immer größer anwuchs.

„Hier ist viel Müll“, stellte er fest.

Dinge, die er nicht aufheben wollte. Dinge, die schon vor Jahren hätten entsorgt werden müssen. Es war seltsam, aber während sie gemeinsam arbeiteten, entwickelte sich eine Art Kameradschaft zwischen ihnen, und ihm wurde erneut bewusst, wie verrückt das war.

Annie ging ins andere Zimmer, um ihre Sachen weiter einzupacken, und er räumte den letzten Bücherstoß in einen Pappkarton. Ganz unten in dem Stapel für den Sperrmüll bemerkte er seine ledergebundene Bibel. Er holte sie nicht heraus.

„Sam, komm mal!“, rief sie, und er fand sie in der Abstellkammer, wo sie seine Skier und Stöcke hochhielt. Sie grinste ihn hinterhältig an. Er ertrug es mit einem resignierten Lächeln und Nicken.

„Willst du die aufheben?“, zog sie ihn auf.

„Sehr witzig."

„Ach, komm schon", neckte sie ihn. „Lass mir doch die Freude. Das war das Einzige, in dem ich besser war als du."

„Das ist milde ausgedrückt." Er lächelte. „Ich vermache sie dir."

„Ich würde sie gern behalten, aber ... Sperrmüll."

Er nickte, und sie stellte sie weg. Das Lächeln verschwand aus ihrem Gesicht.

„Ich fahre jetzt lieber, wenn ich einen Lagerraum finden will, bevor sie schließen", sagte er.

Sie nickte, ohne von dem Stapel Videokassetten aufzublicken, die sie durchsah.

„Was willst du mit Margarets Zimmer machen?", fragte er vorsichtig.

Sie zuckte leicht die Achseln.

„Wenn du willst, kann ich das übernehmen."

Tränen traten ihr in die Augen, aber sie gab keine Antwort.

„Lass das, was du nicht machen willst, einfach liegen", sagte er. „Ich kümmere mich darum."

Sie nickte. Dann wischte sie sich mit dem Handrücken über die Augen und schniefte. „Ich habe Hunger", seufzte sie.

Er zögerte, dann schlug er vor: „Du könntest mit mir zum Lager fahren. Auf dem Rückweg könnten wir etwas essen. Hältst du noch so lange durch?"

„Natürlich", stimmte sie zu.

Sie wischte sich mit den Handflächen übers Gesicht, was Sam irgendwie an Margaret erinnerte. Er betrachtete reumütig das Chaos und dachte wieder, wie seltsam es war, dass man ein Chaos verursachen musste, um ein Chaos zu beseitigen.

„Ich komme wieder und helfe dir", sagte er. „Wir schaffen das."

Sie nickte. Auf dem Weg zum Auto streiften sich ihre Hände. Für den Bruchteil einer Sekunde hätte er aus Gewohnheit fast ihre Hand ergriffen, denn es war wie früher. Aber nur für den Bruchteil einer Sekunde.

Sie fuhren in einem angenehmen Schweigen los. Er fand eine Lagermöglichkeit in Silver Falls, und sie half ihm, seine Sachen auszuladen. Am Stadtrand hielten sie an einem Hamburgerrestaurant. Er kaufte für jeden einen riesigen Hamburger, eine Schachtel mit

Pommes und frisch gemachte Erdbeermilchshakes mit echten Erdbeerstücken darin. Sie aßen draußen an einem Gartentisch unter den Bäumen.

Sam schaute ihr beim Essen zu. Es hatte ihm schon immer gefallen, wenn eine Frau einen gesunden Appetit hatte. Annie verschlang ihren Burger und machte sich dann über die Pommes her.

„Weißt du, was Papa mir erzählt hat?", fragte sie. Ihre Augen funkelten verschmitzt.

Er schüttelte den Kopf und musste unwillkürlich lächeln.

„Dass deine Mutter und Elijah Walker früher verlobt waren."

Er schaute sie ungläubig an. „Du nimmst mich auf den Arm." Das war wirklich eine interessante Neuigkeit.

„Nein." Sie schüttelte auf ihre leidenschaftliche Art den Kopf. „Was sagst du dazu?"

„Das wirft ein interessantes Licht auf die Sache, nicht wahr?" Er war überrascht, aber erfreut. Ihm wurde bewusst, dass er hoffte, dass seine Mutter wieder glücklich werden würde. Ob mit oder ohne Elijah Walker.

„Aber ich bin mir nicht ganz sicher", mahnte er sie zur Vorsicht. „Er hat mir erzählt, dass er wieder in die Mission gehen will."

Sie bedachte ihn mit einem weisen Blick und schüttelte den Kopf. „Abwarten! Das werden wir ja sehen."

Er lachte.

„Was ist so lustig?"

„Nichts. Nur du und deine Verkupplungsversuche."

„Findest du nicht, dass es fast irgendwie *vorherbestimmt* ist, dass er nicht einmal wusste, bei wem er wohnen würde, und dass er ausgerechnet bei ihr landete? Bei seiner alten Liebe?"

„Wahrscheinlich." Aber vieles, das irgendwie vorherbestimmt wirkte, führte nicht zu dem Ziel, das Sam sich erhoffte. Beispielsweise dass sie beide zur selben Zeit wieder hier waren. Und selbst jetzt saßen sie so natürlich und ungezwungen wie selten hier zusammen, aber er wusste, wie es enden würde.

Sie unterhielten sich noch ein wenig. Ihr Gespräch streifte verschiedene Themen, ohne ein klares Ziel zu verfolgen. Sie aßen ihre Hamburger und Pommes, tranken ihre Milchshakes und saßen immer noch da, als die Nacht sich um sie herum ausbreitete. Es war, als wüssten sie beide, dass dieser Moment nicht ewig dauern konnte, aber trotzdem wollte ihn keiner beenden.

Ein Minivan fuhr vor, und eine Familie mit mehreren Kindern wie die Orgelpfeifen strömte heraus. Annie schaute zu, dann lächelte sie ihn an und begann, ihre Abfälle einzusammeln. „Sieht so aus, als bräuchten sie diesen Tisch."

Sam nickte und stand auf. Obwohl er es nicht vorgehabt hatte, sprudelten die Worte einfach aus ihm heraus. „Am Montagnachmittag war es bei Mama wie auf Jalta mit Stalin, Churchill und Roosevelt."

Sie grinste und machte ihm damit Mut, weiterzusprechen.

„Mama und die Generäle planen das Familientreffen", sagte er mit einem Lächeln, als er den Spitznamen benutzte, den sie seinen Tanten verpasst hatten.

Sie nickte. „Es ist bald wieder so weit, nicht wahr?"

„Nächstes Wochenende", sagte er und wagte dann den Sprung ins kalte Wasser. „Sie hätten dich auch gern dabei."

Annies Gesicht lief rot an. Er konnte ihre Miene nicht deuten. Eine Minute sagte sie nichts, und er schalt sich. Er hätte die Sache auf sich beruhen lassen sollen.

„Einverstanden", sagte sie. „Ich komme. Wenn du das auch willst."

„Natürlich", sagte er überrascht und hielt ihr die Autotür auf. „Ich könnte mir nichts Schöneres vorstellen."

32

Das Erste, was Annie fühlte, als sie am Freitagmorgen aufwachte, war die Baumwollbettwäsche, die sich weich gegen ihre Wange schmiegte. Die Vorhänge bewegten sich im leichten Wind, und die Sonne schien durch die Blätter des Baumes vor ihrem Fenster und warf leuchtende Flecken wie Goldmünzen auf das Betttuch und den polierten Eichenboden.

Sie setzte sich im Bett auf und schaute auf ihre Uhr, die neben den Ohrringen auf dem Nachttisch lag. Es war halb acht. Sie konnte in der Küche gedämpfte Geräusche und Stimmengemurmel hören.

Es war gut, Papa wieder zu Hause zu haben, stellte sie fest. Zum ersten Mal, seit sie angekommen war, hatte sie das Gefühl, dass alles seine Ordnung hatte. Er war mittlerweile seit vier Tagen zu Hause, und obwohl er noch weit davon entfernt war, seinem gewohnten Tagesablauf nachzugehen, war er hier, und darauf kam es an.

„Ich darf die nächsten Wochen noch nicht wieder arbeiten", hatte er Sam erklärt. „Anweisung des Arztes."

Sicherlich hatten sich alle gefragt, seit wann Papa sich so gefügig an Anweisungen hielt, aber niemand hatte es laut ausgesprochen. Annie hatte ihre eigene Theorie. Er hatte alle Beteiligten genau dort, wo er sie haben wollte, und er hatte nicht die Absicht, seine Pläne zu gefährden, indem er wieder arbeitete. Heute war die Praxis jedoch geschlossen, natürlich abgesehen von Notfällen. Sam und Elijah waren beide anderweitig beschäftigt.

Sie duschte, zog sich an, nahm ihre Handtasche und schlüpfte in ihre Schuhe. In der Küche schenkte sie sich eine Tasse Kaffee ein. Mary hatte sie gebeten, ihr beim Kochen für das Familientreffen zu helfen. In Annie regte sich eine Mischung aus Vorfreude und Grauen vor den Erinnerungen, die geweckt werden könnten. Ihr schoss der Gedanke durch den Kopf, dass ihr Wunsch, den Schmerz nicht an sich heranzulassen, auch glückliche Erinnerungen aussperrte. Sie wurde nicht nur vor der Trauer abgeschirmt, sondern auch der Freude beraubt.

Papa saß auf der Veranda. Sie trat hinaus und begrüßte ihn.

„Guten Morgen, Kleines“, sagte er.

„Guten Morgen.“ Sie gab ihm einen Kuss auf die Wange.

Diane war im Stall und versorgte die Tiere. Vorher hatte sie sich gut um ihren Mann gekümmert. Er saß in einem Schaukelstuhl und hatte eine Wolldecke über die Beine gelegt.

„Fährst du schon?“

Annie nickte. „Bist du sicher, dass ihr nicht kommen wollt?“

„Vielleicht kommen wir später kurz vorbei.“ Es ging ihm schon besser, aber er wurde immer noch schnell müde.

Annie machte einen Abstecher in den Stall, verabschiedete sich von Diane und fuhr dann, um Mary bei den Vorbereitungen für das Familientreffen zu helfen.

Als Annie zum Haus der Trueloves hinauffuhr, hatte sie fast das Gefühl, es zum ersten Mal zu sehen. Das Haus stand weit weg von der Straße, hinter einer Reihe Mimosen versteckt, die mit federleichten rosa Blüten bedeckt waren. Das Gras sah ausgetrocknet, aber ordentlich gemäht aus, und Marys Blumenbeete blühten in leuchtenden Farben. Hinter dem riesigen Garten befanden sich auf beiden Seiten des Hauses Wiesen, die bereits trocken und gelb waren. Dahinter stiegen die bewaldeten Hügel sanft an. Annie erinnerte sich, dass dieses Haus in ihrer Jugend ihr zweites Zuhause gewesen war. Sie hatte hier genauso viel Zeit verbracht wie zu Hause. Sie wusste, dass in wenigen Stunden die Einfahrt mit Autos gesäumt sein würde und der Garten voll mit Kindern.

Sie klopfte an die Tür. Mary öffnete ihr, schimpfte aber, weil sie klopfte.

„Komm herein“, forderte sie Annie auf. Mary strahlte, und Annies Herz schlug höher, denn sie hatte ihre Schwiegermutter seit Jahren nicht mehr so glücklich gesehen. Sie trug ein ärmelloses Baumwollkleid und hatte die Haare am Hinterkopf zu einem Knoten hochgesteckt. Ihre Hände waren mit Mehl bestäubt, und als Annie ihr in die Küche folgte, begrüßte sie eine köstliche Mischung aus verschiedenen Düften: Speck, Kaffee und der Duft nach angebranntem Zucker von den Nuss- und Beerenkuchen, die auf der Arbeitsplatte standen.

Elijah saß am Tisch und trank Kaffee. Er schien sich hier äußerst wohl und zu Hause zu fühlen. Annie begrüßte ihn mit unschuldiger Miene.

Dann kam Sam in die Küche, und Annies Herz schlug höher, denn er sah ganz genauso aus, wie sie ihn von früher in Erinnerung hatte. Die Falten, die sein Gesicht durchzogen und seine Anspannung verraten hatten, als sie ihn nach ihrer Rückkehr das erste Mal gesehen hatte, waren verschwunden. Seine Haut war gebräunt von den Stunden, die er in letzter Zeit im Freien verbracht hatte. Er trug ein T-Shirt und eine Jeans, und sie dachte daran, dass er bei jedem Familientreffen Baseball gespielt hatte. Sie erinnerte sich, dass sie ihn mit seinen Onkeln Hufeisen werfen gesehen hatte und wie er mit den Kindern zum Bach gegangen war. Hier gebot sie ihren Erinnerungen Einhalt.

„Guten Morgen." Sam lächelte sie an.

„Gib Annie eine Tasse Kaffee, Sam." Mary Truelove machte aus dem Namen ihres Sohnes mindestens zwei Silben. „Ich mache uns allen ein Frühstück, bevor wir mit der Arbeit anfangen."

Sam setzte sich und zog den Stuhl neben sich heraus.

Annie wollte schon protestieren, aber er schaute sie an und schüttelte den Kopf. „Mama hat gesagt, dass ich das machen soll, Annie. Bring mich nicht in Schwierigkeiten."

Er stellte ihr eine Tasse und eine Untertasse hin. Marys Geschirr war mit einem zarten Rosenmuster verziert. Wie viele Mahlzeiten hatte sie schon von diesem Geschirr gegessen? Wie oft hatte sie an diesem Tisch gesessen?

„Hier sind Sahne und Zucker." Er stellte die Sachen vor sie auf den Tisch und schenkte ihr eine Tasse Kaffee ein.

„Was willst du essen?", Mary drehte sich von ihrem Platz am Herd um und lächelte sie an.

„Ach, eine Scheibe Toast oder eine Schüssel Müsli reicht."

Kaum hatte Annie das gesagt, wusste sie, dass es die falsche Antwort war. Marys Brauen zogen sich zu einem leichten Runzeln zusammen.

Sam brach in lautes Gelächter aus. „Oh, Annie, du hast zu lang oben im Norden gewohnt.“ Er schüttelte den Kopf und stellte die Kaffeekanne wieder auf den Tisch. „Du hast offenbar vergessen, was zu einem richtigen Frühstück gehört.“

Mary erklärte es ihr. „Ich habe Maisgrütze auf dem Herd und Waffeln im Backofen und Speck …“

„Sie wollte nur wissen, wie du deine Eier haben möchtest“, stellte Sam klar.

Annie lachte. Was hatte sie sich nur gedacht? „Ein gewendetes Spiegelei bitte“, sagte sie.

Mary nickte lächelnd und drehte sich wieder zum Herd herum, schlug das Ei an der Seite der gusseisernen Pfanne auf und ließ es zischend und brutzelnd in das heiße Speckfett gleiten. Annie lehnte sich mit einem Lächeln zurück. Ihr Papa würde sich hier wie im Himmel fühlen.

Im Laufe des Tages trafen nach und nach unzählige Trueloves ein. Um ein Uhr war der Hof mit Autos und Kindern voll und das Haus platzte fast aus den Nähten. Die Tische waren mit Schüsseln, Kuchenplatten und zugedeckten Auflaufformen beladen. Riesige Krüge mit gesüßtem Eistee standen auf der Arbeitsplatte. Die Kühlschränke waren mit Limonade für die Kinder gefüllt, die sich gegenseitig über die Wiese neben dem Haus jagten. Sam blieb an Annies Seite und stellte sie persönlich jedem seiner Verwandten vor. Zuerst war sie nervös, aber alle schienen Sams Vorbild zu folgen, und sein Gesicht und Verhalten zeigten nichts als Wohlwollen und Freundlichkeit ihr gegenüber.

Sie schritten an einer Reihe Tanten entlang, die in der Küche standen, und verteilten und bekamen Küsse und Umarmungen.

„Gib mir einen Kuss, Sammy. Komm zu mir!“, riefen sie.

„Annie, komm und begrüße diese alten Damen“, forderte er sie auf. Er schloss sie mit ein, und da er das tat, nahm seine Familie Annie wie selbstverständlich wieder in ihren Reihen auf.

Sie kam sich klein vor und schämte sich. Zwischen diesen starken Gefühlen verspürte sie aber auch eine große Freude. Es waren bekannte Gesichter, und einer nach dem anderen flüsterte ihr ins

Ohr: „Wir haben dich vermisst, Liebes. Wir sind so froh, dass du wieder zu Hause bist."

„Ich gehe ins Haus und schaue, ob deine Mutter Hilfe braucht", sagte Annie, als sie ihre Runde beendet hatten. Sie war völlig aufgewühlt und brauchte eine Aufgabe, um wieder Halt zu finden.

„Bis später", sagte Sam. „Es wird Zeit, dass ich anfange, die Fische zu grillen." Er deutete auf den riesigen Grill. Eine Gasflamme brannte darunter. Die Fische waren in Schüsseln auf dem provisorischen Tisch, der neben dem Grill stand, aufgehäuft.

„Bis später", verabschiedete sie sich, aber aus den Fischbergen schloss sie, dass es viel später sein würde.

Sie ging hinein und verbrachte die nächste Stunde damit, Salate anzurichten, Gläser mit Eis zu füllen und neugierige Blicke zu ignorieren.

Schließlich versammelten sich alle draußen um den Grill und beugten den Kopf.

„Elijah, würdest du bitte das Tischgebet sprechen?", bat Mary mit ihrer freundlichen Stimme. Sofort richteten sich die neugierigen Blicke auf Mary und Elijah.

Für einen kurzen Moment verstummten die lebhaften Gespräche, sodass man nur das Rascheln von Röcken hörte, das Kreischen von Krähen und das Zirpen der Grillen in der Ferne, während die Sonne auf ihre gebeugten Köpfe niederbrannte. Mit seiner tiefen, klaren Stimme sprach Elijah Walker ein Dankgebet für den Segen, den eine Familie darstellte, für die verschwenderische Liebe Gottes und für das Essen. „In Jesu Namen", sagte er, und die Familie murmelte: „Amen."

Der Fisch schmeckte köstlich. Er war außen knusprig und innen zart und saftig. Annie setzte sich zu Laurie und zwei von ihren Kindern auf die Decke, die im Gras ausgebreitet war. Gemeinsam schauten sie zu, wie Sam am Grill arbeitete und zwischen dem provisorischen Tisch und den wartenden Tellern auf der anderen Seite hin- und herging. Als schließlich alle satt waren und ein Berg gebratener Fische auf dem Tisch übrig war, lud er sich selbst einen Pappteller voll und kam zu ihnen.

„Mama hat wieder einmal mit fünf Broten und zwei Fischen die Massen satt bekommen", sagte er.

Annie lachte. „Du bist ein guter Grillmeister. Was für Fische sind das?"

„Bachsaiblinge", antwortete Laurie. „Jim und die Kinder angeln sie das ganze Jahr hindurch, und ich stecke sie in die Gefriertruhe."

„Sie schmecken gut."

Sam nickte, gab ihr aber keine Antwort, da er den Mund voll hatte. Als er seinen Teller leer gegessen hatte, legte er sich zurück und schloss die Augen.

„Willst du eine Nachspeise?"

„Ich kann mich nicht mehr rühren."

„Du hast viel gearbeitet. Ruh dich aus", bestimmte Annie und ging zum Tisch, der jetzt mit Schokoladenkuchen, Käsekuchen, Vanillekuchen, Nusskuchen, Kokosnusskuchen, Erdbeerkuchen und natürlich Bananenpudding bedeckt war. Sie schlenderte am Tisch entlang und gab von allem ein kleines Stück auf einen großen Teller, von dem sie miteinander essen könnten.

Sie aßen, und Annie genoss die gemütlichen Gespräche um sich herum und das Kreischen der Kinder auf der Wiese neben dem Haus. Sie wurden nur einmal gestört, als Sam aufstehen musste, um eine Schaufel aus dem Schuppen zu holen und eine Schlange zu töten, die die Kinder auf der Wiese entdeckt hatten.

„Es ist eine Klapperschlange", schrien sie.

„Es war eine Kornnatter." Sam sank wieder auf die Decke und warf die Schaufel zur Seite. Sie hörte, wie die Kinder um die tote Schlange stritten.

Annie lehnte sich zurück und aß, bis sie glaubte, sie würde gleich platzen.

„Gefällt es dir?", fragte Sam irgendwann grinsend. Er schien zu wissen, dass sie Ja sagen würde.

„Du weißt, dass es mir gefällt", sagte sie. Er schwieg, und das Lächeln, mit dem er sie anschaute, war jetzt bittersüß. Er erinnerte sich an das Gleiche wie sie.

Sie stand auf, um ihre Teller in den Abfalleimer zu werfen, und wurde dabei in ein Gespräch mit Sams Onkel George über die Prognosen des Ausgangs der nächsten Wahlen verwickelt. Als sie zur Decke zurückkam, sah sie, dass Sam sich ausgestreckt hatte und eingeschlafen war. Annie warf verstohlen einen Blick auf sein Gesicht, das ruhig und friedlich aussah. Dann ging sie, ohne ihn zu wecken, ins Haus.

Die Kinder gingen schwimmen. Annie blieb zurück und half beim Aufräumen. Mary war in der Küche und unterhielt sich lächelnd und mit geröteten Wangen mit ein paar Tanten. Annie wurde bewusst, wie sehr sie hoffte, dass in dieses Haus wieder Freude einkehren würde. Dass die Freude nicht nur ein vorübergehender Gast wäre, sondern auf Dauer hier einziehen würde. Sie schaute zu Elijah hinaus, der auf der Verandaschaukel saß und sich lachend und gestikulierend mit einigen Männern unterhielt. Er gehörte hierher. Sie hoffte, das würde er selbst auch erkennen.

Sie wischte die Flecken von der Arbeitsplatte und deckte das übrig gebliebene Essen mit Klarsichtfolie ab. Sam tauchte nach einer Weile wieder auf. Sie vermutete, dass er seit Jahren nicht mehr so viel Ruhe gehabt hatte.

„Lass doch die anderen weitermachen", sagte er leise und trat neben sie, „und geh mit mir spazieren."

Sie rang mit sich und zögerte. „Also gut", willigte sie schließlich ein.

Sie schlenderten nebeneinanderher. Die Grillen und Frösche sangen im warmen Zwielicht ihr lautes Lied, und Annie war zwischen aufwühlenden Gedanken an Traurigkeit und Schmerz und dem köstlichen Geschmack der Freude hin- und hergerissen. Sie fragte sich erneut, warum es im Leben nicht immer entweder so oder so sein konnte. Gut oder schlecht, damit man sich entweder darüber freuen oder sich davon fernhalten konnte.

Sie schlenderten die geschotterte Einfahrt hinab auf die schmale Straße aus festgefahrener, roter Erde und Schotter.

„Dieser rote Lehm ist die beste Erde der Welt", sagte Sam und stieß mit der Fußspitze auf den Boden.

„Mich musst du davon nicht überzeugen", erwiderte sie.

Sie gingen zu der Stelle, an der die Straße sich gabelte. Ein schmaler Trampelpfad führte in die Berge hinauf. Sam hielt ihr die Hand hin. Sie ergriff sie und ließ sich von ihm bergan führen.

„Das alte Haus", sagte Sam leise.

Annie lächelte. Sie erinnerte sich an seine Urgroßmutter, eine liebe, alte Frau. Sie schaute zum von Ranken überwucherten Kamin hinauf, der als Einziges vom Haus übrig geblieben war.

„Dort stehen die Apfelbäume", sagte er und deutete zu den Bäumen hinter ihr. „Erinnerst du dich? Zwischen diesen zwei Eichen hing die Wäscheleine."

Annie drehte sich zu zwei alten Bäumen hinter sich um. Ein Stück von dem mit Kunststoff überzogenen Draht hing immer noch zwischen den Bäumen, und ein paar Holzwäscheklammern klemmten am Stamm einer Clematis, die an einem Baum hinaufrankte. Die rote Erde zwischen ihnen war hart.

„Ich erinnere mich, dass ihr alle mit Eicheln geworfen habt", sagte sie lächelnd. „Und ich erinnere mich auch, dass du mich gerettet hast."

Sam schmunzelte. „Ich hatte nicht vor, das anzusprechen."

In diesem Augenblick wurde ihr bewusst, dass die Erinnerungen an ihr Leben unauflöslich mit Erinnerungen an Sam verbunden waren. Das Erlebnis mit den Eicheln gehörte zu ihren frühesten Erinnerungen. Irgendjemand hatte Geburtstag gehabt. Im Haus von Sams Urgroßmutter hatte es deshalb ein Familientreffen gegeben. Papa war zu einem Notfall gefahren, damit John Truelove bei seiner Familie bleiben konnte. Annie und Theresa waren geblieben und hatten mit den Truelove-Kindern gespielt. Annie hatte beschlossen, auf die Eiche zu klettern, um die spektakuläre Leistung nachzuahmen, die sie wenige Tage zuvor bei Sam gesehen hatte. Aber der Baum war groß, und sie war damals erst fünf gewesen und noch nicht sehr groß. Trotzdem war sie immer weiter geklettert und hatte nur den nächsten Ast gesehen, bis sie eine schwindelnde Höhe erreicht hatte. Ihr Fehler war es gewesen, sich umzudrehen, um zu sehen, ob Sam ihr zuschaute. Als sie durch dieses Gewirr an Zweigen nach unten geschaut hatte, war sie vor Panik wie erstarrt. Wieder nach unten zu klettern war plötzlich viel komplizierter gewesen als hinaufzukommen. Sie hatte laut geschrien, aber leider hatte Sams Großtante Eudora sie gehört und sich so aufgeregt, wie nur sie das konnte.

„Kommt alle heraus. Die Kleine ist oben auf dem Baum! Oh,

Jesus! Rühr dich nicht vom Fleck, Annie Ruth! Oh, Herr! Lewis, komm schnell!" Die letzte Aufforderung galt ihrem Mann, einem freundlichen, korpulenten Mann, der nicht auf einen Baum hätte klettern können, selbst wenn sein Leben in Gefahr gewesen wäre.

Während Tante Eudora ins Haus eilte und alle aufscheuchte, sodass die Frauen aus der Küche rannten und die Männer von der Veranda angelaufen kamen, kletterte Sam zu ihr hinauf. Er war damals reife zehn Jahre alt gewesen. Er hatte ihre Füße in die Hände genommen und sie nach unten geführt, Schritt für Schritt, Ast für Ast. Als Annie unversehrt wieder unten angekommen war, war sie geschimpft und umarmt worden und hatte sich Vorträge anhören müssen, was ein kleines Mädchen machte und was nicht. Sam wurde von den belustigten Männern anerkennend auf den Rücken geklopft und beglückwünscht. Annie glaubte, dass sie an diesem Tag angefangen hatte, ihn zu lieben. An diesem Tag hatte sie beschlossen, dass er ihr Held war, dass er alles wiedergutmachen konnte und sie vor jedem Schmerz und jeder Gemeinheit beschützen konnte.

„Das waren gute Kletterbäume." Er schaute an den dunklen Stämmen und dem überwucherten Kamin des alten Hauses vorbei, als könnte er diese Szene immer noch sehen. „Ich erinnere mich, dass diese große Azalee da hinten das Toilettenhäuschen versteckte." Er grinste und schaute dann in die andere Richtung. „Und sie hatte diesen alten Tisch auf zwei Sägeböcken auf der freien Stelle zwischen den Fliederbüschen und den Magnolien stehen. Manchmal warf sie eine weiße Tischdecke darüber und es gab ein Picknick im Freien." Er ließ seinen Blick sehnsüchtig über das Grundstück wandern. All diese Dinge waren längst verschwunden. Er steckte die Hände in die Hosentaschen und ließ alles auf sich wirken. Dann drehte er sich um und schaute sie an.

„Ich weiß, dass das, was ich getan habe, unverzeihlich ist." Sams Gesicht war schmerzverzerrt.

Annie war schockiert und schwieg. Als sie nicht sofort antwortete, sprach er weiter.

„Das weiß ich", wiederholte er mit kaum hörbarer Stimme. „Aber ich würde alles dafür geben, wenn ich die Zeit zurückdrehen und es ungeschehen machen könnte."

33

Das eigentliche Familientreffen fand am nächsten Tag statt. Annie genoss es sogar noch mehr als das gemeinsame Fische-Grillen, da das Eis nicht nur gebrochen, sondern vollkommen geschmolzen war. Das Treffen fand auf dem Gelände der Kirche am See statt. Die Erwachsenen saßen im Gemeindehaus zusammen, während die Kinder draußen spielten. Annie unterhielt sich mit Tante Valda und Onkel Lewis. Sie führte ein langes Gespräch mit Sams Cousin, einem Geschichtsprofessor an der Universität von Virginia, und lernte noch mehr von seinen entfernten Verwandten kennen, von denen viele eine weite Fahrt auf sich genommen hatten, um zu diesem Treffen zu kommen. Sie lachte mit Laurie. Für ein paar Stunden war es, als hätte sich überhaupt nichts geändert.

Sam stellte sie weiteren Verwandten vor, deren Gesichter ihr vage bekannt waren, aber an deren Namen sie sich nicht erinnerte. Nach einer Weile ging sie mit ihm zum Seeufer hinaus. Sie standen bei seinen Verwandten und schauten den Kindern zu, die sich nass spritzten und lachten, während ihre Schultern in der glühenden Sonne rot wurden. Ein paar Leute fingen an, ihre Sachen einzupacken, und riefen ihre Kinder aus dem Wasser. Annie und Sam schauten schweigend zu.

Es war schon fast dunkel, als sie zu Sams Elternhaus zurückkamen und das Singen begann. Das war traditionell der letzte Teil des Familientreffens, die Samstagabend-Gospelserenade von Sams Verwandten, von denen einige vor langer Zeit professionelle Sänger gewesen waren. Die *Ambassadors* waren vollständig gekommen. Einige Männer rollten das blechern klingende Klavier im Wohnzimmer an die Tür, und Sams Tante Valda setzte sich und klimperte eine Melodie. Onkel Eldon spielte Kontrabass, Arthur Gitarre, Mark war Sänger und spielte Mandoline, und James holte seine Geige heraus.

Die Familie versammelte sich auf der Veranda. Mary bestand darauf, dass Annie sich in die erste Reihe auf die Schaukel setzte, und nach einem kurzen Zögern setzte sich Sam neben sie. Annie hatte das Gefühl, von einer Strömung ergriffen zu werden, und befürchtete, dass sie dabei war, sich in Gefahr und Schwierigkeiten zu bringen. Sie wehrte sich jedoch nicht dagegen, sondern saß nur in der Dunkelheit da und bewegte die Schaukel, die nicht ganz im Rhythmus zur Musik quietschte.

Während sie Sams Tanten und Onkeln beim Singen zuhörte, wanderten Annies Gedanken um viele Jahre zurück. Im Geiste sah sie sich im Haus ihrer Großmutter aufwachen. Fast roch sie den gebratenen Speck und hörte die Klänge von J. D. Sumner, dem *Stamps Quartet*, den *Imperials* oder den *Blackwood Brothers* aus dem kleinen Transistorradio.

Annie hörte dem Gesang zu und erkannte, dass diejenigen, die diese Lieder geschrieben hatten, gewusst hatten, was es bedeutete, erschöpft zu sein. Geliebte Menschen zu verlieren. Sich so müde und traurig zu fühlen, dass man kaum einen Fuß vor den anderen setzen konnte. Wie jedes Mal hatte sie das Gefühl, als sängen sie nur für sie, als würden sie ihren Kummer verstehen. Sams Onkel und Tanten sangen Lied für Lied. Kaum war ein Lied zu Ende, stimmten sie das nächste an, und Annie ging in den Worten und der Musik auf. Sie verlor jedes Zeitgefühl.

„Wir schließen mit dem ‚Östlichen Tor' ab", verkündete Eldon mit seiner tiefen Bassstimme.

Valda spielte das Vorspiel, ruhig und gleichmäßig. Schon jetzt fühlte Annie, wie zart und zugleich stark ihr Herz von diesem Lied berührt wurde.

„Wir treffen uns am Morgen, gleich beim östlichen Tor", sangen sie in ihren geschulten Stimmen. Dieses Mal sang nicht nur das Quartett, sondern alle stimmten gemeinsam mit ein, als wären sie sich trotz aller Entfernung und aller Unterschiede in diesem Punkt vollkommen einig.

„Dann sei bereit, treuer Pilger, damit es für dich nicht zu spät ist."

Annies Herz stockte bei dieser Warnung. *Komm nicht zu spät. Verpasse deine Verabredung nicht,* forderten die Stimmen sie auf, und sie dachte, dass man manchmal nur eine einzige Chance bekam. Ein Bild ist nur für den Bruchteil einer Sekunde scharf, bevor es wieder verschwommen wird. Einen Weg sieht man nur kurz, bevor die Blätter ihn wieder verbergen. Eine Hand wird nur für einen Augenblick hingehalten und dann wieder zurückgezogen.

„Wir treffen uns am Morgen, wir treffen uns am Morgen, gleich beim östlichen Tor.“

Es war ein Treffen, auf das die Sänger sich freuten, eine Hoffnung, die ihnen keiner nehmen konnte, ein Treffpunkt, der bereits vereinbart war. Annie merkte, dass ihr die Tränen übers Gesicht liefen, tat aber nichts, um sie zu unterdrücken. Sie atmete mehrmals hintereinander tief ein, hielt jedes Mal die Luft einen Moment an und versuchte, leise auszuatmen. Sie sah im Geiste ein kleines, schönes Gesicht vor sich und dachte an die Freude, die es ihr bereiten würde, wenn sie es wiedersehen würde.

Valda sang die letzte Zeile noch einmal allein. *„Wenn du in den Himmel kommst, dann warte gleich beim Tor.“*

In diesem Augenblick erhaschte Annie zum ersten Mal einen Blick auf den Tod, wie sie ihn anscheinend alle sahen: nicht als trauriger, schmerzlicher Abschied oder gewaltsames Entrissenwerden, sondern als freudige Ankunft. Eine Reise zu einem herrlichen Ziel.

„Denn ich komme am Morgen“, versprach Valda. *„Damit du nicht lang warten musst.“*

Nicht lang warten? Annie erschrak, denn sie erkannte, dass sie genau das machte. Warten. Sie wartete, während die Tage und Sekunden ihres Lebens scheinbar unerträglich langsam verstrichen. Nicht lang warten? Zum ersten Mal fragte sie sich, ob sie recht haben könnten. Vielleicht war es nicht lang. Wenn sie es aus dem richtigen Blickwinkel betrachtete, wenn sie sich über die Zeit erhob und auf die ganze Geschichte hinabblickte. Was waren aus dieser Perspektive ein paar Sekunden? Eine Lebenszeit?

Sie sangen miteinander, teilten sich in einen Kanon auf und sangen dann wieder gemeinsam. Die Stimme des Tenors klang klagend, als frage sie: *Wann? Wie lang muss ich warten? Hört irgendjemand mein Weinen?* Ein paar ruhige Takte auf dem Kontrabass folgten, dann antworteten die anderen Stimmen in einer süßen Harmonie auf sein Klagen, als wollten sie sagen: *Bald. Wir wissen es. Es geht uns allen so.* Schließlich erklangen die leisen Stimmen, gleichmäßig wie der Herzschlag eines großen Mannes und tröstlich. *Alles ist schwer,* schienen sie ihr ins Ohr zu flüstern. *Tod und Krankheit und*

Schmerz, zu sehen, dass Menschen, die du liebst, dir genommen werden. Aber schau her, schienen sie alle im Chor nur für Annie allein zu singen. *Hör zu. Das ist nicht alles.* Sie sangen einstimmig und leidenschaftlich weiter. „*Wir treffen uns am Morgen*“, wiederholten sie.

Musst du es noch einmal hören? Hör einfach zu. Wir singen es so oft, wie du es brauchst. Es ist die Wahrheit. Das soll dein Polarstern sein, das Ziel, auf das du zusteuerst.

Annie war froh, dass es dunkel war, und wischte sich die Tränen ab. Sie konnte Sam fühlen, der fest und warm neben ihr saß und nur die Beine bewegte, die die Schaukel in Bewegung hielten. Er griff in seine Hosentasche und reichte ihr, ohne ein Wort zu sagen, ein Taschentuch.

Das Quartett beendete das Lied. Annie hatte Angst, dass sie den Halt verlor. Sie verlor die feste Kontrolle, die ihre Welt in den letzten Jahren zusammengehalten hatte. Nach und nach verschwand sie, löste sich in der feuchten Nachtluft auf, unsichtbare Stücke stiegen zum Himmel auf, an dem die Sterne funkelten.

Das Lied war zu Ende. Annie hörte Valdas Stuhl über den Boden kratzen, als sie vom Klavier zurückrutschte. Die Nacht wurde still bis auf das gleichmäßige Knarren der Schaukel und das Zirpen der Grillen auf der Wiese. Einer nach dem anderen standen die Sänger auf und gingen hinein, nahmen ihre Kinder, Frauen, Männer, die leeren Teller und Schüsseln und verabschiedeten sich leise. Dann folgten die Begleitgeräusche, wenn ein Treffen auf dem Land zu Ende geht: Autotüren fielen zu, Motoren wurden angelassen, der Schotter knirschte unter den Reifen. Schließlich leuchtete der rote Zug von Heckscheinwerfern auf und entfernte sich langsam auf der dunklen Straße.

Einer nach dem anderen ging, bis nur noch Annie und Sam auf der dunklen Veranda saßen, zwischen ihnen und der beleuchteten Küche lagen dunkle, leere Räume. Sam bewegte immer noch die alte Schaukel.

Annie wischte sich noch einmal die Nase ab.

Sam hielt ihr die Hand hin. Annie faltete das Taschentuch zusammen und gab es ihm zurück. Er steckte es wieder in die Tasche, dann beugte er sich vor, stützte die Ellbogen auf die Knie und ließ den Kopf hängen. Zum ersten Mal wollte sie ihm helfen. Sie wollte seinen Schmerz vertreiben, aber als sie darüber nachdachte, erschien es ihr wie ein unbezwingbares Labyrinth, ein Puzzle, das zu kompliziert war, um es lösen zu können.

Sam drehte ihr das Gesicht zu, und seine Augen verrieten seine Trauer.

„Ich weiß, dass ich an dem Tag nicht hätte bleiben sollen, Annie“, sagte er. Sie wusste, welchen Tag er meinte. Er beantwortete ihre Frage. Die Frage, die sie ihm am ersten Tag, an dem sie sich wiedergesehen hatten, an den Kopf geworfen hatte. „Ich weiß nicht, warum ich das getan habe. Etwas ist über mich gekommen. Ich weiß nicht, was mit mir los war.“

„Du standst unter Schock“, sagte sie. Flüchtig dachte sie, wie seltsam es war, dass jetzt die Rollen vertauscht waren und sie versuchte, ihn von seiner Unschuld zu überzeugen, und er es leugnete.

Er schüttelte den Kopf. „Es gibt keine Entschuldigung“, sagte er. „Es. Gibt. Keine. Entschuldigung.“ Er betonte jedes Wort. „Es gibt für das alles keine Entschuldigung.“ Einen Moment schwiegen sie beide. „Nicht für das, was aus uns geworden ist. Nicht für das, was mit Margaret passiert ist. Nicht für das, was mit Kelly Bright passiert ist.“

Alles war still bis auf das Zirpen der Grillen.

„Sie wird bald sterben.“ Sam sagte es leise, aber mit einer unüberhörbaren Gewissheit. Annie nickte. Sie fühlte es auch.

„Und ich weiß überhaupt nichts über sie“, sagte er mit abgrundtiefer Traurigkeit in der Stimme. „Ich habe das Gefühl, dass ich mehr über sie wissen sollte. Aber ich weiß nichts. Ich weiß jetzt über sie auch nicht mehr als damals. Ich würde gern mehr wissen.“

Er sagte diese Worte ganz leise und schaute sie dabei an. Annie nickte und erwiderte seinen Blick. Es schien ihn zu trösten, mit ihr darüber zu sprechen, und sie wusste warum. Sie waren jetzt beide Gefährten des Todes, sie trugen die gleiche Last. Es war nicht wie früher, als er sich in seine Arbeit gestürzt hatte und sie geschützt und behütet zu Hause geblieben war.

Annie hörte die Stimmen der Insekten, das einzige Geräusch in der stillen Nacht. Sein Arm lag nahe neben ihrem Arm. Sie berührte ihn und ließ die Hand darauf liegen und fühlte seinen Arm warm und stark unter ihrer Handfläche.

„Das ist etwas, bei dem ich dir vielleicht helfen könnte“, sagte sie und dachte wieder an einen Eimer mit Informationen, den sie durchsuchte und aussortierte, um den Menschen zu entdecken, der hinter diesen Informationen steckte.

34

Am nächsten Morgen stand Sam früh auf. Er saß mit seinem Kaffee auf der Veranda und beobachtete die Vögel, als seine Mutter zu ihm trat. Sie trug ein rosa Kleid und die Perlenkette und Ohrringe, die er ihr letztes Jahr zu Weihnachten geschenkt hatte. Sie war bereit, zur Kirche zu fahren. Heute war Sonntag.

„Das Quartett singt heute Morgen in der Kirche", erklärte sie. „Und Elijah hält die Predigt. Willst du mitkommen?"

Sie schaute ihn hoffnungsvoll an, und aus ihrem Gesicht strahlte etwas, das er sehr lange nicht mehr darin gesehen hatte. Und er begriff, dass er etwas dazu beitragen konnte, dass dieses Strahlen noch ein wenig länger in ihren Augen blieb.

Er zögerte. Das Familientreffen war eine Sache gewesen. Die Kirchengemeinde zu sehen war etwas ganz anderes – obwohl er nicht sicher war, ob das der eigentliche Grund für sein Zögern war oder ob der Grund nicht eher in seiner Angst vor einer Begegnung mit Gott zu suchen war. Aber es könnte nicht schaden herauszufinden, wer ihn liebte und wer nicht, sowohl auf menschlicher als auch auf göttlicher Seite. Sam schüttelte über seine melodramatischen Gedanken leicht den Kopf. Er würde mitkommen. Es würde ihm nicht schaden, und es täte gut, seine Onkel noch einmal singen zu hören. Obwohl er ihr Repertoire schon gestern Abend beim Familientreffen gehört hatte, wurde ihm bewusst, dass es vielleicht nicht mehr allzu viele solche Gelegenheiten geben würde. Sie waren gut, wenigstens waren sie das früher gewesen, obwohl zwei der ursprünglichen Mitglieder aufgrund ihres Alters und aus gesundheitlichen Gründen nicht mehr dabei waren. Die *Ambassadors* hatten in einer Reihe mit den *Blackwood Brothers*, J. D. Sumner, den *Stamps* und den *Happy Goodmans* gestanden. Sam erinnerte sich, dass er einmal zu einem seiner Onkel gekommen war und er auf seiner großen Veranda gesessen und mit George Younce, Hovie Lister und Jim Blackwood Kaffee getrunken hatte.

„Ja, ich könnte mitkommen", sagte er.

Das Gesicht seiner Mutter leuchtete, als sei sie fest davon überzeugt, dass es ihm allein schon guttäte, mit gottesfürchtigen Menschen unter einem Dach zu sein. Es konnte nicht schaden, gestand er sich ein.

Er duschte, rasierte sich und zog sich in der Rekordzeit an, die er sich angewöhnt hatte. Seine Mutter wartete auf der Veranda, und nach ein paar Minuten gesellte sich Elijah zu ihnen, der in seinem Anzug und mit der Krawatte richtig vornehm aussah.

„Wir können mit meinem Auto fahren, wenn ihr wollt", bot Elijah an.

Sam lächelte. Elijah war von diesem Auto richtig begeistert. Er öffnete seiner Mutter galant die Beifahrertür, und sie setzte sich. Sam kletterte auf den Rücksitz und dachte daran, was Annie über Elijah und seine Mutter gesagt hatte. Er verschwendete aber nicht allzu viele Gedanken daran, da er damit rechnete, dass Elijah nach Afrika zurückgehen würde. Sam zweifelte nicht daran, dass das irgendwann trotz seines Alters geschehen würde. Missionsärzte waren schwer zu bekommen. Irgendwo hätte irgendwer einen Platz für Elijah, und er hoffte sehr, dass seine Mutter dann nicht enttäuscht wäre. Er grinste einen Moment, als ihm der Gedanke kam, sie vor Elijah zu warnen. Aber in ihrem Alter waren sie wahrscheinlich sehr gut in der Lage, ihre Angelegenheiten selbst zu regeln. Außerdem – wer war er, dass er Ratschläge in Herzensangelegenheiten geben könnte?

Der Parkplatz vor der Kirche war dicht gefüllt. Sam hörte den Schotter unter den Reifen knirschen. Spätestens jetzt wusste er, dass er wieder zu Hause war, falls ihm das nicht vorher schon klar gewesen sein sollte. Elijah stellte das Auto ab, ging auf die Beifahrerseite herum und half seiner Mutter beim Aussteigen. Dann steuerten sie zu dritt auf die Kirche zu. Es war ein Holzkasten mit weißem Kirchturm, der schon vor hundert Jahren hier gestanden haben könnte. Sie stiegen die Betonstufen hinauf, und jeder, den Sam sah, begrüßte ihn herzlich. Sie setzten sich neben Ricky und Laurie und ihre Familien. Einer nach dem anderen standen Leute aus allen Winkeln der Kirche auf, kamen auf ihn zu, begrüßten ihn herzlich und drückten ihm die Hand.

„Wir beten für dich", murmelten sie immer wieder, und sein Herz schlug höher.

Ein Gemeindeältester begrüßte die Gemeinde und las eine Bibelstelle vor. Sam schaute sich um und dachte, dass sich einiges anscheinend nie änderte. Das Gebäude sah noch genauso aus wie damals, als er ein Junge gewesen war. Auf einer Seite stand das Klavier, auf der anderen die Orgel. Die Liederbücher lagen sauber gestapelt hinter den Kirchenbänken neben den Kuverts für das Opfer und kleinen Bleistiften für diejenigen, die sich Notizen machen wollten. Es roch sogar nach Kirche, stellte Sam fest. Nach Haarspray und alten Liederbüchern. Er hörte aufmerksam bei den Abkündigungen und beim Vorlesen des Bibeltextes zu. Das Quartett stand auf und begann, von einem glücklichen Wiedersehen zu singen mit geliebten Menschen, die ihnen vorangegangen waren.

> *... auf den festlichen Hügeln mit glühenden Herzen versammelt.*
> *Das wird ein fröhliches Wiedersehen.*

Sie sangen von der Hoffnung auf ein Leben nach dem Tod, begriff er, aber er dachte an Kelly Bright und an Margaret. Ihre Stimmen erfüllten zuversichtlich und siegessicher die Kirche. Sam hörte aufmerksam zu, wie sie anstiegen und wieder leiser wurden. Er betrachtete die sauber rasierten Nacken der Männer, die vor ihm saßen, ihre steifen Hemden und die Frauen mit ihren frisierten Haaren und hübschen Kleidern. Das Quartett sang das nächste Lied, in dem es um Heimweh nach dem Himmel und Sehnsucht nach einem Land ohne Trauer und Schmerz ging.

Sam schloss die Augen und hörte zu, und er erinnerte sich, was er früher gewesen war. Ein Gläubiger. Er hatte geglaubt. Jesus war damals für ihn real gewesen. Er hatte jeden Morgen mit ihm gesprochen und mit leiser, ruhiger Gewissheit die Antworten gehört. Er hatte jeden Tag Gottes Segen auf seinem Leben gespürt. Auf seinen Händen. Oh ja, er hatte geglaubt. Er erinnerte sich an die Wärme in seiner Brust, den Frieden, weil alles in Gottes Händen gelegen hatte. Er erinnerte sich an diese Freiheit, dass er nichts hatte beschützen müssen, nichts hatte zurückhalten müssen, dass er alles in Gottes sichere und allmächtige Hände hatte legen können. Sam nickte, und plötzlich erschien ihm der graue Mantel des Zynismus und des Schmerzes zu eng und unbequem, nicht mehr wie ein Schutz vor den kalten Stürmen des Lebens. Er zwängte ihn ein und erstickte ihn, und zum ersten Mal seit vielen Jahren wünschte Sam, davon frei zu sein. Warum hatte er ihn überhaupt angezogen? Warum hatte er aufgehört zu glauben? Er wusste die Antwort. Weil er verraten worden war.

Er setzte sich aufrechter hin und hörte zu, als Elijah auf die Kanzel stieg und sprach. Er hielt eine einfache, ehrliche Predigt, gespickt mit Geschichten von Gottes Treue. Geschichten von Wundern. Von Menschen, die befreit und geheilt worden waren. Von Vorräten, die länger reichten, als normal gewesen wäre. Von Menschen, die unter unerträglichen Umständen weiter durchhielten. Sam begann, vielleicht zum ersten Mal, klar zu sehen, dass er in seinem Schmerz nicht allein war. Es tobte überall auf der Welt – Tod und Verfall und Zerbruch. Oh, er hatte es gewusst. Aber als er hörte, wie Elijah das bestätigte, aber trotzdem mit triumphierendem Glauben sprach, erwachte etwas in ihm zum Leben, das seit Jahren tot gewesen war.

„Gott ist der, der er sagt", verkündete Elijah mit großer Gewissheit. „Er kann tun, was er sagt."

Ein zustimmendes Murmeln ging durch die Kirche. Sam dachte, wie leicht es war, zu diesen Worten Amen zu sagen, solange man nicht selbst geprüft wurde.

Dann sagte Elijah genau das Wort, das er gedacht hatte.

„Gott prüft uns", sagte er, „genauso wie Gold geläutert wird, damit seine Qualität zum Vorschein kommt und die Unreinheiten entfernt werden. Er prüft uns, nicht weil er will, dass wir versagen, sondern weil wir in seinen Augen so wertvoll und kostbar sind. Er macht etwas Schönes aus uns, egal, ob wir das sehen oder nicht. Er will sein Spiegelbild in uns sehen, er will uns zu schönen Meisterstücken für sein Reich machen. Glauben wir das? Glauben wir, dass wir sind, was er sagt? Oder glauben wir die Lügen des Feindes, der uns zerstören will? Wird Jesus bei seiner Wiederkunft Glauben auf der Erde vorfinden?"

Bei diesen letzten Worten setzte Sam sich höher hin. Nicht wegen der Wiederkunft von Jesus, sondern wegen der Worte, die Elijah vorher gesagt hatte. Dass der Feind ihn zerstören wollte. Etwas wie das leise Summen einer elektrischen Spannung durchfuhr ihn, und plötzlich nahmen die grauen, verschwommenen Umrisse, die sein Sehvermögen trübten, klare, scharfe Formen an. Das, was er hier sah, traf ihn und öffnete ihm die Augen. Warum hatte er die Ereignisse in seinem Leben nie aus diesem Blickwinkel gesehen?

Seine Mutter schaute ihn besorgt an. Sam tätschelte beruhigend ihre Hand, aber sein Verstand arbeitete auf Hochtouren. Bilder aus seinem Leben – Ereignisse, große, unschöne Dinge – fügten sich zusammen, und Sam erkannte: Wenn er recht hatte, wenn das, was er dachte, wahr war, dann hatte er alles völlig falsch angepackt.

35

Annie bog auf den Parkplatz vor der *Asheville Tribune* und blieb einen Moment sitzen, um ihre Gedanken zu sammeln. Sie hatte in der Nacht nicht viel geschlafen. Nach dem Familientreffen hatte sie keine Ruhe gefunden, und auch nachdem sie endlich eingedöst war, war etwas in ihr immer noch wach gewesen, aufgewühlt und hin- und hergerissen, als würden zwei Mächte in ihrem Inneren kämpfen, von denen jede sie in eine andere Richtung ziehen wollte. Schließlich hatte sie es aufgegeben. Sie hatte sich Kaffee gekocht und ihn mit auf die Veranda hinausgenommen, um den Sonnenaufgang zu beobachten. Annie überlegte, wie sie es anstellen sollte, ihr Wort zu halten, denn sie hatte es Sam versprochen, nicht wahr? Und nur weil es im kühlen Morgenlicht aussah wie ein unüberlegt dahingesagtes Wort in einem emotional aufgewühlten Moment, würde sie es nicht zurücknehmen. Zuerst allerdings unternahm sie etwas, um ihre Zukunft zu sichern. Sie wollte sicherstellen, dass das Leben, das sie geplant hatte, so bliebe, wie sie es beschlossen hatte. Sie buchte ihren Rückflug nach Seattle. Danach fühlte sie sich wieder besser, als hätte sie eine Versicherung gegen unüberlegte Entscheidungen abgeschlossen.

Als das geschehen war, hatte Annie angestrengt nachgedacht, was sie tun könnte und wie sie vorgehen würde, um das Versprechen gegenüber Sam zu halten. Es wäre genauso wie bei allen anderen Nachrufen, die sie geschrieben hatte, sagte sie sich. Nur dass ihr dieses Mal der Eimer mit den Fakten nicht ins Mausoleum der Zeitungsredaktion geliefert wurde, sondern sie sich die Informationen selbst besorgen müsste. Sie würde die Stücke von Kelly Brights Leben nach und nach zu einem Bild zusammenfügen, und wenn sie es fertig hatte, könnte Sam vielleicht ein wenig Frieden finden. Vielleicht könnte er dann die Sache verarbeiten und abschließen und wäre bereit, in die Zukunft zu blicken. Vielleicht könnten sie sich dann beide, jeder für sich, eine neue Zukunft aufbauen. In neun

Tagen würde Annie nach Seattle fliegen und von dort nach Los Angeles fahren, um ihre neue Arbeit anzutreten. Sie hatte zwar nicht vorgehabt, ihre freie Zeit so zu verbringen, aber es war trotzdem gut. Es war richtig so, sagte sie sich, doch dieses innere Hin- und Hergerissensein begann erneut. Sie verdrängte diese Gefühle. Sie erlebten gerade nur eine vorübergehende Verschnaufpause, rief sie sich ins Gedächtnis. Sobald Sams Kollegen ihn in die Praxis zurückriefen, würde er sie wieder verlassen, und die ganze Geschichte würde wieder von vorne beginnen. Er würde sich schnell wieder in den Mann verwandeln, der er die letzten Jahre gewesen war. Und sie beschloss, sich nicht wieder darauf einzulassen.

Annie konzentrierte ihre Gedanken bewusst wieder auf ihr Projekt und überlegte konzentriert, wie sie diese Geschichte schreiben wollte, wenn sie keinen den Beteiligten kannte. Sie würde über alle Beteiligten Recherchen anstellen, beschloss sie. Sie würde so viel wie möglich über Kelly Bright und ihre Mutter herausfinden. Über ihren Vater. Und sie würde Nachforschungen über Dr. Samuel Truelove anstellen, denn er war der Dreh- und Angelpunkt. Er war die Karte, die umgefallen war und das ganze Kartenhaus zum Einsturz gebracht hatte. Annie kannte ihren Mann Sam, aber jetzt wurde ihr bewusst, dass sie nicht viel über den Arzt Dr. Truelove wusste. Als er die Stelle in Tennessee angenommen hatte, hatte er diesen Teil seines Lebens vor ihr verschlossen. Sie hatten sich nicht mehr vor und nach seiner Arbeit bei einer Tasse Kaffee unterhalten, er hatte seine Entscheidungen nicht mehr mit ihr besprochen. Wenn sie ihn gefragt hatte, womit er den größten Teil seines Lebens verbrachte, hatte er sie nur mit müden Augen angesehen und gesagt, dass er nicht darüber sprechen wolle.

Die Recherchen konnte sie heute nicht in Angriff nehmen, obwohl sie unbedingt etwas tun wollte. Wenn sie zu Hause geblieben wäre, hätten Papa und Diane gewollt, dass sie mit ihnen zur Kirche ging, da Papa schon erklärt hatte, dass er gehen würde. Dazu war sie aber nicht bereit. Annie hatte seit Margarets Beerdigung keine Kirche mehr betreten, und sie konnte sich nicht vorstellen, daran heute Morgen etwas zu ändern. Sie hatte ihren Kaffee getrunken, geduscht, sich angezogen, Papa und Diane eine Nachricht auf den Tisch gelegt und war dann nach Asheville gefahren.

Jetzt stieg sie aus dem Auto, ging ins Redaktionsgebäude und sprach mit der Frau am Empfangspult.

„Ich bin Annie Dalton“, stellte sie sich vor. „Arbeitet Griffin White noch hier?“

Ihr früherer Chef, der Feuilleton-Redakteur, war fast fünfundsechzig gewesen, als sie von hier weggegangen war.

„Er sagt, er geht erst, wenn man ihm den Bleistift aus seinen kalten, toten Händen nimmt“, sagte die junge Frau mit einem Lächeln.

„Könnte er am Sonntagmorgen zufällig hier sein?“

„Kennen Sie ihn?“

„Ja.“

„Warum stellen Sie dann eine solche Frage?“

Annie grinste. Griffin hatte seit 1965 freiwillig keinen Tag freigenommen. „Ich würde gern mit ihm sprechen, wenn er Zeit hat.“

„Im ersten Stock. Sein Büro ist ganz hinten.“

„Ich kenne den Weg“, sagte sie.

Griffin blickte erstaunt auf, als sie eintrat. Dann schüttelte er den Kopf und sie lächelte. Er sah noch ganz genauso aus wie früher. Die Haut an seinem Hals wackelte wie bei einem Truthahn, seine weißen Haare waren immer noch dicht und wallend. Seine Haut war von Falten durchzogen. Er trug eine Wollhose und ein kurzärmeliges Hemd mit schmaler Krawatte. Er war ein netter, guter Mann und ein sehr guter Redakteur und Journalist. Seine Artikel waren treffend und informativ, ohne Schnörkel und Übertreibungen. Als sie hier angefangen hatte, hatte er Ernest Hemingway zitiert: „Schreibe kurz und klar über das, was wehtut.“ Sie hatte sich immer bemüht, diesen Rat zu befolgen.

„Welchem Umstand verdanken wir denn die Ehre dieses Besuchs?“, fragte er und stand mit einem strahlenden Grinsen auf, um sie zu begrüßen.

Sie umarmte ihn und lächelte. „Ich bin in der Stadt, um ein paar Sachen zu erledigen. Und da dachte ich mir, dass ich meiner alten Wirkungsstätte einen Besuch abstatten könnte.“

„Wir sind immer noch alle da und schreiben, was es Neues gibt. Was du gemacht hast, brauche ich ja nicht zu fragen. Du hast wirklich gute Artikel geschrieben, Annie.“

Sein Lob freute sie. „Danke."

„Setz dich. Willst du einen Kaffee?"

Sie nickte. „Danke. Das wäre nett." Sie nahm die Tasse mit dem dunklen Gebräu entgegen – Griffin war für seinen Kaffee berüchtigt. Dann holte sie sich einen Donut aus der Schachtel, die er ihr hinhielt. Ein solches Frühstück war sie gewohnt.

„Erzähl mir, wohin die Jahre dich geführt haben", forderte er sie auf.

„Ich gehe davon aus, dass das nicht geografisch gemeint ist."

„Wenn du willst, kannst du gern mit der Geografie anfangen."

„Ich war die letzten fünf Jahre in Seattle. Und in ein paar Wochen ziehe ich nach Los Angeles."

„Hat die *Times* dich geschnappt?"

Sie lächelte. „Ich hatte Glück."

„Das überrascht mich nicht."

„Danke."

Er nickte und schaute sie kopfschüttelnd an. „Wo ist nur die Zeit geblieben?", fragte er.

Diese Frage überraschte Annie, denn sie schien ehrlich gemeint zu sein und nicht nur ein Klischee. Sie überlegte, was sie ihm darauf antworten sollte. Sie stellte fest, dass sie das Gefühl hatte, ihr Leben wäre ihr geraubt worden und sie könnte nur überrascht mit offenem Mund hinterherblicken. Seltsamerweise fiel ihr ein Bibelvers ein, den sie einmal auswendig gelernt hatte. Über den Dieb, der kommt, um zu töten, zu stehlen und zu verderben.

„Und wie geht es Sam?" Griffin schaute sie direkt an.

„Es geht ihm gut", sagte sie und hätte es dabei bewenden lassen können. Aber das tat sie nicht. „Wir lassen uns scheiden, Griffin. Ich bin nur wegen der Sache mit Kelly Bright nach Hause gekommen. Um mich zu vergewissern, dass er damit klarkommt."

„Bevor du dich von ihm scheiden lässt." Er sagte das mit ernster Miene, als bemühe er sich, alle Fakten richtig zu verstehen.

„Ja." Sie lächelte nicht. Auch seine Miene blieb ernst.

Er nickte. „Verstehe."

„Wie läuft es bei dir?", fragte sie, da sie gern das Thema wechseln wollte.

„Das hier ist unverändert mein Leben", sagte er, und sie erkannte, dass er die Wahrheit sagte. Das hier war sein Leben, denn er war seit Jahren geschieden und hatte nie wieder geheiratet. Er hatte keine Kinder. Er wohnte in einer kleinen Wohnung, und für einen kurzen Moment, nur für den Bruchteil einer Sekunde war es, als werfe sie einen Blick auf ihr eigenes Leben in mehreren Jahren. Eine kalte Angst durchfuhr sie.

„Woran arbeitest du im Moment?", erkundigte er sich und verzog fast keine Miene, als er ihre Antwort hörte.

„Kelly Bright."

Seine aufmerksamen Augen sahen sie verständnisvoll an. Er hatte Annie an jenem schrecklichen Tag gefunden. Er war derjenige gewesen, der es ihr als Erster gesagt hatte, der sie in seinen dünnen Armen gehalten hatte, als sie völlig aufgewühlt gewesen war und geweint hatte.

„Schreibst du einen Artikel über sie?"

„Wahrscheinlich nicht. Ich mache das aus persönlichen Gründen." Ihr Gesicht begann zu glühen, und sie war sicher, dass sie errötete. Er war so freundlich, so zu tun, als bemerke er das nicht.

„Wir haben die gleichen Sachen gebracht, die auch alle anderen gedruckt haben", gab er zu. „Nichts wirklich Neues."

„Hat irgendjemand mit der Mutter gesprochen?"

„Es gibt nur hier und da ein Zitat aus den Pressemitteilungen. Sie hat keine Interviews gegeben, aber ich kann sehen, was ich bekommen kann."

„Das wäre sehr nett von dir."

Griffin wählte eine Nummer, stellte ein paar Fragen und schrieb etwas auf einen Zettel, den er ihr reichte. „Hier sind ihre Privatnummer und Adresse und der Name und die Nummer des Pflegeheims."

„Danke", sagte sie, obwohl ihr klar war, dass eine leidende Mutter unmöglich mit einer Fremden am Telefon sprechen würde. Sie musste einen anderen Zugang zu dieser traurigen Situation finden. Sie stand auf und gab ihm die Hand. „Geh nicht in Rente, bevor ich dich nicht wieder besucht habe."

„Ich warte, bis du zurückkommst und meinen Posten übernimmst. Erst dann gehe ich in Rente." Er schüttelte ihr kräftig die Hand und sie ging.

Sie fuhr zurück nach Hause, aß mit Papa und Diane, half beim Tischabräumen und Abspülen und saß dann mit ihnen auf der Veranda, bis Papa müde wurde und sich schlafen legte. Sie half Diane bei einigen Arbeiten, machte belegte Brote zum Abendessen und schaute mit Papa seine Lieblingssendungen im Fernsehen an, bis es Zeit zum Schlafen wurde.

„Hast du etwas dagegen, wenn ich deine Werkstatt benutze?", fragte sie Diane, bevor sie nach oben ging.

Ihre Stiefmutter schüttelte den Kopf. „Tob dich aus. Ich habe wirklich schöne Sojaseide, die ich mit gefriergetrocknetem Indigo gefärbt habe. Wenn du willst, kannst du sie gern nehmen. Bediene dich mit allem, was du brauchst."

Wieder fiel es Annie auf, was für eine freundliche und großzügige Frau sie war. Sie dankte ihr. Dann ging sie in die Werkstatt hinaus und schaltete das Licht ein. Es war ein angenehmer, luftiger Raum mit goldenem Holzboden und hohen, breiten Fenstern. Drei Wände waren mit Teppichen und Wandbehängen geschmückt, auf dem Boden standen mehrere Webstühle und Spinnräder. An einer Wand befand sich ein Regal mit kleinen Fächern, das sie an Essies Wollladen erinnerte. Aus jedem Fach quoll Wolle und Garn in verschiedenen leuchtenden Farben.

Sie trat an Dianes Zeichentisch, setzte sich und holte ein Blatt Papier heraus und begann zu zeichnen. Sie dachte an die Dinge, die sie an diesem Ort so liebte, und baute jedes Element in ihr Muster ein. Sie verwendete das diesige Blauviolett des Berghimmels, das Dunkelgrün der Hügel, das weiche Grau der Flussfelsen, das Silberblau der Quellen, das blasse Rosa und helle Weiß der Hartriegelsträucher, das feurige Pink der Flammenazaleen, das Dunkelrot der Sandelholzblüten. Sie entwarf ein Muster und ging dann zum Webstuhl.

Annie blieb stundenlang in der Werkstatt. Sie stellte den Webstuhl ein und webte. Sie hatte so etwas seit Jahren nicht mehr gemacht, und sie merkte, wie etwas, das in ihr verkrampft war, anfing sich zu lösen. Schließlich ging sie ins Haus. Sie war müde, aber immer noch aufgewühlt. Sie schaltete ihren Laptop ein und suchte im Internet, was sie über Kelly Bright finden konnte. Seite für Seite erschien. Erklärungen des amerikanischen Kirchenrats, der katholischen Kirche, Verlautbarungen von politischen Experten, Zeitungsartikel, die jede Phase des traurigen Dramas dokumentierten, Hunderte Internetseiten mit gut oder weniger gut informierten Meinungen. Sie fand ein Interview mit einem nicht namentlich genannten Beschäftigten des Pflegeheims, der sagte, dass Kelly gar nicht im Koma liege. Es gab ein Interview mit dem Gouverneur, der angeordnet hatte, dass die Magensonde wieder eingeführt wurde. Es gab ein Interview mit dem Universitätsprofessor, der als Kellys Prozesspfleger bestimmt worden war. Es gab eine Aussage vom Pastor ihrer Gemeinde. Diesen Namen notierte Annie sich. Es gab Artikel über Sam. Über die anderen Operationen, die er durchgeführt hatte. Es gab Zitate von Sams Anwalt, Zitate vom Vertreter des Krankenhausdirektoriums. Sie notierte auch seinen Namen. Einen Artikel mit der Überschrift „Krankenhaus fürchtet PR-Desaster nach Kunstfehler eines Chirurgen" druckte sie aus. Sie las, wie schwer die Situation für die Klinik war, da ihre Bemühungen, eines der führenden Herzzentren der Welt zu werden, gefährdet waren, nachdem eine misslungene Operation zu einer landesweiten Kontroverse geführt hatte. Dass der Fehler, statt wie in den meisten anderen Fällen, nicht vertuscht werden konnte und dass Dr. Samuel Truelove deshalb vielleicht seine brillante Karriere beenden musste.

Annie schaltete den Computer aus und starrte in die Nacht hinein. Sie wusste, wo sie anfangen musste, und das würde sie morgen früh tun.

36

Es war komisch, hier zu sein, wo er gearbeitet hatte. Natürlich war Annie hier gewesen, als er praktiziert hatte. Nicht oft, da er meistens keine Zeit gehabt hatte, aber doch so oft, dass sie seine Mitarbeiter kannte und dass die anderen auch sie kannten. Isabella begrüßte sie mit einer erschrockenen Miene, der ein vorsichtiges Lächeln folgte. Nach einem kurzen Zögern fragte sie, ob Annie Sam gesehen habe.

„Ja", antwortete Annie. „Ich denke, es geht ihm ganz gut."

Izzys Gesicht verriet neue Hoffnung, aber Annie ging nicht darauf ein. Außerdem tauchte in diesem Moment Barney auf. Annie staunte wieder, wie freundlich er war. Und was für ein nahbarer Mensch, trotz seines großen Talents und seiner Position.

„Annie!", rief er aus und ergriff ihre Hand, um sie herzlich zu schütteln. „Es ist so schön, Sie wiederzusehen. Kommen Sie mit nach hinten!"

Sie folgte ihm durch den Gang in sein Büro. Sie setzten sich, und er schenkte jedem eine Tasse Kaffee ein.

„Es ist nett von Ihnen, dass Sie Zeit für mich haben, obwohl ich ohne Termin komme", sagte sie.

„Das tue ich doch gern. Wie geht es Sam?", fragte er, und sie verriet ihm ein wenig mehr als Izzy.

„Mein Vater hatte einen Herzinfarkt", sagte sie. „Sam ist für ihn eingesprungen und betreut seine Patienten."

„Wirklich?" Barney wirkte interessiert und erfreut. Sie fragte sich, ob er vorhatte, Sam wieder in die Praxis zurückzuholen, aber sie sprach diese Frage nicht laut aus. Sie hatte kein Recht mehr, solche Fragen zu stellen.

„Sind Sie deshalb zurückgekommen?", fragte er. „Wegen des Herzinfarkts Ihres Vaters?"

Sie schüttelte den Kopf. „Ich bin wegen Kelly Bright gekommen."

Er nickte verstehend und verzog das Gesicht, als hätte er Schmerzen. „Wahrscheinlich bin ich froh, dass sie einen Aufschub bekommen hat", sagte er leise. „Aber leider ist es wirklich nur ein Aufschub."

„Wie lang lebt sie wohl noch?", fragte Annie.

Er schüttelte den Kopf. „Das kann niemand sagen."

„Können Sie mir etwas über sie erzählen?", bat sie. „Über die Operation?"

Barney überlegte einen Moment. „Ich möchte aber nichts davon in einer Zeitung lesen."

„Gut."

„Was wollen Sie wissen?"

„Was ist passiert, Barney?"

„Wollen Sie die technischen Details?"

Sie überlegte eine lange Minute, was die ehrliche Antwort auf diese Frage war. „Nein", sagte sie schließlich leise. „Nicht wirklich. Eigentlich will ich ihn verstehen. Ich will wissen, was ihn dazu brachte, das zu tun, was er tat."

Er schwieg einen Moment. Dann stand er auf. „Kommen Sie mit. Gehen wir ein wenig spazieren."

Annie hatte natürlich alles früher schon gesehen, aber sie hatte immer nur einen kurzen Blick darauf geworfen. Aus irgendeinem Grund hatte Sam nie gewollt, dass sie hierherkam. Die einzige Führung, die sie bekommen hatte, war von Izzy gewesen, und damals hatte sie nur kurz durch eine Tür schauen können.

„Das ist die Kinderintensivstation", sagte Barney.

Sie nickte. Sam hatte oft davon gesprochen. Barney führte sie in den ersten Raum, der mit Geräten vollgestellt war. In der Mitte des Raumes stand ein durchsichtiger Kunststoff-Inkubator. Ein winziger Säugling lag darin, der an alle möglichen Schläuche und Maschinen angeschlossen war. Der Mund stand offen. Das Baby weinte, sah sie, aber wegen des Beatmungsschlauchs in seinem Mund kam kein Ton über seine Lippen. Ihr Brustkorb zog sich zusammen. Ein Mann und eine Frau in Krankenhauskitteln waren mit den Maschinen beschäftigt, aber niemand sonst war bei dem Kind, und sie fragte sich, wo seine Eltern waren.

„Das ist der kleine Jeffrey O'Brien", sagte Barney. „Noch keine vierundzwanzig Stunden alt. Er kam mit einer Transposition der großen Arterien zur Welt. Wissen Sie, was das ist?"

Sie nickte. Sam hatte es ihr erklärt. „Alles ist verkehrt herum", sagte sie. „Das sauerstoffreiche Blut fließt in die Lunge zurück statt in den Körper."

„Das stimmt", sagte er. „Er ist inzwischen stabilisiert. Wir haben angefangen, ihm große Dosen Prostaglandin zu geben, damit der Duktus – das ist das Loch, das Neugeborene im Herzen haben – offen bleibt, bis wir ihn operieren können. Das ist das Einzige, das ihn im Moment am Leben erhält."

„Wer wird die Operation durchführen?"

„Normalerweise würde Sam das machen", antwortete Barney lächelnd. „Er ist unser Star für diese Operation. Wissen Sie, wie hoch bei ihm die Sterblichkeitsrate bei dieser Operation ist?"

Sie schüttelte den Kopf.

„*Null* Komma vier Prozent."

„Ist das gut?", fragte sie.

Er schaute sie einen Moment an und schmunzelte dann. „Ja", sagte er. „Das ist gut. Der Zweitbeste hat eine viel höhere Sterblichkeitsrate. Sam hat eine Verbesserung der üblichen Operationsmethode entwickelt. Als wir seine Ergebnisse das erste Mal veröffentlichten, glaubte man, wir würden die Zahlen fälschen. Er ist unglaublich begabt." In Barneys Gesicht vermischte sich etwas wie Hochachtung mit anderen Gefühlen, die ihr bekannt waren. Eine Spur von Traurigkeit und Bedauern. „Jedenfalls werde ich Jeffrey operieren und mich bemühen, kompetent zu sein, wenn auch vielleicht nicht brillant."

Annie beugte sich über den Inkubator. Jeffrey war ein schönes Kind. Seine Haare waren flauschig und blond. Er öffnete den Mund und begann wieder, tonlos zu weinen. Sie trat zurück, und eine der Krankenschwestern nahm ihren Platz ein und begann, eine Infusion zu legen. Barney ging hinaus. Annie folgte ihm, war aber nicht sicher, ob sie wirklich noch mehr sehen wollte.

Barney blieb vor der nächsten Tür stehen. Annie schaute hinein und sah dieses Mal eine Mutter, und etwas in ihr löste sich und wurde gleichzeitig noch aufgewühlter. Die Frau beugte sich über den Inkubator und deckte das Kind zu, das viel zu ruhig und still dalag.

„Keine Energie, um zu weinen", sagte Barney so leise, dass die Mutter ihn auf keinen Fall hören konnte. „Die Auswurfleistung seines Herzens liegt bei neun Prozent. Das bedeutet, dass das Herz nur neun Prozent des Blutes, das es bekommt, wieder hinauspumpt."

„Wo bleibt der Rest?"

„Er fließt in die Lunge. In die Herzperipherie. Sammelt sich an."

„Was kann man dagegen machen?"

„Operieren. Frank Kelson wird das Mädchen heute Nachmittag operieren. Vielleicht hilft es. Wahrscheinlich aber nicht."

Sie gingen zum nächsten Zimmer und dann weiter zum nächsten. Es war überall das Gleiche: winzige Babys in einer verzweifelten Verfassung. Bei einigen piepten die Alarmgeräte, und in diesen Räumen herrschte eine Art kontrollierter Panik. Barney erzählte ihre Krankengeschichten, traurige, endlose Geschichten, in denen sich der Zustand dieser Kinder langsam immer mehr verschlechterte. Vielleicht bildete Annie es sich nur ein, aber diese Traurigkeit spiegelte sich in den Gesichtern und Bewegungen des Personals in diesen Räumen wider. Sie sah insgesamt elf winzige Patienten. Als sie ihren Rundgang abschlossen, war ihr selbst schwer ums Herz. Zum Abschluss ging Barney mit ihr zu den Operationssälen. Er gab ihr einen Kittel und Überschuhe und führte sie in den Beobachtungsraum. Sie stand da und schaute zu, während das Team einen zwei Tage alten Säugling mit Hypoplastischem Linksherz-Syndrom operierte.

„Das ist ein sehr schwerer Herzfehler", erklärte Barney. „Das Kind wurde ohne Pumpkammer geboren. Sie führen eine sogenannte Norwood-Operation durch."

„Wird sie Erfolg haben?"

„Die landesweite Statistik für diese Operation liegt bei einer Erfolgsrate von achtzig Prozent."

„Wie hoch lag Sams Rate bei dieser Operation?"

„Vierundneunzig Komma zwei."

Annie schüttelte den Kopf. Sie begann zu verstehen, was ihn angetrieben hatte, dieses Krankenhaus kaum zu verlassen. Sie versuchte sich vorzustellen, wie es sein musste, mit dem Wissen zu leben, dass man für einen Menschen den Unterschied zwischen Leben und Tod ausmachen konnte. Dass das Kind eine deutlich bessere Chance hatte, zur Schule zu gehen, zu studieren, zu heiraten, eines Tages selbst Kinder zu haben, wenn man selbst die Operation durchführte, als wenn ein Kollege die gleiche Operation vornahm. Das konnte einen in den Wahnsinn treiben. Annie begann zu ahnen, was ihn Stunde für Stunde, Nacht für Nacht hier gehalten hatte, denn nach jedem Kind kam immer das nächste, eine endlose Reihe von kranken Kindern, die ihn brauchten.

Sie stand da und betrachtete das Operationsteam, das vollkommen konzentriert war, hinter Kitteln, Handschuhen und Atemschutz versteckt, und das jede Bewegung in stiller Konzentration durchführte. Sie sah, wie der Chirurg seine konzentrierten, präzisen Bewegungen machte, Dinge nahm und sie zurückgab, kaum sprach und vollkommen auf den kleinen Patienten konzentriert war, der vor ihm lag.

„Wie viele solcher Operationen hat Sam am Tag gemacht?“, fragte sie.

„Zwei. Manchmal drei.“

Sie erinnerte sich, wie erschöpft er gewesen war, wenn er nach Hause gekommen war. Wie verletzt sie gewesen war, dass er keine Energie mehr für sie übrig gehabt hatte. Vielleicht entschuldigte sie das immer noch nicht, aber sie konnte es jetzt verstehen.

„Sprechen Sie mit Emma darüber?“, fragte sie. „Über das alles?“ Barney und seine Frau waren seit fünfundzwanzig Jahren verheiratet. Offenbar hatten sie ein Erfolgsrezept für ihre Ehe gefunden.

Barney schaute sie an. „Nein“, sagte er.

„Warum nicht?“ Das Flehen nach einer Antwort schwang in ihrer Stimme mit. Es war eher ein Protest als eine Frage.

„Ich sehe hier furchtbare Dinge“, sagte er leise. „Und es wird nie leichter oder weniger schlimm. In einigen Fällen kann ich etwas ändern, und in einigen kann ich nichts tun. Hier herrscht immer ein Gefühl von Ohnmacht, denn egal, wie vielen man helfen kann, gibt es immer noch mehr. Egal, was man tut, es ist nie genug.“

Annie verstand. An diesem Ort wurde der Vorhang zurückgezogen, und die, die hier arbeiteten, bekamen täglich einen Blick auf die andere Seite.

„Vielleicht ist es egoistisch“, sagte er. „Aber ich will, dass unser Zuhause ein Ort ist, an dem ich von allem hier abschalten kann. Ich habe zwischen hier und dort eine Mauer hochgezogen, Annie. Das musste ich, um den Verstand nicht zu verlieren.“

„Sam hatte für niemand anderen mehr etwas übrig.“

Er nickte und schaute sie ernst an. „Aber er hat das aus Liebe gemacht, Annie. Aus Liebe zu diesen Kindern.“ Er deutete mit dem Kopf zu dem winzigen Baby auf dem riesigen Operationstisch hinüber, und sie musste wieder an die traurigen, kranken Kinder in den anderen Zimmern denken.

Sie nickte. Sie ging mit ihm wieder die Treppe hinauf und schaute einen kurzen Moment zu, wie er einen Stoß Mitteilungen gereicht bekam, wie ein Assistenzarzt ihm auf dem Flur nachlief, der eine Antwort auf eine Frage brauchte, wie er einen Stapel Krankenakten in die Hand gedrückt bekam und ausgerufen wurde, dass er zum Herzkatheterlabor kommen solle.

„Ich finde selbst hinaus“, sagte sie und gab ihm die Hand. „Danke, Barney.“

„Gern geschehen. Grüßen Sie Sam von mir.“

Sie versprach es. Auf dem Weg zum Ausgang blieb sie an der Tür zu Sams früherem Büro stehen. Zögernd trat sie ein und kam sich dabei wie ein ungebetener Eindringling vor.

Das Zimmer war geräumig und schön eingerichtet. In den Regalen war alles ordentlich aufgeräumt. Seine Zeugnisse und Urkunden hingen immer noch an den Wänden. Sie las sie langsam und dachte, wie viel jedes dieser Zeugnisse ihn gekostet hatte, sowohl an Lebensjahren als auch an Emotionen. Sie drehte sich um und schaute auf seinen Schreibtisch. Er war aus glänzendem Mahagoni und bis auf ein kleines, ovales Bild in der Ecke leer. Ein Bild von ihnen beiden.

Annie setzte sich und schaute es an. Sie sah seine lebhaften, blauen Augen, die sie voll Freude und Liebe anschauten, und in diesem Augenblick wurde ihr bewusst, was sie alles verloren hatten. Sie nahm das Bild und steckte es in ihre Handtasche.

Der Verwaltungsdirektor des Krankenhauses war bereit, Annie Dalton von der *Los Angeles Times* in seinem Büro zu empfangen. Sie trat ein, gab ihm die Hand und mochte ihn auf Anhieb nicht. Er legte zu viel Wert auf seine äußere Erscheinung, hatte einen eiskalten, berechnenden Blick und einen laschen Händedruck. Sie setzte sich auf den Stuhl, den er ihr anbot, und nahm eine Tasse, obwohl sie eigentlich im Moment keinen Kaffee wollte.

„Was kann ich für Sie tun?", fragte Tom Bradley mit einer freundlichen Miene, bei der sie irgendwie fröstelte.

„Ich interessiere mich für die Situation mit Kelly Bright", sagte sie, „und Dr. Samuel Truelove."

„Was kann ich dabei für Sie tun?", wiederholte er seine Frage, und sie erkannte, dass sie von ihm nichts erfahren würde. Wenigstens nichts, das er freiwillig preisgab.

„Als Erstes würde ich gern die Stellung der Klinik zu dieser Angelegenheit wissen", sagte sie. Noch bevor sie den Satz beendet hatte, war er schon von seinem Schreibtisch aufgestanden und hatte ein Blatt Papier von dem Regal hinter seinem Schreibtisch genommen.

„Das ist unsere offizielle Stellungnahme", sagte er.

Sie überflog die Pressemitteilung. *Dr. Truelove ... vorübergehend beurlaubt ... bis die Angelegenheit geklärt ist.* Blablabla. Sie gab es ihm zurück und lächelte ihn an.

Kirby sagte oft, dass es an ihrem unschuldigen Südstaatenmädchen-Auftreten und an ihrem süßen Akzent liege, dass ihre Gesprächspartner sich zu sicher fühlten und sich verplapperten. Er war manchmal ein wenig zynisch.

Trotzdem lag er mit dieser Beobachtung vielleicht nicht ganz daneben. Sie hatte die Erfahrung gemacht, dass eine indirekte Herangehensweise am besten zum Erfolg führte. Wenn man unter die Haut schauen wollte, musste man das Messer vorsichtig darunterschieben und sie Millimeter für Millimeter zurückschieben, um zu sehen, was sich darunter befand.

„Ich möchte diese Geschichte gern von einem anderen Blickwinkel aus aufziehen", erklärte Annie. „Alles, was ich bisher gelesen habe, ist so vorhersehbar und langweilig."

Tom Bradley nickte. „Die Medien haben sich in diesem Fall nicht besonders angestrengt."

Sie schwieg einen Moment und schaute den Verwaltungschef an. Nein. Er hatte einen Namen, nicht wahr? Sie schaute Tom Bradley an, und sie versuchte, hinter das geschniegelte Äußere und das glatte Auftreten zu sehen, das sie verleitet hatte, ihn gleich in eine Schublade zu stecken. Er gehörte nicht in eine Schublade. Er war ein Mensch. Mit Zielen und Wünschen, mit Verletzungen und Bedürfnissen. Sie wollte sehen, wie diese Gefühle in dieser Situation zum Tragen kamen. Sie riss sich von diesen Gedanken los und stellte fest, dass er sie beobachtete und sich leicht vorgebeugt hatte. Er wartete darauf, dass sie etwas sagte.

„Ist Sam Truelove ein guter Arzt?", fragte sie.

Er wirkte überrascht. Diese Frage hatte er nicht erwartet. Er kniff die Augen zusammen, und sie vermutete, dass er versuchte, ihren Angriffswinkel zu erkennen, damit er wusste, wie er sich und die Klink verteidigen musste. Sie verstand, dass man die Dinge, die einem kostbar waren, beschützen wollte.

„Ich habe nicht vor, irgendjemanden in einem schlechten Licht darzustellen", sagte Annie. „Mein Hauptinteresse gilt Kelly Bright. Aber ich interessiere mich auch für Dr. Truelove. Ich habe mich gefragt: Wie hätten Sie ihn beschrieben, bevor das alles passierte?"

Er schaute sie einen Moment an und kam dann offenbar zu dem Schluss, dass es nicht schaden könnte, ihre Frage zu beantworten.

„Ich hätte gesagt, dass er brillant ist", sagte er leise. „Eine seltene Kombination aus Mitgefühl und Können und noch etwas anderem."

Sie wartete, dass er weiterspräche.

„Eine Gabe, ein Talent. Man kann es nicht genau benennen. Aber was es auch war, es zeichnete ihn gegenüber den anderen aus."

Dann sah sie den gleichen Gesichtsausdruck, den sie bei Barney beobachtet hatte: Bedauern und Traurigkeit, und in diesem Moment verschwand ihre Abneigung gegenüber Tom Bradley.

„Was ist passiert?", fragte sie.

Er schüttelte den Kopf. Die professionelle Miene zog wieder in sein Gesicht. „Darüber kann ich nicht sprechen", sagte er nur. Sie war hin- und hergerissen und hätte fast gelacht, denn es handelte sich um ihre eigenen Geheimnisse, die sie ihm entlocken wollte und die er versuchte zu schützen.

„Wenn ich Sie frage, wie er sich verändert hat, antworten Sie mir nicht, weil Sie nichts sagen wollen, das das Krankenhaus in ein schlechtes Licht rücken oder Anwälte auf den Plan rufen könnte."

Er bedachte sie mit einem anerkennenden Blick. „Das ist richtig. Ich werde nichts dergleichen sagen. Außerdem kam die Annahme, dass er sich verändert hätte, von Ihnen. Ich habe das nicht gesagt, und ich bestätigte diese Aussage auch nicht."

Annie tat seine Dementi mit einem kurzen Kopfschütteln ab und versuchte, in Worte zu fassen, was sie wirklich wissen wollte. Er beugte sich wieder vor.

„Was wollen Sie?", fragte sie schließlich. „Was ist Ihr größter Wunsch für dieses Haus? Für diese Klinik?"

Tom Bradley schaute sie durchdringend an, und als er antwortete, hatte sein Gesicht die polierte, künstliche Maske abgelegt. „Ich will, dass dieses Krankenhaus das beste Neugeborenen-Herzchirurgie-Zentrum der Welt ist. Ich will, dass Patienten aus Asien, aus Europa, aus Afrika und Australien hierherkommen. Ich will, dass unsere Ärzte Legenden sind, Koryphäen, die künftigen Generationen den Weg bereiten."

„Warum?", fragte sie leise.

Er antwortete schnell und entschieden. „Weil wir das können. Und wenn wir es können, sollten wir es auch tun."

Sie schaute ihn an und begriff, dass diese Einstellung das Leitmotiv dieser Klinik war, die Denkweise, die hinter jeder Entscheidung stand. Sie stand auf und reichte ihm die Hand. „Danke, Mr Bradley. Sie haben mir sehr geholfen."

Er war überrascht und wurde deshalb misstrauisch. „Das war alles?"

„Ich denke schon." Annie packte ihre Sachen zusammen. Als sie ging, spürte sie seinen Blick auf ihrem Rücken, als sie sein Büro verließ.

Sie machte keine Pause, um nachzudenken oder etwas zu essen oder sich auszuruhen. Sie fuhr direkt weiter zum Pflegeheim *Rosewood Manor*. Sie stellte ihr Auto ab, war aber nicht sicher, was sie jetzt, da sie hier war, tun sollte. Sie stieg aus, sperrte das Auto zu und schaute sich einen Moment um. Es war anders, als sie erwartet hatte, und ein Schmerz erfüllte sie. Irgendwie war es erträglicher gewesen, als sie sich das Mädchen in einem schönen Heim vorgestellt hatte, umgeben von einer malerischen Landschaft und Blumen, nicht in diesem kalten Beton- und Ziegelbau. Aber welchen Unterschied machte das, überlegte sie. Kelly Bright wusste nicht, wo sie war, und es interessierte sie nicht.

Annie ging zum Eingang. Die Türen öffneten sich automatisch, und sie trat ein, aber hier drinnen herrschte auch keine angenehmere Atmosphäre. Die Luft roch nach Urin und scharfen Putzmitteln. Mehrere Bewohner saßen in Rollstühlen in der Eingangshalle, und eine überlastete Sekretärin telefonierte. Ein großes Schild erklärte, dass alle Gäste sich anmelden mussten und dass Journalisten sich beim Verwaltungschef zu melden hätten. Annie war einen Moment unentschlossen. Sollte sie sich als Journalistin zu erkennen geben oder einfach hineingehen?

„Wie heißen Sie?“ Diese Frage kam nicht von der Sekretärin, wie sie erwartet hatte, sondern von einer alten Frau in einem Rollstuhl, die direkt neben sie rollte und sie anlächelte.

„Ich heiße Annie“, sagte sie und lächelte ebenfalls. „Und Sie?“

„Eugenia Marie Whelty“, antwortete die Frau und gab ihr die Hand.

Annie ergriff erfreut die angebotene Hand. Der nächste Satz würde verraten, ob die Frau bei klarem Verstand war oder ob sie jeden, der durch diese Tür trat, mit einem Händedruck und mit freundlichen Worten begrüßte.

„Ich wollte gerade in den Aufenthaltsraum gehen und Bingo spielen“, sagte Eugenia kopfschüttelnd. „Aber Bingo wurde heute abgesagt. Delaphine hat Grippe.“

„Delaphine?“

„Die Pflegehelferin, die das Freizeitprogramm gestaltet. Sie sind hier chronisch unterbesetzt. Wenn einer krank wird und ausfällt, geht nichts mehr.“

Annie grinste. Alle Zweifel an Eugenias Geisteszustand waren ausgeräumt.

„Sind Sie hier, um jemanden zu besuchen?“, fragte Eugenia.

„Nicht direkt", antwortete sie.

„Wie wäre es mit einer Tasse Kaffee? Die Frauen von der Kirche servieren im Wohnzimmer Kaffee und Kuchen."

„Das klingt gut", sagte Annie und ging neben dem Rollstuhl der Frau her.

Im Wohnzimmer gab es tatsächlich Kaffee. Trotz der Plastikmöbel war es ein gemütlicher Raum. Überall standen Pflanzen, und neben dem Sofa lag ein Golden Retriever. Aus einem tragbaren CD-Spieler lief leise Gospelmusik. Eine jüngere Frau hielt in der Ecke, wie es aussah, eine Bibelstunde.

„Das ist Elmo", sagte Eugenia und deutete auf den Hund. Er wedelte kurz mit dem Schwanz und hob den Kopf, als er seinen Namen hörte.

Eine Frau mit freundlichem Gesicht servierte ihnen Kaffee. Annie trank einen vorsichtigen Schluck, während die Frau verschwand, um einen Teller mit Gebäck zu holen.

„Der Kaffee schmeckt gut", stellte sie überrascht fest.

„Die Baptisten kochen guten Kaffee", nickte Eugenia. „Der Kaffee der Methodisten ist furchtbar. Viel zu dünn. Wenn man Sahne hineinrührt, sieht er aus wie Tee. Aber den besten Kaffee kochen die Lutheraner. Ich komme aus North Dakota, und wenn man eine gute Tasse Kaffee will, muss man ihn von einem Lutheraner kochen lassen."

Annie grinste, nippte an ihrer Tasse und nahm sich einen Brownie, als die Frau von der Baptistengemeinde ihr den Teller hinhielt. Der Schokokuchen schmeckte auch gut. Anscheinend verstanden die Baptisten von Schokolade genauso viel wie von Kaffee.

„Wie kommen Sie aus North Dakota nach North Carolina?", fragte sie.

„Ich kam dreiundsechzig hierher, um meinen Bruder zu pflegen. Er starb, und es gab nicht viel, das mich zurückgelockt hätte. Ich wohnte in seinem Haus, bis ich einen Schlaganfall hatte und hier landete."

Es gab nicht viel, das sie zurückgelockt hätte. Annie sah sich plötzlich selbst in diesem Alter. Was gäbe es bei ihr, das sie zurücklocken würde?

„Wie lange leben Sie schon hier?"

„Im Herbst werden es sechs Jahre."
Annie nickte.
„Und? Was führt Sie hierher?", fragte Eugenia. „Wollen Sie nur die Zeit totschlagen?"
Annie schüttelte den Kopf und beschloss, ehrlich zu sein. „Ich bin hier, weil ich mich für Kelly Bright interessiere."
„Genauso wie alle anderen", sagte Eugenia mit einem vielsagenden Achselzucken. „Sind Sie Reporterin?"
„Sozusagen. Ja", gab sie ehrlich zu.
„Das dachte ich mir. Das wusste ich, sobald Sie durch die Tür traten. Soll ich Ihnen sagen, was Sie verraten hat?"
„Ja." Das wollte sie wirklich gern wissen.
„Die große Tasche. Alle Reporterinnen haben eine so große Tasche."
„Wirklich?" Das würde sie sich merken, falls sie irgendwann inkognito arbeiten wollte.
„Wirklich. Mir fallen solche Dinge auf", erklärte Eugenia. „Hier gibt es nicht viel zu tun, also beobachte ich alles. Ich hasse Seifenopern und ich hasse Fernsehshows, und wie ich schon sagte: Delaphine fällt wegen Grippe aus."
Annie grinste. Sie mochte Eugenia. Sehr sogar. Aber sie war mit einem anderen Ziel hierhergekommen. Seufzend stellte sie ihre leere Kaffeetasse ab.
Eugenia stellte ihre Tasse auch ab. „Wollen Sie ihr Zimmer sehen?", fragte sie, sichtlich enttäuscht, dass sie ihre Gesprächspartnerin verlor.
„Wenn es Ihnen nichts ausmacht, es mir zu zeigen." Sie hatte keine Ahnung, was sie tun würde, wenn sie dort wäre.
„Kommen Sie mit", sagte Eugenia, und Annie ging neben ihr her durch drei weitere Gänge, bis sie vor einer halb geschlossenen Tür stehen blieb.
„Hier ist es", sagte sie. „Lassen Sie sich aber nicht von Schwester Rabiata erwischen." Sie deutete mit dem Kopf zum Stationszimmer, wo eine dünne Frau mit gefärbten pechschwarzen Haaren telefonierte.
„Danke", sagte Annie, und Eugenia winkte und rollte davon.
Annie zögerte einen Moment, bevor sie vorsichtig an die Tür

klopfte. Außer der Patientin, einer regungslosen Gestalt im Bett, war niemand im Zimmer. Annie schaute hinein, aber sie betrat das Zimmer nicht. Sie hatte kein Recht, Kellys Privatsphäre zu stören. Es gab Grenzen, die sie auch für eine Story nicht übertrat. Regeln, die sie nicht brach. Sie schaute das Mädchen eine Sekunde an. Sie sah das blasse Gesicht, die Augen waren offen, sahen aber nichts. Leise schloss sie die Tür wieder. Sie schüttelte den Kopf und trat von der Tür weg. Das war gut, denn in diesem Moment kam die schwarzhaarige Krankenpflegerin in ihre Richtung. Annie flüchtete durch die nächste Tür und fand sich unerwartet in einem kleinen Innenhof wieder. Es gab keinen anderen Ausgang, man musste also wieder durch das Gebäude zurückgehen. Annie zögerte, sie wollte noch nicht mit den Verantwortlichen des Pflegeheims sprechen, deshalb setzte sie sich auf die Betonbank und fragte sich, warum sie überhaupt hierhergekommen war.

Eine Frau, die ihr gegenübersaß, blickte kurz auf und nickte Annie zu. Annie schätzte sie auf ungefähr fünfundvierzig Jahre. Sie hatte blonde Haare mit braunen Wurzeln. Sie war früher einmal hübsch gewesen.

„Hallo", sagte sie zu Annie und hob leicht das Kinn.

„Hallo", antwortete Annie vorsichtig. Immerhin war sie hier der Eindringling.

Keine von ihnen sprach ein Wort, und das war Annie ganz recht. Sie lehnte den Kopf an die harte Rückenlehne der Bank. Sie hatte bereits einen langen Tag hinter sich. Sie fühlte sich, als hätte sie schon zu viele Informationen bekommen, viel mehr, als sie verarbeiten konnte. Sie war erschöpft, und außer dem Brownie und diversen Tassen Kaffee konnte sie sich nicht erinnern, heute schon irgendetwas gegessen zu haben. Dabei war es schon fast vier Uhr.

„Gibt es hier in der Gegend etwas zu essen?", fragte sie die Frau. „Ich hätte nichts gegen einen Hamburger und Pommes."

„Ich kann mir denken, was Sie suchen", sagte die Frau. „Nicht weit von hier gibt es einen *Burger King* und einen *Hardees*. Etwas anderes gibt es hier nicht."

Annie nickte dankend.

„Ich habe Sie hier noch nie gesehen", bemerkte die Frau. „An diese Haare würde ich mich erinnern."

Annie lächelte. „Sie sind unverwechselbar, das kann ich mir denken. Ich habe gerade mit Eugenia Kaffee getrunken", sagte sie. Das war nicht gelogen, aber es war auch nicht ganz die Wahrheit.

„Sie ist nett." Ihre Gesprächspartnerin rutschte auf ihrer Bank hin und her.

„Und wie ist es mit Ihnen?", fragte Annie. „Besuchen Sie jemanden, oder arbeiten Sie hier?"

„Ich besuche jemanden. So könnte man es sagen." Sie verzog den Mund zu einem ironischen Lächeln. „Ich lebe seit fünf Jahren mehr oder weniger hier."

Plötzlich wusste Annie, wer diese Frau war.

„Meine Tochter ist hier", sagte sie und deutete hinter sich zu dem Zimmer, in das Annie gerade geschaut hatte.

Annie sagte nichts. Jetzt, da sie die Gelegenheit hatte, eine Frage zu stellen, erschienen sie ihr alle zu neugierig und unwichtig.

„Ich bin nicht den ganzen Tag hier, weil ich noch mehr Kinder habe", erzählte die Frau weiter. „Ich habe einen Jungen und noch eine zweite Tochter. Beide sind jünger." Ihr Blick bat Annie stumm, ihr zu sagen, dass sie das verstehe. „Aber ich komme jeden Nachmittag eine Weile zu ihr."

„Ich kann mir vorstellen, dass Ihre anderen Kinder etwas unternehmen wollen. Dass sie ihr Leben genießen wollen", sagte Annie. „Die beiden brauchen Sie auch."

„*Genau* das ist es", sagte die Frau, und etwas in ihrer Miene sah bei Annies Antwort tief befriedigt aus. „Ich heiße Rosalie", stellte sie sich vor. „Rosalie Cubbins."

„Ich bin Annie", antwortete sie. „Annie Dalton."

„Wie ist es bei Ihnen?", fragte Rosalie. „Haben Sie Kinder?"

„Ich hatte eines", antwortete Annie. Sie hatte das Gefühl, dass Rosalie Cubbins eine ehrliche Antwort verdiente. „Ich hatte eine kleine Tochter, aber sie ist gestorben. Vor fünf Jahren."

„So lange ist Kelly schon krank", sagte Rosalie. Annie fand es seltsam, dass sie eine so beschönigende Formulierung benutzte. Eine Abkürzung für den Schmerz und den angerichteten, irreparablen Schaden. Wahrscheinlich war das verständlich.

Sie nickte. Sie wusste, wie lang Kelly Bright hier lag. Sie wusste es ganz genau.

„Was ist mit Ihrer Tochter passiert?“, fragte Rosalie, ohne dass ihr diese persönliche Frage anscheinend peinlich gewesen wäre.

Annie nahm an, dass das natürlich war, wenn man bedachte, was sie selbst durchmachte. Unerträgliche Fakten waren Teil ihres alltäglichen Lebens geworden. „Sie ist ertrunken. Sie war vier. Sie hieß Margaret.“

„Tut mir leid.“ Rosalies Augen verrieten ihr Mitgefühl, auch wenn ihre Worte knapp waren.

Annie nickte. „Sie war ein liebes Kind. Manchmal konnte sie ein wenig eigensinnig sein. Mein Vater sagte immer, das hätte sie von ihrer Mutter.“ Sie lächelte Rosalie wehmütig an. „Sie hat gern draußen gespielt, bei jedem Wetter. Ich sage mir immer wieder, dass ich meiner Schwiegermutter hätte sagen müssen, dass sie sie nicht aus den Augen lassen dürfe. Margaret stand öfter von ihrem Mittagsschlaf allein auf und ging spielen. Ich hätte wissen müssen, dass sie das auch bei ihr machen würde. Und bei ihnen fließt ganz in der Nähe der Bach vorbei. Aber ich wusste nicht, dass mein Mann sie zu seiner Mutter bringen würde. Sonst hätte ich sie gewarnt.“

„Was ist passiert?“

„Er wurde an seine Arbeit gerufen“, sagte Annie. „Und er brachte Margaret zu seiner Mutter.“

Rosalie nickte. „Mein Mann trägt auch die Schuld“, sagte sie.

Ihre Worte schockierten Annie. Sie hätte es nie so hart formuliert, aber das waren genau ihre Gedanken, nicht wahr? Diese Frau hatte gehört, was sie nicht gesagt hatte, und es für sie in Worte gefasst.

„Er saß am Steuer. Er hat eine rote Ampel überfahren. Ein Bus rammte ihn von der Seite. Kellys Brustkorb wurde ganz aufgerissen.“ Sie trommelte auf ihre eigene Brust. „Dann hat der Arzt es vermasselt, als er versuchte, es wieder in Ordnung zu bringen. Überall, wohin man schaut, haben sie es vermasselt.“ Sie schüttelte resigniert den Kopf.

„Was machen Sie hier?“, fragte Annie. „Wenn Sie sie besuchen?“

Rosalie zuckte die Achseln. „Ich spreche mit ihr. Ich erzähle ihr, wie es ihrem Bruder und ihrer Schwester geht. Bevor sie ihr die Haare abschnitten, habe ich ihr Zöpfe geflochten. Wir schauen miteinander fern. Die Serien, die sie früher liebte. Ihr Vater kommt nicht mehr. Er hält es nicht mehr aus. Aber ich muss mich um sie kümmern. Sie ist doch meine Tochter. Was sollte ich denn sonst tun?"

„Sie müssen sich um sie kümmern. Natürlich", sagte Annie nur.

Ein paar Minuten saßen die beiden Frauen schweigend da. Dann tat Annie das, wozu sie hierhergekommen war, obwohl sie bezweifelte, dass es je gedruckt werden würde.

„Wie war sie?", fragte sie Rosalie und drehte sich mit einem schwachen Lächeln zu ihr herum. Rosalies Augen leuchteten, genau wie Annie es erhofft hatte. „Was waren ihre Träume und Wünsche? Was hat sie am liebsten gemacht?"

„Ich sage Ihnen, es ist total verrückt", sagte Rosalie, und ihr Gesicht strahlte bei der Erinnerung, „aber dieses Kind mochte die Schale von Wassermelonen lieber als Eis."

Während Annie auf der Bank saß und zuhörte, erzählte Rosalie Cubbins von ihrer Tochter.

37

Es war zwei Uhr am Dienstagmorgen, und Sam war wach und las. Er war am Sonntag nach dem Gottesdienst direkt zu seinem und Annies Haus gefahren und hatte seine Bibel an der Stelle vorgefunden, an der er sie liegen gelassen hatte: ganz unten in dem Stapel mit den Sachen, die zum Sperrmüll sollten. Als am Abend seine Mutter schlafen gegangen war und das Licht in Elijahs Hütte erloschen war, hatte er sich hingesetzt und gelesen. Er hatte die Worte verschlungen und sie ganz genau erforscht wie ein Wissenschaftler, der eine Hypothese beweisen oder widerlegen will.

Sam hatte am Montag den ganzen Tag gearbeitet, dann war er nach Hause gekommen, und jetzt tat er das Gleiche wieder. Er las und überlegte, und nach und nach wurde ihm die Wahrheit klar wie eine Gestalt, die durch den Nebel auf ihn zukam. Er hatte gut begonnen. Das sah er jetzt, denn sein Glaube war echt gewesen. Er hatte das Gefühl gehabt, begabt zu sein – nein, das war noch nicht die ganze Wahrheit. Er *war* begabt gewesen, und er hatte seine Gabe für Gott eingesetzt. Aber dann hatte er Gott vergessen und angefangen, die Last der Verantwortung auf seinen eigenen Schultern zu fühlen. Er hatte begonnen zu meinen, es wäre *seine* Aufgabe, das Leid der Welt zu lindern.

Dabei hatte Sam eines vergessen: Er hatte vergessen, dass er einen Feind hatte, der ihn zerstören wollte. Das war die große Erkenntnis, die ihm am Sonntagmorgen in der Kirche bei Elijahs Predigt gekommen war. Er begann, die Ereignisse in seinem Leben als strategische Schritte eines feindlichen Kommandanten zu sehen, und er konnte sehen, dass er völlig ahnungslos in jede Falle getappt war.

Der größte Fehler war natürlich gewesen, dass er vergessen hatte, wer der allmächtige Gott war und wer nicht. Er hatte angefangen, sich einzubilden, er selbst könne die Dinge kontrollieren. Dann hatte er die Fehler gemacht. Diese Fehler hatten ihn eines Besseren belehrt. Es war sehr deutlich geworden, dass er nicht der war, für den er sich gehalten hatte, denn seine Fehler waren so groß, dass sie nicht verschleiert oder wiedergutgemacht werden konnten. Und dann hatte er angefangen, sich einzubilden, sie wären eine Strafe, eine Bestrafung für Fehler, die er unbewusst und ohne es zu merken begangen hatte. Dann war er bitter geworden und hatte sein Herz verschlossen. Er wollte keinem Gott dienen, der seine Kinder so behandelte. Aber er hatte den Widersacher ganz vergessen, den Feind, der zerstört und verletzt. Sam ließ die Vergangenheit Revue passieren und versuchte zu erkennen, wo Unglück und Stolz aufgehört hatten und das Böse begonnen hatte, er versuchte, Sünde von Irrtum, Menschlichkeit von Anmaßung zu unterscheiden. Er schüttelte frustriert den Kopf. Stand Gott nicht immer noch über allem? Hätte Gott nicht trotzdem dafür sorgen können, dass es gut ausging? Warum hatte er das nicht getan?

Ein leises Klopfen erklang an der Tür. Sam fuhr zusammen. Er warf einen Blick auf die Uhr auf dem Kaminsims. Es war halb drei.

„Ist alles in Ordnung? Ich habe Licht gesehen und mir Sorgen gemacht."

„Komm doch herein", bat Sam Elijah.

Elijah schüttelte den Kopf. „Ich dachte mir, dass du das vielleicht bist", sagte er und schaute ihn wissend an. „Komm zu mir hinüber, wenn du möchtest. Ich habe frischen Kaffee aufgesetzt."

Sam nickte, trat auf die Veranda und schloss leise die Haustür. Er folgte Elijah über den Rasen in das Ferienhäuschen. Ein angenehmer Kaffeeduft begrüßte ihn. Die Lichter brannten einladend, und Elijah deutete zur Couch. Sam setzte sich. Elijah reichte ihm eine Tasse mit dampfendem Kaffee.

„Sahne?", fragte er.

„Schwarz ist gut", antwortete Sam. Er wollte in erster Linie etwas Warmes. „Warum schläfst du noch nicht?", fragte er Elijah neugierig.

„Ich habe gebetet", antwortete er. „Für dich." Ohne mit der Wimper zu zucken, schaute er Sam in die Augen.

Sam nickte. „Danke", sagte er und dachte an die ganzen Menschen, die ihm das in letzter Zeit gesagt hatten, angefangen bei der alten Frau im Restaurant. Immer wieder hatte man ihm zugeflüstert und gemurmelt: „Wir beten für dich."

Jetzt sah er hinter diese schlichten Worte und konnte sich die

Realität, die dahinterstand, vorstellen. Er konnte fast sehen, wie der Himmel vibrierte, wenn diese Gebete einsetzten und widerhallten. Zum ersten Mal sah er die Gebete als Brennstoff, der auf eine kleine Flamme gegossen wird, als Luftströme, auf denen mächtige Engel in den Krieg zogen. Zogen sie sich zusammen und gewannen an Macht? Hatte er deshalb dieses Gefühl, dass sich etwas bewegte, dass Dinge, die lange verschwommen gewesen waren, plötzlich klarer wurden? Dass Fragen ausgesprochen wurden, statt unter Wut und Trauer vergraben zu werden?

„Warum, Elijah?", fragte er unverblümt. „Warum ist das alles passiert? Hasst Gott mich?"

Elijah schüttelte den Kopf und trank einen Schluck Kaffee. „Er hasst dich nicht. Ich habe einmal etwas in einem Buch gelesen, das ich nie vergessen habe: Gott hat die Frage nach seiner Liebe zu dir für immer am Kreuz beantwortet. Die Fragen nach dem Warum kann ich nicht beantworten. Den Rest weiß ich nicht. Aber das eine weiß ich sicher: Er liebt dich mit einer ewigen Liebe."

Sam schüttelte den Kopf. Diese Antwort genügte ihm nicht. Plötzlich begriff er, dass er von Gott weniger eine Erklärung als eine Entschuldigung hören wollte.

Elijah schaute ihn direkt an. „Hier ist noch eine *Warum*-Frage", sagte er. „Denk einmal darüber nach. Jesus hat nie etwas Falsches gemacht. *Nie.* Er war das vollkommene, sündlose Lamm Gottes. Er hat nie jemanden verletzt, nie eine falsche Entscheidung getroffen, nie die Beherrschung verloren oder egoistisch und wütend reagiert. Er war der geliebte, kostbare Sohn Gottes, und der Vater schaute zu, während man ihm Nägel durch die Hände und Füße jagte. *Warum?* Beantworte mir diese Frage."

Sam dachte nach. Seine Gefühle waren aufgewühlt und schwangen zwischen Demut und Trotz hin und her. Sein Leiden auf der einen Seite. Das Leiden von Gottes Sohn auf der anderen Seite.

„Was soll ich machen?", fragte er schließlich.

Er erwartete, dass Elijah sagen würde, er solle Gottes Liebe empfangen, Gottes Heilung annehmen, weinen und sich von Gott sein gebrochenes Herz heilen lassen, aber Elijahs Antwort war das Letzte, was Sam aus seinem Mund erwartet hätte.

„Buße tun", sagte Elijah unverblümt.

Sam schloss überrascht den Mund. Er schaute ihn an und war nicht sicher, ob er Wut oder etwas anderes fühlte, aber er war sehr aufgewühlt.

„Bitterkeit gegenüber Gott ist eine Sünde", erklärte Elijah, „und solange du sie zulässt, findest du keinen Frieden."

Sam ging zum Haus seiner Mutter zurück. Er setzte sich hin und las, bis der Morgen grau und trocken anbrach. Er las das Buch Hiob. Vom Anfang bis zum Ende. Langsam. Er las Hiobs Klage und Gottes Antwort. *Wo warst du,* fragte der allmächtige Gott sein Geschöpf, *als ich das Fundament der Erde legte? Sag es doch, wenn du so viel weißt! Wer hat ihre Maße festgelegt und wer die Messschnur über sie gespannt? Du weißt es doch, oder etwa nicht? Worin sind die Pfeiler der Erde eingesenkt, und wer hat ihren Grundstein gelegt? Damals sangen alle Morgensterne, und die Engel jubelten vor Freude.*

Jetzt erkannte Sam es. Er sah, wie beleidigt und kalt er gewesen war und immer noch war.

Willst du weiter mit mir streiten, mich, den Allmächtigen, immer noch tadeln? Du hast mich angeklagt, nun steh mir Rede und Antwort!

Er las Hiobs Antwort an Gott: *Herr, ich bin zu gering, ich kann dir nichts erwidern; darum lege ich jetzt die Hand auf den Mund … Ich habe von Dingen geredet, die ich nicht begreife, sie sind zu hoch für mich und übersteigen meinen Verstand … Herr, ich kannte dich nur vom Hörensagen, jetzt aber habe ich dich mit eigenen Augen gesehen! Darum widerrufe ich meine Worte, ich bereue in Staub und Asche!*

Sam saß da und starrte die Worte an, und er dachte darüber nach, was sie bedeuteten. Aber er betete nicht.

38

Die Woche verging. Annies Abreisedatum rückte näher. Sie räumte das Haus fertig aus bis auf Margarets Zimmer, denn obwohl sie wusste, dass sie es tun musste, würde sie es bis zum Schluss vor sich herschieben. Lauries Mann, Jim, stellte ein *„Haus zu verkaufen“*-Schild auf und sagte, dass er die Anzeige schalten würde, sobald sie fort wäre. Sie sah Sam zweimal. Nur kurz, und dabei beließ sie es absichtlich. Sie ging ihm bewusst aus dem Weg. Sie hatte das Versprechen, das sie ihm wegen Kelly Bright gegeben hatte, nicht vergessen, aber ihr Vorhaben stellte sich als gefährlich heraus. Sie hatte es beiseitegelegt.

Sie arbeitete eine Weile an dem Teppich, den sie angefangen hatte. Sie spazierte über die Hügel und füllte ihre Seele mit den Anblicken und Geräuschen und Gerüchen dieser Gegend, denn sie wusste, dass sie sie für lange, lange Zeit nicht mehr erleben würde. Sie sprach einmal mit Jason Niles. Er hatte angerufen, um „sich einfach kurz zu melden“. Sie hatte ihm versichert, dass alles wie geplant lief, aber als sie aufgelegt hatte, hatte eine tiefe Traurigkeit sie erfasst. Deshalb hatte sie beschlossen, ihr Versprechen gegenüber Sam einzuhalten. Das würde ihr das Gefühl geben, einen Schlussstrich zu ziehen.

Als Annie an diesem Morgen aufstand, war sie bereit, diese Aufgabe abzuschließen. Sie suchte Kelly Brights Pastor im Internet und fand die Adresse seiner Gemeinde. Sie fuhr nach Tennessee, an Knoxville vorbei und kam schließlich gegen zehn Uhr in Varner's Grove an. Sie fuhr zur Kirche und fragte sich, ob ihre Fahrt vergeblich sei. Fast hoffte sie es. Das Kirchengebäude von Varner's Grove war ein großes Wellblechgebäude direkt an der Schnellstraße. Annie bog ab und parkte auf dem geschotterten Parkplatz. Sie stieg aus dem Auto, aber statt in die Kirche zu gehen, lehnte sie sich ans Auto und schaute sich um. Die schlichte Kirche befand sich inmitten eines schönen Wäldchens aus blühenden Bäumen unter hohen Kiefern. Sie atmete den Duft ein. Sie massierte ihren angespannten Nacken und ihre Augen, die gewohnheitsmäßig zusammengekniffen waren. Vogelgezwitscher erfüllte die Luft, und selbst das beruhigte sie. Es war ein sanftes, melodisches Geräusch und gehörte zu diesem Ort. Sie schaute sich um, konnte die Vögel aber nicht entdecken und den Gesang nicht zuordnen. Papa würde die Tiere sehen. Er kannte jedes Tier in diesen Bergen und wusste, wer welches Geräusch machte, besonders die Vögel. Als sie das gerade dachte, flatterte ein Vogel auf den Zweig des Hartriegels direkt vor ihr. Es war ein lustiger kleiner Kerl. Ein einfacher, brauner Körper mit einem leuchtend roten Kopf. Er richtete seine Knopfaugen auf sie und sang. Es war ein angenehmes, scharfes Pfeifen, gefolgt von einem kurzen Trällern, ein Lied, das er mehrmals wiederholte. Annie lächelte und blieb ganz ruhig stehen, aber nach einem Moment legte er abrupt den Kopf schief und flog weg. Sie seufzte und fügte ihr eigenes, elektronisches Pfeifen den Geräuschen der Natur hinzu, als sie die Autotür verschloss und in die Kirche ging.

Sie war kühl. Die Klimaanlage war eingeschaltet. Niemand schien hier zu sein, deshalb schaute sie sich einfach in Ruhe um. Der Eingangsbereich war klein. An einer Wand hingen Garderobenhaken, an der anderen stand ein kleiner Holztisch. Ein selbst gemachtes Banner war an die Wand genagelt. *Zeiten der Erfrischung kommen aus der Gegenwart des Herrn*, stand darauf. Plötzlich erfasste sie eine starke Sehnsucht. Sie erkannte, dass etwas tief in ihrer Seele ausgetrocknet und müde war, und für einen kurzen Moment weckte der Gedanke an erfrischendes Wasser eine Sehnsucht in ihrem Herzen nach … wonach? Sie las den Satz wieder und sah, woher die Erfrischung kam, und dann wusste sie, warum sie so ausgetrocknet und verdorrt war.

„Ich dachte, ich hätte hier draußen jemanden gehört."

Sie drehte sich um und stand einem großen Mann gegenüber. Sein breites, dunkelhäutiges Gesicht verzog sich zu einem freundlichen Lächeln.

„Ich wusste, dass der Herr heute jemanden zu mir schicken würde", erklärte er sachlich, und sie konnte sich ein Lächeln nicht verkneifen.

„Ich bin Jordan Abrams", stellte er sich vor und reichte ihr die Hand.

„Annie Dalton", antwortete sie.

„Was kann ich für Sie tun, Mrs Dalton?"

Sie atmete tief ein und sagte die Wahrheit. „Ich will etwas über Kelly Bright erfahren."

„Sind Sie Reporterin?"

Die Handtasche hatte sie wieder verraten. Sie nickte. „Aber ich bin privat hier."

Er schien einen Moment zu überlegen. Er schaute sie an und sah aus, als wolle er etwas fragen, unterließ es dann aber. „Ich habe hinten in meinem Büro Kaffee. Wir könnten dort weitersprechen, wenn Sie möchten."

Annie folgte ihm durch den schwach beleuchteten großen Raum, in dem die Gottesdienste stattfanden. Der Boden war aus Beton, und sie sah an den beiden Seiten Basketballkörbe, aber die Klappstühle waren gepolstert und in sauberen Reihen aufgestellt, und auf jedem zweiten Stuhl lag ein Liederbuch. Ein Schlagzeug und Notenständer waren vorne aufgebaut. Hier hing ein anderes Banner. *Der Jesus von Golgatha verändert auch heute noch Menschenleben.* Sie erinnerte sich staunend an die Frage, die sie gestellt hatte, als sie in dem Antiquitätenladen in Santa Monica gesessen hatte. *Wo ist er?*, hatte sie sich gefragt, dieser Jesus von Golgatha, der Menschenleben verändert. Er war anscheinend hier. Das dachte sie ohne jede Spur von Sarkasmus. Stattdessen erfüllte sie eine starke Dankbarkeit, und sie hoffte, dass es wahr war. Sie blickte auf und sah, dass der Mann sie beobachtete. Sie lächelte ihn kurz an. „Wie ich sehe, haben Sie für den Sonntag alles vorbereitet."

„Alles bis auf die Predigt", antwortete er. „Ich hatte sie geplant, aber der Herr hat mir gesagt, dass er es sich anders überlegt hat."

Wie geschah das?, hätte sie am liebsten gefragt. Tippte Gott ihm auf die Schulter und flüsterte ihm etwas ins Ohr? Aber sie sagte nichts.

Nur weil ihr eigener Glaube in Scherben lag, würde sie nicht den Glauben der anderen verspotten.

Pastor Abrams' Büro war ein kleiner Raum am Ende des Gebäudes. Es enthielt drei Bücherwände, einen Metallschreibtisch und zwei gepolsterte Stühle.

„Bitte setzen Sie sich", lud er Annie ein. Er schenkte aus der Kanne im Regal zwei Tassen Kaffee ein. „Was möchten Sie in Ihrem Kaffee?"

„Alles", antwortete sie.

Er rührte Zucker und Sahnepulver in ihre Tasse, und sie nippte daran und überlegte, was sie sagen sollte. Sie stellte die Tasse ab und schaute ihn an.

„Ich möchte wissen, wer Kelly Bright war", sagte sie. „Ich würde gern den Menschen hinter dem Krankheitsbild sehen."

„Warum?" Er stellte diese Frage direkt. Sie schaute ihn an. Irgendwie hatte sie gehofft, er würde nicht nachfragen, da er die Antwort bereits zu wissen glaubte. Doch dann fing sie einfach an zu erzählen. Sie saß einem Mann gegenüber, der nicht nur sehr freundlich, sondern auch sehr klug war. Sie wusste, dass sie nur mit der Wahrheit etwas erreichen würde.

„Mein Mann war der Arzt, der sie operiert hat", erklärte Annie. „Der Arzt, der den Fehler gemacht hat."

Seine Augen wurden groß, und er nickte, aber er sagte immer noch nichts.

„Er wollte wissen, wer sie war. Ich dachte, ich könnte ihm dabei vielleicht helfen."

Pastor Abrams schaute sie lange an. „Ich will nicht, dass Sie ein Wort von dem, was ich Ihnen erzähle, in der Zeitung drucken – es sei denn, Kellys Mutter erlaubt es. Ich habe viel mit ihr gesprochen. Ich will nicht, dass sie sich verraten fühlt."

„Ich werde ohne ihre Zustimmung nichts drucken", sagte sie. „Darauf gebe ich Ihnen mein Wort."

Er schaute sie wieder an und schien ein paar Sekunden mit sich zu ringen, aber dann nickte er. Ein leichtes Lächeln zog über sein Gesicht. „Kelly war ein wunderbares Kind. Wir lernten uns durch unsere Buseinsätze kennen. Sie wohnen in einer Sozialwohnung. Drüben auf der Ostseite. Wenn ihre Mutter vor Gericht gegangen wäre, um Ihren Mann zu verklagen, hätte sie sich mit dem Geld ein Haus kaufen können, aber sie sagte, dass sie das nicht machen würde, solange ihr Kind lebt. Sie hatte das Gefühl, dass sie sie damit aufgäbe. Sie sagte, dass das der Grund sei, warum Kellys Vater die Magensonde entfernen lassen wollte. Damit er Geld von der Krankenhausversicherung bekommt."

Annie nickte. Sie machte sich keine Notizen. Sie würde Pastor Abrams' Worte auch so nicht vergessen.

„Kelly war fünf, als sie anfing, hierher in die Kirche zu gehen. Bei einer Ferienbibelschule beschloss sie, Jesus ihr Leben anzuvertrauen, und ich kann mich an kein anderes Kind erinnern, dem Gott so wichtig war. Sie liebte Jesus." Sein Gesicht leuchtete bei dieser Erinnerung auf. „Sie konnte leidenschaftlich beten, und sie kannte mehr Bibelverse als ich." Pastor Abrams schmunzelte. „Sie war insgesamt sechs Jahre bei uns. Als der Unfall passierte, hatte sie ihre Schwester und ihren Bruder dazu gebracht, auch zur Kirche zu kommen, und ihre Mama hatte sie auch schon fast dazu überredet."

Annie erinnerte sich an Rosalie Cubbins und den wehmütigen Blick in ihren Augen.

„Wissen Sie, was sie vor dem Unfall zu mir sagte?", fragte er Annie.

Sie schüttelte den Kopf.

„Sie hat gesagt: ‚Herr Pastor, ich würde alles dafür geben, wenn meine Mama und mein Papa Jesus kennenlernen würden. Ich würde sogar sterben, wenn das helfen würde.' Das Kind wusste es", sagte er mit Bestimmtheit. „Sie wusste es."

„Und? Haben die Eltern Jesus kennengelernt?", fragte Annie und merkte, dass sie fordernd klang. Wütend. Bitter und gefühllos.

„Noch nicht", antwortete er ruhig. „Aber ich gebe die Hoffnung nicht auf."

Sie schwiegen einen Moment.

„Hilft Ihnen das?", fragte er.

Sie schüttelte den Kopf, und zu ihrer Beschämung traten Tränen in ihre Augen.

Er wartete, bis sie sich wieder beruhigt hatte, und reichte ihr eine Packung Papiertaschentücher. Obwohl sie das nicht vorgehabt hatte, erzählte sie ihm ihre Geschichte. Die ganze Geschichte. Sie ließ nichts aus, und als sie fertig war und den Blick hob, sah sie den Schmerz in seinen Augen.

„Zwischen meinem Mann und mir hatte sich etwas verändert", sagte sie leise. „Schon bevor Margaret starb. Er versank in seiner Arbeit, und ich … ich habe mich einfach vergraben. Als Margaret starb, wäre es schwer genug gewesen, wenn zwischen uns alles in

Ordnung gewesen wäre. Aber das war es nicht. Er war fast nie zu Hause, und ich hielt es einfach nicht mehr aus. Ich hielt es allein nicht aus. Es war einfach zu viel."

„Ich verstehe Sie", sagte er leise.

Sie schaute ihn fragend an.

„Meine Frau und ich verloren eine Tochter an Leukämie, als sie fünf war."

„Das tut mir so leid", sagte sie.

Er nickte als Antwort auf ihre Worte. „Als Missy starb, dachte ich, ich würde den Verstand verlieren", sagte er. „Caroline ging es ähnlich. Aber der Unterschied war wahrscheinlich, dass wir uns aneinander klammerten. Und dass wir uns an Gott klammerten."

„Wie haben Sie das gemacht?", wollte sie wissen. „Wenn er doch derjenige war, der Ihnen Ihre Tochter genommen hatte?"

Er schüttelte den Kopf. „Es gibt keine Antwort auf die Frage, die Sie stellen. Die Warum-Frage. Ich glaube, die Antworten auf die Warum-Fragen werden wir in diesem Leben nie erfahren. Aber ich weiß, an wen ich glaube." In seiner Stimme schwangen Leidenschaft und Leben mit, und ihr schossen wieder Tränen in die Augen.

„Für mich ist das nicht so leicht", sagte sie. „Wo war Gott, als meine Tochter ertrank?"

Annie schaute ihn herausfordernd an, und als er antwortete, war sie überrascht, da sie gedacht hatte, dass das auch eine Frage wäre, auf die es keine Antwort gab. Aber Pastor Abrams sprach mit klarer und fester Stimme.

„An derselben Stelle, an der er war, als sein Sohn ans Kreuz genagelt wurde."

Sie saßen eine Minute schweigend da.

„Vieles ergibt jetzt keinen Sinn", sagte er dann. „Aber eines Tages wird unser Retter wieder auf dieser Erde stehen, und dann wird alles wieder gut sein."

„Ich will, dass es jetzt wieder gut ist." Eine verzweifelte Hoffnung schwang in ihrer Stimme mit.

„Ich weiß", flüsterte er, und auch in seinen Augen glänzten die Tränen. „Aber halten Sie einfach noch eine Weile durch, Annie. Klammern Sie sich an ihn. Eines Tages werden Sie es verstehen."

Sie nahm noch ein Taschentuch vom Tisch und wischte sich die Augen ab. Wieder schwiegen sie eine Weile.

Pastor Abrams nippte an seinem Kaffee. Annie wischte sich die Augen trocken und räusperte sich. Sie wollte nicht weiter darüber sprechen.

„Danke für Ihre Hilfe." Sie stand auf und nahm ihre Handtasche.

„Wenn ich noch irgendetwas tun kann, rufen Sie mich einfach an."

„Danke", wiederholte sie.

Er schrieb seine Adresse und Telefonnummer auf die Rückseite des Gemeindeblatts und reichte es ihr. Sie steckte es in ihre Handtasche und ging zu ihrem Auto hinaus. Sie fuhr nach Hause. Sie war müde und hatte Hunger. Sie würde essen und sich ausruhen, und morgen würde sie Sam geben, was sie in Erfahrung gebracht hatte. Dann würde sie sich von ihm verabschieden und von hier weggehen.

Teil 3

Wirke mit deiner Macht,
lass deine Stimme hören,
komm und verändere unsere Herzen.
Wir berufen uns auf dein Wort,
Heiliger Geist,
komm auf uns herab.

39

Mary kippte den Rest des Spülwassers auf ihre staubigen, mitgenommenen Petunien. Es war wieder ein trockener, heißer Julinachmittag mit einem Gewitter, vor dem ihr inzwischen graute, weil es nie regnete oder feuchter wurde. Es kamen nur die aufgestauten, wütenden Wolken und die gleißende Hitze. Der Wasserspeicher war leer. Der See hinter dem Damm hatte den niedrigsten Wasserstand, der je gemessen worden war, und Buncombe County und Haywood County hatten den Wassernotstand ausgerufen. Die Milben und Insekten hatten sich vermehrt, da ihre natürlichen Feinde nicht mehr da waren. Die Äpfel wären bald verdorben, wenn es nicht regnete, und das bedeutete eine Katastrophe für die vielen, deren Lebensunterhalt von der Ernte abhing. Die Kiefernsämlinge oben in den Bergen vertrockneten, die Blätter hingen gelb und dürr an den Hartriegeln und Rhododendronsträuchern. Die Stadt hatte nur noch für sechzig Tage Wasser. Das Wild näherte sich immer mehr den Städten. Mary hatte in den Nachrichten gehört, dass heute Morgen jemand einen Bären im Stadtgebiet von Asheville gesehen hatte. Der Präsident sprach von Notfalldarlehen für Bauern. Die Teiche waren leer. Die Bäche waren trocken. Die Wiesen waren braun geworden, und es würden keine Blumen und kein Gras mehr gegossen werden, wenigstens nicht bei ihr, denn heute Morgen war auch der Brunnen versiegt. Die Pumpe hatte einmal, zweimal geächzt, dann hatte sie es aufgegeben. Sie würde einen Brunnengräber kommen lassen, und bis dahin mussten sie Wasser aus Flaschen trinken und bei Laurie duschen, aber diese Situation konnte nicht mehr lang so weitergehen. Alle waren der Verzweiflung nahe. Um ehrlich zu sein, war Mary nicht nur wegen der Dürre niedergeschlagen.

Sie hatte Elijah heute Morgen den langen, dünnen, weißen Briefumschlag gegeben, der bestimmt diese glückliche Zeit beenden würde, diese Fantasie, der sie sich hingegeben hatte, dass sie alle glücklich bis an ihr Lebensende hier zusammenbleiben würden. Er hatte den Brief genommen, sich bei ihr bedankt, ihn in die Tasche gesteckt, und dann war er in sein Auto gestiegen und weggefahren. Sie wusste es. Ihr Herz hatte kräftig geschlagen und dann stehen bleiben wollen, als sie den Absender gelesen hatte: *Internationale Missionsgesellschaft, Southern Baptist Convention.* Das war der Brief, auf den er gewartet hatte, und sie wusste, was jetzt passieren würde. Elijah würde sie verlassen. Wieder.

Mary wischte sich die Augen und versuchte, sich für ihn zu freuen, denn sie wusste, wie viel ihm das bedeutete. Aber irgendwie hatte sie zu hoffen gewagt, als sie ihn und Sam jeden Tag wegfahren gesehen hatte, um Patienten zu besuchen, als sie durch die Berge gefahren waren, als sie für ihn gekocht hatte und mit ihm spazieren gegangen war, als sie über alles gesprochen hatten und die Erinnerungen aufgelebt waren. Aber sie wusste die Wahrheit. Diese Zeit würde wie alles andere bald zu Ende gehen.

Annie würde morgen wieder wegfahren. Und Mary rechnete damit, dass Sam das auch machen würde, denn er hatte gestern Morgen von Barney und dem Verwaltungsdirektor des Krankenhauses, Tom Bradley, einen Anruf bekommen und war den restlichen Tag fort gewesen. Mary kochte heute Abend für alle, hier in ihrem Haus. Es würde ein trauriger Abend werden, fürchtete sie, und sie dachte daran, das Essen abzusagen. Sie könnte den Brunnen als Vorwand benutzen, aber der eigentliche Grund war, dass sie sich gern den Schmerz ersparen würde, ihre traurigen Gesichter zu sehen, dass sie den vielen schmerzlichen Erinnerungen nicht noch eine weitere hinzufügen wollte.

Sie seufzte und trug die Spülschüssel ins Haus zurück. Dann holte sie die Koteletts heraus, die sie anbraten wollte, und begann, die Zutaten für ihre Nachspeise bereitzustellen. Sie würde Mut beweisen. Sie würde das Essen nicht absagen.

40

Annie wachte später auf als gewöhnlich. Ihr war so heiß, dass sie ganz benommen war. Sie lauschte einen Moment und erkannte, was sie geweckt hatte. Es war Dianes Singen, ein unmelodischer Klang, da Diane nicht musikalisch war. Sie stand auf, schob die warme Decke zurück und ging ins Badezimmer. Unterwegs blieb sie stehen und warf einen Blick durch den Türspalt ins Arbeitszimmer. Diane saß auf dem Sofa, hatte die Kopfhörer auf, die Augen zu und die Hände erhoben. Sie öffnete die Augen und sah Annie an der Tür.

„Ich lobe Gott", sagte sie einfach. Keine weitere Erklärung oder Entschuldigung. Annie beneidete Diane, die das Gesicht verzückt erhoben hatte und eine Musik hörte, die sie nicht hörte.

„Das sind die Tage des Elia", sang Diane unbeirrt weiter, während Annie die Tür zuzog, *„das Wort des Herrn wird verkündet."*

Diane hatte schon immer das Wort des Herrn verkündet, erkannte Annie mit einem müden Lächeln. Überzeugt, felsenfest, als bestehe an seinem Wort genauso wenig ein Zweifel wie daran, dass die Sonne jeden Morgen aufging. Annie wusch sich das Gesicht, kämmte sich die Haare und war auf dem Weg zurück in ihr Zimmer, als Diane triumphierend, wenn auch ein bisschen schief, die nächste Strophe anstimmte.

In der nächsten Strophe ging es um trockene Knochen, die zu Fleisch wurden, und Annie fühlte plötzlich eine Art Vertrautheit mit diesen Worten, mit dem Propheten, der über das Tal mit den trockenen Knochen gesehen hatte und Gottes Frage gehört hatte. *Können diese Knochen leben?* Sie kannte auch die verzweifelte Hoffnung, gemischt mit Verzweiflung in seiner Antwort. *Das weißt nur du, Herr.*

Sie zog sich an, packte ihre frisch gewaschene Wäsche und räumte sie in ihren Koffer. Das Packen ging bei ihr automatisch und schnell.

Sie frühstückte, dann ging sie in Dianes Werkstatt hinaus. Sie bediente das Schiffchen. Ihr Teppich war fast fertig. Das Muster, das sie sich vorgestellt hatte, hatte immer mehr Form angenommen. Der Teppich war lang und schmal. Die Mitte war grün und golden gefleckt, und an jeder Seite arbeitete sie ein einfaches Muster aus Rosa und Grün und Taubenblau ein, ein Muster, das sie an die Hartriegelblüten, die grünen Wälder und die im Dunst liegenden Berge dieser Gegend hier erinnerte. Sie arbeitete, schob und zog, schob und zog wieder. Sie hörte nicht, wie Diane hereinkam. Erst als sie sprach, merkte sie, dass ihre Stiefmutter hier war.

„Das ist schön."

Annie zuckte leicht zusammen. „Danke."

Diane lehnte sich an den Türrahmen. „Du hast schon immer mehr Talent in deinem kleinen Finger gehabt als ich in meinem ganzen Körper. Es hat mich traurig gemacht, als du ohne deinen Webstuhl weggegangen bist."

Annie hörte auf zu arbeiten und schaute sie überrascht an. Sie konnte sich nicht erinnern, dass Diane jemals so etwas zu ihr gesagt hatte.

Sie wies das Lob mit einem Kopfschütteln von sich. „Deine Arbeit ist schön, Diane."

Ihre Stiefmutter zuckte die Achseln und schüttelte leicht den Kopf. „Ich habe damit vor langer Zeit Frieden geschlossen", sagte sie lächelnd. „Nimmst du ihn dieses Mal mit?", fragte sie mit einem Blick auf den Webstuhl.

„Nein. Behalte du ihn. Er gehört hierher", sagte Annie, und ihre Kehle war wie zugeschnürt bei dem Gedanken daran, was sie morgen tun würde. Sie würde von hier weggehen, und obwohl das die ganze Zeit ihre Absicht gewesen war, fühlte sie sich irgendwie nicht dazu bereit. Sie hatte das Gefühl, dass das, weshalb sie hierhergekommen war, nicht abgeschlossen war, trotz des ausgeräumten Hauses, der gepackten Sachen und der verstauten Kisten. Es war nur noch eines übrig: Margarets Zimmer. Sie wollte es heute Abend machen, nahm sie sich vor. Nach dem Abendessen bei Mary.

Sie hatte die meisten Möbel stehen lassen. Jim hatte gesagt, dass sich das Haus möbliert besser verkaufen ließe. Er würde jemanden damit beauftragen, die Möbel danach wegzubringen. Sie schniefte und widmete sich wieder ihrer Arbeit.

„Erinnerst du dich an das alte Gedicht von dem Weber?“, fragte Diane.

Annie zuckte die Achseln, aber sie erinnerte sich gut daran. Großmutter Mamie hatte dieses Gedicht geliebt.

„Es ist ein wenig kitschig, aber ich muss immer daran denken, wenn ich am Webstuhl sitze“, sagte Diane und begann, es zu rezitieren.

> Mein Leben ist wie eine Webarbeit von mir und meinem Gott.
> Die Farben bestimme nicht ich; der Weber ist er.
> Oft webt er Traurigkeit hinein und Not.
> In meinem dummen Stolz vergesse ich: Er sieht die Oberseite und ich sehe nur, was unten ist.
> Die dunklen Fäden sind für die geschickten Hände des Webers genauso wichtig
> wie die Fäden aus Gold und Silber, denn nur so wird das Bild richtig.
> Erst wenn der Webstuhl stillsteht und das Schiffchen sich nicht mehr rührt,
> zeigt Gott mir das ganze Bild
> und ich sehe: Er hat alles zum Guten geführt.

Annie hörte auf zu arbeiten und drehte sich zu ihrer Stiefmutter herum. Sie ließ die Hände sinken und schaute Diane verwirrt und verletzt an.

„Ach, Annie, erkennst du das denn nicht?“, rief Diane mit derselben Leidenschaft, mit der sie alles anpackte. „Es wird Zeit loszulassen. Vergib, falls du je vorhast zu vergeben. Eine andere Chance bekommst du vielleicht nicht mehr.“

Annie starrte sie an, und hundert Einwände schossen ihr durch den Kopf. „Das kann ein anderer leicht sagen“, antwortete sie schließlich.

Diane nickte und lächelte. „Du glaubst, dass ich nie Traurigkeit erlebt habe. Weißt du, was mit meinem ersten Mann passiert ist?“

Annie schüttelte den Kopf. Sie hatte immer angenommen, dass er eines natürlichen Todes gestorben wäre. Das klang oberflächlich, allein schon dieser Gedanke war unsensibel. Als ob sein Tod dadurch leichter zu ertragen gewesen wäre!

„Er wurde bei einem Unfall auf einer Baustelle erdrückt“, erklärte Diane. „Ich war schwanger und verlor unser Baby.“

„Das tut mir leid“, sagte Annie leise.

„Wusstest du, dass dein Vater und ich auch zwei Babys verloren haben?“

Annie runzelte die Stirn und schüttelte den Kopf. Sie konnte das kaum glauben, aber eine von Dianes herausragenden Eigenschaften war zweifellos ihre schonungslose Ehrlichkeit.

„Fehlgeburten. Beide im vierten Monat. Oh, wie gern wäre ich eine Mutter gewesen!“

Annie sah den Schmerz in Dianes Gesicht und erinnerte sich, wie furchtbar sie zu ihrer Stiefmutter gewesen war. Wie furchtbar sie immer noch zu ihr war. Scham und Schmerz erfüllten sie. Sie hatte Diane nie wirklich eine Chance gegeben, und sie sah jetzt, wie verletzend das gewesen sein musste. Aber ihre Stiefmutter hatte sie immer akzeptiert und nie einen Groll gegen sie gehegt. Sie hatte ihr vergeben, erkannte Annie jetzt.

„Das tut mir leid, Diane“, sagte sie. „Das wusste ich nicht.“

Diane lächelte. „Ich vergebe dir. Siehst du, wie leicht das ist? Lass es einfach los. Öffne die Hand und …“ Sie blies auf ihre Handfläche, „… und es verschwindet.“

Darüber wurde Annie wütend. Das verharmloste ihren Kampf so sehr. „Selbst wenn ich ihm vergebe, was ist dann?“, fauchte sie. „Er geht von hier weg. Und ich auch. Es gibt keinen Grund, noch länger hierzubleiben.“ Ihr Brustkorb schmerzte, als sie diese Worte sagte.

„Aber du willst einen Grund finden, nicht wahr?“, fragte Diane und sprach weiter, ohne auf eine Antwort zu warten. „Weißt du, Annie, je älter ich werde, umso dünner wird der Vorhang. Ich kann jetzt fast bis zum Himmel durchschauen.“

Annie erschrak. Sie hatte noch nie jemand anderen von dem Vorhang sprechen hören. „Ich habe schon oft darüber nachgedacht“, sagte sie fast atemlos. „Über den Vorhang. Aber ich habe noch nie jemand anderen davon sprechen hören.“

„Oh, er ist da“, sagte Diane. „Aber die meisten sehen nie, was dahinter ist. Du gehörst zu den Glücklichen.“

Annie schaute sie schockiert an. Ihre Worte waren abstoßend.

„Ich wollte nie dahinterschauen“, rief sie hitzig. „Im Gegenteil, ich wollte nie etwas anderes, als ihn wieder zusammenflicken, aber ich konnte es nicht. Ich wollte ihn immer nur flicken.“

Diane schaute sie an, als hätte sie den Verstand verloren. „Du kannst ihn nicht flicken!“, sagte sie kopfschüttelnd.

Annie war sprachlos und hatte das Gefühl, der letzte Hoffnungsfunke sei ihr entrissen worden. „Was macht man dann?“, fragte sie nach einem Moment verzweifelt.

Diane schaute sie mitfühlend an, aber in ihrem Blick lag noch etwas anderes, bei dem sich Annie innerlich wand.

„Du ziehst ihn einfach weg“, sagte sie. „Du ziehst ihn ganz weg. Dann kannst du das ganze Bild sehen und nicht nur das kleine Stück Leid in deiner Ecke der Welt. Dann kannst du den König auf seinem weißen Pferd einreiten und seine Feinde vernichten sehen.“

Für einen Moment vergaß Annie, dass Diane Dalton ihre Stiefmutter war, denn sie sah aus wie eine Prophetin. Ihr Gesicht leuchtete und ihre blauen Augen schauten in eine unsichtbare Wirklichkeit.

„Außerdem“, fügte Diane nach einem Moment hinzu, „zerreißt nicht nur das Böse den Vorhang.“

„Was?“, fragte Annie benommen.

„Manchmal zieht Gott den Vorhang beiseite.“

„Ich weiß nicht, wovon du sprichst.“ Annie wusste, dass ihre gefühllosen, harten Worte verletzend waren, aber sie war verwirrt und ihr Kopf pochte. Der Vorhang war ein albernes Bild, und sie wünschte, sie hätte sich nie auf dieses Gespräch eingelassen.

„Erinnerst du dich, wie du dich gefühlt hast, als Margaret geboren wurde?“

Die Frage war wie ein brutaler Schlag in ihren Magen. Annie fühlte sich, als hätte jemand ein Messer unter ihre Haut geschoben und ihr offenes Fleisch freigelegt. Ihre Nerven lagen blank. „Natürlich.“

„War das nicht ein Blick hinter den Vorhang?“, fragte Diane leise.

Annie erinnerte sich. Nein, es war mehr als nur ein Erinnern. Sie war in dem kleinen Krankenhaus, und Ricky Truelove grinste übers ganze Gesicht, als er ihre Tochter hochhielt. Seine Nichte, noch völlig verschmiert. Er nahm ein Handtuch und wischte sie ab, dann küsste er sie auf den Kopf und gab das Baby, das mit hochrotem Gesicht laut schrie, an Sam, der es Annie brachte.

Mary war dabei gewesen. Mit Freudentränen in den Augen. Laurie und Diane hatten neben ihr gestanden. Papa war auf dem Gang gewesen. Theresa hatte ihr den Rücken gerieben und ihr immer wieder etwas zu trinken gegeben. Und Sam. Der arme Sam! Annie musste unwillkürlich lächeln. Aber es war wirklich so lächerlich gewesen. Sam, der Herzchirurg, der täglich Brustkörbe aufschnitt und winzige Herzen operierte, war völlig aufgeregt gewesen und hatte viel mehr gelitten als sie. Er hatte sich so rührend um sie gekümmert, dass sie sich Sorgen um ihn gemacht hatte.

„Vielleicht solltest du versuchen zu schlafen", hatte sie zwischen den Wehen zu ihm gesagt.

Sam hatte sich standhaft geweigert, von ihrer Seite zu weichen. Jedes Mal, wenn eine Wehe gekommen war, hatte sich sein Gesicht vor Schmerz verzerrt. Wenn sie wieder vorbei gewesen war, war seine Erleichterung fast greifbar gewesen.

„Bruderherz, du musst dich entspannen", hatte Ricky grinsend gesagt. „Das ist ein ganz natürlicher Vorgang. Frauen tun das, seit Gott Adam und Eva schuf. Geh ein wenig hinaus. Mach eine Pause."

„Erinnerst du dich, was du gefühlt hast, als du dein kleines Mädchen gesehen hast?", fragte Diane leise. Sie war sich offenbar bewusst, dass sie einen wunden Punkt berührte, aber sie war fest entschlossen, jetzt nicht aufzuhören.

Oh ja. Annie erinnerte sich. Sie hatte den winzigen Körper angesehen, die flauschigen, roten Haare auf dem wohlgeformten Kopf, sie hatte in die klaren Augen gesehen, die genauso blau werden würden wie die ihres Vaters, und sie hatte gewusst, dass Gott dieses perfekte Wesen gemacht hatte.

„Du durftest eine ewige Seele auf die Welt bringen", sagte Diane mit einer Stimme, die nicht lauter war als ein Flüstern. „Das kann dir niemand mehr nehmen. Nicht einmal der Tod."

Danach sprach keine von ihnen mehr viel. Der Wind bewegte die Blätter der Eiche vor der Tür.

„Dein Vater hat sein Leben bald vollendet, und auch ich", sagte Diane schließlich. „Aber dein Leben liegt noch vor dir. Vielleicht wünschst du dir etwas anderes, aber du bist immer noch hier.“ Sie sagte das auf ihre pragmatische Art. „Du kannst die Arme vor der Brust verschränken und dein Herz verschließen. Du kannst mit den Füßen stampfen und einen Anfall bekommen oder du öffnest dich und liebst wieder.“

Annie wischte sich übers Gesicht. Sie schniefte.

„Bist du mir böse?“, fragte Diane.

„Nein.“ Annie schwieg einen Moment, dann nahm sie Anlauf, als springe sie ins tiefe Wasser. „Ich liebe dich.“

Diane lächelte sanft. „Ich liebe dich auch, Annie-Mädchen. Ich habe dich immer geliebt.“

Diane umarmte sie herzlich, dann sprach sie zum letzten Mal, während sie Annie in den Armen hielt. Es war ein durchdringendes Flüstern, eine leidenschaftliche Ermahnung. „Geh deinen Weg, Annie. Geh deinen Weg. Quäle dich nicht länger mit Dingen, die du nicht ändern kannst. Bekomm deine Kinder. Liebe deinen Mann. Lebe dein Leben. Es ist viel zu schnell vorbei.“

Dann drehte sie sich um und ließ ihre Stieftochter allein.

41

Sam, Carl und Elijah befolgten Dianes Befehl und frühstückten im *Cracker Barrel* statt im *Waffelhaus*, weil Carl sich hier gesund ernähren konnte. Wenigstens theoretisch. Diane war persönlich ins *Cracker Barrel* marschiert, als er verkündet hatte, dass er wieder halbtags arbeiten wolle, und hatte dem Küchenpersonal strenge Anweisung erteilt, ihm nur Omeletts aus Eiweiß, trockenen Vollkorntoast und koffeinfreien Kaffee zu geben.

„Ich habe ihr gesagt, dass sie mich gleich erschießen kann, denn was soll das Leben, wenn es so trocken, fad und geschmacklos ist?" Carl seufzte schwer und nahm sich eine von Sams Frikadellen. Sam tat, als bemerke er das nicht. Elijah lächelte über dieses Schauspiel.

Carl nippte an seinem koffeinfreien Kaffee und verzog das Gesicht. Dann drehte er sich mit ernster Miene zu den beiden herum. „Ich möchte euch beiden noch einmal für alles danken, was ihr für mich getan habt", sagte er.

Sam und Elijah versicherten ihm, dass sie das gern gemacht hatten. Sam meinte das wirklich so. Wenn er morgen wieder in seine eigene Praxis zurückkehrte, würde er dieses Leben hier vermissen. Alles hier. Eine tiefe Leere erfüllte ihn, als er daran dachte, was alles damit verbunden war. Immer wieder meldeten sich seltsame Gefühle in ihm. Er fühlte sich verfolgt, gequält und konnte dieses Gefühl nicht von sich abschütteln. Er sagte sich, dass die beste Medizin für seine Qualen eine Rückkehr an seine Arbeit sei, aber er glaubte es nicht wirklich. Im Gegenteil, irgendwie löste der Gedanke an die Arbeit, die ihn erwartete, erneut eine Anspannung in ihm aus und schnürte ihm die Kehle zu, genauso wie damals, als er weggegangen war. Aber er würde wieder hingehen. Er würde weitermachen. Welche andere Wahl blieb ihm?

Als sie gefrühstückt hatten, brachte Sam Carl über den Gesundheitszustand seiner Patienten auf den aktuellen Stand. Sie fuhren zum Krankenhaus, machten ihre Morgenvisite und besuchten dann alle Patienten, die Sam in Carls Abwesenheit betreut hatte. Das

Auge des Bauern, der von einem Maultier getreten worden war, war gut geheilt. Lewis Wilson war noch nicht gestorben, aber dieses Mal betete Carl, und Sam sah, wie die Augen der Familie von Frieden erfüllt wurden. Sie bekamen sogar Tee und Zuckerhörnchen bei Eliza Goddard, die sichtlich erleichtert war, dass sie ihren Freund wiederhatte, und nicht einmal so tat, als wäre sie krank.

Das waren Carls Leute, erkannte Sam. Seine Freunde. Und er dachte, wenn das vielleicht alles war, was Carl am Ende seines Lebens vorweisen konnte, wäre es genug. Wieder legte sich eine erdrückende Schwere auf ihn, als er an eine Rückkehr nach Knoxville dachte. In seine Wohnung. In sein Leben. Er verdrängte den Gedanken, dass sich nicht wirklich etwas geändert hatte.

Annie graute davor, zum Abendessen zu Mary zu gehen. Sie packte ihre Sachen fertig, dann warf sie einen Blick auf das Bild von dem guten Hirten und bereitete sich auf einen weiteren Besuch vor, den sie noch abstatten wollte. Sie nahm den Teppich, den sie gewebt hatte, rollte ihn zusammen und band ihn mit einer Schleife fest. Dann fuhr sie nach Silver Falls, um sich von Mrs Rogers zu verabschieden.

Das „Geöffnet"-Schild hing im Fenster und die Ladentür stand weit offen. Als Annie in die Einfahrt bog, sah sie Mrs Rogers, die in ihrem Gemüsegarten kniete. Sie trug eine rosafarbene Jogginghose, eine bunt gemusterte Bluse und einen riesigen Strohhut. Annie war erleichtert. Sie hatte Angst gehabt, dass die alte Frau verschwunden sein könnte, dass sie in den letzten Tagen weggegangen sein könnte. Irgendwie hätte ihr das wehgetan. Obwohl sie selbst plante, von hier wegzugehen, wünschte sie sich, dass dieser Ort immer noch da wäre, dass dieser Mensch hierbleiben würde. Sie stellte ihr Auto ab, stieg aus und klemmte sich den Teppich unter den Arm. Mrs Rogers erhob sich langsam, um sie zu begrüßen, und grinste wie schon die letzten Male.

„Wussten Sie, dass ich heute komme?", fragte Annie.

„Anscheinend war meine Antenne heute nicht ausgefahren", gab die alte Frau zu. „Ich habe mich heute Morgen über Imagene aufgeregt, und wenn das passiert, lenkt mich das so ab, dass ich die Stimme Gottes nicht höre." Sie schüttelte den Kopf. „Aber ich freue mich wirklich sehr, Sie zu sehen."

„Was war mit Imagene?", fragte Annie, während sie Mrs Rogers ins Haus folgte.

„Ach, nur das Übliche", sagte Mrs Rogers, während sie ihren Hut an den Nagel neben der Tür hängte und sich die Schuhe abstreifte. Sie stemmte die Hand in die Hüfte, verzog das Gesicht und ahmte den schnellen, hohen Tonfall ihrer Tochter nach. „*Mama,* du musst zu mir nach *Charleston* kommen, damit ich dich im *Auge* behalten kann."

Annie lachte laut, und Mrs Rogers lächelte dankbar.

„Sie ist wirklich kein schlechtes Mädchen", sagte Mrs Rogers, und ihr Gesicht wurde weicher. „Ich weiß, dass sie sich Sorgen um mich macht, aber wenn Imagene sich um jemanden kümmert, läuft das manchmal darauf hinaus, dass sie andere herumkommandiert. Das war schon so, als sie ein kleines Mädchen war. Sie hat immer widersprochen. Wenn man sie in einen Fluss werfen würde, würde sie stromaufwärts treiben."

Annie grinste.

„Setzen Sie sich", lud Mrs Rogers sie ein. „Ich koche uns einen Kaffee."

Annie setzte sich und legte die Handtasche und den Teppich neben sich. Ihre Gastgeberin verschwand im Laden und kam mit einem Kokosnusskuchen zurück, den sie auspackte und aufschnitt.

„Meine Großmutter hat diesen Kuchen immer gekauft", bemerkte Annie. „Das war ihr Lieblingskuchen."

„Dieser Kuchen ist nicht gut für mich, aber er schmeckt köstlich", sagte Mrs Rogers.

Sie tranken Kaffee und aßen Kuchen.

„Standen Sie Ihrer Großmutter nahe?", erkundigte sich Mrs Rogers.

Annie nickte. „Sie hat mich zu Gott geführt." Für einen Moment versank sie in ihren Erinnerungen. Sie erinnerte sich daran, wie sie mit ihrer Großmutter zur Kirche gegangen war und alte Kirchenlieder gesungen hatte und in der Sonntagsschule Bibelverse auswendig gelernt hatte.

„Ich war neun", erzählte sie. „Ich saß auf ihrer Verandaschaukel und sie erklärte mir die drei Schritte zur Errettung: Nimm den Herrn Jesus Christus in dein Herz auf. Glaube, dass er der Sohn Gottes ist und für dich am Kreuz starb. Bekenne ihn mit deinem Mund, und du wirst gerettet werden." Annie erinnerte sich, dass sie gebetet und die Worte wiederholt hatte, die ihre Großmutter ihr vorgesprochen hatte. Dann hatte sie an ihrem Küchentisch gesessen, das Tischtuch unter ihren Händen gefühlt und in Mamies großer, alter Bibel gelesen.

Sie schaute sich um und erkannte, dass Mamies Küche nicht viel anders gewesen war als diese Küche hier. Das war wahrscheinlich der Grund, warum sie sich hier so wohlfühlte. Sie erinnerte sich so gut an Mamies Küche, in der man die leisen Frauenstimmen gehört hatte. Annie erinnerte sich an das Gefühl, das sie gehabt hatte, wenn sie dort gewesen war – so sicher, beschützt und geliebt, dass sie Zurechtweisung und Unterweisung annehmen konnte. Sie erinnerte sich an die üppigen Oberweiten und Hemdblusenkleider und hochgesteckten Haare und den Geruch nach Kölnischwasser ihrer Großtanten. Sie erinnerte sich an Papierfächer mit Bildern von Jesus, der im Garten Gethsemane kniete oder beim Abendmahl saß, die in einem ruhigen Rhythmus bewegt wurden, nachdem das letzte Geschirr abgespült gewesen war. Sie erinnerte sich an die weiße Leinentischdecke und das abgeblätterte Geschirr.

Sie erinnerte sich an die Babys, denn bei den Familientreffen waren immer ein oder zwei Babys dabei gewesen, und dass sie, das Kind ohne Mutter, die Kleinen gern auf den Armen gehalten hatte. Sie erinnerte sich an ihre dicken Wangen und prallen Bäuche und an ihren Geruch im heißen Sommer in North Carolina – eine Mischung aus Puder und Milch und Babycreme.

„Ich habe Ihnen etwas mitgebracht", sagte Annie, bückte sich und reichte Mrs Rogers den zusammengerollten Teppich.

Mrs Rogers' Gesicht strahlte erfreut auf. Annie stellte belustigt fest, dass sie keine Zeit damit vergeudete zu sagen, dieses Geschenk könne sie nicht annehmen. Sie öffnete die Schleife und rollte den Teppich aus. Dann stockte ihr vor Überraschung der Atem.

„Meine Güte!" Vorsichtig strich sie mit der Hand darüber. „Haben Sie diesen Teppich selbst gemacht?"

„Ja“, antwortete Annie.

„Er ist wunderschön.“ Mrs Rogers bedachte Annie mit einem Lächeln, das mindestens ebenso wunderschön war.

„Er enthält alles, was ich an dieser Gegend so liebe“, sagte Annie. Sie deutete auf jede Farbe und jedes Muster und erklärte, was sie ihr bedeuteten.

„Ich werde ihn immer in Ehren halten“, versprach Mrs Rogers. „Und ich werde jedes Mal, wenn mein Blick darauf fällt, für Sie beten. Aber mir gefällt der Gedanke nicht, mit den Füßen darauf zu treten. Vielleicht hänge ich ihn an die Wand.“

Sie saßen einen Moment schweigend nebeneinander, dann ergriff Mrs Rogers wieder das Wort. „Sie klingen, als stünden Sie kurz davor, von hier wegzugehen.“

Annie verblüffte es erneut, wie aufmerksam die Frau war. Sie nickte.

Mrs Rogers war darüber nicht betrübt und schien sie auch nicht davon abhalten zu wollen, sondern lehnte sich entspannt zurück. „Ich habe meine Geschichte noch nicht zu Ende erzählt“, sagte sie. „Ich bin froh, dass Sie wieder gekommen sind.“

„Ich würde sie gern hören“, sagte Annie und begriff, dass das ein Grund war, warum sie zu Mrs Rogers gefahren war, abgesehen davon, dass sie sich von ihr verabschieden wollte.

Mrs Rogers ging ins Schlafzimmer und kam mit der Schachtel zurück, die Annie inzwischen gut kannte. Sie holte ein weiteres Tagebuch heraus, nahm drei Fotos mit abgegriffenen, braunen Rändern heraus und reichte sie Annie.

„Das war der Pfarrer“, sagte sie.

Annie schaute das Bild an. Das Erste, was ihr auffiel, war sein Lächeln. Das war ungewöhnlich für jene Zeit, denn damals konnte es sein, dass man Stunden für ein Porträt Modell saß und nicht nur ein paar Sekunden. Er hatte freundliche Augen und ein Lächeln, das ihr zu Herzen ging. Vielleicht war es aber auch der andere Teil des Bildes, der sie ansprach, denn ein kleines Mädchen, ungefähr vier, saß auf seinem Schoß und hatte den Arm um seinen Hals geschlungen. Es war nicht zu übersehen, dass sie ihn sehr liebte.

„Das ist Sarah“, sagte Mrs Rogers mit einem sanften Lächeln. „Annies Kind. Meine Mutter.“

Annie staunte. Natürlich musste eines der Kinder auf dem Bild Mrs Rogers' Vater oder Mutter sein. Irgendwie hatte sie das Gefühl, dass der Bezug zwischen ihr selbst und der anderen Annie und der alten Frau vor ihr jetzt noch realer war.

„Bekamen sie noch gemeinsam Kinder?“, fragte Annie.

Mrs Rogers reichte ihr das zweite Foto.

Es zeigte Annie, Lucas und Sarah, jetzt als junge Frau, die immer noch lächelten. Außerdem waren auf dem Bild drei Jungen in unbequem aussehenden Anzügen aufgereiht, aber trotz ihrer strengen, kratzenden Kleidung sprach aus ihren Gesichtern Schabernack und gute Laune. Sie erinnerte sich, was Annie über ihre ersten Söhne geschrieben hatte, dass sie kräftig und glücklich gewesen seien. Ihre Margaret war auch kräftig und glücklich gewesen. Sie betrachtete Annie. Sie saß neben ihrem Mann und hielt ein Baby auf dem Schoß. Ihr Gesicht war ruhig und strahlte stille Freude aus.

„Das waren Clarence und Frederick und Douglas, und das Baby war Minnie. Pastor Johnson hat in den ganzen Smokies Gemeinden gegründet. Eine in Grassy Creek, eine in Hopper's Gap, eine oben in Pigeon River und noch eine drüben in Dillon's Cove.“

„Hat Annie ihn auf diesen Reisen begleitet?“

„Manchmal. Bis die Kinder kamen.“

„War sie glücklich?“, fragte Annie. Sie glaubte, die Antwort zu wissen, aber irgendwie wollte sie sie aus Mrs Rogers' Mund hören.

„Hier“, sagte Mrs Rogers und reichte ihr das Tagebuch. „Lesen Sie selbst.“

Annie blätterte ein wenig. Hier standen Einzelheiten über die Schule der Kinder, Aufzählungen von Arbeiten im Haushalt und dann noch ein anderer Eintrag. Sie überflog ihn.

Wir haben heute Nachmittag die letzten Kartoffeln eingebracht. Der Keller ist voll und auch das Räucherhaus. Lucas sagt, der Herr segnet uns, und wenn ich unsere Kinder betrachte, die um den Tisch herumsitzen, weiß ich, dass er recht hat. Der Herr hat mir meinen Teil und meinen Kelch gegeben.

Annie lief eine leichte Gänsehaut über den Rücken, denn diesen Vers hatte sie einmal in Bezug auf ihr eigenes Leben zitiert.

Zu meinem Teil gehören Traurigkeit und Freude, aber bei wem ist das anders? Nach allem kann ich jetzt sagen, dass für mich alles gut geworden ist. Gott ist gut. Und ich bin dankbar.

Sie gab das Tagebuch zurück. „Wie ging ihr Leben weiter?", fragte sie.

Mrs Rogers lächelte. „Ihre Kinder wuchsen heran und gingen ihren Weg. Annie und Lucas lebten hier in Silver Falls. Lucas starb mit fünfundachtzig Jahren, und Annie überlebte ihn um zehn Jahre und unterrichtete bis zu dem Tag, an dem sie starb, in der Sonntagsschule."

Annie warf einen Blick auf die Uhr und seufzte. „Ich fürchte, ich muss jetzt gehen."

Mrs Rogers versuchte nicht, sie aufzuhalten, sondern stand nur mit ihr auf.

„Ich werde Sie nie vergessen", sagte Annie und umarmte ihre schmalen Schultern.

„Ich Sie auch nicht", antwortete Mrs Rogers und tätschelte mit ihrer faltigen Hand Annies Gesicht. „Ich werde jeden Tag für Sie beten", versprach sie.

Annie kämpfte mit den Tränen, als sie wegfuhr.

Wie Annie befürchtet hatte, verlief das Essen bei Mary in einer angespannten und gedrückten Stimmung. Papas Anwesenheit munterte alle ein wenig auf, aber irgendwie war jeder still und in seine eigenen Gedanken versunken. Annie war niedergeschlagen, und ihr fiel auf, dass Sam genauso bedrückt wirkte. Nach dem Essen fand sie ihn draußen im Garten bei der Statue von Margaret. Er reichte ihr einen Umschlag. Sie starrte ihn verständnislos an, da sie nicht wusste, was sich darin befand.

„Die Scheidungspapiere", sagte er. „Ich habe sie unterschrieben, so wie du wolltest. Die Eigentumsaufteilung klingt fair. Ich gebe dir gern die Hälfte von allem."

Wenn er ihr eine Ohrfeige gegeben hätte, hätte sie sich nicht schlimmer fühlen können. Sie nickte und reichte ihm das Päckchen, das sie für ihn hatte.

„Das sind die Fotos von Margaret", sagte sie. „Ich habe sie nachmachen lassen. Jetzt hat jeder von uns die Bilder."

„Danke", sagte er tonlos und schaute dann auf seine Schuhe hinab.

„Ich fahre heute Abend noch hinüber und mache im Haus alles fertig", sagte sie.

„Wie ich schon sagte: Was du nicht machen willst, kann ich entsorgen."

„Gibt es sonst noch etwas?", fragte sie. Etwas in ihr hoffte, er würde die eigentliche Frage hinter diesen Worten beantworten.

Er schüttelte den Kopf.

Sie nickte und fühlte, dass ihre Kehle plötzlich wie zugeschnürt war, denn das hatte sie nicht beabsichtigt. Das alles war falsch, aber sie konnte nichts dagegen tun. Sie fühlte sich wie in einem fahrenden Zug, wie in einem Auto ohne Bremsen. Es rollte davon und fuhr weiter, und sie konnte nichts tun, um seine Richtung zu ändern.

Sams Handy klingelte. Er meldete sich auf die Weise, die sie in Erinnerung hatte. „Truelove", sagte er knapp, jetzt wieder ganz der gestresste Herzchirurg, der Mann, der keine Zeit hatte und die Verantwortung für winzige Menschenleben als schwere Last auf seinen Schultern trug.

Sie beobachtete, wie er stumm zuhörte. Seine Miene war zuerst erwartungsvoll, dann schockiert und schließlich traurig.

„Danke", sagte er und legte auf.

„Was ist?", fragte sie. „Was ist passiert?"

„Das war Melvin", sagte er.

Nach einem Moment konnte sie den Namen einordnen. Sams Anwalt.

„Kelly Bright ist gerade gestorben."

42

Als Annie von Mary zum Haus ihres Vaters fuhr, versuchte sie zu entscheiden, was diese neue Wende der Ereignisse bedeutete, sowohl was ihre Gefühle betraf als auch die praktische Seite ihrer Abreisepläne. Sie stellte alle anderen Entscheidung hinter die eine zurück, die ihr durch den Kopf geschossen war, als sie die Nachricht von Kellys Tod gehört hatte. Sie wollte Sam diesen letzten Gefallen tun. Sie würde ihm dieses Abschiedsgeschenk machen, das seinen Schmerz vielleicht ein wenig lindern würde. Es wäre auch ein Geschenk für Rosalie Cubbins. Vielleicht würde es ihr Herz erweichen und sie veranlassen, den Gefallen, den Annie heute Abend von ihr erbitten wollte, zu tun. Annie brauchte nicht lang, um zusammenzuschreiben, was sie gesammelt hatte. Sie hatte ein paar Notizen aufgeschrieben, aber das meiste hatte sie im Gedächtnis. Sie schrieb schnell und unverkrampft. Die Worte strömten aus ihrem Herzen durch ihre Fingerspitzen förmlich auf den Computerbildschirm. Als sie fertig war, druckte sie den Text aus und machte sich dann auf den Weg nach Knoxville. Nach Varner's Grove. Zu der Adresse, die Griffin White ihr auf einen Zettel gekritzelt hatte, zur Adresse von Rosalie Cubbins, Kelly Brights Mutter.

Auf den Straßen war nicht viel Verkehr. Sie rollte das Fenster hinab und ließ den trockenen, heißen Wind hereinwehen. Er tat gut bei der Kälte, die in ihre Knochen gezogen war. Annie fand die Adresse, nachdem sie einmal angehalten hatte, um nach dem Weg zu fragen. Kelly Bright hatte in einem heruntergekommenen Wohnblock gewohnt, von denen es hier mehrere gab. Alles Sozialwohnungen, wie Jordan Abrams gesagt hatte.

Annie klopfte und wartete. Sie hörte einen Fernseher, dann Schritte. Plötzlich stand Rosalie Cubbins vor ihr. Sie schaute Annie mit verwirrter Miene an, aber nach einer Sekunde öffnete sie die Tür und akzeptierte diesen Besuch, den sie sich nicht erklären konnte, als einen weiteren Teil eines Lebens, das mehr Absurdes als Logik aufwies.

„Kommen Sie herein", sagte sie und trat zurück, bevor Annie etwas sagen konnte. Sie deutete zur Couch.

„Entschuldigen Sie, dass ich Sie in Ihrer Trauer belästige", sagte sie. Was für banale Worte! Und so sinnlos, denn genau deshalb war sie gekommen.

Rosalie hob eine Schulter und ließ sie dann wieder fallen. Ihre Augen waren leblos, müde, und Annie wusste nicht, wie viel davon auf den Tod ihres Kindes zurückzuführen war und wie viel davon schon vorher da gewesen war, vielleicht schon seit ihrer Kindheit. Ihre Haare waren zwei glatte Strähnen, die auf beiden Seiten ihres Gesichts nach unten fielen. Sie rieb sich mit der Hand über die Augen. Annie fielen ihre Fingernägel auf. Sie waren abgebissen, rau und rot.

„Was wollen Sie hier?", fragte Rosalie und klang unbeschreiblich müde.

Annies Mund war plötzlich trocken, da ihr erst jetzt bewusst wurde, wo sie war und was sie vorhatte. Sie holte die zwei Sachen, die sie mitgebracht hatte, aus ihrer Handtasche. Zuerst reichte sie Rosalie die ausgedruckten Blätter.

„Ich habe Ihnen nicht alles gesagt, als wir uns das erste Mal sahen", gestand sie. „Ich bin Reporterin."

In Rosalies Augen trat stummer Zynismus. Die abgestumpfte Reaktion eines Menschen, der früher schon betrogen worden war.

Annie schüttelte den Kopf. „Ich gebe das nur Ihnen", sagte sie. „Es kommt in keine Zeitung."

Rosalie warf einen Blick auf die Zettel. Die Hand, mit der sie sie hielt, zitterte. Sie begann zu lesen. Ihre Lippen bewegten sich leicht. Sie nahm ein zerknülltes Taschentuch vom Tisch. Sie las weiter. Sie blätterte die erste Seite um. Dann die zweite. Und dann die letzte. Als sie fertig gelesen hatte, war ihr Gesicht tränennass.

„Sie wollen das nicht drucken?", fragte sie leise, als sie fertig war.

„Das war nicht meine Absicht, als ich es schrieb", sagte Annie.

Rosalie antwortete nicht, sondern beugte sich über den kleinen Ecktisch, nahm ein Schulfoto und hielt es Annie hin. „Das ist sie. Meine Kleine." Sie schluchzte.

Annie nahm das gerahmte Bild. Kelly war darauf ungefähr neun Jahre alt. Sie hatte Sommersprossen. Saubere, braune Haare mit einem Mittelscheitel und fröhlichen Locken. Ihre Augen leuchteten, ihre Haut war hell. Sie trug eine billige Kette mit einem Kreuzanhänger, ein rosa T-Shirt und eine Zahnspange.

„Wie lang trug sie die Zahnspange?", fragte Annie.

Rosalie schüttelte den Kopf und schnäuzte laut in das zerknüllte Taschentuch. „Diese Zahnspange! Sie hätte sie ein halbes Jahr vor dem Unfall herausbekommen sollen, aber sie wehrte sich gegen dieses Teil, das man nachts zusätzlich tragen soll. Deshalb musste sie die Spange ein Jahr länger behalten. Ich musste eine zusätzliche Schicht in der Woche arbeiten, um sie bezahlen zu können." Sie brach wieder in Tränen aus, und Annie wusste, was sie dachte. *Ach, wie gern würde ich das jetzt machen. Wie gern würde ich eine Schicht, einen Tag, eine Woche, mein Leben geben, wenn du dein Leben wieder zurückhaben könntest.*

„Ach, Gott", jammerte sie. „Ach, Gott!"

Rosalie beugte sich vor und drückte sich den Arm an den Bauch, als habe sie große Schmerzen. Sie schaukelte vor und zurück, und ihr Weinen erfüllte die kleine Wohnung.

Annie trat näher und legte die Arme um die zitternden Schultern. Sie hielt sie fest, bis sie aufhörte zu weinen.

„Ich hätte nie zulassen sollen, dass er sie abholt. Ich hätte es wissen müssen." Sie ließ wieder den Kopf hängen und brach erneut in Tränen aus. Annie wusste, was sie fühlte. Sie wusste es, weil sie diese Gefühle auch gehabt hatte. Sie hatte dieses Gefühl immer noch, diese seltsame, quälende Ahnung, diese Überzeugung – wenn sie nur besser aufgepasst hätte, wenn sie gesehen hätte, was jeder andere gesehen hätte, wenn sie nicht nur sich selbst gesehen hätte, hätte sie getan, was nötig gewesen wäre, um ihre Tochter zu schützen. Um sie zu retten.

„Es war ein Unfall", sagte sie zu Rosalie. „Einfach ein Unfall. Manchmal sieht man einfach nicht, wie etwas ausgehen wird. Manchmal kann man es einfach nicht verhindern."

Rosalie zitterte leicht und entzog sich Annies Armen. Sie ging nach nebenan und kam mit einer Rolle Toilettenpapier zurück. Sie putzte sich die Nase. Dann nahm sie die Blätter wieder und las sie langsam. Sie lächelte einige Male, als sie die Worte las, und als sie fertig war, legte sie sie auf den Tisch und schaute sie entschlossen an.

„Die Leute sollen meine Tochter so kennenlernen, wie sie war", sagte sie. „Ich will, dass Sie das in der Zeitung drucken."

Annie nickte. „Einverstanden. Ich denke, das kann ich arrangieren."

„Kann ich das behalten?"

„Natürlich", sagte Annie. Dann holte sie tief Luft, bevor sie das aussprach, was sie als Nächstes sagen musste. „Ich bin nicht nur Reporterin", sagte sie schließlich mit leiser und zögernder Stimme. Sie hatte auf den Boden gestarrt, auf einen Fleck auf dem ausgetretenen, braunen Teppich. Jetzt hob sie den Blick und schaute in Rosalies verwirrtes Gesicht.

„Ich bin außerdem Sam Trueloves Frau." Die bevorstehende Scheidung war eine unwichtige Nebensache.

Rosalie schaute sie verständnislos an. Plötzlich fiel Annie auf, wie ironisch es war, dass Rosalie den Namen nicht erkannte.

„Mein Mann", sagte sie, und da war dieses Wort wieder. Es kam ihr so leicht und selbstverständlich über die Lippen, als wäre es wahr. „Mein Mann war der Arzt, der an dem Tag Rufbereitschaft hatte, als Ihre Tochter verletzt wurde."

Rosalie setzte sich auf dem Sofa zurück und verzog das Gesicht zu einer Miene, die Annie nicht deuten konnte. Da sie nicht wusste, was sie sonst tun sollte, begann Annie zu sprechen. Sie hatte die Worte nicht vorbereitet, aber wie von selbst strömten sie jetzt aus ihrem Mund.

„Mein Mann steht jeden Morgen um halb fünf auf", sagte sie leise. Sie erinnerte sich, als wäre es erst heute Morgen gewesen, dass sie die Hand ausgestreckt und die warme Stelle neben sich im Bett gefühlt hatte, als könnte sie aufstehen und ins Zimmer nebenan gehen und ihn dort sehen, wie er seinen Kaffee abmaß und seine Krankenakten noch einmal durchging, bevor er die lange Fahrt nach Knoxville antrat. „Er fährt ins Krankenhaus, wo er den größten Teil seiner Zeit verbringt. Er schläft nicht viel, besonders in der Nacht vor einer Operation, weil er die Schritte immer wieder im Geiste durchgeht.

Früher war er ein anderer Mensch als jetzt. Er fuhr am Abend vorher schon ins Krankenhaus, weil dann die Eltern da waren. ‚Sie müssen mich sehen, Annie', sagte er immer. ‚Sie müssen mir in die

Augen schauen und meine Hand berühren und meine Hoffnung fühlen. Anders können sie es nicht ertragen.‘ Er fuhr ins Krankenhaus und las alle ihre Krankenblätter, dann ging er in sein Büro und sprach mit ihnen. Es würde Ihnen das Herz brechen, wenn Sie sehen würden, was er jeden Tag sieht. Die ganzen kleinen, schwer kranken Kinder. Ich weiß nicht, wie er das ausgehalten hat. Er sagte, Gott hat ihm geholfen, es zu ertragen, aber er wollte mit mir nicht darüber sprechen. Wahrscheinlich brauchte er einen Bereich in seinem Leben, der von der Trauer unberührt blieb."

Rosalie schaute sie jetzt mit leicht geöffnetem Mund an.

„Er fuhr in die Praxis und kümmerte sich um seine Patienten, und an manchen Tagen war er den ganzen Tag im Operationssaal. Er hat mir erzählt, dass er nie viel fühlte, wenn er dort war. Keinen Schmerz. Keine Müdigkeit. Die Zeit blieb für ihn irgendwie stehen. Nichts war da außer ihm und dem Herzen, das er operieren wollte. Es war wie ein Wettkampf, sagte er. Zwischen ihm und dem Tod. Als würde nur einer von ihnen gewinnen können. Er war manchmal sechs, acht, zehn Stunden am Stück in diesem Operationssaal, bevor eine Operation fertig war. An diesen Tagen kam er nachts völlig leer nach Hause. Ich kochte ihm etwas und er aß und ich konnte sehen, wie er wieder auftankte, wie er seine Akkus wieder auflud, aber er sprach mit mir nie viel darüber.

Am schwersten waren die Beerdigungen. Er ging zu den Beerdigungen. Fast zu jeder. Er sagte, es sei seine Pflicht, mit den Eltern diesen letzten Weg zu gehen. Das sei die Last, die der Herr ihm auferlegt habe.

Er muss zur Beerdigung Ihrer Tochter gehen, Rosalie."

Plötzlich konnte Annie ihn in seinem schwarzen Anzug mit dem gestärkten, weißen Hemd sehen, wie er die Hände faltete und sein Gesicht ernst und erschöpft aussah. Seine Schultern hingen nach unten, von der Nase zum Mund zogen die Falten, die immer auftauchten, wenn er sich Sorgen machte oder traurig war.

„Er muss dort sein. Ich weiß, dass er gern kommen würde, wenn Sie es ihm erlauben."

Schweigen kehrte ein. Annie war fertig. Die Stille hallte laut in dem kleinen Wohnzimmer wider. Der Fernsehlärm verstärkte die Stille eher, als dass er sie störte.

Sie griff in ihre Tasche und holte noch etwas heraus. Sie reichte es Rosalie und beobachtete, wie sie es auspackte. Sie sah, wie sie das Gesicht von Jesus, den guten Hirten, betrachtete, sie sah, wie sie es umdrehte und die Rückseite las. Wieder traten Tränen in ihre Augen.

Annie stand auf und wollte plötzlich nur noch fort von hier, fort aus dieser unendlich traurigen Wohnung. Rosalie folgte ihr nicht zur Tür. Sie blieb auf dem alten Sofa sitzen, aber nach einem Moment sprach sie.

„Okay", sagte sie. Das war alles.

Annie nickte und fühlte plötzlich eine starke Verbundenheit mit ihr. Sie warf einen letzten Blick auf das strahlende Gesicht auf dem Foto, das von Kellys Lebendigkeit, ihrem Lachen, ihrer Freude geblieben war.

„Das mit Ihrer Tochter tut mir unendlich leid", sagte sie.

43

Es war ein bewegender, einfühlsamer Artikel und gab das Leben eines jungen Mädchens so gut wieder wie kein anderer Artikel, den Annie je geschrieben hatte. Der Schluss gefiel ihr am besten.

Kelly Brights Mutter wollte, dass die Menschen etwas über ihr Leben erfahren, nicht nur über ihren Tod. Dass sie gute Witze liebte und eine Sammlung roter Clownnasen und Furzkissen hatte. Dass sie einmal heimlich mitgefahren war, als ihr Onkel ein Date hatte, sich im Auto versteckte und in einem romantischen Augenblick vom Rücksitz sprang.

Sie flocht sich die Haare gern zu einem französischen Zopf, und sie sammelte hübsche Steine. „Sie hatte von jedem Ort, an dem wir waren, einen Stein", sagte ihre Mutter.

Sie hatte einen anderen Musikgeschmack als die meisten Kinder in ihrem Alter. Sie liebte Frank Sinatra und Tony Bennett, aber die Filme, die ihr am meisten gefielen, waren eher die Veggie Tales.

Kelly kochte gern. Ihre Schwester sagte, sie habe die besten Pfannkuchen gemacht, die es gab. Sie nähte einmal ein Kleid, wollte es aber nicht anziehen, weil der Kragen krumm war.

Sie ging zur Kirche. Sie nahm ihren Bruder und ihre Schwester mit und hoffte, dass auch ihre Mama und ihr Papa irgendwann Jesus kennenlernen. Pastor Jordan Abrams hat sie als Kind in Erinnerung, das ein großes Herz hatte. „Sie hat mir erzählt, dass der Herr zu ihr gesprochen hat", sagte er, „und dass er ihr gesagt hat, dass ihre ganze Familie zu Jesus kommen würde." Er hofft immer noch, dass dieses Gebet erhört wird, und freut sich, dass Kellys Mutter ihn an das Bett ihrer Tochter gerufen hat, kurz bevor Kelly starb.

Kellys letzte Stunden waren unvergesslich. Ihr Pastor salbte ihre Stirn mit Öl, und eine kleine Gruppe von Angehörigen und Freunden betete um ihre Heilung. Irgendwann in dieser Nacht wurde das Gebet erhört und Kellys Geist wurde von dem Körper befreit, der ihn so lang gelähmt hatte.

„Wir werden sie wiedersehen", sagte Pastor Abrams.

„Sie ist jetzt zu Hause", sagte Kellys Mutter. „Endlich hat sie Frieden."

Annie war streng genommen ohne Arbeitgeber, aber sie bot den Artikel der *Los Angeles Times* an, und dort war man bereit, ihn im *Knoxville Statesman Review* und in der *Varner's Grove Gazette* zu drucken. Die Associated Press stieß auf den Artikel und brachte ihn, sodass fast das ganze Land am Sonntagmorgen beim Frühstück die Geschichte von Kelly Brights kurzem Leben las.

Annie verschob ihre Rückkehr nach Seattle bis nach der Beerdigung. Sie rief Jason Niles an, der Verständnis zeigte. Würde ihr eine weitere Woche reichen, um ihre Angelegenheiten zu regeln? Natürlich, versicherte sie ihm und redete sich das selbst auch ein. Sie spürte zwar eine Anspannung, aber sie war sicher, dass das nachlassen würde, wenn sie fort war, wenn alles vorbei war.

Bei der Beerdigung stand Annie neben Sam im Hintergrund. Sie verfolgte, wie Jordan Abrams betete und predigte und wie er den Menschen von Jesus erzählte, so wie Kelly es gewollt hätte. Als es vorbei war, wurde sie Zeuge der vielleicht mutigsten Tat, die sie je gesehen hatte: Sam verließ den Platz neben ihr und ging an den vielen Menschen vorbei auf Rosalie zu. Er blieb vor ihr stehen und senkte den Kopf. Sie konnte nicht hören, was gesagt wurde, aber sie sah, dass Rosalie seine Hand drückte. Sie stand auf, er bückte sich nach unten und die beiden umarmten sich. Es folgte ein Blitzlichtgewitter, und dieses Bild erschien neben Kellys Foto in allen Zeitungen.

„Vergebung bei der Beerdigung des Mädchens in Tennessee" lautete die Schlagzeile der *Los Angeles Times.*

Sie fuhren vom Friedhof nach Hause, ohne ein Wort zu sprechen. Annie ging in das Haus ihres Vaters und fiel völlig erschöpft ins Bett.

Sam wusste nicht, wie lang er am Abend nach der Beerdigung auf dem Aussichtspunkt über der Felswand stand und betete. Es war heiß und trocken und still, als die Sonne unterging. Alle paar Minuten rollte ein Donner, ein tiefer Bass, der sein Weinen begleitete. Denn er weinte. In dem kleinen Tal hallte seine Stimme wider, die er klagend und traurig erhob.

Der Wind setzte langsam ein, warme Luft zerzauste seine Haare und die Blätter in den Bäumen. Er wurde bald stärker und die Temperaturen sanken, und als Sam die Augen aufschlug, hatte er sich in starke, peitschende Böen verwandelt. Er suchte den dunklen Himmel ab, während der Wind über seine nackten Arme strich.

Sam erschauerte, als ihm bekannte Worte durch den Kopf gingen, und er dachte an den Propheten Elia, der für Regen gebetet hatte. „Ich sehe eine Wolke so groß wie eine Männerhand", sagte er laut, denn er sah diese Wolke tatsächlich.

Vor seinen Augen bezog sich der Himmel um ihn herum und die Sterne verschwanden unter ihrer Decke. Immer mehr Wolken zogen auf, bis der Himmel wie mit vollgesaugten Schwämmen überzogen war.

Er schaute ehrfurchtsvoll und mit angehaltenem Atem zu. Ein großer Tropfen landete auf seinem Gesicht, dann ein zweiter auf dem Felsen vor seinen Füßen, und dann kam noch einer und noch einer, und plötzlich waren es zu viele, um sie zählen zu können.

Der Regen war gekommen.

Sam beugte den Kopf und beugte seinen Willen vor dem Gott, der ihn geschaffen hatte, der immer noch an ihm wirkte. Der gegeben hatte und der genommen hatte. Er betete wieder und zitierte Hiobs Worte. Er bat um Vergebung für seine Arroganz und Bitterkeit. „Du machst alles gut", sagte er schließlich. Seine Stimme war heiser und rau, aber voll von dem Glauben, von dem er geglaubt hatte, dass er ihn nie wieder fühlen würde. „Danke, Gott", sagte er leise. Er ließ die Hände sinken, hob das Gesicht und ließ es vom ersehnten Regen und von seinen salzigen Tränen benetzen.

Es regnete vier Tage und fünf Nächte. Es war kein heftiger, kurzlebiger Platzregen, sondern ein gleichmäßiger, schwerer Niederschlag, der auf die Blechdächer der Bauernhäuser prasselte, das dürre Gras und die staubige, aufgerissene Erde durchnässte und die unterirdischen Wasserspeicher und Seen auffüllte. Die Flüsse und Bäche führten wieder Wasser, das weiß und schaumig in den felsigen, ausgetrockneten Flussbetten dahinfloss. Die Pflanzen und Blumen und Bäume wurden wieder grün, und der staubige Dunst wurde aus der Luft gewaschen. Aus den Quellen sprudelte wieder reines, süßes Wasser.

Annie träumte nie. Sie hatte seit Jahren nicht mehr geträumt, wenigstens nichts, an das sie sich am Morgen erinnern konnte. Aber in der letzten Nacht, in der es regnete, träumte sie. Ihr Traum war wie ein lebendiger, bunter Film aus Licht und Klängen. Sie ging spazieren, und plötzlich sah sie ein kleines Haus. Es sah ein wenig aus wie Großmutter Mamies Haus, erkannte sie, und um das ganze Haus herum und auch in seinem Inneren waren die Sachen, die Margaret geliebt hatte. Die Szene veränderte sich und wurde von anderen Szenen abgelöst.

Sie sah eine Szene aus dem Park. Margaret bestand darauf, allein zu rutschen. „Sie ist wie ihre Mutter", sagte Sam kopfschüttelnd und ging an der Seite neben ihr her, damit er sie jederzeit auffangen könnte. Sie sah Margarets Sandkasten mit ihrem Eimer und den Sandförmchen und Schäufelchen. Dann sah sie den Küchenhocker, auf dem Margaret ihr immer beim Kochen geholfen hatte. Die Schaukel unter dem Baum. Das Spielhaus. Ihr rosa Bett. Ihre Puppen und Spielsachen. Ihre ganzen Sachen waren an ihrem Ort. Alles, was sie liebte. Alles, was sie brauchte, um sich zu Hause zu fühlen.

Und dann veränderte sich die Szene, wie es in Träumen oft geschieht, und es war, als stünde Annie draußen vor einem Fenster und schaute hinein. Sie war drinnen: ihre Margaret. Mit ihren leuchtend roten Haaren um das Gesicht saß sie an einem bekannten Eichentisch und spielte mit Knöpfen aus dem Einmachglas, in dem Großmutter Mamie sie aufbewahrt hatte. Die Knöpfe waren auf dem Tisch verstreut. Dann sah sie Großmutter Mamie, die hinter Margaret am Herd stand, und sie sah ihre eigene Mutter bei den beiden. Sie unterhielten sich und lachten, und obwohl Annie ihre Stimmen hören konnte, konnte sie ihre Worte nicht verstehen.

Dann veränderte sich die herrliche, kleine Szene wieder und Annie war drinnen. Großmutter und Mama waren fort, aber jemand anders war gekommen. Sie waren nur zu zweit. Annie sah sein Gesicht nicht. Nur seine Hände, als er auf Margaret deutete.

„Gib sie mir", sagte er leise zu Annie, und sie sah, wie sie sich bückte.

Sie hob ihre Tochter hoch, drückte ihren weichen Hals, fühlte die weichen Lippen auf ihrer Wange. Sie hielt sie einen Moment fest, fühlte ihren Atem, die Wärme ihrer Haut. Sie drückte das Gesicht an Margarets weiche Wange und verabschiedete sich von ihr, etwas, das sie nie gekonnt hatte. Dann reichte sie ihm ihre Tochter. Margaret lächelte ihn an und streckte die Arme aus, und als er sie in die Arme nahm, sah Annie die Narben an seinen Händen.

Dann war sie wieder draußen und schaute hinein, und sie weinte, weil sie nicht mehr bei Margaret sein konnte. Denn sie wusste, dass sie nur noch zuschauen durfte und dass es der letzte kurze Blick war, der ihr vergönnt war. Sie drückte die Hände an die Glasscheibe und weinte, aber dann flüsterte eine Stimme ihr zu, und sie musste aufhören zu schluchzen, um sie verstehen zu können.

„Sie ist bei mir in guten Händen", sagte er.

Langsam wachte Annie auf. Dieses Aufwachen war anders als sonst. Sie erwachte ohne die gewohnte Schwere, ohne die Erinnerung an die Dunkelheit, die sich über sie legte. Sie erschauerte, weil sie im Traum geweint hatte. Es war vorbei, erkannte sie. Die Tränen kamen erneut. Ihre Tochter war fort. Margaret würde nicht wiederkommen. Natürlich hatte sie das gewusst, aber jetzt war diese Wahrheit von ihrem Kopf in ihr Herz vorgedrungen. Sie hatte das Gefühl, als wäre eine große Mauer zwischen den beiden eingerissen worden, als könnten zum ersten Mal seit vielen Jahren ihre Gedanken und ihr Herz wieder sprechen.

Annie weinte noch eine Weile, aber es waren saubere Tränen, und sie hatte das Gefühl, dass sie eher eine reinigende als eine verglühende Wirkung hatten. Schließlich stand sie auf, wusch sich das Gesicht und wischte sich die Augen trocken. Sie zog sich leise und sorgfältig an, als bereite sie sich auf einen wichtigen Anlass vor.

Sie trat hinaus und schloss die Tür hinter sich. Der Regen hatte aufgehört, aber er hatte seine Aufgabe erfüllt. Es war ein schöner Morgen in den Bergen. Wie sehr hatte sie das vermisst! Sie hatte die Feuchtigkeit im hohen Gras vermisst. Den Gesang der Vögel in den stillen Wäldern. Das Flüstern des Windes in den Bäumen. Das laute Rascheln der Maispflanzen und die dicken Blätter des Kohls. Sie ging ein Stück, hörte den Schotter unter ihren Füßen knirschen und betrachtete das Zuhause ihrer Kindheit. Die Schafweide, den Garten, das Maisfeld, den Bach. Sie ging ein Stück auf der Straße spazieren, und die rote Erde war feucht unter ihren Füßen. Er hatte in den letzten, langen Jahren in ihrer Kehle gesteckt – der Staub von zu Hause. Sie war fortgeblieben, aber er hatte sie zurückgeholt, und plötzlich spielte eine Musik in ihren Gedanken, eine hohe, herrliche Stimme, die sie einlud.

Leise und liebevoll ruft Jesus. Er ruft dich und mich. Siehst du, an der Pforte wartet er und sieht uns entgegen, er wartet auf dich und auf mich.

Sie blieb stehen und hörte zu. Vor ihrem geistigen Auge konnte sie eine Gestalt sehen, die so weit entfernt war, dass sie ihn kaum ausmachen konnte. Wie lang stand er schon dort und wartete geduldig? Aber statt der strengen Gestalt mit verschränkten Armen, die sie sich vorgestellt hatte, erhaschte sie jetzt einen Blick auf sein Gesicht. Es war sehnsüchtig, liebevoll und freute sich darauf, dass sie zu ihm zurückkehrte.

Kommt heim, kommt heim. Ihr, die ihr müde seid, kommt heim.

Plötzlich erkannte Annie, dass sie müde war. So müde. Sie war müde davon, ständig vor der Traurigkeit und den Selbstvorwürfen wegzulaufen, und sie hatte die Wahrheit endlich begriffen: Es gab nur einen Weg, davon frei zu werden. Man musste sich diesen Gefühlen stellen.

Liebevoll, aufrichtig ruft Jesus. Er ruft: „Oh, Annie, komm heim!"

Er hatte so zärtlich ihren Namen gerufen. Er hatte nicht so getan, als sähe er ihre Sünde nicht, ihren Hass und ihre Bitterkeit, aber er hatte sie aufgefordert, mit dem allen heimzukommen. Zu kommen und die schwere Last mitzubringen. Damit er sie ihr abnehmen konnte. Er hatte schonungslos ihr Herz angerührt und nicht aufgehört, nach ihr zu rufen.

Sie ging bis zum Waldrand und blieb stehen. Sie fühlte den kühlen Wind in ihren Haaren. Regentropfen lagen immer noch auf den Blättern und Bäumen und glitzerten wie Diamanten in der strahlenden Morgensonne. Ein Blauhäher schwebte durch die Luft, und sie erinnerte sich, was Jesus gesagt hatte. *Ich will die Müden erquicken.* Endlich begriff sie: Obwohl sie von Einzelstücken umgeben war, die erst noch zusammengewebt werden mussten, war es die Wahrheit. Sie war müde gewesen, aber sie war erquickt, und sie lebte. Sie hatte diesen Tag geschenkt bekommen, diesen herrlichen Morgen, diese mit Tau benetzte, leuchtende Hoffnung. Sie war erfrischt, und sie hörte Gottes Versprechen, das ihr ins Ohr flüsterte: *Ich will die Verschmachtenden sättigen.*

Sie betete, wie sie seit Jahren nicht mehr gebetet hatte, und als sie damit fertig war, stieg sie in ihr Auto und fuhr schnell, als hätten sich unsichtbare Fesseln gelöst. Sie kam an. Sie stellte das Auto ab.

Sie ging an dem blühenden Balsamstrauch vorbei, stieg die Stufen hinauf, drehte den Schlüssel im Schloss und schob die Tür auf. Die Luft roch abgestanden und stickig im Vergleich zu der frischen Luft, aus der sie gerade kam. Sie ging geradewegs in Margarets Zimmer. Sie öffnete die Tür, trat ein und schaute sich um. Und während sie hier stand, umgeben von den Spielsachen ihrer Tochter, von ihren Decken, ihrer Kleidung, allen Gegenständen ihres kurzen Lebens, erfüllten sie nicht Hoffnungslosigkeit und Trauer, sondern sie fühlte einen Frieden und konnte das Leben so annehmen, wie es war.

Sie weinte neue Tränen um das Kind, das sie liebte. Sie würde es immer lieben. Denn welche Mutter vergaß je ihr Kind? Aber irgendwo tief in ihrem Inneren spürte sie, dass ein neuer Same erwachte, ein starker Hoffnungsfunke, der durch die Verletzungen in ihr Herz drang.

Sie ließ die Tür offen. Als sie wieder durch die Flure und Zimmer dieses Hauses ging, erschien es ihr plötzlich so klein, viel kleiner, als sie es in Erinnerung hatte, und ihr wurde bewusst, dass es daran lag, dass das Haus leer war. Es war nur mit Gegenständen gefüllt. Menschen, die lebten, die atmeten, machten einen Raum irgendwie größer.

Sie trat auf die Veranda hinaus, und hier stand er. Er stand ruhig da, als hätte er auf sie gewartet. Sie ging zu ihm, ergriff seine Hände und sprach die Worte, die so viele Jahre einen Weg heraus aus ihrem Herzen gesucht hatten.

„Ich liebe dich“, sagte sie zu diesem Mann, zu ihrem Mann. „Ich will wieder nach Hause kommen.“

44

Elijah räusperte sich, als er über Marys Rasen schritt. Das Gras war grün und feucht. Die Blumen und Sträucher waren in den letzten paar Tagen anscheinend um einige Zentimeter gewachsen. Alles wuchs und gedieh und hatte durch den Regen neues Leben bekommen. Er klopfte an die Haustür, aber niemand antwortete. Er öffnete sie leise und trat ein. Als er Stimmen hörte, rief er laut: „Hallo?"

„Wir sind hier drinnen", rief Mary aus der Küche zurück. „Komm zu uns!"

Er trat in die Küche und schaute sich um. Mary, Annie und Sam saßen am Küchentisch. Trotz der zusammengeknüllten Papiertaschentücher vor ihnen auf dem Tisch wusste er sofort, dass etwas anders war. Ihre Gesichter leuchteten, alle drei, und ihn erfüllte eine große Freude. Er gab vor, einen Kaffeefilter zu suchen, nahm sich einen und störte nicht weiter. Erst Stunden später hatte er Gelegenheit, mit Mary allein zu sein.

Er traf sie immer noch in der Küche an, nachdem Annie und Sam gegangen waren. Sie sah glücklich und ein bisschen verblüfft aus.

„Gott hat heute hier ein großes Werk getan", stellte er leise fest.

„Wir haben über alles gesprochen", sagte Mary. Tiefes Staunen schwang in ihrer Stimme mit. „Wir haben geweint und wir haben gebetet und wir haben einander vergeben."

Er sah unendlichen Frieden in ihrem Gesicht, das vorher so gequält ausgesehen hatte.

„Ich bin so froh", sagte er nur.

Sie nickte und wirkte immer noch erstaunt. „Entschuldige", sagte sie schließlich. „Wolltest du mit mir über etwas sprechen?"

„Vielleicht ist jetzt nicht der richtige Zeitpunkt dafür", sagte er. Er senkte den Kopf und schaute auf seine Schuhe hinab, und als er den Blick hob, sah er, dass ihr Gesicht wieder ein wenig angespannt aussah. Lag das daran, dass sie wusste, was er sagen würde? Wollte sie nicht, dass er es aussprach?

„Nein. Bitte, sag, was es gibt", forderte sie ihn auf, und ihre Stimme war ruhig und beherrscht.

Er atmete tief ein. „Mary, ich habe eine Entscheidung getroffen." Er dachte an die Stunden, die er im Gebet verbracht und gewartet hatte. „Ich habe das Gefühl, dass mir Gott sehr klar sagt, was er will. Durch die Umstände, durch sein Wort und durch meine eigenen Wünsche."

Sie nickte, sagte aber nichts. Er schüttelte den Kopf. Er hörte sich an, als unterrichte er eine Sonntagsschulklasse. Er packte es völlig falsch an.

„Die Baptisten habe mir eine Stelle in ihrem Missionskrankenhaus in Uganda angeboten."

Marys Gesicht wurde kreidebleich.

„Ich werde das Angebot nicht annehmen", sagte er schnell.

Sie schaute ihn wortlos an.

„Ich bleibe hier in Gilead Springs. Carl hat mich gebeten, ihm in seiner Praxis zu helfen. Ich habe meine Zulassung als Arzt in North Carolina beantragt. Wir wollen versuchen, ein Programm der medizinischen Fakultät in Asheville zu starten, das Assistenzärzte verpflichtet, auch ein Praktikum in einer Landarztpraxis zu machen. Sie sollen lernen, Hausbesuche zu machen und Patienten über viele Jahre hinweg zu betreuen. Ich war in Asheville und habe darüber gesprochen. Dieser Kurs wird ein kleines Einkommen abwerfen, das zum Leben reicht."

Sie öffnete leicht den Mund. Dann schloss sie ihn wieder.

Er schüttelte den Kopf und räusperte sich. Er wollte nicht über die Arbeit und Assistenzärzte sprechen. Er steckte die Hand in die Hosentasche, holte das kleine Samtkästchen heraus und stellte es auf den Tisch.

„Erinnerst du dich daran?", fragte er und öffnete den Deckel. Er fürchtete sich fast, Mary ins Gesicht zu schauen, aber er nahm seinen ganzen Mut zusammen und tat es doch.

Sie nickte. Tränen traten in ihre Augen. Sie hatte ihm dieses Kästchen an jenem Abend vor langer Zeit zurückgegeben, als er Gottes Ruf nach Afrika gefolgt war. Aber jetzt folgte er dem Ruf des Herrn in ein neues Abenteuer, und er war jetzt genauso sicher, dass es der richtige Weg war wie damals. Nur eines wusste er nicht mit Sicherheit.

„Mary Ellen“, sagte er und war so nervös und unsicher wie noch nie zuvor in seinem Leben. „Willst du mich heiraten?“, fragte er sie zum zweiten Mal in seinem Leben.

Er hielt den Atem an und wartete. Und zum zweiten Mal in seinem Leben bekam er die gleiche Antwort.

Annie saß mit Sam im Auto vor Papas und Dianes Haus und fühlte sich wieder wie ein Teenager. Sie zweifelte nicht daran, dass Papa da drinnen stand und zwischen den Vorhängen herauslugte, während Diane ihn aufforderte, sich hinzusetzen, und dabei lächelnd strickte.

„Ich denke, wir müssen einige Entscheidungen treffen“, sagte Sam und drehte sich im Auto zu ihr herum. Sie schaute vorsichtig in sein Gesicht, aber sie sah darin keine Spur von Stolz oder Arroganz, keinen Hinweis darauf, dass alles schon feststand. Sein Gesicht war ruhig und still. Er wartete auf ihre Antwort.

Sie nickte. „Ja.“

„Melvin hat heute mit den Anwälten von Kellys Eltern gesprochen“, sagte Sam. „Sie haben der außergerichtlichen Einigung zugestimmt. Die Versicherung wird ihnen einen Scheck schicken.“

„Was bedeutet das für dich?“, fragte sie.

Sie erinnerte sich an die schwer kranken kleinen Patienten, und plötzlich hatte sie den Wunsch, dass Sam wieder seiner Arbeit nachgehen konnte. Diese Arbeit war seine Berufung. Die Leidenschaft, die sich in ihr regte, überraschte sie.

Sam zuckte die Achseln. „Barney hat gesagt, dass die Kardiologen gefragt haben, wann ich zurückkomme. Wenn sie bereit sind, Patienten an mich zu überweisen, bin ich bereit, sie zu behandeln. Ich mache meine Arbeit und überlasse Gott den Rest.“

Diese Worte taten gut. Annie erinnerte sich an den Mann, der er früher gewesen war, und sah diesen Mann jetzt wieder vor sich.

„Barney hat mir einen Vorschlag gemacht“, sprach er weiter.

Annies Körper spannte sich an. Sie wusste, dass er mehrmals nach Knoxville gefahren war, dass er und Barney sich getroffen hatten. Aber sie hatte nicht gewusst, dass das Grauen zurückkäme, die

Angst, dass sie ihn wieder verlieren würde. Der Gedanke, dass alles, was geschehen war, nur ein Trugbild gewesen war und sich im kalten Tageslicht wieder in Luft auflösen könnte, traf sie schmerzlich.

„Was hast du entschieden?", fragte sie. Plötzlich wurde ihr übel und kalt.

Er sah ehrlich überrascht aus. Dann verrieten seine Augen, dass er langsam verstand, warum sie das fragte. Er nahm ihre Hand.

„Ich habe überhaupt nichts entschieden", erklärte er leise. „Ich habe ihm gesagt, dass du bei den Verhandlungen dabei sein musst. Er hat vorgeschlagen, dass wir drei uns morgen zum Abendessen treffen."

Sie war so überrascht, dass sie nur tief Luft holen konnte, aber noch bevor sie etwas sagen konnte, verblüffte er sie erneut.

„Ich habe ihm gesagt, dass ich nicht sicher bin, ob du immer noch die Stelle in Los Angeles annehmen willst."

Sie runzelte vorsichtig die Stirn, als habe sie Angst, in eine Falle zu tappen. „Und wenn ich Ja sage?"

Sam schaute ihr ruhig in die Augen. „Dort gibt es auch Krankenhäuser, Annie." Er lächelte und schien ehrlich amüsiert zu sein. „Ich bin mir ziemlich sicher, dass ich Arbeit finde."

„Das würdest du für mich tun?"

Er nickte ernst. „Ich tue alles für dich", sagte er, und sie sah diese Entschlossenheit, mit der er normalerweise an seine Arbeit und seine Patienten heranging, aber jetzt galt diese Entschlossenheit ihr. Ihre Befürchtungen verflogen, und sie konnte wieder frei atmen.

Sie schüttelte den Kopf. „Ich will hierbleiben. Das hier ist unser Zuhause. Ich bin mir auch ziemlich sicher, dass ich Arbeit finde." Sie dachte daran, was Griffin White gesagt hatte: dass er in Rente ginge, wenn sie bereit wäre, seinen Posten zu übernehmen. Sie hatte gewusst, dass hinter der scherzhaften Bemerkung auch ein Körnchen Wahrheit steckte. Aber sie wusste noch nicht genau, ob sie sich darauf einlassen wollte.

„Aber ich bin nicht sicher, ob ich arbeiten will", erklärte sie. „Ich könnte mir vorstellen, dass ich eine Weile Lust hätte, mich zu Hause um alles zu kümmern." Sie dachte an ihren Garten und an ihr Haus. Sie dachte daran, die leeren Räume mit Geräuschen und Leben zu füllen.

„Ich gehe nicht wieder nach Knoxville", sagte Sam energisch. „So viel steht fest. Es ist zu weit, um jeden Tag zu fahren. Ich will abends heimkommen. Ich will ein Privatleben haben."

„Wir könnten nach Knoxville ziehen", schlug sie tapfer vor.

Sam schüttelte den Kopf. „Nein. Du hast recht. Wir sind hier zu Hause."

„Was willst du dann machen?", fragte sie. Seine Worte freuten sie, und gleichzeitig verwirrten sie sie.

„Barney und ich haben mit dem Verwaltungsdirektor des Krankenhauses in Asheville gesprochen. Sie würden gern eine Kinderherzchirurgie eröffnen. Zwei Kollegen würden mitmachen, und wir haben mit Nathan Epstein in Cleveland und Harry Winslow in Boston gesprochen. Das Krankenhaus war von diesen Aussichten sehr begeistert."

„Das kann ich mir denken", bemerkte Annie trocken. Das war genauso, als würde Dirk Nowitzki anbieten, Kinder in einem Kleinstadt-Basketballclub zu unterrichten.

„Izzy sagt, dass sie mitmacht", erklärte Sam grinsend. „Und die Patienten kommen dorthin, wo die Ärzte sind."

Sie sah wieder das Selbstvertrauen in seinem Gesicht. Nicht den scharfkantigen Stolz, sondern die warme Gewissheit, dass er dort war, wo er sein sollte, und das tat, was er tun sollte. „Und ich kann jeden Morgen mit meiner Frau frühstücken und abends zum Essen zu ihr nach Hause kommen." Er nahm ihre Hand. Sie fühlte, wie sich seine warmen, starken Finger um ihre Hand legten.

„Ich rufe Jason Niles heute Abend an", sagte sie. „Ich habe seine Privatnummer." Als sie an die Pläne dachte, die sie gehabt hatte, wirkten sie neben diesem soliden, realen Leben billig und armselig.

Bevor Annie Jason Niles anrief, tätigte sie noch einen anderen Anruf. Sie rief in der Kanzlei ihres Anwalts an und hinterließ eine Nachricht, dass sie sich nicht scheiden lassen werde, und nannte ihre aktuelle Adresse, an die er die Rechnung schicken sollte. Etwas nagte jedoch an ihr. Der Gedanke, dass sie vor einem anderen Leben weglief, und sie dachte an die Kisten auf der Ladefläche von

Sams Pick-up in Shirleys Einfahrt. Darum würde sie sich später kümmern, beschloss sie.

Sie wählte die nächste Nummer, dieses Mal die von Jason Niles. Vorher rechnete sie noch den Zeitunterschied nach, um sicherzugehen, dass es nicht zu spät war. In Los Angeles war es neunzehn Uhr. Delia meldete sich beim zweiten Klingeln und klang ein wenig außer Atem. Annie lächelte und überlegte, ob sie wieder Basketball gespielt hatte oder vielleicht dem dicken Kaninchen hinterhergejagt war.

„Delia, hier ist Annie Dalton", sagte sie.

Es folgte eine lange Pause. „Wer?", fragte Delia.

„Annie Dalton", wiederholte sie. „Ich war vor ein paar Wochen bei euch. Du hast mir dein Kaninchen gezeigt."

„Ach." Diese kurze Begegnung hatte Delia längst schon vergessen. „Okay", sagte sie. „Jetzt erinnere ich mich."

„Ich würde gern deinen Vater sprechen", bat Annie und wartete, während Delia ihren Vater ans Telefon holte. Sie lächelte, als ihr bewusst wurde, wie oft sie an Delia gedacht hatte und dass Delia offensichtlich kein einziges Mal an sie gedacht hatte. Das war ein weiterer klärender Windstoß, der ihr die Wahrheit vor Augen führte und ihre letzten Illusionen vertrieb.

Sie gab Jason Niles eine Kurzversion. „Leider muss ich die Stelle ablehnen. Es tut mir sehr leid, dass ich meine Zusage nicht einhalten kann."

„Sie tun, was Sie tun müssen", war seine ruhige Antwort. „Es freut mich, dass Sie den Weg nach Hause gefunden haben."

Das strahlende, leuchtende Leben, das sie sich mit ihm ausgemalt hatte, löste sich in Wohlgefallen auf. Die Realität trat an seine Stelle. Nicht die makellose Realität ihrer Fantasie mit der perfekten Hintergrundbeleuchtung, sondern das echte, holperige, narbige, schöne, atmende, warme Leben, das ihr bestimmt war.

Sie trafen sich mit Barney zum Essen. Auf dem Rückweg aus Knoxville fuhr Sam zum Aussichtspunkt neben dem Restaurant *The Inn* in Smoky Hollow. Der Himmel war tiefblau, die mit Bäumen bewachsenen Bergkuppen glänzten wie Samt, die Hänge waren mit rosa und roten Blumen übersät. Der Fluss führte wieder Wasser, die Wasserfälle sprudelten über die Felsstufen und landeten rauschend im felsigen Flussbett.

Sie standen nebeneinander und schauten auf das vorher trockene, ausgedörrte Tal hinab.

„Wann ziehen wir wieder in unser Haus zurück?", fragte Annie mutig.

Sam drehte sich zu ihr um. „Ich dachte, du willst vorher den Beweis, dass es dieses Mal anders wird."

„Ich habe alle Beweise, die ich brauche", sagte sie.

„In diesem Fall, denke ich, habe ich etwas, das dir gehört." Er griff in seine Tasche und holte ihre Ringe heraus. Er steckte ihr ihren Ehering an den Finger, und sie nahm seinen Ring und steckte ihn wieder dorthin, wohin er gehörte.

„In guten wie in schlechten Tagen", sagte sie lächelnd.

„Ich hoffe, die schlechten Tage liegen hinter uns", seufzte Sam leidenschaftlich, und sie musste laut lachen.

Er küsste sie und sie schmiegte sich an ihn. Sie fühlte seine starke Brust und seine raue Wange unter ihrer Hand, und sie schmeckte seinen Mund, der weich und warm war.

„Ich habe eine Idee für eine zweite Hochzeitsreise", sagte er, während sie zum Auto gingen und sich sein Arm so natürlich und selbstverständlich um sie schob, als habe er nie woanders hingehört.

„Was ist das für eine Idee?"

„Wir könnten nach Seattle fliegen."

Sie war überrascht und errötete vor Freude. Der alte Sam hätte nie im Traum daran gedacht, eine Reise zu machen. Der alte Sam hätte nur daran gedacht, so schnell wie möglich wieder an die Arbeit zu gehen. Er hätte nicht einmal an die Möglichkeit gedacht, Urlaub zu machen. Sie überlegte, dass sie ihn den Leuten vorstellen wollte, die ihr ans Herz gewachsen waren. Kirby und Suzanne, der verrückten Shirley. Sie dachte daran, Theresa und Dov wiederzusehen, wie sehr sie sich freuen würden, wenn sie diese Neuigkeit hörten.

„Das klingt gut", grinste sie. „Aber warum bist plötzlich so davon begeistert zu verreisen?"

„Ich lasse dich nicht allein hinfliegen, um deine Angelegenheiten zu regeln", sagte er mit einem entschlossenen Gesichtsausdruck, der in ein breites Grinsen überging. „Außerdem will ich meinen Pick-up zurück."

45

Alles blühte üppig an Marys und Elijahs Hochzeitstag. Als Annie und Sam bei Mary eintrafen, füllte sich der riesige Hof schon mit Verwandten und Freunden. Elijahs Schwester war aus Pennsylvania gekommen, und Mary hatte bereits Vorkehrungen getroffen, damit Frances sich dauerhaft im Ferienhäuschen niederlassen konnte. Dov und Theresa waren aus Los Angeles gekommen, und ihr Wiedersehen mit Sam und Annie war herrlich. Annies Schwager war ganz aus dem Häuschen gewesen, als sie angerufen und ihnen erzählt hatten, dass sie und Sam sich wieder versöhnt hatten und dass Mary heiraten würde. Sofort bei seiner Ankunft hatte er sie hochgehoben und war mit ihr durchs Zimmer getanzt. Dann hatte er Sam auf beide Wangen geküsst. Die Mauer, die sie voneinander getrennt hatte, war im Nu eingerissen gewesen. Annie konnte Dov jetzt hören, wie er die Familie mit seiner lauten, donnernden Stimme zusammenrief. Er und Theresa und die Kinder wohnten bei Papa und Diane. Sie und Sam waren wieder in ihr Haus gezogen.

„Wenigstens ist jetzt alles aussortiert", sagte Sam. „Der ganze Müll ist weg."

Das einzige traurige Erlebnis hatte Annie gehabt, als sie Mrs Rogers besuchen wollte, um ihr zu danken, dass sie mit ihr ein Stück durch das Tal der Tränen gegangen war. Sobald sie vor dem Tante-Emma-Laden vorgefahren war, hatte Annie gewusst, dass sie nicht mehr da war. Der Laden sah leer aus, die Tür war fest verschlossen, die Fenster wirkten wie leere Augen. Die Veranda war leer, und das Schild eines Immobilienmaklers stand mitten in dem kleinen Garten. Sie schaute sich bestürzt um.

„Sind Sie eine Freundin von Mrs Rogers? Ich bin ihre Nachbarin, Betty Franklin."

Annie hatte sich erstaunt umgedreht. Vor ihr hatte eine junge Frau mit dunklen Haaren und einem freundlichen, breiten Gesicht gestanden.

„Ja, aber ich hatte leider in letzter Zeit keinen Kontakt zu ihr. Was ist passiert?" Sie hatte Angst vor der Antwort.

„Sie hatte einen Schlaganfall", antwortete die Frau, und Annies Herz zog sich zusammen. „Nur einen leichten, aber ihre Tochter kam und hat sie mit zu sich nach South Carolina genommen. Es war so traurig, als sie ging. Für uns alle. Es ist wie das Ende einer Ära."

Annie war mit schwerem Herzen nach Hause zurückgekehrt, aber mit der Adresse von Mrs Rogers' Tochter in South Carolina in der Tasche. So weit war Charleston nicht weg. Sie würde sie eines Tages besuchen, nahm sie sich vor. Wenigstens wollte sie ihr schreiben.

Sam schaute nach dem Bräutigam, der ruhig und entspannt war, dann ging er Annie suchen, aber anscheinend halfen sie und Diane seiner Mutter bei ihrem Kleid und ihren Haaren. Er war klug genug, sich davon fernzuhalten. Falls er noch irgendwelche Zweifel an seiner Tauglichkeit gehabt hatte, stellte Laurie alles klar, als sie auf dem Weg zur Küche wie ein Orkan durchs Haus rauschte.

„Kannst du dir nicht eine sinnvolle Beschäftigung suchen, statt hier im Weg herumzustehen?", fauchte sie.

„Ich übergebe die Braut dem Bräutigam", verteidigte er sich und berief sich auf seine einzige Aufgabe an diesem Tag.

„Geh hinaus und schau nach den Kindern. Sie machen viel zu viel Lärm, und es soll ein *würdevolles* Fest werden."

Sam grinste und verschwand durch die Küche, in der ein fröhliches Chaos herrschte. Der Kühlschrank quoll über, und jede verfügbare Fläche in der Küche und im Esszimmer war gefüllt mit Kuchentellern und Tortenplatten, mit Bergen von Brathähnchen, Roastbeef und Schinken, Pfefferkäsebroten, frischen Waffeln und Maisbrot, Kartoffelsalat, Makkaroni mit Käse, Butterbohnen, Krautsalat, Süßkartoffelsoufflé, Sahnemais und Eintopf, Götterspeise, Gelee mit Marshmallows, Gelee mit Äpfeln und Nüssen, Gelee mit Käsesahne und Schlagsahne und Bananenpudding. Überall standen riesige, schwitzende Krüge mit Eistee. Laurie und

Theresa diskutierten lautstark darüber, ob der Kartoffelsalat vorübergehend in die Gefriertruhe geschoben werden sollte oder nicht. Sam schlich sich an ihnen vorbei und ging hinaus.

Die Kinderschar, deretwegen sich Laurie so große Sorgen gemacht hatte, spielte tatsächlich – mit Ricky, der die Ursache des größten Lärms war. Sie benahmen sich so gut, wie man erwarten konnte. Alle Kinder waren sauber herausgeputzt und ordentlich angezogen, alle Knöpfe waren zu, die Schuhe poliert, die Haarspangen saßen richtig, die Haare ordentlich gekämmt. Sie konnten es zweifellos nicht erwarten, dass die Feier endlich begann, damit sie bald vorbei wäre. Dann könnten sie sich ihre Krawatten herunterreißen und wild herumtoben. Sam wusste, dass eines Tages seine eigenen Kinder auch hier herumlaufen und rufen und spielen würden. Er ging an Ricky und den Kindern vorbei, ohne sie zu stören. Würdevolles Verhalten wurde viel zu sehr überbewertet.

Seine Onkel stimmten ihre Instrumente. Er konnte sie jetzt hören. Er ging um das Haus herum, an den Weiden vorbei, an den provisorischen Tischen auf den Sägeböcken vorbei, die alle mit sauberen, weißen Leinentüchern und Sträußen aus den Rosen seiner Mutter bedeckt waren.

Ihn erfüllte eine große Freude, die berauschender und leichter war als jeder Sekt. Er ging durch die Laube in den kleinen Garten. Das Geißblatt blühte und er atmete den süßlichen Duft ein. Er ging an den vielen Blüten der anderen Blumen vorbei und setzte sich auf die kleine Bank. Er beugte sich vor und betrachtete das ernste Gesicht mit den runden Augen des kleinen Bronzemädchens, und wieder kamen ihm die Tränen. Er hatte in den letzten Tagen oft geweint. Tränen der Freude und Tränen der Trauer. Er hatte das Gefühl, dass der Damm gebrochen war, dass er den Schmerz endlich loslassen und dass jetzt die Heilung einsetzen konnte.

Er versuchte sich vorzustellen, wie es eines Tages wäre, wenn er Margaret wiedersah. Wäre sie dann älter? Wäre sie eine Frau? Oder wäre sie immer noch das Kind, das er gekannt hatte? Würden er und Annie sie groß werden sehen können? Er wusste es nicht, aber irgendwie war es nicht wichtig, jetzt jede Antwort zu wissen. Seine Tochter war in guten Händen. Darauf vertraute er. Er wischte sich mit dem Taschentuch die Augen und räusperte sich.

„Wir sehen uns wieder, Liebes“, sagte er.

Die Musik begann zu spielen. Er stand auf und gesellte sich zu den anderen.

Epilog

Ein Jahr später

Ginnys Herz war vor Enttäuschung ganz schwer, denn ehrlich gesagt, hatte sie dieses Jahr den weiten Weg für die Geburtstagsfeier nur wegen des Mannes am Ecktisch auf sich genommen. Sie hatte geahnt, dass sie heute das Ende seiner Geschichte erfahren würde. So oder so. Deshalb hatte sie ihrer Tochter in den Ohren gelegen, bis sie nachgegeben und sie in den Minivan verfrachtet hatte. Sie war mit ihr bis nach North Carolina zum Restaurant *The Inn* in Smoky Hollow gefahren und hatte sich auf dem ganzen Weg beschwert, dass das ziemlich viel Aufwand sei, nur damit ein paar alte Damen ihren Geburtstag feiern konnten. Dorothy hatte ihr aus dem Auto geholfen, aber Ginny war aus eigener Kraft mithilfe ihres Rollators ins Restaurant gelangt. Sie hatte auf der linken Körperhälfte eine leichte Schwäche, aber sie konnte immer noch sprechen und klar denken. Egal, was ihre Tochter dachte.

Ginny setzte große Hoffnungen auf diesen Abend, denn sie hatte das ganze Jahr jeden Tag für den dunkelhaarigen Mann gebetet, und sie hatte dieses beruhigende, freudige Gefühl, dass ihre Gebete erhört worden waren. Aber sobald sie das Restaurant betrat, war klar, dass sie enttäuscht werden würde, denn sie sah sofort, dass er fehlte. Außerdem war sein Tisch von jemand anderem besetzt. Eine schmerzliche Traurigkeit erfüllte Ginny, aber sie versuchte, sie zu verdrängen und diese Zeit mit ihren Freundinnen zu genießen. Sie waren mit dem Essen fertig, und sie nahm an, dass jetzt die Zeit für die üblichen Geburtstagsrituale gekommen war.

Sie saß ruhig da, während die anderen sich um sie herum fröhlich unterhielten. Irgendwie machte die Abwesenheit des dunkelhaarigen Mannes sie traurig und niedergeschlagen. Es ging mit ihnen allen bergab, das war nicht zu übersehen. Cora hatte große Gesundheitsprobleme. Sie war im letzten Jahr immer wieder im Krankenhaus gewesen. Marie war aus Krankheitsgründen heute nicht hier. Susan und Laura sahen beide schwach und anfällig aus. Vermutlich galt für sie selbst das Gleiche, und einen Moment lang war sie erschöpft und frustriert. Doch dann rettete ihr Glaube sie. Sie schüttelte den Kopf und widerstand diesen Gedanken. Sie erinnerte sich an die Wahrheit: Der Herr war ihr Gott gewesen, als sie jung und stark gewesen war, und er war ihr auch jetzt treu, da sie alt und grau war. Er würde sie halten und ihr Freude geben, auch bis ans Ende. Egal, wo sie lebte. Egal, ob sie die Erhörung ihrer Gebete sah oder nicht.

Jemand tippte ihr auf die Schulter. Ginny drehte sich um. Der Kellner stand neben ihr und hielt etwas in der Hand.

„Madam, das wurde für Sie abgegeben."

Sie nahm es entgegen. Es war eine Nachricht. Auf schwerem, cremefarbenem Briefpapier. Die schlichte Anrede auf dem Umschlag ließ sie vor Freude lächeln. *An die Dame, die gebetet hat.* Sie nahm das Messer und schlitzte das Siegel auf. Cora schnalzte mit der Zunge. Ginny ignorierte sie.

Liebste Schwester im Herrn,
wie Sie inzwischen bestimmt bemerkt haben, bin ich dieses Jahr nicht im Restaurant. Meine Frau und ich feiern die Geburt unserer Tochter. Sarah Eloise wiegt 3400 Gramm und hat rote Haare wie ihre Mutter. Mutter und Kind sind wohlauf. Ich selbst bin von der Geburt ziemlich geschafft. Sie kam heute Morgen zur Welt. Ich werde also in Zukunft immer an Sie denken, wenn wir den Geburtstag unserer Tochter feiern.
Ich werde nie vergessen, was Sie für mich getan haben. Gott hat Sie benutzt, um mir Hoffnung zu machen, als ich keine Hoffnung mehr hatte, um zu beten, als ich keinen Glauben mehr hatte. Und er hat Ihre Gebete wunderbar erhört! Der Herr hat viel mehr geschenkt, als wir erbeten haben. Er hat uns überreich gesegnet.
Wie kann ich Ihnen nur danken? Aber ich sollte Gott danken. Wir haben einen wunderbaren Gott.
Bis wir uns wiedersehen, werden Sie in meinem Herzen und in meinen Gebeten wohnen.
Der Mann am Ecktisch
PS: Das Essen geht heute auf mich. Alles Gute zum Geburtstag!

Und tragen Sie dieses Jahr den roten Hut mit den schwarzen Federn. Er steht Ihnen besser als der andere.

„Was ist das? Meine Güte, wer schickt dir denn hierher eine Nachricht?“, wollte Laura wissen.

„Hat Ginny einen Freund?“ Das kam natürlich von Cora. Sie war nach wie vor eine Romantikerin.

Ginny hob das Kinn und gab keine Antwort. Sie steckte die Nachricht in ihre Tasche und lächelte, als die Kellner eine Torte hereinschoben. Eine richtige Torte, riesengroß, und nicht dieses alberne kleine Ding in der Größe einer Untertasse, das sie sonst brachten. Diese Torte war umwerfend – sie bestand aus drei Schichten und war mit Kerzen geschmückt, die alle hell brannten. Ein Kellner trat hinter den anderen hervor. Er legte ein Dutzend Rosen auf den Tisch – cremeweiß auf königsblauem Seidenpapier.

„Oh, meine Güte!“ Cora sah aus, als würde sie gleich in Ohnmacht fallen.

Der Kellner winkte einer jungen Kollegin. Sie trat vor und nahm einen eleganten roten Hut aus einer Hutschachtel, auf der der Name eines exklusiven Geschäfts in Asheville stand. Ginny setzte ihn auf, ohne sich zu fragen, wie albern sie damit vielleicht aussähe. Aus den Gesichtern der anderen schloss sie, dass sie überhaupt nicht albern aussah. Ein warmes Feuer brannte in ihrem Herzen und Tränen traten ihr in die Augen. Sie fühlte sich jung und stark und schön, als sie zu singen begannen.